朝鮮刊本 酉陽雜俎의
복원과 연구

본 저서는 2016 대한민국 교육부와 한국연구재단의 지원을 받아 수행된 연구결과임.
(NRF-2016S1A5A2A03925653)

경희대학교 비교문화연구소 비교문화총서 18

朝鮮刊本 酉陽雜俎의 복원과 연구

閔寬東
鄭榮豪 共著
朴鍾宇

學古房

연구제목	국내 고전문헌의 목록화와 복원
과제번호	NRF-2016S1A5A2A03925653
연구기간	2016.11.01. ~ 2019.10.31.
일반공동연구 지원사업 연구진	책임연구원 : 閔寬東 공동연구원 : 鄭榮豪, 朴鍾宇 전임연구원 : 劉僖俊, 劉承炫 연구보조원 : 裵玗桯, 玉珠

▌머리말

본서는 한국연구재단 일반공동연구지원사업 과제인《국내 고전문헌의 목록화와 복원》(2016 년 11월 01일~2019년 10월 31일 / 3년 과제)의 일환으로 나온 책이다. 본 연구 프로젝트는 크게 발굴부분과 복원부분으로 나누어 진행되었다.

• 발굴 작업

현재 국내의 국립도서관이나 대학의 중앙도서관에 소장된 문·사·철 古書들은 대부분 정리되어 목록화되어 있다. 또 일부 사찰이나 서원 및 개별 문중 古書들도 지방 자치단체의 후원에 힘입어 지역별로 전체 목록을 정리하여 출간되고 있다. 그러나 個人所藏家나 개별 門中및 一部 書院의 古書들은 아직도 해제작업은 물론 목록화 작업조차도 미비한 채 그대로 방치되어있는 상황이다.

본 연구팀은 이러한 곳 가운데 비교적 많은 고문헌을 소장하고 있는 안동의 군자마을(광산 김씨, 後彫堂), 봉화의 닭실마을(안동 씨, 沖齋博物館), 경주의 옥산서원을 선정하여 그 古書들을 목록화하고 古書에 대한 해제집을 발간하는 작업을 계획하였다.

* 안동 군자마을(광산 김씨) 古書目錄 및 解題 (1년차)
* 봉화 닭실마을(안동 씨) 古書目錄 및 解題 (2년차)
* 경주 옥산서원 古書目錄 및 解題 (3년차)

이러한 작업으로 만들어진 책자는 각 문중이나 서원에서 서지문헌에 대한 연구는 물론 홍보자료로 활용할 수 있기에 이에 따른 시너지 효과도 기대할 수 있다.

• 복원 작업

조선시대 출판본 가운데는 현재 중국에 남아있는 판본보다도 더 오래전에 간행되었거나 서지문헌학적 가치 있는 희귀본 판본들을 상당수 있다. 본 연구팀은 이러한 조선간본을 위주로 복원 대상을 선정하였다. 이러한 작업이 완료되면 국내의 학술연구에도 많은 기여가 될 뿐만 아니라 중국과 일본 등지에서도 우리 古書에 대한 연구가 활발히 진행될 것으로 사료된다. 작품의 목록은 다음과 같다.

1) 劉向《新序》
2) 劉向《說苑》
3) 段成式《酉陽雜俎》
4) 陳霆《兩山墨談》
5) 何良俊《世說新語補》
6) 李紹文《皇明世說新語》
7) 조선편집출판본 :《世說新語姓彙韻分》

이러한 판본들의 복원은 당시 국내에서 이런 작품들이 간행의 저본이 되었는지 또 원래 중국 판본과의 비교연구까지 할 수 있는 기회를 제공해 준다. 또한 중국이나 일본 등지에서 서지문헌에 대한 비교연구가 활발히 진행될 것으로 기대한다.

본 프로젝트의 세 번째 결실이 바로《朝鮮刊本 酉陽雜俎의 복원과 연구》이다. 본서는 총 3부로 구성하였다.

제1부 단성식의《酉陽雜俎》에 대한 서지문헌학적 가치와 조선 출판의 意義에 대하여 집중적으로 고증하여 소개함과 동시에 조선 출판본의 판본에 대하여 연구를 진행하였다. 또 독자 및 연구자들의 이해를 돕기 위해 교감 과정에서 발견된 略字·俗字·古字·異體字들을 정리하여 첨부하였다.

제2부 조선간본《唐段少卿酉陽雜俎》를 저본으로 하여 원문의 교감은, 方南生이 明 萬曆 36年(1608) 趙琦美가 교감한 趙本(脉望館本), 明 商濬이 稗海叢書에 수록한 稗海本, 明末淸初 毛晉이 교정한 津逮秘書本(毛本), 淸 가경 연간 張海鵬이 편한 學津討源 叢書에 수록한 學津討源本을 모두 참고하여 點校한 점교본(중화서국, 1981年)과 대조하여 복원하였다. 여기에서 발견되는 異體字 및 판본 간의 상이한 점을 모두

각주로 처리하여 이해를 도왔고 원문을 복원시키는 데 주력하였다.

제3부 조선간본 《唐段少卿酉陽雜俎》의 원판을 영인하여 삽입하였다. 봉화 닭실마을 충재 박물관본을 위주로 하고 성균관대 판본과 일본 국회도서관본을 보조자료로 하여 복원하였다. 또 각 판본마다 보존 상태가 좋지 못한 것은 다른 지역의 양호한 판본을 이용하여 최초의 출판 형태와 유사하게 복원하였다.

또한 본 연구팀이 주목하는 중국 고전문헌의 조선출판본 현황 연구는 단순한 판본 복원작업이 아니라 해제까지 곁들여 분석하는 작업이기에 이러한 작업이 완료되면, 우리의 고전문헌 연구에 상당히 寄與할 것이라 확신하며 아울러 국문학, 한문학, 중문학자들의 비교문학적 연구에도 귀중한 자료가 되기를 희망한다. 동시에 이 책은 古書에 대한 총 목록 및 해제를 한 눈에 볼 수 있는 것은 물론 기타 문화유산을 소개하고 홍보자료로도 그 일익을 담당할 것으로 예견된다.

이번에도 흔쾌히 출간에 협조해 주신 하운근 학고방 사장님을 비롯한 전 직원 여러분께 감사를 드리며, 원고정리 및 교정에 도움을 준 대학원 배우정과 옥주 학생에게 감사의 뜻을 전한다.

2018년 08월 08일
민관동 · 정영호 · 박종우

8

▍일러두기

1. 원문의 교감은 조선간본 《唐段少卿酉陽雜俎》를 저본으로 하고, 명 만력 36年 (1608) 趙琦美가 교감한 趙本(脉望館本), 명 商濬이 稗海叢書에 수록한 稗海本, 명말청초 毛晉이 교정한 津逮秘書本(毛本), 청 가경 연간 張海鵬이 편한 學津討源 叢書에 수록한 學津討源本을 모두 참고하여 方南生이 點校한 점교본(中華書局, 1981年)과 대조하여 복원하였으며(方南生은 趙本을 저본으로 하고 學津本·津逮本·稗海本을 주요 교감본으로 삼고 太平廣記·說郛·舊唐書·新唐書·唐會要·冊府元龜·資治通鑑 등 참고하였다고 밝힘. 《譯註酉陽雜俎》의 정환국은 方南生 점교본을 저본, 조선간본 및 일본 元錄 시대 간본(1697年)과 대조, 趙本과 津逮本, 《山海經》, 《太平廣記》 활용하였다고 밝힘.), 기타 판본은 참고로 활용하였다.

2. 저본과 이본은 각주에서 다음과 같이 약칭하였다.
   - 朝鮮刊本: 底本
   - 方南生 點校本: 點校本
   - 趙琦美 脉望館本: 趙本
   - 商濬 稗海叢書本: 稗海本
   - 毛晉 津逮秘書本(毛本): 津逮本
   - 張海鵬 學津討源本: 學津本
   - 日本翻刻本: 日本

3. 교감의 원칙은 저본의 복원을 기준으로 삼되, 원문은 가능한 현재 통용되는 자를 기준으로 표기하였고, 이본과 교감한 부분은 주석을 통해 밝혔다.

4. 표점과 구두점은 方南生이 點校한 점교본을 참고하였다.

5. 原版本의 약자·속자·고자·이체자는 주석을 통해 밝혔고, 필요시 원판본의 자형을 원문에 표기하였다. 반복 출현하는 글자는 첫 번째에서 주석을 달고 이후 생략함을 원칙으로 했다.

6. 원문의 작은 글자로 표기된 원주는 ( )로 구분하여 표시하였다.

7. 第3部 原版本의 卷一~卷十은 冲齋宗宅本, 卷十一~卷十二은 日本 國會圖書館本, 卷十四~卷二十은 成均館大學校 所藏本을 영인한 것이다.

┃목차

10

第三部 朝鮮刊行《唐段少卿酉陽雜俎》의 原版本

第一部

《唐段少卿酉陽雜俎》의 연구와
異體字 目錄

1. 《唐段少卿酉陽雜俎》의 국내 유입과 수용*

《酉陽雜俎》는 唐代 段成式이 張華의 《博物志》를 모방해서 편찬한 작품으로 대략 異事奇文을 위주로 엮어 놓은 책이다. '酉陽'이라는 유래는 위진육조 梁 나라 元帝가 지은 賦〈訪酉陽之一典〉에서 따온 것이라고 하며, 또 '酉陽'은 山名(湖南省 沅陵縣의 小酉山)으로 秦代에 책을 보관했던 石室이라고도 한다(그 외에도 一說에는 단성식의 號라고 추정하는 이도 있다). 그리고 '雜俎'는 잡다한 것을 모아 놓았다는 뜻으로 《酉陽雜俎》는 唐代 筆記小說 가운데 독창성이 매우 높은 대표적 작품으로 평가받고 있다.

《酉陽雜俎》는 前集 20卷과 續集 10卷을 합하여 총 30卷으로 되어 있으며, 수록한 事類에 따라 '史志'부터 '支植'까지 다양한 편목으로 세분되어 있다. 그 내용은 서명에서 알 수 있듯이 人事・神怪・飮食・醫藥・寺塔・動物・植物 등 매우 광범위하며, 傳奇・志怪・雜錄・考證 등 그 문체도 다양하다.[1]

편찬자 段成式(803?~863年)은 字가 柯古이며 齊州 臨淄 출생(현 山東省 淄博市)이다. 그는 唐 穆宗 때 校書郎을 지냈으며 말년에는 太常少卿에까지 올랐던 문인이다. 집안에 藏書가 많아 어려서부터 박학다식했으며 특히 佛經에 정통했다고 전해진다. 그는 일찍부터 文名이 높았는데, 그가 구사하는 언어와 문장은 뜻이 심오하고 광대하여 세상 사람들이 珍異하게 여겼다고 하며, 그의 작품으로는 《廬陵官下記》2卷이 있으나 현재 전하지는 않는다.[2]

段成式의 《酉陽雜俎》는 일찍이 국내에 유입되어 국내 문단에 많은 영향을 끼쳤으며 또 조선시대 초기에는 국내에서 출판까지 이루어졌는데, 이로 인해 조정의 문인들 사이에서 논란과 시비의 중심에 있었던 문제의 책이기도 하다.

본 논문에서는 먼저 《유양잡조》의 국내 유입시기와 논쟁의 원인에 대하여 살펴보고, 국내에서 출판된 판본과 현재 국내에 소장된 판본을 구체적으로 분석하여 그 가치를 평가해 보고

---

* 이 논문은 2010년 한국연구재단의 정부재원(교육과학기술부 인문사회연구 역량강화사업비)의 지원을 받아 (NRF-2010-322-A00128) 2014년 1월 《중국어문논역총간》 34집에 투고된 논문을 수정 보완한 것이다. 본서가 《朝鮮刊本 酉陽雜俎의 복원과 연구》이기에 책의 완정성과 연구자의 편리성을 위해 본 논문을 중복 편집하여 출판하였음을 밝혀둔다.

1) 劉世德 외, 《中國古代小說百科全書》, 中國大百科全書出版社, 1993年, 698~699쪽.
2) 陳文新・閔寬東 合著, 《韓國所見中國古代小說史料》, 武漢大學出版社, 2011年, 91~92쪽.
  寧稼雨, 《中國文言小說總目提要》, 齊魯書社, 1994年, 106쪽.

자 한다. 또한 《유양잡조》가 국내에 유입되어 수용되는 과정과 영향을 중점적으로 다루기로
한다.

1) 《유양잡조》의 국내 유입과 논쟁

段成式의 《酉陽雜俎》가 언제 국내에 유입되었는지에 대한 정확한 기록은 없다. 그러나 고
려시대에 이미 《山海經》·《新序》·《說苑》·《搜神記》·《嵇康高士傳》·《世說新語》·《太平
廣記》까지 유입된 정황으로 보아 늦어도 고려시대 중기에는 국내에 유입된 것으로 보인다.(특
히 남송시기에 출간된 판본이 유입되었을 가능성이 높아 보인다.)[3] 또 고려중기 이후 문인들
의 漢詩에 《酉陽雜俎》에만 나오는 典故들이 원용되고 있는 점으로 대략적 유입시기를 추정할
수 있다.[4]

국내 고전문헌에서 찾아볼 수 있는 最初記錄은 徐居正(1420~1488年)의 《筆苑雜記》序文에
나타난다.

> 대개 筆談은 벼슬을 그만두고 거처하던 때에 보고들은 것이요, 言行錄은 名臣의 실제 행
> 적을 기록한 것이니 이 책은 이 둘을 겸한 것이다. 어찌 《搜神記》와 《酉陽雜俎》 등의 책과
> 같이 기이한 일을 들추어서 두루 섭렵하였음을 자랑하며 웃음거리로 이바지하는 데 그치
> 겠는가?[5]

이 글은 徐居正의 《筆苑雜記》序文에 나오는 글인데 본래 이 서문은 表沿沫(1449~1498年)
이 1486年에 쓴 글이다. 이러한 사실로 보아 1486年 이전에 전래되어 많이 애독되고 있었음이
확인된다.

그 다음 기록으로는 《조선왕조실록》의 《成宗實錄》(卷二八五·19-20, 成宗24年 12月 28日,
戊子)에서 찾아볼 수 있다. 成宗 24年은 西紀 1493年으로 그해 12月 朝廷에서 이 책으로 인하
여 상당한 물의와 논란을 불러일으킨 기록이다. 그 기록을 살펴보면 다음과 같다.

---

3) 손병국은 9세기 경에 우리나라에 전래된 것으로 보고 있다. 손병국, 〈유양잡조의 형성과 수용양상〉, 《한국
　어문학연구》제41집, 2003年 8月, 172쪽.
4) 단성식 지음, 정환국 옮김, 《譯註酉陽雜俎》, 소명출판, 2011年 9月, 20쪽 참고.
5) 表沿沫, 《筆苑雜記》序, 손병국, 〈유양잡조의 형성과 수용양상〉, 《한국어문학연구》제41집, 2003年 8月, 181
　쪽 재인용.

弘文館 副提學 金諶 등이 箚子(신하가 임금에게 올리는 공문서)를 올리기를, "삼가 듣건대, 지난번 李克墩이 慶尙監司로, 李宗準이 都事로 재직하고 있을 때《酉陽雜俎》·《唐宋詩話》·《遺山樂府》및《破閑集》·《補閑集》·《太平通載》등의 책을 刊行하여 바치니, 폐하께서는 그것을 大闕 內府에 所藏하도록 명하셨습니다. 그리고 다시《唐宋詩話》·《破閑集》·《補閑集》등의 책을 내려 臣 등으로 하여금 歷代의 年號와 人物 出處를 대략 註解하여 바치게 하셨습니다. 그러나 臣 등은 帝王의 학문은 마땅히 經史에 마음을 두어 修身齊家하고 治國平天下하는 要結을 종지로 삼고, 治亂과 得失의 자취를 講究해야하며, 이외에는 모두 治道하는데 無益하고 聖學(성인이 진술한 학문, 즉 유학)에 방해가 된다고 생각합니다. 그런데 이극돈 등이 그저《유양잡조》와《당송시화》등의 책이 怪誕하고 不經한 말과 浮華하고 戲弄하는 언사로 되었음을 알지 못하고 이렇게 굳이 전하게 進上하는 것은 전하께서 詩學에 흥미가 있다는 것을 알고, 그것을 이용해 관심을 끌고자 했기 때문입니다. 항시 임금이 嗜好하는 것에는 아부를 하기 위해 이를 따르는 자들이 많은 법인데, 李克墩이 바로 이러한 인물일 뿐만 아니라 하물며 중간에서 중개자가 되어 그것을 전한 자임에랴 어찌하겠습니까! 이처럼 怪誕하고 장난스럽게 쓴 책은 전하께서는 淫聲이나 美色과 같이 멀리해야 마땅하며, 宮中 內府에 秘藏하게 하여 乙夜之覽(국왕이 정무를 끝내고 취침하기 전인 열시 경에 독서를 하므로 이름)을 돕게 함은 마땅하지 못합니다. 청컨대 위의 여러 책들을 外方(외부지방)에 내려 보내시고, 聖上께서는 心性을 바르게 수양하는 功力을 다하시고, 臣下들이 아첨하는 길을 막으소서."라고 하였는데, 임금이 전교하기를, "그대들이 말한 바와 같이《유양잡조》등의 책이 怪誕하고 不經하다면,《詩經》의 國風과《左傳》에 실린 것들은 모두 純正하다는 것인가? 근래에 인쇄하여 반포한《事文類聚》또한 이와 같은 일들이 실려 있지 아니한가? 만약 人君이 이러한 책들을 보는 것은 마땅하지 못하다면, 임금은 단지 經書만 읽어야 마땅하다는 것인가? 李克墩은 理致를 아는 大臣인데, 어떻게 그 不可함을 알면서도 그렇게 하였겠는가? 지난번에 柳輊가 慶尙監司로 있을 때 十漸疏를 屛風에 써서 바치니, 그것에 대해 논하는 자들이 아첨[阿諛]하는 것이라고 주장하였는데, 지금 말하는 것 또한 이와 같도다. 내가 前日에 그대들에게 이 책들을 대강 註解하도록 명하였는데, 그대들은 주해하는 것을 꺼려하여 이러한 말을 하고 있는 것이로다. 일찍이 불가함을 알았다면 애초에 어찌 말하지 아니하였는가?"라고 하였다.[6]   〈成宗實錄, 卷二八五·19-20, 成宗24年 12月 28日, 戊子〉

---

6)《朝鮮王朝實錄》, 成宗實錄, 卷二八五·19-20.

(弘文館副提學 金諶等, 上箚子曰, 伏聞 頃者 李克墩爲慶尙監司, 李宗準爲都事時, 將所刊酉陽雜俎 唐宋詩話 遺山樂府 及破閑 補閑集 太平通載等書以獻, 旣命藏之, 內部旋下. 唐宋詩話 破閑 補閑等集, 令臣等 略注歷代編年號, 人物出處以進. 臣等竊惟帝王之學, 潛心經史, 以講究修齊治平之要, 治亂得失之跡耳, 外此皆無益於治道, 而有妨於聖學. 克墩等曾不知雜俎詩話等書, 爲怪誕不經之說, 浮華戲劇之詞, 而必進於上者. 知殿下留意詩學而中之也,. 人主所尙, 趨之者衆, 克墩尙爾, 況媒進者乎. 若此怪誕戲劇之書, 殿下當如淫聲美色而遠之, 不宜爲內府秘藏, 以資乙夜之覽. 請將前項諸書, 出府外藏, 以益聖上養心之功, 以杜人臣獻諛之路. 傳曰, 如爾等之言, 以酉陽雜俎等書, 爲怪誕不經, 則國風左傳所載, 盡皆純

이 글은 副提學 金諶 등이 1492년 이극돈과 이종준이 경상감사와 都事로 재직할 때 《酉陽雜俎》과 《太平通載》 등의 책을 刊行하여 바친 일이 발단이 되어 탄핵을 하는 기록이다. 이 사건의 핵심은 副提學으로 있던 金諶이 이극돈이 간행한 《酉陽雜俎》와 《太平通載》 등의 책을 不經한 것이라고 탄핵한 데서 시작된다. 그는 오히려 패관잡기 등의 책을 註解하도록 命한 임금(成宗)을 교묘히 힐책하며 모름지기 임금은 이러한 불경한 책들을 멀리하고 經史를 읽어 心身修養에 힘써야 한다고 奏請한다. 이에 심기가 불편해진 임금은 "《詩經》·《左傳》과 《事文類聚》에는 모두 순정한 내용만 있단 말인가? 또 임금은 오직 經書만 읽어야 한단 말인가?"라며 역정을 낸다. 성종은 오히려 "金諶 등이 註解(성종이 命한 《唐宋詩話》·《破閑集》·《補閑集》 등에 대한 註解)하는 것을 꺼려하여 이러한 궤변을 늘어놓는 것 아니냐"며 그 잘못을 추궁하고 있다.

탄핵사건이 점점 심각하게 돌아가자 다음날(1493年 12月 29日) 이 탄핵사건의 당사자인 이극돈은 바로 임금님을 謁見하여 이 문제에 대한 출판경위에 대하여 해명을 하며 탄핵의 부당함을 호소한다.

吏曹判書 李克敦이 와서 아뢰기를, "《太平通載》와 《補閑集》 등의 책은 이전에 제가 監司로 있을 때 이미 刊行하였습니다. 劉向의 《說苑》와 《新序》는 文藝에 관계되는 바가 있을 뿐만 아니라, 또한 제왕의 治道에도 관계되는 것이며, 《酉陽雜俎》가 비록 不經한 말이 섞여 있다 하나, 또한 보는 사람들이 마땅히 널리 涉獵해야하는 바이므로, 신이 刊行하도록 하였습니다. 그리고 前日에 각 도에서 새로 간행한 書冊을 進上하라는 御命이 있었기 때문에 進封(진상)하였을 뿐입니다. 어떤 책이 詩學에 관계되기에 臣을 지적하여 전하의 비위를 맞추어 아부하는 것이라 하는 것인지 알지 못하겠습니다."라고 하였다.[7]

〈成宗實錄, 卷二八五·21, 成宗24年 12月 29日, 己丑〉

이처럼 이극돈은 직접 御殿으로 들어와 그 억울함과 부당함을 읍소하고 있다. 사실 당시 이극돈은 이조판서로 재직 중에 있었으며 탄핵을 주도한 金諶은 홍문관 부제학이다. 이러한

正歟. 近來印頒, 事文類聚, 亦不載如此事乎. 若曰, 人君不宜觀此等書, 則當只讀經書乎. 克敦識理大臣豈知其不可而爲之哉, 前者 柳輊爲慶尙監司時, 書十漸疏于屛進之議者以爲阿諛, 今所言, 亦如此也. 予前日命汝等, 略注此書, 必汝等, 憚於注解而有是言也. 旣知其不可, 則其初, 何不云爾.)

7) 《朝鮮王朝實錄》, 成宗實錄, 卷一八五·21

己丑 …… 吏曹判書 李克敦來啓, 太平通載 補閑等集 前監司時, 已始開刊. 劉向說苑·新序, 非徒有關於文藝, 亦帝王治道之所係, 酉陽雖雜以不經, 亦博覽者, 所宜涉獵, 臣令開刊. 前日諸道新刊書冊, 進上有命故, 進封耳. 未知何書, 爲關於詩學, 而指臣爲中之乎.)

雜記書籍의 출판문제가 정치적 사건으로까지 비화되어 권력의 암투로 이어지게 된 사실이 매우 흥미롭다.

　탄핵사건이 오히려 탄핵을 주도한 金諶 등에게 불리하게 돌아가자, 당일(12월 29일) 金諶 등이 다시 임금을 謁見하며 극구 변명을 하고 있다. 이러한 사실로 보아 당시 신하들 사이에서도 이 문제가 적잖이 화재가 되었던 것으로 보인다. 또한 앞뒤의 정황을 살펴보면 稗官雜記의 간행으로 君臣間에 혹은 신하들 사이에 상당한 논쟁이 있었음을 알 수 있다.[8]

　　　副提學 金諶 등이 와서 임금께 아뢰기를, "《唐宋詩話》·《破閑集》·《補閑集》 등의 책을 註解하는 일을 臣 등이 꺼려한다고 하셨는데, 지난번에 《事文類聚》를 먼저 校正하라는 御命을 전교 받았기 때문에 곧바로 註解하지 못했던 것입니다. 臣下가 御命을 받으면 비록 위험한 곳에 나아간다 하더라도 감히 피하지 아니하는 법인데, 하물며 문필(文墨)의 작은 일에 어떻게 조금이라도 꺼려하는 情狀이 있었겠습니까? 臣 등은 이러한 마음이 전혀 없었습니다. 臣 등은 보잘것없는 才能을 가지고 侍從(모시고 따름)하면서, 평소 임금이 詩學 따위에 관심을 가져서는 안 된다고 생각하였던바 聖上께서 혹시라도 이것에 흥미를 가지실까 두려워하였습니다. 李克墩은 事理를 아는 大臣으로서 이런 不經하고 희극적인 책들을 지어 바쳤으므로, 臣 등이 이 일을 생각하기에 진실로 그르다고 여겼기 때문에 아뢰었을 뿐입니다. 어떻게 감히 허물이 없는 者에게 허물을 씌우고, 말이 없는 데에 빈말을 만들고자 하였겠습니까? 註解하라는 명을 받들고 즉시 시작하지 아니한 것은 진실로 上敎와 같습니다. 그러나 臣下의 도리란 옳다고 생각되는 바가 있으면 반드시 啓達하는 것이니, 어찌 말한 때가 이르고 늦은 것으로써 감히 形迹(뒤에 남은 흔적, 자신의 행위)을 피하겠습니까? 지금 下敎를 받들고 보니 절실한 마음 감당하지 못하겠습니다. 待罪를 청합니다."하니, 전교하기를, "내가 그대들이 말하는 뜻을 모르는 바 아니로다. 《酉陽雜俎》등의 책이 비록 不經한 말로 뒤섞여 있다 하나, 《詩經》國風 또한 淫亂한 말이 실려 있다고 하여 經筵(임금 앞에서 경서를 강론하는 자리)에서 進講하지 못하도록 請한 자가 있었으니, 後人이 그 그릇됨을 많이 의논할 것이다. 帝王은 마땅히 善과 惡을 살펴봄으로써 勸戒를 삼는 것이니, 만약 그대들이 말한 바와 같다면 근래에 印刷한 《事文類聚》는 不經한 말이 없다는 것인가? 그렇다면 大闕 內府에 간직해 둔 여러 책을 장차 모두 찾아서 외부로 내보낸다면, 임금은 단지 四書五經만 읽어야 한단 말인가? 이 책을 註解하도록 명한 것이 8월에 있었으나, 이제까지 써서 바치지 아니하였으니, 책망이 돌아갈 바가 있는데, 도리어 이제 와서 이런 말을 하는 이유는 무엇인가? 그대들은 반드시 考閱(註解하는 일)하기를 꺼려하여 그러한 말을 하는 것이라 생각되는 도다. 그러나 待罪(처벌)하지는 않겠다."라고 하였다.[9]　　　　〈成宗實錄, 卷二八五·21, 成宗24年 12月 29日, 己丑〉

―――――――――――――――――――

8) 민관동, 《중국고전소설의 전파와 수용》, 아세아문화사, 2007年, 117~123쪽 참고.

9) 《朝鮮王朝實錄》, 成宗實錄, 卷二八五·21.

위 기록은 1493年 12月 29日 수세에 몰린 홍문관 부제학 金諶 등이 다시 임금을 謁見하여 오해를 풀기위해 극구 변명을 늘어놓는 장면이다. 즉 《事文類聚》를 먼저 校正하라는 御命을 받았기에 《酉陽雜俎》를 바로 註解하지 못했다고 변명을 하면서도 한편으로는 帝王이 불경한 잡학에 관심을 두는 것과 李克敦의 행위에 대해서 경계를 늦추지 않고 있다. 그러자 "帝王은 마땅히 善과 惡을 두루 살펴봄으로써 勸戒를 삼는 것이지 어찌 오직 四書五經만 읽을 수 있느냐"며 反問하고 분명 그 책을 註解하기 꺼려하여 구차한 변명한다며 詰責하고 있다. 그러나 임금은 그의 죄를 더 이상 추궁하지 않겠다고 밝히고 있어 이 문제가 다른 문제로 비화되지 않도록 불문에 붙이고자 한 의도를 엿볼 수 있다.

그 당시 논쟁이 야기되었던 쟁점은 중국고전소설이 詩文爲主의 정통문학이 아닌 非正統文學이기에 일부 사신들 사이에서는 이것을 不經하다는 이유와 음란한 문구가 많다는 이유로 배척하고 있으며, 그와 반대로 국왕과 이극돈 등의 일부 문인들은 오히려 "임금은 마땅히 善과 惡을 살펴봄으로써 그 勸戒를 삼는 것"이라며 詩文爲主의 문학관을 떨치고 폭넓은 학문관을 주장하며 논쟁을 벌인 사건으로 당시 문인들의 문학의식을 살펴 볼 수 있는 한 단면이기도 하다.[10]

이처럼 우리 작품도 아닌 일개 중국소설의 出刊問題가 朝廷에서 君臣間에 혹은 신하들 사이에 曰可曰否하며 논쟁을 하였다는 것 자체가 매우 희귀한 사실이며 해학적인 사건 중의 하나이다. 그러나 이 탄핵사건은 단순할 출판문제로 惹起된 사건이 아닌 또 다른 음모가 있었음이 확인된다. 즉 김심 등이 이극돈을 탄핵한 본질은 당시의 정치문제를 소설류의 출간문제를 빌미잡아 해결하려 하였다는 것으로 추정된다.

이 사건의 핵심은 勳舊派와 士林派의 견제와 대결구도에서 나온 정치적 사건으로 당시 사림파는 弘文館(성종 9年부터 弘文館이 정비되어 왕성한 활동함)을 중심으로 세력을 크게 확대하며 본격적으로 훈구파를 견제하게 된다. 사림파의 주요인물로는 김종직을 위시하여 김굉

(副提學 金諶等來啓曰, 唐宋詩話 破閑 補閑等集注解事, 以臣等爲厭憚, 前此事文類聚, 爲先校正事, 承傳故, 未卽注解. 人臣受命雖蹈湯赴火, 且不敢避, 況此文墨細事, 豈有一毫厭憚之情. 臣等萬無是心. 臣等俱以劣能待罪, 侍從以爲詩學, 人主之末事, 常恐聖上, 或有留意. 克敦以識理大臣, 獻此不經戲劇之書, 臣等心實非之故, 啓之耳. 安敢求疵於不疵, 造辭於無辭乎. 承註解之命, 不卽論啓, 誠如上教人臣之義, 有懷必達, 豈以言之早晚, 敢避形迹乎. 今承下敎不勝隕越,. 請待罪. 傳曰, 予未知爾等所言之意. 酉陽雜俎等書, 雖雜以不經之說, 然國風亦載淫亂之辭, 而有請於經筵, 不以進講者, 後人多議其非. 人主當觀善惡, 以爲勸戒, 若如爾等之言則, 近印事文類聚, 其無不經之說乎. 然則內藏諸書, 將書搜出, 而人君只讀四書五經而已耶. 命註此集, 在於八月而迄, 不書進責有所歸, 而今反有是言何耶. 爾等必憚於考閱, 而求其說也. 然勿待罪.)

10) 민관동,《중국고전소설의 전파와 수용》, 아세아문화사, 2007年, 123쪽.

필·정여창·김심·표연말·이종준·김일손 등의 신진 유림세력이었으며, 이들은 道學的인
유교정치를 理想으로 실현하려는 과정에서 기존에 깊게 뿌리를 내리고 있던 훈구파와 정치적
으로 크게 부딪친다. 당시 이극돈은 勳舊派였고 김심은 이와 대립관계에 있었던 士林派였다.

여기에서 흥미로운 일은 《유양잡조》를 출간하여 올린 사람이 경상감사 이극돈과 都事로 재
임하였던 이종준이다. 그러나 이들은 함께 일을 하였음에도 탄핵의 대상에서 이종준은 제외되
었다는 점이다. 실제 성균관대본 《유양잡조》의 跋文을 살펴보면 "弘治壬子 …… 廣原李士高
(이극돈의 字)識"과 "月城李宗準謹識"이라고 되어 있어 출판을 주도한 인물은 이극돈과 이종
준임을 알 수 있다. 그럼에도 불구하고 이종준에 대한 탄핵은 제외되고 탄핵대상을 이극돈으
로 삼았다. 왜냐하면 이극돈은 훈구파인 반면 이종준은 김종직 문인의 사림파였기 때문이다.
이러한 연유에서 이 사건은 탄핵의 본질이 정치적 대립에서 비롯되었다는 것을 증명해 준다.

또 이러한 사건의 앞뒤정황과 조선 초기의 출간을 기록한 《고사촬요》의 서목을 살펴보면
조선 초기의 중국소설류에 대한 국내출판은 당시 조정의 중심이 되었던 훈구파들의 왕성한
편찬사업에 힘입어 중국소설류의 출판도 가능했던 것으로 추정된다.

그 외 유입과 관련된 자료로는 金安老의 《退樂堂集》·퇴계의 《退溪集》·이수광의 《芝峯類
說》·李瀷의 《星湖僿說》·李圭景의 《五洲衍文長箋散稿》·박지원의 《熱河日記》·李德懋의
《靑莊館全書》에도 언급되어 있으며, 그 외 《與猶堂全書》·《硏經齋集》·《海東繹史》에서도
확인된다. 이들이 언급한 내용은 喪禮나 冊名, 異域 등 주로 典據나 고증의 누락된 부분의
보충과 의학적 지식 및 서지상황 등에 대하여 언급하고 있다.11) 이 부분에 대한 것은 제5장
《유양잡조》의 국내 수용에서 다시 소개하기로 한다.

2) 《유양잡조》의 국내 출판

《酉陽雜俎》는 조선시대 成宗 23年(1492)에 《唐段少卿酉陽雜俎》라는 이름으로 출판되었
다. 이 책은 1492年 李克墩과 李宗準이 경상감사와 都事로 재직하던 시기에 간행한 책으로12)
총 20卷 2책 혹은 20卷 3책이며(어느 책이 먼저인지는 확인하기 어렵다.) 한 면이 10行 19字로

---

11) 단성식 지음, 정환국 옮김, 《譯註酉陽雜俎》, 소명출판, 2011年 9月, 21쪽 참고

12) 《조선왕조실록》285卷, 성종 24年(1493年 12月 28日)에 "弘文館 副提學 金諶 등이 箚子를 올리기를, "삼가
    듣건대, 지난번 李克墩이 慶尙監司와 李宗準이 都事로 있을 때 《酉陽雜俎》·《唐宋詩話》·《遺山樂府》
    및 《破閑集》·《補閑集》·《太平通載》 등의 책을 刊行하여 바치니.……"라는 기록에서 이극돈과 이종준이
    간행하였음을 알 수 있다.

된 판본으로 추정된다. 그 출판관련 기록을 살펴보면 다음과 같다.

> 吏曹判書 李克敦이 와서 아뢰기를, "《太平通載》와 《補閑集》 등의 책은 이전에 제가 監司로 있을 때 이미 刊行하였습니다. 劉向의 《說苑》와 《新序》는 文藝에 관계되는 바가 있을 뿐만 아니라, 또한 제왕의 治道에도 관계되는 것이며, 《酉陽雜俎》가 비록 不經한 말이 섞여 있다 하나, 또한 보는 사람들이 마땅히 널리 涉獵해야하는 바이므로, 신이 刊行하도록 하였습니다.[13) 〈成宗實錄, 卷二八五·21, 成宗24年 12月 29日, 己丑〉

이 기록에서 이극돈은 《酉陽雜俎》를 출간하였다고 분명히 밝히고 있으며 그 외에도 《太平通載》와 《補閑集》도 자신이 출간하였음이 확인된다. 특히 劉向의 《說苑》과 《新序》도 그에 의하여 출간되었음을 알 수 있다. 그러면 이극돈은 어떤 인물이며 그의 문학관은 어떠한지 주목할 필요가 있어 보인다.

이극돈(1435~1503年)[14)은 우의정 李仁孫[15)의 아들로 1457年(세조 3年) 文科에 급제하여 吏曹判書와 右贊成 등 주요 관직을 두루 거친 훈구파의 거물이다. 또 그는 연산군 때 신진 士林派와 반목하던 중 무오사화를 일으킨 장본인이기도 하다. 그러나 학술서적 편찬에는 남다른 조예가 있었던 것으로 보인다. 그가 편찬한 책으로는 《綱目新增》·《東國通鑑》·《酉陽雜俎》·《唐宋詩話》·《遺山樂府》·《破閑集》·《補閑集》·《太平通載》·《說苑》·《新序》·《成宗

---

13) 《朝鮮王朝實錄》, 成宗實錄, 卷二八五·21.
   己丑 …… 吏曹判書 李克敦來啓, 太平通載 補閑等集 前監司時, 已始開刊. 劉向說苑 新序, 非徒有關於 文藝, 亦帝王治道之所係, 酉陽雖雜以不經, 亦博覽者, 所宜涉獵, 臣令開刊.

14) 이극돈은 字가 士高이고, 號는 四峯이며 우의정 李仁孫의 아들이다. 그는 1457年(세조 3年) 親試文科에 급제하여 典農寺注簿·成均館直講·應敎 등을 역임했다. 1468年 文科重試에 乙科로 급제하고 禮曹參議에 승진하였고, 이어 漢城府右尹을 지냈다. 1470年(성종 1年)에는 대사헌·형조참판을 거쳐 이듬해 佐理功臣으로 廣原君에 봉해졌고 1473年 聖節使로 명나라에 다녀왔다. 또 1476年 예조참판 때 奏請使로, 1484年에는 정조사가 되어 재차 명나라에 다녀왔고, 1487年에 漢城府判尹이 되었다. 1493年에 이조판서에 이어 병조·호조판서를 역임하였고, 平安·江原 등의 관찰사를 거쳐 左贊成에 이르렀다. 1498年(연산군 4年) 勳舊派의 거물로서 신진 士林派와 반목하던 중 柳子光을 시켜 金馹孫 등을 탄핵하여 戊午士禍를 일으켰다. 이후 1501年(연산군 7年) 병조판서가 되었다가 1503年에 69세의 나이로 사망하였다. 시호는 翼平이었으나 뒤에 관직과 함께 추탈되었다.

15) 본관은 廣州. 자는 仲胤, 호는 楓厓이다. 참의 李之直의 아들이다. 그는 태종 11年 생원시로 입조하여 세종·문종·단종을 거치면서 출세를 하였고 특히 세조 때에는 찬탈에 가담하여 3등공신이 되었다가 나중에는 우의정에 이른다. 그에게는 아들이 5형제가 있었는데 李克培(영의정), 李克堪(형조판서), 李克增(숭정대부 판중추부사), 李克敦(이조판서), 李克均(좌의정)이다. 이들 형제는 世祖 및 成宗 年間에 걸쳐 조선 최고의 명문세가를 이루었던 훈구파의 대표적인 집안이다.

實錄》등이 있다.16)

그가 출판을 주도한 서책 가운데 문학 서적이 주류를 이루고 있는 점은 당시 經書出版을 주도하였던 사림파와는 상당한 대조를 이룬다. 즉 조선 초기의 출판활동은 훈구파들의 왕성한 편찬사업에 힘입은 바가 크다. 이는 經學爲主의 편협된 학문관에서 벗어나 중국소설류의 출판을 주도하였다는 점은 그들의 문학관을 엿볼 수 있는 일면으로 나름의 의미를 찾을 수 있다.

또 《酉陽雜俎》에 대하여 내용이 비록 "不經한 말이 섞여 있다 하나, 또한 보는 사람들이 마땅히 널리 涉獵해야 한다."는 관점은 서책의 내용을 가려서 읽는 것이 아니라 不經한 책이라 할지라도 읽고서 자신이 그 眞僞와 是非를 가려야 한다는 매우 폭넓은 학문관을 가지고 있었던 것으로 판단된다.

그 외 출판을 주도한 이종준(?~1498年)은 안동출신으로 김종직의 문인이다. 그는 신진 사림파로 시문·서화로 저명했으며, 대표저서로는 《慵齋遺稿》가 있다. 1498年(연산군 4年) 무오사화 때 김종직의 문인으로 몰려 富寧으로 귀양 가다가 高山驛에 써 붙인 시로 말미암아 체포되어 이듬해 사형되었던 인물이다.

일반적으로 《유양잡조》는 慶尙監司 李克敦과 都事 李宗準이 출간한 것으로 알려졌지만 이들 외에도 실제로 출판을 주도한 인물이 하나 더 있다. 그는 崔應賢(1428~1507年)이라는 인물로 당시 慶州府尹을 지낸 인물이다. 그는 조선 중기의 문신으로 字는 寶臣이며 號는 睡齋이다. 1448年(세종 30年)에 사마시에 합격하여 그 뒤 江原道都事·이조참의·동부승지·충청도감찰사에 임명되었다. 1489年에는 대사헌으로 있다가, 1491年에 경주부윤으로 임명되었다. 1494年에 한성부좌윤을 거쳐 1497年 다시 대사헌에 임명되었고, 1505年에는 강원도관찰사를 거쳐 형조참판과 오위도총부 부총관을 역임하였던 인물이다.

그가 《유양잡조》의 출간에 참여하였다는 기록은 성균관대본(貴D7C-16)과 성암문고본(4-1413)의 《酉陽雜俎》跋文에 "弘治壬子(1492年) … 睡翁 崔應賢 寶臣 謹志"라는 기록이 이를 증명해준다. 본래 이 판본의 발문에는 세 개의 발문이 보이는데 첫 번째가 "弘治壬子(1492年) 臘前二日廣原李士高識,"이고 두 번째가 "弘治五年(1492年) … 李宗準謹識,"이며 세 번째가 "弘治壬子(1492年) … 睡翁崔應賢寶臣謹志"순으로 되어있다.

또 최응현은 1491年에 경주부윤으로 임명받은 점과 이 책의 출판지가 慶州라는 점 그리고 최응현의 발문이 가장 뒤에 나오는 점 등을 고려하면 실제적 출간의 총책은 당시 경주부윤으로 있었던 최응현이 실무를 총괄하였을 가능성이 높다.

---

16) 한국민족문화대백과사전 참고.

그 외에도 당시《酉陽雜俎》의 출판을 고증하는 자료가 宣祖 1年(1568) 刊行本《攷事撮要》
에서도 보인다.

> 宣祖1年(1568) 刊行本《攷事撮要》: 557종
> 原州 :《剪燈新話》, 江陵 :《訓世評話》, 南原 :《博物志》, 淳昌 :《效顰集》,《剪燈餘話》,
>   光州 :《列女傳》, 安東 :《說苑》, 草溪 :《太平廣記》, 慶州 :《酉陽雜俎》, 晉州 :
>   《太平廣記》.
> 宣祖 18年(1585) 刊行本《攷事撮要》: 988종
> 延安 :《玉壺氷》, 固城 :《玉壺氷》, 慶州 :《兩山墨談》, 昆陽 :《花影集》.17) (위에 언급된
>   판본목록은 모두 중복되어 추가 누락된 것만 소개.)

宣祖 1年(1568) 刊行本《攷事撮要》의 기록에 의하면《酉陽雜俎》는 月城(慶州)에서 간행되
었다고 밝히고 있는데 성균관대본《酉陽雜俎》의 跋文에도 "月城李宗準謹識"이라는 기록이
있어 이 책이 바로 成宗 23年(1492)에 이극돈에 의하여 발간된《唐段少卿酉陽雜俎》을 지칭하
는 것으로 확인된다.

《唐段少卿酉陽雜俎》는 최초 목판본으로 발간되었고 현재 誠庵文庫(본인이 직접 원본을 확
인하지 못하였음), 奉化 沖齋宗宅, 成均館大學校 등 여기저기 흩어져 있어 完整本은 없는
상태이다. 또 판본의 크기도 각각 28×16.5㎝, 29.1×16.8㎝, 26.9×17.5㎝, 29.2×16.8㎝ 등 차이를
보이고 있는 점과 卷冊의 수에 있어서도 20卷 2책본과 20卷 3책본이 따로 존재하는 것으로
보아 한 번의 출판으로 끝난 것이 아니라 後印이 따로 있었던 것으로 보인다.

봉화 충재박물관본의 경우 20卷 2책 가운데 落帙로 현재 전반부 10卷(卷1~卷10) 1책만 남
아있고, 성암문고 소장본(4-1412)은 후반부 10卷(卷11~卷20)까지 1책만 소장되어 있어 두 권을
합하면 全帙을 복원할 수 있다.

---

17) 김치우, 《고사촬요 책판목록과 그 수록간본 연구》(아세아문화사, 2007年). 필자가 《고사촬요》 조선 선조
   1年(1568年)판을 근거로 중국소설의 출판목록을 따로 만들었다.

그림 1. 奉化 沖齋博物館 所藏本   그림 2. 榮州 嘯皐祠堂本(紹修書院所藏)

그 외에도 국내 출판본으로 영주 소수서원본이 새로 筆者에 의하여 발굴되었다. 이 책은 총 20卷 4책으로 현재 卷16~卷20까지 1卷만 남아있다. 版廓 四周雙邊이며 上下白口와 上下向黑魚尾로 되어 있으며 한 면이 10행 23자로 꾸며져 있다.

榮州 嘯皐祠堂本(현재 紹修書院에 所藏)《유양잡조》는 간행지가 불분명한 16세기 판본이며 紙質이 和紙인 것으로 보아 신중한 접근이 필요해 보인다. 和紙는 본래 일본에서 기원하였으나 우리나라에서도 사용된 전통 종이이다. 우리나라에서 和紙를 사용한 기록은 조선시대 초기로 거슬러 올라간다. 조선 전기 일본으로부터 들여 온 倭楮(일본의 닥나무)를 충청도 태안과 전라도 진도 그리고 경상도 남해와 하동 등지에서 재배하여 和紙를 생산하였다고 한다. 또한 세종 때에는 《綱目通鑑》을 이 종이로 인출하였다는 기록도 있다. 그러기에 이 판본은 일본 판본일 가능성보다는 오히려 조선전기에 간행된 국내 판본일 가능성이 높다. 충재박물관 소장 《唐段少卿酉陽雜俎》本과 비교해본 결과 충재박물관 소장본(1492年)이 앞서 출간되었고, 후에 嘯皐祠堂本이 출간된 것으로 보인다.[18]

---

18) 소고당본은(영주시 고현동 소고사당) 현재 소수서원에 위탁관리하고 있다.
   민관동·유희준 공저,《한국 소장 중국고전소설의 판본목록》, 학고방, 2013年 6월, 338쪽.

3) 《유양잡조》의 판본

　《酉陽雜俎》는 《四部叢刊》에 수록되어 있으며, 秘書를 기록하고 異事를 서술한 책으로 仙・佛・人・鬼로부터 동식물에 이르기까지 총괄하여 기재하고 있는데, 이 책은 같은 類를 모아 놓아 마치 類書처럼 보이기도 한다. 이 책은 前集 20卷 續集 10卷 총 30卷으로 이루어진 책으로 구성과 내용을 살펴보면 다음과 같다.

　　　前集　卷1 : 忠志・禮異・天咫(군주의 사적, 하늘의 영험)
　　　　　　卷2 : 玉格・壺史(도교와 도사의 기험), 壺史－道術을 기록한 것
　　　　　　卷3 : 貝編(불가의 경전), 貝編-佛經에서 뽑은 것
　　　　　　卷4 : 境異・喜兆・禍兆・物革(변경, 화복의 조짐 등)
　　　　　　卷5 : 詭習・怪術(기괴한 풍습과 술법)
　　　　　　卷6 : 禮絶・器奇・樂(기예, 음악, 기물)
　　　　　　卷7 : 酒食・醫(술과 음식 및 명의)
　　　　　　卷8 : 黥・雷・夢(문신, 우레, 꿈이야기) 黥－文身에 대한 기록
　　　　　　卷9 : 事感・盜俠(사물의 감흥, 괴도, 유협)
　　　　　　卷10 : 物異(기이한 물건들)
　　　　　　卷11 : 廣知(세간의 속설)
　　　　　　卷12 : 語資(일화의 자료)
　　　　　　卷13 : 冥跡・尸窆(명계, 무덤의 비화) 尸窆－喪葬을 서술한 것
　　　　　　卷14 : 諾皐記 上(귀신과 요괴에 관한 기록)
　　　　　　卷15 : 諾皐記 下(귀신과 요괴에 관한 기록)
　　　　　　卷16 : 廣動植之一, 羽篇/毛篇(동식물 잡찬, 금수류)
　　　　　　卷17 : 廣動植之二, 鱗介篇/蟲篇(동식물 잡찬, 어패류 곤충류)
　　　　　　卷18 : 廣動植之三, 木篇(동식물 잡찬, 나무)
　　　　　　卷19 : 廣動植之四, 草篇(동식물 잡찬, 풀)
　　　　　　卷20 : 肉攫部(맹금류)－매를 기르는 방법을 기술
　　　續集　卷1 : 支諾皐 上(귀신, 요괴 습유)
　　　　　　卷2 : 支諾皐 中(귀신, 요괴 습유)
　　　　　　卷3 : 支諾皐 下(귀신, 요괴 습유)
　　　　　　卷4 : 貶誤(잘못된 사례)－考證
　　　　　　卷5 : 寺塔記 上(장안 사찰 유람기) 寺塔記－사찰에 대한 기록
　　　　　　卷6 : 寺塔記 下(장안 사찰 유람기) 寺塔記－사찰에 대한 기록
　　　　　　卷7 : 金剛經鳩異(금강경의 영험에 대한 기록)

卷8 : 支動(기타 동물)
卷9 : 支植 上(기타 식물)
卷10 : 支植 下(기타 식물)[19]

그 중 忠志·詭習·怪術·禮絶·盜俠·語資 등은 비교적 소설의 맛이 강한 작품이다. 특히 諾皐記 2卷과 支諾皐 3卷은 허구적 요소와 작품성이 뛰어나 많은 사람이 애독하였던 것으로 전해진다.

《酉陽雜俎》는 저자가 한 번에 쓴 것이 아니고 여러 차례 나누어서 만들어진 책으로 前集 20卷은 대략 唐 會昌(841~846年)과 大中(847~859年)年間에 만들어 졌고, 續集 20卷은 大中 7年(853) 이후에 만들어졌다. 그러나 이 책이 바로 출간되지는 않은 듯하다. 이 책의 가장 이른 판본은 南宋 嘉定 七年(1214) 永康 周登이 출판한 판본으로 前集 20卷만 간행하였다. 9年 후 嘉定 十六年(1223)에 武陽 鄧復이 또 續集 10卷을 묶어 30卷으로 출간하였다. 또 南宋 理宗淳祐 十年(1250)에는 廣文 彭氏 등이 보충하여 재차 印出하였다.[20] 그러나 현재 이 판본들은 실전되었다.

그 후 현존하는 판본으로는 明代 脈望館刻本(趙琦美等이 校勘한 趙本/《四部叢刊》本[影印本]/30卷本)·명대 商濬의 《稗海》本(20卷本)·明末淸初 毛晉의 《津逮秘書》本(30卷本)·청대 張海鵬의 《學津討源》本(30卷本)·《叢書集成初編》本(30卷本) 등이 있고, 최근 1981年에는 중화서국에서 方南生이 趙琦美本을 저본으로 보충한 點校本(30卷本)이 출간되었다.[21]

중국에서 현존하는 가장 이른 完帙本으로는 명대 萬曆 35年(1607)에 李雲鵠이 趙琦美의 校補本을 근거로 간행한 판본이다. 그러나 이 판본은 조선시대 이극돈이 출간한 1492年本에 비하면 115年이나 늦은 판본으로 조선시대 출간한 《唐段少卿酉陽雜俎》야 말로 《유양잡조》 판본 가운데 원형을 추정할 수 있는 가장 값진 판본으로 평가된다. 일본에서도 《유양잡조》를 자체 출판하였으나 이 책은 元祿 10年(1697)에 출간한 책이기에 중국의 李雲鵠本 보다 다소 늦다.

다음은 국내 주요도서관에 소장된 《유양잡조》의 판본 목록으로 먼저 판본 목록을 근거로 설명하기로 한다.[22]

---

19) 손병국, 〈유양잡조의 형성과 수용양상〉, 《한국어문학연구》제41집, 2003年 8月, 178쪽. 鄭煥局, 《譯註西陽雜俎》, 소명출판사, 2011年, 12~13쪽 참고.

20) 方南生, 《유양잡조》점교본, 중화서국, 1981年, 前言 3쪽.

21) 陳文新·閔寬東 合著, 《韓國所見中國古代小說史料》, 武漢大學出版社, 2011年, 91쪽.

22) 민관동·유희준·박계화, 《한국 소장 중국문언소설의 판본 목록과 해제》, 학고방, 2013年 2月, 117~119쪽을

書 名	出 版 事 項	版 式 狀 況	一 般 事 項	所藏處/所藏番號
唐段少卿酉陽雜俎	段成式(唐)撰, 成宗23年(1492)刊	零本1冊(卷1~10), 朝鮮木版本, 29.2×16.8㎝, 四周雙邊, 半郭:18.6×12.3㎝, 有界, 10行19字, 上下大黑口, 上下內向黑魚尾, 紙質:楮紙	序:…唐太常少卿段式, 所藏:卷1~10	奉化郡 沖齋宗宅 09-1935
唐段少卿酉陽雜俎	段成式(唐)撰, 成宗23年(1492)刊	10卷1冊(卷11~20), 朝鮮木版本, 29×16.8㎝, 四周雙邊, 半郭:18.4×12.5㎝, 有界, 10行19字, 註雙行, 內向黑魚尾, 紙質:楮紙	表題:酉陽雜俎, 版心題:俎, 跋:…弘治壬子(1492)…李士高識, 印記:權熙淵花山世家實言	誠庵文庫 4-1412
唐段少卿酉陽雜俎	段成式(唐)撰, 月城(慶州), 成宗23年(1492)刻	20卷3冊, 朝鮮木版本, 28×16.5㎝, 四周雙邊, 半郭:17.6×12.5㎝, 有界, 10行19字, 大黑口, 內向黑魚尾, 紙質:楮紙	版心題:俎, 跋:募工刊于月城廣流布…弘治壬子(1492)臘前二日廣原李士高識, 備考:卷6~13紙葉中央毀損	成均館大學校 貴D7C-16
唐段少卿酉陽雜俎	段成式(唐)撰, 成宗23年(1492)刊	8卷1冊(現存:卷12~15, 17~20), 朝鮮木版本, 26.9×17.5㎝, 四周雙邊, 10行19字, 半郭:18.4×12.5㎝, 有界, 註雙行, 上下小黑口, 上向黑魚尾, 紙質:楮紙	版心題:俎, 跋:…弘治壬子(1492)…李士高識, …弘治五年(1492)… 李宗準謹識, …弘治壬子(1492)… 睡翁崔應賢寶臣謹志	誠庵文庫 4-1413
唐段少卿酉陽雜俎	16世紀刊(推定)	零本1冊(卷16~20), 朝鮮木版本, 28×18㎝, 四周雙邊, 半郭:21.7×14㎝, 有界, 10行23字, 上下白口, 上下向黑魚尾, 紙質:和紙	藏書記:夏寒亭, 20卷4冊 중 卷16~20(1冊)이 현존함(소수서원)	榮州 嘯皐祠堂 01-01525
酉陽雜俎	段成式(唐)撰, 刊寫地, 刊寫者未詳, 元祿10年(1697)	20卷8冊, 日本木版本, 27×19㎝		國立中央圖書館 [古]10-30-나3
酉陽雜俎	段成式(唐)撰, 明版本	20卷2冊, 中國木版本, 25.4×16㎝	序:段成式	奎章閣 [奎]4838
酉陽雜俎	段成式(唐)撰, 毛晉(明)訂, 刊年未詳	20卷4冊, 中國木版本, 24.7×15.2㎝, 四周單邊, 半郭:18.4×13.2㎝, 9行19字, 注雙行, 無魚尾	序:(唐)段成式, 識:(明)毛晉	國立中央圖書館 [古]3739-1
酉陽雜俎	段成式(唐)撰, 刊寫地,刊寫者, 刊寫年未詳	4冊, 中國木版本		李朝書院 (三溪書院)

참고하여 도표를 다시 보강함.

酉陽雜俎	段成式(唐)撰, 毛晉(明)訂, 明朝年間	20卷5冊, 中國木版本, 24.5×15.5㎝, 左右雙邊, 半郭:18.5×13.2㎝, 有界, 9行19字, 註雙行, 紙質:竹紙	序:唐太常小卿段成式撰…酉陽雜俎凡三十篇爲二十卷不以此間錄味也, 跋:以此爲吸矢云湖南毛晉識, 印:李王家圖書之章	韓國學中央研究院 4-239
酉陽雜俎	段成式(唐)撰, 刊寫地未詳, 刊寫者未詳, 刊寫年未詳	12卷2冊(缺帙, 卷1~12), 24.1×15.7㎝, 四周雙邊, 半郭:18.1×12.8㎝, 有界, 9行24字, 註雙行, 花口, 內向二葉花紋魚尾	表題(記):臨川李穆堂輯酉陽雜俎 本衙藏板, 序:段成式	檀國大學校 퇴계圖書館, 873-단258
酉陽雜俎	著者未詳, 刊寫地未詳, 刊寫者未詳, 刊寫年未詳	8卷2冊(缺帙, 卷13~20), 24×15.6㎝, 四周雙邊, 半郭: 18.1×12.8㎝, 有界, 9行24字, 花口內向二葉花紋魚尾		檀國大學校 퇴계圖書館 873-유285
酉陽雜俎	段成式(唐)撰, 上海, 文瑞樓, 刊寫年未詳	20卷3冊(續集, 10卷2冊, 共5冊, 卷1~20, 續集 卷1~10), 20×13.2㎝, 四周雙邊, 半郭:16.4×11.8㎝, 有界, 14行31字, 上下向黑魚尾	表題:正續酉陽雜俎, 刊記:上海文瑞樓印行	東亞大學校 (3):12:2-18
酉陽雜俎	段成式(唐)撰, 淸, 光緒1年(1875)刊	20卷2冊, 中國木版本, 26.7×17.5㎝, 四周雙邊, 半郭:18.7×14㎝, 有界, 12行24字, 註雙行, 上下小黑口, 內向黑魚尾, 紙質:綿紙	序:段成式序, 識:湖南毛晉識, 刊記:光緒紀元夏月湖北崇文書局開雕	仁壽文庫 4-440
酉陽雜俎	段成式(唐)撰, 鄂官書處, 中華1年(1912)刻, 後刷	20卷4冊, 中國木版本, 26.2×16.9㎝, 四周雙邊, 半郭:18.9×13.9㎝, 有界, 12行24字, 註雙行, 大黑口, 內向黑魚尾, 紙質:竹紙	序:唐太常小卿段成式撰, 跋:湖南毛晉識, 刊記:中華民國元年(1912) 鄂官書處重刊	成均館大學校 D7C-86
酉陽雜俎	段成式(唐)撰, 中華民國元年(1912)	20卷4冊, 中國木版本, 四周單邊, 12行24字, 匡郭:19.5×15㎝, 有界, 上下黑魚尾, 上下黑口	刊記:中華民國元年(1912)	延世大學校
唐段小卿酉陽雜俎	唐太常小卿臨惱柯古段成式撰, 明, 四川道監察御史內鄕, 李雲鵠校,後印	30卷(前集, 20卷, 續集, 10卷)4冊, 中國石印本, 20×14㎝		嶺南大學校 汶坡文庫

　　국내 주요 도서관에 소장된《유양잡조》판본은 비교적 여러 종이 발견된다. 조선판본과 중국 판본 및 일본판본까지 다양하다. 먼저 가장 이른 판본으로 역시 조선 1492年에 발간한 판본이 가장 이른 판본으로 誠庵文庫와 奉化 冲齋宗宅 및 成均館大學 등에 소장되어 있고, 그 후에 간행된 것으로 보이는 榮州 嘯皋祠堂本이 주목되는 판본으로 서지학적 가치가 높은 책이다.

중국에서 현존하는 가장 이른 完帙本인(明代 萬曆 35年[1607]에 李雲鵠이 趙琦美의 校補本을 근거로 간행한 판본) 脈望館刻本은 보이지 않고 후대에 李雲鵠本을 다시 찍은 후인본이 영남대에 소장되어 있다.

중국 판본 중에 주목되는 판본은 明末淸初 毛晉의 《津逮秘書》本(30卷本/9행 19자/중국목판본)으로 보이는 판본이 규장각 · 국립중앙도서관 · 한국학중앙연구원 등이 있다. 이 판본들은 明末淸初에 간행된 것으로 보인다. 그 외의 판본들은 대부분이 淸代中 · 後期 판본들로 毛晉本의 後印本이다. 대개가 14行 31字本과 12行 24字本으로 되어 있으며, 20卷 4책본과 30卷 4책본이 주류를 이룬다.

또 國立中央圖書館에 소장된 1697年 일본에서 간행된 목판본 《유양잡조》도 注目된다. 필자는 최근 일본학자 大塚秀高에게 《유양잡조》의 일본 간행본에 대하여 자문을 구하였는데, 그는 長澤規矩也가 쓴 《和刻本漢籍分類目錄》에서 《유양잡조》의 판본목록을 보내주었다.

1. 酉陽雜俎20卷續集10卷, 津逮秘書本, 唐段成式撰, 明毛晉校, 刊, 大10.
2.   上同,   上同, (元祿10印, 京, 井上忠兵衛等), 大10.
3.   上同,   上同, (後印, 京, 弘簡堂須磨勘兵衛), 大6.[23)]

여기에서 2번에 해당하는 기록이 바로 元祿 10年(1697)本으로 이 판본이 바로 국립중앙도서관([고]10-30-나3)에 소장되어 있는 판본이다. 이상의 기록을 살펴보면 일본에서도 《유양잡조》가 여러 차례 출간되었음이 확인된다. 그러나 출판시기는 조선의 출간시기 보다도 200여 년이나 후에 이루어졌다. 1697年 일본판 《유양잡조》가 어떻게 국내에 유입되었는지는 확인이 어려우나 대략 일제 강점기에 일본인이 들여왔다가 국립중앙도서관에 남겨진 것으로 추정된다.

4) 《유양잡조》의 국내 수용

조선시대는 문헌에 언급된 기록이나 국내에서 출판된 판본의 상황으로 보아 《유양잡조》에 대한 관심과 열기가 대단하였음이 확인된다. 즉 《유양잡조》의 출간이 탄핵의 대상으로 대두되었던 논쟁기록과 《유양잡조》가 여러 차례 출판된 판본 정황 등을 통해 당시 조선의 지식인들

---

23) 長澤規矩也, 《和刻本漢籍分類目錄》, 日本 汲古書院, 昭和51年(1976) 10월, 147쪽

이 추구하고자 했던 가치관과 문학관을 짐작해 볼 수 있는 귀중한 자료들이다.

《유양잡조》에 대한 국내 수용은 출판방식의 적극적인 수용 외에도 다양한 분야에서 수용이 이루어졌다. 특히 민간고사로의 수용, 신학문에 대한 지적 호기심과 욕구, 박물지적 역할과 서지상황의 고증, 의학적 수용 등을 그 예로 들 수 있다.

(1) 민간고사의 수용

《유양잡조》는 우리의 산문문학의 형성에 지대한 영향을 끼쳤을 뿐만 아니라 특히 민간고사로의 수용에도 두드러진다. 《興夫傳》의 根源說話라고 하는 旁㐌說話가 수록되어 있어서 일찍부터 국문학계의 관심의 대상이 되어 왔다. 《유양잡조》와 관련하여 국내에 유입된 대표적인 작품을 간추려 요약하면 다음과 같다.

> 1) 旁㐌兄弟 金錐鼻長說話(흥부전전신):《유양잡조》續集, 卷一〈支諾皐〉
> 2) 청개구리전설(靑蛙傳說):《유양잡조》(《태평광기》卷389〈渾子〉)
> 3) 콩쥐팥쥐전설:《유양잡조》〈葉限〉
> 4) 韓滉故事(朴東亮의《寄齋雜記》):《유양잡조》續集, 卷4〈貶誤〉(《태평광기》卷172). 그 외에도 《유양잡조》續集, 卷3〈支諾皐〉에 실린 "李簡과 張弘義의 이야기"는〈옹고집전〉과 연관되어 있는 것으로 보이며, 《유양잡조》卷16〈羽篇〉의 "天帝女이야기"도 "金剛山仙女說話"와의 관련이 있어 보인다.[24]

이처럼 수많은 설화와 민간고사들이 국내에 유입되어 수용되는 과정에서 《유양잡조》는 적지 않은 역할을 한 것으로 사료된다.

(2) 신학문에 대한 지적 호기심과 욕구

조선 전기에는 성리학의 유입과 함께 신학문에 대한 갈망과 호기심 그리고 풍속교화와 교육의 욕구가 강했던 시기였다. 중국의 역사나 생활사 또 중국 이외 주변국에 대한 知的 情報 그리고 동식물에 대한 신지식 등 다양한 정보를 획득하는데 가장 적절한 책이 《유양잡조》였다. 이 책은 이러한 부분을 충족시켜주면서 한편으로는 喪禮나 異域 혹은 典據나 고증의 漏落을 보충하는 역할을 담당하였다. 이러한 예는 李圭景(1788~1856年)의 《五洲衍文長箋散稿》에 잘 드러나 있다.

---

24) 손병국, 〈유양잡조의 형성과 수용양상〉, 《한국어문학연구》제41집, 2003年, 186~192쪽.

세상에 패관소설이 오로지 징험할 게 없다는 소리는 또한 세속의 견해이다. 혹은 사서에 보충할 것이 있으니 《虞初》·《酉陽》에서 수록한 것은 거의 폐기할 수는 없는 것들이다.[25]

이처럼 《유양잡조》는 국내에 수용되어 각 분야의 학술영역에 많은 영향을 주었고, 또 당시 문인들의 知的 호기심을 충족시켜주는 데 일익을 담당하였던 것으로 보인다. 더군다나 《유양잡조》는 신라나 고구려 및 백제에 관련된 이야기도 간혹 섞여있어 당시 관심과 흥미의 대상이 되었음을 짐작할 수 있다.

(3) 博物志的 역할과 서지상황의 고증

《유양잡조》의 수용에 있어서 또 다른 기능은 박물지적 역할과 典籍에 대한 고증의 용도로도 사용되었다. 그 예로 李圭景(1788~1856年)의 《五洲衍文長箋散稿》卷7, 經史篇4, 經史雜類2, 典籍雜說, 〈古今書籍名目辨證說〉에 이르길:

그 예로 段成式이 지은 《酉陽雜俎》에는 玉格 一卷이 들어 있는데, 내용이 鬼神과 詳瑞 異變에 관한 것으로, 玉을 品評하는 것으로 알고 譜錄 가운데 넣었으며, 元代 劉壽가 편찬한 樹萱錄 一卷을 艸木類에 넣었으니, 아마 種樹書로 알았던 모양이다. 옛날 文章이 博識한 사람도 이러한 잘못을 저질렀으니, 어찌 조심하지 않을 수 있겠는가? 그러므로 내가 이에 대하여 변증을 하였으나 만의 하나에 불과하니(대부분을 누락하고 지엽적이고 하찮은 것만을 쓴 것에 불과하니), 독자는 비웃지 말았으면 한다. 책이름은 다음과 같다.

齊諧記(者) : 莊子에 보이는데 齊諧란 괴이한 것을 적은 것이다.
虞初志(者) : 虞初란 漢나라 때의 小吏로서 黃衣를 입고 수레를 타고 다니면서 천하의 異聞을 채집한 사람이다.
虞初新志 : 王晫 張潮가 지었다.
夷堅志(者) : 列子에 나오는데 夷堅이라는 자가 기이한 것을 듣고 기록한 것이다.
酉陽雜俎(者) : 唐의 段成式이 저술한 것이다. 小酉山의 石窟속에 冊 一千卷이 있었기 때문에 책명으로 삼은 것이다.
諾皐記(者) : 唐의 段成式이 지었다. 梗陽巫皐의 일을 인용한 것인데 遁甲中經에 "山林속에 머물면서 諾皐太陰將軍이란 주문을 왼다."하였으니 諾皐란 太陰의 이름이다. 太陰은 隱神의 神이며 秘隱한 것을 취한 것이다.[26]

---

25) 《五洲衍文長箋散稿》卷四五, 影印本 下, 446쪽. 稗官小說 亦有徵補辨證說世以稗官小說 專歸無徵者 亦爲俗見也. 或有可補史牒者 '虞初'酉陽'之所錄者 是己不可廢也.

이처럼 이 책은 당대와 당대이전의 다양한 故事와 奇物·奇人·風俗·其他 動·植物까지 총망라한 책이기에 다양한 지식습득을 할 수 있는 반면 각종 오류를 바로 잡거나 보충하는 용도로 사용되었음이 확인된다.

4) 醫學的 수용

《유양잡조》는 의학적 지식을 얻을 수 있는 기능도 있었다. 특히 동·식물 잡찬 부분에는 이러한 정보가 담겨져 있어 의학적 상식을 활용하기도 하였다. 李德懋의 《靑莊館全書》를 살펴보면:

> 《酉陽雜俎》에 "上尸는 靑姑인데 사람의 눈을 치고, 中尸는 白姑인데 사람의 五臟을 치고, 下尸는 血姑 사람의 胃와 命을 친다."라고 하였는데 일명 尸蟲이다. 道家에서는 "사람의 뱃속에 시충이 셋이 있는데 그것을 三彭이라 한다."고 말한다.[27]

이상에서와 같이 의학적 상식과 지식을 활용하는 내용이 있다. 이 책의 卷7(酒食 / 醫)과 卷16~卷19(廣動植之一 / 二 / 三 / 四) 등 여러 부분에서 의학적 지식을 소개하고 있다. 예를 들면 《유양잡조》卷18에 "酒杯藤, 크기가 사람 팔뚝만하고 꽃잎이 단단하여 술잔으로 사용할 수 있다. 열매의 크기는 손가락만 한데 이것을 먹으면 숙취를 해소할 수 있다."라는 유형의 의학적 상식을 소개하는 내용이 나온다.

이처럼 《유양잡조》는 국내에 유입되어 다양한 용도로 수용되었다. 급기야 출판까지 이루어 졌다는 사실은 그 작품이 독자들에게 상당히 환영받았다는 것을 입증하는 것이다. 왜냐하면 한 작품이 외국에 나가 출판되어 진다는 것은 그 작품이 그 該當國의 독자들에게 상당한 애호와 수요가 있었기에 가능한 것이고, 또 그 작품의 影響力 또한 無視할 수 없는 것이기 때문

---

26) 《五洲衍文長箋散稿》 卷7, 經史篇4, 經史雜類2, 典籍雜說, 古今書籍名目辨證說,(고전국역총서 155, 276~277쪽)〉 如段成式酉陽雜俎 有玉格一卷 所記鬼神詳異 而類之譜錄中 蓋以爲品玉之書 元撰樹萱錄 一卷 入艸木類 蓋以爲種樹之書. 古之文章博識 亦有此患 可不念哉. 愚故爲此辨 然則漏萬掛一也 覽者 勿譏其少焉. 如書名. 齊諧記(者)：見莊子齊諧志怪者也. 虞初志(者)：虞初 漢時小吏 衣黃乘輜 采訪天 下異聞者也. 虞初新志：王晫 張潮著. 夷堅志(者)：出列子云夷堅聞而志之者也. 酉陽雜俎(者)：唐段成 式著 小酉山石穴 有書千卷 故名也. 諾皐記(者)：唐段成式著 引梗陽巫皐事者 遁甲中經云 住山林中 呪曰諾皐人隱將 薈諸皐 乃太陰之名 太陰乃隱神之神也. 取秘隱者也.

27) 李德懋, 《靑莊館全書》卷之五十四, 三尸(《고전국역총서》9, 47쪽).
酉陽雜俎 上尸靑姑 伐人眼 中尸白姑 伐人五臟 下尸血姑 伐人胃命 一曰尸蟲 道家言 人身有尸蟲三 處腹中 謂之三彭.

이다.28) 더욱이 조선시대와 같은 封建社會에서 《유양잡조》와 같은 책이 출간되어 애독되었
다는 사실만으로도 상당한 의미가 있는 것이며, 이 책의 파급력 또한 재조명할 가치가 있어
보인다.

---

28) 閔寬東, 《중국고전소설의 전파와 수용》, 아세아문화사, 2007年, 57쪽.

2. 조선간본 《唐段少卿酉陽雜俎》의 판본 연구*

-沖齋宗宅本·成均館大學校 所藏本·日本 國會圖書館本을 중심으로-

《酉陽雜俎》는 唐代의 段成式[29]이 異事奇文을 위주로 엮어 놓은 책으로, 唐代 筆記小說 가운데 독창성이 매우 높은 대표적 작품으로 평가받고 있다. 前集 20卷과 續集 10卷을 합하여 총 30卷으로 구성되어 있으며, 그 내용은 人事 · 神怪 · 飮食 · 醫藥 · 寺塔 · 動物 · 植物 · 鑛物 · 生物 등 매우 광범위하며, 傳奇 · 志怪 · 雜錄 · 考證 등 그 문체도 다양하다.[30]

段成式의 《酉陽雜俎》가 언제 국내에 유입되었는지에 대한 정확한 기록은 없지만 고려시대에 이미 《山海經》·《新序》·《說苑》·《搜神記》·《嵇康高士傳》·《世說新語》·《太平廣記》 등의 전적이 유입된 정황으로 보아 늦어도 고려시대 중기에는 국내에 유입된 것으로 보인다.[31] 또 고려중기 이후 문인들의 漢詩에 《酉陽雜俎》에만 나오는 典故들이 원용되고 있는 사실로 유입시기를 짐작할 수 있다.[32] 그리고 表沿沫(1449年~1498年)이 1486年에 쓴 徐居正(1420年 ~1488年)의 《筆苑雜記》序文의 記錄으로 보아 1486年 이전에 전래되어 애독되고 있었음을 확인할 수 있다.[33]

그 외에도 《조선왕조실록》의 《成宗實錄》(卷二八五 · 19-20, 成宗24年 12月 28日, 戊子)(1493年)에 보이는 "副提學 金諶 등이 1492年 이극돈과 이종준이 경상감사와 都事로 재직할

---

* 본문은 《중국어문학논집》(2018年 10月)에 게재되었던 논문을 수정 보완한 것임.

29) 편찬자 段成式(803?~863年)은 字가 柯古, 齊州 臨淄 출생(현 山東省 淄博市)이다. 唐 穆宗 때 校書郞을 지냈고 말년에는 太常少卿에 올랐던 문인이다. 집안에 藏書가 많아 어려서부터 박학다식했으며 특히 佛經에 정통했다고 전해진다. 작품으로 《廬陵官下記》2卷이 있으나 현재 전하지는 않는다.(민관동, 〈《酉陽雜俎》의 국내 유입과 수용〉《중국어문논역총간》 34집, 2014年) 참고)

30) 劉世德 외, 《中國古代小說百科全書》(中國大百科全書出版社, 1993年, 698~699쪽.), 方南生 點校, 《酉陽雜俎》(중화서국, 1981年, 1~2쪽.), 민관동 · 유희준 공저, 《國內 所藏 稀貴本 中國文言小說 紹介와 硏究》(학고방, 2014年) 등 참고.

31) 손병국은 9세기경에 우리나라에 전래된 것으로 보고 있다.(손병국, 〈《酉陽雜俎》의 형성과 수용양상〉, 《한국어문학연구》제41집, 2003年 8月, 172쪽 참고.)

32) 단성식 지음, 정환국 옮김, 《譯註酉陽雜俎》, 소명출판, 2011年 9月, 20쪽 참고.

33) "대개 筆談은 버슬을 그만두고 거처하던 때에 보고들은 것이요, 言行錄은 名臣의 실제 행적을 기록한 것이니 이 책은 이 둘을 겸한 것이다. 어찌 《搜神記》와 《酉陽雜俎》 등의 책과 같이 세미한 일을 듣추이시 두루 섭렵하였음을 자랑하며 웃음거리로 이바지하는데 그치겠는가"(表沿沫, 《筆苑雜記》序, 손병국, 〈유양잡조의 형성과 수용양상〉, 《한국어문학연구》제41집, 2003年 8月, 181쪽 재인용)

때 《酉陽雜俎》와 《太平通載》 등의 책을 刊行하여 바친 일이 발단이 되어 탄핵을 하는 기록", 《成宗實錄》(卷二八五 · 21, 成宗24年 12月 29日, 己丑), 金安老의 《退樂堂集》 · 퇴계의 《退溪集》 · 이수광의 《芝峯類說》 · 李瀷의 《星湖僿說》 · 李圭景의 《五洲衍文長箋散稿》 · 박지원의 《熱河日記》 · 李德懋의 《靑莊館全書》 등의 기록으로 조선 시기 출판 정황을 유추할 수 있다.[34]

국내 학자의 《酉陽雜俎》에 대한 직접적인 연구는 박사 논문 1편, 석사논문 2편, 단편논문 3편 정도에 불과하며, 판본에 대한 연구는 연구의 일부분에 지나지 않았다.[35] 특히 조선간본 《唐段少卿酉陽雜俎》 중 충재종택본과 일본 국회도서관본이 2014年 민관동의 《酉陽雜俎》의 국내 유입과 수용〉과 중국학자 潘建國의 〈《酉陽雜俎》明初刊本考—兼論其在東亞地區的版本傳承關係〉에 처음 소개되었기 때문에 이에 대한 연구는 불가능했고, 이후로도 조선간본의 판본에 대한 깊이 있는 연구는 전무한 상황이다. 국내의 기존 연구에서 조선간본과 중국 출판본의 관계에 대한 견해를 보면, 중국출판본의 판본에 대한 개략적인 정리가 있을 뿐 조선간본과의 관계에 대한 명확한 서술을 찾아 볼 수 없다. 다만 정민경이 《段成式的《酉陽雜俎》研究》(中國社會科學院, 2002年)에서 조선간본 중 성균관대본을 토대로 중국 판본들과 비교 연구한 결과, 明代 萬曆 36年(1608) 李雲鵠本과 유사하다고 언급하고 있다. 그런데 李雲鵠本은 趙琦美의 脈望館刻本을 근거를 출판한 것으로, 1492年 조선간본과는 115年의 간극을 두고 있다.

이후 근년에 중국학자 潘建國이 그의 논문에서 성균관대본과 일본국회도서관본을 다루었고, 일본국회도서관본과 趙本(趙琦美等이 校勘한 脈望館刻本, 30卷本) 및 明初刊本을 비교 연구한 결과를 내놓았지만, 趙本은 明代 萬曆 연간에 출판한 것이 분명하나 明初刊本이라 주장하는 판본은 출판 연대를 명확히 알 수 없는 상황에서 明初本으로 추정하고 있는 상황이

---

34) 이에 대한 자세한 내용은 민관동, 〈《酉陽雜俎》의 국내 유입과 수용〉(《중국어문논역총간》 34집, 2014), 손병국, 〈《酉陽雜俎》의 형성과 수용양상〉(《한국어문학연구》제41집, 2003)을 참고할 수 있다.

35) 연구들을 보면, 〈《酉陽雜俎》의 국내 유입과 수용에 관한 연구〉(崔丁允, 경희대학교 교육대학원, 2014), 《段成式的《酉陽雜俎》研究》(정민경, 中國社會科學院, 2002), 〈中國小說 속에서의 銅鏡의 文學的 受容〉(정영빈, 이화여자대학교 대학원, 2005), 〈《酉陽雜俎》〈盜俠篇〉의 武俠敍事에 관한 고찰〉(우강식, 中國小說論叢 37집, 2012), 〈《酉陽雜俎》의 국내 유입과 수용〉(閔寬東, 《중국어문논역총간》 34집, 2014), 〈韓國說話에 미친 中國說話의 影響：《酉陽雜俎》를 중심으로〉(孫秉國, 인문사회과학논문집, 2002) 등이 있다. 해외에서의 연구는 국내보다 활발하게 연구되는 상황이지만 조선간본과의 관계를 직접 연구한 논문은 2편이 있는데, 陳連山, 〈《酉陽雜俎》在李朝成宗時代的刊刻〉(中國典籍與, 1998), 潘建國이 〈《酉陽雜俎》明初刊本考—兼論其在東亞地區的版本傳承關係〉이다. 陳連山은 성균관대본만을 비교 대상으로 삼았고, 潘建國은 두 간본을 모두 검토했으나 가장 완정한 일본 국회도서관본과 趙琦美의 趙本(脈望館刻本, 30卷本), 明初刊本을 비교 대상으로 삼아 그 유사성을 서술해냈다.

며, 충재종택본에 대한 서술은 찾아 볼 수 없다.

　이러한 연구 상황 속에서 필자는 국내 유입 후 애독되고 조선시대 成宗 23年(1492)에 국내에서 출판된 《唐段少卿酉陽雜俎》 중 奉化郡 冲齋宗宅 소장의 조선간본 《唐段少卿酉陽雜俎》(卷一~卷十), 성균관대학교에 소장된 《唐段少卿酉陽雜俎》(卷一~卷二十)와 일본 국회도서관 소장 조선간본 《唐段少卿酉陽雜俎》(卷一~卷二十)을 확보하게 되었고, 이 내용에 대해 자세히 살펴볼 필요성을 느꼈다. 조선간본의 국내 출판 상황은 최정윤의 〈《酉陽雜俎》의 국내 유입과 수용〉과 민관동의 〈《酉陽雜俎》의 국내 유입과 수용에 관한 연구〉에서 자세히 다루고 있으나, 판본들과의 비교를 통한 상이점은 알 수 없었다. 때문에 본 연구는 조선간본 중 2002年 정민경의 박사논문에 소개되어 알려진 성균관대본, 2014年 민관동에 의해 발굴 소개된 충재종택본, 2014年 孫遜, 박재연, 潘建國이 주편한 《朝鮮所刊中國珍本小說叢刊》에 소개된 일본국회도서관본을 상호 비교하여 세 간본의 상이점을 자세히 살펴보고자 한다. 동시에 중국 출판본과의 비교를 통해 조선간본이 중국의 현존 판본 가운데 어느 판본과 가장 유사성을 보이는지를 판별해보고자 한다.[36] 특히 근년에 발굴된 충재종택본은 국내외 어디에서도 그 자세한 상황을 소개한 바가 없기 때문에 세 간본을 상호 비교하여 보고하는 것은 반드시 필요한 작업이라 보며, 그 결과를 향후 《唐段少卿酉陽雜俎》를 복원 출판하는 자료로 활용하고자 한다.

　저본과 비교 대상으로 활용한 중국 출판본은 方南生이 明 萬曆 36年(1608) 趙琦美가 교감한 趙本(脉望館本) 및 稗海本, 津逮秘書本(毛本), 學津討源本을 모두 참고하여 교감하여 출판한 《酉陽雜俎》(중화서국, 1981年)를 활용하고자 하는데, 이 點校本이 판본간의 상호 상이점을 변별해내기에 용이하기 때문이다.[37] 동시에 日本의 元祿 10年(1697)에 출판된 日本 木版本(국립중앙도서관본)과도 대조과정을 거쳐 주요 상이점을 살펴보고자 한다.

---

36) 연대가 정확히 고증되었고 학계에 일반화된 중국 출판본은 明代 趙琦美의 趙本(脈望館刻本, 30卷本)·明代 商濬의 稗海本(20卷本)·明末淸初 毛晉의 津逮秘書本(30卷本)·청대 張海鵬의 學津討源本(30卷本) 네 개의 판본으로 알려져 있다. 현대에는 方南生이 趙琦美本을 저본으로 보충한 點校本(30卷本)이 1981年 중화서국에서 출판되었다. 국내 학자로 중국에서 박사논문을 제출한 정민경과 《역주 유양잡조》(소명출판, 2011)를 펴낸 정환국은 方南生의 점교본을 원용하였다.

37) 정민경은 《段成式的《酉陽雜俎》研究》(中國社會科學院, 2002)에서 조선간본 《唐段少卿酉陽雜俎》가 明代 萬曆 36年(1608年) 李雲鵠本과 유사하다고 언급하고 있으나, 이는 조선간본보다 115年 늦은 판본이고 趙琦美의 脈望館刻本을 근거를 출판한 것이기 때문에 李雲鵠本과의 비교는 큰 의의가 없다고 본다.

1) 조선간본 《唐段少卿酉陽雜俎》의 서지사항

　조선간본 《唐段少卿酉陽雜俎》는 최초 1492年에 목판본으로 발간되었고[38] 현재 誠庵文庫,

---

38) 《酉陽雜俎》는 조선시대 成宗 23年(1492) 李克墩과 李宗準이 慶尙監司와 都事로 재직하던 시기에 《唐段少卿酉陽雜俎》라는 이름으로 출판되었다. 成宗實錄, 卷二八五 · 21, 成宗24年 12月 29日, 己丑의 기록을 보면, " 吏曹判書 李克墩이 와서 아뢰기를, '《太平通載》와 《補閑集》 등의 책은 이전에 제가 監司로 있을 때 이미 刊行하였습니다. 劉向의 《說苑》와 《新序》는 文藝에 관계되는 바가 있을 뿐만 아니라, 또한 제왕의 治道에도 관계되는 것이며, 《酉陽雜俎》가 비록 不經한 말이 섞여 있다 하나, 또한 보는 사람들이 마땅히 널리 涉獵해야하는 바이므로, 신이 刊行하도록 하였습니다.'"(己丑 …… 吏曹判書 李克墩來啓, 太平通載 補閑等集 前監司時, 已始開刊. 劉向說苑 新序, 非徒有關於文藝, 亦帝王治道之所係, 酉陽雖雜以不經, 亦博覽者, 所宜涉獵, 臣令開刊.)라고 하여 ,이극돈이 《酉陽雜俎》를 출간하였다고 분명히 밝히고 있다.
그리고 慶尙監司 李克墩과 都事 李宗準 외에 실제로 출판을 주도한 인물이 하나 더 있는데, 바로 당시 慶州府尹을 지낸 崔應賢(1428~1507年)이다. 그가 《유양잡조》의 출간에 참여하였다는 기록은 성균관대본(貴D7C-16)과 성암문고본(4-1413)의 《酉陽雜俎》跋文에 "弘治壬子(1492) …… 睡翁 崔應賢 寶臣 謹志"라는 기록으로 알 수 있다. 즉, "弘治壬子(1492) 臘前二日廣原李士高識," "弘治五年(1492) …… 李宗準謹識", "弘治壬子(1492) …… 睡翁崔應賢寶臣謹志"순으로 되어있는 세 개의 발문이 그 사실을 증명해준다. 최응현은 1491년에 경주부윤으로 임명되었는데, 慶州에서 출판되었고 그의 발문이 가장 뒤에 나오는 점 등을 고려하면 실제 이 책의 출간을 주도한 사람은 당시 경주부윤이던 최응현이었을 가능성이 높다 하겠다.
간행 년도를 알 수 있는 또 하나의 기록으로 《조선왕조실록》의 《成宗實錄》(卷二八五 · 19-20, 成宗24年 12月 28日, 戊子)에서 찾아볼 수 있다. "弘文館 副提學 金諶 등이 箚子(신하가 임금에게 올리는 공문서)를 올리기를, '삼가 듣건대, 지난번 李克墩이 慶尙監司로, 李宗準이 都事로 재직하고 있을 때 《酉陽雜俎》· 《唐宋詩話》·《遺山樂府》 및 《破閑集》·《補閑集》·《太平通載》 등의 책을 刊行하여 바치니, 폐하께서는 그것을 大闕 內府에 所藏하도록 명하셨습니다.' …… 임금이 전교하기를, '그대들이 말한 바와 같이 《유양잡조》 등의 책이 怪誕하고 不經하다면, 《詩經》의 國風과 《左傳》에 실린 것들은 모두 純正하다는 것인가? 근래에 인쇄하여 반포한 《事文類聚》 또한 이와 같은 일들이 실려 있지 아니한가? 만약 人君이 이러한 책들을 보는 것은 마땅하지 못하다면, 임금은 단지 經書만 읽어야 마땅하다는 것인가? 李克墩은 理致를 아는 大臣인데, 어떻게 그 不可함을 알면서도 그렇게 하였겠는가? 지난번에 柳輊가 慶尙監司로 있을 때 十漸疏를 屛風에 써서 바치니, 그것에 대해 논하는 자들이 아첨[阿諛]하는 것이라고 주장하였는데, 지금 말하는 것 또한 이와 같도다. 내가 前日에 그대들에게 이 책들을 대강 註解하도록 명하였는데, 그대들은 주해하는 것을 꺼려하여 이러한 말을 하고 있는 것이로다. 일찍이 불가함을 알았다면 애초에 어찌 말하지 아니하였는가?'라고 하였다."(弘文館副提學 金諶等, 上劄子曰, 伏聞 頃者 李克墩爲慶尙監司, 李宗準爲都事時, 將所刊酉陽雜俎 唐宋詩話 遺山樂府 及破閑 補閑集 太平通載等書以獻, 旣命藏之, 內部旋下. … 傳曰, 如爾等之言, 以酉陽雜俎等書, 爲怪誕不經, 則國風左傳所載, 盡皆純正歟. 近來印頒, 事文類聚, 亦不載如此事乎. 若曰, 人君不宜觀此等書, 則當只讀經書乎. 克墩識理大臣豈知其不可而爲之哉, 前者 柳輊爲慶尙監司時, 書十漸疏于屛進之議者以爲阿諛, 今所言, 亦如此也. 予前日命汝等, 略注此書, 必汝等, 憚於注解而有是言也. 旣知其不可, 則其初, 何不云爾.) (成宗實錄, 卷二八五 · 19-20, 成宗24年 12月 28日, 戊子〉) 이 글은 副提學 金諶 등이 1492년 이극돈과 이종준이 경상감사와 都事로 재직할 때 《酉陽雜俎》와 《太平通載》 등의 책을 刊行하여 바친 일이 발단이 되어 탄핵을 하는 기록으로, 전후 관계를 따져 볼 때

奉化 沖齋宗宅, 成均館大學校 등에 소장되어 있으나 完整本은 없는 상태이다. 판본의 크기는
각각 28×16.5㎝, 29.1×16.8㎝, 26.9×17.5㎝, 29.2×16.8㎝ 등으로 차이를 보이고 있고, 卷 冊의
수도 20卷 2책 본과 20卷 3책 본이 각각 존재하는 것으로 보아 後印이 있었던 것으로 보인다.[39]
국내 기관에 소장된 조선간본《唐段少卿酉陽雜俎》의 판본 현황은 아래 표와 같다.[40]

書 名	出版事項	版式狀況	一般事項	所藏處/所藏番號
唐段少卿酉陽雜俎	段成式(唐)撰, 成宗23年(1492)刊	零本1冊(卷1~10), 朝鮮木版本, 29.2×16.8cm, 四周雙邊, 半郭:18.6×12.3cm, 有界, 10行19字, 上下大黑口, 上下內向黑魚尾, 紙質:楮紙	序:…唐太常少卿段式, 所藏:卷1~10	奉化郡 沖齋宗宅 09-1935
唐段少卿酉陽雜俎	段成式(唐)撰, 成宗23年(1492)刊	10卷1冊(卷11~20), 朝鮮木版本, 29×16.8cm, 四周雙邊, 半郭:18.4×12.5cm, 有界, 10行19字, 註雙行, 內向黑魚尾, 紙質:楮紙	表題:西陽雜俎, 版心題:俎, 跋:…弘治壬子(1492)… 李士高識, 印記:權熙淵花山世家實言	誠庵文庫 4-1412
唐段少卿酉陽雜俎	段成式(唐)撰, 月城(慶州), 成宗23年(1492)刻	20卷3冊, 朝鮮木版本, 28×16.5cm, 四周雙邊, 半郭:17.6×12.5cm, 有界, 10行19字, 大黑口, 內向黑魚尾, 紙質:楮紙	版心題:俎, 跋:募工刊于月 城 廣流布…弘治壬子(1492)臘前二日廣原李士高識, 備考:卷6~13紙葉中央毀損	成均館大學校 貴D7C-16
唐段少卿酉陽雜俎	段成式(唐)撰, 成宗23年(1492)刊	8卷1冊(現存:卷12~15, 17~20), 朝鮮木版本, 26.9×17.5cm, 四周雙邊, 10行19字, 半郭:18.4×12.5cm, 有界, 註雙行, 上下小黑口, 上向黑魚尾, 紙質:楮紙	版心題:俎, 跋:…弘治壬子(1492) …李士高識, …弘治五年(1492)… 李宗準謹識, …弘治壬子(1492)… 睡翁崔應賢寶臣謹志	誠庵文庫 4-1413
唐段少卿酉陽雜俎	16世紀刊(推定)	零本1冊(卷16~20), 朝鮮木版本, 28×18cm, 四周雙邊, 半郭:21.7×14cm, 有界, 10行23字, 上下白口, 上下向黑魚尾, 紙質:和紙	藏書記:夏寒亭, 20卷4冊 중 卷16~20(1冊)이 현존함(소수서원)	榮州 嘯皐祠堂 01-01525

《酉陽雜俎》가 1492年에 간행되었음을 알 수 있다.(민관동·유희준 공저,《國內 所藏 稀貴本 中國文言小說 紹介와 硏究》, 학고방, 2014年 6月, 178~187쪽을 참고함).

39) 潘建國은 〈《酉陽雜俎》明初刊本考—兼論其在東亞地區的版本傳承關係〉《朝鮮所刊中國珍本小說叢刊 7》, 상해고적출판사, 2014) 445쪽에서 "조선간본의 전파는 넓지 않으며 현재까지 알려진 판본은 일본국회도서관본과 성균관대학교소장본이 있을 뿐이다."고 말한 것을 보면 국내 소장 판본에 대한 상황을 정확히 인지하지 못한 것으로 보인다.

40) 민관동·유희준·박계화,《한국 소장 중국문언소설의 판본 목록과 해제》(학고방, 2013年, 117~119쪽)와 민관동·유희준 공저,《國內 所藏 稀貴本 中國文言小說 紹介와 硏究》(학고방, 2014年, 188~189쪽)을 참고함.

唐段少卿酉陽雜俎	段成式(唐)撰, 成宗23年(1492)刊	20卷(卷1~20), 朝鮮木版本, 四周雙邊, 有界, 10行19字, 上下大黑口, 上下雙黑魚尾	序:…唐太常少卿段式, 跋…弘治壬子臘前二日廣原李士高識, 弘治五年玄黑弋困敦臘月有日月城李宗准謹識, 弘治壬子臘前有日睡翁崔應賢寶臣謹志. 所藏:卷1~20	日本 國會圖書館 821·29

奉化 沖齋宗宅本의 경우 20卷 2책 가운데 落帙로 현재 전반부 10卷(卷1~卷10) 1책만 남아 있다. 朝鮮木版本으로 29.2×16.8㎝ 크기에 四周雙邊, 10行 19字이다. 上下大黑口, 上下內向 黑魚尾로 되어 있으며 紙質은 楮紙이다. 誠庵文庫에 소장된 것으로 조사된 《唐段少卿酉陽雜俎》(4-1412)는 10卷(卷11~卷20) 1책이 남아있어 沖齋宗宅本과 합하면 全帙을 복원할 수 있다. 안타깝게도 誠庵文庫에 소장된 《唐段少卿酉陽雜俎》(卷11~卷20)는 직접 확인하지 못한 상황에서 誠庵文庫가 해체되어 현재 판본의 소재를 파악할 길이 없는 상황이다.

日本 國會圖書館所藏本 20卷은 현전 판본 중 가장 完整하게 보존되어 있으며, 弘治壬子臘 前二日廣原李士高識, 弘治五年玄黑弋困敦臘月有日月城李宗准謹識, 弘治壬子臘前有日睡 翁崔應賢寶臣謹志 등 跋文의 내용을 통해 출판과정 및 이들 3인의 《酉陽雜俎》에 대한 평가 를 알 수 있다. 그 외에도 국내 출판본으로 榮州 紹修書院에 所藏된 嘯皐祠堂本이 민관동교 수에 의해 발굴되었다. 이 판본은 4책(卷1~卷20)으로 구성되었는데 현재 卷16~卷20까지 1책 만 남아있으며, 四周雙邊, 上下白口와 上下向黑魚尾로 되어 있으며 한 면은 10행 23자로 꾸 며져 있다. 또 朝鮮木版本으로 20卷4冊 中 卷16~卷20 1冊만 현존하며, 28×18㎝ 크기에 四周 雙邊, 10行 23字이며 上下白口, 上下向黑魚尾로 되어 있다. 紙質이 다른 판본과 달리 和紙이 다.[41]

---

41) 민관동·유희준 공저, 《國內 所藏 稀貴本 中國文言小說 紹介와 研究》(학고방, 2014年 6月, 188~189쪽)에 의하면 "소고당본(영주시 고현동 소고사당)은 현재 소수서원에 위탁관리하고 있다. 간행지가 불분명한 16 세기 판본이며 紙質이 和紙인 것으로 보아 신중한 접근이 필요해 보인다. 和紙는 본래 일본에서 기원하였 으나 우리나라에서도 사용된 전통 종이다. 우리나라에서 和紙를 사용한 기록은 조선시대 초기로 거슬러 올라간다. 조선 전기 일본으로부터 들여 온 倭楮(일본의 닥나무)를 충청도 태안과 전라도 진도 그리고 경상 도 남해와 하동 등지에서 재배하여 和紙를 생산하였다고 한다. 또한 세종 때에는 《綱目通鑑》을 이 종이로 인출하였다는 기록도 있다. 그러기에 이 판본은 일본 판본일 가능성보다는 오히려 조선전기에 간행된 국내 판본일 가능성이 높다. 沖齋宗宅 소장 《唐段少卿酉陽雜俎》本과 비교해본 결과 沖齋宗宅 소장본(1492年) 이 앞서 출간되었고 후에 嘯皐祠堂本이 출간된 것으로 보인다."고 밝히고 있다.

연구과정에서 확보한 奉化 沖齋宗宅本과 成均館大學校 소장본, 일본 국회도서관소장 조선간본《唐段少卿酉陽雜俎》는 모두 前集 20卷으로 이뤄졌고 續集 10卷은 없다. 이 가운데 일부 缺失된 부분이 있지만 前集 20卷이 모두 전해지는 간본은 일본 국회도서관본이며, 목차는 모두 현존하고 중국 출판본과도 일치한다.

《唐段少卿酉陽雜俎》의 목차는 卷之一：忠志·禮異·天咫, 卷之二：玉格·壺史, 卷之三：貝編, 卷之四：境異·喜兆·禍兆·物革, 卷之五：詭習·怪術, 卷之六：禮絕·器奇·樂, 卷之七：酒食·醫, 卷之八：黥·雷·夢, 卷之九：事感·盜俠, 卷之十：物異, 卷之十一：廣知, 卷之十二：語資, 卷之十三：冥跡·尸穸, 卷之十四：諾皐記 上, 卷之十五：諾皐記 下, 卷之十六：廣動植之一, 羽篇/毛篇, 卷之十七：廣動植之二, 鱗介篇/蟲篇, 卷之十八：廣動植之三, 木篇, 卷之十九：廣動植之四, 草篇, 卷之二十：肉攫部 등으로 이루어졌다. 목차의 내용에서 알 수 있듯《酉陽雜俎》는 군주의 사적, 하늘의 영험, 도교와 도사의 崎險, 불가의 경전, 邊境과 禍福의 조짐, 기괴한 풍습과 술법, 기예, 음악, 奇物, 술과 음식 및 名醫, 文身, 우레, 꿈, 사물의 감흥, 怪盜, 遊俠, 奇物, 세간의 속설, 일화 자료, 冥界, 무덤의 비화, 귀신·요괴 기록, 동식물(금수류, 어패류, 곤충류, 草木, 맹금류, 매 사육 방법) 등 다양한 내용을 담고 있다.

2) 조선간본《唐段少卿酉陽雜俎》판본 비교

일반적으로 중국에서 간행한《酉陽雜俎》의 최초 판본은 南宋 嘉定 七年(1214) 永康 周登이 출판한 前集 20卷으로 알려져 있다. 그 후, 9年 후인 嘉定 十六年(1223)에 武陽 鄧復이 續集 10卷과 함께 30卷으로 출간하였다. 또 南宋 理宗 淳祐 十年(1250)에는 廣文 彭氏 등이 고적들을 참고하여 이전 판본의 희미한 부분을 보충한 후 재차 출판하였다. 그러나 이 판본들은 현재 전하지 않는다.

현재 북경도서관에 소장된 明 각본은 舊明本, 新都本(黃校本), 五序本이 있다. 明淸 시기 판본은 舊明本, 新都本(黃校本), 稗海本의 20卷 본과 五序本, 趙琦美脉望館本, 津逮秘書本(毛本), 學津討源本, 湖北先正遺書本의 30卷 본이 있다. 이밖에도 叢書集成初編本(30卷本), 청 馬俊良이 편한《龍威秘書》4卷 본, 顧雲迖가 편한《藝苑捃華》4卷 본이 있으나 조잡한 상태여서 참고할 가치가 없다. 이 가운데 비교적 완정한 판본으로 알려신 것은 趙琦美脉望館本, 稗海本, 津逮秘書本(毛本), 學津討源本으로 알려져 왔다. 趙琦美脉望館本은 明 萬曆 36

年(1608) 常熟의 趙琦美 等이 校勘한 것이며, 稗海本은 명대 會稽 商濬이 《稗海》 叢書에 수록한 것이다. 津逯秘書本(毛本)은 明末淸初 常熟 毛晉이 《津逯秘書》에 수록한 것이며, 學津討源本은 청 가경 연간에 張海鵬이 편찬한 《學津討源》 叢書에 수록된 것이다.42)

그런데 최근 潘建國은 〈《酉陽雜俎》明初刊本考—兼論其在東亞地區的版本傳承關係〉에서 《酉陽雜俎》의 판본에 대해, 여러 판본을 비교하고 고증한 결과를 근거로 새로운 견해를 내놓았다. 그에 따르면 《酉陽雜俎》는 당초 唐의 段成式 《酉陽雜俎》 원본 또는 唐宋抄本을 저본으로 하여 南宋 嘉定 7年(1214) 永康 周登刊本 20卷, 南宋 嘉定 16年(1223) 武陽 鄧復應刊本 30卷, 南宋 理宗 淳祐 10年(1250) 廣文 彭氏刊本이 나왔다. 남송 간본 중 嘉定 7年(1214) 永康 周登刊本 20卷을 저본으로 하여 明 弘治 5年(1492) 朝鮮刊本과 明初本(간행 년도를 알 수 없음)이 간행되었으며, 南宋 理宗 淳祐 10年(1250) 廣文 彭氏刊本을 저본으로 하여 明 萬曆 36年(1608) 常熟의 趙琦美 等이 校勘한 趙琦美脉望館本이 간행되었고, 趙本을 저본으로 四部叢刊初編影印本이 간행되었다.

또 朝鮮刊本을 저본으로 하여 日本傳錄本(明末時期 필사본)이 나왔고, 明初本을 저본으로 한 嘉靖翻刻本, 嘉靖翻刻本을 저본으로 한 新都本(汪士賢, 萬曆 21年, 1593年으로 추정), 新都本을 저본으로 한 稗海本(商濬, 萬曆 30年, 1602年으로 추정), 稗海本을 저본으로 한 津逯本(汲古閣, 明末 崇禎 癸酉 6年, 1633年으로 추정)이 간행되었다고 서술하고 있다 그리고 津逯本을 저본으로 한 日本翻刻本(元祿 10年, 1697), 文淵閣四庫全書本(淸 乾隆時期), 學津本(淸 嘉慶時期), 小瑯環山館刊本(道光 29年, 1849)이 간행되었다.43)

潘建國의 주장에 따르면, 중국에 현존하는 최초 간본으로 알려진 明 萬曆 36年(1608) 常熟의 趙琦美 等이 校勘한 趙琦美脉望館本 보다 빠른 간본인 明初本이 있었음을 알 수 있다. 이 판본은 조선시대 이극돈이 출간한 《唐段少卿酉陽雜俎》(1492年)와 같이 남송 간본 중 嘉定 7年(1214) 永康 周登刊本 20卷을 저본으로 하여 간행되었고, 중국 출판 현존 판본의 간행 연도도 趙琦美脉望館本(1608年)보다 더 앞선 것임을 알 수 있으나, 이는 간행시기를 명확히 알 수 있는 어떠한 표식도 없기 때문에 단지 추정일 뿐이다. 또한 현실적인 이유로 필자는 潘建國

---

42) 方南生, 《酉陽雜俎》 점교본, 중화서국, 1981年, 前言 3쪽 참조. 鄭醫曉, 〈段成式의 《酉陽雜俎》 研究〉, 중국사회과학원 박사학위논문, 2002年, 11~15쪽 참조. 潘建國, 〈《酉陽雜俎》明初刊本考—兼論其在東亞地區的版本傳承關係〉, 《朝鮮所刊中國珍本小說叢刊7》, 상해고적출판사, 2014年, 443쪽 참조. 陳文新·閔寬東 合著, 《韓國所見中國古代小說史料》(武漢大學出版社, 2011.) 91쪽에는 趙琦美脉望館本, 稗海本, 津逯秘書本(毛本), 學津討源本의 주요 4종 이외에 《叢書集成初編》本(30卷本)을 포함시키고 있다.

43) 潘建國, 〈《酉陽雜俎》明初刊本考—兼論其在東亞地區的版本傳承關係〉, 《朝鮮所刊中國珍本小說叢刊7》, 상해고적출판사, 2014年, 464쪽 참조.

이 明初本이라 주장하는 판본을 직접 확인하지는 못했기 때문에 후일을 기약하기로 한다. 이 때문에 조선 간본《唐段少卿酉陽雜俎》의 판본을 연구함에 있어서는 方南生의 點校本(중화서 국, 1981年)[44]을 활용하여 교정을 진행하였고, 동시 元祿 10年(1697)의 日本 木版本(이하 대 조과정에서 日本으로 표기)과도 대조과정을 거쳐 주요 상이점을 밝혀내고자 했다. 이 과정에 서 1행 이상의 원문이 상이한 부분들을 중심으로 주요 상이점을 서술하고 조선 간본이 중국 출판 간본 중 어느 간본과 가장 유사한지 변별해 내고자 하였다.[45] 그 내용을 서술하면 아래와 같다.

　〈卷一〉조선간본 중 일본 국회도서관소장본은 冲齋宗宅本(卷一~卷十)과 성균관대소장본 (卷一~卷二十)과 달리 卷一《禮異》2쪽 양이 중복 제본되어 있다.

　〈卷三〉卷三《貝編》의 "或云是揚州所進, 初範模時, 有異人至, 請閉戶人室, 數日開戶, 模 成, 其人已失. 有圖並傳於世, 此鏡五月五日, 於揚子江心鑄之."이 조선간본은 모두 缺失되어 있는데, 이 부분은 津逯本・稗海本・日本이 저본과 동일하게 缺失된 부분이다. 또 "睿宗初生 含凉殿, 則天乃於殿內造佛氏, 有玉像焉. 及長, 閒觀其側, 玉像忽言: '爾後當爲天子.'" 부분 이 缺失된 상태이다. 이 부분은 점교본의 원작인 趙本 또한 缺失된 것이었으나 方南生이 學 津本・津逯本에 의거하여 보완한 것이다.

　〈卷五〉조선간본은 모두 卷五《詭習》"元和中, 江淮術士王瓊, 嘗在段君秀家, 令坐客取一 瓦子, 畫作龜甲懷之. 一食頃取出, 乃一龜, 放於庭中, 循垣西行, 經宿却成瓦子. 又取花含默

---

44) 점교본은 명 만력 36年(1608) 趙琦美가 교감한 趙本(脉望館本) 및 稗海本, 津逯秘書本(毛本), 學津討源 本을 모두 참고하여 교감한 출판본으로, 조선 간본《唐段少卿酉陽雜俎》의 판본간의 상호 異同점을 변별해 내기에 용이한 점이 있었다.

45) 潘建國의 최근 연구에 따르면, 方南生의 점교본 前言에 舊明本이라 칭한 國家圖書館藏本은 바로 明初本 이며, 이 明初本은 明初 복건 지역에서 간행되었고, 그 시기는 明 成化(1465~1487年) 시기보다는 늦지 않을 것으로 추정했다. 그리고 조선간본(일본 국회도서관 소장본)과의 대조를 통해, "글자체(明初에 유행한 元代 趙孟頫體의 풍격을 지녔다고 판단)는 물론 版式, 인쇄형식이 모두 일치하고 각 권 편의 내용, 항목의 分合 및 시작과 끝, 행간의 결루와 공란이 거의 완전하게 일치한다. 명초본은 전체적으로 한두 자 혹은 한 행 및 반행 분량의 적지 않은 缺文이 있고 조선간본 또한 대체로 일치하나, 조선간본 일부(여덟 곳)는 결실되지 않았다. 흥미로운 것은 이 결실되지 않은 여덟 곳이 명 만력 36年(1608)에 간행된 趙本과 완전히 일치한다. 이로 보아 조선간본이 明初本을 저본으로 번각한 것이 아님 이 분명하다."고 보았다. 그러면서 조선간본의 저본과 明初本의 저본이 동일한 판본은 아니지만 큰 차이 없이 대동소이한 것으로 보아 형제관계와 같은 매우 밀접한 관련이 있을 것이며, 그것의 저본은 宋刻本이 라고 보았다. 그러나 여러 판본의 대소를 통해 추정한 것일 뿐 간행 년대를 알 수 있는 냉확한 근서는 없는 실정이다. 자세한 것은 潘建國,《酉陽雜俎》明初刊本考─兼論其在東亞地區的版本傳承關係)《朝 鮮所刊中國珍本小說叢刊7》, 상해고적출판사, 2014年, 443~464쪽)을 참조할 수 있다.

封於密器中, 一夕開花."가 缺失되었으나, 점교본은 '建中初'와 '元和末' 항목 사이에 배치되어 있다. 學津本·津逮本은《怪術》의 '衆言石旻' 다음 항목으로 배열되었고, 稗海本은 저본과 동일하게 缺失되었다. 日本은《怪術》의 '衆言石旻' 다음 항목으로 배열되었다. 역시 조선간본은 모두 아래의 卷五《怪術》6쪽 분량이 缺失된 상태다. 日本의 경우, 卷五《詭習》"元和中, 江淮術士王瓊, 嘗在段君秀家, 令坐客取一瓦子, 畫作龜甲懷之. 一食頃取出, 乃一龜, 放於庭中, 循垣西行, 經宿却成瓦子. 又取花含黙封於密器中, 一夕開花."의 내용이 '江西人有善展竹' 항목 앞에 배치되어 있다.

江西人有善展竹, 數節可成器. 又有人熊葫蘆, 云翻葫蘆易於翻鞠.

厭鼠法, 七日以鼠九枚置籠中, 埋于地. 秤九百斤土覆坎, 深各二尺五寸, 築之令堅固, 雜五行書曰: "亭部地上土." 塗竈, 水火盜賊不經; 塗屋四角, 鼠不食蠶; 塗倉, 鼠不食稻; 以塞垎, 百鼠種絶.

雍益堅云: "主夜神咒, 持之有功德, 夜行及寐, 可已恐怖惡夢." 咒曰: "婆珊婆演底."

宋居士說, 擲骰子咒云: "伊諦彌諦彌揭羅諦." 念滿萬遍, 彩隨呼而成.

雲安井, 自大江泝別派, 凡三十里. 近井十五里, 澄清如鏡, 舟楫無虞. 近江十五里, 皆灘石險惡, 難于沿泝. 天師翟乾祐, 念商旅之勞, 於漢城山上, 結壇攷召, 追命羣龍. 凡一十四處, 皆化爲老人應召而至. 乾祐諭以灘波之險, 害物勞人, 使皆平之. 一夕之間, 風雷震擊, 一十四里盡爲平潭矣, 惟一灘仍舊, 龍亦不至. 乾祐復嚴敕神吏追之. 又三日, 有一女子至焉, 因責其不伏應召之意. 女子曰: "某所以不來者, 欲助天師廣濟物之功耳. 且富商大賈, 力皆有餘, 而傭力負運者, 力皆不足. 雲安之貧民, 自江口負財貨至近井潭, 以給衣食者衆矣. 今若輕舟利涉, 平江無虞, 卽邑之貧民無傭負之所, 絶衣食之路, 所困者多矣. 余寧險灘波以贍傭負, 不可利舟楫以安富商, 所以不至者, 理在此也." 乾祐善其言, 因使諸龍皆復其故, 風雷頃刻, 而長灘如舊. 天寶中, 詔赴上京, 恩遇隆厚. 歲餘, 還故山, 尋得道而去.

玄宗旣召見一行, 謂曰: "師何能?" 對曰: "惟善記覽." 玄宗因詔掖庭取宮人籍以示之, 周覽旣畢, 覆其本, 記念精熟, 如素所習讀. 數幅之後, 玄宗不覺降御榻爲之作禮, 呼爲聖人. 先是一行旣從釋氏, 師事普寂於嵩山. 師嘗設食于寺, 大會羣僧及沙門, 居數百里者, 皆如期而至, 聚且千餘人. 時有盧鴻者, 道高學富, 隱於嵩山. 因請鴻爲文贊嘆其會. 至日, 鴻持其文至寺, 其師受之, 致於几案上. 鐘梵旣作, 鴻請普寂曰: "某爲文數千言, 況其字僻而言怪, 盍於羣僧中選其聰悟者, 鴻當親爲傳授." 乃令召一行. 旣至, 伸紙微笑, 止於一覽, 復致於几上. 鴻輕其疏脫而竊怪之. 俄而羣僧會於堂, 一行攘袂而進, 抗音興裁, 一無遺忘. 鴻驚愕久之, 謂寂曰: "非君所能教導也, 當從其遊學." 一行因窮大衍, 自此訪求師資, 不遠數千里. 嘗至天台國淸寺, 見一院, 古松數十步, 門有流水. 一行立於門屏間, 聞院中僧於庭布算, 其聲敉敉. 旣而謂其徒曰: "今日當有弟子求吾算法, 已合到門, 豈無人道達耶?" 卽除一算, 又謂曰: "門前水

合却西流, 弟子當至." 一行承言而入, 稽首請法, 盡受其術焉. 而門水舊東流, 今忽改爲西流
矣. 邢和璞嘗謂尹惜曰: "一行, 其聖人乎? 漢之洛下閎造大衍曆, 云後八百歲當差一日, 則有
聖人定之, 今年期畢矣. 而一行造大衍曆, 正在差謬, 則洛下閎之言信矣." 一行又嘗詣道士尹
崇借揚雄《太玄經》, 數日, 復詣崇還其書. 崇曰: "此書意旨深遠, 吾尋之數年, 尙不能曉, 吾子
試更硏求, 何遽還也?" 一行曰: "究其義矣." 因出所撰《太衍玄圖》及《義訣》一卷以示崇, 崇大
嗟服. 曰: "此後生顔子也." 至開元末, 裴寬爲河南尹, 深信釋氏, 師事普寂禪師, 日夕造焉.
居一日, 寬詣寂, 寂云: "方有小事, 未暇款語, 且請遲回休憩也." 寬乃屛息, 止於空室. 見寂
潔正堂, 焚香端坐. 坐未久, 忽聞叩門, 連云: "天師一行和尙至矣." 一行入, 詣寂作禮. 禮訖,
附耳密語, 其貌絶恭, 但頷云無不可者. 語訖禮, 禮訖又語, 如是者三, 寂惟云是是, 無不可
者. 一行語訖, 降階入南室, 自闔其戶. 寂乃徐命弟子云: "遣鐘, 一行和尙滅度矣." 左右疾走
視之, 一行如其言滅度. 後寬乃服衰絰葬之, 自徒步出城送之.

점교본의 원작인 趙本과 學津本·津逮本 역시 위의 내용이 있으나 稗海本은 저본과 동일
하게 缺失되어 있다.

〈卷六〉 조선간본 중 성균관대 소장본은 卷六이 缺失 되었다. 冲齋宗宅本과 일본 국회도서
관소장본은 卷六《藝絶》의 다음 부분이 缺失되어 있다.

天寶末, 術士錢知微嘗至洛, 遂榜天津橋表柱賣卜, 一卦帛十疋. 歷旬, 人皆不詣之. 一日,
有貴公子意其必異, 命取帛如數卜焉. 錢命著布卦成, 曰: "予筮可期一生, 君何戲焉?" 其人
曰: "卜事甚切, 先生豈誤乎?" 錢云: "請爲韻語: '兩頭點土, 中心虛懸. 人足踏跋, 不肯下錢."
其人本意賣天津橋給之. 其精如此.

그러나 學津本·津逮本·日本 등은 위 卷五의 '玄宗旣召見一行' 항목 다음에 배열해 두었
고, 점교본의 원작인 趙本은 위 항목을 卷六《藝絶》'李叔詹常識一范陽山人' 항목 다음에 배
열하고 있어 學津本·津逮本·日本 등과 차이가 난다. 稗海本은 저본과 같이 缺失되었다.
또 卷六《樂》에는 다음 부분이 缺失되어 있다.

王沂者, 平生不解絃管. 忽旦睡, 至夜乃寤, 索琵琶絃之, 成數曲, 一名《雀噪蛇》, 一名《胡
王調》, 一名《胡瓜苑》, 人不識聞, 聽之莫不流涕. 其妹請學之, 乃敎數聲, 須臾總忘, 後不成
曲. 有人以猿臂骨爲笛, 吹之, 其聲淸圓, 勝于絲竹. 琴有氣. 嘗識一道者, 相琴知吉凶.

이 부분은 점교본과 日本에는 존재하며 學津本 및 津逮本도 존재하는 내용이다. 稗海本은
저본과 같이 缺失되었다.

〈卷八〉 조선간본 모두 卷八《雷》에는 "貞元年中, 宣州忽大雷雨, 一物墮地, 猪首, 手足各兩指, 執一赤蛇嚙之. 俄頃, 雲暗而失. 時皆圖而傳之."이 缺失되었다. 이 내용은 점교본과 日本엔 존재하며 學津本 및 津逮本에도 존재한다. 稗海本은 저본과 같이 缺失되었다. 卷八《夢》의 "補闕楊子系董, 善占夢. 一人夢松生戶前, 一人夢棗生屋上, 董言松丘壠間所植, 棗字重來, 來呼魄之象, 二人俱卒."의 내용이 다른 판본은 모두 서두인 '許超夢盜羊入獄' 항목 다음에 배열되어 있으나, 日本은《夢》의 마지막 항목으로 배열되어 있다.

〈卷十〉 조선간본 중 성균관대 소장본은 卷十《物異》의 12쪽 분량이 缺失되었다. 冲齋宗宅本과 일본 국회도서관 소장본은 卷十《物異》의 4쪽 분량이 缺失되었다. 그러나 이 두 판본은 卷十의 종결부분의 처리 형식이 다른 卷과 동일한 형식으로 끝난 것을 보면, 이후 내용을 의도적으로 제외하였거나 조선간본의 저본에 없었을 가능성이 있다.

　　上淸珠, 肅宗爲兒時, 常爲玄宗所器, 每坐於前, 熟視其貌, 謂武惠妃曰: "此兒甚有異相, 他日亦吾家一有福天子." 因命取上淸玉珠, 以絳紗裹之, 繫于頸. 是開元中, 罽賓國所貢. 光明潔白, 可照一室, 視之則仙人·玉女·雲鶴·降節之形, 搖動於其中. 及卽位, 寶庫中往往有神光. 異日掌庫者具以事告, 帝曰: "豈非上淸珠耶?" 遂令出之, 絳紗猶在, 因流泣遍示近臣曰: "此我爲兒時, 明皇所賜也." 遂令貯之以翠玉函, 置之于臥內. 四方忽有水旱兵革之災, 則虔懇祝之, 無不應驗也.
　　漢帝相傳[以秦王子嬰所奉白玉璽·高祖斬白蛇劍. 劍上有七綵[珠]·九華玉以爲飾, 雜厠五色琉璃爲劍匣. 劍在室中, [光]景猶照於外, 與挺劍不殊. 十二年一加磨瑩, 刃上常若霜雪. 開匣拔鞘, 輒有風氣, 光彩射人.
　　楚州界有小山, 山上有室而無水. 僧智一掘井, 深三丈遇石. 鑿石穴及土, 又深五十尺, 得一玉, 長尺二, 闊四寸, 赤如[榴花], 每面有六龜子, [紫色]可愛, 中若可貯水狀. 僧偶擊一角視之, 遂瀝血, 半月日方止.
　　虞鄕有山觀, 甚幽寂, 有滌陽道士居焉. 太和中, 道士嘗一夕獨登壇, 望見庭忽有異光, 自井泉中發. 俄有一物狀若兔, 其色若精金, 隨光而出, 環遶醮壇, 久之, 復入于井. 自是每夕輒見, 道士異其事, 不敢告于人. 後因淘井得一金兔, 甚小, 奇光爛然, 卽置于巾箱中. 時御史李戎職于蒲津, 與道士友善, 道士因以遺之. 其後戎自奉先縣令爲忻州刺史, 其金兔忽亡去. 後月餘而戎卒.
　　李師古治山亭, 掘得一物, 類鐵斧頭. 時李章武遊東平, 師古示之, 武驚曰: "此禁物也, 可飲血三斗." 驗之而信.

〈卷十一〉 일본 국회도서관소장 조선간본은 卷十一《廣知》의 '夫學道之人' 항목 끝 부분 2쪽 분량이 缺失되었다. 점교본에 의하면 趙本은 다음 내용이 있다.

二十四, 或十二.

玉女以黃玉爲痣, 大如黍, 在鼻上, 無此痣者鬼使也.

入山忌日: 大月忌三日·十一日·十五日·十八日·二十四日·二十六日·三十日; 小月忌一日·五日·十三(一作二)日·十六日·二十六日·二十八日.

凡夢五臟得五穀: 肺爲麻, 肝爲麥, 心爲黍, 腎爲菽, 脾爲粟.

凡人不可北向理髮·脫衣·及唾·大小便.

月朔日勿怒.

三月三日不可食百草心, 四月四日勿伐樹木, 五月五日勿見血, 六月六日勿起土, 七月七日勿思忖惡事, 八月四日勿市履屣, 九月九日勿起牀席, 十月五日勿罰責人, 十一月十一日可沐浴, 十二月三日可戒齋, 如此忌, 三官所察. 凡存修不可叩頭, 叩頭則傾九天, 覆泥, 九天帝號於上境, 太乙泣於中田, 但心存叩頭而已.

老子拔白日: 正月四日·二月八日·三月十二日·四月十六日·五月二十(一有六字)日·六月二十四日·七月二十八日·八月十九日·九月十六日·十月十三日·十一月十日·十二

위 내용 중 日本은 '玉女以黃玉爲痣 ~ 十二月七日'까지 缺失된 상태로 몇 자의 차이만 있을 뿐이고, 津逮本과 稗海本은 조선 간본과 같이 이 부분이 缺失된 상태였다.

〈卷十二〉 일본 국회도서관소장 조선간본 卷十二《語資》의 '魏僕射收臨代' 항목은 學津本·津逮本·稗海本 모두 후면의 '玄宗常伺察諸王' 항목 뒤에 배열되어 있다. 日本은 '魏僕射收臨代' 항목부터 '舜祠東有大石, 梁宴魏使李騫·崔劼', '歷城房家園', '單雄信幼時', '秦叔寶所乘馬號忽雷駁', '徐敬業年十餘歲', '玄宗常伺察諸王' 등 8개 항목이 후면의 '黃颭兒矮陋機惠' 항목과 '王勃每爲碑頌' 항목 사이에 배열되어 있어 판본 간에 차이가 있다. 역시《語資》의 조선간본의 '大曆末' 항목의 "長空任鳥飛"이 점교본에서는 "長空任鳥飛. 欲知吾道廓, 不與物情違"이나 學津本·津逮本·稗海本·日本은 모두 저본과 일치하고 있다. 또한《語資》의 끝 '馬僕射(一曰侍中)旣立勳業' 항목 이후에 다음 내용이 점교본과 日本, 津逮本·學津本에는 존재한다.

信都民蘇氏有二女, 擇良婿, 張文成往相. 蘇曰: "子雖有財, 不能富貴, 得五品官卽死." 時魏知古方及第, 蘇曰: "此雖黑小, 後必貴." 乃以長女妻之. 女髮長七尺, 黑光如漆, 相者云大富貴. 後知古拜相, 封夫人云.

明皇封禪泰山, 張說爲封禪使. 說女婿鄭鎰, 本九品官, 舊例封禪後, 自三公以下, 皆遷轉級, 惟鄭鎰內祝驟遷九品, 兼賜緋服, 因大脯次, 玄宗見鎰官位騰躍, 怪而問之, 鎰無詞以對. 黃幡綽曰: "此乃泰山之力也."

成式曾一夕堂中會, 時妓女玉壺忌魚炙, 見之色動. 因訪諸妓所惡者, 有蓬山忌鼠, 金子忌虱尤甚. 坐客乃兢徵虱拏鼠事, 多至百餘余條. 予戲撮其事, 作《破虱錄》.

稗海本은 조선간본과 같이 내용이 缺失된 상태다. 그런데 조선간본 卷十二의 끝맺는 방식이 다른 권과 같은 것으로 보아 편자가 임의적으로 뒤의 세 항목을 제한 것이 아니라, 조선간본의 저본에 없었을 가능성이 높다.

〈卷十六〉 조선간본 중 성균관대소장본은 卷十六《廣動植之一》은 2쪽 분량이 전후 위치가 바뀌었는데 출판 과정에서 순서가 바뀐 것으로 추정된다. 일본 국회도서관소장본은 정상적이며 冲齋宗宅本은 缺失되어 그 상황을 알 수 없다. 그리고 점교본 주에 의하면 稗海本은 卷十六의 《毛篇》 중 '咸亨三年', '古訓言' 두 항목이 缺失된 상태로 그 내용은 아래와 같다.

咸亨三年, 周澄国遣使上表, 言訶伽国有白象, 首垂四牙, 身運五足. 象之所在, 其土必豊. 以水洗牙, 飲之愈疾. 請發兵迎取." ○ 象膽, 隨四時在四腿, 春在前左, 夏在前右, 如龜无定身+本也. 鼻端有爪, 可拾針. 肉有十二般, 惟鼻是其本肉. ○ 陶貞白言, 夏月合藥, 宜置象牙於藥旁. 南人言象姤, 惡犬聲. 獵者裏糧登高樹, 搆熊巢伺之. 有群象過, 則爲犬聲, 悉擧鼻吼叫, 循守不復去, 或經五六日, 困倒其下, 因潛煞之. 耳後有穴, 薄如鼓皮, 一刺而斃, 胸前小橫骨, 灰之酒服, 令人能浮水出沒. 食其肉, 令人身+本重.
古訓言, 象孕五歲始生.

〈卷十八〉 조선간본 성균관대학교 소장본과 일본 국회도서관 소장본은 卷十八《廣動植之三》《木篇》의 '我在鄴' 항목이 '我在鄴'으로 시작하였으나, 점교본은 '蒲萄, 俗言蒲萄蔓好引于西南. 庾信謂魏使尉瑾曰: 我在鄴'으로 시작하였다. 일본은 조선간본과 동일하게 '我在鄴'으로 시작하였다. 또 '比閭, 出白州, 其華若羽, 伐其木爲車, 終日行不敗.' 항목은 學津本, 津逮本, 稗海本, 日本 모두 缺失되어 있는데, 조선간본과 趙本은 존재한다.

〈卷十九〉 卷十九《草篇》 '金燈, 一曰九形' 항목의 끝 부분 내용 중 '蜀葵'가 점교본은 "蜀(一作莪)葵, 本胡中葵也, 一名胡葵. 似葵, 大者紅, 可以緝爲布."되어 있으나, 조선간본 성균관대학교 소장본과 일본 국회도서관 소장본은 缺失되었고 日本도 조선간본과 동일하게 결실되어 있다. 稗海本, 津逮本, 學津本도 모두 결실되었다.

〈卷二十〉 卷二十《肉攫部》 '鷹巢, 一名菆鷹.' 항목과 '青麻色' 항목 사이에 점교본은 다음 내용이 있다.

"過頂, 至伏鶉則止. 從頸下過颺毛, 至尾則止. 尾根下毛名颺毛. 其背毛·並兩翅大翮覆翮·及尾毛十二根等幷拔之, 兩翅大毛合四十四枝, 覆翮翎亦四十四枝. 八月中旬出籠.

　雕角鷹等, 三月一日停放, 四月上旬置籠.

　鶡, 北回鷹過盡停放, 四月上旬入籠, 不拔毛.

　鶡, 五月上旬停放, 六月上旬拔毛入籠.

　凡鷙擊等, 一變爲鴿, 二變爲鴒, 轉鴒, 三變爲正鶻. 自此以後, 至累變, 皆爲正鶻.

　白鴿, 觜爪白者, 從一變爲鴒至累變, 其白色一定, 更不改易. 若觜爪黑者, 臆前縱理, 翎尾斑節, 微微有黃色者, 一變爲鴒, 則兩翅封上, 及兩胜之毛間似紫白, 其餘白色不改.

　齊王高緯武平六年, 得幽州行臺僕射河東潘子光所送白鶻, 合身如雪色. 視臆前微微有縱白斑之理, 理色曖昧如縹. 觜本之色微帶靑白, 向末漸烏, 其爪亦同於觜, 蠟脛並作黃白赤. 是爲上品. 黃麻色, 一變爲鴒, 其色不甚改易, 惟臆前縱斑漸闊而短, 鴒轉出後, 乃至累變, 背上微加靑色, 臆前縱理轉就短細, 漸加膝上鮮白, 此爲次色."

위 내용은 조선간본 성균관대학교 소장본과 일본 국회도서관소장본 모두 결실되었고 稗海本 역시 '過頂' 두 자 이후부터 저본과 동일하게 缺失된 상태이고 일본은 점교본과 일치한다. 津逮本과 學津本 역시 존재하는 내용이다.

이상에서 비교한 결과를 간략히 도표로 정리하면 아래와 같다.

	朝鮮刊本(1492)			日本木版本(1697)	點校本(1981)	趙本(脉望館本)	學津本	津逮本(毛本)	稗海本
	冲齋宗宅本	成均館大學校所藏本	日本國會圖書館本						
卷一	·	·	禮異 2쪽 양 중복 제본	·	·	·	·	·	·
卷三	貝編 2행 양 缺	缺	缺	存	存	缺	存	存	缺
	貝編 3행 양 缺	缺	缺	缺	存	存	存	缺	缺
卷五	詭習 4행 양 缺	缺	缺	缺	存	存	存	存	缺
	怪術 6쪽 양 缺	怪術 6쪽 양 缺	怪術 6쪽 양 缺	存	存	存	存	存	缺
	缺	缺	缺	怪術 6행 양 添	卷六에 위치	卷六에 위치	6행 양 添	6행 양 添	缺

卷六	藝絶 6행 양 缺	全體 缺失	6행 양 缺	卷五 끝 위치	存	存	卷五 끝 위치	卷五 끝 위치	缺
	樂 5행 양 缺		樂 5행 양 缺	存	存	存	存	存	缺
卷七	存	缺失(1쪽 양 殘存)	存	存	存	存	存	存	存
卷八	雷 2행 양 缺	雷 2행 양 缺	雷 2행 양 缺	存	存	存	存	存	缺
	夢 '補闕楊子系' 항목 서두에 배열	서두 배열	서두 배열	夢 끝에 배열	서두 배열	서두 배열	夢 끝에 배열	夢 끝에 배열	서두 배열
卷十	物異 4쪽 양 缺	物異 12쪽 양 缺失	物異 4쪽 양 缺	物異 반쪽 양 缺	存	存	楚州界 항목 缺	楚州界 항목 缺	李師古 항목 缺
卷十一	全體 缺失	全體 缺失	廣知 2쪽 양 缺	2쪽 양 缺	存	存	存	2쪽 양 缺	2쪽 양 缺
卷十二	全體 缺失	全體 缺失	·	語資 4쪽 양위치 바뀜	·	·	반쪽 양 바뀜	반쪽 양 바뀜	반쪽 양 바뀜
			語資 2쪽 양 缺	存	存	存	存	存	2쪽 양 缺
卷十三	全體 缺失	全體 缺失	存	存	存	存	存	存	存
卷十四	全體 缺失	存	存	存, 諾皐記 上 2쪽 양 缺	存	存	存	存	存
卷十五	全體 缺失	存	存	存	存	存	存	存	存
卷十六	全體 缺失	存	存	存	存	存	存	存	存
		廣動植之一 2쪽 양 전후 위치 바뀜	·	·	·	·	·	·	·
卷十七	全體 缺失	存	存	存	存	存	存	存	存
卷十八	全體 缺失	木篇 1행 양 缺	1행 양 缺	1행 양 缺	存	存	存	存	存
		存	存	比閭 항목 缺	存	存	比閭 항목 缺	比閭 항목 缺	比閭 항목 缺
卷十九	全體 缺失	草篇 1행 양 缺	1행 양 缺	1행 양 缺	存	存	1행 양 缺	1행 양 缺	1행 양 缺
卷二十	全體 缺失	肉攫部 2쪽 양 缺	肉攫部 2쪽 양 缺	存	存	存	存	存	2쪽 양 缺

비교대상으로 한 趙琦美脉望館本, 稗海本, 津逮本(毛本), 學津本 중 조선간본과 稗海本이 가장 유사성을 보이는 것은 판본의 연원이 일치하기 때문이다. 앞에서 언급하였듯, 조선간본과 稗海本은 南宋 嘉定 七年(1214) 永康 周登刊本(20卷) 계열이고, 趙琦美脉望館本은 南宋 理宗 淳祐 十年(1250) 廣文 彭氏刊本 계열이어서, 조선간본과 稗海本은 趙琦美脉望館本과는 차이가 많았다. 商濬의 稗海本은 萬曆 30年(1602) 간행으로 알려져 있는데, 이때까지는 판본의 변화가 크지 않았음을 알 수 있다. 이후, 稗海本을 저본으로 간행된 津逮本(汲古閣, 明末 崇禎 癸酉 6年, 1633)과 日本翻刻本(元祿 10年, 1697), 學津本(淸 嘉慶時期) 등이 조선간본과 차이가 많은 것은 明末에 간행된 津逮本에서부터 교감 보완이 이루어졌음을 알 수 있는 것이다.

조선간본인 충재종택본(卷1~卷10), 성대본(卷1~卷20), 일본 국회도서관본(卷1~卷20) 등 세 간본을 세세하게 비교 검토해본 결과, 위의 표에서 제시한 缺失 내용 이외는 몇몇 글자의 劃이 훼손되는 등 일부 글자가 다르게 나타났다. 卷11~卷13은 충재종택본(卷1~卷10)과 성대본(卷1~卷20)이 결실된 관계로 비교할 수 없었다. 그 내용을 도표로 확인할 수 있다.

卷數	朝鮮刊本(1492)			中國刊本
	冲齋宗宅本	成均館大學校所藏本	日本國會圖書館本	點校本(1981)
卷四 제 5쪽 제 1행	大	大	大	大
卷四 제 6쪽 제 10행	牛	牛	止	牛
卷四 제 13쪽 제 4행	祈	祈	祈	祈
卷五 제 2쪽 제 6행	于	于	于	于
卷五 제 2쪽 제 6행	七	七	七	七
卷八 제 7쪽 제 2행	前	前	前	前
卷八 제 16쪽 제 8행	錄	錄	錄	錄
卷九 제 2쪽 제 7행	時	時	時	時
卷九 제 6쪽 제 10행	亦	亦	亦	亦
卷十 제 14쪽 제 6행	窐	缺失 부분	窐	窒
卷十一	全體 缺失	全體 缺失	-	-
卷十二	全體 缺失	全體 缺失	-	-
卷十三	全體 缺失	全體 缺失	-	-
卷十四 제 6쪽 제 4행	全體 缺失	階	階	陪
卷十四 제 11쪽 제 1행		足	□	足
卷十四 제 15쪽 제 6행		而	天	而

卷十四 제 15쪽 제 7행		神	申	神
卷十四 제 18쪽 제 5행		士人	士人	士人
卷十六 제 16쪽 제 5행	全體 缺失	宮	宮	宮
卷十八 제 19쪽 제 2행	全體 缺失	生	生	生

　이상에서 보듯 대부분의 글자는 脫劃으로 보이나, 宮은 宮·宮, 生은 生·生·生·生·生 의 자형을 혼용한 것으로 보아 당시 유행하는 이체로 짐작된다.[46] 다만 卷十四 제 6쪽 제 4행의 階(성균관대본)와 陪(일본 국회도서관본)는 글자가 명확히 다르게 인쇄된 것을 알 수 있다. 卷1~卷10까지의 글자를 보면 충재종택본이 脫劃이 거의 없이 보전 전해졌고, 卷14~卷 20까지의 내용은 성균관대본과 일본 국회도서관본의 차이점이 크게 나타나지 않았다. 卷11~ 卷13은 일본 국회도서관본 만이 보전되어 비교가 불가능하였다. 결론적으로 後印으로 알려진 성균관대본과 일본 국회도서관본은 동일 인쇄본이 아닌 것이 분명하고, 글자 상태로 보아 충 재종택본 역시 동일본이 아닌 것이 확실하다. 이 같은 사실은《酉陽雜俎》가 조선에 유입된 이후 여러 차례 인쇄되었다는 근거이기도 하다.

　국내 출판 조선간본《唐段少卿酉陽雜俎》의 판본을 연구함에는 冲齋宗宅(卷一~卷十) 소 장본, 성균관대학교(卷一~卷二十) 소장본, 일본 국회도서관(卷一~卷二十) 소장본을 활용하 였다. 이들 간본은 모두 前集 20卷으로 이뤄졌고 續集 10卷은 없으며, 前集 20卷도 完整本은 없는 상태이나 목차는 모두 현존했다. 그러나 구체적으로 비교해 본 결과, 일본 국회도서관 소장본이 卷一~卷二十이 모두 현존하고 가장 完整한 상태였으며, 卷一에서 卷五까지는 세 판본이 동일하였다. 冲齋宗宅 소장본은 현존하는 卷一~卷十 가운데 卷五《怪術》의 6쪽 분량 이 缺失,《物異》의 4쪽 분량이 缺失된 부분을 제외하고는 비교적 完整한 상태였다. 성균관대 학교 소장본은 卷一~卷二十까지 현존하나 결실된 부분이 많았는데, 특히 卷六부터 逸失부분 이 많음을 알 수 있었다. 이는 卷六의 전체와 卷七의 마지막 1쪽을 제외한 내용이 모두 缺失된 상태이다. 卷八의 1~2쪽에 다른 판본에 없는 탈자가 나타나며, 卷八에서 卷十에 이르는 내용 은 희미한 부분이 많아 식별이 불분명한 글자도 보이는데 보관상의 문제점으로 보인다. 특히 卷十의 3분의 2분량에 해당하는 12쪽 분량이 缺失된 상태였다.

---

46) 조선간본《唐段少卿酉陽雜俎》에 나타난 약자, 속자 등 이체자는《唐段少卿酉陽雜俎》의 복원 출판 후 자 세히 확인할 수 있으나, 이에 대한 보다 깊이 있는 연구는 향후의 과제로 남긴다.

冲齋宗宅 소장본, 성균관대학교 소장본, 일본 국회도서관 소장 조선간본은 모두 卷三《貝編》의 2행 분량 및 3행 분량 缺失, 卷五《詭習》의 4행 분량이 缺失, 卷五《怪術》의 6쪽 분량이 缺失, 卷六《藝絶》6행 분량이 缺失, 卷六《樂》의 5행 분량이 缺失되었다. 卷六의 경우, 성균관대학교 소장본은 전체가 缺失되었고 卷七의 마지막 1쪽을 제외한 내용이 모두 缺失된 상태이다. 卷八은 세 간본 모두《雷》의 2행 분량이 缺失되었고, 《夢》의 '補闕楊子系菫' 항목이 서두인 '許超夢盜羊入獄' 항목 다음에 배열되어 있다. 卷十은 冲齋宗宅 소장본과 일본 국회도서관 소장본은《物異》의 4쪽 분량이 缺失되었는데 종결부분의 처리 형식이 다른 卷과 동일한 형식으로 끝난 것을 보면, 이후 내용을 의도적으로 제외한 것인지 저본에 없는 것인지 확인할 수 없었다. 성균관대학교 소장본은《物異》의 12쪽 분량이 缺失된 상태였다.

卷十一, 卷十二, 卷十三은 冲齋宗宅本과 성균관대소장본 모두 缺失된 상태이고 일본 국회도서관 소장본만 완정한 상태여서 이를 통해 비교하였다. 卷十一은《廣知》의 '夫學道之人' 항목 끝 부분 2쪽 분량이 결실되었다. 卷十二는《語資》의 끝 '馬僕射(一曰侍中)旣立勳業' 항목 이후 2쪽 분량 결실되었으나, 끝맺는 방식이 다른 卷과 같은 것으로 보아 편자가 임의적으로 뒤의 세 항목을 제한 것이 아니라, 조선간본의 저본 원본이 缺한 상태였을 가능성이 높다. 성균관대학교 소장본은 卷十六《廣動植之一》은 2쪽 분량이 전후 위치가 바뀌었는데 출판 시 순서가 바뀐 것으로 추정된다. 일본 국회도서관본은 전후 바뀜이 없었다. 성균관대학교 소장본과 일본 국회도서관 소장본 모두 卷十八《廣動植之三》《木篇》1행 양 결실, 卷十九《廣動植之四》《草篇》의 1행 양 결실, 卷二十《肉攫部》2쪽 분량이 결실되었다.

비교한 결과를 보건대, 卷一에서 일본 국회도서관소장 조선간본만 2쪽 양이 중복 제본된 점을 고려하면 冲齋宗宅本과 일본 국회도서관본은 동일한 시기의 인쇄본이 아니며, 後印이 있었음을 판단하는 근거가 된다. 다만 성균관대본은 卷一의 중복 제본 부분이 없는 점은 冲齋宗宅本과 동일하여 유사점을 보이나 卷十의 경우는 12쪽 분량이 缺失되어 冲齋宗宅本과의 비교가 불가능하여 정확히 밝힐 수 없었다. 또한 일본 국회도서관본은 卷十一 제2쪽, 卷二十 제2쪽이 공백으로 되어 있는데, 卷十一의 제2쪽은 성균관대본과 冲齋宗宅本이 모두 缺失되어 비교할 수 없었으며, 卷二十 제2쪽은 성균관대본도 공백으로 되어 있는 유사점을 보이고 있었다. 그리고 卷1~卷10까지의 글자는 충재종택본이 脫劃이 거의 없이 보전 전해졌고, 卷14~卷20까지의 내용은 성균관대본과 일본 국회도서관본의 차이점이 크게 나타나지 않았으나, 양 간본 간의 글자가 다른 것이 있었다. 卷11~卷13은 일본 국회도서관본 만 유일하게 보존되어 있어 비교가 불가능하였다. 결론적으로 세 간본은 동일 인쇄본이 아닌 것이 분명하니, 後印으로 알려진 성균관대본과 일본 국회도서관본도 동일 인쇄본이 아님이 확실하다. 이 같은 사실은 《酉陽雜俎》가 조선에 유입된 이후 여러 차례 인쇄되었다는 근거이기도 하다.

　또한 중국 및 일본 출판 판본과의 비교를 통해 볼 때, 조선간본은 稗海本과 가장 유사하다. 실제로 조선간본과 稗海本은 卷三《貝編》의 2행 분량 缺失 및 3행 분량 缺失, 卷五《詭習》의 4행 분량 缺失, 卷五《怪術》의 6쪽 분량 缺失, 卷六《藝絶》6행 분량 缺失, 卷六《樂》의 5행 분량 缺失, 卷八《雷》의 2행 분량 缺失, 卷八《夢》의 '補闕楊子系堇' 항목이 서두인 '許超夢盜 羊入獄' 항목 다음에 배열된 점, 卷十一의 '夫學道之人' 항목 끝 부분 2쪽 분량 缺失, 성균관대 학교 소장본 卷十九《廣動植之四》《草篇》의 '金燈, 一曰九形' 항목의 끝 부분의 1행 양 缺失, 卷二十《肉攫部》'鷹巢, 一名蔽鷹.' 항목과 '靑麻色' 항목 사이에　2쪽 분량 缺失된 점 등이 일치하고 있어 가장 근사한 판본임을 알 수 있었다.

3. 異體字 目錄(略字·俗字·同字 등 포함)

정자	이체자	정자	이체자	정자	이체자
假	假 假 假	喝	喝	乾	干 乾 乾
卻	卻	蝎	蝎	劍	劍 劍 劍 劍
角	角	監	監 監	黔	黔
迦	迦	敢	敢	撿	撿
坷	坷	鑒	鑒	劫	劫
暇	暇	降	降 降	擊	擊 擊 擊
街	街	強	強	堅	堅
猥	猥	剛	剛	隔	隔
根	根	褯	極	見	見
覺	覚 竟 覺 覺	皆	皆 皆	潔	潔
刻	刻	改	改	堅	堅
殼	殼	蓋	盖	駃	駃 駃
各	各	羹	羹	絹	絹 絹
卻	却	芥	芥	掔	掔
殼	殼	舉	舉 舉 舉 舉 舉	繭	繭 繭
揀	揀	據	據 據	決	決
看	看	遽	遽 遽	缺	缺
侃	侃	憩	憩	駃	駃
曷	曷	揭	揭 揭	玦	玦
褐	褐	騫	騫 騫 騫	兼	薰 薰
竭	竭	褰	褰	卿	卿
鞨	鞨	建	建 建	瓊	瓊 瓊

정자	이체자	정자	이체자	정자	이체자
徑	徑 徑 徑	孤	孤 孤 狐	空	空
經	経 經 経 經	鼓	皷	瓜	瓜 瓜
磬	磬 磬	高	髙	菓	菓
敬	敬	瞽	瞽	寡	寡
黥	黥	苦	苦 苦 苦 苦	過	過
莖	莖 莖 莖 莖	鼓	皷	郭	郭
涇	涇	鴣	鴣 鴣	摑	摑
聲	聲	菰	菰	裹	裹 裹 裹
頃	頃	苽	苽	菓	裹
輕	輕 輕 輕	罟	罟	廓	廓
頸	頸 頸 頸	尻	尻	鞹	鞹
脛	脛 脛	皐	皐	郭	郭
驚	驚 驚	顧	顧 顧 顧	觀	觀 觀 観 観
逕	逕	剋	剋	關	關
勁	勁	考	考	匡	匡
階	階 階	穀	穀 穀	寬	寬
堦	堦	觳	觳	灌	灌
稽	稽	哭	哭	鸛	鸛
繼	継	鶻	鶻	鶴	鶴
繫	繫 繫 繫	昆	昆	廣	廣
雞	鷄 雞	骨	骨	狂	狂 狂
灄	灄	恐	恐	崔	崔
界	界 界	鞏	鞏	怪	忰
屆	届	公	公 公	愧	愧

정자	이체자	정자	이체자	정자	이체자
瑰	瑰	球	球	拳	拳
壞	壞	駒	駒	厥	厥
虢	虢	鮈	鮈	餽	餽
槐	槐	懼	懼	軌	軌
魁	魁 魁	彄	彄	鬼	鬼
幗	祠	遘	遘	歸	歸 帰 帰 帰 歸 歸
膠	膠	鸜	鸜		
攬	攬	區	區 區	鬼	鬼 鬼
久	ㄣ 乆	駒	駒	蚪	蚪
雛	雛	驅	驅 驅 驅	叫	叫
臼	臼	狗	狗	跬	跬
苟	苟	鳩	鳩	菌	菌
構	構	鴝	鴝	棘	棘
歐	歐	苣	苣	極	極 極
寇	寇	國	国 囯 國 國 囯 囻 國	劇	劇 劇
舊	旧 舊 舊 舊 舊 舊 舊 舊			克	克
		鞫	鞫 鞫	隙	隙
救	救	局	局	勤	勤
裘	裘	鶪	鶪	菫	菫
具	具	群	羣 羣 群	芹	芹
俱	俱	郡	郡	今	今 今
龜	龜	君	君	金	金 金 金
屨	屨 屨	宮	宮 宮	襟	襟
鉤	鉤	弓	弓	禁	禁

정자	이체자	정자	이체자	정자	이체자
矜	矜 矜	祈	祈	寗	寗
擒	擒	屺	屺	寧	寧 寧 寧
急	急	玘	玘	嚀	嚀
起	起 起	夔	夔	禰	祢
記	記 記	騏	騏	弩	弩
氣	氣 氣 氣	魁	魁	祿	禄
碁	棋	猲	猲	綠	綠 緣
芰	芰	那	郍	錄	録
棄	弃	儺	儺	腦	腦
忌	忌	諾	諾	淖	淖
紀	紀	落	落	陋	陋
己	已	難	難	能	能
奇	竒	蘭	蘭	尼	尼
騎	騎 騎	亂	乱	溺	溺 溺
幾	幾 幾	南	南	段	段 段 段 段
機	机 機	臘	臘 臘	單	單 單
饑	飢	蠟	蝋	斷	断 斷 斷
器	器	衲	袦	祖	祖
羈	羈 羈	囊	囊 囊	檀	檀 檀 檀 檀
既	既 既	內	内	壇	壇 壇 壇
嗜	嗜	年	年 年 年 年 年 年	鍛	鍛
棄	弃			達	達 達
苟	苟	飴	飴	啗	啗
寄	寄	甯	甯 甯	噉	噉

정자	이체자	정자	이체자	정자	이체자
答	荅 荅 荅	動	動	臘	臘 臘
踢	踢	杜	杜 社	蠟	蠟
棠	棠	兜	兜	勅	勅
帶	帶 帶	豆	豆	狼	狼
對	對 對 對 對	滕	滕 滕	榔	榔
臺	臺	等	等 等 等 等 等 等 等	來	来 来 來
代	代			兩	兩 兩
黛	黛	登	登	梁	梁 梁
德	德	燈	灯	糧	粮 粮
盜	盜	籐	籐	魎	魎
途	途	藤	藤 藤 藤 藤	蠡	蠡
道	道	騰	騰	黎	黎
塗	塗 塗	鷹	鷹	驪	驪 驪
陶	陶 陶 陶	羅	羅 羅	麗	麗 麗
度	度	蘿	蘿	慮	慮 慮
蹈	蹈	騾	騾	驢	驢 驢 驢
紹	紹	駱	駱 駱 駱	癘	癘
陷	陷	樂	樂	櫟	櫟
跳	跳 跳	落	落	蓮	蓮
切	切	卵	卵 卵	聯	聯
獨	獨	鸞	鸞	憐	怜
飩	飩	彎	弯	廉	廉
蛋	蛋	覽	覽 覧	殮	殮
洞	洞	藍	藍	獵	猎 獦 玃 獵 玃

정자	이체자	정자	이체자	정자	이체자
鬣	鬣	漏	漏	離	離
令	令	鏤	鏤	狸	狸
靈	靈 霊 靈 灵	樓	楼 㨾	隣	鄰
苓	苓	縷	縷 縷	驎	驎
領	領	淚	淚	鱗	鱗
翎	翎	髏	髏	馬	馬 馬
鱧	鱧	凌	凌	蟆	蟇
禮	礼	柳	抑 抑	邈	邈
虜	虜 虜	流	流 沆 㳅	莫	莫
露	露 露	雷	雷	寞	寞
蘆	蘆	謬	謬 謬	膜	膜
鱸	鱸	戮	戮	滿	滿 滿 滿 滿 滿
爐	炉	榴	榴	萬	万 萬
鸕	鸕	勒	勒	鬘	鬘 鬘
路	路	陸	陸	蠻	蛮
鷺	鷺 鷺	輪	輪	襔	襔
祿	禄	律	律	蔓	蔓
淥	淥	隆	隆 隆	鞔	鞔
醁	醁	陵	陵 陵	襪	襪
論	論	菱	菱	望	望 望
壟	壟	裏	裏	盲	肓
雷	雷 雷	鯉	鯉 鯉	魍	魍
屢	屢	鱺	鱺	茫	茫
婁	婁	魑	魑	每	每

정자	이체자	정자	이체자	정자	이체자
媒	媒	卯	夘夘	未	禾
魅	魅魅	苗	苗苗	敏	敏
賣	賣	墓	墓	密	密
罵	罵罵	穆	穆	蜜	蜜蜜蜜
脉	脉	沒	沒没浚	博	博
猛	猛	蒙	蒙豪	薄	薄薄薄薄
萌	萌	歿	歿	縛	縛
虹	蚳	舞	舞舞	膊	膊
覓	覔	茂	茂	駁	駮駮
面	靣	繆	繆繆	曝	曝
眄	眄	撫	抚	攃	攃
免	免	無	无旡無	反	反
麴	麴	甌	甌	飯	飰
冥	寅寅	務	務	盤	盤盤盤
鳴	鳴鳴	猷	猷猷	蟠	蟠
袂	袂	鵡	鵡鵡鵡	發	發發
母	母母	墨	墨	潘	潘
慕	慕	默	黙黙	返	返
貌	皃	美	美美	般	般
暮	暮	微	微微	拔	拔技拔拔
某	某某	薇	薇	枝	枝
茅	茅茅	彌	弥	髮	髮髮
毛	毛	獼	猕	發	發發發發
妙	妙	弭	珥珥	跋	跋

정자	이체자	정자	이체자	정자	이체자
袚	袚	變	変 變	蓬	逢
撥	撥	鵊	鵊	父	父
防	防	便	便	傅	傅 傅
邦	邦	瞽	瞽	附	附
龐	龐	鼈	鼈	富	冨
陪	陪	并	并 並	敷	敷
拜	拜	瓶	瓶	部	部
魄	魄 魄	駢	駢	負	負 負
百	百	步	步 步	梟	梟 梟 梟 梟
白	白	報	報	腐	腐
番	畨	甫	甫 甫	赴	赴
燔	燔	寶	寶 宝	鮒	鮒
藩	藩	復	復 復 復 復	釜	釜 釜
幡	幡 幡	腹	腹 腹	駙	駙
膰	膰	覆	覆 覆 覆	麩	麩
蕃	蕃	復	復	北	北 北
凡	凡	福	福	畚	畚
汎	汎	璞	璞	粉	粉
犯	犯	鰒	鰒	分	分
范	范	本	本	貼	貼
梵	梵	鋒	鋒 鋒	崩	崩 崩
伐	伐	逢	逢	匕	匕
壁	壁 壁	鳳	鳳 鳳 鳳 鳳	妃	妃
邊	边 邉	烽	烽	卑	卑 卑 卑

정자	이체자	정자	이체자	정자	이체자
鄙	鄙	詐	詐	澁	澁
琵	琵	賜	賜	皷	皷
鼻	鼻 鼻 鼻	辭	辭 辞	嘗	嘗 嘗 嘗 嘗
鞞	鞞	蛇	虵	傷	傷 傷
婢	婢	寫	寫 寫 寫	尙	尚
碑	碑 碑	沙	沙 沙 沙	牀	床
非	非	莎	莎	狀	狀 狀 狀
俾	俾	瀉	瀉	觴	觴 觴
蜱	蜱	蟖	蟖	象	象
裨	裨	祀	祀	像	像 像
賓	賓	祠	祠	爽	爽
濱	濱	駛	駛	喪	喪 喪
臏	臏	猾	猾	翔	翔
鬢	鬢	鑠	鑠	祥	祥 祥
蠙	蠙	算	笇	常	常
檳	檳	珊	珊	桑	桒
殯	殯	産	産 産	鸛	鸛
憑	憑 憑 憑 憑	瀘	瀘	雙	双 雙
四	亖	蒜	蒜	索	索
私	私 私	殺	殺 殺	生	生 生 生
死	死	煞	煞	西	西
師	師	薩	薩	庶	庶 庶
舍	舍	薩	薩	徐	徐 徐
捨	捨	參	叅	敍	叙 敍

정자	이체자	정자	이체자	정자	이체자
序	序	鮮	鮮	疎	疎
黍	黍 黍	璇	璇	疏	疎
舒	舒 舒	設	設 設	掃	掃
鼠	鼠 鼠 鼠 鼠 鼠 鼠	挈	挈	所	所 所
鰁	鮪	洩	洩 洩	蘇	蘇 蘇
棲	栖	醫	醫	霄	霄
席	席	薛	薛	蘇	蘇 蘇 蘇 蘇 蘇
犀	犀	雪	雪 雪	巢	巢
蜍	蜍	涉	涉	穌	穌
舒	舒	成	成	燒	燒
棲	栖	聲	聲 聲 声	嘯	嘯
釋	釋	猩	猩 猩	咲	咲
夕	夕	世	世 世	屬	屬 属
薪	薪	歲	歲 歲	損	損
麥	麥	勢	勢	誦	誦
善	善 善 善	稅	稅 稅	衰	衰
船	舡	昭	昭	鎖	鎖
鮓	鮺	蔬	蔬	收	収 収
蟬	蟬 蟬	笑	笑 笑 咲	首	首
癬	癬	蕭	蕭 蕭	雛	雛
說	說 說	搔	搔	隋	隋
禪	禅 禅 禅 禅	銷	銷	數	數 数 數 數 数
繕	繕	騷	騷	垂	垂
		疏	疎	鬚	鬚 鬚

정자	이체자	정자	이체자	정자	이체자
袖	袖	習	習	薪	薪
竪	竪	濕	溼	實	寳 寔
隨	隨 隨	升	升	審	審
髓	髓	乘	乘 乗	鄩	鄩
獸	獸 獸	僧	僧	棋	棋
繡	綉 繡	繩	繩 繩	兒	兒 兒
壽	壽	昇	昇	阿	阿
修	脩 脩	勝	勝	鵝	鵝 鵝
遂	遂	時	時	峨	峩
殊	殊	蒔	蒔	惡	悪
茱	茱	是	是	鷹	鷹
銖	銖	試	試	顏	顏 顏 顏
須	湏	匙	匙 匙	謁	謁 謁
睡	睡	蕃	蕃	巖	巖
熟	熟	市	市	壓	压 壓 壓
鷯	鷯	植	植 植 植	鴨	鴨 鴨
肅	肅	殖	殖	狎	狎
屑	屑	飾	飾	狹	狹
馴	馴	式	式	陜	陜
荀	荀	蝕	蝕	哀	哀
鶉	鶉	神	神 神	駃	駃
術	術 術 朮	愼	愼	厄	厄
膝	膝 膝 膝	頤	頤 頤	腋	腋
蝨	虱	臣	臣	齏	齏

정자	이체자	정자	이체자	정자	이체자
鸚	鸚 鸚	與	興 与 与	悅	悅
野	野 野	余	余	捏	捏
夜	夜	餘	餘	閱	閱
若	若 若 若 谷	畢	畢	鹽	塩
弱	弱	如	如	歗	歗
躍	躍	瑱	瑱	閣	閣 閣
荔	蒜	予	予	驪	驪
藥	薬	易	易 易	葉	葉 葉
陽	陽 陽	驛	驛 驛 驛	永	求
揚	揚	疫	疫	盈	盈
楊	楊 楊	亦	亦	穎	穎
襄	襄	疫	疫	影	影
讓	讓	燕	燕 燕	英	英
禳	禳	涓	涓	營	營
羊	羊 羊	然	然 然	曳	曳
瓢	瓢 瓢	薦	薦 薦	睿	睿
御	御	淵	淵	鯤	鯤
禦	禦	衍	衍	詣	詣
於	于	綖	綖	羿	羿
焉	馬 馬 馬 馬 馬 馬	橡	橡	穢	穢
		蓮	蓮	豫	豫
蓻	蓻	戀	恋	翳	翳 翳
蓻	蓻	鉛	鈆	藝	藝 芸
儼	儼	烟	烟	詣	詣
嚴	嚴	熱	热	鹽	鹽
鄴	鄴	閣	閣	蛹	蛹

정자	이체자	정자	이체자	정자	이체자
預	預	繞	繞繞	郢	郢
蕊	橤	勒	勒	韻	韻
吳	吴呉吳	廖	廖	鬱	欝郁欝
娛	娯	祆	祅	菀	菀
誤	誤誤誤	曜	曜	熊	熊熊
蜈	蜈	坳	坳	寃	寃寃
悞	悞悞悞	腰	署腰	怨	怨
烏	烏烏烏烏	欲	欲	員	負
獄	獄	辱	辱	圓	圓圓
机	机	蓐	蓐	遠	遠遠遠
甕	瓮瓷瓷	勇	勇	園	園園
臥	卧	蓐	蓐	袁	表
蝸	蝸蝸	鴿	鴿	苑	苑
猧	猧	涌	湧	竈	竈
渦	渦	尤	尤	苑	苑
瓦	无尾	羽	羽羽羽	院	院阮
宛	宛	隅	隅	圍	圍圍圍圍
椀	椀椀	雨	雨雨	魏	魏魏
翫	玩	虞	虞虞	爲	爲爲爲爲爲爲爲爲爲爲爲
玩	玩	友	友友	危	危
往	往往	憂	憂憂	萎	萎
媧	媧	又	又	僞	僞
隗	隗	紆	紆	衛	衛
妖	妖	藕	藕	有	有
搖	搖	鸕	鸕	幼	幼
遙	遙	朂	朂	愈	愈
堯	堯	殞	殞		

정자	이체자	정자	이체자	정자	이체자
臾	史	疑	疑 疑 疑	紫	紫 紫 紫
黄	黄 黄	宜	宜	鷴	鷴 鷴
腴	腴	議	议	諮	諮
窊	窊	醫	醫 醫	瓷	瓷
貂	貂 貂	異	異	觜	觜 觜
驗	驗	貳	貳	蔗	蔗
乳	乳	以	以	藉	藉
唯	唯 唯	而	而 而	爵	爵
逾	逾	爾	尔 爾	鵲	鵲 鵲
攸	攸	嚼	嚼	雀	雀
蕨	蕨	邇	迩	作	作
劉	劉 劍	翼	翼	蠶	蠶 蚕
裕	裕	益	益	潛	潛 潛
亂	亂 亂	翌	翌 翌	燖	燖
允	允	刃	刃 刃	昝	昝
融	融 融	仍	仍	簪	簪 簪
隱	隱 隱 隱 隱	忍	忍 忍	匝	匝
吟	吟 吟	紐	紐 紐	場	場
恩	恩	引	引	腸	腸 腸
淫	淫 淫	絪	絪	丈	丈
陰	陰	因	因	杖	杖
蔭	蔭 蔭 蔭	印	印	藏	藏 藏
凝	凝	逸	逸 逸	墻	墻
毅	毅	臨	臨 臨 臨 臨 臨	將	將 將 将
瓮	瓮	煮	煮	葬	葬 葬
矣	矣	刺	刺	粧	粧
倚	倚	雌	雌	奘	奘

정자	이체자	정자	이체자	정자	이체자
裝	裝	顚	顚	濟	済
障	障	蝶	蝶	際	際
仗	伏	塡	塡填	第	弟苐寀第
莊	庄庄莊症 莊莊荘	盡	尽	阻	阻
		執	執	俎	俎
牂	牂	軫	軫	鳥	鳥鳥鸟
壯	壯	顚	顚顛	棗	棗
張	張	殿	殿殿	竈	竈竈
薔	薔	戰	戰戰	鶥	鶥
哉	哉	施	施施施	雕	雕雕
再	再	氈	氈	笫	笫
齋	齋斋	篆	篆	皁	皂
纔	才纔絩	塡	塡	趙	趙趙
齎	齎	圓	圓	凋	凋
賫	賫	摺	摺	罩	罩
栽	栽	點	點	藋	藋
菹	菹	蝶	蝶	蹤	蹤蹤
低	伍	亭	亭	爪	瓜
猪	猪	停	停	足	足
狙	狙	釘	釘	族	族
著	著	鼎	鼎鼎	從	從
杼	杼	庭	庭	鍾	鐘
翟	翟	鄭	鄭鄭	縱	縱縱
耀	耀	淨	淨	蹤	蹤蹤
荻	荻	祭	祭	舟	舟
跡	跡	弟	弟弟弟	醫	醫
羅	羅	齊	齐齊斋	鑄	鑄鑄

정자	이체자	정자	이체자	정자	이체자
洲	洲	紙	紙	參	叅
珠	珠	鷟	鷟	懺	懴
駿	駿	直	直 直	慙	慚
駿	駿	眞	真 真 頁	窗	窓 牕
衆	衆	秦	秦	鶊	鶊
中	屮 帒 宀 凸	振	振	蔡	蔡 蔡
卽	即	盡	尽 盉	綵	綵
鄉	鄉 鄉	鎭	鎭 鎮	採	採
茚	茚	珍	珎	采	采
汁	汁	瞋	瞋 瞋	菜	菜
截	戝	津	津	債	債
曾	曾 曽	積	積	蠶	蠶
增	増	跌	跌	策	策
憎	憎	執	执	栅	栅
繒	繒	徵	徵	處	処 処 處 處 匁 慶 慶 歳
甋	甋 甋	懲	懲		
罾	罾	此	此	戚	戚
指	拈 指 拈	叉	义	陟	陟
脂	脂 脂	嵯	嵳	蜴	蜴
祇	祇	鑿	鑿 鑿 鑿 鑿	晢	晳
遲	遅	贊	贊	擅	擅
旨	旨	纘	纘	淺	淺
支	支 支	竄	竄 竄	遷	迁
芝	芝 芝	攢	攢	鐵	鐵
枝	枝 枝	鑽	鑚	鐻	鐻
至	至	札	扎	簀	簀

정자	이체자	정자	이체자	정자	이체자
甜	甜	瘆	瘆	驟	驟
輒	輙 輙	醜	醜 醜	驟	驟 驟
聽	聽 聽 聴	墜	墜 墜	層	層
菁	菁	帚	帚	層	層
廳	府 廰 廳	麗	麗 麗	置	置 眞 眞
體	躰 軆 軆	趨	趨	值	值
帚	帚 帚 帚	驈	驈 驈	薇	薇
初	初	趨	趨	卮	卮
招	招	氎	氎	漆	漆 漆 漆
草	草	貙	貙	浸	浸
稍	稍	鷄	鷄 雞	稱	稱 稱 稱
楚	楚	菆	菆	墮	墮 墮
譙	譙	鷟	鷟	它	他
譙	譙	築	築	朵	朵
僬	僬	竺	竺 竺	陁	陁
苕	苕	筑	筑	韓	韓
矖	矖	充	充	駝	駞 駝 駞
蜀	蜀	衷	衷	唾	唾
蠣	蠣	蟲	虫 重	啄	啄
髑	髑	瘁	瘁	琢	琢
聰	聰	翠	翠	橐	橐
驄	驄	取	取	橐	橐
總	總	趣	趣 趣	彈	弹 彈 彈 彈
叢	叢 叢	聚	聚	歟	歟
崔	崔	蚩	蚩	憚	憚
翠	翠	臭	臰 臰 臰	脫	脫

정자	이체자	정자	이체자	정자	이체자
塔	塔 塔	徧	猵	骭	骭
湯	湯 湯	偏	偏 偏	割	割
泰	泰	便	㐹	陷	陌
態	態	陛	陛	衛	衛
蛻	蛻 蚖	胜	胜	鴿	鴒 鴒
苔	菩 苔	苞	苞	偕	偕
澤	澤 澤 澤 澤	飽	飽	海	海
兎	兎	蒲	㵼	害	害 宔
菟	菟	暴	暴 暴 暴	解	觧 鮮 鮮 鮮 解
土	圡	鄲	鄲	薢	薢
吐	吐	豊	豊	核	核 核
通	通 通 通	被	被	薤	薤
桶	桶	畢	畢	骸	骸
鬪	鬪	疋	匹	駭	駭 駭
投	投 投 投 投	筆	笔 筆 筆	蟹	蠏 蟹
懯	懯	霞	霞	醢	醢
罷	罷 罷	遐	遐	行	衍
頗	頗	蝦	蝦 蝦	鄉	鄉 㹷
頹	頹	鰕	鰕 鰕 鰕	嚮	嚮
簸	簸	荷	荷 荷	虛	虛 虛
葩	葩	學	學 學 斈 孝	虛	虛 虚 虛 虛 虛 虛
牌	牌	鶴	鶴 鶴 鶴	墟	墟
稗	稗	寒	寒	獻	献 獻 献 獻
編	編	漢	漢 漢 㵼 㵼	憲	憲 憲
鞭	鞭	捍	捍	歇	歇
鯿	鯿	限	限		

정자	이체자	정자	이체자	정자	이체자
驗	驗 驗 驗	壺	壷	驪	驪
革	革	狐	狐 狐	擐	擐
嚇	嚇	弧	弧	鐶	鐶
賢	賢 賢	瓠	瓠	鐶	鐶
縣	縣	虎	虎 虎 虎	懽	懽
懸	懸 懸	號	号 號 號 號	闊	闊
顯	顯 顯	毫	毫	黃	黃
弦	弦	豪	豪	荒	荒 荒
翾	翾	蒿	蒿 蒿	隍	隍
穴	穴	或	或	既	既
荆	荆	魂	魂 魂	會	會
血	血	餛	餛	悔	悔
莢	莢 莢	昏	昏 昏	懷	懷 懷
頰	頰	鴻	鴻	鱠	鱠 鱠 鱠
峽	峽	化	化	灰	灰
蛺	蛺	畫	畫 畫 畫	晦	晦
筴	筴	禍	禍	獲	獲
形	形	花	花 花	曉	曉
衡	衡 衡	攫	攫	鷃	鷃
亨	亨	玃	玃	驍	驍
瑩	瑩	獲	玃	侯	侯 侯
珩	珩	蠖	蠖	候	候
荆	荆	丸	丸 丸	喉	喉
兮	兮	歡	歡	猴	猴 猴
槎	槎	還	還 還	鸒	鸒
鞋	鞋	環	環 環 環	篌	篌

정자	이체자	정자	이체자	정자	이체자
勛	勛	胸	䐑 胃 脊	戲	戲 戱
毀	毀 毀 毀 毀	黑	黒	姬	姬 姬
喙	喙 喙	釁	釁	餙	餙
虧	虧	欽	欽	熙	凞
彙	彙	翁	翁	戲	戱
携	携	興	興 興		

第二部

朝鮮本 《唐段少卿酉陽雜俎》의 原文

《上冊》

朝鮮刊本 酉陽雜俎

酉陽雜俎序
唐太常少卿 段成式 撰

夫《易》象"一車"之言, 近於怪也. 詩人南箕之奧[1], 近乎戱也. 固服縫掖者肆筆之余, 及怪及戱, 無侵於儒. 無若詩書之味大羹, 史爲折俎, 子爲醯醢也. 炙鴞羞鼈, 豈容下箸乎? ○ 固役而不耻者, 抑志怪小說之書也. 成式學落詞曼, 未嘗覃思, 無崔駰[2]眞龍之歎, 有孔璋畫虎之譏. 飽食之暇, 偶錄記憶, 號《酉陽雜俎》, 凡三十篇, 爲二十卷, 不以此間錄味也.

---

1) 奧: 점교본은 원작에 奧이며 《四庫》本에 의거 輿으로 교정함이라 밝힘.
2) 駰: 점교본은 원작에 駰라 하고 《四庫全書考證》 권72에 의거 교정함이라 밝힘.

酉陽雜俎目錄

臨淄 段成式 撰

醫

卷之八

黥

雷

夢

卷之九

事感

盜俠

卷之十

物異

卷之十一

廣知

卷之十二

語資

卷之十三

冥蹟

尸穸

卷之十四

諾皋記上

卷之十五

諾皋記下

卷之十六

廣動植之一

羽篇

毛篇

卷之十七

唐段少卿[1]酉陽雜俎[2]卷之一[3]

【忠志】

高[4]祖少神勇[5], 隋[6]末, 嘗[7]以十二人破草賊號無[8]端兒數[9]萬. 又龍門戰[10], 盡[11]一房箭, 中八十人.

太宗虯鬚[12], 嘗[13]張弓挂[14]矢. 好用四羽[15]大笴, 長常箭一膚[16], 射洞門闔. 上嘗觀漁[17]於西宮, 見魚躍焉[18]. 問其故, 漁者曰: "此當乳[19]也." 於是中網而止.

---

1) 段少卿: 저본 叚少卿, 점교본 段少卿. 저본은 叚, 晙, 叚, 叚의 자형을 혼용.
2) 酉陽雜俎: 저본 酉陽雜俎, 점교본 酉陽雜俎
3) 일본은 酉陽雜俎卷第一의 형식을 취하고 【忠志】와의 사이에 "唐 臨淄段成式柯古撰과 明 古虞毛 晉子晉訂"이라 쓰여 있음.
4) 高: 저본 髙, 점교본 高. 저본은 髙와 高를 혼용.
5) 神勇: 저본 神勇, 점교본 神勇
6) 隋: 저본 隋, 점교본 隋, 일본 저본과 일치.
/) 嘗: 저본 嘗, 점교본 嘗, 일본 저본과 일치. 저본은 嘗, 嘗, 嘗, 當, 嘗의 자형을 혼용함.
8) 無: 저본 无, 점교본·일본 無. 저본은 無, 无, 旡, 無의 자형을 혼용함.
9) 兒數: 저본 兒數, 점교본 兒數. 일본兒數, 저본은 兒와 兒, 兒의 자형 혼용, 저본은 數, 數, 數, 數, 数의 자형을 혼용. 일본 數.
10) 戰: 저본 戰, 점교본·일본 戰
11) 盡: 저본 尽, 점교본·일본 盡. 저본은 尽와 盡을 혼용.
12) 虯鬚: 저본 虯鬚, 점교본 虬鬚, 일본 虯鬚
13) 嘗: 저본 嘗, 점교본 嘗, 일본 嘗
14) 弓挂: 저본 弓挂, 점교본 弓掛, 일본 弓挂.
15) 羽: 저본 羽, 점교본·일본 羽. 저본은 羽, 羽, 羽, 羽의 자형을 혼용
16) 膚: 점교본 扶, 일본 膚, 學津本·津逮本·稗海本 모두 膚.
17) 上嘗觀漁: 저본 上嘗觀漁. 점교본 上嘗觀漁, 일본 上嘗觀漁. 점교본 새 항목. 일본 저본과 일치. 學津本·津逮本·稗海本 모두 서본과 일치.
18) 躍焉: 저본 躍焉, 점교본·일본 躍焉, 저본에는 焉, 焉, 焉, 焉, 焉, 焉, 焉의 자형을 혼용함.
19) 乳: 저본 乳, 점교본 乳

骨20)利幹國獻21)馬百疋22)，十疋尤駿23)，上爲24)製名．決25)波驗26)者，近後足有距，走歷門三限27)不躓，上尤惜之．

隋內庫有交臂玉猿28)，二臂相貫如連環29)，將表其彎．上後嘗騎與30)侍臣遊，惡其飾31)，以鞭擊32)碎之(一曰文皇御製十駿名)．

貞觀33)中，忽有白鵲構34)巢於寢殿35)前槐36)樹上，其巢合歡37)，如腰鼓38)，左右拜舞稱39)賀．上曰："我常笑隋煬帝好祥瑞，瑞在得賢40)，此41)何足賀？"乃命毀42)其巢，鵲43)放於野44)外．

---

20) 骨: 저본 骨, 점교본 骨

21) 獻: 저본 献, 점교본·일본 獻, 저본은 獻, 献, 献, 獻, 獻의 자형을 혼용함.

22) 疋: 점교본 匹, 일본 疋

23) 駿: 저본 駿, 점교본·일본 駿, 저본은 駿, 駿의 자형을 혼용함.

24) 爲: 저본 為, 점교본·일본 爲. 저본은 爲, 為, 爲, 為, 爲, 爲, 爲, 爲, 爲, 为의 자형을 혼용함.

25) 決: 저본 決, 점교본·일본 決

26) 驗: 저본 驗, 점교본·일본 驗

27) 限: 저본 限, 점교본 限, 일본 저본과 일치.

28) 隋內庫有交臂玉猿: 점교본은 앞 항목과 연결. 일본, 學津本·津逮本·稗海本 모두 저본과 일치.

29) 環: 저본 環, 점교본·일본 環. 저본은 環, 環, 環, 環의 자형을 혼용.

30) 騎與: 저본 騎与, 점교본·일본 騎與. 저본은 與, 与, 与, 與의 자형을 혼용함.

31) 飾: 저본 飾: 점교본·일본 飾

32) 鞭擊: 저본 鞭擊, 점교본 鞭擊. 저본은 擊, 擊, 擊의 자형을 혼용.

33) 觀: 저본 觀, 점교본 觀. 저본은 觀, 觀, 觀, 觀, 觀의 자형 혼용.

34) 鵲構: 저본 鵲構, 점교본 鵲搆, 일본 鵲構

35) 殿: 저본 殿, 점교본·일본 殿

36) 槐: 저본 槐, 점교본 槐, 일본 저본과 일치.

37) 歡: 저본 歡, 점교본·일본 歡

38) 鼓: 저본 鼓, 점교본 鼓. 저본은 鼓, 鼓의 자형을 혼용.

39) 舞稱: 저본 舞稱, 점교본 舞稱, 일본 舞稱, 저본은 稱, 稱, 稱, 稱의 자형을 혼용.

40) 賢: 저본 賢, 점교본·일본 賢

41) 此: 저본 此, 점교본·일본 此

42) 毀: 저본 毀, 점교본·일본 毀. 저본은 毀, 毀, 毀, 毀의 자형을 혼용.

高宗初扶床45), 將戲弄筆, 左右試置紙於前, 乃亂畫滿46)紙, 角邊畫處47)成草書勅48)字. 太宗遽令焚之, 不許傳外.

則天初誕之夕, 雌49)雉皆雊50). 右手中指51)有黑毫, 左旋如黑子, 引之長尺餘52).

駱賓53)王爲徐敬業作檄, 極疏54)大周過55)惡. 則天覽56)及"蛾眉不肯讓57)人, 狐媚偏能58)惑主", 微笑59)而已. 至"一抔之土未乾, 六尺之孤60)安在", 不悅61)曰: "宰相何得失如此人!"

中宗景龍中, 召學62)士賜獵63), 作吐陪64)行, 前方後圓65)也. 有二人66)鵰67),

---

43) 鵲: 저본 鵲, 점교본 鵲, 일본 鵲

44) 野: 저본 野, 점교본 野

45) 床: 점교본・일본 牀

46) 亂畫滿: 저본 乱畫滿, 점교본・일본 亂畫滿. 저본은 滿, 滿, 滿, 滿, 滿의 자형을 혼용.

47) 邊畫處: 저본 邊畫処, 점교본・일본 邊畫處, 學津本은 畫가 盡으로 표기됨.

48) 勅: 점교본 敕, 일본 勅

49) 雌: 저본 雌, 점교본・일본 雌

50) 雊: 저본 雊, 점교본・일본 雊

51) 指: 저본 指, 점교본・일본 指. 저본은 指, 指, 指, 指의 자형을 혼용.

52) 餘: 저본 餘, 점교본・일본 餘

53) 駱賓: 저본 駱賓, 점교본・일본 駱賓

54) 極疏: 저본 極疏, 점교본 極疏, 일본 極疏

55) 過: 저본 過: 점교본 過

56) 覽: 저본 覧, 점교본・일본 覽

57) 讓: 저본 讓, 점교본・일본 讓

58) 偏能: 저본 偏能, 점교본・일본 偏能

59) 微笑: 저본 微笑, 점교본・일본 微笑. 저본은 笑, 笑, 笑, 哭의 자형을 혼용함.

60) 孤: 저본 孤, 점교본・일본 孤. 저본은 孤, 孤, 孤의 자형을 혼용.

61) 悅: 저본 悅, 점교본・일본 悅

62) 學: 저본 学, 점교본・일본 學, 저본은 學, 學, 學, 学, 学을 혼용함.

63) 賜獵: 저본 賜獵, 점교본 賜獵

64) 陪: 저본 陪, 점교본 陪, 일본 저본과 일치.

65) 圓: 저본 圓, 점교본・일본 圓

66) 人: 점교본 大(一作人), 일본 大

上仰望之. 有放挫啼曰: "臣能[68]取之." 乃懸[69]死鼠[70]於鳶足, 聯其目, 放而釣焉[71]. 二雕[72]果擊於鳶盤[73]. 狡兔[74]起前, 上擧撾[75]擊斃之. 帝稱[76]那庚, 從[77]臣皆呼萬[78]歲.

三月三日, 賜侍臣細柳圈, 言帶[79]之免蠱毒.

寒食日, 賜侍臣帖綵[80]毬, 繡[81]草宣臺.

立春日, 賜侍臣採[82]花樹.

臘[83]日, 賜北門學士口脂・蠟脂[84], 盛以碧鏤[85]牙筩[86].

上嘗[87]夢日(一曰白)烏[88]飛, 蝙蝠數十逐而墮[89]地. 驚覺[90], 召万回僧[91]曰:

---

67) 鵰: 저본 䳬, 점교본 鵰, 일본 雕
68) 能: 저본 能, 점교본・일본 能
69) 懸: 저본 懸, 점교본 懸
70) 鼠: 저본 鼠, 점교본 鼠. 저본은 鼠, 鼠, 鼠, 鼠, 鼠, 鼠, 鼠의 자형을 혼용함.
71) 焉: 저본 焉, 점교본 焉
72) 雕: 저본 雕, 점교본 鵰, 일본 雕
73) 盤: 저본 盤, 점교본 盤, 일본 저본과 일치.
74) 兔: 저본 兔, 점교본 兔, 일본 저본과 일치.
75) 擧撾: 저본 舉撾, 점교본・일본 擧撾. 점교본은 擧, 舉, 擧, 羍, 羍의 자형을 혼용.
76) 稱: 저본 稱, 점교본 稱
77) 從: 저본 従, 점교본・일본 從
78) 萬歲: 저본 万歲, 점교본・일본 萬歲
79) 帶: 저본 帶, 점교본・일본 帶
80) 綵: 점교본 繰, 일본・學津本・稗海本 綵.
81) 繡: 저본 繡, 점교본 綉, 일본 繡
82) 採: 점교본・일본 綵
83) 臘: 저본 臘, 점교본 臘
84) 脂・蠟脂: 저본 脂・蠟脂, 점교본 脂・蠟脂. 일본 脂. 저본은 脂, 脂, 脂의 자형을 혼용함.
85) 鏤 저본 鏤, 점교본 鏤, 일본 저본과 일치.
86) 筩: 저본 筩, 점교본 筩
87) 嘗: 저본 嘗, 점교본 嘗
88) 日(一曰白)烏: 점교본 日烏, 일본 日(一作白)烏, 學津本・稗海本 白烏. 저본 原注의 口은 曰과 作으로 혼용함. 점교본은 作으로 표기했으며 일본 역시 作과 曰을 혼용함.
89) 墮: 저본 墬, 점교본 墮, 일본 저본과 일치.

"大家即是上天時." 翌92)日而崩93).

睿94)宗嘗閱95)內庫, 見一鞭, 金色, 長四尺, 數節96)有蟲97)齧處98), 狀如盤99)龍, 靶上懸牙牌100), 題象耳皮, 或言隋101)宮庫舊物也. ○102) 上103)爲冀王時, 寢齋壁上, 蝸104)跡成"天"字, 上懼, 遽掃105)之. 經106)數日如初. 及即107)位, 雕108)玉鑄109)黃金爲蝸形, 分置於釋110)道像111)前.

玄宗, 禁中嘗稱阿112)瞞, 亦稱鴉. 壽113)安公主, 曹野那姬114)所115)生也. 以

---

90) 覺: 저본 覚, 점교본·일본 覺, 저본은 覺, 覚, 覚, 覺, 覺의 자형을 혼용함.

91) 僧: 저본 僧, 점교본·일본 僧

92) 翌: 저본 翌, 점교본·일본 翌

93) 崩: 저본 崩, 점교본 崩

94) 睿: 저본 睿, 점교본 睿

95) 嘗閱: 저본 嘗閱, 점교본 嘗閱

96) 節: 저본 莭, 점교본·일본 節

97) 蟲: 저본 虫, 점교본·일본 蟲. 저본은 蟲, 虫, 虫의 자형을 혼용함.

98) 齧處: 저본 齧処, 점교본·일본 齧處

99) 盤: 저본 盤, 점교본 盤, 일본 盤

100) 牌: 저본 牌, 점교본 牌, 일본 저본과 일치.

101) 隋: 저본 隋, 점교본 隋, 일본 저본과 일치.

102) ○: 글 중간에 띄어 쓴 부분을 교열 시 편의상 ○으로 표시함.

103) 也. ○ 上: 점교본·일본 也. 上

104) 蝸: 저본 蝸, 점교본·일본 蝸

105) 掃: 저본 掃, 점교본·일본 掃

106) 經: 저본 経, 점교본·일본 經

107) 即: 저본 即, 점교본 卽

108) 雕: 저본 雕, 점교본·일본 雕

109) 鑄: 저본 鑄, 점교본·일본 鑄

110) 釋: 저본 釋, 점교본·일본 釋

111) 像: 저본 像, 점교본·일본 像

112) 阿: 저본 阿, 점교본 阿, 일본 저본과 일치.

113) 壽: 저본 壽, 점교본 일본 壽

114) 姬: 저본 姬, 점교본·일본 姬

115) 所: 저본 所, 점교본·일본 所, 저본은 所, 所, 所의 자형을 혼용함.

其九月而誕, 遂不出降[116]. 常令衣道服, 主香火. 小字蟲娘, 上呼爲師娘. 爲太上皇時, 代宗起[117]居, 上曰: "汝在東宮, 甚有令名." 因指壽安, "蟲娘是鴉女, 汝後與一名號." 及代宗在靈武, 遂令蘇澄尙[118]之, 封壽安焉.

　天寶[119]末, 交趾貢龍腦, 如蟬蠶[120]形. 波斯言老龍腦[121]樹節方有, 禁中呼爲瑞龍腦. 上唯[122]賜貴妃[123]十枚, 香氣[124]徹十餘步[125]. 上夏日嘗與親王碁[126], 令賀懷[127]智獨彈琵[128]琶, 貴妃立於局前觀之. 上數子將輸, 貴妃放康國猧[129]子於坐側, 猧子乃上局, 局子亂[130], 上大悅. 時風吹貴妃領巾於賀懷智巾上, 良久, 回身方落. 賀懷智歸[131], 覺滿[132]身香氣非常, 乃卸幞頭貯於錦囊[133]中. 及二[134]皇復[135]宮闕, 追思貴妃不已, 懷智乃進所貯幞頭, 具奏它[136]日事. 上皇發囊, 泣曰: "此瑞龍腦香也."

---

116) 降: 저본 降, 점교본 降, 일본 저본과 일치. 저본은 降, 降의 자형을 혼용함.

117) 起: 저본 起, 점교본 起, 일본 저본과 일치.

118) 尙: 저본 高, 점교본·일본: 尙

119) 寶: 저본 宝. 점교본·일본 寶, 저본은 寶, 宝, 寶의 자형을 혼용함.

120) 蠶: 저본 蠶, 점교본·일본 蠶. 저본은 蠶, 蠶, 蚕의 자형을 혼용함.

121) 腦: 저본 腦, 점교본 腦

122) 唯: 저본 唯, 점교본·일본 唯

123) 妃: 저본 妃, 점교본 妃, 일본 저본과 일치.

124) 氣: 저본 氣, 점교본·일본 氣. 저본은 氣, 氣, 氣의 자형을 혼용.

125) 步: 저본 步, 점교본·일본 步

126) 碁: 점교본 棋, 일본 碁

127) 懷: 저본 懷, 점교본·일본 懷

128) 彈琵: 저본 彈琵, 점교본 彈琵

129) 猧: 저본 猧, 점교본 猧

130) 亂: 저본 乱, 점교본·일본 亂, 저본은 亂, 乱의 자형을 혼용함

131) 歸: 저본 歸, 점교본·일본 歸, 저본은 歸, 歸, 歸, 帰, 帰, 歸의 자형을 혼용함.

132) 滿: 저본 滿, 점교본 滿

133) 囊: 저본 囊, 점교본 囊

134) 二: 점교본 上, 일본 二

135) 復: 저본 復, 점교본 復

136) 它: 점교본 他, 일본 它

安祿[137)山恩[138)寵莫比, 錫賚[139)無數. 其所賜品目有:

桑落酒	闊尾羊窟利	馬酪
音聲[140)人兩部	野猪鮓	鯽[141)魚幷鱠手刀子
淸酒	大錦	蘇[142)造眞符寶轝[143)
餘甘煎	遼澤[144)野雞[145)	五术[146)湯
金[147)石凌湯[148)一劑及藥童昔賢子就宅煎		蒸梨
金平脫犀[149)頭匙[150)筯	金銀平脫隔餛飩[151)盤	平脫着足疊子
金花獅子瓶[152)	熟線綾接勒[153)	金大腦盤
銀平脫破觚	八角花鳥屛風	銀鑿[154)鏤鐵鏃[155)
帖白(一曰花)檀[156)香床[157)	綠白平細背席	

---

137) 祿: 저본 禄, 점교본·일본 祿
138) 恩: 저본 恩, 점교본·일본 恩, 저본은 恩, 恩의 자형을 혼용.
139) 賚: 저본 賚, 점교본 賫, 일본 저본과 일치.
140) 聲: 저본 声, 점교본·일본 聲. 저본은 聲, 聲, 声의 자형을 혼용.
141) 鯽: 저본 鄉, 점교본 鯽
142) 蘇: 저본 蘇, 점교본 蘇. 저본은 蘇, 蘇, 薜, 薜, 薜, 薜의 자형을 혼용.
143) 寶轝: 저본 宝轝, 점교본 寶轝, 일본 寶轝
144) 澤: 저본 澤, 점교본·일본 澤
145) 雞: 저본 雞, 점교본·일본 雞
146) 术: 저본 朮, 점교본·일본 术
147) 金: 저본 金, 점교본·일본 金, 저본은 金, 金, 金, 金의 자형을 혼용함.
148) 凌湯: 저본 凌湯, 점교본 凌湯
149) 脫犀: 저본 脫犀, 점교본·일본 脫犀
150) 匙: 저본 匙, 점교본·일본 匙
151) 脫隔餛飩: 저본 脫隔餛飩, 점교본 脫隔餛飩
152) 平脫着足疊子 金花獅子瓶: 일본·學津本·稗海本 金花獅子瓶 平脫着足疊子
153) 勒: 저본 勒, 점교본 勒, 일본 저본과 일치.
154) 鑿: 저본 鑿, 점교본·일본 鑿
155) 鐵鏃: 저본 鐵鏃, 점교본 鐵鏃, 일본 鐵鏃
156) 檀: 저본 檀, 점교본 檀. 저본은 檀, 檀, 檀, 檀의 자형을 혼용.
157) 床: 점교본·일본 牀

繡鵝158)毛氊159)兼令瑤令光就宅張設160)

金鸞紫羅161)緋羅立馬寶 　　雞袍162) 　　　　　龍鬚夾帖

八斗金渡銀酒瓮163) 　　　銀瓶164)平脫掏魁165)織錦筐

銀笊籬166) 　　　　　　銀平脫食臺盤 　　　　油畫食藏

又貴妃賜祿山金平脫裝167)具玉合 　　　　　　金平脫鐵面椀168).

　肅169)宗將至靈武一驛170), 黃昏171), 有婦人長大, 携雙172)鯉咤於營門曰: "皇帝何在?" 衆謂風狂173), 遽白上, 潛174)視舉175)止. 婦人言已, 止大樹下. 軍人有逼視, 見其臂上有鱗. 俄天黑, 失所在. 及上卽位, 歸京闕, 虢州刺史王奇光奏女媧176)墳云: "天寶177)十三載, 大雨178)晦冥忽沉. 今179)月一日夜180), 河

---

158) 繡鵝: 저본 繡鵝, 점교본 繡鵝
159) 氊: 저본 氊, 점교본 氊, 일본 저본과 일치
160) 設: 저본 設, 점교본·일본 設
161) 紫羅: 저본 紫羅, 점교본 紫羅
162) 袍: 점교본 鷄, 일본 저본과 일치.
163) 瓮: 저본 瓮 점교본 甕, 일본 저본과 일치. 저본은 瓮, 瓮, 瓮의 자형을 혼용.
164) 瓶: 저본 瓶, 점교본 瓶
165) 魁: 저본 魁, 점교본 魁
166) 笊籬: 저본 笊籬, 점교본 笊籬
167) 裝: 저본 裝, 점교본 裝
168) 面椀: 저본 面椀, 점교본·일본 面椀
169) 肅: 저본 肅, 점교본 肅
170) 驛: 저본 驛, 점교본·일본 驛. 저본은 驛, 驛, 驛, 驛의 자형을 혼용.
171) 昏: 저본 昏, 점교본 昏
172) 携雙: 저본 携双, 점교본·일본 雙
173) 狂: 저본 狂, 점교본·일본 狂
174) 潛: 저본 潛, 점교본 潛
175) 擧: 저본 擧, 점교본 擧
176) 媧: 저본 媧, 점교본 媧
177) 寶: 저본 寶, 전교본·일본 寶
178) 雨: 저본 雨, 점교본 雨
179) 今: 저본 今, 점교본 今, 일본 저본과 일치.

上有人覺[181]風雷[182]聲, 曉[183]見其墳涌[184]出, 上生雙柳樹, 高丈餘, 下有巨石." 兼畫圖進. 上初克復[185], 使祝史就其所祭[186]之. 至是而見, 衆疑向婦人其神也.

　代宗卽位日, 慶雲見, 黃氣抱日. 初, 楚[187]州獻[188]定國寶一十二, 乃詔上監[189]國. 詔曰: "上天降寶, 獻自楚州. 神明生曆數之書符[190], 合璧定妖災之氣." 初, 楚州有尼[191]眞如, 忽有人接去天上. 天帝言下方有災, 令此寶鎭[192]之, 其數十二, 楚州刺史崔[193]侁表獻焉: 一曰玄黃, 形如筇, 長八寸, 有孔, 辟人間兵疫[194]. 二曰玉雞, 毛白玉也. 王者以孝理天下則見. 三曰穀璧, 白玉也, 如粟粒, 無彫鎪之跡, 王者得之, 五穀豊熟. 四曰西王母白環, 二枚. 所在處, 外國歸[195]伏. 五曰(闕名[196]). 六曰如意寶珠, 大如雞卵[197]. 七曰紅靺鞨[198], 大如巨栗. 八曰琅玕珠, 二枚, 逾常珠, 有逾徑[199]一寸三分. 九曰玉玦,

---

180) 夜: 저본 夜, 점교본 夜

181) 覺: 저본 覺, 점교본·일본 覺

182) 雷: 저본 雷, 점교본·일본 雷

183) 曉: 저본 曉, 점교본 曉

184) 涌: 저본 湧, 점교본 涌

185) 復: 저본 後, 점교본 復. 저본은 後, 復, 慶, 㣽의 자형을 혼용.

186) 祭: 저본 祭, 점교본 祭

187) 楚: 저본 楚, 점교본 楚

188) 獻: 저본 獻, 점교본·일본 獻

189) 監: 저본 監, 점교본 監

190) 書符: 점교본·일본 符

191) 尼: 저본 尼, 점교본·일본 尼

192) 鎭: 저본 鎭, 점교본 鎭

193) 崔: 저본 崔, 점교본 崔

194) 疫: 저본 疫, 점교본 疫

195) 歸: 저본 帰, 점교본 歸

196) 五曰(闕名): 점교본은 五曰碧色寶로 표기하고, 주)에 원작은 五曰(闕名)이라 표기, 일본 五曰(闕名)

197) 卵: 저본 卵, 점교본 卵. 저본은 卵, 卵, 㸑의 자형을 혼용.

198) 靺鞨: 저본 靺鞨, 점교본 靺鞨, 일본 저본과 일치.

形如玉環²⁰⁰⁾, 四分缺一. 十曰玉印, 大如半手, 理如鹿形, 啗²⁰¹⁾入印中. 十一曰皇后採²⁰²⁾桑鉤²⁰³⁾, 細如箸, 屈其末. 十二曰雷公石, 斧形, 無孔. 諸寶置²⁰⁴⁾之日中, 皆白氣連天.

【禮異】

西漢, 帝見丞相, 謁者贊²⁰⁵⁾曰: "皇帝爲丞相起." 御史大夫見, 皇帝稱謹謝.

漢木主, 緼以桔木皮, 置牖中, 張綿絮以障²⁰⁶⁾外. 不出時, 玄堂之上, 以籠爲俑人, 無頭, 坐起如生時.

凡²⁰⁷⁾節, 守國用玉節, 守都鄙用角節, 使山邦用虎節, 土邦用人節, 澤²⁰⁸⁾邦用龍節, 門關用符節, 貨賄用璽節, 道路用旌節. 古者安平用璧, 興事用圭, 成功用璋, 邊戎用珩²⁰⁹⁾, 戰鬪用璩, 城圍用環, 災乱用雋, 大旱用龍, 龍節也, 大喪²¹⁰⁾用琮.

北齊迎南²¹¹⁾使, 太學博²¹²⁾士監舍迎使. 傳詔二人騎馬荷信在前, 羊車二人

---

199) 逾徑: 저본 逾徑, 점교본·일본 逾徑
200) 環: 저본 環, 점교본 環
201) 啗: 저본 啗, 점교본 啗, 일본 저본과 일치.
202) 採: 저본 採, 점교본 採
203) 鉤: 저본 鉤, 점교본 鉤, 일본 저본과 일치.
204) 寶寘: 저본 宝寘, 점교본 寶置, 일본 寶寘
205) 贊: 저본 贊, 점교본 贊, 일본 저본과 일치.
206) 障: 저본 障, 점교본 障, 일본 저본과 일치.
207) 凡: 저본 凡, 점교본 凡, 일본 저본과 일치.
208) 澤: 저본 澤, 점교본 澤
209) 珩: 저본 珩, 점교본 珩
210) 喪: 저본 喪, 점교본 喪, 일본 저본과 일치.
211) 南: 저본 南, 점교본 南
212) 博: 저본 博, 점교본 博

捉刀在傳詔後. 監舍一人, 典客令一人, 並進賢冠. 生朱衣騎馬罩纖213)十餘, 絳衫一人, 引從使車前. 又絳衫騎馬平巾幘六人, 使主副各乘214)車, 但馬在車後. 鐵甲者百餘人, 儀仗215)百餘人, 剪綵如衣帶, 白羽間爲稍216), 髫髮絳袍, 帽凡五色, 袍隨217)髫色, 以木爲稍·刀·戟, 畫綵218)爲蝦蟆219)幡220).

　梁正旦, 使北使乘車至闕下, 入端門. 其門上層221)題曰朱明觀, 次曰應門, 門下有一大畫鼓. 次曰太陽222)門, 左有高樓, 懸一大鍾223), 門右有朝堂, 門闕, 左右亦有二大畫鼓. 北使入門, 擊鍾磬224), 至馬道北·懸鍾225)內道西北立. 引其宣城王等數226)人後入, 擊磬, 道東北面立. 其鍾227)懸外東西廂, 皆有陛228)臣. 馬道南·近道東有茹崑崙客, 道西近道有高句麗229)·百濟客, 及其升殿230)之官三千許人. 位定, 梁主從東堂中出, 云齋231)在外宿, 故不由上閣來, 擊鍾鼓232), 乘輿警蹕, 侍從升東階, 南面幄內坐. 幄是綠油天皂裙, 甚

---

213) 纖: 점교본 傘, 일본 纖

214) 乘: 저본 乗, 점교본 乘

215) 仗: 저본 伏, 점교본 仗

216) 稍: 저본 猪, 점교본 稍

217) 隨: 저본 隨, 점교본 隨, 일본 저본과 일치.

218) 畫綵: 저본 畫綵, 일본·學津本·津逮本·稗海本 모두 畫繢, 저본은 畫, 畫, 盡, 畫, 畫의 자형을 혼용함.

219) 蟆: 저본 蟇, 점교본 蟆, 일본 저본과 일치.

220) 幡: 저본 幡, 점교본 幡

221) 層: 저본 層, 점교본 層

222) 陽: 저본 陽, 점교본 陽, 일본 저본과 일치.

223) 鍾: 점교본·일본 鐘

224) 鍾磬: 저본 鍾磬, 점교본·일본 鐘磬

225) 鍾: 점교본·일본 鐘

226) 等數: 저본 䓁数, 점교본 等數, 일본 等數

227) 鍾: 점교본·일본 鐘

228) 陛: 저본 陛, 점교본 陛, 일본 저본과 일치.

229) 麗: 저본 麗, 점교본 麗

230) 殿: 저본 殿, 점교본 殿, 저본은 殿, 殿의 자형을 혼용.

231) 齋: 저본 斋, 점교본 齋

高, 用繩[233]係着四柱, 憑[234]黑漆曲几. 坐定, 梁諸臣從西門入, 着具服・博山遠[235]遊冠, 纓末以翠羽[236]・眞珠爲飾, 雙雙佩帶劍, 黑舃. 初入, 二人在前導引, 次二人幷[237]行, 次一人擎牙箱・班劍箱, 別二十人具省服, 從者百餘人. 至宣城王前數步, 北面有重席爲位, 再[238]拜, 便次出, 引王公登[239], 獻[240]玉, 梁主不爲興. 魏使李同軌[241]・陸[242]操聘梁, 入樂遊苑西門內靑油幕下. 梁主備三仗, 乘輿從南門入, 操等[243]東面再拜[244], 梁主北入林光殿. 未幾[245], 引臺使入. 梁主坐皂[246]帳, 南面. 諸賓及群[247]官俱坐定, 遣書舍人殷炅[248]宣旨[249]慰勞, 具有辭答[250]. 其中庭設鐘懸及百戲殿上, 流杯池中行酒. 具進梁主者, 題曰御杯, 自餘各題官姓之杯, 至前者卽飮. 又圖象舊[251]事, 令隨流而轉, 始至訖於座罷[252], 首尾不絶也.

---

232) 鍾鼓: 저본 鍾皷, 점교본 鐘鼓, 일본 鐘皷

233) 繩: 저본 繩, 점교본 繩

234) 憑: 저본 憑, 점교본 憑

235) 遠: 저본 遠, 점교본 遠

236) 翠羽: 翠羽: 점교본 翠羽

237) 幷: 저본 並, 점교본 幷

238) 再: 저본 再, 점교본 再

239) 登: 저본 登, 점교본 登

240) 獻: 저본 獻, 점교본・일본 獻

241) 魏使李同軌: 저본 魏使李同軌, 점교본 魏使李同軌, 점교본 새 항목으로 시작, 일본 저본과 일치 魏使李同軌.

242) 陸: 저본 陸, 점교본 陸, 일본 저본과 일치.

243) 等: 저본 等, 점교본 等, 저본은 㝵, 等, 㝵, 等, 等, 等, 等의 자형을 혼용.

244) 面再拜: 저본 面再拜, 점교본 面再拜. 저본은 拜, 拜의 자형을 혼용.

245) 幾: 저본 幾, 점교본 幾

246) 皂: 저본 皂, 점교본 皂, 일본 저본과 일치.

247) 群: 점교본 羣. 일본 群. 저본은 群, 羣, 羣, 群의 자형을 혼용.

248) 炅: 점교본・일본 靈

249) 旨: 저본 旨, 점교본 旨. 저본은 旨, 旨의 자형 혼용.

250) 辭答: 저본 辞荅, 점교본・일본 辭答. 저본은 答, 荅, 荅, 荅의 자형을 혼용.

251) 舊: 저본 舊, 점교본 舊, 저본은 舊, 旧, 舊, 舊, 舊, 舊, 舊, 舊의 자형을 혼용함.

梁主常遣傳詔童賜羣臣歲旦酒・辟惡散・却鬼丸[253]三種. 北朝婚禮[254], 靑布幔爲屋, 在門內外, 謂之靑廬, 於此交拜. 迎婦, 夫家領百餘人, 或十數人, 隨其奢儉, 挾車俱呼"新婦子催出來", 至新婦登車乃止. 壻拜閤日, 婦家親賓婦女畢[255]集, 各以杖打壻爲戱樂, 至有大委頓者.(壻說文云卽胥字[256])

律有甲娶, 乙丙其[257]戱甲. 旁有櫃, 比之爲獄, 擧置櫃中, 復之. 甲因氣絶, 論當鬼薪.

近代婚禮, 當迎婦, 以粟三升[258]塡臼, 席一枚以覆[259]井, 枲三斤以塞窓[260], 箭三隻置戶上. 婦上車, 壻騎而環車三匝. 女嫁之明日, 其家作黍[261]臛. 女將上車, 以蔽膝[262]覆面. 婦入門, 舅姑以下悉從便門出, 更從門入, 言當躝[263]新婦迹. 又婦入門先拜猪橬及竈[264]. ○ 娶婦. 夫婦併拜 或共結鏡紐. ○ 又娶婦之家, 弄新婦. ○ 臘[265]月娶婦不見姑.

婚禮, 納采[266]有: 合驩[267]・嘉禾・阿膠[268]・九子蒲・朱葦・雙石・綿絮・長命縷・乾漆[269]. 九事皆有詞: 膠・漆取其固. 綿絮取其調柔. 蒲・葦爲心,

---

252) 罷: 저본 𦋹, 점교본 罷

253) 鬼丸: 저본 鬼丸, 점교본 鬼丸, 일본 鬼丸

254) 北朝婚禮: 점교본・일본 새 항목으로 시작.

255) 畢: 저본 畢, 점교본 畢, 일본 저본과 일치.

256) 壻說文云卽胥字: 점교본 壻說文胥字

257) 其: 점교본 共, 學津本 共, 일본 其

258) 升: 저본 升, 점교본・일본 升, 저본은 升, 升의 자형을 혼용함.

259) 覆: 저본 覆, 점교본 覆. 저본은 覆, 覆, 覆, 覆의 자형을 혼용.

260) 窓: 점교본 窗, 일본 牕

261) 黍: 저본 黍, 점교본 黍

262) 膝: 점교본 膝

263) 躝: 점교본・일본 躝, 學津本・稗海本 躝

264) 竈: 저본 竈, 점교본 竈

265) 臘: 저본 臘, 점교본 臘

266) 采: 저본 采, 점교본 綵, 일본 采

267) 驩: 저본 驩, 점교본 歡, 일본 驩

268) 膠: 저본 膠, 점교본 膠

可屈可伸也. 嘉禾, 分福也. 雙石, 義在兩固也.

　北朝婦人, 常以冬至日進履韈及韤. 正月進箕帚[270]·長生花. 立春進春書, 以靑繒爲韈[271], 刻[272]龍像銜之, 或爲蝦[273]蟆. 五月進五時圖·五時花, 施帳之上. 是日, 又進長命縷·宛[274]轉繩, 皆結爲人像帶之. 夏至日, 進扇及粉脂囊, 皆有辭[275].

　秦漢[276]以來, 於天子言陛下, 於皇太子言殿下, 將[277]言麾下, 使者言節下·轂下, 二千石長史言閣[278]下, 父母言膝下, 通[279]類相言於[280]足下.

【天咫】

　舊言月中有桂·有蟾蜍[281], 故異[282]書言月桂高五百丈, 下有一人常斫之, 樹創隨合. 人姓吳[283]名剛[284], 西河人, 學仙有過, 謫令伐樹.

---

269) 漆: 저본 漆, 점교본 漆. 저본은 漆, 㯥, 漆, 桼의 자형을 혼용.
270) 帚: 저본 帚, 점교본 帚
271) 韈: 점교본 韈(一作"靑紛爲幟")
272) 刻: 저본 刻, 점교본 刻
273) 蝦: 저본 蝦, 점교본·일본 蝦
274) 宛: 저본 宛, 점교본·일본 宛
275) 辭: 저본 辞, 점교본·일본 辭
276) 漢: 저본 漢, 점교본 漢
277) 將: 저본 將, 점교본·일본 將. 저본은 將, 將, 将의 자형을 혼용.
278) 閣: 점교본·일본 閣
279) 通: 저본 通, 점교본 通. 저본은 通, 通, 通, 道의 자형을 혼용.
280) 於: 점교본 稱, 일본 於
281) 蜍: 저본 蜍, 점교본 蜍
282) 異. 저본 異, 점교본 異, 일본 서본과 일치.
283) 吳: 저본: 吳, 점교본 吳, 일본 吳. 저본은 吳, 吳, 吳, 吳의 자형 혼용.
284) 剛: 저본 剄, 점교본·일본 剛

釋[285]氏書言[286]須彌[287]山南面有閻扶樹, 月過, 樹影入月中. 或言月中蟾桂, 地影也; 空處, 水影也; 此語差近[288].

僧一行, 博覽無不知, 尤善於數[289], 鉤深藏[290]往, 當時學者莫能測. 幼時家貧, 隣[291]有王姥, 前後濟之數十萬. 及一行開元中承上敬遇, 言無不可, 常思報之. 尋王姥兒□殺人罪[292], 獄未具, 姥訪一行求救. 一行曰: "姥要金帛, 當十倍酬也. 明君執法, 難以請(一曰情)求, 如何?" 王姥戟手大罵曰: "何用識此僧!" 一行從而謝之, 終不顧[293]. 一行心計渾天寺中工役數百, 乃命空其室內, 徙大甕於中. 又密選常住奴二人, 授以布囊. 謂曰: "某坊某角有廢園, 汝向中潛伺, 從午至昏, 當有物入來, 其數七, 可盡[294]掩之, 失一則杖汝." 奴如言而往. 至酉後, 果有群[295]豕至, 奴悉獲而歸. 一行大喜, 令置甕[296]中, 覆以木蓋, 封於六一泥, 朱題梵字數十, 其徒莫測. 詰朝, 中使叩門急召. 至便殿, 玄宗迎問曰: "太史奏昨夜北斗不見, 是何祥[297]也, 師有以禳[298]之乎?" 一行曰: "後魏時, 失熒惑, 至今, 帝車不見, 古所無者, 天將[299]大警於陛下也. 夫匹婦匹夫不得其所, 則隕[300]霜赤旱. 盛德所感, 乃能退舍. 感之切者, 其在葬枯出繫

---

285) 釋: 저본 釋, 점교본·일본 釋

286) 釋氏書言: 일본·學津本·津逮本·稗海本 모두 앞 항목과 연결됨.

287) 彌: 저본 弥, 점교본·일본 彌

288) 近: 저본 逝, 점교본 近

289) 數: 저본 数, 점교본·일본 數

290) 藏: 저본 藏, 점교본 藏

291) 隣: 점교본 鄰, 일본 저본과 일치.

292) □殺人罪: 저본 □殺人罪, 점교본·일본 犯殺人罪

293) 顧: 저본 積, 점교본·일본 顧, 저본은 顧, 積, 頋 頙의 자형을 혼용.

294) 盡: 저본 尽, 점교본·일본 盡

295) 群: 점교본 羣, 일본 저본과 일치.

296) 置甕: 저본 寘甕, 점교본 置甕, 일본 寘甕

297) 祥: 저본 祥, 점교본·일본 祥

298) 禳: 저본 禳, 점교본·일본 禳

299) 將: 저본 将, 점교본·일본 將

乎? 釋門以瞋301)心懷302)一切善303), 慈心降一切魔. 如臣曲見, 莫若304)大赦天下." 玄宗從之. 又其夕, 太史奏北斗一星見, 凡七日而復. 成式以此事頗怪, 然大傳衆口, 不得不著之.

永305)貞306)年, 東市百姓王布, 知書, 藏鏹千萬307), 商旅多賓308)之. 有女年十四五, 艷麗309)聰晤310), 鼻兩孔各垂息肉311), 如皂莢子, 其根如麻312)線, 長寸許, 觸之痛入心髓313). 其父破錢數百萬314)治之, 不差315). 忽一日, 有梵僧乞食, 因問布: "知君女有異疾, 可一見, 吾能止之." 布被問大喜. 卽見其女, 僧乃取藥, 色正白, 吹其鼻中. 少頃, 摘去之, 出少黃水, 都無所苦. 布賞之百金, 梵僧曰: "吾修道之人, 不受厚施, 唯316)乞此息肉." 逐珍317)重而去, 行疾如飛, 布亦意其賢聖也. 計僧去五六坊, 復有一少年, 美如冠玉, 騎白馬, 遂扣其門318)曰: "適有胡僧到無?" 布遽延入, 具述胡僧事. 其人吁嗟不悅, 曰: "馬

---

300) 隕: 저본 隕, 점교본 隕

301) 瞋: 저본 瞋, 점교본 瞋

302) 懷: 점교본·일본 壞

303) 善: 저본 善, 점교본 善

304) 若: 저본 君, 점교본 若

305) 永: 저본 求, 점교본 永

306) 貞: 일본 眞

307) 萬: 저본 万, 점교본·일본 萬

308) 賓: 저본 實, 점교본 賓, 일본 저본과 일치.

309) 麗: 저본 麗, 점교본 麗

310) 晤: 점교본 悟, 일본 저본과 일치.

311) 肉: 저본 肉, 점교본 肉

312) 麻: 점교본 蔬, 일본 저본과 일치.

313) 髓: 저본 髓, 점교본 髓

314) 數百萬: 저본 数百万, 점교본·일본 數百萬

315) 差: 점교본 瘥, 일본 저본과 일치.

316) 唯: 저본 唯, 점교본 唯

317) 珍: 저본 珎, 점교본·일본 珍

318) 遂扣其門: 學津本·津逮本·稗海本 모두 其가 없음. 일본 其가 없음.

小跛319)足, 竟後此僧." 布驚異, 詰其故, 曰:"上帝失藥神二人, 近知藏於君女鼻中. 我天人也, 奉帝命來取, 不意此僧先取之, 當獲譴矣320)." 布方作禮, 擧321)首而失.

　長慶中, 有人翫八月十五夜月, 光屬於林中如疋布322). 其人尋視之, 見一金背蝦蟆, 疑是月中者. 工部員323)外郎張周封嘗說此事, 忘人姓名.

　大324)和中, 鄭仁本表弟, 不記325)姓名, 常與326)一王秀才遊嵩327)山, 捫蘿越㵎, 境極幽夐, 遂迷歸328)路. 將暮, 不知所之. 徙倚間, 忽覺329)叢中鼾睡聲, 披蓁窺之, 見一人布衣甚潔白, 枕330)一幞物, 方眠熟. 卽呼之, 曰331):"某偶入此徑, 迷路, 君知向官道否?" 其人擧首略視, 不應, 復寢. 又再三呼之, 乃起坐, 顧曰:"來此!" 二人因就之, 且問其所自. 其人笑(一曰言) 曰:"君知有月七寶332)合成乎? 月勢333)如丸, 其影, 日爍其凸處也. 常有八萬二千戶修之, 予卽一數." 因開幞, 有斤鑿數事, 玉屑飯334)兩裹335), 授與二人, 曰:"分食此. 雖

---

319) 跛: 저본 踑, 점교본 · 일본 跛

320) 矣: 저본 夨, 점교본 · 일본 矣

321) 擧: 저본 夆, 점교본 · 일본 擧

322) 長慶中, 有人翫八月十五夜月, 光屬於林中如疋布: 점교본 長慶中, 八月十五夜, 有人玩月, 見林中光屬天, 如疋布. 일본 저본과 일치.

323) 員: 저본 貟, 점교본 員

324) 大: 점교본 太, 일본 大

325) 記: 저본 託, 점교본 記, 일본 저본과 일치.

326) 常與: 저본 常与, 점교본 · 일본 嘗與

327) 嵩: 저본 嵓, 점교본 嵩

328) 歸: 저본 歸, 점교본 · 일본 歸

329) 覺: 저본 竟, 점교본 · 일본 覺

330) 枕: 저본 祇, 점교본 · 일본 枕

331) 曰: 저본에는 없으나, 점교본 · 일본에 의거 교정.

332) 有月七寶: 저본 有月七宝, 점교본 · 일본 月乃七寶

333) 勢: 저본 势, 점교본 · 일본 勢

334) 飯: 저본 飯, 점교본 · 일본 飯

335) 裹: 저본 裵, 점교본 · 일본 裹. 저본은 裵, 裏, 裹의 자형을 혼용.

不足長生, 可一生無疾耳!" 乃起, 與二[336]人指一支徑: "但由北[337], 自合官道矣!" 言已不見.

唐段[338]少卿酉陽雜俎卷之一[339]

336) 與二: 저본 与二, 점교본 與二, 일본 二.

337) 北: 점교본·일본 此

338) 段: 저본 叚, 점교본 段

339) 일본은 酉陽雜俎卷第一의 형식을 취함.

唐段少卿酉陽雜俎卷之二

【玉格】

道列[1]三界[2]諸天, 數與[3]釋氏同, 但名別耳. ○ 三界[4]外曰四人境, 謂常融[5]·玉隆[6]·梵度·賈[7]奕四天也. 四人天外曰三清, 大赤·禹餘·清微也. ○ 三清上曰大羅[8], 又有九天波利等九名. ○ 天圓十二綱[9], 運關[10]三百六十轉爲一周, 天運三千六百周爲陽孛. 地紀推機三百三十轉爲一度, 地轉三千三百度爲陽蝕. 天地相去四十萬九千里, 四方相去萬萬九千里. ○ 名山三百六十[11], 福地七十二, 崑崙爲天地之齊. ○ 又九地·四十六土[12]·八酒仙宮, 言冥謫陰者之所. ○ 有羅酆[13]山[14], 在北方癸地, 周廻三萬里, 高二千六百里. ○ 洞天六宮[15], 周一萬里, 高二千六百里. 洞天六宮, 是爲六天鬼神之宮.[16] ○ 六天[17], 一曰紂絕陰天宮, 二曰泰煞諒事宮, 三曰明辰耐犯宮, 四曰

---

1) 列: 저본 列, 점교본 列
2) 界: 저본 界, 점교본 界
3) 與: 저본 與, 점교본 與
4) 界: 저본 界, 점교본 界
5) 融: 저본 融, 점교본 融
6) 隆: 저본 隆, 점교본 隆, 일본 저본과 일치.
7) 賈: 學津本·津逮本·稗海本·일본 모두 覆.
8) 羅: 저본 羅, 점교본 羅
9) 天圓十二綱: 점교본 새 항목으로 시작. 일본 저본과 일치.
10) 關: 저본 關, 점교본·일본 關
11) 名山三百六十: 점교본 새 항목으로 시작. 일본 저본과 일치.
12) 土: 저본 圡, 점교본·일본 土, 저본은 土, 圡의 자형을 혼용함.
13) 酆: 저본 酆, 점교본 酆
14) 有羅酆山: 점교본 새 항목으로 시작. 일본 저본과 일치.
15) 洞天六宮: 점교본 새 항목으로 시작. 일본 저본과 일치.

怙照罪氣宮, 五曰宗靈七非宮, 六曰敢司連苑(一曰宛[18])宮. 人死皆至其中, 人欲[19]常念六天宮名. 空[20]洞之小天, 三陰所治也. ○ 又耐犯宮主生, 尌絶天主死. ○ 禍福[21]續命, 由怙照第四天, 鬼官北斗君所治, 卽七辰北斗之考官也. 項梁城《酆都宮頌》曰: "尌絶標帝晨, 諒事構重阿. 炎如霄漢煙, 勃景耀 ○ 華武陽[22]帶神鋒[23], 怙照呑淸河. 開闔臨丹井, 雲門鬱嵯峨[24]. 七非通奇靈, 連苑[25]亦敷魔. 六天橫北道, 此是鬼神家." 凡有二萬言, 此唯天宮名耳. 夜中微讀之, 辟鬼魅[26].

　酆都稻名重思, 其米如石榴子, 粒稍大, 味如菱. 杜[27]瓊作《重思賦》曰: "霏霏春暮, 翠矣重思. 雲氣交被, 嘉穀應時." 夏啓爲東明公[28], 文王爲西明公, 邵公爲南明公, 季札[29]爲北明公, 四時主四方鬼. 至忠至孝之人, 命終皆爲地下主者, 一百四十年, 乃授下仙之敎, 授以大道. 有上聖之德, 命終受三官書, 爲地下主者, 一千年, 乃轉三官之五帝, 復一千四百年, 方得游行太淸, 爲九宮之中仙. 又有爲善爽鬼者, 三官淸鬼者, 或先世[30]有功, 在三官流. 逮後嗣

---

16) 洞天六宮, 是爲六天鬼神之宮.: 점교본 是爲六天鬼神之宮. 일본 저본과 일치. 學津本·津逮本·稗海本 모두 저본과 일치.

17) 六天: 점교본 새 항목으로 시작. 일본 저본과 일치.

18) 一曰宛: 점교본 一作宛, 일본 一曰宄.

19) 欲: 저본 歌, 점교본·일본 欲

20) 名空: 점교본 名 ○ 空. 일본 名空.

21) 禍福: 저본 禍福, 점교본 禍福

22) 烟勃景耀 ○ 華武陽: 점교본은 烟, 勃如景耀華. 武陽 원래 缺字이나 崇文書局本에 의해 보충. 四庫本은 勃若, 일본·學津本 烟勃 ○ 景耀華武陽

23) 鋒: 저본 鋒, 점교본·일본 鋒

24) 嵯峨: 저본 嵳峩, 점교본 嵯峨, 일본 저본과 일치.

25) 苑: 저본 苑, 점교본 苑

26) 鬼魅: 저본 鬼魅, 점교본 鬼魅, 일본 저본과 일치.

27) 杜: 저본 杜. 점교본·일본 杜

28) 夏啓爲東明公: 점교본·일본은 새 항목으로 시작.

29) 札: 저본 扎, 점교본·일본 札

30) 世 저본 丗, 점교본 世, 저본은 世, 丗, 卋의 자형을 혼용함.

易世練化, 改氏[31]更生. 此七世陰德, 根葉相及也, 命終當道遺脚一骨, 以歸三官, 餘骨隨身而遷. 男左女右, 皆受書爲地下主者, 二百八十年, 乃得進處地仙之道矣. 炎帝甲爲北太帝君[32], 主天下鬼神. 三元品式・明眞科・九幽章, 皆律[33]也. 連苑・曲泉・泰煞・九幽・雲夜・九都・三靈・萬掠・四極・九科, 皆治所也. 三十六獄, 流沙赤等號溟澇獄, 北岳獄也. 又二十四獄, 有九平・元正・女靑・河北等號. 人犯[34]五千惡爲五獄鬼, 六□惡[35]爲二十八獄獄囚, 萬惡乃墮薛荔也.

罪簿有黑・綠・白簿, 赤丹編簡. 刑有搪蒙山石・副太山・搪夜山石 ○ 寒河源 ○ 及西津水置[36] ○ 東海風刀 ○ 電(一曰雷)風 ○ 積夜河.

鬼官有七十五品. 仙位有九: "太帝二十七, 天君一千二百, 仙官二萬四千, 靈司三十二, 司命三品・九品・七城(一曰域, 一曰地)・九階・二十七位, 七十二萬之次第也.

老君西越流沙[37], 歷八十一國. 烏弋・身毒爲浮屠, 化被三千國, 有九萬品戒經[38], 漢所獲大月支《復立經》是也. ○ 孔子[39]爲元宮仙.

佛爲三十三天仙[40]. 延賓[41]官主所爲. 道在竺乾有古先生, 善[42]入無爲.

《釋老志》亦曰: 佛於西域得道. 陶[43]勝力言, 小方諸 多奉佛[44], 不死, 服五

---

31) 氏: 學津本・津逮本・稗海本・일본 모두 世
32) 炎帝甲爲北太帝君: 점교본・일본은 새 항목으로 시작.
33) 律: 저본 㦯, 점교본・일본 律
34) 犯: 저본 犯, 점교본 犯, 일본 저본과 일치
35) 六□惡: 점교본・일본 六千惡.
36) 置: 저본 寘, 점교본 置, 일본 저본과 일치. 저본은 置, 置, 寘, 寊의 자형을 혼용.
37) 沙: 저본 沙, 점교본 沙. 저본은 沙, 㳄, 㳄의 자형을 혼용.
38) 經: 저본 經, 점교본・일본 經
39) 也 ○ 孔子: 점교본 也. 孔子
40) 佛爲三十三天仙: 學津本・津逮本・稗海本・일본 모두 앞 항목에 연결.
41) 賓: 저본 宦, 점교본 賓, 일본 저본과 일치. 저본 宦, 宥의 자형을 혼용.
42) 善: 저본 善, 점교본・일본 善. 저본은 善, 善, 善, 善의 자형을 혼용.
43) 陶: 저본 陶, 점교본 陶, 일본 저본과 일치. 저본은 陶, 陶, 陶의 자형을 혼용.

笙精，讀《夏歸藏[45]》，用之以飛行．[46]

　藏經，菩薩戒也．[47] ○ 方諸山在乙地．[48]

　太極眞仙中，莊[49]周爲闐編郞．八十一戒·千二百善，入洞天．二百三十戒，二千善，登山上靈官．萬善□玉淸[50]．白誌見腹[51]，名在瓊簡者；目有綠筋，名在金赤書者；陰有伏骨，名在琳札靑書者；胸[52]有偃骨，名在星書者；眼四規，名在方諸者；掌理廻菌，名在綠籍者．有前相，皆上仙也，可不學，其道自至．其次鼻有玄山，腹有玄丘，亦仙相也．或口氣不潔，性耐穢，則壞玄丘之相矣．

　五藏[53]·九宮·十二室·四支[54]·五體[55]·三焦·九竅·百八十機關·三百六十骨節，三萬六千神，隨其所而居之．魂[56]以精爲根，魄以目爲戶．三魂可拘，七魄可制．庚申日，伏尸言人過．本命日，天曹計人行．三尸一日三朝：上尸靑姑，伐人眼；中尸白姑，伐人五藏[57]；下尸血姑，伐人胃．命亦曰玄靈[58]．又曰：一居人頭中，令人多思欲，好車馬，其色黑；一居人腹，令人好食飮，恚怒，其色靑；一居人足，令人好色，喜煞[59]．七守庚申三尸滅，三守庚申三尸伏．

---

44) 小方諸 多奉佛: 점교본 小方諸國多奉佛

45) 藏: 저본 藏, 점교본·일본 藏

46) 用之以飛行: 점교본·일본 用之以飛行也．

47) 藏經: 저본 藏經, 점교본·일본 藏經, 점교본·學津本·津逮本·稗海本·일본 모두 앞 항목에 연결.

48) 方諸山在乙地: 점교본·일본·學津本은 새 항목으로 시작.

49) 莊: 저본 莊, 점교본·일본 莊. 저본은 莊, 莊, 庄, 莊, 莊, 莊, 莊, 莊의 자형을 혼용함.

50) 萬善□玉淸: 점교본·일본 萬善升玉淸

51) 白誌見腹: 점교본 새 항목으로 시작, 일본 저본과 일치. 腹: 저본 腹, 점교본·일본 腹

52) 胸: 저본 胷, 점교본·일본 胸

53) 藏: 저본 藏, 점교본 藏, 일본 저본과 일치.

54) 支: 저본 攴, 점교본·일본 支

55) 體: 저본 躰, 점교본·일본 體. 저본은 躰, 體, 軆의 자형 혼용.

56) 魂: 저본 瑰, 점교본 魂, 일본 저본과 일치.

57) 藏: 저본 藏, 점교본 藏, 일본 저본과 일치.

58) 靈: 저본 靈, 점교본 靈. 저본은 靈과 靈, 靈, 灵의 자형을 혼용.

59) 煞: 점교본 殺, 일본 저본과 일치.

仙藥有[60]　鐘山白膠[61]　閬風石腦　黑河蔡[62]瑚　太微紫蔴[63]　太極井泉　夜津日草　靑津碧荻[64]　圓丘紫奈　白水靈蛤　八天赤薤　高丘餘粮[65]　滄浪靑錢　三十六芝　龍胎醴　九暴[66]魚　火棗交梨　鳳林鳴醋　中央紫蜜　崩岳電柳　玄郭綺蔥[67]　夜牛伏骨　神吾黃藻　炎山夜日　玄霜絳雪　環剛[68]樹子　赤樹白子　個水玉精　白琅霜　紫醬(一曰漿)　月醴　虹丹　鴻丹. 藥草異號[69]　丹山魂　雄黃　靑要女　空靑　靈華　汎腴[70]　薰陸香　北帝玄珠　消石　東華童子　靑木香　五精金　羊起石[71]　流丹白膏　胡粉　亭昃獨生　鷄舌香　倒行神骨　戎鹽　白虎脫齒　金牙石　靈黃　石流黃[72]　陸虎[73]遺生　龍骨　章陽羽玄　白附子　綠伏石　母慈石　絳晨伏胎　伏苓[74]七白靈　蔬薤白華　一名守宅, 一名家芝. 凡二十四名. 伏龍李　蘇牙樹　圖藉有符圖七千章雌一王撿[75]　四規明鏡　五柱中經　飛龜帙　飛黃子經　鹿盧蹻經　含景圖　臥引圖　園[76]芝圖　木芝圖　大隗[77]新芝圖　牽牛經　玉珍記　臘成記　玉案記

---

60) 仙藥有: 일본 仙藥

61) 膠: 저본 膠, 점교본 膠

62) 蔡: 저본 蔡, 점교본 蔡

63) 蔴: 점교본 蔴, 일본 저본과 일치.

64) 荻: 저본 荻, 점교본 荻

65) 粮: 저본 粮, 점교본 糧, 일본 저본과 일치.

66) 暴: 점교본·일본 鼎

67) 綺蔥: 저본 綺蔥, 점교본·일본 綺蔥

68) 剛: 저본 剝, 점교본·일본 剛

69) 藥草異號: 점교본·일본 항목 새로 시작.

70) 靈華 汎腴: 점교본·일본 靈華汎腴. 腴: 저본 腴

71) 羊起石: 점교본·學津本·津逮本·일본 陽起石

72) 石流黃: 점교본·일본 石硫黃

73) 虎: 점교본 虛, 學津本·津逮本·일본 虎

74) 伏苓: 점교본·일본 茯苓

75) 絳晨伏胎 伏苓 七白靈 蔬薤白華 一名守宅 一名家芝 凡二十四名 伏龍李 蘇牙樹 圖藉有符圖七千章雌一王檢: 점교본 絳晨伏胎 茯苓 七白靈蔬一薤白華 一名守宅, 一名家芝. 伏龍李一蘇牙樹 凡二十四名. (새 항목)圖藉有竹圖七千章 雌　王撿. 일본 絳晨伏胎 伏苓七白靈 伏龍李 蘇牙樹 蔬薤白華一名守宅一名家芝凡二十四名 (새항목)圖藉有符圖七千章 雌一王撿.

丹臺經(一曰記)[78] 日月廚食經 金樓經 三十六水經 中黃丈人經 協龍子鹿臺經 玉胎經 官氏經 鳳綱經 六陰玉女經 白虎七變[79]經 九仙經 十上化經 膝中有首攝提經 三綱六紀經 白子變化經 隱[80]首經 入軍經 泉樞經 赤甲經 金剛八疊錄(一曰[81]經).

　老君母曰玄妙玉女, 天降玄黃, 氣如彈丸, 入口而孕. 凝[82]神瓊胎宮三千七百年, 赤明開運, 歲在甲子, 誕於扶刀. 蓋[83]天西那王國, 鬱寥[84]山丹玄之阿. ○ 又曰: 老君有胎八十一年, 剖左腋而生, 生而白首. ○ 又曰: 靑帝劫末, 元氣改運, 託形於洪氏之胞. ○ 又曰: 李母, 本元君也. 日精入口, 吞而有孕. 三色气繞身, 五行獸衛形, 如此七十二年而生陳國苦縣賴鄉渦[85]水之陽·九井西李下. 具三十六號[86], 七十二名. 又有九名, 又千二百. 老君又曰九大上皇[87]洞眞[88]第[89]一君·大千法王·九靈老子·太上眞人·天老玄中法師·上淸太極眞人·上景君等號. 形長九尺, 或曰二丈[90]九尺. 耳三門, 又耳附連環, 又耳無輪郭[91]. 眉如北斗, 色綠, 中有紫毛, 長五寸. 目方瞳, 綠筋貫之, 有紫

---

76) 園: 점교본 圍, 점교본·일본 園, 稗海本 圓

77) 隗: 저본 隗, 점교본 隗, 일본 저본과 일치.

78) 玉珍記 臈成記 玉案記 丹臺經(一曰記): 저본 玉珎記 臈成記 玉案記 丹臺經(一曰記), 점교본 玉璽記 臈成記 玉案記 丹臺經(一作記). 學津本·일본 玉案記 玉珍記 臈成記 丹臺經(一曰記)

79) 變: 저본 変, 점교본·일본 變

80) 隱: 저본 隱, 점교본 隱. 저본은 隱, 隱, 隱, 隱의 자형을 혼용

81) 曰: 점교본 作, 일본 저본과 일치.

82) 凝: 저본 凝, 점교본 凝

83) 蓋: 저본 盖, 점교본·일본 蓋

84) 鬱寥: 저본 鬱寥, 점교본 鬱寥. 저본은 欝, 郁, 欝의 자형을 혼용.

85) 渦: 저본 渦, 점교본 渦

86) 號: 저본 號, 점교본 號, 저본은 號, 號, 號, 號, 号의 자형을 혼용함.

87) 九大上皇: 점교본 九大(一作天)上皇, 일본 저본과 일치.

88) 眞: 저본 眞, 점교본 眞, 저본은 眞, 眞, 真, 真을 혼용함.

89) 第: 저본 第, 점교본 第. 저본은 弟, 第, 第, 第의 자형 혼용.

90) 丈: 저본 丈, 점교본·일본 丈

光. 鼻[92]雙[93]柱, 口方, 齒數六八. 頤[94]若方丘, 頰如橫壟[95], 龍顔金容. 額三理, 腹三誌, 頂三約把, 十蹈五身, 綠毛白血, 頂有紫氣.

　人死形如生, 足皮不靑惡, 目光不毁[96], 頭髮盡脫, 皆尸解也. 白日去曰上解, 夜半去曰下解, 向曉・向暮[97]謂之地下主者. 太一[98]守尸, 三魂營骨, 七魄衛肉, 胎靈[99]錄氣, 所謂太陰練形也. 趙[100]成子後五六年, 肉朽骨在, 液血[101]於內, 紫[102]色發[103]外. 又曰: 若[104]人暫死, 適太陰權過三官, 血[105]沉脉散, 而五藏[106]自生, 白骨如玉, 三光惟息, 太神內閉, 或[107]三年至三十年.

　又曰: 白日尸解自是仙, 非尸解[108]也. 鹿皮公呑玉華而流蟲出尸, 王西城漱龍胎而死訣, 飮瓊精而扣棺. 仇季子咽金液而臭[109]徹百里, 季主服霜散以潛[110]升, 而頭足異處[111]. 黑狄咽虹丹而投水, 甯[112]生服石腦而赴[113]火, 柏

---

91) 輪郭: 점교본・일본 輪廓
92) 鼻: 저본 鼻, 점교본・일본 鼻, 저본은 鼻와 鼻, 鼻, 鼻의 자형을 혼용함.
93) 雙: 저본 双, 점교본 雙, 일본 雙. 저본은 雙, 双, 雙의 자형을 혼용.
94) 頤: 저본 頤, 점교본 頤, 일본 저본과 일치.
95) 壟: 저본 壟, 점교본 壟, 일본 저본과 일치.
96) 毁: 저본 毀, 점교본・일본 毁
97) 暮: 저본 暮, 점교본・일본 暮
98) 一: 점교본 乙, 일본 저본과 일치.
99) 靈: 저본 灵, 점교본・일본 靈
100) 趙: 저본 趙, 점교본・일본 趙
101) 血: 저본 血, 점교본・일본・學津本 血
102) 紫: 저본 紫, 점교본・일본 紫, 저본은 紫, 紫, 紫의 자형을 혼용.
103) 發: 저본 發, 점교본・일본 發. 저본은 發, 發, 發, 發의 자형을 혼용.
104) 若: 저본 若, 점교본 若, 저본은 若, 若, 若, 若, 若의 자형을 혼용.
105) 血: 저본 血, 점교본・일본・學津本 血
106) 藏: 저본 藏, 점교본 臟, 일본 저본과 일치.
107) 或: 저본 或, 점교본・일본 或
108) 尸解: 점교본 解尸 學津本・津逮本・稗海本・일본 尸解
109) 臭: 저본 臭, 점교본 臭, 일본 저본과 일치. 저본은 臭, 臭, 臭, 臭의 자형을 혼용.
110) 潛: 저본 潛, 점교본 潛. 저본은 潛, 潛, 潜의 자형을 혼용.
111) 處: 저본 處, 점교본・일본 處. 저본은 處, 處, 處, 处, 處, 處, 處, 處의 자형을 혼용함.

成納氣而胃腸114)三腐.

句曲山五芝, 求之者投金環二雙於石間, 勿顧念, 必得矣. 苐115)一芝116)名龍仙, 食之爲太極仙; 苐117)二芝名參118)成, 食之爲太極大夫; 苐119)三芝名燕胎, 食之爲正一郎中; 苐120)四芝名夜光洞鼻, 食之爲太淸左御史; 苐121)五芝名料玉, 食之爲三官眞御史.

眞人用寶劒122)以尸解123)者, 蟬124)化之上品也. 鍛125)用七月庚申·八月辛酉日, 長三尺九寸, 廣一寸四分, 厚三分半, 抄126)九寸, 名子干, 字良非. 靑烏公入華山127), 四百七十一歲, 十二試三不過128). 後服金汋而升太極, 以爲試三不過, 但仙人而已, 不得眞人位.

有傳先生入焦山七年, 老君與之木鑽129), 使穿一盤130)石, 石厚五尺, 曰: “此石穴, 當得道.” 積四十七年, 石穿, 得神丹.

---

112) 甯: 저본 寗, 점교본 甯
113) 赴: 저본 赱, 점교본·일본 赴
114) 腸: 저본 膓, 점교본 腸
115) 苐: 점교본·일본 第
116) 芝: 저본 芝, 점교본 芝
117) 苐: 점교본·일본 第
118) 參: 저본 叅, 점교본 參
119) 苐: 점교본·일본 第
120) 苐: 점교본·일본 第
121) 苐: 점교본·일본 第
122) 劒: 저본 劔, 점교본 劍, 일본 저본과 일치. 저본은 劒, 劎, 劔, 劍, 釰의 자형을 혼용함.
123) 解: 저본 觧, 점교본·일본 解
124) 蟬: 저본 蝉, 점교본·일본 蟬
125) 鍛: 저본 鍜, 점교본 鍛, 일본 저본과 일치.
126) 抄: 점교본·學津本·津逮本·稗海本·일본 杪
127) 靑烏公入華山: 점교본 새 항목으로 시작, 일본 저본과 일치.
128) 不過: 점교본 不過(一作遇), 일본 저본과 일치.
129) 鑽: 저본 鑚, 점교본 鑽
130) 盤: 저본 盤, 점교본 盤, 일본 저본과 일치. 저본은 盤, 盤, 盤의 자형을 혼용함.

范[131]零子隨[132]司馬季主入常山石室. 石室東北角有石匱, 季主戒勿開. 零子思歸[133], 發之, 見其家父母大小, 近而不還[134], 乃悲思, 季主遂逐之. 經數[135]載, 復令守一銅匱, 又違戒, 所見如前, 竟不得道.

衛國[136]縣西南有瓜穴, 冬夏常出水, 望之如練, 時有瓜葉出焉. 相傳苻秦時有李班者, 頗好道術, 入穴中行可三百步, 廓[137]然有宮宇, 牀[138]榻上有經書. 見二人對坐, 鬚髮皓白. 班前拜於牀下, 一人顧曰: "卿可還, 無宜[139]久住." 班辭出. 至穴口, 有瓜數箇[140], 欲取, 乃化爲石. 尋故道, 得還. 至家, 家人云, 班去來已經四十年矣.

長白山, 相傳古肅然山也[141]. 峴南有鍾[142]鳴, 燕世桑[143]門釋惠霄者, 自廣固至此峴聽鍾聲[144]. 稍前, 忽見一寺, 門宇炳煥, 遂求中食, 見一沙彌, 乃摘一桃與霄[145]. 須臾[146], 又與一桃, 語霄曰: "至此已淹留, 可去矣." 霄出, 廻[147]頭顧, 失寺. 至廣固, 見弟子言, 失和尙已二年矣. 霄始知二桃兆二年矣.

高唐縣鳴石山, 岩高百餘仞, 人以物扣岩, 聲甚淸越. 晋太康中, 逸士田宣

---

131) 范: 저본 范, 점교본 范
132) 隨: 저본 隨, 점교본 隨, 저본은 隨, 隨, 隨의 자형을 혼용.
133) 歸: 저본 帰, 점교본·일본 歸
134) 還: 점교본·일본 遠
135) 經數: 저본 経数, 점교본 經數
136) 國: 저본 國, 점교본 國. 저본은 國, 國, 国, 国, 國, 國, 國, 国의 자형을 혼용함.
137) 廓: 점교본 朗, 學津本·津逮本·稗海本·일본 모두 廓
138) 牀: 저본 床, 점교본·일본 牀
139) 宜: 저본 宜, 점교본 宜
140) 數箇: 저본 數箇, 점교본 數個, 일본 저본과 일치.
141) 肅然山也: 점교본 肅然(一作肅愼)山也, 일본 저본과 일치.
142) 鍾: 점교본·일본 鐘
143) 桑: 저본 桒, 점교본·일본 桑
144) 鍾聲: 저본 鍾声, 점교본·일본 鐘聲
145) 霄: 저본 霄, 점교본 霄
146) 臾: 저본 史, 점교본 臾, 일본 저본과 일치.
147) 廻: 점교본 回, 일본 저본과 일치.

隱於岩下, 葉風霜月, 常拊石自娛. 每見一人, 着白單衣, 徘徊岩上, 及曉方去. 宣於後令人擊石, 乃於岩上潛[148]伺, 俄然果來, 因遽執玦[149]詰之. 自言姓王, 字中倫, 衛人. 周宣王時入少室山學道, 此頻適方壺, 去來經此, 愛此石響, 故輒[150]留聽. 宣乃求其養生, 唯留一石如[151]雀卵. 初則凌空百餘步猶見, 漸漸煙[152]霧障之. 宣得石, 含輒百日不飢[153].

荆州利水間, 有二石若闕, 名曰韶石. 晋永和中, 有飛仙衣冠如雪[154], 各憩[155]一石, 旬日而去. 人咸見之.

貝丘西有玉女山, 傳云晋大[156]始中, 北海蓬球[157], 字伯堅, 入山伐木, 忽覺異香, 遂溯風尋之. 至此山, 廓然宮殿盤鬱, 樓臺博敞. 球入門窺之, 見五株玉樹. 復稍前, 有四婦人, 端妙絶世[158], 自彈碁[159]於堂上, 見球俱驚起, 謂球曰: "蓬君何故得來?" 球曰: "尋香而至." 遂復還戲. 一小者便上樓彈琴, 留戲[160]者呼之曰: "元暉, 何謂[161]獨升樓[162]?" 球樹下立, 覺少飢[163], 乃以舌[164]舐葉

---

148) 潛: 저본 潜, 점교본·일본 潛

149) 遽執玦: 저본 遽執袂, 점교본 遽執袂(一作玦), 일본 遽執袂. 저본은 遽, 遽의 자형을 혼용.

150) 輒: 저본 輙, 점교본·일본 輒. 저본은 輒, 輙, 輒, 輙의 자형을 혼용함.

151) 如: 저본 如, 점교본 如, 저본은 如와 如의 자형을 혼용.

152) 煙: 점교본·일본 烟

153) 飢: 점교본·일본 饑

154) 雪: 저본 雪, 점교본 雪

155) 憩: 저본 憇, 점교본 憩

156) 大: 점교본 泰, 일본 저본과 일치.

157) 球: 저본 毬, 점교본 球, 저본은 球, 毬의 자형을 혼용.

158) 世: 저본 丗, 점교본 世

159) 碁: 점교본 棋, 일본 저본과 일치.

160) 戲: 저본 戱, 점교본·일본 戲, 저본은 戲, 戱, 戱의 자형을 혼용.

161) 謂: 점교본 爲, 일본 저본과 일치.

162) 樓: 저본 楼, 점교본 樓

163) 覺少飢: 저본 竟少飢, 점교본·일본 覺少饑

164) 乃以舌: 점교본 乃舌, 學津本·津逮本·稗海本·일본 모두 乃以舌

上垂露165). 俄然; 有一女乘鶴而166)至, 逆恚曰: "玉華汝等, 何故有此俗人!"
王母即令王方平行諸仙室. 球懼而出門, 廻167)顧, 忽然不見. 至家, 乃是建平
中, 其舊居閭舍皆爲墟墓矣.

晋許旌陽, 吳猛弟168)子也. 當時江東多蛇169)禍, 猛將除之, 選徒百餘人, 至
高安, 令具炭百斤, 乃度尺而斷170)之, 置諸壇171)上. 一夕, 悉化爲玉女, 惑其
徒. 至曉, 吳猛172)悉命弟子, 無不涅其衣者, 唯許君獨無, 乃與許至遼江. 及
遇巨蛇, 吳年衰173), 力不能制, 許遂禹步勅劍174)登其首, 斬之.

孫思邈175)嘗隱終南山, 與宣律和尙相接, 每來往互參宗旨. 時大旱, 西域僧
請於昆明池結壇祈雨, 詔有司備香燈176), 凡七日, 縮水數尺. 忽有老人夜
詣177)宣律和尙求救, 曰: "弟178)子昆明池龍也. 無雨久, 匪由弟子. 胡僧利弟
子腦, 將爲藥, 欺天子言祈雨, 命在旦夕, 乞和尙法力知179)護." 宣公辭曰: "貧
道持律而已, 可求孫先生." 老人因至思邈石室求救. 孫謂曰: "我知昆明龍宮
有仙方三千180)首, 爾181)傳與予, 予將救汝." 老人曰: "此方上帝不許妄傳, 今

---

165) 露: 저본 霺, 점교본 露
166) 而: 점교본 西, 學津本·津逮本·稗海本·일본 모두 而
167) 廻: 점교본 回, 일본 저본과 일치.
168) 弟: 저본 弟, 점교본 弟, 일본 㝳. 저본은 弟, 弟, 弟, 㝳의 자형을 혼용.
169) 蛇: 저본 虵, 점교본·일본 蛇
170) 斷: 저본 断, 점교본·일본 斷. 저본은 斷, 断, 斷, 断의 자형을 혼용.
171) 壇: 저본 壇, 점교본·일본 壇. 저본은 壇, 壇, 壇, 壇의 자형을 혼용.
172) 猛: 저본 猛, 점교본·일본 猛
173) 衰: 저본 衰, 점교본·일본 衰.
174) 勅劍: 점교본 敕劍, 일본 저본과 일치.
175) 邈: 저본 邈, 점교본·일본 邈
176) 燈: 저본 灯, 점교본·일본 燈
177) 詣: 저본 詣, 점교본·일본 詣
178) 弟: 저본 㝳, 점교본 弟, 일본 저본과 일치.
179) 知: 점교본·일본 加
180) 千: 점교본 十(원작은 千, 一作十이라 注함), 일본 저본과 일치.
181) 爾: 저본 尒, 점교본·일본 爾

急矣, 固無所恠[182]."有頃, 捧方而至. 孫曰:"爾第還, 無慮胡僧也."自是池水忽漲, 數日溢岸, 胡僧羞恚而死. 僧[183]復著《千金方》三千[184]卷, 每卷入一方, 人不得曉. 及卒後, 時有人見之.

玄宗幸蜀[185], 夢思邈乞武都雄黃, 乃命中使齎□□[186]十斤, 送於峨眉頂上. 中使上山未半, 見一人幅巾被褐, 鬚鬢皓白, 二童青衣丸髻, 夾侍立屛風側, □[187]手指大盤石臼[188]:"可致藥於此. 上有靑錄上皇帝."□[189]使視石上朱書百餘字, 遂錄之. 隨寫[190]隨滅, 寫畢[191], 石上無復字矣. 須臾, 白氣漫起, 因忽不見.

同州司馬裴沆常[192]說, 再從伯自洛中將往鄭州, 在路數日, 晚程偶下馬, 覺道左有人呻吟聲, 因披蒿[193]萊尋之. 荊叢下見一病鶴, 垂翼俛[194]咮, 翅關上瘡壞無[195]毛, 且異其聲. 忽有老人, 白衣曳[196]杖, 數十步而至, 謂曰:"郞君年少, 豈解哀此鶴耶? 若得人血一塗涂, 則能飛矣."裴頗知道, 性甚高逸, 遂曰:"某請刺此臂血不難."老人曰:"君此志甚勁(一曰勤)[197], 然須三世是人, 其血方中. 郞君前生非人, 唯洛中葫[198]蘆[199]生三世是人矣. 郞君此行非有急切,

---

182) 恠: 점교본 恙, 일본 저본과 일치.

183) 僧: 점교본 孫, 일본 저본과 일치.

184) 千: 점교본 十, 일본 저본과 일치.

185) 玄宗幸蜀: 일본 앞 항목과 연결.

186) □□: 점교본 雄黃, 일본 없음.

187) □: 점교본 以, 일본 없음.

188) 臼: 점교본·일본 曰, 점교본 원작은 臼이나, 문장의 의미에 맞게 고침.

189) □: 점교본 中, 일본 없음.

190) 寫: 저본 寫, 점교본·일본 寫. 저본은 寫, 寫, 寫, 寫의 자형을 혼용.

191) 畢: 저본 畢, 점교본 畢

192) 常: 점교본 嘗, 일본 저본과 일치.

193) 蒿: 저본 蒿, 점교본 蒿. 저본은 蒿, 蒿의 자형 혼용.

194) 翼俛: 저본 翼俛, 점교본 翼俯, 일본 翼俛

195) 無: 저본 无, 점교본 일본 無

196) 曳: 저본 曳, 점교본 曳

197) (一曰勤): 점교본 없음, 일본 저본과 일치.

可能却至洛中干胡蘆生乎?” 裴欣然而返. 未信宿至洛, 乃訪胡蘆生, 具陳其事, 且拜祈之. 胡蘆生初無難易[200], 開襆取一石合, 大若兩指, 援針刺臂, 滴乳[201]下滿其合, 授裴曰: “無多言也.” 及至鶴處[202], 老人已至, 喜曰: “固是信士.” 乃令盡其血塗鶴, 言與之結緣. 復邀裴曰: “我所居去此不遠, 可少留也.” 裴覺非常人, 以丈人呼之, 因隨行. 纔數里, 至一莊[203], 竹落草舍, 庭廡狼[204]籍. 裴渴甚求茗, 老人指一土龕: “此中有少漿, 可就取.” 裴視龕中, 有一杏核[205]一扇如笠, 滿中有漿, 漿色正白, 乃力舉飮之, 不復飢[206]渴. 漿味如杏酪. 裴知隱者, 拜請爲奴僕. 老人曰: “君有世間微祿, 縱住亦不終其志. 賢叔眞有所得, 吾久與之游, 君自不知. 今有一信, 憑君必達.” 因裹[207]一襆物, 大如羹[208]椀, 戒無竊開. 復引裴視鶴, 鶴所損處, 毛已生矣. 又謂裴曰: “君向飮杏漿, 當哭九族親情, 且以酒色爲誡也.” 裴還洛, 中路悶[209]其附信[210], 將發之, 襆四角各有赤蛇出頭, 裴乃止. 其叔得信卽開之, 有物如乾大麥飯升餘. 其叔後因遊王屋, 不知其終. 裴壽至九十七矣.

　明經[211]趙業, 貞元中, 選授巴州淸化縣令, 失志成疾, 惡明, 不飮食四十餘日. 忽覺室[212]中雷鳴, 頃有赤氣如鼓, 輪轉至牀, 騰上當心而住. 初覺精神遊

---

198) 葫: 점교본 胡, 일본 저본과 일치.

199) 蘆: 저본 蘆, 점교본 蘆

200) 易: 점교본·일본 色

201) 乳: 점교본·일본 血

202) 處: 저본 処, 점교본·일본 處

203) 莊: 저본 庄, 점교본 莊, 일본 庄

204) 狼: 저본 狼, 점교본·일본 狼

205) 有一杏核: 저본 有一杏核, 점교본 有杏核, 일본 有一杏核

206) 飢: 점교본·일본 饑

207) 裹: 저본 裹, 점교본 裹, 일본 저본과 일치.

208) 羹: 저본 羮, 점교본·일본 羹

209) 悶: 저본 悶, 일본 저본과 일치.

210) 附信: 學津本 所持

211) 經: 저본 經, 점교본 經, 저본은 經, 經, 經, 經, 經의 자형을 혼용.

散, □[213]如夢中. 有朱衣平幘者引之東行, 出山斷處[214], 有水東西流中[215],
□[216]甚衆, 久立視之. 又東行, 一橋餙[217]以金碧, 過橋北入一城, 至曹司中,
人吏甚衆, 見妹聟賈弈[218]與巳爭煞[219]與巳爭煞牛事, 疑[220]是冥司, 遽逃避
至一壁間, 墻如□黑[221], 高數丈, 聽[222]有呵喝[223]聲. 朱衣者遂領入大院, 吏
通曰: "司命過□[224]." 復見賈弈, 因與辯對. 弈固執之, 無以自明. 忽有巨鏡
徑[225]丈, 虛[226]懸空中, 仰視之, 宛見賈弈鼓刀, 趙負[227]門有不忍之色, 弈始
伏罪. 朱衣人又引至司人院, 一人被褐, 帔紫霞冠, 狀如尊像, 責曰: "何故竊
撥[228]幞頭二事, 在滑州市隱橡子三升." 因拜之無數. 朱衣者復引出, 謂曰:
"能游上淸乎?" 乃共登一山, 下臨流水, 其水懸注騰沫, 人隨流而入者千萬, 不
覺身亦隨流. 良久, 住大石上, 有靑白暈道. 朱衣者變成兩人, 一道[229]之, 一
促之, 乃升石崖上立, 坦無[230]塵. 行數里, 旁有草如紅藍, 莖葉[231]葉密, 無刺,

---

212) 覺室: 저본 竟室, 점교본 覺空, 學津本·津逮本·稗海本·일본 覺室
213) □: 점교본 奄, 일본 없음.
214) 斷處: 저본 断処, 점교본·일본 斷處
215) 中: 점교본·일본 없음.
216) □: 점교본·일본 人
217) 餙: 저본 餙, 점교본·일본 飾
218) 弈: 점교본·일본 奕
219) 煞: 점교본 殺, 일본 저본과 일치.
220) 疑: 저본 疑, 점교본 疑. 저본은 疑, 疑, 疑, 疑의 자형을 혼용.
221) 墻如□黑: 점교본 牆如石黑, 學津本·津逮本·일본 牆如黑石
222) 聽: 저본 聽, 점교본 聽. 저본은 聽, 聽, 聽의 자형을 혼용.
223) 喝: 저본 喝, 점교본 喝
224) □: 점교본·일본 人
225) 徑: 저본 徑, 점교본·일본 徑, 저본은 徑, 徑, 徑, 徑의 자형을 혼용.
226) 虛: 저본 虛, 점교본·일본 虛. 저본은 虛, 虛, 虛, 虛, 虛, 虛의 자형을 혼용
227) 負: 저본 負, 점교본·일본 負
228) 撥: 점교본 撥(一作他), 일본 저본과 일치.
229) 道: 점교본 導, 일본 저본과 일치
230) 坦無塵: 저본 坦无塵, 점교본·일본 坦然無塵
231) 莖葉: 저본 莖葉, 점교본·일본 莖葉

其花拂拂然飛散空中. 又有草如苣, 附地, 亦飛花, 初出如馬勃, 破大如疊, 赤黃色. 過此, 見火如山横亘天, 候餤[232]絶乃前. 至大城, 城上重譙[233], 街列菓[234]樹, 仙子爲伍, 迭謠鼓樂, 仙姿絶世. 凡歷三重門, 丹艧[235]交煥, 其地及壁[236], 澄光可鑑. 上不見天, 若有絳暈都覆之. 正殿三重, 悉列尊像. 見道士一人, 如舊相識, 趙求爲弟子, 不許. 諸樂中如琴者, 長四尺, 九絃, 近頭尺餘方廣, 中有兩道橫, 以變聲. 又如一酒榼, 三絃, 長三尺, 腹面上廣下狹, 背豐隆. 頂[237]有過錄, 乃引出闕南一院, 中有絳冠紫霞帔, 命與二朱衣人坐廳事, 乃命先過戊申錄. 錄如人間詞狀, 首冠人生辰, 次言姓名年紀, 下注生月日, 別行橫布六旬甲子, 所有公[238]過, 日下具之, 如無, 卽書無事. 趙自窺其錄, 姓名·生辰日月, 一無差錯也. 過錄者數盈億兆. 朱衣人言, 每六十年, 天下人一過錄, 以考校善惡, 增損其算也. 朱衣者引出北門, 至向路, 執手別, 曰: "遊此是子之魂也. 可尋此行, 勿返顧, 當達家矣." 依其言, 行稍急, 蹶倒, 如夢覺, 死已七日矣. 趙著《魂遊上清記》, 敍[239]事甚詳悉.

　史論在齊州時, 出獵[240], 至一縣界, 憩蘭若中. 覺桃香異常, 訪其僧. 僧不及隱, 言近有人施二桃, 因從經案下取出獻論, 大如飯椀[241]. 時飢, 盡之[242]. 核大如雞[243]卵, 論因詰其所自, 僧笑: "嚮[244]實謬[245]言之. 此桃去此十與里,

---

232) 候餤: 저본 候餤, 점교본 候餤
233) 譙: 저본 譙, 점교본·일본 譙
234) 菓: 점교본 果, 일본 저본과 일치.
235) 艧: 점교본·일본 艧
236) 壁: 저본 壁, 점교본·일본 壁
237) 頂: 점교본·일본 頃
238) 公: 점교본 功, 일본 저본과 일치.
239) 敍: 저본 叙, 점교본 敍, 일본 敘
240) 獵: 저본 獵, 점교본 獵. 저본은 獵, 猎, 獵, 獵, 獵, 獵자형을 혼용.
241) 椀: 저본 抏, 점교본·일본 椀
242) 盡之: 저본 尽之, 점교본·일본 盡食之
243) 雞: 점교본 鷄, 일본 저본과 일치.
244) 嚮: 저본 嚮, 점교본 嚮, 일본 向

道路危²⁴⁶⁾險, 貧道偶行脚見之, 覺異, 因掇數枚." 論曰: "今²⁴⁷⁾去騎從, 與和尙偕往." 僧不得已, 導論北去荒²⁴⁸⁾榛中. 經五里許, 抵一水, 僧曰: "恐中丞不能渡此." 論志決往, 乃依僧解衣戴²⁴⁹⁾之而浮, 登岸. 又經西北, 涉²⁵⁰⁾二小水. 上山越澗數里, 至一處, 布泉怪²⁵¹⁾石, 非人境也. 有桃數百株, 枝幹²⁵²⁾掃地, 高二三尺, 其香破鼻²⁵³⁾. 論²⁵⁴⁾與僧各食一蔕²⁵⁵⁾, 腹果然矣. 論解衣將盡力苞²⁵⁶⁾之, 僧曰: "此或靈境, 不可多取. 貧道嘗聽長老說, 昔日有人亦嘗至此, 懷五六枚, 迷不得出." 論亦疑僧非常, 取兩箇²⁵⁷⁾而返. 僧切戒論不得言. 論至州, 使招僧, 僧已逝矣.

【壺²⁵⁸⁾史】

武攸²⁵⁹⁾緒, 天后從子. 年十四, 潛於長安市中賣²⁶⁰⁾卜, 一處不過五六日. 因徙升中岳, 遂隱居, 服赤箭·伏苓²⁶¹⁾. 貴人王公所遺鹿裘籐²⁶²⁾器, 土積塵

---

245) 謬: 저본 謬, 점교본·일본 謬
246) 危: 저본 危, 점교본 危, 일본 저본과 일치.
247) 今: 學津本 願
248) 荒: 저본 荒, 점교본·일본 荒
249) 戴: 점교본 載, 일본 저본과 일치.
250) 涉: 저본 涉, 점교본 涉
251) 怪: 저본 恠, 점교본·일본 怪, 저본은 怪, 恠의 자형을 혼용.
252) 幹: 점교본 榦, 일본 저본과 일치.
253) 鼻: 저본 鼻, 점교본·일본 鼻
254) 論: 저본 論, 점교본 論
255) 蔕: 저본 蔕, 점교본 蔕. 저본은 蔕, 薷, 蔕의 자형을 혼용.
256) 苞: 저본 苞, 점교본 苞
257) 箇: 점교본 個, 일본 저본과 일치.
258) 壺: 저본 壺, 점교본·일본 壺
259) 攸: 저본 攸, 점교본·일본 攸
260) 賣: 저본 賣, 점교본·일본 賣

蘿263), 棄264)而不用. 晚年肌肉始盡, 目有紫光, 晝見星月, 又能辨數里外語. 安樂公主出降, 上遣璽書召, 令勉受國命, 蹔265)屈高標. 至京, 親貴候謁, 寒溫之外, 不交一言. 封國公, 及還山, 勅266)學士賦詩送之.

玄宗學隱形於羅公遠, 或衣帶・或巾脚不能隱, 上詰之, 公遠極言曰: "陛下未能脫屣天下, 而以道爲戲, 若盡臣267)術, 必懷268)聖人269)家, 將困於魚腹270)也." 玄宗怒, 慢271)罵之. 公遠遂走入殿柱中, 極疏272)上失. 上愈怒, 令易柱破之. 復大言於石礎中, 乃易礎觀之. 礎明瑩, 見公遠形在其中, 長寸餘, 因碎爲十數段, 悉有公遠形. 上懼, 謝焉, 忽不復見. 後中使於蜀道見之, 公遠笑曰: "爲我謝陛下."

邢和璞, 偏得黄老之道, 善心算273), 作《潁274)陽書疏》, 有叩275)奇276)旋入空, 或言有草, 初未嘗覩277). 成式見山人鄭昉說, 崔司馬者, 寄278)居荊州, 與邢有舊. 崔病積年且死, 心常恃於邢. 崔一日覺臥279)室北墻280)有人屬聲, 命左右

---

261) 苓: 저본 苓, 점교본 苓, 일본 저본과 일치.

262) 籐: 저본 籐, 점교본 藤, 일본 저본과 일치. 저본은 藤, 藤, 藤, 藤의 자형을 혼용.

263) 土積塵蘿: 점교본 上積塵羅, 일본 上積塵蘿

264) 棄: 저본 弃, 점교본 棄, 일본 저본과 일치.

265) 蹔: 점교본 暫, 일본 저본과 일치.

266) 勅: 점교본 敕, 일본 저본과 일치.

267) 臣: 저본 臣, 점교본・일본 臣

268) 懷: 저본 懷, 점교본・일본 懷

269) 聖人: 점교본・일본 聖入人

270) 腹: 점교본・일본 服

271) 慢: 점교본 謾, 일본 저본과 일치.

272) 疏: 점교본・일본 疏

273) 算: 저본 筭, 점교본 算, 일본 저본과 일치.

274) 潁: 저본 潁, 점교본 潁, 일본 저본과 일치.

275) 叩: 점교본 叩(一作印), 일본 저본과 일치.

276) 奇: 저본 竒, 점교본・일본 奇

277) 覩: 점교본 睹, 일본 저본과 일치.

278) 寄: 저본 寄, 점교본・일본 寄

視之, 都無所見. 臥室之北, 家人所居也. 如此七日, 勵不已, 墙281)忽透, 明如
一粟. 問左右, 復不見. 經一日, 穴大如盤, 崔窺之, 墙282)外乃野外耳. 有數人
荷鍬钁立於穴283)前(一曰側). 崔問之, 皆云: "邢眞人處分開此, 司馬厄重, 倍費
功力." 有頃, 導騎五六, 悉平幘朱衣, 辟曰: "眞人至." 見邢輿中, 白帢垂綏, 執
五明扇, 侍衛數十, 去穴數步而止, 謂崔曰: "公算盡, 僕284)爲公再三論, 得延
一紀, 自此無若也." 言畢, 壁如舊, 旬日病愈. ○ 又曾285)居終南, 好道者多卜
築依之. 崔曙年少, 亦隨焉. 伐薪汲泉, 皆是名士. 邢嘗謂其徒曰: "三五日有一
異客, 君等可爲予辦286)一味也." 數日備諸水陸, 遂張筵於一亭287), 戒無妄窺.
衆皆閉戶, 不敢譬288)欽. 邢下山迎289)一客, 長五尺, 闊三尺, 首居其半, 緋衣
寬290)博, 橫執象笏, 其睫踈揮291), 色若削瓜, 鼓髯大笑, 吻角侵耳. 與邢劇談,
多非人間事故也. 崔曙不耐, 因走而過庭. 客熟292)視, 顧邢曰: "此非泰山老師
乎?" 邢應曰: "是." 客復曰: "更一轉, 則失之千里, 可惜." 及暮而去. 邢命崔曙
謂曰: "向客, 上帝戲臣也, 言太293)山老君師294), 頗記無?" 崔垂泣言: "某實295)

---

279) 臥: 저본 卧, 점교본·일본 臥
280) 墙: 점교본·일본 牆
281) 墙: 점교본·일본 牆
282) 墙: 점교본·일본 牆
283) 穴: 저본 穴, 점교본·일본 穴
284) 僕: 점교본 璞, 일본 저본과 일치.
285) 曾: 저본 曽, 점교본·일본 曾
286) 予辦: 점교본 予各辦, 일본 저본과 일치.
287) 亭: 저본 亭, 점교본·일본 亭
288) 譬: 저본 譬, 점교본·일본 譬
289) 迎: 점교본·일본 延
290) 寬: 저본 寬, 점교본·일본 寬
291) 踈揮: 점교본 疏長, 일본 疎揮
292) 熟: 저본 熟, 점교본 熟
293) 太: 점교본 泰, 일본 저본과 일치
294) 老君師: 섬교본 老師, 일본 저본과 일치.
295) 實: 저본 實, 점교본 實

太[296]山老師後身, 不復憶, 幼常聽[297]先人言之." 〇 房琯太尉析邢等[298]終身之事, 邢言: "若來由東南, 止西北, 祿命卒矣. 降魄之處, 非館非寺, 非途非署. 病起於魚飱, 休材龜[299]茲板." 後房自袁[300]州除漢州, 及罷, 歸[301]至閬州, 舍紫極宮. 適雇工治木, 房怪其木理成形, 問之, 道士稱數月前有賈客施數段龜茲板, 今治爲屠蘇[302]也. 房始憶邢之言. 有頃, 刺史具繪邀房, 房歎曰: "邢君, 神人也." 乃具白於刺史, 且以龜茲板爲託. 其夕, 病繪[303]而終.

王皎(一曰皰)先生善他術, 於數未嘗言. 天寶中, 偶與客夜中露坐, 指星月曰: "時將亂[304]矣." 爲隣[305]人所傳. 時上春秋高, 頗拘忌[306]. 其語爲人所奏, 上令密詔殺之. 刑者鑺其頭數十方死, 因破其腦視之, 腦骨厚一寸八分. 皎光與達奚侍郎還[307]往, 及安史平, 皎忽杖屨[308]至達奚家, 方知異人也.

翟[309]天師名乾祐, 峽中人, 長六尺, 手大尺餘, 每揖人, 手過胸[310]前. 臥常虛枕. 晚年往往言將來事. 常[311]入夔州市, 大言曰: "今夕當有八人過此, 可善待之." 人不之悟. 其夜火焚數百家, 八人乃火字也. 每入山, 虎群[312]隨之.

---

296) 太: 점교본 泰, 일본 저본과 일치.

297) 聽: 저본 聼, 점교본 聽, 저본은 聼, 聽, 聼, 聼의 자형을 혼용함.

298) 析邢等: 점교본 祈邢算, 일본 祈邢等

299) 材龜: 저본 材龜, 점교본 於龜, 일본 村龜

300) 袁: 저본 袤, 점교본・일본 袁

301) 歸: 저본 歸, 점교본・일본 歸

302) 蘇: 저본 蘓, 점교본・일본 蘇

303) 繪: 저본 繪, 점교본・일본 繪, 저본은 繪, 繪, 繪, 繪의 자형을 혼용.

304) 亂: 저본 乱, 점교본・일본 亂

305) 隣: 점교본・일본 鄰

306) 忌: 저본 忌, 점교본 忌, 일본 저본과 일치.

307) 還: 점교본 來, 일본 저본과 일치.

308) 屨: 저본 屢, 점교본 屨

309) 翟: 저본 翟, 점교본・일본 翟

310) 胸: 저본 胷, 점교본・일본 胸. 저본은 胷, 胃, 胷의 자형을 혼용함.

311) 常: 점교본 嘗, 일본 저본과 일치.

312) 群: 점교본 羣, 일본 저본과 일치.

曾於江岸與弟子數十翫313)月, 或曰: "此中竟何有?" 翟笑曰: "可隨吾指觀." 弟子中兩人見月規半天, 樓殿314)金闕滿315)焉, 數息間不復見.

蜀有道士陽狂, 俗號爲灰316)袋, 翟天師晚年弟子也. 翟每戒其徒: "勿欺此人, 吾所不及□317)." 嘗318)大雪319)中, 衣布褐入靑城山, 暮投蘭若, 求僧寄宿, 僧曰: "貧僧一衲而320)已, 天寒如此, 恐不能相活." 但言; "容一牀足矣." 至夜半, 雪深風起, 僧慮道者已死, 就視之. 去牀數321)尺, 氣蒸如炊, 流汗袒寢, 僧知其異人. 未明, 不辭而去. 多住村落, 每住不逾信宿. 曾病口瘡, 不食數月, 狀若將死, 人素神之, 因爲設道場. 齋散, 忽起, 就謂衆人曰: "試窺吾口中有何物也?" 乃張口如箕, 五藏322)悉露, 同類驚異, 作禮問之, 唯曰: "此足惡! 此足惡!" 後不知所終. 成式見蜀郡郭采眞尊師說也.

秀才權同休友323)人, 元和中落第, 旅遊蘇湖間, 遇疾貧窘324), 走使者本村墅325)人, 雇已一年矣. 疾中思甘豆湯, 令其示326)甘草, 雇者久而不去, 但具火湯水. 秀才且意其怠於祗承, 復見折樹枝盈握, 仍再三搓之, 微近火上, 忽成甘草. 秀才心大異之, 且息咎必道者327). 良久, 取龐沙數328)掊按挼, 已成豆

---

313) 翫: 점교본 玩, 일본 저본과 일치.

314) 樓殿: 저본 接殿, 점교본 瓊樓, 일본 저본과 일치.

315) 滿: 저본 䀒, 점교본・일본 滿

316) 灰: 저본 灰, 점교본 灰

317) 不及□: 점교본 不及, 학진본・일본 不及之.

318) 嘗: 학진본 常, 일본 저본과 일치.

319) 雪: 저본 䨮, 점교본・일본 雪

320) 衲而: 저본 衲卬, 점교본 衲而. 저본은 而, 而, 卬의 자형을 혼용.

321) 牀數: 저본 床数, 점교본・일본 牀數

322) 藏: 점교본・일본 臟

323) 友: 저본 友, 점교본・일본 友. 저본은 友, 友, 友의 자형을 혼용.

324) 窘: 점교본・일본 窘

325) 墅: 점교본 野, 일본 墅

326) 示: 점교본・일본 取

327) 息咎必道者: 섬교본・일본 意必有道者

328) 取龐沙數: 저본 取龐沙數, 점교본 取粗沙數, 일본 取龐沙數

矣. 及湯成, 與眞329)無異, 疾亦漸差. 秀才謂曰: "余貧迫若此, 無以寸步." 因褫垢衣授之: "可以此辦少酒肉, 予將會村老, 丐少道路資也." 雇者微笑: "此固不足辦, 某330)當營之." 乃斫一枯桑樹, 成數葚331)札, 聚於盤上噀之, 悉成牛肉. 復汲數甁水, 頃332)之, 乃旨酒也. 村老皆醉飽333), 獲束縑三千. 秀才方憼334), 謝雇者335): "某驕稚, 道者久336), 今返請爲僕." 雇者曰: "予固異人, 有少失, 謫于下賤, 合役于秀才, 若限未足, 復須力於它337)人. 請秀才勿變常, 庶卒某事也." 秀才雖338)諾之, 每呼指, 色上面, 蹙蹙不安. 雇者乃辭曰: "秀才若此, 果妨某事也." 因說秀才修339)短窮達340)之數, 且言萬物無不可化者341), 唯淤泥中朱漆筯及髮, 藥力不能化. 因去, 不知所之也.

寶曆中, 荊中342)有盧山人, 常販橈朴石灰, 往來於白洴343)南草市, 時時微露奇迹, 人不之測. 賈人趙元卿好事, 將從之遊, 乃頻市其所貨, 設菓344)茗, 詐訪其息利之術. 盧覺, 竟謂曰: "觀子意, 似不在所市, 意有何也?" 趙乃言: "竊知長者埋形隱德, 洞過蓍龜, 願垂一言." 盧笑曰: "今且驗, 君主人午時有非常之禍也, 若是吾言當免. 君可告之, 將午, 當有匠餠者負囊而至. 囊中有

---

329) 眞: 저본 真, 점교본 飲, 일본 甘豆
330) 某: 저본 冥, 점교본 某
331) 數葚: 저본 數萑, 점교본·일본 數筐
332) 頃: 저본 項, 점교본 頃, 일본 저본과 일치.
333) 飽: 저본 龜, 점교본·일본 飽
334) 秀才方憼: 점교본 秀才慚, 일본 저본과 일치.
335) 者: 점교본·일본 者曰
336) 某驕稚, 道者久: 점교본 某本驕稚, 不識道者久, 일본 某本驕雅, 不識道者
337) 它: 점교본 他, 일본 저본과 일치.
338) 雖: 저본 雖, 점교본·일본 雖
339) 修: 저본 儵, 점교본 修, 일본 저본과 일치.
340) 達: 저본 達, 점교본·일본 達
341) 萬物無不可化者: 저본 万物无不可化者, 점교본 萬物無不化者, 일본 萬物無不可化者
342) 中: 점교본·일본 州
343) 洴: 점교본 洴(一作浒), 일본 저본과 일치.
344) 菓: 점교본 果, 일본 저본과 일치.

錢二千餘, 而必非意相干也. 可閉關[345], 戒妻孥勿輕[346]應對. 及午必極罵, 須盡家臨水避之. 若爾, 徒費三千四百錢也." 時趙停於百[347]姓張家, 卽盧[348]歸語之. 張亦素神盧生, 乃閉門伺也. 欲午, 果有人狀如盧所言, 叩門求糴[349], 怒其不應, 因足其戶, 張重簀捍之. 頃聚[350]人數百, 張乃自後門率妻孥廻避□[351]. 差午, 其人乃去, 行數百步, 忽蹶倒而死. 其妻至, 衆人具告其所爲. 妻痛切, 乃號適張所, 誣其夫死有自[352]. 官不能評, 衆具言張閉戶逃避之狀. 識者謂張曰: "汝固無罪, 可爲辦其死." 張欣然從斷, 其妻亦喜. 及市槥[353]就轝[354], 正當三千四百文. 因是, 人赴之如市. 盧不耐, 竟潛逝. 至復州界, 維舟於陸奇秀才莊門. 或語陸, 盧山人非常人也, 陸乃謁. 陸時將入京投相知, 因請決疑. 盧曰: "君今年不可動, 憂旦夕禍作. 君所居堂後有錢一甒[355], 覆以板, 非君有也. 錢主今始三歲, 君愼勿用一錢, 用必成禍, 能從吾戒乎?" 陸瞿然謝之. 及盧生去, 水波未定, 陸笑謂妻子曰: "盧生言如是, 吾更何求乎." 乃命家童[356]鍬其地, 未數尺, 果遇板, 徹之, 有巨瓮, 散錢滿焉. 陸喜, 其妻以裙運紉[357]草貫之, 將及一萬, 兒女忽暴[358]頭痛不可忍. 陸曰: "豈盧生言將徵乎?" 因奔馬追及, 且謝違戒. 盧生怒曰: "君用之必禍骨肉, 骨肉與利, 輕重君

---

345) 關: 저본 関, 점교본·일본 關

346) 輕: 저본 輊, 점교본·일본 輕

347) 百: 저본 百, 점교본·일본 百.

348) 卽盧: 저본 卽盧, 점교본·일본 卽邊

349) 糴: 저본 糶, 점교본·일본 糴

350) 聚: 저본 聚, 점교본·일본 聚

351) □: 점교본 之, 일본 저본과 일치.

352) 自: 점교본 因, 일본 저본과 일치.

353) 槥: 저본 橇, 점교본·일본 槥

354) 轝: 점교본 輿, 일본 저본과 일치.

355) 甒: 저본 甒. 점교본 甒, 일본 저본과 일치.

356) 童: 점교본 僮, 일본 저본과 일치.

357) 紉: 저본 紉, 점교본 紉, 일본 저본과 일지.

358) 暴: 저본 暴, 점교본·일본 暴. 저본은 暴, 暴, 暴, 暴의 자형을 혼용함.

自度也." 棹舟去之不顧. 陸馳歸, 醮而痊焉, 兒女豁愈矣. 盧生到復州, 又常359)與數人閑行, 途遇六七人, 盛服俱帶, 酒氣逆鼻. 盧生忽叱之曰: "汝等所爲不悛, 性命無幾!" 其人悉羅拜塵中, 曰: "不敢, 不敢." 其侶訝之, 盧曰: "此輩盡劫360)江賊也." 其異如此. 趙元和言盧生狀皃361), 老少不常, 亦不常見其飲食. 嘗語趙生曰: "世間刺客隱形者不少, 道者得隱形術, 能不試, 二十年可易形, 名曰脫離, 後二十年, 名籍於地仙矣." 又言: "刺客之死, 屍亦不見" 所論多奇怪, 蓋神仙之流也.

長慶初, 山人楊隱之在郴州, 常尋訪道者. 有唐居士, 土人謂百歲人, 楊謁之, 因留楊止宿. 及夜, 呼其女曰: "可將一下弦362)月子來." 其女遂帖363)月於壁上, 如片紙耳. 唐卽起祝之曰: "今夕有客, 可賜光明." 言訖, 一室朗若張燭.

南中有百姓, 行路遇風雨, 與一老人同庇樹陰364), 其人偏坐敬讓之. 雨止, 老人遺其丹三丸, 言有急事卽服. 歲餘, 妻暴病卒. 數日, 方憶老人丹事, 乃毀穢365)灌366)之, 微有煖氣, 顏367)色如生. 今死已四年矣, 狀如沉醉, 爪甲亦長. 其人至今輿以相隨, 說者於四明見之矣.

唐段少卿酉陽雜俎卷之二

---

359) 常: 점교본 嘗, 일본 常
360) 劫: 저본 𠞱, 점교본·일본 劫
361) 皃: 점교본·일본 貌
362) 弦: 저본 絃, 점교본·일본 弦
363) 帖: 점교본 貼, 일본 저본과 일치.
364) 陰: 저본 隂, 점교본 陰
365) 穢: 점교본·일본 齒
366) 灌: 저본 潅, 점교본·일본 灌
367) 顏: 저본 頋, 점교본·일본 顔. 저본은 顏, 頋, 顏, 顏의 자형을 혼용.

唐段少卿酉陽雜俎卷之三

【貝編】

釋門三界二十八天·四洲至華嚴藏世界·八寒八熱地獄等, 法自三身·五位·四果·七支至十八界·三十七道品等, 入釋者率能言之. 今不復具, 錄其事九[1]異者.

鬘持天, 十住處·十六分中輪王, 樂不及其二.

四種樂: 一無怨, 二隨念, 及天女不念餘天等, 身香百由旬. 迦留波陁[2]天, 此由象跡有十地也.

目不瞬, 衆蜂出妙音. ○ 六天香風, 皆入此天. ○ 四天王十地彩地. ○ 質多羅地八林. ○ 箜篌天十地金流河. ○ 無影山. ○ 有影遊(一曰隨) ○ 烏隨(一曰衆). ○ 其行處池同其色. 衆鳥說偈. 白身天.[3] ○ 身色如拘勿頭花. ○ 無足柔奂[4]. ○ 隨足上下. ○ 樂遊戲天. ○ 乘鵝殿. ○ 寶樹枝葉如殿. ○ 三[5]十三天, 九十九那由天女. ○ 憶念樹物隨意而出. ○ 十花池. ○ 干柱[6]殿. ○ 六時林, 一日具六時.

千輻輪殿, 天妃舍交[7](一曰友)所坐也. ○ 衣無經[8]緯. ○ 將死者塵着身. ○ 馬殿千鵝[9]駕. ○ 金剛綖帶. ○ 行林隨天所至. ○ 衆鳥金臆. ○ 大象百頭, 頭

---

1) 九: 점교본·일본 尤
2) 陁: 점교본 陀, 일본 저본과 일치.
3) 其行處池同其色. 衆鳥說偈. 白身天.: 점교본 其行處池同其色. ○ 衆鳥說偈. ○ 白身天.
   일본·學津本·津逮本·稗海本 저본과 일치. 處: 저본 处, 점교본·일본 處
4) 奂: 점교본 頓, 일본 저본과 일치.
5) 殿. ○ 三: 점교본 殿. 三, 일본 저본과 일치.
6) 干柱: 점교본·일본·稗海本 千柱
7) 交: 점교본 友, 일본·學津本·津逮本·稗海本 支(一曰女)
8) 經: 저본 経, 점교본·일본 經

有十牙, 牙端有百浴池. 頂有山, 名曰界莊嚴. 鼻有河, 如閻[10]牟那河水, 散落[11]世界爲霧. 脇有二園, 一名喜林, 二名樂林. 象名伊羅婆那. 光[12]明林, 四維有意樹.

帝釋將與修羅戰[13], 入此林四樹間, 自見勝敗之相. 甲[14]冑林, 甲冑從樹而生, 不可破壞. ○ 蓮[15]出摩偸美飮也[16], 修一千二百善業者, 此生天[17]. 上妙[18]之觸, 如觸迦旆[19]隣[20]提鳥, 此鳥輪王出世方見.

開合林[21], 開目常見光明. ○ 夜摩天[22], 住虛空, 闍婆風所持也.

積崖山[23], 高三百由旬, 有七榻七箱. ○ 始生天者五相[24]: 一光覆身而無衣, 二見物生希有心, 三弱顔, 四疑, 五怖.

又五木[25]: 一近蓮池花不開(一無不字), 二近林蜂(一曰絳)離樹, 三聽天女歌而出壓[26]離, 四近樹花萎, 五殿不行空.

又見身光衣觸如金剛[27], 及照毗琉璃鏡, 不見其道. 天女九退相[28]: 一皮緩,

---

9) 鵝: 저본 鵝, 점교본 鵝

10) 閻: 저본 閻, 점교본·일본 閻

11) 落: 저본 落, 점교본 落

12) 那. 光: 점교본 那. ○ 光, 일본 저본과 일치.

13) 帝釋將與修羅戰: 점교본·일본 앞 항목과 연결, 與: 저본 与, 점교본·일본 與

14) 相. 甲: 점교본 相. ○ 甲, 일본 저본과 일치.

15) 蓮: 저본 蓮, 점교본·일본 蓮

16) 蓮出摩偸美飮也: 점교본 새 항목으로 시작, 일본 저본과 일치.

17) 此生天: 점교본·일본 生此天, 學津本·津逮本·稗海本 모두 저본과 일치.

18) 妙: 저본 妙, 점교본·일본 妙

19) 旆: 저본 旆, 점교본·일본 旆. 저본은 旆, 旆, 旆의 자형 혼용.

20) 隣: 점교본 鄰, 일본 저본과 일치.

21) 開合林: 일본 앞 항목과 연결.

22) 夜摩天: 점교본 새 항목으로 시작, 일본 저본과 일치.

23) 積崖山: 일본 앞 항목과 연결.

24) 始生天者五相: 점교본 새 항목으로 시작, 일본 저본과 일치.

25) 又五木: 점교본 앞 항목에 연결, 일본 저본과 일치.

26) 壓: 저본 壓, 점교본 壓. 일본 猒, 저본은 压 壓, 壓의 자형을 혼용

二頭花散落, 三赤花在道變爲黃, 四風吹無縷[29]衣, 如人依觸, 五飛行意倦, 六觸水而濁, 七取樹花高不可及, 八見天子無媚, 九髮散麁澀[30]. ○ 又脣動不止, 瓔珞花鬘[31]皆重. ○ 十二種離垢布施生此天[32], 群[33]鳥青影覆萬[34]由旬. ○ 摩尼珠中[35], 有金字偈. ○ 四天王天[36], 有十二失壞, 常與脩羅鬪戰[37]等.

　　三十三天八種失壞[38], 有劣天, 不爲帝釋所識等. ○ 夜摩天, 六失壞, 食劣生慚等. ○ 兜率陁天[39], 四失壞, 不樂鵝王說法聲等. ○ 化樂天, 四失壞, 天業將盡, 其足無影等. ○ 他化自在天[40], 四失壞, 寶翅蜂捨[41]去等. ○ 色界天下石[42], 經十萬八千三百八十三年, 方至地. 閻[43]浮提人生三肘半至四肘[44], 骨四(一曰五)十五, 脉[45]十三, 身蟲有毛燈瞋[46]眞血. ○ 禪[47]都摩蟲, 流行血

---

27) 又見身光衣觸如金剛: 점교본 앞 항목에 연결, 일본 저본과 일치.

28) 天女九退相: 점교본·일본 새 항목으로 시작.

29) 縷: 저본 縷, 점교본 縷

30) 麁澀: 점교본 粗澀, 일본 麤澁

31) 鬘: 저본 鬟, 점교본·일본 鬘

32) 十二種離垢布施生此天: 점교본 새 항목으로 시작, 일본 저본과 일치.

33) 群: 점교본 羣, 일본 저본과 일치.

34) 萬: 저본 萬, 점교본·일본 萬, 저본은 萬, 萬, 万의 자형을 혼용함.

35) 摩尼珠中: 점교본 새 항목으로 시작, 일본 저본과 일치.

36) 四天王天: 점교본 새 항목으로 시작, 일본 저본과 일치.

37) 與脩羅鬪戰: 저본 与脩羅鬪戰, 점교본 與修羅鬪戰, 일본 與修羅戰鬪

38) 三十三天八種失壞: 점교본·일본 앞 항목에 연결.

39) 兜率陁天: 점교본 새 항목으로 시작, 일본 저본과 일치. 兜: 저본 兜, 점교본·일본 兜, 陁: 점교본·일본 陀

40) 他化自在天: 점교본 새 항목으로 시작. 學津本은 "四天王天"에서 "他化自在天"까지 한 항목으로 배열. 일본 저본과 일치.

41) 捨: 점교본 舍, 일본 저본과 일치..

42) 色界天下石: 점교본·일본 새 항목으로 시작.

43) 閻: 저본 閻, 점교본·일본 閻, 저본은 閻, 閻의 자형을 혼용.

44) 閻浮提人生三肘半至四肘: 점교본·일본 새 항목으로 시작.

45) 脉: 저본 脉, 점교본 脉

46) 瞋: 저본 瞋, 점교본 瞋, 일본·學津本·津逮本·稗海本 모두 瞋.

47) 禪: 저본 禪, 점교본·일본 禪. 저본은 禪, 禪, 禪, 禪의 자형 혼용.

中. ○ 善色蟲48), 處糞中, 令人安樂. ○ 起根蟲, 飽則喜. ○ 歡喜蟲49), 能見
衆夢. 又50)有痿瘓䏿51)等. ○ 賒婆羅人穿屑52). ○ 駝53)面目有諸人 二足. 師
子有翼, 女人狗面. 有林名吱多迦, 羅刹所住. 眴目問行百千由旬, 洲有赤地
黑玉銅康白等. ○ 鬱54)單越雞多迦等天河七十55). 自在無畏四天王否如鴨56)
音林57). ○ 麒麟陁58)樹. ○ 迦吱59)多那等. ○ 二十五鹿名. 有山多牛頭旃
檀60), 天人與阿修羅鬪61), 傷者於此塗62)香. ○ 提羅迦樹花63), 見日光卽開.
○ 拘尼陁64)樹花, 見月光卽開. 無65)憂樹, 女人觸之花方開. ○ 尸利沙樹, 足
蹈66)卽長.

又白龍·活鵝·旋鼻境界等67)花68). 瞿陀尼女人主乳69), 有十億聚落, 一萬

---

48) 善色蟲: 점교본 새 항목으로 시작, 일본 저본과 일치.
49) 歡喜蟲: 學津本·津逮本·稗海本·일본 歡喜□蟲
50) 夢. 又: 점교본 夢. ○ 又
51) 䏿: 점교본·學津本·津逮本 㬮, 일본 저본과 일치.
52) 賒婆羅人穿屑: 점교본 새 항목 시작, 일본 저본과 일치.
53) 駝: 저본 駞, 점교본 駝
54) 鬱: 저본 欝, 점교본·일본 鬱
55) 鬱單越雞多迦等天河七十: 점교본 새 항목으로 시작, 일본 저본과 일치.
56) 鴨: 저본 鴨, 점교본 鴨
57) 自在無畏四天王否如鴨音林: 점교본 새 항목으로 시작, 일본 저본과 일치.
58) 陁: 저본 陁, 점교본 陀, 일본 저본과 일치.
59) 迦吱: 저본 迦吱, 점교본·일본 迦吱
60) 檀: 저본 檀, 점교본·일본 檀
61) 鬪: 점교본·일본 鬪
62) 塗: 저본 塗, 점교본·일본 塗
63) 提羅迦樹花: 점교본 새 항목으로 시작, 일본 저본과 일치.
64) 陁: 점교본 陀, 일본 저본과 일치.
65) 開. 無: 점교본·일본 開. ○ 無
66) 蹈: 저본 蹈, 점교본 蹈
67) 等: 저본 䓁, 점교본 等, 저본은 苐, 䓁, 𦱤, 荢, 㝃, 苐, 䓁을 혼용함.
68) 又白龍 活鵝·旋鼻境界等花: 점교본·일본 앞 항목에 연결.
69) 瞿陁尼女人主乳: 점교본 새 항목으로 시작, 일본 저본과 일치. 陁: 점교본 陀, 일본 저본과 일치.

二城大國[70]. ○ 多伽多支五大河, 月力等弗婆提. ○ 三大林峪髻等. ○ 三(一作王)大城, 大者三億五十萬三千五百五十六聚落. ○ 南洲耳髮莊[71]嚴[72]. ○ 北洲[73]眼莊嚴. ○ 西洲頂腹莊嚴. ○ 比[74]洲肩胜[75]莊嚴. ○ 生贍部者見白氈[76], 生鬱林越見赤氈, 見母如鵝; 生瞿陁[77]夷, 生黃屋, 見母如牛; 生弗婆提見靑氈, 見母如馬. 阿脩羅以鬼攝摩及鬼有神通者[78], 二畜攝在海地下八萬四千有[79]由旬. ○ 酒樹[80]. ○ 又有樹, 群蜂流蜜, 其色如金. ○ 婆羅婆樹, 其實如瓮[81].

四婇女如影等, 各有十二億那由他侍女, 壽五千歲. 地名月鬘[82]. 不見頂山十三處, 鹿迷蜂旋. ○ 赤目魚, 正走水[83]行, 住空住[84]山窟. ○ 愛池魚口等. ○ 黃鬘林.

鈴毗羅城. ○ 戰時手足斷而更生, 半身及道卽死. 鬼怪[85], 閻浮提下五百由旬, 有三十六種魔羅令鬘鬼, 此言鬼子魔. 遮叱迦鳥, 唯得食魚, 捨鵝鬼受此身.

---

70) 國: 저본 囻, 점교본·일본 國
71) 莊: 저본 荘, 점교본·일본 莊
72) 南洲耳髮莊嚴: 점교본 새 항목으로 시작, 일본 저본과 일치.
73) 洲: 저본 刜, 점교본·일본 洲
74) 比: 점교본·일본 東
75) 胜: 저본 胜, 점교본·일본 胜
76) 生贍部者見白氈: 점교본 새 항목으로 시작, 일본 저본과 일치.
77) 陁: 점교본 陀, 일본 저본과 일치.
78) 阿脩羅以鬼攝摩及鬼有神通者: 점교본 새 항목으로 시작, 일본 저본과 일치. 脩: 점교본 修, 일본 저본과 일치. 摩: 점교본·일본·學津本·津逮本·稗海本 모두 魔.
79) 有: 점교본 없음, 일본 저본과 일치.
80) 酒樹: 점교본 새 항목으로 시작, 일본 저본과 일치.
81) 瓮: 저본 㼜, 점교본 甕, 일본 저본과 일치.
82) 鬘: 저본 鬢, 점교본 鬘. 일본 저본과 일치.
83) 水: 일본·學津本·津逮木 冰
84) 住空住: 學津本·津逮本·稗海本 主空主. 일본 住空主
85) 鬼怪: 점교본 새 항목으로 시작, 일본 저본과 일치.

畜生有三十四(一曰六)億種. ○ 龍[86]住閻浮提者, 五十七億. 龍於瞿陁[87]尼,
不降[88]濁水, 西州[89]人食濁水則夭, 單[90]越人惡冷風. 龍[91]不發冷. 於弗婆提
洲不作雷[92]聲, 不起電光, 東洲惡也. 其[93]雷聲, 兜率天作歌唄音, 閻浮提作
海潮音. 其[94]雨, 兜率天上雨摩尼, 護世城雨美膳[95], 海中注雨不絶如連輪,
阿修羅中雨[96]兵仗, 閻浮提中雨淸淨水. 地獄一百三十六[97]. ○ 三角生死善
無記也. ○ 團生死諸天也.

靑出死地獄[98]. ○ 黃出死餓鬼. ○ 赤業(一曰出)畜生. 活地獄十六別處[99],
下天五千年, 此獄一晝夜. 金剛蟲瓮熱黃藍[100]花心, 彌泥[101]魚. ○ 排筒.

黑繩地獄[102]. ○ 旃茶(一曰茶)劇, ○ 畏鷲. 處合地獄上中下笮銅汁河中
身[103]. ○ 洋如蘇鷲腹火人[104]. ○ 割剈[105]處, 堅[106]鞏卯[107](一曰斬)炎口, 夜干(一

---

86) 種. ○ 龍: 점교본 種. 龍, 일본 저본과 일치.
87) 陁: 점교본 陀, 일본 저본과 일치.
88) 降: 저본 夆, 점교본 降
89) 州: 점교본·일본 洲
90) 單: 저본 𤰞, 점교본·일본 單. 저본은 單, 𤰞, 单의 자형을 혼용.
91) 風. 龍: 점교본 風. ○ 龍, 일본 저본과 일치.
92) 雷: 저본 靁, 점교본·일본 雷
93) 也. 其: 점교본 也. ○ 其, 일본 저본과 일치.
94) 音. 其: 점교본 音. ○ 其, 일본 저본과 일치.
95) 膳: 저본 膳, 점교본·일본 膳
96) 雨: 저본 兩, 점교본·일본 雨
97) 地獄一百三十六: 점교본 새 항목으로 시작, 일본 저본과 일치.
98) 靑出死地獄: 점교본 앞 항목에 연결, 일본 저본과 일치.
99) 活地獄十六別處: 점교본 새 항목으로 시작, 일본 저본과 일치. 저본 処, 점교본·일본 處
100) 藍: 저본 蓝, 점교본 藍
101) 泥: 저본 �, 점교본·일본 泥
102) 獄: 저본 獄, 점교본 獄
103) 處合地獄上中下笮銅汁河中身: 점교본 새 항목으로 시작, 일본 저본과 일치.
104) 人: 일본·學津本·津逮本 入
105) 剈: 저본 剈, 점교본 剈, 일본 저본과 일치.
106) 堅: 저본 堅, 점교본·일본 堅

曰于)朱誅蟲. ○ 鐵議108). ○ 淚109)火處, 以佉佗羅灰致眼中, 鐷110)池黿111). ○ 號叫地獄112), 髮流113)火處, 火末114)蟲處, 四百四痛火厚二百肘. ○ 大號叫地獄115). ○ 活116)廣三居賒, 口生碓(一作碓)117). 蟲火鬢118)(一曰鬚)處, 金舒119)迦色, 肉泥色也. ○ 赤樹魚腹苦.

　　燋120)熱地獄. ○ 十二炎處. 火生十方及飢渴火也. ○ 針風生龍口中, 彌泥魚. ○ 鑊量五十由旬, ○ 沸121)沫高半由旬. 吹下三十六億田122)旬, 鬐塊烏處地盆蟲. ○ 置之鼓牛鼓123)出惡聲. ○ 千頭龍. ○ 阿鼻十六別劇124). ○ 衣裳健破浣125)而速垢. 將126)生阿鼻之相. ○ 死127)時見身如八歲128)兒, 面在下空中風吹二129)千年受苦, 勝如阿迦尼吒天樂. 獄中臭130)氣能壞欲界六天, 有出

---

107) 靮: 저본 鞕, 점교본 · 일본 鞕

108) 議: 점교본 · 일본 蟻

109) 淚: 저본 渨, 점교본 淚

110) 鐷: 점교본 鐵, 일본 저본과 일치.

111) 黿: 저본 黿, 점교본 黿, 일본 저본과 일치.

112) 號叫地獄: 점교본 · 일본 새 항목으로 시작. 叫: 점교본 따, 일본 저본과 일치.

113) 髮流: 저본 鬒流, 점교본 · 일본 髮流. 저본은 流, 流, 流, 流의 자형을 혼용함.

114) 末: 점교본 未, 일본 末

115) 大號叫地獄: 점교본 새 항목으로 시작. 叫: 점교본 따, 일본 저본과 일치.

116) 活: 점교본 · 일본 闊

117) 碓: 점교본 碓(一作碓), 일본 저본과 일치.

118) 鬢: 저본 鬢, 점교본 鬢, 일본 저본과 일치.

119) 舒: 저본 舒, 점교본 · 일본 舒

120) 燋: 점교본 焦, 일본 저본과 일치.

121) 旬 ○ 沸: 점교본 · 일본 旬, 沸

122) 田: 점교본 · 일본 由

123) 鼓牛鼓: 저본 皷牛皷, 점교본 鼓牛鼓, 일본 皷牛皷

124) 阿鼻十六別劇: 점교본 새 항목으로 시작, 일본 저본과 일치.

125) 浣: 점교본의 원작 完, 學津本 · 津逮本에 의거 수정. 일본 저본과 일치.

126) 垢. 將: 점교본 垢. ○ 將, 學津本 · 일본 저본과 일치.

127) 相. ○ 死: 점교본 相. 死, 일본 저본과 일치.

128) 歲: 저본 歲, 점교본 · 일본 歲

沒之二山遮之. 烏口處, 黑肚處, 一角二角處.

八寒地獄, 多與常說同. ○ 凡生地獄有三種形[131]: 罪輕作人形, 其次畜形, 極苦無形, 如肉軒・肉屛等. 今佛寺中畫地獄變, 唯子隔獄[132]稍如經說, 其苦具悉, 圖人間者曾無一據. ○ 舊[133]說地獄中蔭[134], 牛頭阿傍, 無情業所感現. 人漸死時足後最冷冷[135], 出地獄之相也. ○ 器世將壞[136], 無生地獄者. ○ 阿修羅有一切觀見池[137], 戰之勝敗, 悉見池中. 鬘持天[138], 鏡林中, 天人自見善惡因緣. 正行天, 頗梨樹, 見人行法與非法[139]. 毗[140]留博天, 常於此觀之.

忉利天[141], 及人中七生事, 見於殿壁中. 無法第八生波利邪多天, 有波利邪多樹, 見閻浮提人善不善相, 行善則照百由旬, 行不善則彫[142]枯, 半行善則半榮. 微[143]細行天, 寶樹枝葉悉見, 天人影像, 上中下業亦見其中. 閻[144]摩那婆羅天, 娑羅樹中見果報, 其殿淨如鏡, 悉見天人所作之業果報. ○ 又第二樹中有千柱殿, 有業綱, 諸地獄十六隔劇, 悉見其中. 夜摩天[145], 撫[146]垢鏡

---

129) 二: 점교본・일본 三

130) 臭: 저본 𦥑, 점교본 臭, 일본 저본과 일치.

131) 凡生地獄有三種形: 점교본은 새 항목으로 시작, 일본 저본과 일치.

132) 子隔獄: 저본 子𤲅獄, 學津本・일본 隔子獄

133) 舊: 저본 舊, 점교본 舊

134) 舊說地獄中蔭: 蔭은 저본 蔭, 점교본・일본 陰. 점교본 새 항목으로 시작, 일본 저본과 일치.

135) 人漸死時足後最冷冷: 점교본 새 항목으로 시작, 점교본・일본 最冷冷은 最冷, 점교본의 원작은 最令冷, 學津本・津逮本・稗海本에 따라 令을 삭제.

136) 器世將壞: 점교본 새 항목으로 시작, 일본 저본과 일치.

137) 阿修羅有一切觀見池: 점교본 새 항목으로 시작, 일본 저본과 일치.

138) 鬘持天: 점교본 새 항목으로 시작, 일본 저본과 일치.

139) 法與非法: 점교본・일본 與非法

140) 法. 毗: 점교본 法. ○ 毗, 일본 저본과 일치.

141) 忉利天: 점교본・일본 앞 항목에 연결

142) 彫: 점교본 凋, 일본 저본과 일치.

143) 榮. 微: 점교본 榮. ○ 微, 일본 저본과 일치.

144) 中. 閻: 점교본 中. ○ 閻, 일본 저본과 일치.

145) 夜摩天: 점교본 새 항목으로 시작, 일본 저본과 일치.

池, 池中見自身額上所見過見業果. 又閻浮那施塔[147]影中[148], 見欲界罪福及三惡. 趣[149]言天象異者, 若有將[150]食肥膩沉水. 鳥下飛, 日將蝕, 諸方赤.

　二十八宿: 昴(一曰[151]角)爲首, 一夜行三十(一有六字)時, 形[152]如剃刀, 姓鞞[153]耶尼, 祭用乳, 屬火. ○ 畢形如笠, 又屬木, 祭用鹿肉, 姓[154]頗羅墮. ○ 觜屬日(一無日字)月之子, 姓毗梨佉耶尼, 形如鹿頭, 祭用菓[155]. ○ 參屬日, 姓天婆斯失[156]絺, 形如婦人黶[157], 祭用醍醐. ○ 井屬日, 姓參[158], 形如足跡, 祭用粳米和蜜. ○ 鬼屬木, 姓炮波羅毗, 形如佛胸[159], 祭同井. ○ 柳屬[160], 姓・祭與參同, 形如蛇. ○ 星屬火, 形如河岸, 姓賓[161]伽耶尼, 祭用烏[162]麻. ○ 張屬福德天, 姓瞿曇[163], 形・祭如井. ○ 翼屬林天, 姓憍陳如, 祭用黑豆, 形同上. ○ 軫屬毗沙梨帝, 形如人手, 姓迦遮延, 祭用蕎稗[164]. ○ 角屬喜樂天, 姓貨[165]多羅, 形如上, 祭用花. ○ 亢姓迦旃延, 祭用菉豆[166]. 氐姓多羅

---

146) 撫: 저본 抏, 점교본・일본 撫

147) 塔: 저본 墖, 점교본 塔, 일본 墻

148) 又閻浮那施塔影中: 점교본 새 항목으로 시작, 일본 저본과 일치.

149) 趣: 저본 趣, 점교본 趣

150) 將: 점교본 將(一作所), 일본 저본과 일치.

151) 曰: 점교본 作, 일본 저본과 일치.

152) 形: 저본 形, 점교본・일본 形

153) 鞞: 저본 鞞, 점교본 鞞, 일본 저본과 일치.

154) 姓: 점교본・일본 祭

155) 菓: 저본 菓, 점교본 果, 일본 일본 저본과 일치.

156) 失: 學津本・津逮本・稗海本・일본 없음.

157) 黶: 저본 黶, 점교본・일본 黶

158) 姓參: 점교본・學津本・津逮本・일본 姓同參

159) 胸: 저본 胷, 점교본 胸, 일본 저본과 일치.

160) 柳屬: 점교본은 學津本・津逮本에 의거 柳屬蛇로 보충, 일본 柳屬蛇

161) 賓: 저본 賔, 점교본 賓, 일본 저본과 일치.

162) 烏: 저본 烏, 점교본・일본 烏. 저본은 烏, 烏, 烏, 乌의 자형을 혼용.

163) 姓瞿曇: 學津本・津逮本 瞿曇彌, 일본 姓瞿曇彌

164) 稗: 저본 稗, 점교본 稗, 일본 저본과 일치.

165) 貨: 점교본은 學津本・津逮本에 의거 質로 수정, 일본 質

尼, 以花祭. ○ 房屬慈天, 姓阿藍婆, 形如瓔珞, 祭用酒肉. ○ 心屬忉利天, 姓迦羅延, 形如大麥, 祭用粳米.

尾屬臘師天[167], 姓遮耶尼, 形如蝎尾, 祭用菓[168]根. ○ 箕屬淸淨天, 姓持父[169]迦, 形如牛角. ○ 斗[170]姓莫迦還[171], 形如人拓石, 祭如井. ○ 牛屬梵天, 姓梵嵐摩, 形如牛頭, 祭如參. ○ 女屬毗紐天, 姓帝利迦遮耶尼, 形如心, 祭以鳥肉. 虛姓同翼, 形如鳥, 祭用鳥豆汁[172]. ○ 危姓單羅尼, 形如參(一曰[173]心), 祭以粳米. ○ 室屬蛇頭天, 蝎天之子, 姓閣浮都迦, 祭用血. ○ 壁[174]姓陀難闍. ○ 奎姓阿瑟吒, 祭用酪. ○ 婁屬乾[175]闥婆天, 姓阿含婆, 形如馬頭, 祭用大麥. ○ 胃姓馱[176]伽毗, 形如鼎足. 亢·虛·參·胃四星[177], 不得入陣. ○ 軫宿生人[178], 七步無蛇[179]. ○ 角宿生人, 好嘲戲. ○ 女宿生人, 亢·參·危三宿日作事不成. 虛[180]角(一有事字)勝. ○ 一千六百利那爲一迦那[181], 倍六十名橫呼律多, 倍三十日[182]爲一日夜. ○ 夜叉口煙爲彗[183].

---

166) 豆: 점교본 荳, 일본 저본과 일치.

167) 尾屬臘師天: 점교본·일본 앞 항목에 연결

168) 菓: 점교본 果, 일본 저본과 일치.

169) 父: 점교본의 원본은 父, 學津本·津逮本에 의거 叉로 수정. 일본 叉

170) 斗: 저본 𣂉, 점교본·일본 斗

171) 還: 저본 遝, 점교본의 원본은 還, 學津本·津逮本에 의거 邏로 수정. 일본 邏

172) 汁: 저본 汁, 점교본·일본 汁

173) 曰: 점교본 作, 일본 저본과 일치.

174) 血. ○ 壁: 점교본 血. 壁, 일본 저본과 일치.

175) 乾: 저본 乹, 점교본·일본 乾. 저본은 乾, 干, 乹, 乹의 자형을 혼용.

176) 馱: 저본 馱, 점교본 馱, 일본 저본과 일치.

177) 亢·虛·參·胃四星: 점교본 새 항목으로 시작. 일본 저본과 일치.

178) 軫宿生人: 점교본 새 항목으로 시작. 일본 저본과 일치. 軫: 저본 軿

179) 無蛇: 저본 无虵, 점교본 無蛇, 일본 저본과 일치.

180) 成. 虛: 점교본 成. ○ 虛, 일본 저본과 일치.

181) 一千六百利那爲一迦那: 迦 점교본 伽, 일본 迦. 점교본·일본 새 항목으로 시작

182) 日: 점교본 名, 일본 저본과 일치.

183) 夜叉口煙爲彗: 점교본 煙은 烟, 새 항목으로 시작. 일본 저본과 일치.

龍王身光曰憂流迦[184]，此言天狗.

魏[185]明帝始造白馬寺. 寺中懸幡[186]，影入內，帝怪問左右曰：“佛有何神，人敬事之?”

烏仗那國有佛跡，隨人身福壽，量有長短.

那揭羅曷國城東塔中有佛頂骨，周二尺. 欲知善惡者，以香塗印骨，其迹煥然，善惡相悉見.

北天健馱[187]羅國有大率堵波，佛懸記七燒[188]七立佛方城[189]，玄裝言城壞已三年[190].

西域佛金剛座，有標界銅觀自在像兩軀，國人相傳菩薩身沒，佛法亦盡. 隋末已沒過胸臆矣.

乾陁[191]國頭河岸有繫白象樹，花葉似棗，季冬方熟. 相傳此樹滅，佛法亦滅.

北朝時，徐州角成[192]縣之北，僧尼着白布法服，時有靑布袈裟者.

波斯屬國有阿奮[193]荼國，城北大林中有伽藍音佛，於此聽比丘着函縛屜. 函縛，此言靴也.

寧[194]王憲寢疾，上命中使送醫藥，相望於道. 僧崇一療憲稍瘳，上悅，特[195]

---

184) 龍王身光曰憂流迦: 점교본 앞 항목에 연결. 일본 저본과 일치.

185) 魏: 점교본의 원작은 魏，《魏書·釋老志》에 의거 漢으로 수정. 일본 저본과 일치.

186) 幡: 저본 幡, 점교본·일본 幡

187) 馱: 점교본 馱, 일본 저본과 일치.

188) 燒: 점교본·일본 燒

189) 佛方城: 점교본의 원작은 佛法方城，《大唐西域記》에 의거 佛法方盡으로 수정. 일본 佛方城

190) 壞已三年: 점교본의 원작은 壞已三年，《大唐西域記》에 의거 壞已三으로 수정. 일본 저본과 일치.

191) 陁: 점교본·일본 陀

192) 成: 점교본 城, 일본 저본과 일치.

193) 奮: 저본 蓋, 점교본·일본 奮

194) 寧: 저본 寧, 점교본 寧. 저본 寧, 寧, 寧, 寧의 자형 혼용.

賜崇一緋袍魚袋.

梁簡文帝有謝賜鬱泥納袈裟表.

魏使陸操至梁, 梁王坐小輿, 使再拜, 遣中書舍人殷炅宣旨勞問. 至重雲殿, 引昇[196]殿, 梁主着菩薩[197]衣, 北面, 太子已[198]下皆菩薩衣, 侍衛如法. 操西向以次立, 其人悉西廂東面. 一道人贊禮[199], 佛詞凡有三卷. 其贊第三卷中稱爲魏主・魏相高幷[200]南北二境士女. 禮佛訖, 臺使與[201]其群臣俱再拜矣.

魏李騫[202]・崔劼至梁同泰[203]寺, 主客王克・舍人賀季友[204]及三僧迎門引[205]接. 至浮圖中, 佛旁有執板筆者, 僧謂騫曰: "此是尸頭, 專記人罪." 騫曰: "便是僧之董[206]狐." 復入二堂, 佛前有銅鉢, 中燃燈. 劼曰: "可謂日月出矣, 爝火不息." 盧縣東有金楡山[207], 昔朗法師令弟子至此採楡莢[208], 詣[209]瑕丘市易, 皆化爲金錢.

後魏胡后嘗問沙門(一曰法師)寶誌[210]國祚, 且言把棗與[211]雞喚朱朱, 蓋爾

---

195) 特: 점교본 · 일본 持

196) 昇: 저본 昇, 점교본 · 일본 昇

197) 薩: 저본 薩, 점교본 薩

198) 已: 점교본 以, 일본 저본과 일치.

199) 禮: 저본 礼, 점교본 · 일본 禮, 저본은 禮, 礼의 자형을 혼용.

200) 幷: 점교본 並, 일본 저본과 일치.

201) 與: 저본 與, 점교본 與, 일본 없음.

202) 騫: 저본 騫, 점교본 · 일본 騫

203) 泰: 저본 泰, 점교본 · 일본 泰

204) 友: 저본 友, 점교본 · 일본 友

205) 引: 저본 引, 점교본 · 일본 引

206) 董: 저본 董, 점교본 · 일본 董

207) 盧縣東有金楡山: 점교본 새 항목으로 시작, 일본 저본과 일치.

208) 莢: 저본 莢, 점교본 · 일본 莢

209) 詣: 저본 詣, 점교본 詣

210) 誌: 저교본의 원작은 誌, 周祖謨《洛陽伽藍記校釋》에 의거 公으로 수정. 일본 저본과 일치.

211) 棗與: 점교본은 원작에 棗與, 周祖謨의 上揭書에 의거 粟與로 수정. 일본 棗與

朱也.

有趙法和請占212), 志213)公曰: "大箭214), 不須羽. 東箱215)屋, 急手作." 法和尋喪216)父.

歷城縣光政寺有磬石, 形如半月, 膩光若滴. 扣之, 聲及百里. 北齊時移於都內, 使人擊之, 其聲杳絶. 却令歸本寺, 打217)之聲如故. 士人語曰: "磬神聖, 戀218)光政."

國初, 僧玄奘往五印取經, 西域敬之. 成式見倭國僧金剛三昧, 言嘗至中天, 寺中多畫玄奘麻219)屩及匙筯, 以綵雲乘之, 蓋西域所無者. 每至齋日, 輒220)膜拜焉.

又言那221)蘭陁222)寺僧食堂中, 熱際有巨蠅數萬223)至. 僧上堂時, 悉自飛集於224)庭樹.

僧萬廻年二十餘, 貌225)癡不語. 其兄戌遼陽, 久絶音問, 或傳其死, 其家爲作齋. 萬廻忽卷餠菇, 大言曰: "兄在, 我將饋之." 出門如飛, 馬馳不及. 及暮而還, 得其兄書, 緘封猶濕. 計往返一日萬里, 因號226)焉.

---

212) 有趙法和請占: 점교본 앞 항목에 연결, 일본 저본과 일치.

213) 志: 점교본의 원작은 誌, 周祖謨의 上揭書에 의거 寶로 수정, 일본 誌

214) 大箭: 점교본의 원작 大箭, 周祖謨의 上揭書에 의거 大竹箭로 수정, 일본 大箭

215) 箱: 점교본의 원작 箱, 周祖謨의 上揭書에 의거 廂으로 수정, 일본 저본과 일치.

216) 喪: 저본 裏, 점교본 喪, 일본 저본과 일치.

217) 打: 점교본 · 일본 扣

218) 戀: 저본 恋, 점교본 · 일본 戀

219) 麻: 점교본 蔴, 일본 저본과 일치.

220) 輒: 저본 輙, 점교본 · 일본 輒

221) 那: 저본 郍, 점교본 · 일본 那. 저본 那, 郍의 자형을 혼용.

222) 陁: 점교본 陀, 일본 저본과 일치.

223) 數萬: 저본 数万, 점교본 數萬, 일본 數萬

224) 於: 저본 于, 점교본 於, 일본 저본과 일치.

225) 貌: 저본 皃, 점교본 · 일본 貌

226) 號: 저본 号, 점교본 · 일본 號

天后任酷吏羅織, 位稍隆者日別妻子. 博陵王崔玄暉位望俱極, 其母憂之
曰: "汝可一迎萬廻, 此僧寶誌之流, 可以觀其擧止禍福也." 及至, 母垂泣作
禮, 兼施銀匙筯一雙. 萬廻忽下堦227), 擲其匙228)筯於堂屋上, 掉臂而去, 一家
謂爲不祥. 經229)日, 令上屋取之, 匙筯下得書一卷. 觀之, 乃識230)緯書也, 遽
令焚之. 數日, 有司忽卽其家, 大索圖讖不獲, 得雪. 時酷吏多令盜夜埋蠱遺
讖於人家, 經月, 告231)密籍之. 博陵微萬廻, 則滅族矣.

梵232)僧不空, 得總持門, 能役百神. 玄宗敬之. 歲常233)旱, 上令祈雨, 不空
言, 可過某日令祈之, 必暴雨. 上乃令金剛三藏設壇請雨, 連日雨暴234)不止,
坊市有漂溺者. 遽召不空, 令止之. 不空遂於寺庭中, 捏235)泥龍五六, 當溜水,
作胡236)言罵之. 良久, 復置之, 乃大笑. 有頃, 雨霽.

玄宗又嘗召術士羅公遠與不空同折237)雨, 互校功力. 上俱召問之, 不空曰:
"臣昨焚白檀香龍." 上令左右掬庭水嗅之, 果有檀香氣. 又與羅公遠同在便
殿238), 羅時反手搔239)背. 不空曰: "借尊師如意." 殿上花石瑩滑, 遂激(一曰擊)
窣至其前, 羅再三取之不得, 上欲取之, 不空曰: "三郎勿起, 此影耳." 因擧240)

---

227) 堦: 점교본 階, 일본 저본과 일치.
228) 匙: 저본 匙, 점교본·일본 匙
229) 經: 學津本·津逮本·稗海本·일본 一
230) 乃識: 점교본 識, 일본 저본과 일치.
231) 告: 學津本·津逮本·稗海本·일본 乃
232) 梵: 저본 梵, 점교본 梵. 저본 梵, 梵의 자형 혼용.
233) 常: 점교본 嘗, 일본 저본과 일치.
234) 雨暴: 점교본·일본 暴雨
235) 捏: 점교본·일본 捏
236) 作胡: 점교본 胡, 學津本·津逮本·稗海本·일본 作胡
237) 折: 점교본·일본 祈
238) 又與羅公遠同在便殿: 점교본 새 항목으로 시작. 學津本·津逮本·稗海本·일본 저본
과 동일하게 앞 항목에 연결. 與: 저본 与, 점교본·일본 與
239) 搔: 저본 搔, 점교본 搔, 일본 저본과 일치.
240) 擧: 저본 舉, 점교본 擧

手示羅如意. ○ 又邙山有大蛇, 樵者常見, 頭若丘陵, 夜常承露氣, 見不空人. ○ 語241)曰:“弟子惡報, 和尙何以見度? 常欲翻242)河水陷243)洛陽城, 以快所居也.”不空爲受戒, 說苦空, 且曰:“汝以瞋心受此苦, 復忿恨, 吾力何及! 當思吾言, 此身自捨昔而來.”後旬月, 樵者見蛇死於澗中, 臭達數244)十里. 不空每祈雨, 無他軌則, 但設數繡座, 手簸旋數245)寸木神, 念呪擲之, 自立於座上, 伺水神吻角牙出, 目瞤, 則雨至.

僧一行窮數有異術. 開元中嘗旱, 玄宗令祈246)雨, 一行言當得一器, 上有龍狀者, 方可致雨.”上令於內庫中遍視之, 皆言不類. 數日後, 指一古鏡, 鼻盤龍, 喜曰:“此有眞龍矣.”乃持入道場, 一夕而雨.247)

荊州貞元初, 有狂僧此僧其名者248), 善歌《河滿249)子》, 嘗遇醉, 五百塗250)辱之, 令歌. 僧卽發聲, 其詞皆五251)百從前非252)愿也, 五253)百驚而自悔.

蘇州貞元中, 有義師狀如風狂. 有百姓起店十與間, 義師忽運斤壞其簷, 禁254)之不止. 其人素知其神, 禮曰:“弟255)子活計賴此.”顧曰:“爾惜乎?”乃擲

---

241) 見不空人. ○ 語曰: 점교본 見不空作人語曰, 일본 見不空人. 語曰
242) 翻: 저본 翻, 점교본 翻, 일본 저본과 일치.
243) 陷: 저본 陌, 점교본 陷
244) 臭達數: 저본 㚑達數, 점교본 臭達數, 일본 㚑達數
245) 數: 저본 数, 점교본 數, 일본 數
246) 祈: 저본 祈, 점교본·일본 祈
247) 점교본은 “一夕而雨.” 이후에 다음 내용이 계속됨. “或云是揚州所進, 初範模時, 有異人至, 請閉戶人室, 數日開戶, 模成, 其人已失. 有圖並傳於世, 此鏡五月五日, 於揚子江心鑄之.” 津逮本·稗海本·일본 저본과 동일하게 缺.
248) 有狂僧此僧其名者: 점교본 有狂僧些僧其名者, 일본 有狂僧
249) 滿 : 저본 㵀, 점교본 滿
250) 五百塗: 점교본 途, 津逮本·稗海本 伍伯, 일본 伍百
251) 五: 점교본 五, 일본 伍
252) 非: 점교본의 원작 非, 學津本에 의거 愿으로 수정
253) 五: 점교본 五, 일본 伍
254) 禁: 저본 禁, 점교본·일본 禁
255) 弟: 저본 弟, 점교본 弟, 일본 弟

斤於地而去. 其夜市火, 唯義師所壞簷屋數間存焉. 常止於廢寺殿中, 無冬夏常積火, 壞幡木象悉火之. 好活燒鯉魚, 不待熟而食. 垢面不洗, 洗之輒雨, 吳中以爲雨候. 將死, 飮灰汁數斛, 乃念佛而坐, 不復飮食, 百姓日觀之, 坐七日而死. 時盛暑, 色不變, 支[256]不摧.

　安國寺僧熟地[257], 常燒木佛, 往往與人語, 頗[258]知宗要, 寺僧亦不之測.[259]

唐段少卿酉陽雜俎卷之三

---

256) 支: 점교본 肢

257) 安國寺僧熟地: 점교본·일본 앞 항목에 연결.

258) 頗: 저본 頪, 점교본·일본 頗

259) 점교본·일본 "寺僧亦不之測." 이후에 다음 내용이 계속됨. "睿宗初生含涼殿, 則天乃於殿內造佛氏, 有玉像焉. 及長, 開觀其側, 玉像忽言: '爾後當爲天子.' 점교본의 빈식은 缺, 學津本·津逮本에 의해 보충함. 저본 缺.

唐段少卿酉陽雜俎卷之四

【境異】

東方之人, 鼻大, 竅通於目, 筋力屬焉. 南方之人, 口大, 竅通於耳. 西方之人, 面大, 竅通於鼻. 北方之人, 竅通於陰, 短頸[1]. 中央之人, 竅通於口.

無啓人食土[2], 其人死, 其心不朽, 埋之, 百年[3]化爲人. 錄民, 膝[4]不朽, 埋之, 百二十年化爲人. 細民, 肝不朽, 埋之, 八[5]年化爲人.

息土人美, 耗土人醜[6].

帝女子澤, 性妬, 有從婢[7]散逐四川, 無所依託. 東偶狐狸, 生子曰殃[8]. 南交猴[9], 有子曰溪. 北通玃猏, 所育爲[10]傖. 突厥之先曰射摩舍[11]利海神[12], 神在阿史德窟西. 射摩有神異, 又海神女[13]每日暮, 以白鹿迎射摩入海, 至明送出. 經數十年. 後部落將大獵, 至夜中, 海神[14]謂射摩曰: "明日獵時, 爾上代所生之窟, 當有金角白鹿出. 爾[15]若射中此鹿, 畢[16]形與吾來往, 或射不中,

---

1) 頸: 저본 頸, 점교본·일본 頸. 저본은 頸, 頸, 頸의 자형을 혼용.
2) 無啓人食土: 점교본·일본 無啓民, 居穴食土.
3) 年: 저본 秊, 점교본·일본 年. 저본은 秊, 秊, 秊, 秊, 年, 年, 秊의 자형을 혼용.
4) 膝: 저본 厀, 점교본 膝. 저본은 膝, 厀, 膝, 膝의 자형을 혼용.
5) 八: 《博物志》 卷二에는 百
6) 醜: 저본 醜, 점교본 醜
7) 婢: 저본 婢, 점교본 婢, 일본 저본과 일치.
8) 殃: 저본 猇, 점교본·일본 殃
9) 猴: 저본 猴, 점교본 猴
10) 爲: 저본 爲, 점교본 爲
11) 舍: 저본 舍, 점교본·일본 舍
12) 突厥之先曰射摩舍利海神: 전교본·일본 새 항목으로 시작. 神: 저본 神
13) 又海神女: 점교본 海神女, 일본 저본과 일치.
14) 海神: 점교본 海神女, 전후 문맥의 의미에 따라 보충. 일본 저본과 일치.

卽錄緣絶矣." 至明人[17]圍, 果所生窟中有白鹿金角[18]起, 射摩遣其左右固其
圍. 將跳[19]出圍, 遂煞[20]之. 射摩怒, 遂手斬呵口爾[21]首領, 仍誓之曰: "自煞[22]
此之後, 須人祭天." 卽[23]取呵口爾部落子孫斬之以祭也. 至今, 突厥以人祭纛,
常取呵口爾部落用之. 射摩卽[24]斬呵口爾, 至暮還, 海神女報射摩曰: "爾手斬人,
血氣腥穢, 因緣[25]絶矣."

突厥[26]事袄神, 無祠廟, 刻氈[27]爲形, 盛於皮袋, 行動之處, 以脂蘇[28]塗之.
或繫之竿上, 四時祀之.

堅昆部落非狼種, 其先所生之窟在曲漫山北. 自謂上代有神與牸牛交於此
窟. 其人髮黃, 目綠, 赤髭髯. 其髭髯俱黑者, 漢將李陵[29]及其兵衆之亂[30]也.

西屠俗[31], 染齒令黑.

獠在牂牁[32], 其婦人七月生子死, 則豎棺埋之.

木耳夷, 舊牢西, 以鹿角爲器, 其死則屈而燒之, 埋耳後小骨類人, 黑如

---

15) 爾: 저본 尒, 점교본 爾, 일본 저본과 일치.
16) 畢: 저본 畢, 점교본 畢, 일본 저본과 일치.
17) 人: 점교본 · 일본 入
18) 白鹿金角: 점교본 · 일본 金角白鹿
19) 跳: 저본 跳, 점교본 · 일본 跳
20) 煞: 저본 煞, 점교본 · 일본 殺
21) 口爾: 저본 呎, 점교본 · 일본 口爾
22) 煞: 점교본 · 일본 殺
23) 卽: 저본 即, 점교본 卽
24) 卽: 점교본은 원작에 卽이나, 學津本에 의거 旣로 수정, 일본 저본과 일치.
25) 綠: 점교본 · 일본 緣
26) 厥: 저본 厥, 점교본 · 일본 厥
27) 氈: 저본 氊, 점교본 氈, 일본 저본과 일치.
28) 蘇: 점교본 酥, 일본 저본과 일치.
29) 陵: 저본 陵, 점교본 陵, 일본 저본과 일치.
30) 亂: 점교본 胤, 일본 저본과 일치.
31) 西屠俗: 일본 · 學津本 · 津逮本 · 稗海本은 앞 항목에 연결
32) 牂牁: 저본 牂牁, 점교본 牂牁, 일본 牂牁

漆³³⁾, 小寒則培沙自處, 但出其面.

木飲州, 珠崖一州, 其地無泉, 民不作井, 皆仰樹汁爲用.

木僕, 尾若龜, 長數寸, 居木上, 食人.

阿薩³⁴⁾部, 多獵蟲鹿, 剖其肉, 重疊之, 以石壓³⁵⁾瀝汁. 稅³⁶⁾波斯·拂林等國米及草子, 釀於肉汁之中, 經數日, 卽變成酒, 飲之可醉.

孝億國界周三千餘里, 在平川中, 以木爲柵³⁷⁾, 周十餘里. 柵內百姓二千餘家, 周國大³⁸⁾柵五百餘所³⁹⁾. 氣候常煖, 冬不凋落. 宜羊⁴⁰⁾馬, 無駝牛. 俗性質直, 好客侶, 軀貌⁴¹⁾長大, 褰⁴²⁾鼻黃髮, 綠眼赤髭, 被髮, 面如血色. 戰⁴³⁾具唯矟一色. 宜五穀⁴⁴⁾, 出金鐵, 衣麻⁴⁵⁾布, 擧俗事妖⁴⁶⁾, 不識佛法. 有妖⁴⁷⁾祠三百(一曰千)餘所, 馬步甲兵一萬, 不尙商販, 自稱孝億人. 丈夫·婦人俱帶⁴⁸⁾. 每一日造食, 一月食之, 常喫宿食. ○ 仍建國⁴⁹⁾, 無井及河澗, 所有種植, 待雨而生. 以紫鑛泥地, 承雨水用之. 穿井卽若海水, 又鹹. 土俗潮落⁵⁰⁾之後, 平地

---

33) 埋耳後小骨類人, 黑如漆: 점교본 埋其骨. 木耳夷, 人黑如漆. 일본 저본과 일치. 점교본 木耳夷, 人黑如漆 새 항목으로 시작.

34) 薩: 저본 薩, 점교본 薩

35) 壓: 저본 壓, 점교본·일본 壓

36) 稅: 저본 稅, 점교본 稅

37) 柵: 저본 栅, 점교본·일본 柵

38) 大: 저본(성대본) 才(脫劃으로 보임.) 저본(충재종택본·일본 국회도서관본) 大

39) 所: 저본 所, 점교본 所.

40) 羊: 저본 羊, 점교본 羊, 일본 저본과 일치. 저본은 羊, 羊, 羊의 자형을 혼용함.

41) 貌: 저본 兒, 점교본·일본 貌

42) 褰: 저본 褰, 점교본 褰, 일본 蹇

43) 戰: 저본 戰, 점교본·일본 戰

44) 穀: 저본 穀, 점교본·일본 穀. 저본은 穀, 穀, 穀의 자형을 혼용.

45) 麻: 점교본 蔴, 일본 저본과 일치.

46) 妖: 점교본 祆, 일본 저본과 일치.

47) 妖: 점교본 祆, 일본 저본과 일치.

48) 俱帶: 점교본 俱佩帶, 일본 저본과 일치.

49) 仍建國: 점교본·일본 새 항목으로 시작

爲池, 收[51]魚以作食.

婆彌爛國, 去京師二萬五千五百五十里. 此國西有山, 巉巖峻險. 上多猿, 猿形絕長大. 常暴田種, 每年有二三十萬. 國中起春以後, 屯集甲兵與猿戰, 雖歲殺數萬, 不能盡其巢[52]穴.

撥拔[53]力國, 在西南海中, 不食五穀, 食肉而已. 常針牛畜脉, 取血和乳生食[54]. 無衣服, 唯腰下用羊皮掩之. 其婦人潔白端正, 國人自掠賣與外國商人, 其價數倍. 土地唯有象牙及阿末香. 波斯商人欲入此國[55], 團集數千, 人齊綵布[56], 沒[57]老子[58]共刺血立誓, 乃市其物. 自古不屬外國. 戰用象牙排・野牛[59]角爲矟, 衣甲弓矢之器. 步兵二十萬. 大食頻討襲之.

昆吾國, 累擊[60]爲丘, 象浮屠, 有三層[61], 屍乾居上, 屍濕居下, 以近葬爲至孝. 集大氈, 居中懸衣服綵繒[62], 哭祀之. ○ 龜茲國[63], 元日鬪[64]牛馬駞, 爲戲七日, 觀勝負, 以占一年羊馬減耗繁息也.

婆羅遮[65], 並服狗頭猴[66]面, 男女無晝夜歌舞. 八月十五日, 行像及透索

---

50) 土俗潮落: 점교본 土俗俟海潮落, 일본 저본과 일치.

51) 收: 저본 䢅, 점교본은 원작에 收이나 學津本・黃校本에 의거 取로 수정, 일본 取. 저본은 收, 䢅, 収의 자형을 혼용.

52) 巢: 저본 䉈, 점교본・일본 巢

53) 拔: 저본 技, 점교본 拔. 저본은 拔, 技, 菝, 抜의 자형을 혼용.

54) 食: 學津本은 飮, 통용 가능

55) 國: 저본 囯, 점교본 國

56) 人齊綵布: 점교본 齊綵(一作綵)布, 일본 저본과 일치.

57) 沒: 저본 没, 점교본 沒, 일본 저본과 일치. 저본은 沒, 浸, 浚, 浚의 자형을 혼용.

58) 子: 점교본・일본 幼

59) 牛: 저본(일본 국회도서관본) 止(脫劃으로 보임), 저본(충재종택본・성대본)・점교본・일본 牛

60) 擊: 점교본・일본 塹

61) 層: 저본 㬪, 점교본 層

62) 繒: 저본 繿, 점교본・일본 繒

63) 龜茲國: 점교본 새 항목으로 시작, 일본 저본과 일치.

64) 鬪: 점교본・일본 鬬

爲戲.

焉耆國[67], 元日·二月八日婆摩遮, 三日野祀. ○ 四月十五日遊林. ○ 五月五日彌勒下生. ○ 七月七日祀先祖. ○ 九月九日牀[68]撒. ○ 十月十日王爲猒[69]法.[70] 王出首領家, 首領騎王馬[71], 一日一夜處分王事. ○ 十月十四日作樂至歲窮.○ 拔汗那[72], 十二月及元日[73], 王及首[74]領分爲西[75]朋, 各出一人着甲, 衆人執尾石東西[76]捧杖, 東西互擊. 甲人先死卽止, 以占當年[77]豊儉[78].

蘇都識匿國有夜叉城. 城舊有野叉, 其窟見在. 人近窟住者五百餘家, 窟口作舍, 設關籥, 一年再祭. 人有逼窟口, 煙[79]氣出, 先觸者死, 因以尸擲窟口[80]. 其窟不知深淺.

馬伏波有餘兵十家不返, 居壽洽縣, 自相婚姻, 有二百戶, 以其流寓, 號馬流[81]. 衣食與華同. 山川移易, 銅柱入海, 以此民爲識耳, 亦曰馬留.

峽中俗, 夷風不改[82], 武寧蠻[83]好着芒心接離, 名曰苧綏. 以[84]稻記年月,

---

65) 婆羅遮: 일본 앞 항목에 연결

66) 猴: 저본 猴, 점교본 猴

67) 焉耆國: 일본 앞 항목에 연결

68) 牀: 점교본 牀(一作麻), 일본 저본과 일치.

69) 猒: 점교본 厭, 일본 저본과 일치.

70) 앞 2행의 ○은 점교본에는 없음.

71) 王出首領家, 首領騎王馬: 점교본 王出酋家, 酋領騎王馬. 學津本·津逮本·稗海本 모두 酋를 首로 씀. 일본 저본과 일치.

72) 拔汗那: 점교본·일본 새 항목으로 시작

73) 十二月及元日: 점교본의 원작은 저본과 동일하나 學津本·津逮本·稗海本에 의거 十二月十九日로 교정, 일본 十二月十九日

74) 首: 점교본 酋, 일본 저본과 일치.

75) 西: 점교본·일본 兩

76) 尾石東西: 점교본 瓦石, 일본 저본과 일치.

77) 年: 저본 秊, 점교본 年

78) 儉: 저본 俭, 점교본·일본 儉

79) 煙: 점교본 烟, 일본 저본과 일치.

80) 口: 점교본 中, 일본·學津本·津逮本·稗海本 모두 口

81) 流: 저본 㳅, 점교본·일본 留

葬時以笄向天, 謂之刺北斗. 相傳盤瓠[85]初死, 置於樹, 以笄刺之[86]下, 其後
爲[87]象.

　臨[88]邑縣有雁翅泊, 泊旁無[89]樹木. 土人至春夏, 常於此澤羅鴈[90]鳥, 取其
翅以禦暑.

　烏耗西有懸渡國, 山溪不通[91], 引繩而渡, 朽索相引二千里. 其土人佃于石
間, 壘石爲室, 接手而飮, 所謂猿飮也. ○ 鄪鄪之東[92], 龍城之西南, 地廣
十[93]里, 皆爲塩[94]田. 行人所經, 牛馬皆[95]布氈臥焉.

　嶺南溪洞中, 往往有飛頭者, 故有飛頭若[96]子之號. 頭將飛一日前, 頸[97]有
痕, 匝項如紅縷, 妻子遂看守之. 其人及夜狀如病, 頭忽生翼, 脫身而去, 乃於
岸泥尋蟹蚓之類食[98], 將曉飛還, 如夢覺[99], 其腹實矣.

　梵僧菩薩勝又言[100], 闍婆國中有飛頭者, 其人無目[101]瞳子, 聚落時有一人

---

82) 改: 저본 玫, 점교본 改, 일본 저본과 일치.

83) 蠻: 저본 蛮, 점교본 蠻, 일본 戀

84) 以: 점교본·일본 嘗以

85) 瓠: 저본 瓠, 점교본 瓠

86) 之: 일본·學津本·津逮本·稗海本 모두 其

87) 後爲象: 점교본은 원작에 저본과 동일하나 黃校本에 의거 後化爲象로 교정. 象 뒤에
　　臨이 있었으나 崇文書局本에 의거 삭제. 일본 後爲象臨.

88) 臨: 저본 臨, 점교본·일본 臨. 저본은 臨, 臨, 臨, 臨, 臨의 자형을 혼용.

89) 旁無: 저본 旁无, 점교본 傍無, 일본 旁無

90) 鴈: 점교본 雁, 일본 저본과 일치.

91) 通: 저본 通, 점교본 通

92) 鄪鄪之東: 점교본 새 항목으로 시작, 鄪鄪: 점교본 鄪善, 일본 저본과 일치.

93) 十: 점교본 千, 일본·學津本·津逮本·稗海本 모두 十

94) 塩: 점교본·일본 鹽

95) 皆: 저본 皆, 점교본·일본 皆. 저본은 皆, 皆의 자형을 혼용

96) 若: 점교본·일본 獠

97) 頸: 저본 頸, 점교본·일본 頸

98) 食: 점교본 食之, 일본 저본과 일치.

99) 覺: 저본 竟, 점교본·일본 覺

100) 梵僧菩薩勝又言: 점교본 앞 항목에 연결, ○ 梵僧菩薩勝又言, 學津本·津逮本·稗海

據102). 于103)氏《志怪》在南方落民104), 其頭能飛. 其俗所祠, 名曰蟲落, 因號落民.

晋朱桓有一婢105), 其頭夜飛.

《王子年拾遺106)》言, 漢武時, 因墀國使107), 南方有解108)形之民, 能先使頭飛南海, 左手飛東海, 右手飛西澤, 至暮, 頭還肩上, 兩手遇疾風, 飄於海水外.

近有海客往新羅, 吹至一島上, 滿島109)悉是黑漆匙筯. 其處110)多大木. 客仰窺匙筯, 乃木之花與鬚也, 因拾百餘雙還, 用之肥不能禁111), 後偶取攪112)茶, 隨攪而消焉.

【喜兆】

集賢張希復學士, 嘗113)言李揆相公將拜相前一月, 日將夕, 有蝦蟆114)大如床115), 見於寢堂中, 俄失所在. ○ 又116)言初授新州, 將拜相, 并忽漲才117),

---

本・일본 모두 저본과 동일.

101) 無目: 저본 无目, 점교본・일본 目無

102) 據: 저본 㩀, 점교본 據, 일본 저본과 일치. 저본은 㩀, 㩀, 㩀의 자형을 혼용.

103) 據. 于: 점교본 據. ○ 于, 學津本・津逮本・稗海本・일본 모두 저본과 동일

104) 《志怪》在南方落民: 점교본 《志怪》南方落民, 일본 《志怪》曰方落民

105) 晋朱桓有一婢: 점교본 앞 항목에 연결 ○ 晋朱桓有一婢, 일본 저본과 일치.

106) 王子年拾遺: 점교본 王子年拾遺記, 일본 저본과 일치.

107) 使: 점교본 使言, 일본 저본과 일치.

108) 解: 저본 觧, 점교본・일본 解

109) 島: 學津本・津逮本・稗海本 모두 山, 점교본・일본 島

110) 處: 저본 処, 점교본・일본 處

111) 禁: 점교본・일본 使

112) 攪: 저본 攦, 점교본・일본 攪

113) 嘗: 저본 甞, 점교본 嘗

114) 蟆: 저본 蟇, 점교본 蟆, 일본 저본과 일치.

115) 床: 점교본 牀, 일본 저본과 일치.

深尺餘.

　鄭絪[118]相公宅在招[119]國坊南門, 忽有物捉[120]瓦礫, 五六夜不絶. 乃移於
安仁西門宅避之, 瓦礫又隨而至. 經久復歸招[121]國, 鄭公歸心釋門禪[122]室方
丈, 及歸, 將入丈室, 蟢子滿室懸絲, 去地一二尺, 不知其數, 其夕瓦礫亦絶,
翌[123]日 拜相.

　成式見大理丞鄭復說, 淮西用兵時, 劉沔爲小將, 軍頭頗易(一曰異)之[124]. 每
捉生踏伏, 沔必在數, 前後重創, 將死數四[125]. 後因[126]月黑風甚, 又令沔捉
坐[127]. 沔憤[128]激深入, 意必死. 行十餘里, 因坐將睡, 忽有人覺之, 授以雙[129]
燭, 曰: "君方大貴, 但心有[130]此燭在, 無憂也." 沔後拜將, 常見燭影在雙旌
上, 及不復見燭, 乃詐變歸[131]宗.

---

116) 在. ○ 又: 점교본 · 일본 在. 又
117) 才: 점교본 水, 일본 저본과 일치.
118) 絪: 저본 絪, 점교본 · 일본 絪
119) 招: 점교본은 원작에 招이나, 續集卷 五昭 129조 및《新唐書》·《舊唐書》·《唐語林》·
　　《靈怪集》·《唐兩京城坊考》에 근거하여 昭로 교정함. 일본 저본과 일치.
120) 捉: 점교본 · 일본 投
121) 歸招: 저본 歸招, 점교본 歸昭
122) 禪: 저본 禅, 점교본 · 일본 禪. 저본은 禪, 禅, 禪, 禅, 禅의 자형을 혼용.
123) 翌: 저본 翌, 점교본 · 일본 翌
124) 易(一曰異)之: 점교본 易之, 學津本 · 津逮本 · 稗海本 · 일본 모두 저본과 동일
125) 將死數四: 저본 將死数四, 점교본 將死數四, 일본 將死數四
126) 因: 저본 曰, 점교본 · 일본 因
127) 坐: 점교본 · 일본 生
128) 憤: 점교본 · 일본 憤
129) 雙: 저본 雙, 점교본 雙
130) 有: 점교본 存, 일본 저본과 일치.
131) 詐變歸: 저본 詐変歸, 점교본 · 일본 詐疾歸, 稗海本은 變詐歸

【禍兆】

　楊愼矜[132]兄弟富貴，常不自安[133]．每詰朝禮佛像，默祈冥[134]衛．或一日，像前土榻上聚塵三堆，如塚狀[135]，愼矜[136]惡之，且慮兒戲，命掃去，一夕如初，尋而禍作．

　姜楚公常遊禪[137]定寺[138]．京兆辦局甚盛．及飮酒，座上一妓絶色，献杯[139]整鬢，未嘗見手，衆怪之．有客被酒，戲曰：“勿六指乎？”乃强牽視，妓隨牽而倒，乃枯骸[140]也．姜竟及禍焉．

　蕭澣初至遂州，造二幡竿[141]施於寺，設齋慶之，齋畢作樂，忽暴雷霹靂，竿各成數十片．至來年，當雷霹日，澣死．

【物革】

　諮[142]議朱景玄見鮑客(一曰容)[143]說，陳司徒在揚州時，東市塔影忽倒，老人

---

132) 矜: 저본 矜, 점교본 矜, 일본 저본과 일치. 저본은 矜, 矜, 矜의 자형을 혼용.

133) 常不自安: 점교본은 원작에 常自不安이나 學津本·津逮本·稗海本에 의거하여 常不自安로 교정함. 일본 저본과 일치.

134) 祈冥: 저본(성대본·일본 국회도서관본) 祈冥, 저본(충재종택본) 祈冥, 점교본 祈冥, 일본 祈冥

135) 狀: 저본 狀, 점교본·일본 狀. 저본은 狀, 狀, 狀, 狀의 자형을 혼용.

136) 矜: 저본(성대본·일본 국회도서관본) 矜, 저본(충재종택본) 矜, 점교본 矜

137) 禪: 저본 禪, 점교본·일본 禪

138) 姜楚公常遊禪定寺: 점교본 姜楚公皎, 嘗遊禪定寺, 學津本·津逮本·稗海本·일본에는 저본과 같이 皎가 없음.

139) 獻盃: 저본 獻盃, 점교본 獻杯, 일본 獻盃

140) 骸: 저본 骸, 점교본·일본 骸

141) 竿: 점교본은 원작에 刹이나 學津本·津逮本·稗海本에 의거하여 竿으로 교정, 일본 竿

142) 諮: 저본 諮, 점교본·일본 諮

143) 客(一曰容): 점교본·일본 容, 稗海本 客(一曰容)

言, 海影翻則如此.

　崔玄亮常侍在洛中, 嘗[144]步沙岸, 得一石子, 大如雞卵, 黑潤可愛, 瓵[145]之. 行一里餘, 砉然而破, 有鳥大如巧婦飛去. ○ 進士段□常[146]識南孝廉者, 善斫鱠, 縠薄[147]絲縷[148], 輕可吹起, 操刀響捷, 若合節奏. 因會客衒技[149], 先起魚架之, 忽暴風雨, 雷震一聲, 鱠[150]悉化爲胡[151]蝶[152]飛去. 南驚懼, 遂折刀, 誓不復作.

　開成末, 河陽黃魚池冰作花如繢.

　城南百姓王氏莊[153], 有小池, 池邊巨柳[154]數栽[155]. 開成末, 葉落池中, 旋化爲魚, 大小如葉, 食之無味. 至冬, 其家有官事.

　婺州僧淸簡家園蔓菁, 忽變爲蓮.

唐段少卿酉陽雜俎卷之四

---

144) 嘗: 일본 常

145) 瓵: 점교본 玩, 일본 저본과 일치.

146) 進士段□常: 점교본·일본 새 항목으로 시작. 점교본·일본 進士段碩嘗.

147) 薄: 저본 𧀌. 점교본·일본 薄. 저본은 𧀌, 薄, 𧂮, 薄의 자형을 혼용.

148) 縷: 저본 縷, 점교본 縷

149) 因會衒技: 점교본·일본 因會客衒技

150) 鱠: 저본 鱠, 점교본·일본 鱠

151) 胡: 점교본 蝴, 일본 저본과 일치.

152) 蝶: 저본 蝶, 점교본·일본 蝶

153) 城南百姓王氏莊: 점교본·일본 河陽城南百姓下氏莊

154) 柳: 저본 栁, 점교본·일본 柳

155) 栽: 점교본·일본 株

唐段少卿酉陽雜俎卷之五

【詭習】

　　大歷中, 東都天津[1]橋有乞兒無兩[2]手, 以右足夾筆, 寫[3]經乞錢. 欲書時, 先再三擲筆[4], 高尺餘, 未曾失落. 書跡官楷, 書[5]不如也.

　　于頓在襄[6]州, 嘗有山人王固謁見于. 于性快, 見其拜伏遲[7]緩, 不甚知書生[8]. 別日遊讌[9], 不復得進, 王殊快快. 因至使院造判官曾叔政, 頗禮接之. 王謂曾曰: "予以相公好奇, 故不遠而來, 今實乖望矣! 予有一藝[10], 自古無者, 今將歸, 且賀[11]公見待之厚, 今爲一設." 遂詣曾所居, 懷中出竹一節及小鼓, 規纏[12]運寸. 良久, 去竹之塞, 折枝[13]連擊鼓子. 筒中有蠅虎子數十[14], 行而出分[15], 爲二隊[16], 如對陣勢. 每擊鼓, 或三或五, 隨鼓音變陣, 天衡地軸, 魚

---

1) 津: 저본 **津**, 점교본·일본 津
2) 兩: 저본 **兩**, 점교본 兩
3) 寫: 저본 **寫**, 점교본·일본 寫
4) 筆: 저본 **筆**, 점교본·일본 筆. 저본은 笔, 筆, 筆의 자형 혼용.
5) 書: 점교본·일본 手書
6) 襄: 저본 **襄**, 점교본·일본 襄
7) 遲: 저본 **遲**, 점교본·일본 遲
8) 不甚知書生: 學津本은 不甚禮之
9) 讌: 점교본 宴, 일본 저본과 일치.
10) 藝: 저본 **藝**, 점교본 藝
11) 賀: 점교본·일본 荷
12) 纏: 저본 **纏**, 점교본 纏. 저본은 纏, 才, 纏, 絲의 자형 혼용.
13) 枝: 저본 **枝**, 점교본·일본 枝
14) 十: 學津本은 '十'字 다음에 '枚'字가 있음.
15) 行而出分: 점교본 分行而出
16) 行而出分, 爲二隊: 학진본은 列行而出, 分爲二隊. 隊: 저본 **隊**

麗17)鶴列, 無不備也. 進退離附, 人所不及. 凡變陣數18)十, 乃行入筒中. 曾觀之大駭19), 方言於于公, 王已潛去. 于20)悔恨, 令物色求之, 不獲21).

　張芬曾爲韋南康親隨行軍, 曲藝過人, 力擧七22)尺碑23), 定雙輪水磑. 常於福感寺趯鞠24), 高及半塔, 彈力五斗. 常25)揀26)向陽27)巨笋, 織竹籠之, 隨長旋培, 常留寸許, 度竹籠高四尺, 然後放長. 秋深方去籠伐之, 一尺十節, 其色如金, 每28)塗墙29)方丈, 彈30)成"天下太平"字.31)

　建32)中初, 有河北軍將姓夏33), 彎弓數34)百斤. 當35)於毬場36)中, 累錢十餘, 走馬以擊鞠杖擊之, 一擊一錢飛起六七丈, 其妙如此. 又於新泥墙37)安棘刺

---

17) 麗: 저본 鬟, 점교본·일본 麗
18) 變陣數: 저본 変陣数, 점교본·일본 變陣數
19) 駭: 저본 駭, 점교본·일본 駭
20) 于: 저본(일본 국회도서관본) 亐, 저본(충재종택본·성대본) 于, 점교본 于
21) 獲: 저본 獲, 점교본 獲
22) 七: 저본(성대본·일본 국회도서관본) 㐫, 저본(충재종택본) 七, 점교본 七
23) 碑: 저본 碑, 점교본 碑, 일본 저본과 일치.
24) 鞠: 저본 鞠, 점교본·일본 鞠
25) 常: 점교본 嘗, 일본 저본과 일치.
26) 揀: 저본 揀, 점교본 揀, 일본 저본과 일치.
27) 陽: 저본 陽, 점교본 陽, 일본 저본과 일치.
28) …金, 每…: 점교본 …金, 用成弓焉(一作彈弓), 每…. 學津本·津逮本·稗海本·일본 모두 저본과 동일.
29) 墙: 점교본·일본 牆
30) 彈: 저본 彈, 점교본·일본 彈. 저본은 彈, 弹, 彈, 彈, 彊의 자형을 혼용.
31) 점교본은 이하에 字體端嚴, 如人模成焉이 있음. 學津本·津逮本·稗海本 모두 저본과 동일.
32) 建: 저본 建, 점교본·일본 建. 저본은 建, 建, 廛의 자형을 혼용.
33) 夏: 점교본 夏者, 일본 저본과 일치.
34) 彎弓數: 저본 彎弓数, 점교본·일본 彎弓數
35) 常: 점교본·일본 嘗
36) 場: 저본 場, 점교본 場
37) 墙: 점교본·일본 牆

數十, 取爛豆, 相去一丈, 一一擲豆, 貫於刺上, 百不差一. 又能走馬書一紙.

元和末[38]), 均州郿[39])鄕縣有百姓, 年七十, 養獺十餘頭. 捕魚爲業, 隔日一放[40]). 將放時[41]), 先閉於深溝[42])斗門內令飢, 然後放之. 無綱罟之勞, 而獲利相若. 老人抵掌呼之, 群[43])獺皆至. 緣衿[44])藉膝馴[45])若守狗. 戶部郎中李福觀之.

【怪術[46])】

大歷中, 荊州有術士從南來, 止於陟屺[47])寺. 好酒, 少有醒時. 因寺中大齋會, 人衆數千, 術士忽曰: "余有一伎, 可代抃瓦廬珠之歡也." 乃合彩色於一器中, 驟步抓目, 徐祝數十言, 方欲[48])水再三噴壁上, 成維摩問疾變[49])相, 五色相宣如新寫. 逮半日餘, 色漸薄, 至暮都滅. 唯金粟綸巾鶖子衣上一花, 經兩日猶在. 成式[50])見寺僧惟肅說, 忘其姓名.

---

38) 점교본은 一紙와 元和末 사이에 다음 항목이 있음. "元和中, 江淮術士王瓊, 嘗在段君秀家, 令坐客取一瓦子, 畫作龜甲懷之. 一食頃取出, 乃一龜, 放於庭中, 循垣西行, 經宿却成瓦子. 又取花含默封於密器中, 一夕開花." 學津本・津逮本은 《怪術篇》의 '衆言石旻' 다음 항목으로 배열되었고, 稗海本은 저본과 동일하게 내용이 없음. 일본은 卷五《怪術篇》의 在乙卯와 江西人 항목 사이에 위치.

39) 郿: 저본 𨛜, 점교본 郿, 일본 貟力

40) 放: 점교본 放出, 일본 저본과 일치.

41) 將放時: 점교본 放時, 일본 저본과 일치.

42) 溝: 저본 㴶, 점교본・일본 溝

43) 群: 저본 羣, 점교본 羣, 일본 저본과 일치.

44) 衿: 점교본・일본 衿

45) 馴: 저본 馴, 점교본・일본 馴

46) 術: 저본 術, 점교본 術, 일본 저본과 일치. 저본은 術, 術, 朮의 자형을 혼용함.

47) 陟屺: 저본 陟屺, 점교본 陟屺, 일본 저본과 일치.

48) 欲: 점교본 欲(一作飮), 일본 저본과 일치.

49) 変: 점교본・일본 變

張51)魏公在蜀時52), 有梵僧難陁53), 得如幻三昧, 入水火, 貫金石, 變化无
窮. 初入蜀, 與三少尼俱行, 或大醉狂歌, 戌將將斷之. 及僧至, 且曰：“某寄迹
桑門, 別有藥54)術.” 因指三尼：“此妙於歌管.” 戌將反敬之, 遂留連爲辦酒肉.
夜會客, 與之劇飮. 僧假襦55)襜巾裑56), 市鉛黛57), 伎其三尼. 及坐, 含睇調
笑, 逸態58)絶世. 飮將59)闌, 僧謂尼曰：“可爲押衙踏某60)曲也.” 因徐徐對61)
舞, 曳緖回雪, 迅赴摩跌, 技又絶倫也. 良久曲終, 而舞不已. 僧62)喝曰：“婦女
風邪？” 忽起取戌將佩刀, 衆謂酒狂, 各驚走, 僧乃拔刀斫之, 皆踣於地, 血及
數丈. 戌將大懼, 呼左右縛63)僧. 僧笑曰：“無草草.” 徐擧尼, 三支節杖也, 血
乃酒耳. 又嘗在飮會, 令人斷其頭, 釘耳於柱, 無血. 身坐席上, 酒至, 瀉64)入
腔瘡中, 面赤而歌, 手復抵節. 會罷65), 自起提首安之, 初無痕也. 時時預言人
凶衰66), 皆謎語, 事過方曉. 成都有百姓供養數日, 僧不欲住, 閉關留之, 僧因
是走入壁角, 百姓遽牽, 漸入, 唯67)餘袈裟角, 頃亦不見. 來日壁上有畫僧焉,

---

50) 式: 저본 𢍏, 점교본·일본 式
51) 張: 저본 𢁉, 점교본·일본 張
52) 張魏公在蜀時: 점교본 丞相張魏公延賞在蜀時. 學津本·津逮本·稗海本·일본 모두
　　저본과 동일.
53) 陁: 저본 𨹧, 점교본 陀, 일본 저본과 일치.
54) 藥: 津逮本·稗海本·일본은 樂
55) 襦: 저본 𥜽, 점교본 원작은 저본과 동일하게 襦이나 學津本에 의거하여 襦으로 교정함.
　　일본 저본과 일치.
56) 裑: 점교본 幗, 일본 襦
57) 鉛黛: 저본 鈆黛, 점교본·일본 鉛黛
58) 逸態: 저본 逸態, 점교본·일본 逸態
59) 將: 저본 𢁉, 점교본 將
60) 某: 점교본의 원작은 其이나 學津本에 의거 某로 교정. 일본 저본과 일치.
61) 對: 저본 對, 점교본·일본 對. 저본은 對, 對, 對, 對의 자형을 혼용함.
62) 曲終, 而舞不已. 僧: 일본 없음
63) 縛: 저본 縛, 점교본 縛, 일본 저본과 일치.
64) 瀉: 저본 𤀋, 점교본·일본 瀉
65) 會罷: 저본 會𦊼, 점교본 會罷
66) 衰: 저본 衰, 점교본·일본 衰

其狀[68]形似, 日日色漸薄[69]. 積七日, 空有黑跡, 至八日, 跡亦滅, 僧已在彭州矣. 後不知所之.

　虞[70]部郎中陸紹, 元和中, 嘗看[71]表兄於定水寺, 因爲院[72]僧具蜜餌時菓[73], 隣[74]院僧亦陸所熟也, 遂令左右邀之. 良久, 僧與一李秀才偕至, 乃環坐, 笑語頗劇. 院僧顧弟子煮[75]新茗, 巡將匝[76]而不及李秀才. 陸不平曰: "茶初未及李秀才, 何也?" 僧笑曰: "如此秀才, 亦要知茶味?" 且以餘茶飲之. 鄰院僧曰: "秀才乃術士, 座主不可輕[77]言." 其僧又言: "不逞之子弟, 何所憚[78]?" 秀才忽怒曰: "我與上人素未相識, 焉知予不逞徒也?" 僧復大言: "望酒旗觇[79]突場者, 豈有佳者乎?" 李乃白座客: "某不免對貴客作造次矣." 因奉手袖中, 據兩膝, 叱其僧曰: "麤行[80]阿師, 爭敢輒[81]無禮! 拄杖何在? 可擊之." 其僧房門後有節杖子, 自跳出[82], 連擊其僧. 時衆亦爲蔽護, 杖伺人隙捷中, 若有物執持也. 李復叱曰: "捉此僧向墻[83]." 僧乃負墻[84]拱手, 色靑短氣[85], 唯言

---

67) 唯: 저본 唯, 점교본·일본 唯
68) 狀: 저본 狀, 점교본·일본 狀
69) 薄: 저본 薄, 점교본 薄
70) 虞: 저본 虞, 점교본·일본 虞
71) 看: 學津本은 謁
72) 院: 저본 院, 점교본 院, 일본 저본과 일치.
73) 菓: 점교본 果, 일본 저본과 일치.
74) 隣: 저본 隣, 점교본 鄰, 일본 저본과 일치.
75) 煮: 저본 煮, 점교본 煮, 일본 저본과 일치
76) 匝: 저본 匝, 점교본·일본 匝
77) 輕: 저본 輕, 점교본·일본 輕
78) 憚: 저본 憚, 점교본·일본 憚
79) 觇突: 점교본 玩變, 일본 觇變
80) 麤行: 저본 麤行, 점교본 粗行, 일본 麤行
81) 輒: 저본 輒, 점교본·일본 輒. 저본은 輒, 輙, 報의 자형 혼용.
82) 自跳出: 점교본 忽跳出, 學津本·津逮本·稗海本 모두 予予出. 일본 予予跳出
83) 墻: 점교본·일본 牆
84) 墻: 점교본·일본 牆

乞命. 李又曰: "阿[86]師可下階[87]." 僧又趨[88]下, 自投[89]無數, 衄[90]鼻敗額不已. 衆爲請之, 李徐曰: "緣對衣冠, 不能煞[91]此爲累." 因揖客而去. 僧半日方能言, 如中惡狀, 竟不之測矣.

元和末, 監城脚力張儼[92], 遞牒入京. 至[93]宋州, 遇一人, 因求爲伴. 其入朝宿鄭州, 因謂張曰: "君受我料理, 可倍行數百." 乃掘二小坑, 深五六寸, 令張背立, 垂踵[94]坑口, 針其兩足. 張初不知痛, 又自膝下至骭[95], 再三捋之, 黑血滿坑中. 張大覺擧足輕[96]捷, 纔午至汴, 復要於陝州宿, 張辭力不能. 又曰: "君可暫卸膝蓋骨, 且無所苦, 當日行八百里." 張懼[97], 辭之. 其人亦不強[98], 乃曰: "我有事, 須暮及陝." 遂去, 行如飛, 頃刻不見.

蜀有費雞師, 目赤無黑睛, 本濮人也. 成式長慶初見之, 已年七十餘. 或爲人解[99]災, 必用一雞, 設祭於庭. 又取江石如雞卵, 令疾者握之, 乃踏步作氣虛[100]叱, 雞旋轉而死, 石亦四破. 成式舊[101]家人永安, 初不信, 嘗謂曰: "爾有

---

85) 短氣: 점교본 氣短, 일본 저본과 일치.
86) 阿: 저본 阿, 점교본 阿, 일본 저본과 일치.
87) 階: 저본 階, 점교본 堦, 일본 저본과 일치.
88) 趨: 저본 趍, 점교본 趨, 일본 저본과 일치.
89) 投: 저본 投, 점교본·일본 投. 저본은 投, 挭, 挭, 挭, 挭의 자형 혼용.
90) 衄: 점교본 衄, 일본 저본과 일치.
91) 煞: 점교본 殺, 일본 저본과 일치.
92) 儼: 저본 儼, 점교본 儼
93) 至: 저본 至, 점교본 至
94) 踵: 學津本·津逮本·稗海本·일본 모두 足
95) 骭: 저본 骭, 점교본의 원작은 骭이나 學津本·津逮本·稗海本에 의거 骭으로 교정, 일본 骭
96) 輕: 저본 輕, 점교본·일본 輕, 저본은 輕, 輕, 輕의 자형을 혼용함.
97) 懼: 저본 懼, 점교본·일본 懼
98) 強: 저본 強, 점교본·일본 强
99) 解: 저본 解, 점교본·일본 解, 저본은 解, 觧, 觧, 觧의 자형을 혼용함.
100) 虛: 저본 虛, 점교본 噓, 일본 虛
101) 舊: 저본 舊, 점교본·일본 舊

厄[102]." 因丸符逼令吞之. 復去其左足鞋[103]及襪[104], 符展在足心矣. 又謂奴滄海曰: "爾將病." 令袒而負戶, 以筆再三畫於戶外, 大言曰: "過, 過!" 墨遂透背焉.

　　長壽寺僧彁[105], 言他時在衡[106]山, 村人爲毒蛇所噬, 須臾而死, 髮解腫起尺餘. 其子曰: "姡[107]老若在, 何慮[108]!" 遂迎姡至. 乃以灰圍其屍, 開四門, 先曰: "若從足入, 則不救矣!" 遂踏步握固, 久而蛇不至. 姡大怒, 乃取飯[109]數升, 擣蛇形咀[110]之. 忽蠕動出門. 有湏[111], 飯蛇引一蛇從死者頭入, 徑[112]吸其瘡, 屍漸低[113]. 蛇脃縮而死, 村人乃活.

　　王潛在荊[114]州, 百姓張七政, 善正[115]傷折. 有軍人損脛[116], 求張治之. 張飮以藥酒, 破肉去碎骨一片, 大如兩指, 塗膏封之, 數日如舊. 經二年余, 脛忽痛, 復問張. 張言前爲君所出骨, 寒則痛, 可遽覓[117]也, 果獲於牀下. 令以湯洗貯於絮中, 其痛卽愈. 王公子弟與之狎, 嘗祈其戲術[118]. 張取馬草一掬, 再三挼之, 悉成燈蛾飛. 又畫一婦人於壁, 酌酒滿盃[119]飮之, 酒無遺滴. 逡巡,

---

102) 爾有厄: 저본 尒有㡋, 점교본 爾有大厄, 일본 爾有㡋

103) 鞋: 저본 鞵, 점교본·일본 鞋

104) 襪: 저본 襪, 점교본 襪, 일본 저본과 일치.

105) 彁: 저본 晉, 점교본 彁

106) 衡: 저본 衢, 점교본·일본 衡

107) 姡: 저본 姡, 점교본 姡, 일본 저본과 일치.

108) 慮: 저본 慮, 점교본 慮

109) 飯: 저본 飰, 점교본 飯, 일본 저본과 일치.

110) 咀: 점교본·일본 詛

111) 湏: 점교본·일본 頃

112) 徑: 저본 徎, 점교본·일본 徑

113) 低: 저본 伍, 점교본·일본 低

114) 荊: 저본 荆, 점교본·일본 荊

115) 正: 점교본 止, 일본 治

116) 損脛: 저본 損脛, 점교본·일본 損脛

117) 覓: 저본 覔, 점교본·일본 覓

118) 術: 저본 術, 점교본 術, 일본 저본과 일치.

畫婦人面赤, 半日許可盡, 濕起壞落, 其術終不肯傳人.

　韓伙在桂州, 有妖賊封盈, 能爲數里霧. 先是常[120]行野外, 見黃蛺蝶數十, 因逐之, 至一大樹下忽滅. 掘之得石函, 素書大如臂, 遂成左道. 百姓歸[121]之如市. 乃聲言某日將收桂州, 有紫氣者, 我必勝. 至期, 果紫氣如疋帛, 自山亘于州城. 白氣直衝之, 紫氣遂散. 天忽大霧, 至午稍開霽, 州宅諸樹滴下小銅佛, 大如麥, 不知其數. 其年韓卒.

　海州司馬韋敷, 曾往[122]嘉興[123], 道遇釋子希遁, 深於繕[124]生之術. 又能用日辰, 可代藥石. 見敷鑷白, 曰:"貧道爲公擇日拔[125]之." 經五六日, 僧請鑷其半, 及生, 色若黳[126]矣. 凡三鑷之, 鬢[127]不復変[128]. 座客有祈鑷者, 僧言取時稍差. 別後, 髭色果帶[129]綠. 其妙如此.

　衆言石旻有奇術, 在揚州, 成式數年[130]不隔[131]旬與之相見, 言事十不一中. 家人頭痛・嚏咳者, 服其藥, 未嘗効[132]也. 至開成初, 在城親故間, 往往說石旻術不可測. 盛傳寶[133]曆中, 石隨錢徽尙書至湖州, 常[134]在學院, 子弟皆文丈[135]呼之. 於錢氏兄弟求兎[136]湯餅. 時暑月, 獵師數日方獲, 因與子弟共食,

---

119) 盃: 점교본 杯, 일본 저본과 일치.
120) 常: 점교본 嘗, 일본 저본과 일치.
121) 歸: 저본 婦, 점교본・일본 歸
122) 往: 저본 徃, 점교본・일본 往
123) 興: 저본 哭, 점교본・일본 興
124) 繕: 저본 繕, 점교본・일본 繕
125) 拔: 저본 𦮰, 점교본 拔, 일본 저본과 일치.
126) 黳: 저본 黳, 점교본 黳, 일본 黛
127) 鬢: 저본 鬢, 점교본 鬢, 일본 저본과 일치.
128) 鬢不復變: 저본 鬢不復变, 점교본 鬢不復變, 일본 鬢不復變
129) 帶: 저본 帶, 점교본・일본 帶
130) 年: 저본 秊, 점교본・일본 年
131) 隔: 저본 隔, 점교본 隔
132) 嘗効: 저본 嘗効, 점교본 効, 일본 저본과 일치.
133) 寶: 저본 宝, 점교본・일본 寶
134) 常: 점교본 嘗, 일본 저본과 일치.

笑曰: "可留兎皮, 聊志一事." 遂釘皮名137)地, 壨擊塗之, 上朱書一符. 獨言曰: "恨校遲! 恨校遲!" 錢氏兄弟語138)之, 石曰: "欲共諸君共記卯139)年也." 至太和九年, 錢可復鳳翔遇害, 歲在乙卯. *140)

---

135) 皆文丈: 점교본 皆以文丈, 일본 저본과 일치.

136) 兎: 점교본·일본 兔

137) 名: 점교본 於, 일본 저본과 일치.

138) 語: 점교본의 원작은 語이나 學津本·津逮本·稗海本에 의거 詰로 교정, 일본 詰

139) 卯: 저본 夘, 점교본 卯

140) 점교본은 * 이하에 다음 6개 항목의 내용이 있음. 점교본의 원작인 趙本 및 學津本·津逮本 역시 이하의 내용이 있으나 稗海本은 저본과 동일하게 결여되어 있음. (일본의 경우 다음 내용이 있은 후 이하 내용이 모두 존재:

　　元和中, 江淮術士王瓊, 嘗在段君秀家, 令坐客取一瓦子, 畫作龜甲懷之. 一食頃取出, 乃一龜, 放於庭中, 循垣西行, 經宿却成瓦子. 又取花含黙封於密器中, 一夕開花.)

江西人有善展竹, 數節可成器. 又有人熊胡蘆, 云翻胡蘆易於翻鞠.

厭鼠法, 七日以鼠九枚置籠中, 埋于地. 秤九百斤土覆坎, 深各二尺五寸, 築之令堅固, 雜五行書曰: "亭部地上土." 塗竈, 水火盜賊不經; 塗屋四角, 鼠不食蠶; 塗倉, 鼠不食稻; 以塞垿, 百鼠種絶.

雍益堅云: "主夜神咒, 持之有功德, 夜行及寐, 可已恐怖惡夢." 咒曰: "婆珊婆演底." 宋居士說, 擲骰子咒云: "伊諦彌諦彌揭羅諦." 念滿萬遍, 彩隨呼而成.

雲安井, 自大江泝別派, 凡三十里. 近井十五里, 澄淸如鏡, 舟楫無虞. 近江十五里, 皆灘石險惡, 難于沿泝. 天師翟乾祐, 念商旅之勞, 於漢城山上, 結壇攷召, 追命羣龍. 凡一十四處, 皆化爲老人應召而至. 乾祐謑以灘波之險, 害物勞人, 使皆平之. 一夕之間, 風雷震擊, 一十四里盡爲平潭矣, 惟一灘仍舊, 龍亦不至. 乾祐復嚴敕神吏追之. 又三日, 有一女子至焉, 因責其不伏應召之意. 女子曰: "某所以不來者, 欲助天師廣濟物之功耳. 且富商大賈, 力皆有餘, 而傭力負運者, 力皆不足. 雲安之貧民, 自江口負財貨至近井潭, 以給衣食者衆矣. 今若輕舟利涉, 平江無虞, 卽邑之貧民無傭負之所, 絶衣食之路, 所困者多矣. 余寧險灘波以贍傭負, 不可利舟楫以安富商, 所以不至者, 理在此也." 乾祐善其言, 因使諸龍皆復其故, 風雷頃刻, 而長灘如舊. 天寶中, 詔赴上京, 恩遇隆厚. 歲餘, 還故山, 尋得道而去.

玄宗既召見一行, 謂曰: "師何能?" 對曰: "惟善記覽." 玄宗因詔掖庭取宮人籍以示之, 周覽既畢, 覆其本, 記念精熟, 如素所習讀, 數幅之後, 玄宗不覺降御榻爲之作禮, 呼爲聖人. 先是一行既從釋氏, 師事普寂於嵩山. 師嘗設食于寺, 大會羣僧及沙門, 居數百里者, 皆如期而至, 聚且千餘人. 時有盧鴻者, 道高學富, 隱於嵩山. 因請鴻爲文贊嘆其會. 至日, 鴻持其文至寺, 其師受之, 致於几案上. 鐘梵既作, 鴻請普寂曰: "某爲文數千

唐段少卿酉陽雜俎卷之五

言, 況其字僻而言怪, 盍於羣僧中選其聰悟者, 鴻當親爲傳授." 乃令召一行. 旣至, 伸紙微笑, 止於一覽, 復致於几上. 鴻輕其疏脫而竊怪之. 俄而羣僧會於堂, 一行攘袂而進, 抗音興裁, 一無遺忘. 鴻驚愕久之, 謂寂曰: "非君所能敎導也, 當從其遊學." 一行因窮大衍, 自此訪求師資, 不遠數千里. 嘗至天台國淸寺, 見一院, 古松數十步, 門有流水. 一行立於門屛間, 聞院中僧於庭布算, 其聲蔌蔌. 旣而謂其徒曰: "今日當有弟子求吾算法, 已合到門, 豈無人道達耶?" 卽除一算, 又謂曰: "門前水合却西流, 弟子當至." 一行承言而入, 稽首請法, 盡受其術焉. 而門水舊東流, 今忽改爲西流矣. 邢和璞嘗謂尹愔曰: "一行, 其聖人乎? 漢之洛下閎造大衍曆, 云後八百歲當差一日, 則有聖人定之, 今年期畢矣. 而一行造大衍曆, 正在差謬, 則洛下閎之言信矣." 一行又嘗詣道士尹崇借揚雄《太玄經》, 數日, 復詣崇還其書. 崇曰: "此書意旨深遠, 吾尋之數年, 尙不能曉, 吾子試更硏求, 何遽還也?" 一行曰: "究其義矣." 因出所撰《太衍玄圖》及《義訣》一卷以示崇, 崇大嗟服. 曰: "此後生顔子也." 至開元末, 裴寬爲河南尹, 深信釋氏, 師事普寂禪師, 日夕造焉. 居一日, 寬詣寂, 寂云: "方有小事, 未暇款語, 且請遲回休憩也." 寬乃屛息, 止於空室. 見寂潔正堂, 焚香端坐. 坐未久, 忽聞叩門, 連云: "天師一行和尙至矣." 一行入, 詣寂作禮. 禮訖, 附耳密語, 其貌絶恭, 但頷云無不可者. 語訖禮, 禮訖又語, 如是者三, 寂惟云是是, 無不可者. 一行語訖, 降階入南室, 自闔其戶. 寂乃徐命弟子云: "遣鐘, 一行和尙滅度矣." 左右疾走視之, 一行如其言滅度. 後寬乃服衰絰葬之, 自徒步出城送之.(學津本·津逮本·일본의 경우, 이하에 다음 내용이 추가로 있으며, 趙本은 卷六의《藝絶篇》에 배열되어 있음: 天寶末, 術士錢知微嘗至洛, 遂榜天津橋表柱賣卜, 一卦帛十疋. 歷旬, 人皆小詣之. 一日, 有貴公子恠其必異, 命取帛如數卜焉. 錢命著布卦成, 曰: "予筮可期一生, 君何戲焉?" 其人曰: "卜事甚切, 先生豈誤乎?" 錢云: "請爲韻語: '兩頭點土, 中心虛懸. 人足踏跋, 不肯下錢.'" 其人本意賣天津橋紿之. 其精如此.)

唐段少卿酉陽雜俎卷之六

【藝絶】

南朝有姥善作筆, 蕭子雲常書用. 筆心用胎髮. 開元中, 筆匠名鐵頭, 能瑩管如玉, 莫傳其法.

成都寶相寺偏院小殿中有菩提像, 其塵不集如新塑者. 相傳此像初造時, 匠人依明堂先具五藏[1], 次四肢百節. 將百餘年, 纖塵不凝[2]焉.

李叔詹常[3]識一范陽山人, 停[4]於私第, 時語休咎必中, 兼善推步禁呪[5]. 止[6]半年, 忽謂李曰: "某有一藝, 將去, 欲以爲別, 所謂水畫[7]也." 乃請後廳上掘地爲池, 方丈, 深尺餘, 泥以麻灰, 日沒[8]水滿之. 候水不耗, 具丹靑墨硯, 先援筆叩齒良久, 乃縱[9]筆毫水上, 就視, 但見水色渾渾耳. 經二日, 搨以稗[10]絹[11]四幅, 食頃, 擧出觀之, 古松·怪石·人物·屋木無不備也. 李驚[12]異, 苦詰之, 惟言善能禁彩色, 不令沉散而已.[13]

---

1) 藏: 점교본 臟, 일본 저본과 일치.
2) 凝: 저본 𣎾, 점교본·일본 凝
3) 常: 점교본 嘗, 일본 저본과 일치.
4) 停: 저본 偂, 점교본·일본 停
5) 呪: 점교본·일본 咒
6) 止: 점교본의 원작은 上이나 學津本·津逮本·稗海本에 의거 止로 교정, 일본 止
7) 畫: 저본 畫, 점교본 畫
8) 沒: 점교본 汲, 일본 沒
9) 縱: 저본 縱, 점교본·일본 縱
10) 稗: 점교본 稗(一作緻), 일본 裈
11) 絹: 저본 絹, 점교본 絹, 일본 저본과 일치.
12) 驚: 저본 驚, 점교본·일본 驚
13) 저본은 이하 내용이 결여됨. 점교본은 趙本에 의거 이곳에 배열되었으며 學津本·津逮本·일본은 卷五의 끝에 배열되었고 稗海本은 저본과 같이 결여됨: "天寶末, 術士錢知微

舊記藏彄[14]令人生離, 或言古語有徵[15]也. 擧人高映善意彄. 成式嘗於荊州藏鉤, 每曹五十餘人, 十中其九, 同曹鉤亦知其處[16], 當時疑有他術. 訪知[17], 映言, 但意擧止辭色, 若察囚視盜也.

山人石旻尤妙打彄[18], 與張又新兄弟善, 暇夜會客, 因試其意彄, 注之必中. 張遂置鉤於中[19]襲中. 旻曰: "盡張空拳左[20]." 有頃, 眼鉤在張君幞頭左翅中, 其妙如此. 旻後居楊[21]州, 成式因識之, 曾祈其術, 石謂成式曰: "可先畫[22]人首數十, 遣胡越異辦[23]則相授." 疑其見欺, 竟不及畫.

【器奇[24]】

開元中, 河西騎將宋青春, 驍[25]果暴戾, 爲衆所忌. 及西戎歲犯邊, 青春每陣常運臂[26]大呼, 執戟而旋, 未嘗中鋒鏑. 西戎憚之, 一軍始賴焉. 後吐[27]蕃

嘗至洛, 遂榜天津橋表柱賣卜, 一卦帛十疋. 歷旬, 人皆不詣之. 一日, 有貴公子意其必異, 命取帛如數卜焉. 錢命著布卦成, 曰: "予筮可期一生, 君何戲焉?" 其人曰: "卜事甚切, 先生豈誤乎?" 錢云: "請爲韻語: '兩頭點土, 中心虛懸. 人足踏跋, 不肯下錢.' 其人本意賣天津橋給之. 其精如此."

14) 彄: 저본 彄, 점교본·일본 彄
15) 徵: 저본 徵, 점교본 徵, 일본 저본과 일치.
16) 處: 저본 処, 점교본·일본 處
17) 知: 점교본 之, 일본 저본과 일치.
18) 山人石旻尤妙打彄: 일본 앞 항목에 연결
19) 寘鉤於中: 점교본 置鉤於巾, 일본 寘鉤於巾
20) 尽張空拳左: 점교본 盡張空拳, 일본 盡張空拳左
21) 楊: 점교본·일본 揚
22) 畫: 저본 畫, 점교본 畫
23) 辦: 점교본 辨, 일본 저본과 일치.
24) 奇: 저본 竒, 점교본·일본 奇
25) 驍: 저본 驍, 점교본·일본 驍
26) 臂: 점교본 劍, 일본 저본과 일치.

大地[28], 獲生口數千. 軍帥令譯問衣大蟲皮者: "爾何不能害靑春?" 答[29]曰:
"嘗見靑龍[30]突陣而來, 兵刃[31]所及, 若叩銅鐵, 我爲神助將軍也." 靑春乃知
釖[32]之有靈. 靑春死後, 釖[33]爲瓜[34]州刺史李廣琛所得, 或風雨後, 迸光出室,
環燭方丈. 哥舒鎭[35]西知之, 求易以它[36]寶, 廣琛不與, 因贈詩: "刻舟尋化去,
彈鋏未酬恩."

　鄭雲達[37]少時得一劒[38], 鱗鋏星鐔, 有時而吼. 常[39]在莊居, 晴日藉膝玩[40]
之. 忽有一人, 從庭樹窣然而下, 紫衣朱, 紇髮露劍[41]而立[42], 黑氣周身, 狀如
重霧. 鄭素有膽氣, 佯若不見. 其人因言: "我上界人, 知公有異劍[43], 願借一
觀." 鄭謂曰: "此凡鐵耳, 不堪君翫[44]. 上界豈藉此乎?" 其人求之不已. 鄭伺
便良久, 疾起斫之, 不中, 忽隆[45]黑氣着地, 數日方散.

　成式相識溫介云: "大曆中, 高郵百姓張存, 以踏藕爲業. 嘗於陂中見旱藕,

---

27) 吐: 저본 吐, 점교본・일본 吐
28) 地: 점교본 北, 일본 저본과 일치.
29) 答: 저본 荅, 점교본 答
30) 靑龍: 점교본 龍, 일본 저본과 일치.
31) 刃: 저본 刄, 점교본 刃
32) 釖: 점교본 劍(一作鉤), 일본 鉤
33) 釖: 점교본 劍,일본 鉤
34) 瓜: 저본 爪, 점교본 瓜
35) 舒鎭: 저본 舒鎭, 점교본・일본 舒鎭
36) 它: 점교본 他, 일본 저본과 일치.
37) 達: 점교본 達, 일본 저본과 일치.
38) 劒: 점교본 劍, 일본 저본과 일치.
39) 常: 점교본 嘗, 일본 저본과 일치.
40) 玩: 저본 玩, 점교본 玩
41) 劍: 점교본 劍, 일본 저본과 일치.
42) 紫衣朱, 紇髮露劍劍立: 점교본 衣朱紫, 虯鬢露劍而立, 일본 紫衣朱, 虯髮露劍而立
43) 劍: 저본 劎, 점교본 劍
44) 翫: 점교본 玩, 일본 서본과 일치.
45) 隆: 점교본 墮, 일본 저본과 일치.

梢大如臂, 遂幷力掘之, 深二丈, 大至合抱, 以不可窮, 乃斷之. 中得一劒[46],
長二尺, 色靑無刃, 存不識[47]之寶. 邑人有知者, 以十束薪獲焉. 其藕無絲."

元和末, 海陵夏侯乙, 庭前生百合花, 大於常數倍, 異之. 因發其下, 得甓匣
十三重, 各匣一鏡. 第七者光不蝕, 照日花[48]環一丈, 其餘規銅而已.

高瑀在蔡州, 有軍將田知迴易折欠數百萬. 迴至外縣, 去州三百餘里, 高方
令錮身勘田. 憂迫, 計無所出, 其類因爲設酒食開解之. 坐客十餘, 中有稱[49]
處士皇甫[50]玄眞者, 衣白若鵝羽, 貌[51]甚都雅. 衆皆有寬勉之辭, 皇但微笑曰:
"此亦小事." 衆散, 乃獨留, 謂田曰: "子嘗遊海東, 獲二寶物, 當爲君解此難."
田謝之, 請具車馬, 悉辭, 行甚疾. 其晚至州, 舍於店中, 逐晨謁高. 高一見不
覺敬之, 因請高曰: "玄眞此來, 特從尙書乞田性命." 高遽曰: "田欠官錢, 非瑀
私財, 如何?" 皇請避左右: "某於新羅獲一巾子辟塵, 欲獻此贖田." 卽於懷內
探出授高. 高纔執, 已覺體中虛凉, 驚曰: "此非人臣所有, 且無價矣, 田之性
命, 物[52]不足酬也." 皇甫請試之. 翌日, 因宴于郭外. 時久旱, 埃塵且甚, 高
顧[53]視馬尾鬣[54]及左右騶[55]卒數人, 並無纖塵. 監[56]軍使覺, 問高: "何事尙書
獨不塵[57]坌? 豈遇異人獲至寶乎?" 高不敢[58]隱. 監軍不悅[59]固求見處士, 高

---

46) 劒: 점교본 劍, 일본 저본과 일치.

47) 不識: 점교본·일본 不

48) 花: 점교본·일본 光

49) 稱: 저본 𥡲, 점교본 稱

50) 甫: 저본 甫, 점교본·일본 甫

51) 皃: 점교본·일본 貌

52) 物: 점교본·일본 恐

53) 顧: 저본 顅, 점교본 顧

54) 鬣: 저본 𩮜, 점교본 鬣

55) 騶: 저본 騶, 점교본·일본 騶

56) 監: 저본 監, 점교본 監. 저본은 監, 監의 자형을 혼용

57) 不塵: 전교본 不霑塵, 일본 저본과 일치.

58) 敢: 저본 敢, 점교본·일본 敢

59) 監軍不悅: 점교본 監軍, 일본 저본과 일치.

乃與俱往. 監軍戲曰: "道者獨知有尙書乎? 更有何寶, 顧得一觀." 皇甫具述救田之意, 且言藥出海東, 今餘一針, 力弱[60]不及巾, 可令一身無塵. 監軍拜請曰: "獲此足矣!" 皇卽於巾上抽與之. 針金色, 大如布針. 監軍乃簡於巾試之. 驟[61]於塵中, 塵唯及馬驄[62]尾焉. 高與監軍日日禮謁, 將討[63]其道要, 一夕, 忽失所在矣.

【樂】

咸陽宮中有鑄[64]銅人十二枚, 坐皆三五尺, 列在一筵上. 琴筑[65]笙竽, 各有所執, 皆組綬花彩, 儼若生人. 筵下有銅管, 吐口高數尺, 其一管空, 內有繩大如指, 使一人吹空管, 一人紐[66]繩, 則琴瑟竽筑皆作, 與眞樂不異. 有琴長六尺, 安十三弦, 二十六徽, 皆七寶飾之, 銘曰璵[67]璠之樂. 玉笛長二尺三寸, 二十六孔, 吹之則見車馬出山林, 隱[68]隱相次, 息亦不見, 銘曰昭華之管.

魏高陽王雍美[69]人徐月華, 能彈臥箜篌[70], 爲明妃出塞之聲.

有胡[71]僧超能吹笳, 爲壯士歌·項羽吟[72]. 將軍崔延伯出師, 每臨敵, 令僧

---

60) 弱: 저본 弜, 점교본·일본 弱
61) 驟: 저본 驫, 점교본·일본 驟
62) 驄: 저본 驄, 점교본 驄
63) 討: 점교본 請, 일본 저본과 일치.
64) 鑄: 저본 鑄, 점교본·일본 鑄
65) 筑: 저본 筑, 점교본 筑, 일본 저본과 일치.
66) 紐: 저본 紐, 점교본 紐, 일본 저본과 일치.
67) 璵: 저본 璵, 점교본·일본 璵
68) 隱: 저본 隱, 점교본 隱, 일본 저본과 일치.
69) 美: 저본 美, 점교본·일본 美. 저본은 美, 羙, 羮의 자형을 혼용.
70) 篌: 저본 篌, 점교본 篌
71) 胡: 점교본 田(一作由), 일본 田
72) 吟: 저본 吟, 점교본 吟, 일본 저본과 일치.

超爲壯士聲, 遂單馬入陣.

　古琵琶絃用鷗[73]雞股[74]. 開元中, 段師能彈琵琶, 用皮絃, 賀懷智破撥彈之, 不能成聲.

　蜀將軍皇甫[75]直, 別音律, 擊陶器能知時月. 好彈琵琶, 元和中, 嘗造一調, 乘凉臨水池彈之, 本黃鍾而聲入蕤賓[76], 因更絃再三奏之, 聲猶蕤賓[77]也. 直甚惑, 不悅, 自意爲不祥. 隔日, 又奏於池上, 聲如故, 試彈[78]於他處, 則黃鍾[79]也. 直因調蕤賓, 夜復鳴彈於池上, 覺近岸波動, 有物激水如魚躍. 及下絃則沒矣. 直遂集客, 車水竭池, 窮池索之. 數日, 泥下丈餘得鐵一片, 乃方響蕤賓鐵也.[80]

　唐段少卿酉陽雜俎卷之六

---

73) 鷗: 저본 𪇰, 점교본 鷗
74) 古琵琶絃用鷗雞股: 점교본의 원작엔 絃이 없음. 股도 원작엔 股이나 學津本에 의거 筋으로 교정. 일본 古琵琶用鷗雞股
75) 甫: 저본 甬, 점교본·일본 甫
76) 本黃鍾而聲入蕤賓: 저본 本黃鍾而声入蕤賔, 점교본 本黃鐘聲入蕤賓, 일본 本黃鍾而聲入蕤賔
77) 聲猶蕤賓: 저본 声猶蕤賔, 점교본 聲猶蕤賓, 일본 聲猶蕤賔
78) 試彈: 저본 試彈, 점교본·일본 試彈
79) 鍾: 점교본 鐘, 일본 저본과 일치.
80) 저본은 이하 내용 없으나 점교본·일본에는 있음. 學津本·津逮本은 있으나 稗海本엔 없음.
　　"王沂者, 平生不解絃管. 忽旦睡, 至夜乃寤, 索琵琶絃之, 成數曲, 一名《雀啅蛇》, 一名《胡王調》, 一名《胡瓜苑》, 人不識聞, 聽之莫不流涕. 其妹請學之, 乃教數聲, 須臾總忘, 後不成曲.
　　有人以猿臂骨爲笛, 吹之, 其聲淸圓, 勝于絲竹.
　　琴有氣. 嘗識一道者, 相琴知吉凶."

唐段少卿酉陽雜俎卷之七

【酒食】

魏賈鏘家累千金, 博學善著作. 有蒼頭善別水, 常令乘小艇於黃河中, 以瓠瓟接河源水, 一日不過七八升, 經宿, 器中色赤如絳, 以釀酒, 名崑崙觴[1]. 酒之芳味, 世中所絶, 曾以三十斛上魏莊[2]帝.

歷城北有使君林. 魏正始中, 鄭公慤[3]三伏之際[4], 每率賓[5]僚避暑於此. 取大蓮[6]葉置硯格上, 盛酒二[7]升, 以簪[8]刺葉, 令與柄通, 屈莖[9]上輪囷[10]如象鼻, 傳噏[11]之, 名爲碧筩杯. 歷下學[12]之, 言酒味雜蓮氣, 香冷勝於水. 靑田核, 莫知其樹實之形. 核大如六升瓠[13], 注水其中, 俄頃水成酒, 一名靑田壺[14], 亦曰靑田酒. 蜀後主有桃核兩扇, 每扇着仁處[15], 約盛水五升. 良久, 水

---

1) 觴: 저본 鬺, 점교본 觴
2) 莊: 저본 莊, 점교본·일본 莊
3) 慤: 저본 慤, 점교본·일본 慤
4) 際: 저본 際, 점교본 際, 일본 저본과 일치.
5) 賓: 저본 賔, 점교본 賓, 일본 저본과 일치.
6) 蓮: 저본 蓮, 점교본 蓮
7) 二: 점교본 三, 學津本·津逮本·稗海本·일본 모두 二
8) 簪: 저본 簪, 점교본 簪, 일본 저본과 일치.
9) 莖: 저본 莖, 점교본·일본 莖
10) 囷: 점교본·일본 菌
11) 噏: 점교본 吸, 일본 저본과 일치.
12) 歷下學: 歷은 점교본의 원작에 以이나 學津本·津逮本·稗海本 모두 歷인 것에 의거하여 교정. 學: 學津本·津逮本·稗海本 모두 學, 저본 學, 점교본 斆이며 學과 통용. 일본 저본과 일치.
13) 瓠: 저본 瓠, 점교본 瓠, 일본 저본과 일치.
14) 壺: 저본 壷. 점교본·일본 壺
15) 處: 저본 処, 점교본·일본 處

成酒, 味醉人, 更互貯水, 以供其宴, 即不知得自何處.

武溪夷田强, 遣長子魯居上城, 次子[16]居中城, 小子倉居下城. 三壘相次(一曰[17]望), 以拒王莽. 光武二十四年, 遣武威將軍劉[18]尚征之. 尚未至, 倉獲白鼈爲臛, 擧烽請兩兄. 兄至, 無事. 及尚軍來, 倉擧火, 魯等以爲不實, 倉遂戰而死.

梁劉孝儀食鯖鮓, 曰: "五侯九伯, 今盡[19]征之." 魏使崔劼‧李騫在坐, 劼曰: "中丞之任, 未應已得分鋏[20]?" 騫曰: "若然, 中丞四履, 當至穆[21]陵[22]." 孝儀曰: "鄴中鹿尾, 乃酒肴之最." 劼曰: "生魚熊[23]掌, 孟子所稱. 雞跖猩[24]脣, 呂氏所尙. 鹿尾乃有奇味, 竟不載書籍, 每用爲怪." 孝儀曰: "實自如此, 或是古今好尙不同." 梁賀季曰: "靑州蟹[25]黃, 乃爲鄭氏所記, 此物不書, 未解所以." 騫[26]曰: "鄭亦稱益州鹿尾, 但未是珍味."

何亂[27]侈於味, 食必方丈, 後稍欲去其甚者, 猶食白魚‧鮑腊‧糖蟹, 使門人議之. 學士鍾岏[28]議曰: "鮑之就腊[29], 驟[30]於屈伸, 而蟹之將糖, 躁擾彌甚. 仁人用意, 深懷惻怛[31]. 至於車螯[32]‧母蠣, 眉目內闕, 慙[33]渾沌之奇; 脣吻

---

16) 次子: 점교본‧일본 次子玉
17) 曰: 점교본 作, 일본 저본과 일치.
18) 劉: 저본 劉, 점교본‧일본 劉
19) 今盡: 저본 今尽, 점교본‧일본 今盡
20) 鋏: 점교본‧일본 陜
21) 穆: 저본 穆, 점교본 穆, 일본 저본과 일치.
22) 穆陵: 점교본 穆陵(一作穆陸陵), 일본 저본과 일치.
23) 熊: 저본 熊, 점교본‧일본 熊
24) 猩: 저본 猩, 점교본 猩
25) 蟹: 저본 蟹, 점교본‧일본 蟹
26) 騫: 저본 騫, 점교본‧일본 騫
27) 亂: 저본 亂, 점교본‧일본 胤
28) 岏: 점교본 岏(一作岏), 일본 岏
29) 腊: 점교본‧일본 腊. 腊은 점교본의 원작엔 品. 學津本‧津逮本‧稗海本에 의거 교정.
30) 驟: 저본 驟, 점교본‧일본 驟
31) 惻怛: 점교본 如怛, 學津本‧津逮本 惻怛. 일본 저본과 일치.

外織, 非金人之愼34). 不榮不悴, 曾草木之不若; 無馨無臭35), 與瓦礫而何異? 故宜長充庖廚, 永爲口實." 後梁韋琳36), 京兆人, 南遷37)于襄陽. 天保中爲舍人, 涉獵38)有才藻, 善劇談, 常39)爲鱺40)表以譏刺時人. 其詞曰: "臣鱺言: 伏見除書, 以臣爲粽(一曰41)糝)熬將軍・油蒸校尉・朧州刺史, 臘42)如故. 肅承將命, 含灰屛息. 憑籠臨鼎, 載兢載惕. 臣美愧夏鱔, 味慙43)冬鯉. 常懷飴腹之誚, 每懼鼇巖之譏. 是以噏漱流湖底, 枕石泥中. 不意高賞殊私, 曲蒙鉤拔, 遂得超升綺席, 忝預玉盤. 遠厠珉筵, 猥頒象箸, 澤覃紫膴44), 恩加黃腹. 方當鳴45)姜46)動椒, 紆蘇佩橘. 輕瓢纔動, 則樞盤烟47). 濃汁暫停, 則蘭肴48)成列. 宛轉綠虀之中, 逍遙朱唇之內. 銜恩噬澤, 九殞49)弗辭. 不任屛營50)之誠, 謹列51)銅鎗門, 奉表以聞." 詔荅52)曰: "省表具之53), 卿池沼搢54)紳, 陂池55)俊

---

32) 熬: 점교본 熬, 일본 螯

33) 慙: 점교본 慚, 일본 저본과 일치.

34) 愼: 저본 慎, 점교본・일본 愼

35) 臭: 저본 臰, 점교본・일본 臭

36) 後梁韋琳: 점교본은 새항목으로 시작. 學津本・津逮本・稗海本・일본은 저본과 동일하게 앞 항목에 연결

37) 遷: 저본 迁, 점교본・일본 遷

38) 獵: 저본 猟, 점교본・일본 獵

39) 常: 점교본 嘗, 일본 저본과 일치.

40) 鱺: 저본 鱺, 점교본 鱺

41) 曰: 점교본 作, 일본 저본과 일치.

42) 臘: 점교본・일본 脯臘

43) 慙: 점교본・일본 慚

44) 膴: 점교본 膴(一作腴), 일본 저본과 일치.

45) 鳴: 저본 鳴, 점교본・일본 鳴. 저본은 鳴, 鳴, 鳴의 자형을 혼용.

46) 姜: 점교본 薑, 일본 저본과 일치.

47) 烟: 저본 烟, 점교본・일본 如烟. 저본은 烟, 煙, 烟의 자형을 혼용.

48) 肴: 점교본 殽, 일본 저본과 일치.

49) 殞: 저본 殞, 점교본・일본 殞

50) 營: 저본 营, 점교본・일본 營

51) 列: 점교본 到, 學津本・津逮本・稗海本・일본 모두 列

乂. 穿蒲入苙, 肥滑有聞. 允[56]堪茲選, 無勞謝也."

伊尹干湯, 言天子可具三群之蟲, 謂水居者腥, 肉攫者臊, 草食者羶也.

五味　三材　九沸　九變　三臡　七菹　具酸　楚酪　芍藥之醬　秋黃之蘇　楚苗　山膚太(一云[57]大)苦　挫槽[58]

甘而不噥, 酸而不嚛, 鹹而不減, 辛而不糧[59], 淡而不薄, 肥而不腴.

猩脣　㺠炙　鱅翠[60]　㩅胲　麋[61]腥　述蕩之掔[62]　旄象之約　桂蠹　石鰒[63]　河隈之蘇[64]　鞏洛之鱒　洞庭之鮒　灌水之鯉(一云鰩)　珠翠之珍　菜黃之飴　臑鼈　炮羔　騰鳧[65]　蠵[66]臛　御宿靑祭(一云粲)　瓜州紅菱　冀野之粱　芳菰　精稗

會稽之菰[67]　不周之稻　玄山之禾　楊山之穄　南海之秬　壽木之華　玄木之葉　夢澤之芹　具區之菁　楊樸之薑　招搖之桂　越酪之菌　長澤之卵　三危之露　崑崙之井　黃頷臛　醒酒鯖　餭餬餦餭　粗粒　寒具　小蠇[68]　熟蜆　炙䎷

---

52) 苙: 점교본·일본 苔
53) 之: 점교본·일본 知
54) 㩅: 점교본 㩅, 일본 繈
55) 池: 점교본 池. 學津本·津逮本·일본 渠
56) 允: 저본 兂, 점교본·일본 允
57) 云: 점교본 作, 일본 저본과 일치. 저본은 原注에서 曰, 作, 云을 혼용하나 점교본은 作으로 표기함. 일본은 저본과 같이 曰, 作, 云을 혼용.
58) 山膚太(一云大)苦　挫槽: 學津本·津逮本·稗海本은 挫槽　山膚太(一云大)苦.
59) 糧: 저본 糧, 점교본·일본 糧
60) 翠: 저본 翠, 점교본 翠, 일본 저본과 일치.
61) 麋: 점교본 麋, 일본 저본과 일치.
62) 掔: 저본 掔, 점교본·일본 掔
63) 桂蠹　石鰒: 점교본의 원작에 桂蠹石鰒이나 學津本·津逮本에 의거 桂蠹　石鰒로 교정, 일본 저본과 일치. 鰒: 저본 鰒
64) 蘇: 저본 蘇, 점교본 蘇, 일본 蘇
65) 鳧: 저본 鳧, 점교본 鳧, 일본 저본과 일치.
66) 蠵: 저본 蠵, 점교본 蠵, 일본 저본과 일치.
67) 會稽之菰: 점교본은 앞 항목에 연결, 일본 저본과 일치.
68) 蠇: 저본 蠇, 점교본 蠇

䖔子　蟹蝪　葫精　細烏賊　細飄(一曰魚鰾)　梨飣[69]　鱟醬　乾栗　曲阿酒
麻酒　振酒　新鰡[70]子　石耳　蒲葉菇　西捭　竹[71]根粟　菰首　鰡子釣熊蒸[72]
麻胡麥　藏荔支　綠施笋　紫䭔　千里蓴　鱠曰萬丈蠆足紅綷精細曰萬鑿百
煉[73]　蠅首如蛆　張掖九蒸豉　一丈三節蔗　一歲二花梨　行米　丈松　窯鰡
蚶醬　蘇膏　糖頹蠅進子　新鳥蚏蠔膠[74]法　樂浪酒法　二月二日法酒　醬釀
法　綠郵法　猪骸羹　白羹　麻羹　鴿臇　隔冒法　肚饲法　大狚[75]炙　蜀檮炙路
時臘萁臘[76]　獲[77]天臘　細䴵法　飛䴵法　薄演法　龍上牢丸　湯中牢丸　櫻桃
䭔蝎餅[78]　阿韓特餅　凡當餅　兜猪肉　懸熟　杏炙　黿[79]炙　脂血　大扁餳
馬鞍餳　黃醌　白醌　白龍舍　黃龍舍　荊餳　竿炙羌煮(一曰炙)[80]　疏[81]餅
䭈䴶餅．餅謂之托[82]，或謂之䭔餛．飴謂之餹(一曰餳)　飽餲謂之餚(一曰餶)
䬫酢䭃[83](䭃本二字皆從魚)．　茹・噇，食也．　膜(一曰餤[84])・胈・胹・膪[85]，
肉也．　膠・胹，膜也．　膡・䐜[86](一曰腊)・胭，臛也．　䬞[87]・糈・粹・梳[88]，籭

---

69) 飣: 점교본・일본 酊

70) 鰡: 점교본・일본 鰌

71) 竹: 學津本・津逮本・稗海本・일본은 靑

72) 鰡子釣熊蒸: 점교본 鰡子釣　熊蒸, 일본 저본과 일치.

73) 鱠曰萬丈蠆足紅綷精細曰万万鑿百鍊: 점교본 鱠曰萬丈　蠆(一作蠆)足　紅綷精細曰萬
　　鑿百鍊, 일본 저본과 일치.

74) 膠: 점교본 釀, 學津本・津逮本・稗海本・일본은 모두 膠

75) 狚: 점교본 貒, 일본 저본과 일치.

76) 蜀檮炙路時臘萁臘: 점교본 蜀檮炙　路時臘　棋臘, 일본 蜀檮炙　路時臘　萁臘

77) 獲: 점교본 攫, 學津本・津逮本・稗海本・일본은 모두 獲

78) 櫻桃䭔蝎餅: 점교본 櫻桃䭔　蝎餅, 일본 저본과 일치.

79) 黿: 점교본 蛙, 일본 저본과 일치.

80) 竿炙羌煮(一曰炙): 점교본・일본 竿炙　羌煮(一作炙)

81) 疏: 점교본・일본 疏

82) 餅謂之托: 점교본은 새 항목으로 시작, 일본 저본과 일치.

83) 䭃: 䭃는 저본과 점교본 모두 같으나 酢자의 의미와 어울리는 䭃으로 추측됨.

84) 一曰餤: 점교본 一作餤. 學津本・津逮本・稗海本・일본은 餤이 餕

85) 膪: 저본 膪, 점교본 膪

也. 饆(一曰饆)・饡・䴺・糫・飯, 餌也. 醦・醶・酡・釄, 醅[89]也. 酪・酨・醇, 漿也. 鯑・䤅・䤖䤖, 鹽[90]也. 醃・醭・醯・酨・醬, 醬也.

折粟米法　取簡勝粟一石, 加粟奴五斗舂之. 粟奴能令馨香. 乳煮羊胯利法　檳[91]榔詹闊一寸, 長一寸半, 胡飯皮. 鯉鮒[92]鮓法　次第以竹枝賁頭置日中, 書復爲記. 賁字五色餅法[93]　刻木蓮花, 藉禽獸形按成之, 合中累積五色竪作道, 名爲鬪釘. 色作一合者, 皆糖蜜, 副起粄法・湯胘法・沙碁法・甘口法. 蔓菁蕀菹法[94]　飽霜柄者, 合眼掘取作樗薄形. 蒸餅法[95]　用大例麴一升, 煉猪膏三合. 梨溲法・腜肉法・䐜肉法・瀹鮎法. 治犢頭, 去月骨, 舌本近喉, 有骨如月.

木耳鱠[96]・漢瓜菹切用骨刀・豆牙菹・肺餅法・覆肝法・起起肝如起魚菹[97]. 菹族並乙去法(一曰汁[98]).

又鱠法, 鯉一尺, 鯽[99]八寸, 去排泥之羽, 鯽員天肉腮後鬐前, 用腹腴拭刀, 亦用魚腦, 皆能令鱠縷不着刀. 魚肉凍胵法[100]　渌[101]肉酸胵, 用鯽魚・白

---

86) 貝는 月의 오류로 보임. 賁: 齎의 속자.

87) 糨: 저본 糫, 糨의 오류로 보임. 일본 格

88) 梳: 점교본・일본 疏

89) 醅: 점교본 醋, 學津本・津逮本・稗海本・일본은 醅

90) 鹽: 저본 塩, 점교본・일본 鹽

91) 檳: 저본 檳, 점교본 檳, 일본 저본과 일치.

92) 鯉鮒: 저본 鯉鮒, 점교본・일본 鯉鮒

93) 賁字五色餅法: 점교본은 새 항목으로 시작. 學津本・津逮本・稗海本・일본 모두 저본과 동일. 일본 賁字　五色餅法, 앞 항목 연결.

94) 蔓菁蕀菹法: 점교본 새 항목으로 시작, 일본 저본과 일치.

95) 蒸餅法: 점교본 새 항목으로 시작, 일본 저본과 일치.

96) 木耳鱠: 점교본・일본은 앞 항목에 연결.

97) 菹: 점교본의 원작은 稍이나 學津本・津逮本에 의거 菹로 교정, 일본 저본과 일치.

98) 一曰汁: 점교본 一作升, 學津本・津逮本・稗海本・일본 모두 升이 汁

99) 鯽: 저본 鰤, 점교본 鯽

100) 魚肉凍胵法: 점교본은 새 항목으로 시작, 일본 저본과 일치.

101) 渌: 저본 渌, 점교본 渌, 일본 저본과 일치.

鯉・魴・鰜・鱖・鮍, 煮驢馬肉用助底. 鬱驢102)肉. 驢作鱸貯反. 炙肉, 鱘魚第一, 白其次, 已前日味.

今衣冠家名食, 有蕭家餛飩, 漉去湯肥, 可以瀹茗. 庚家粽子, 白瑩如玉. 韓約能作櫻桃饆饠, 其色不變　又能造冷胡突・鱠鱧103)魚臆連蒸詐草草104), 皮索餅. 將軍曲良翰, 能爲鱸105)駮駝峯炙.

貞元中, 有一將軍家出飯食, 每說物無不堪喫, 唯在火候, 善均五味. 嘗取敗障泥胡祿106)(一曰鹿), 修理食之, 其味極佳. 道流陳景思說107), 勑108)使齊日升養櫻桃, 至五月中, 皮皺如鴻柿不落, 其味數倍. 人不測其法.

【醫】

盧城之東有扁鵲冢, 云魏時針藥之士, 以卮臘禱之, 所謂盧醫109)也.

魏時有句驪110)客善用針, 取寸髮斬爲十餘段, 以針貫取之, 言髮中虛也, 其妙如此.

王玄榮111)俘中天竺王阿羅那112)順以詣闕, 兼得術士那羅邇113)(一有娑字)婆,

---

102) 驢: 저본 **駆**, 점교본・일본 驢
103) 鱠鱧: 저본 **鱠鱧**, 점교본・일본 鱠鱧
104) 草草: 점교본은 草草(一本無蒸字, 草草作廢廢), 일본 저본과 일치.
105) 鱸: 저본 **鱐**, 점교본・일본 鱸
106) 祿: 學津本・津逮本・일본은 盃
107) 道流陳景思說: 점교본은 새 항목으로 시작, 일본 저본과 일치.
108) 勑: 점교본 敕, 일본 저본과 일치.
109) 醫: 저본 **賢**, 점교본 醫, 일본 저본과 일치.
110) 驪: 저본 **驪**, 점교본・일본 驪
111) 榮: 점교본 策, 원작에 榮이었으나《舊唐書》권3의《太宗本紀》및《新唐書》권146《西域傳》에 의거 교정, 일본 榮
112) 那: 저본 郍, 점교본・일본 那
113) 那羅邇: 저본 郍羅迩, 점교본・일본 那羅邇

言壽二百歲. 太宗奇之, 館於金飆門內, 造延年藥, 令兵部尙書崔敦禮監主
之. 言婆羅門國有藥名畔茶佉水, 出大山中石臼內. 有七種色, 或熱或冷, 能
消草木金鐵, 人手入則消爛. 若欲取水, 以駱114)駝115)髑髏況116)於石臼, 取水
轉注瓠蘆中. 每有此水, 則有石柱似人形守之. 若彼山人傳道此水者則死. 又
有藥名咀賴羅, 在高山石崖下. 山腹中有石孔, 孔前有樹, 狀如桑樹, 孔中有
大毒蛇守之. 取以大方箭117)枝葉, 葉下, 便有烏鳥銜之飛去, 則衆箭射烏而
取其葉也. 後死於長安.

　荊人道士王彥伯, 天性善醫, 尤別脉, 斷人生死壽夭, 百不差一. 裴冑尙書
子忽暴中病, 衆醫拱手, 或說彥伯, 遽迎使視. 脉之良久, 曰:"都無疾." 乃煮
散數味, 入口而愈. 裴問其狀, 彥伯曰:"中無腮鯉魚毒也." 其子因鱠得病, 裴
初不信, 乃膾118)鯉魚無腮者, 令左右食之, 其候悉同, 始大驚異焉.

　柳芳爲郎中, 子登疾重. 時名醫張方福初除泗州, 與芳故舊, 芳賀之, 具119)
言子病, 唯恃故人一顧也. 張詰旦候芳, 芳遽引視登. 遙見登頂曰:"有此頂骨,
何憂也." 因按脉五息120), 復曰:"不錯, 壽且逾八十." 乃留芳121)數十字, 謂登
曰:"不服此亦得." 登後爲庶子, 年至九十而卒.

唐段少卿酉陽雜俎卷之七

---

114) 駱: 저본 駱, 점교본·일본 駱
115) 駝: 저본 駞, 점교본 駝. 일본 䭾 저본은 駝, 駞, 駝, 䭾의 자형을 혼용.
116) 況: 점교본·일본 沉
117) 箭: 점교본·일본 箭射, 원작에 射가 없으나 學津本·津逮本·稗海本에 의거 보충.
118) 膾: 점교본 鱠, 일본 저본과 일치.
119) 具: 점교본 且, 일본 저본과 일치.
120) 五息: 學津本은 五六息, 일본 저본과 일치.
121) 芳: 점교본·일본 方

唐段少卿酉陽雜俎卷之八

【黥】

上都街肆惡少, 率髡而膚箚, 備衆物形狀. 恃諸軍, 張拳强劫(一曰弓劒1)), 至有以蛇集酒家, 捉羊胛擊人者. 今京兆薛公上言曰2), 令里長潛部, 約三千餘人3), 悉杖殺, 屍于市. 市人有點青者, 皆炙滅之. 時大寧坊力者張幹, 箚左膊4)曰: "生不怕京兆尹", 右膊曰: "死不畏閻羅王." 又有王力奴, 以錢五千召箚工, 可胸腹爲山亭院·池樹5)·草木·鳥獸, 無不悉具, 細若設色. 公悉杖殺之. ○ 又賊趙武建6), 箚一百六7)處番印·盤鵲等, 左右膊刺言: "野鴨難8)頭宿, 朝朝被鶻梢. 忽驚飛入水9), 留命到今朝." ○ 又高陵縣捉得鏤身者宋元素, 刺七十一處, 左臂曰: "昔日已前家未貧, 苦將錢物結交親. 如今10)失路尋知己, 行盡關山無一人." 右臂上刺葫蘆, 上出人首, 如傀儡戲郭公者. 縣吏不解, 問之, 言葫蘆精也.

李夷簡, 元和末在蜀. 蜀市人趙高好鬪. 常入獄, 滿背鏤毗沙門天王, 吏欲

---

1) 一曰弓劒: 점교본 一作弓劍, 일본 저본과 일치.

2) 今京兆薛公上言曰: 점교본 今京兆薛公元賞, 上三日. 學津本·津逮本·稗海本 모두 元賞이 없음. 일본 今京兆薛公上言白

3) 上言曰, 令里長潛部, 約三千餘人: 점교본 上三日, 令里長潛捕, 約三十餘人. 점교본의 원작에는 上言白, 令里長潛部, 約三千(一作十)餘人이나《太平廣記》에 의거 수정.

4) 膊: 저본 膊, 점교본·일본 膊

5) 樹: 점교본 樹, 일본 저본과 일치.

6) 又賊趙武建: 學津本·津逮本·稗海本·일본 모두 새 항목으로 시작.

7) 六: 점교본 六十, 일본 저본과 일치.

8) 難: 점교본·일본 灘

9) 忽驚飛入水: 조선간본 중 일본 국회도서관 소장본은 忽⏄飛入水로 驚이 脫字이다.

10) 今: 저본 今, 점교본 今, 일본 今

杖背, 見之輒止. 恃此轉爲坊市患害. 左右言於李, 李大怒, 擒就廳前. 索新造筋棒, 頭徑三寸, 叱杖子打天王, 盡則已, 數三十餘不絶. 經旬日, 祖衣而歷門, 叫[11]呼乞修理功德錢.

蜀小將韋少卿, 韋表微堂兄也. 少不喜書, 嗜好箚靑. 其季父嘗令解[12]衣視之, 胸上刺一樹, 樹杪集鳥數十. 其下懸鏡, 鏡鼻繫索, 有人止側[13]牽之. 叔不解問焉, 少卿笑曰: "叔不曾讀張燕公詩否? '覽[14]鏡寒鴉集'耳."

荊州街子葛淸, 勇不膚撓, 自頸已[15]下, 遍刺白居易舍人詩. 成式常[16]與荊客陳至呼觀之, 令其自解, 背上亦能闇記. 反手指其箚處, 至"不是此花偏愛菊", 則有一人持盃[17]臨菊叢. 又"黃夾纈林寒有葉", 則指一樹, 樹上挂纈, 纈窠鏤勝[18]絶細. 凡刻三十餘處, 首體[19]無完膚, 陳至呼爲白舍人行詩圖也.

成式門下驃路神通, 每軍設[20]力, 能戴石簦瓵[21]六百斤石, 齧破石粟數十. 背刺天王, 自言得神力, 入場人助多則[22]力生. 常至朔望日, 具乳糜, 焚香祖坐, 使妻儿供養其背而拜焉.

崔承寵少從軍, 善驢鞠, 逗脫杖捷如膠焉. 後爲黔[23]南觀察使. 少, 遍身刺一蛇, 始自右手, 口張臂食兩指, 繞腕匝頸, 齟齬在腹, 拖股而尾及骬焉. 對賓

---

11) 叫: 저본 吽, 점교본 吽, 일본 저본과 일치.

12) 解: 저본 𦇧, 점교본·일본 解

13) 止側: 점교본 止於側, 일본 저본과 일치.

14) 覽: 점교본·일본 挽

15) 已: 점교본 以, 일본 저본과 일치.

16) 常: 점교본 嘗, 일본 저본과 일치.

17) 盃: 점교본 杯, 일본 저본과 일치.

18) 鏤勝: 鎖勝(一作縢), 일본 鎖勝

19) 體: 저본 躰, 점교본·일본 體

20) 設: 점교본 較, 일본 저본과 일치.

21) 瓵: 저본 𤭯, 점교본·일본 瓵

22) 人助多則: 점교본 神助之則. 원작은 人助多則이나 《太平廣記》에 의거 수정. 일본 저본과 일치.

23) 黔: 저본 黕, 점교본 黔, 일본 저본과 일치.

侶常衣覆其手, 然酒酣輒袒而努臂戟手, 捉優伶輩曰: "蛇咬爾!" 優伶等卽大
叫24)毀25)而爲痛狀, 以此爲戲26)樂.

寶歷27)中, 長樂里門有百姓刺臂, 數十人環矚28)之. 忽有一人, 白襴屠蘇,
少頃29)首微笑而去. 未十步, 百姓子刺血如衂30), 痛若砍31)骨. 伶32)頃, 出血
斗餘, 衆人疑向觀者, 令其父從而求之. 其人不承, 其父拜數十, 乃捻轍33)土
若祝. "可傳此." 如其言, 血止.

成式三從兄遘34), 貞元中, 嘗過黃坑, 有從者拾髑髏骨數片將爲樂35), 一片
上有"逃走奴"字36), 痕如淡墨, 方知黥蹤37)入骨也. 從者夜夢一人, 掩面從其
索骨曰: "我羞甚, 幸君爲我深藏之, 當福君." 從者驚覺毛戴, 遽爲埋之. 後有
事, 鬼髣髴38)夢中報之, 以是獲財, 欲至十萬而卒.

蜀將尹偓營有卒, 晚點後數刻, 偓將責之. 卒被酒自理, 聲高, 偓怒, 杖數十,
幾至死. 卒弟爲營典, 性友愛, 不平偓. 乃以刀䅅肌作"殺尹"兩字, 以墨涅之.
偓陰知, 乃以他事杖殺典. 及大39)和中, 南蠻入寇, 偓領衆數萬保邛峽關. 偓
膂力絶人, 常戲左右以棗節杖擊其脛40), 隨擊筋漲擁41)腫, 初無痕撻. 恃其力,

---

24) 等卽大叫: 저본 莘即大叫, 점교본 等卽大叫, 일본 等卽大叫
25) 毀: 저본 𣪘, 점교본·일본 毀
26) 戲: 점교본·일본 戲
27) 歷: 점교본 曆, 일본 저본과 일치.
28) 矚: 저본 矚, 점교본·일본 矚
29) 少頃: 점교본·일본 傾
30) 衂: 점교본 衈, 일본 저본과 일치.
31) 若砍: 점교본 苦次, 일본 若次
32) 伶: 점교본 食, 일본 俄
33) 轍: 점교본·일본 撮
34) 遘: 저본 遘, 점교본·일본 遘
35) 樂: 점교본·일본 藥
36) 字: 점교본 三字. 원작에는 三이 없으나 學津本·津逮本·稗海本에 의거 보충. 일본 三字
37) 蹤: 저본 𧾢, 점교본·일본 蹤, 저본은 𧾢, 𧾢 𧾢의 자형을 흔용.
38) 髣髴: 점교본 仿佛, 일본 저본과 일치.
39) 大: 점교본·일본 太

悉衆出關, 逐蠻數里. 蠻伏發, 夾攻之, 大敗, 馬倒, 中數十槍而死. 初出關日, 忽見所殺典, 擁黃案, 太[42]如轂[43], 在前[44]引, 心惡之, 問左右, 咸無見者. 竟死於陣.

房孺復妻崔氏, 性忌, 左右婢不得濃粧高髻, 月給燕[45]脂一豆, 粉一錢. 有一婢新買, 粧稍佳, 崔怒謂曰: "汝好粧耶? 我爲汝粧!" 乃令刻其眉, 以靑塡之, 燒鑷[46]梁, 灼其兩眼角, 皮隨手燋[47]卷, 以朱傅之. 及痂脫, 瘢如粧焉.

楊虞卿爲京兆尹時, 市里有三王子, 力能揭巨石. 遍身圖刺, 體無完膚. 前後合拉[48]死數四, 皆匿軍以免. 一日有過, 楊令五百人捕獲, 閉門杖殺之. 判云: "鑿刺四支[49], 只稱王子, 何須訊問? 便[50]合當辜."

蜀人工於刺, 分明如畫. 或言以黛則色鮮, 成式問奴輩, 言但用好墨而已.

荊州貞元中, 市有鬻刺者, 有印, 印上簇針爲衆物狀, 如蟾蝎杵臼, 隨人所欲. 一印之, 刷以石墨, 瘡愈後[51], 細於隨求印.

近代粧尙靨, 如射月曰黃星(一曰是)靨. 靨鈿之名, 蓋自吳[52]孫和鄧夫人也. 和寵夫人, 嘗醉僛[53]如意, 誤[54]傷鄧頰, 血流, 嬌婉彌若[55], 命太醫合藥, 醫言

---

40) 脛: 저본 脛, 점교본 頸, 일본 脛

41) 擁: 점교본 臃, 일본 저본과 일치.

42) 太: 점교본 · 일본 大

43) 轂: 저본 轂, 점교본 · 일본 轂

44) 前: 저본(성대본 · 일본 국회도서관본) 㮰(脫劃으로 보임.), 저본(충재종택본) · 점교본 前.

45) 燕: 점교본 胭, 일본 저본과 일치.

46) 鑷: 점교본 鎖, 일본 저본과 일치.

47) 燋: 점교본 焦, 일본 저본과 일치.

48) 拉: 점교본 · 일본 扺

49) 支: 저본 叐, 점교본 肢, 일본 저본과 일치.

50) 便: 점교본의 원작에는 何이나 學津本 · 津逮本 · 稗海本에 의거 수정. 일본 便

51) 瘡愈後: 점교본 細于隨求(永)印瘡愈後, 일본 저본과 일치.

52) 蓋自吳: 저본 盖自吳, 점교본 · 일본 蓋自吳

53) 僛: 점교본 舞, 일본 저본과 일치.

54) 誤: 저본 誤, 점교본 誤, 일본 誤. 저본은 誤, 誤, 誤, 誤의 사형을 혼용.

55) 彌若: 저본 弥若, 점교본 · 일본 彌苦

得白獺髓[56], 雜玉與虎魄[57]屑, 當滅痕. 和以百金購得白獺, 乃合膏. 虎[58]珀太多, 及[59]痕不滅, 左頰有赤點如意[60], 視之, 更益甚妍也. 諸婢欲要寵者, 皆以丹[61]點頰, 而後進幸焉.

今婦人面飾用花子, 起自昭容上官氏所製, 以掩點跡. 大曆已[62]前, 士大夫妻多妬悍者, 婢妾小不如意, 輒印面, 故有月點 · 錢點.

百姓間有面戴青誌[63]如黥. 舊言婦人在草蓐[64]亡者, 以墨點其面, 不爾, 則不利後人.

越人習[65]水, 必鏤身以避蛟龍之患. 今南中繡面老[66]子, 蓋雕題之遺俗也.

周官, 墨刑罰五[67]百. 鄭言, 先刻面, 以墨窒之, 窒墨者使守門.《尙書刑德放》曰: 涿鹿者, 鑿人額也. 黥人者, 馬羈笮人面也. 鄭云: 涿鹿黥, 世謂之刀墨之民.

《尙書大傳》: 虞舜象刑, 犯墨者皁巾.《白虎通》: 墨者, 額也. 取漢法, 火之勝金.

《漢書》: 除肉刑, 當黥者髠鉗爲城旦舂.

又《漢書》: 使王烏等窺匈奴. 匈奴法, 漢使不去節, 不以墨黥面, 不得入穹廬. 王烏等去節, 黥面, 得入穹廬, 單于愛之.

晋人[68]: 奴始亡, 加銅青若墨, 黥兩眼; 從[69]再亡, 黥兩頰上; 三亡, 橫黥目

---

56) 髓: 저본 髓, 점교본 · 일본 髓
57) 虎魄: 저본 虎魄, 점교본 琥珀, 일본 虎珀
58) 虎: 琥, 일본 저본과 일치.
59) 及: 점교본 及差. 差는《太平廣記》에 의거 보충. 일본 저본과 일치.
60) 意: 점교본 痣, 원작에는 意이나《太平廣記》에 의거 수정. 일본 저본과 일치.
61) 丹: 점교본 · 일본 丹青
62) 已: 점교본 以, 일본 저본과 일치.
63) 誌: 점교본 痣, 일본 저본과 일치.
64) 蓐: 저본 蓐, 점교본 蓐
65) 習: 저본 習, 점교본 · 일본 習
66) 老: 섬교본 佬, 일본 狫
67) 五: 점교본 三, 일본 저본과 일치.

下: 皆長一寸五分.

梁朝雜律, 凡囚未斷, 先刻面作劫字.

釋僧祇律涅槃印者, 比丘作梵王法, 破肉以孔雀膽·銅靑等畫身·作字及鳥獸形, 名爲印黥.

《天寶軍70)錄》云: 日南廏山連接, 不知幾千里, 裸人所居. 白民之後也. 刺其胸前作花, 有物如粉而紫色, 畫其兩目下. 去前二齒, 以爲美飾. 成式以君子恥一物而不知, 陶貞白每云, 一事不知, 以爲深恥71). 況相定黥布當王, 淫著紅花欲落, 刑之墨屬, 布在典冊乎? 偶錄所記寄同志, 愁者一展眉頭也.

【雷】

安豐縣尉裴頴, 士淹孫也. 言玄宗嘗冬月召山人包超, 令致雷聲. 超對曰: "來日及午有雷." 遂令高力士監之. 一夕醮式作法, 及明至巳矣, 天無纖翳72), 力士懼之. 超曰: "將軍視南山, 當有黑氣如盤矣." 力士望之, 如其言. 有頃風起, 黑氣彌漫疾73), 雷數聲.

明宗74)又每令隨哥舒西征, 每陣常得勝風.

貞元初, 鄭州百姓王幹有膽勇, 夏中作田, 忽暴雨雷, 因入蠶室中避雨. 有頃, 雷電入室中, 黑氣斗75)暗, 幹遂掩戶, 把鋤亂擊, 聲漸小, 雲氣亦歛, 幹大呼, 擊之不已. 氣復如牛狀, 已至如盤, 騞然墜地, 變成熨斗·折刀·小折脚鐺焉.

---

68) 人: 점교본·일본 令

69) 從: 점교본 後. 원작은 從이나 《太平御覽》에 의거 수정. 일본 저본과 일치.

70) 軍: 점교본·일본 實

71) 恥: 점교본 恥, 일본 저본과 일치.

72) 翳: 저본 翳, 점교본 翳, 일본 저본과 일치.

73) 疾: 점교본 疢, 일본 저본과 일치.

74) 明宗: 점교본 明皇, 일본 玄宗

75) 斗: 점교본 陡, 일본 喥

李廓在北都, 介休縣百姓送解牒, 夜止晉祠宇下. 夜半有人叩門云: "介休王暫借霹靂車, 某日至介休收麥." 良久, 有人應曰: "大王傳語, 霹靂車正忙, 不及借." 其人再三借之, 遂見五六人, 秉燭自廟後出, 介休[76]使者亦自門騎而入. 數人共持一物如幢杠[77], 上環綴旗幡[78], 授與騎者曰: "可點領." 騎者卽數其幡, 凡十八葉, 每葉有光如電起. 百姓遍[79]報隣[80]村, 令速收[81]麥, 將有大風雨. 村人悉不信, 乃自收刈. 至其日, 百姓率親情, 据高阜候天色. 及午, 介山上有黑雲, 氣如窰煙[82]. 斯須蔽天, 注雨如綆, 風吼雷震, 凡損麥千餘頃. 數村以百姓爲妖訟之. 工部員外郎張周封, 親睹其推案.

成式至德坊三從伯父, 少時於陽羨家乃親故也. 夜遇雷雨, 每電起, 光中見有人頭數十, 大如栲栳.

柳公權侍郎嘗見親故說[83], 元和末, 止建州山寺中, 夜半覺門外喧鬧, 因潛於牎[84]櫺中觀之, 見數人運斤造雷車, 如圖畫者. 久之, 一嚏氣, 忽斗[85]暗, 其人兩目遂昏焉.

處士周洪言, 寶曆中, 邑客十餘人, 陶[86]暑會飲. 忽暴風雨, 有物墜如獲, 兩目膝膝[87]. 衆人驚伏牀下. 倏忽上堦, 歷視衆人, 俄失所在. 及雨定, 稍稍能起, 相顧, 耳悉泥矣. 邑人言向來雷震, 牛戰鳥墮. 邑客但覺殷殷而已.

元稹在江夏襄州賈塹有莊[88], 新起堂, 上梁纔畢, 疾風甚雨. 時莊客輸油六

---

76) 休: 점교본 山, 일본 저본과 일치.
77) 杠: 점교본・일본 扛
78) 幡: 점교본 旛, 일본 저본과 일치.
79) 遍: 점교본 遂遍, 일본 저본과 일치.
80) 隣: 점교본・일본 鄰
81) 收: 저본 収, 점교본・일본 收
82) 煙: 점교본・일본 烟
83) 柳公權侍郎嘗見親故說: 일본 앞 항목과 연결
84) 牎: 점교본 窗, 일본 저본과 일치.
85) 斗: 점교본 陡, 일본 저본과 일치.
86) 陶: 점교본・일본 逃
87) 膝膝: 점교본 睒睒, 일본 聎

七瓮[89]），忽震一聲，油瓮悉列於梁上，一滴不漏，其年元卒.[90]

【夢】

魏楊元禎[91]能解夢，廣陽王元淵[92]夢著袞衣倚槐樹，問元禎. 元禎言當得三公，退謂人曰：“死後得三公耳，槐字木傍鬼.” 果爲爾朱榮所殺，贈司徒.

許超夢盜羊入獄，元禎曰：“當得城陽令.” 後封城陽侯.

補闕楊子系[93]董，善占夢. 一人夢松生戶前，一人夢棗生屋上，董言松丘壟間所植，棗字重來，來[94]呼魄之象，二人俱卒.[95]

侯[96]君集承[97]乾謀通逆，意不自安，忽夢二甲士錄[98]至一處，見一人高冠鼓[99]髥，叱左右：“取君集威骨來.” 俄有數人操屠刀，開其腦上及右臂間，各取骨一片，狀如魚尾. 因唒囈而覺，腦臂猶痛. 自是心悸力耗，至不能引一鈞弓. 欲自首，不決而敗.

楊[100]州東陵聖母廟王女道士康紫霞，自言少時夢中被人錄於一處，言天符

---

88) 莊: 저본 荘, 점교본 莊, 일본 庄

89) 瓮: 저본 瓮, 점교본·일본 甕, 일본은 甕, 瓮의 자형을 혼용함.

90) 저본엔 없으나 점교본·일본은 다음 내용의 항목이 있음. “貞元年中, 宣州忽大雷雨, 一物墮地, 猪首, 手足各兩指, 執一赤蛇嚙之. 俄頃, 雲暗而失. 時皆圖而傳之.” 이 내용은 學津本·津逮本에도 있으나 稗海本에는 없음.

91) 元禎: 저본 元攄, 점교본 元慎, 원작에 禎이나《洛陽伽藍記校釋》에 의거 수정. 일본 저본과 일치. 이하 주 생략.

92) 淵: 저본 淵, 점교본·일본 淵

93) 系: 孫(一作于, 又作玉), 일본 孫

94) 來: 점교본·일본 重來

95) 본 항목은 學津本·津逮本·일본은 本卷 끝에 배치되어 있음.

96) 侯: 저본 侯, 점교본 侯

97) 承: 점교본·일본 與承

98) 錄: 저본(성대본·일본 국회도서관본) 鍒(脫劃으로 보임.), 지본(중세궁대본) 録, 점교본 鍒

99) 鼓: 學津本은 舊, 일본 彭

令攝將軍巡南岳, 遂擐[101]以金鑣甲, 令騎, 道從千餘人, 馬蹀虛南去. 須臾至, 岳神拜迎馬前, 夢中如有處分, 岳中峰嶺溪谷, 無不歷也. 恍惚而返, 雞鳴驚覺. 自是生鬚數十根.

司農卿韋正貫應擧時, 嘗至汝州, □□[102]刺史柳凌, 留署軍事判官. 柳嘗夢有一人呈案, 中言欠柴一千七百束. 因訪韋解之, 韋曰: "柴, 薪木也. 公將此不久乎!" 月餘, 柳疾卒. 素貧, 韋爲部署, 米麥鏹帛, 悉前請於官數月矣. 唯官中欠柴一千七百束. 韋披案, 方省柳前夢.

道士秦霞霽, 少勤香火, 存想不忘. 嘗夢大樹, 樹忽穴, 有小儿青摺鬒髮, 自穴而出, 語秦曰合土尊師. 因驚覺, 自是休咎之事, 小儿髣髴[103]報焉. 凡五年, 秦意爲妖, 偶以事訪於師, 師遽戒勿言, 此修行有功之證. 因此遂絶. 舊說夢不欲數占, 信矣.

蜀醫昝殷言, 藏氣陰多則數夢, 陽壯則夢少, 夢亦不復記.《周禮》有掌三夢, 又以日月星辰各占六夢, 謂日有甲乙, 月有建破, 星辰有居直, 星有扶(一曰[104]符)刻也. 又曰: 舍萌于四方, 以贈惡夢. 謂會民方相氏, 四面遂[105]送惡夢至四郊也.

《漢儀》大儺侲子辭, 有伯奇食夢. 道門言夢者魄妖, 或謂三尸所爲. 釋門言有四: 一善惡種子, 二四大偏增, 三賢聖加持, 四善惡徵祥. 成式嘗見僧首素言之, 言出《藏經》, 亦未暇尋討. 又言夢不可取, 取則著, 著則怪入. 夫瞽者無夢, 則知夢者習也. 成式表兄盧有則[106], 夢看擊鼓, 及覺, 小弟戲叩門爲街鼓也. 又成式姑壻裴元裕言[107], 群從中有悅隣[108]女者, 夢妓[109]遺二櫻桃食之.

---

100) 楊: 점교본·일본 揚
101) 擐: 저본 擇, 점교본·일본 擐
102) □□: 점교본·일본 汝州
103) 髣髴: 점교본 仿佛, 일본 저본과 일치.
104) 曰: 점교본 作, 일본 저본과 일치.
105) 遂: 점교본·일본 逐
106) 成式表兄盧有則: 점교본은 새 항목으로 시작. 일본 저본과 일치.
107) 又成式姑壻裴元裕言: 점교본 새 항목으로 시작. 일본 저본과 일치.

及覺, 核隊枕側.

李鉉著《李子正辯》, 言至精之夢, 則夢中身人可見. 如劉幽求見妻, 夢中身也, 則知夢不可以一事推矣. 愚者少夢, 不獨至人, 問(一云聞)之騾皀, 百夕無一夢也.

秘書郎韓泉善解夢. 衛中行爲[110]中書舍人時, 有故舊[111]子弟選[112], 投衛論屬, 衛欣然許之. 駮牓[113]將出, 其人忽夢乘驢蹶, 墜水中, 登岸而靴不濕焉. 選人與韓有舊, 訪之, 韓被酒半戲曰: "公今選事不諧矣! 據夢, 衛生相負, 足下不沾." 及牓[114]出, 果駮[115]放. 韓有學術, □[116]僕射猶子也. ○ 威遠軍小將梅伯成以善占夢[117], 近有小人優李伯怜[118]遊涇[119]州, 乞錢得米百斛. 及歸, 令弟取之, 過期不至. 晝夢洗白馬, 訪伯成占之. 伯成佇思曰: "凡人好反語, 洗白馬, 瀉白米也. 君所憂或有風水之虞乎?" 數日, 弟至, 果言渭河中覆舟, 一粒無餘.

卜人徐道昇, 言江淮有王生者, 傍召[120]解夢. 賈客張膽[121]將歸, 夢炊於臼中. 問王生, 生言: "君歸不見妻矣, 臼中炊, 固無釜也." 賈客至家, 妻果卒已數月, 方知王生之言不誣矣.[122]

---

108) 隊: 점교본 鄰, 일본 저본과 일치.

109) 妓: 점교본 · 일본 女

110) 爲: 저본 爲, 점교본 · 일본 爲

111) 舊: 저본 舊, 점교본 · 일본 舊

112) 選: 점교본 赴選, 원래 缺字이나 學津本에 의거 보충. 일본 저본과 일치.

113) 駮牓: 저본 駮牓, 점교본 駁榜, 일본 저본과 일치.

114) 牓: 점교본 榜, 일본 저본과 일치.

115) 駮: 저본 駮, 점교본 駁, 일본 저본과 일치.

116) □: 점교본 · 일본 韓

117) 威遠軍小將梅伯成以善占夢: 점교본 · 일본 새 항목으로 시작

118) 小人優李伯怜: 점교본 優人李伯憐, 일본 優人李伯怜

119) 涇: 저본 涇, 점교본 · 일본 涇

120) 傍召: 점교본 · 일본 榜言

121) 膽: 점교본 瞻, 일본 瞻

唐段少卿酉陽雜俎卷之八

---

122) 일본은 이후에 다음 내용이 있음. "補闕楊子孫董善占夢一人夢松生戶前一人夢棗生屋上董言松丘壟間所植棗字重來重來呼魄之象二人俱卒" 저본과 점교본은 '陽侯' 항목과 '侯君集' 항목 사이에 있음.

唐段少卿酉陽雜俎卷之九

【事感】

平原高菀[1]城東有漁津, 傳云魏末平原潘[2]府君, 字惠延, 自白馬登舟之部, 手中箄[3]囊[4], 遂墜於水, 囊中本[5]有鐘乳一兩. 在郡三年, 濟水泛溢, 得一魚, 長三丈, 廣五尺. 刳其腹中, 有得一墜水之囊, 金針尙在, 鍾乳消盡, 其魚得脂數十斛, 時人異之.

譙郡[6]有功曹峀閒, 天統中[7], 濟南來府君出除譙郡, 時功曹淸河崔公恕, 弱冠有令德, 於時春夏積旱, 送別者千餘人, 至此峀閒上, 衆渴甚思水, 升直萬錢矣, 來[8]公有思水色. 恕獨見一靑鳥於峀閒乍飛乍止, 怪而就焉. 鳥起, 見一石, 方五六寸, 以鞭撥之, 淸泉涌出, 因盛以銀瓶, 瓶滿, 水立竭, 唯來公與恕供療而已. 議者以爲盛德所感致焉. 時人異之, 故以爲目.

李彦佐在滄景, 太和九年, 有詔詔浮陽兵北渡黃河. 時[9]冬十二月, 至濟[10]南郡, 使擊永[11]延舟, 冰觸舟, 舟覆詔失. 李公驚懼, 不寢食六日, 鬢髮暴白, 至貌侵膚削, 從事亦訝其儀形也. 乃令津吏, 不得詔盡死. 吏懼, 且請公一祝,

---

1) 菀: 저본 菀, 점교본·일본 菀
2) 潘: 저본 潘, 점교본 潘, 일본 저본과 일치.
3) 箄: 점교본 算, 일본 저본과 일치.
4) 囊: 저본 囊, 점교본·일본 囊
5) 本: 저본 夲, 점교본·일본 本
6) 譙郡: 저본 燕郡, 점교본·일본 譙郡
7) 中: 점교본 初, 일본 저본과 일치.
8) 來: 저본(충재종택본·성대본·일본 국회도서관본) 枺(脫劃으로 보임.), 점교본·일본 來
9) 時: 저본(성대본·일본 국회도서관본) 峕(脫劃으로 보임.), 저본(충재종택본)·점교본 時
10) 濟: 저본 済, 점교본·일본 濟
11) 永: 점교본 冰, 일본 氷

沉浮于河, 吏憑公誠明, 以死索[12]之. 李公乃令具爵酒, 言祝傳語詰河伯. 其旨曰: "明天子在上, 川瀆山岳, 祝史咸秩, 予境之內, 祀[13]未嘗匱, 爾河伯泊鱗之長, 當衛天子詔, 何返溺之? 予[14]或不獲, 予齋告于天, 天將謫爾." 吏酹冰, 辭已, 忽有聲如震, 河冰中斷可三十丈. 吏知李公精誠已達, 乃沉鉤索之, 一釣而出, 封角如舊, 唯篆[15]印微濕[16]耳. 李公所至, 令務[17]嚴[18]簡, 推誠於物, 著於官下. 如河水色渾, 馱[19]流大木與纖芥, 頃而千里矣. 安有舟覆六日, 一酹而堅冰陷[20], 一釣而沉詔獲, 得非精誠之至乎!

【盜俠】

魏明帝起凌雲臺, 峻峙數十丈, 卽韋誕白首處. 有人鈴下能着屐登緣, 不異踐地, 明帝怪而殺[21]之, 腋[22]下有兩肉翅, 長數寸.

高堂縣南有鮮卑城, 舊傳鮮[23]卑[24]聘燕, 停於此矣. 城傍有盜跖冢, 冢極高大, 賊盜嘗私祈焉. 齊天保初, 土鼓[25]縣令丁永興, 有群[26]賊劫其部內, 興乃

---

12) 索: 저본 索, 점교본·일본 索
13) 祀: 저본 祀, 점교본 祀
14) 予: 저본 予, 점교본 予, 일본 저본과 일치.
15) 篆: 저본 篆, 점교본·일본 篆
16) 濕: 저본 溼, 점교본·일본 濕
17) 務: 저본 務, 점교본·일본 務
18) 嚴: 저본 嚴, 점교본·일본 嚴
19) 馱: 저본 馱, 점교본·일본 馱
20) 陷: 저본 陷, 점교본 陷, 일본 저본과 일치.
21) 殺: 저본 煞, 점교본 殺, 일본 저본과 일치. 저본은 殺, 殺, 殺, 煞의 자형을 혼용함.
22) 腋: 저본 腋, 점교본·일본 腋
23) 鮮: 저본 鮮, 점교본·일본 鮮
24) 卑: 지본 甼, 점교본 卑, 일본 甲. 서본은 甼, 甲, 甼의 자형을 혼용.
25) 土鼓: 점교본 土鼓(一本無土鼓二字), 일본 저본과 일치.

密[27])令人冢傍伺之. 果有祈祀者, 乃執諸縣案殺之, 自彼[28])祀者頗絶.

《皇覽》言[29]), 盜跖冢在河東, 按盜跖死於東陵, 此地古名東平陵, 疑此近之.

或言刺客, 飛天野[30])叉術也. 韓晉公在浙西時, 瓦官寺因商人無遮齋, 衆中有一年少請弄閣, 乃投蓋而上, 單練□履膜皮, 猿挂[31])鳥[32])跂, 捷若神鬼. 復建甖[33])水於結脊下, 先溜至簷, 空一足欹身承其溜焉, 覩[34])者無不毛戴.

馬侍中嘗[35])寶一玉精盌, 夏蠅不近, 盛水經月, 不腐不耗. 或目痛, 含之立愈. 嘗匣於臥內, 有小奴七八歲, 偸弄墜破焉. 時馬山木歸, 左右驚[36])懼, 忽失小奴. 馬知之大怒, 鞭左右數百, 將殺小奴, 三日尋之不獲. 有婢晨治地, 見紫衣帶垂於寢牀下, 視之乃小奴蹶張其牀而負焉, 不食三日而力不衰, 馬睹之大駭[37]), 曰: "破吾盌乃細過也." 卽令左右撲[38])殺之.

韋行規自言少時遊京西, 暮止店中, 更欲前進, 店前老人方工[39]), 謂曰: "客勿夜行, 此中多盜." 韋曰: "某留心弧矢, 無所患也." 因進發. 行數十里, 天黑, 有人起草[40])中尾之, 韋叱不應, 連發矢中之, 復不退. 矢盡, 韋懼, 奔馬. 有頃, 風雷揔[41])至. 韋下馬負一樹, 見空中有電光相逐如鞠杖, 勢漸逼樹抄[42]), 覺物

---

26) 群: 점교본 羣, 일본 저본과 일치.

27) 密: 저본 宻, 점교본 密. 저본 密, 宻의 자형 혼용.

28) 彼: 점교본·일본 後

29) 《皇覽》言: 점교본은 앞 항목에 연결, 일본 저본과 일치.

30) 野: 점교본 夜, 일본 저본과 일치.

31) 挂: 점교본 掛, 일본 저본과 일치.

32) 鳥: 저본 鳥, 점교본·일본 鳥. 저본은 鳥, 鳥, 鳥, 鳥의 자형을 혼용.

33) 建甖: 저본 建甖, 점교본 建甖, 일본 建甖

34) 覩: 점교본 睹, 일본 저본과 일치.

35) 嘗: 저본 甞, 점교본 嘗, 일본 甞

36) 驚: 저본 驚, 점교본·일본 驚

37) 駭: 저본 駭, 점교본·일본 駭

38) 撲: 저본 撲, 점교본·일본 撲

39) 工: 점교본·일본 工作

40) 草: 저본 草, 점교본·일본 草. 서본은 草, 草의 자형을 혼용.

41) 雷揔: 점교본 雷總, 일본 雨忽. 學津本·津逮本·稗海本은 모두 雷忽

紛紛墜其前. 韋視之, 萬43)木札也. 須臾, 積札埋至膝, 韋驚懼, 投弓矢, 仰空乞命, 拜數十, 電光漸高而滅, 風雷亦44)息. 韋顧大樹, 枝幹童矣. 鞍馱45)已失, 遂返前店, 見老人方箍莆46), 韋意其異人, 拜之, 且謝有悮47)也. 老人笑曰: "客勿持48)弓矢, 湏知劍術49)." 引韋入院後, 指鞍馱50)言: "却須取相試耳." 人桶51)板一片, 昨夜之箭, 悉中其上. 韋請役力汲湯, 不許, 微露擊劍52)事, 韋亦得其一二焉.

相傳黎53)幹爲京兆尹時, 曲江塗龍祈雨54), 觀者數千. 黎至, 獨有老人植55)杖不避. 幹怒, 杖背二十, 如擊鞭革, 掉臂而去. 黎疑其非常人, 命老坊卒尋之. 至蘭陵里之內, 入小門, 大言曰: "我今日困辱甚, 可具湯也." 坊卒遽返白黎, 黎大懼, 因弊衣懷公服與坊卒至其處56). 時已昏57)黑, 坊卒直入, 通黎之官閥. 黎唯而趨58)入, 拜伏曰: "向迷丈人物色, 罪當十死." 老人驚起, 曰: "誰引君來59)此?" 卽牽上階. 黎知可以理奪, 徐60)曰: "某爲京兆尹, 威稍損則失官

---

42) 抄: 점교본・일본 杪

43) 萬: 저본 万, 점교본・일본 乃

44) 亦: 저본(성대본・일본 국회도서관본) 亣(脫劃으로 보임.), 저본(충재종택본) 亣, 점교본・일본 亦

45) 馱: 저본 馱, 점교본 馱, 일본 저본과 일치.

46) 箍莆: 점교본 箍桶

47) 悮: 저본 悮, 점교본 誤, 일본 저본과 일치. 저본은 悮, 悞, 悮, 悮의 자형을 혼용.

48) 持: 점교본 恃, 일본 저본과 일치.

49) 湏知劍術: 점교본 須知劍術, 일본 須知劍術

50) 馱: 점교본 馱, 일본 저본과 일치.

51) 人桶: 저본 人捅, 점교본・일본 又出桶

52) 劍: 점교본 劍, 일본 저본과 일치.

53) 黎: 저본 黎, 점교본・일본 黎

54) 雨: 저본 雨, 점교본 雨, 일본 저본과 일치.

55) 植: 저본 植, 점교본・일본 植. 저본은 植, 植, 植, 植의 자형을 혼용.

56) 處: 저본 處, 점교본・일본 處

57) 昏: 저본 昏, 점교본・일본 昏

58) 而趨: 저몬 而趨, 점교본 而趨, 일본 趨而

59) 來: 저본 來, 점교본・일본 來. 저본 來, 来, 來, 來의 자형 혼용.

政, 丈人埋形雜迹, 非證惠眼, 不能知也. 若以此罪人, 是釣人以賊, 非義士之心也." 老人笑曰: "老夫之過." 乃具酒設席於地, 招坊卒令坐. 夜深, 語及養生之術, 言約理辯. 黎轉敬懼. 因曰: "老夫有一伎, 請爲尹設." 遂入. 良久, 紫衣朱鬢, 擁劍長短七口, 舞於庭中, 迭躍揮霍, 捥光電激, 或橫若裂盤, 旋若規尺. 有短劍二尺餘, 時時及黎之衽. 黎叩頭股慄. 食頃, 擲劍植地, 如北斗狀, 顧黎曰: "向試黎君膽氣." 黎拜曰: "今日已[61]後, 性命丈人所賜, 乞役左右." 老人曰: "君骨相無道氣, 非可遽敎, 別日更相顧也." 揖黎而入. 黎歸, 氣色如病, 臨鏡方覺鬚剃落寸餘. 翌[62]日復往, 室已空矣.

　建中初, 士人韋生, 移家汝州. 中路逢一僧, 因與連鑣, 有[63]論頗洽. 日將銜山, 僧指路謂曰: "此數里是貧道蘭若, 郞君豈不能左顧乎?" 士人許之, 因令家口先行. 僧卽處分步者先. 排比行十餘里, 不至, 韋生問之, 卽指一處林煙[64]曰: "此是矣!" 又前進, 日已[65]沒, 韋生疑之, 素善彈[66], 乃密於靴中取張卸彈, 懷銅丸十餘, 方責僧曰: "弟子有程期, 適偶貪上人淸論, 勉副相邀, 今已[67]行二十里不至, 何也?" 僧但言且行. 至是, 僧前行百餘步, 韋知其盜也, 乃彈之僧[68], 正中其腦. 僧初不覺, 凡五發中之, 僧始捫中處, 徐曰: "郞君莫惡作劇[69]." 韋知無奈何, 亦不復彈. 見僧方至一莊[70], 數十人列炬出迎. 僧延韋坐一廳中, 喚云: "郞君勿憂[71]." 因問左右: "夫人下處如法無?" 復曰: "郞君且自

---

60) 徐: 저본 徐, 점교본·일본 徐
61) 已: 점교본 以, 일본 저본과 일치.
62) 翌: 저본 翌, 점교본·일본 翌
63) 有: 점교본 言, 일본 저본과 일치.
64) 煙: 점교본·일본 烟
65) 已: 점교본 巳, 일본 저본과 일치.
66) 彈: 저본 弾, 점교본·일본 彈.
67) 已: 점교본 巳, 일본 저본과 일치.
68) 乃彈之僧: 저본 乃弾之僧, 점교본 乃彈之, 일본 乃彈之僧
69) 惡作劇: 점교본의 원작은 作惡劇이나 學津本·津逮本·稗海本에 의거 수정.
70) 莊: 저본 庄, 점교본 莊, 일본 庄
71) 憂: 저본 憂, 점교본·일본 憂

慰安之, 即就此也." 韋生見妻女別在一處, 供帳甚盛, 相顧涕泣. 即就僧, 僧前執韋生手曰: "貧道, 盜也. 本無好意, 不知郎君藝若此, 非貧道亦不及[72]也. 今日故[73]無他, 幸不疑也. 適來貧道所中郎君彈悉在." 乃擧手捫腦後, 五丸墜地焉. 蓋腦衝彈丸而無傷, 雖列言"無痕撻", 孟稱"不膚撓", 不翅[74]過也. 有頃, 布筵具蒸犢, 犢箸刀子十餘, 以藘餅環之, 揖韋生就坐, 復曰: "貧道有義弟數人, 欲令伏謁." 言未巳[75], 朱衣巨帶者五六輩, 列於階下. 僧呼曰: "拜郎君! 汝等向遇郎君, 則成藘粉矣." 食畢, 僧曰: "貧道久爲此業, 今向遲暮, 欲改前非, 不幸有一子, 伎[76]過老僧, 欲請郎君爲老僧斷之." 乃呼飛飛出參郎君. 飛飛年才十六七, 碧衣長袖, 皮肉如臘[77]. 僧叱曰: "向後堂侍郎君." 僧乃授韋一劍及五丸, 且曰: "乞郎君盡藝殺之, 無爲[78]老僧累也." □韋[79]入一堂中, 乃反鑕[80]之. 堂中四隅, 明燈而已. 飛飛當堂執一短馬鞭, 韋引彈, 意必中, 丸巳[81]敲落. 不覺跳在梁上, 循壁虛攝, 捷若猱獲, 彈丸盡不復中. 韋乃運劍[82]逐之, 飛飛倏忽逗閃, 去韋身不尺. 韋斷其鞭節[83], 竟不能傷. 僧久乃開門, 問韋: "與老僧除得害[84]乎?" 韋具言之, 僧悵然, 顧飛飛曰: "郎君證成汝爲賊也, 知復如何." 僧終夕與韋論劍及弧矢之事. 天將曉, 僧送韋路口, 贈絹[85]

---

72) 及: 점교본은 원작에 及이나《太平廣記》에 의거 支로 수정. 일본 저본과 일치.

73) 故: 점교본 固, 일본 저본과 일치.

74) 翅: 점교본 啻, 일본 저본과 일치.

75) 巳: 점교본 已, 일본 저본과 일치.

76) 伎: 점교본 技, 일본 저본과 일치.

77) 臘: 점교본의 원작은 저본과 같으나 學津本·津逮本에 의거 脂로 수정. 일본 脂

78) 爲: 저본 为, 점교본·일본 爲

79) □韋: 점교본·일본 引韋. 저본은 글자의 일부 흔적이 남아 있으나 형태를 알 수 없음.

80) 鑕: 점교본 鎖, 일본 저본과 일치.

81) 巳: 점교본 已, 일본 저본과 일치.

82) 劍: 저본 𠜷, 점교본 劍, 일본 劒

83) 斷其鞭節: 점교본의 원작은 數가 없으나《太平廣記》에 의거 斷其鞭數節로 수정. 일본 斷其鞭節

84) 害: 저본 𡧇, 점교본·일본 害

百疋, 垂⁸⁶⁾泣而別.

元和中, 江淮有唐山人者, 涉獵史傳, 好道, 常遊名山. 自言善縮錫, 頗有師之者. 後於楚州逆旅遇一盧生, 氣相合, 盧亦語及爐⁸⁷⁾火, 稱唐族乃外氏, 遂呼唐爲舅. 唐不能相捨, 因邀同之南嶽. 盧亦言親故在陽羨, 將訪之, 今且貪舅山林之程也. 中途止一蘭若, 夜半語笑方酣, 盧曰: "知舅善縮錫, 可以梗槩⁸⁸⁾語之?" 唐笑曰: "某數十年重跰⁸⁹⁾從師, 只得此術, 豈可輕道耶!" 盧復祈之不巳⁹⁰⁾, 唐辭以師授有時⁹¹⁾, 可遲⁹²⁾岳中相傳. 盧因作色: "舅今夕須傳, 勿等閑也." 唐責之: "某與公風馬牛耳, 不意盰眙⁹³⁾相遇. 實慕君子, 何至驟⁹⁴⁾卒不若也." 盧攘臂瞋⁹⁵⁾目眄之, 良久, 曰: "某刺客也. 舅不得, 將死於此⁹⁶⁾." 因懷中探烏⁹⁷⁾韋囊, 出匕首, 刃勢如偃月, 執火前熨斗削之如扎⁹⁸⁾. 唐恐懼具述. 盧乃笑語唐: "幾悞⁹⁹⁾殺舅." 此術十得五六, 方謝曰: "某師, 仙也. 令某等十人, 索天下妄傳黃白術者殺之. 至添金縮錫, 傳者亦死. 某久得乘蹻之道

---

85) 絹: 저본 絹, 점교본 絹, 일본 저본과 일치.
86) 垂: 저본 垂, 점교본 ·일본垂
87) 爐: 저본 炉, 점교본·일본 爐
88) 槩: 점교본 槩, 일본 저본과 일치.
89) 跰: 점교본의 원작은 跰에 "一作跡"이라 주가 있으나 學津本 등에 의거 없앰. 일본 저본과 일치.
90) 巳: 점교본 已, 일본 저본과 일치.
91) 唐辞以師授有時: 점교본 唐辭以師授有時曰, 일본 唐辭以師授有時
92) 遲: 점교본 達, 일본 저본과 일치.
93) 眙: 점교본 眙. 점교본의 원작은 盰眙이고 "作盰眙"이라 주가 있으나, 津逯本·稗海本에 의거 盰眙로 수정하고 주는 없앰. 일본 저본과 일치.
94) 驟: 저본 驟, 점교본·일본 驟
95) 瞋: 저본 瞋, 점교본의 원작은 瞑이나 《太平廣記》에 의거 수정. 일본 瞑
96) 舅不得, 將死於此: 점교본 如不得, 舅將死於此, 원작은 저본과 같으나 學津本에 의거 수정. 일본 저본과 일치.
97) 烏: 저본 烏, 점교본·일본 烏
98) 扎: 점교본 札, 일본 저본과 일치.
99) 悞: 저본 悞, 점교본 誤, 일본 悞

者." 因拱揖唐, 忽失所在. 唐自後遇道流, 輒陳此事戒之.

　李廓在潁州, 獲光火賊七人, 前後殺人, 必食其肉. 獄具[100], 廓問食人之故, 其首言: "某受教於巨盜, 食人肉者夜入, 人家必昏沉, 或有譬不悟者, 故不得不食."

　兩京逆旅中[101], 多畫[102]鸜鵒[103]及茶椀. 賊謂之鸜[104]鵒幇[105]者, 記觜[106]所向; 椀子辣者, 亦示其緩急也.

唐段少卿酉陽雜俎卷之九

---

100) 具: 저본 ��, 점교본·일본 具

101) 兩京逆旅中: 점교본·일본 앞 항목에 연결

102) 畫: 점교본의 원작은 盡이고 "一作畫"라 주가 있으나 學津本·津逮本·稗海本에 의거 수정하고 주를 없앰. 일본 저본과 일치.

103) 鵒: 저본 ��, 점교본·일본 鵒

104) 鸜: 저본 ��, 점교본·일본 鸜

105) 鸜鵒幇: 충재박물관본과 일본 국회도서관 소장본의 인쇄상태가 동일하지 않음.

106) 觜: 점교본 嘴, 일본 저본과 일치.

唐段少卿酉陽雜俎卷之十

【物異】

秦鏡, 儺溪古岸石窟有方鏡, 徑丈餘, 照人五藏[1]. 秦皇世號爲照骨寶, 在無勞縣鏡[2]山.

風聲木, 東方朔西那[3]汗國廻, 得風聲木枝, 帝以賜大臣. 人有疾則枝汗, 將死則折, 應"人生年末半枝不汗[4]."

漢[5]高祖入咸陽宮, 寶中尤異者有靑玉燈. 檠高七尺五寸, 下作蟠螭, 以口銜燈. 燈燃則鱗甲皆動, 炳煥若列星. ○ 珊[6]瑚[7], 漢積草[8]池中珊瑚, 高一丈二尺, 一本三柯, 上有四百六十二條, 是南越王趙[9]他[10]所獻, 號爲烽[11]火樹, 夜有光影[12], 常似欲燃.

石墨, 無勞縣山出石墨, 爨之彌年[13]不消.

異字境, 山西有石壁, 壁間千餘字, 色黃, 不似鐫刻, 狀如科斗[14], 莫有識者.

---

1) 藏: 점교본 臟, 일본 저본과 일치.

2) 鏡: 점교본·일본 境

3) 那: 저본 郍, 점교본 那, 일본 저본과 일치.

4) 應"人生年末半枝不汗.": 점교본 里語曰: "生年末半枝不汗." 일본 應"人生年末半枝不汗."

5) 漢: 저본 㵄, 점교본·일본 漢

6) 珊: 저본 珊, 점교본 珊, 일본 저본과 일치.

7) 珊瑚: 점교본·일본 새 항목으로 시작

8) 草: 學津本·津逮本·稗海本은 翠,《西京雜記》에 의거 草로 함. 일본 翠

9) 趙: 저본 趏, 점교본 趙

10) 他: 점교본·일본 佗

11) 烽: 저본 㷭, 점교본·일본 烽

12) 影: 지본 㬓, 점교본·일본 影

13) 年: 저본 圧(脫劃으로 보임), 점교본 年

14) 科斗: 점교본 蝌蚪, 일본 저본과 일치.

田公[15]泉, 華陽雷平山有田公泉, 飲之除腸中三蟲. 用以浣衣, 勝灰汁.

螢火芝, 良常山有螢火芝, 其葉似草, 實大如豆, 紫花, 夜視有光. 食一枚, 心中一孔明, 食至七, 心七竅洞[16]徹, 可以夜書.

石人, 尋陽山上有石人, 高丈餘. 虎至此輒倒石人前.

冬瓜, 晉高衡爲魏郡太守, 戍石頭. 其孫雅之在廐中, 有神來降, 自稱白頭公, 所柱杖光照一室. 又有一物如冬瓜, 眼遍其上也.

豫[17]章船[18], 昆明池漢時有豫章船一艘, 載一千人.

銅駝, 漢元帝竟寧元年, 長陵銅駝生毛, 毛端開花.

簄, 晉時錢塘有人作簄, 年收魚億計, 號爲萬匠[19].

碑[20]龜, 臨邑縣北有華[21]公墓碑, 尋失, 唯趺龜存焉. 石趙世, 此龜夜常負碑入水, 至曉方出, 其上常有萍藻. 有伺之者, 果見龜將入水, 因叫呼, 龜乃走, 墜折碑焉.

陸鹽[22], 昆吾陸鹽周十餘里, 無水自生末鹽, 月滿則如積雪, 味甘; 月虧[23]則如薄霜, 味苦; 月盡亦全盡.

碑[24]潁陽碑"魏曹丕受禪處", 後六字生金. 司馬氏金行, 明六世遷魏也.

泉, 元衒縣有泉, 泉眼中水交旋如盤龍. 或試撓破之, 尋手成龍狀. 驢[25]馬飲之, 皆驚走.

---

15) 公: 저본 众, 점교본·일본 公
16) 洞: 저본 泂, 점교본·일본 洞
17) 豫: 저본 豫, 점교본·일본 豫
18) 船: 저본 舡, 점교본·일본 船
19) 號爲萬匠: 점교본 號萬匠簄, 일본 號爲萬匠簄
20) 碑: 저본 碑, 점교본 碑
21) 華: 점교본 華(一作燕). 일본 저본과 일치.
22) 鹽: 저본 塩, 점교본·일본 鹽
23) 虧: 저본 虧, 점교본·일본 虧
24) 碑: 점교본·일본 없음
25) 驢: 저본 馿, 점교본·일본 驢

石漆, 高奴縣石脂水, 水膩浮水上如漆, 採以膏車及燃燈, 極明.

麝橙, 晉時有徐景, 於宣陽門外得一錦麝橙, 至家開視, 有蟲如蟬, 五色, 後²⁶⁾兩足各綴一五銖²⁷⁾錢.

玉龍, 梁大同八年, 戍主楊光欣獲玉龍一枚, 長一尺二寸, 高五寸, 雕鏤精妙, 不似人作. 腹中容斗餘, 頸亦空曲. 置水中, 令水滿. 倒之, 水從口出, 水聲如琴瑟, 水盡乃²⁸⁾止.

木字, 齊永明九年, 秣陵安明寺有古樹, 伐以爲薪, 木理自然有"法大德"三字.

木簡, 齊建元初, 延陵季子廟, 舊有湧²⁹⁾井, 井北忽有金石聲, 掘深二尺, 得沸³⁰⁾泉, 泉中得木簡, 長一尺, 廣一寸二分, 隱起字曰"盧山道士張陵再拜謁", 木堅而白, 字色黃. 赤木³¹⁾, 宗廟地中生赤木, 人君禮名得其宜也.

紅沫, 練丹砂爲黃金, 碎以染筆³²⁾, 書入石中, 削去逾明, 名曰紅沫.

鏡石, 濟南郡有方山, 相傳有奐生得仙於此. 山南有明鏡崖, 石方三丈, 魑魅³³⁾行伏, 了了然在鏡中. 南燕時, 鏡上遂使漆焉. 俗言山神惡其照物, 故漆之.

承受石, 筑陽縣水中有孤石挺出, 其下澄潭, 時有見此石根如竹根, 色黃, 見者多凶, 俗號承受石.

錐, 中牟縣魏任城王臺下池中, 有漢時鐵錐, 長六尺, 入地三尺, 頭西南指, 不可動.

釜石, 夷道縣有釜瀨, 其石大者如釜, 小者如斗, 形色亂眞³⁴⁾, 唯寶中耳.

魚石, 衡陽湘鄕³⁵⁾縣有石魚山, 山石色黑, 理若生雌黃, 開發一重, 輒有魚

---

26) 後: 점교본의 원전엔 없으나 學津本·津逮本·稗海本에 의거 보충. 일본 저본과 일치.

27) 銖: 저본 鎂, 점교본·일본 銖

28) 乃: 점교본 方, 일본 저본과 일치.

29) 湧: 점교본 湧, 일본 涌

30) 沸: 학진본·일본은 湧

31) 赤木: 점교본 새 항목으로 시작, 일본 저본과 일치.

32) 筆: 저본 箪, 점교본·일본 筆

33) 魑魅: 저본 魑魅, 점교본 魑魅, 일본 저본과 일치.

34) 眞: 저본 眞, 점교본·일본 眞

形, 鱗鰭首尾有若畫, 長數寸, 燒之作魚腥.

銅神, 衡陽唐安縣東有略³⁶⁾塘, 塘有銅神, 往往銅聲激水, 水爲變綠作銅腥, 魚盡死.

材³⁷⁾中宿縣山下有神宇, 溱水至此沸騰鼓怒. 槎木泛至此淪沒, 竟無出者, 世人以爲河伯下材.

鼓杖, 含洭縣翁水口下東岸有聖圣鼓杖, 卽陽山之鼓杖也. 橫在川側, 衝波所激, 未嘗移動. 衆鳥飛鳴, 莫有萃者, 船人愳³⁸⁾以篙觸, 必患瘧.

井, 石陽縣有井, 水半靑半黃. 黃者如灰汁, 取作粥飲, 悉作金色, 氣甚芬馥.

燃石, 建城縣出燃石, 色黃理踈³⁹⁾. 以水灌之則熱, 安鼎其上, 可以炊也.

石鼓, 冀縣有大⁴⁰⁾鼓山, 山有石如鼓. 河鼓星搖動, 則石鼓鳴, 鳴則秦土⁴¹⁾有殃.

半湯湖, 句容縣吳瀆塘有半湯湖, 湖水半冷半熱, 熱可以瀹雞, 皆有魚. 髮⁴²⁾入輒死.

鹽, 朐䏰(一曰朋)縣鹽井, 有鹽方寸, 中央隆起如張傘, 名曰傘子鹽.

泉, 玉門軍有蘆葭泉, 周二丈, 深一丈, 駝馬千頭飲之不竭.

伏⁴³⁾苓, 沈約謝始安王賜伏苓一枚, 重十二斤八兩, 有表.

古鑊, 虢州陵縣石城崗有古鑊一口, 樹生其內, 大數圍.

---

35) 鄉: 저본 鄕, 점교본·일본 鄉. 저본은 鄉, 鄕, 鄕의 자형을 혼용.

36) 略: 점교본 畧, 일본 저본과 일치.

37) 材: 점교본 없음. 學津本·일본은 저본과 동일.

38) 愳: 점교본 誤, 일본 저본과 일치.

39) 踈: 점교본 疏, 일본 疎

40) 大: 점교본·일본 天

41) 土: 저본(충재종택본·일본 국회도서관본) 上(脫劃으로 보임, 성대본은 缺失), 점교본·일본 土.

42) 髮: 점교본 魚交, 원래 저본과 동일한데 宋王象이《輿地記勝》에 의기 수정, 일본 저본과 일지.

43) 伏: 점교본 茯, 일본 저본과 일치.

君王鹽[44], 白鹽崖有鹽如水精, 名爲君王鹽.

手板, 宋山陽王休祐, 屢以言語忤顔[45]. 有庾道敏者, 善相手板. 休祐以己手板託言他人者, 庾曰: "此板乃貴, 然使人多忤." 休祐以褚淵詳密, 乃換其手板. 別日, 褚於帝前稱下官, 帝甚不悅.

鼠丸, 王肅造逐鼠丸, 以銅爲之, 晝夜自轉.

木囚, 《論衡》言, 李子長爲政, 欲知囚情, 以梧桐爲人, 象囚之形, 鑿地爲臼, 以蘆葦爲郭, 藉臥木囚於其中. 囚當罪, 木囚[46]不動; 囚或冤, 木囚乃奮起.

蘇秦金, 魏時洛陽令史高顯掘得黃金百斤, 銘曰"蘇[47]秦金".

梨, 洛陽報德寺梨重六斤.

甌[48]花, 滕[49]景眞在廣州七層寺, 元[50]徽中罷職歸家. 婢炊, 釜中忽有聲如雷, 米上芃芃隆起. 滕就視, 聲轉壯, 甌上花生數十, 漸長似蓮[51]花, 色赤, 有光似金, 俄頃萎[52]滅. 旬日, 滕得病卒.

金[53]金中螻頂金最上, 六兩爲一垛[54], 有臥螻蚰穴及水皐形, 當中陷處名曰趾腹. 又鋌上凹處有紫色, 名紫膽. 開元中, 有大唐金(一有印字), 卽官金也.

玄金, 唐太宗[55]時, 汾州言靑龍・白龍[56]吐物在空中, 有光如火, 墜地陷入

---

44) 君王鹽: 저본 君王塩, 점교본・일본 君王鹽. 성대본은 여기부터 卷 十三까지 결실.

45) 顔: 저본 顏, 점교본・일본 顔

46) 囚: 저본(충재종택본・일본 국회도서관본) 囚(脫劃으로 보임, 성대본은 缺失), 점교본・일본 囚

47) 蘇: 저본 蘇, 점교본・일본 蘇

48) 甌: 저본 甌, 점교본 甌, 일본 저본과 일치.

49) 滕: 저본 滕, 점교본・일본 滕

50) 元: 점교본 永, 일본 저본과 일치.

51) 似蓮: 충재박물관본과 일본 국회도서관 소장본의 인쇄상태가 상이하며, 일본 국회도서관 소장본은 似가 불분명함.

52) 萎: 저본 萎, 점교본・일본 萎

53) 金: 점교본 官, 일본 저본과 일치.

54) 垛: 점교본 垛, 일본 저본과 일치.

55) 唐太宗: 점교본 太宗, 일본 저본과 일치.

56) 白龍: 學津本・津逮本・稗海本엔 白虎. 일본 白虎

二尺, 掘之, 得玄金, 廣尺餘, 高七寸.

芝, 天保⁵⁷⁾初, 臨川人李嘉胤所居, 柱上生芝草, 狀如天尊, 太守張景佚拔柱獻焉.

龜, 建中四年, 趙州寧晉縣沙河北有大棠梨樹, 百姓常祈禱, 忽有羣仙⁵⁸⁾數十 自東南來, 渡北岸, 集棠梨樹下爲二積, 留南岸者爲一積. 俄見三龜徑寸, 繞行積傍, 積地⁵⁹⁾盡死. 乃各登其積, 視蛇腹悉有瘡, 石⁶⁰⁾矢所中. 刺史康日知圖甘棠奉⁶¹⁾·三龜來獻.

雪, 貞元二年, 長安大雪, 平地深尺餘. 雪上有薰黑色.

雨木, 貞元四年, 雨木於陳留, 大如指, 長寸許. 每木有孔通中, 所下其立如植, 徧⁶²⁾十餘里.

齒, 梵那衍國有金輪王齒, 長三寸.

石柱, 劫化他國有石柱, 高七十餘尺, 無憂王所建. 色紺光潤, 隨人罪福影其上.

旆⁶³⁾檀鼓, 于闐⁶⁴⁾城東南有大河, 漑一國之田. 忽然⁶⁵⁾絶流, 其國王問羅洪僧, 言龍所爲也. 王乃祠龍, 水中有一女子, 凌波而來, 拜曰: "妾夫死, 願得大臣爲夫, 水當復舊." 有大臣請行, 舉國送之, 其臣車馬⁶⁶⁾白馬, 入水不溺, 中河而後白馬浮出, 負一旆檀鼓及書一函. 發書, 言大鼓懸城東南, 寇至, 鼓當自鳴, 後寇至, 鼓輒自鳴.

---

57) 天保: 점교본 天寶, 점교본 원작은 天保,《太平廣記》에 의거 수정, 일본 저본과 일치.
58) 仙: 점교본·일본 蛇
59) 地: 점교본·일본 蛇
60) 石: 점교본·일본 若
61) 奉: 점교본 梨, 學津本·津逮本·稗海本 저본과 동일. 일본 奉
62) 徧: 저본 徧, 점교본·일본 徧
63) 旆: 저본 旆, 점교본 旆
64) 闐: 저본 闐, 점교본·일본 闐
65) 然: 저본 然, 섬교본·일본 然
66) 馬: 점교본·일본 駕

石韡, 于闐國剎利寺有石韡.

石阜石, 河目縣東有[67]石阜石, 破之有綠[68]馬跡.

舍利, 東迦畢誠國有窣[69]堵波, 舍利常見, 如綴珠幡, 循繞表樹(一曰[70]柱).

蟻像, 健馱邏國石壁上有佛像. 初, 石壁有金色蟻, 大者如指, 小者如米, 齧石壁如雕鐫, 成立佛狀.

燋[71]米, 乾陁[72]國昔尸毗王倉庫爲火所燒, 其中粳米燋[73]者, 于今尙存. 服一粒, 永不患瘧.

辟支佛韡, 于闐國贊[74]摩寺有辟支佛韡, 非皮非綵, 歲久不爛.

石駝[75]溺, 拘夷國北山有石駝溺, 水溺下以金・銀・銅・鐵・瓦・木等[76]器盛之皆漏, 掌承之亦透, 唯瓢不漏. 服之令人身上臭毛落盡得仙. 出《論衡》.

人木, 大食西南二千里有國, 山谷間樹枝上, 化生人首, 如花不解語. 人借問, 笑而已, 頻笑輒落.

馬, 俱位國以馬種蒔[77], 大食國馬解人語.

石人, 菜[78]子國海上有石人, 長一丈五尺, 大十圍. 昔秦始皇遣此石人追勞山不得, 遂立於此.

銅馬, 俱德建國鳥滸河中, 灘派中有火祆相[79]. 相傳祆神本自波斯國乘神通

---

67) 縣東有: 점교본 縣有, 일본 저본과 일치.

68) 綠: 점교본・일본 祿

69) 窣: 저본(일본 국회도서관본) 盉(脫劃으로 보임, 성대본은 缺失), 저본(충재종택본) 窂, 점교본・일본 窣

70) 曰: 점교본 作, 일본 저본과 일치.

71) 燋: 점교본 焦, 일본 저본과 일치.

72) 陁: 저본 陁, 점교본 陀, 일본 저본과 일치.

73) 燋: 점교본 焦, 일본 저본과 일치.

74) 贊: 저본 賛, 점교본 贊, 일본 저본과 일치.

75) 駝: 저본 駞, 점교본 駝, 일본 저본과 일치.

76) 等: 저본 等, 점교본・일본 等

77) 蒔: 저본 蒔, 점교본・일본 蒔

78) 菜: 저본 菜, 점교본 萊, 일본 저본과 일치.

來此, 常見靈異, 因立祆祠. 內無象, 於大屋下置大小爐[80], 舍簷向西, 人向東禮. 有一銅馬, 大如次馬, 國人言自天下, 屈前脚在空中而對神立, 後脚入土. 自古數有穿視者, 深數十丈, 竟不及其蹄. 西域以五月爲歲, 每歲日, 爲[81]澝河中有馬出, 其色金, 與此銅馬嘶相應, 俄復入水. 近有大食[82]不信, 入祆[83]祠, 將壞之, 忽有火燒其兵, 遂不敢毀.

　石鼉, 私訶條國金遼山寺中有石鼉, 衆僧飮食將盡, 向石鼉作禮, 於是飮食悉具.

　神廚, 俱振提國尙鬼神, 城北隔眞[84]珠江二十里有神, 春秋祠之. 時國王所須什物金銀器, 神廚中自然而出, 祠畢亦滅. 天后使驗[85]之, 不妄.

　毒槊, 南蠻[86]有毒槊, 無刃, 狀如朽鐵, 中人無血而死. 言從天雨下, 入地丈餘, 祭地方撅得之.[87]

　甲, 遼城東有鏁[88]甲, 高麗言前燕時自天而落.

　土檳榔, 狀如檳榔, 在孔穴間得之, 新者猶軟, 相傳蟾蜍矢也, 不常有之, 主治惡瘡.

　鬼矢, 生陰濕地, 淺黃白色, 或時見之, 主瘡.

　石欄干, 生大海底, 高尺餘, 有根, 莖[89]上有孔如物點, 漁人綱罥取之. 初出水正紅色, 見風漸漸靑色, 主石淋.

---

79) 祆相: 자번 祅相, 점교본 祅祠, 일본 祆祠
80) 爐: 저본 炉, 점교본·일본 爐
81) 爲: 점교본·일본 鳥
82) 大食: 점교본·일본 大食王
83) 祆: 점교본 祅, 일본 저본과 일치.
84) 眞: 저본 真, 점교본 珍, 學津本·津逮本·稗海本 저본과 동일. 일본 眞
85) 驗: 저본 蝅, 점교본·일본 驗. 저본은 驗, 蝅, 騐, 驗의 자형을 혼용.
86) 蠻: 점교본·일본 蠻
87) 學津本은 이후에 蠻中人呼爲鐸刀가 있음.
88) 鏁: 점교본·일본 鎖
89) 莖: 저본 茎, 점교본·일본 莖

壁影, 高郵縣有一寺, 不記名, 講堂西壁枕[90]道, 每日晚, 人馬車轝[91]影悉透壁上, 衣紅紫者影中鹵莽可辨. 壁厚數尺, 難以理究. 辰午之時則無. 相傳如此二十餘年矣, 或一年半年不見. 成式大[92]和初, 楊[93]州見寄客及僧說.

醶[94]石, 成式羣從有言, 少時嘗毀鳥巢, 得一黑石如雀卵[95], 圓滑可愛, 後偶置醋器中, 忽覺石動, 徐視之, 有四足如綖[96], 舉之, 足亦隨縮.

桃核, 水部員外郎杜陟常見江淮市人以桃核扇量米, 正容一升, 言於九嶷山溪中得.

人足, 處士元固言, 貞元初, 常[97]與道侶遊華山, 谷中見一人股, 襪履甚新, 斷如膝頭, 初無瘡迹.

瓷[98]椀, 江淮有士人莊居, 其子年二十餘, 常病猒[99]. 其父一日飲茗, 甌[100]中忽皰起如漚, 高出甌外, 瑩浄[101]若琉璃, 中有一人, 長一寸, 立於漚, 高出甌中. 細視之, 衣服狀貌[102], 乃其子也. 食頃, 爆破, 一無所見, 茶椀如舊, 但有微墨耳. 數日, 其子遂着神, 譯神言, 斷人休咎不差謬.

鐵鏡, 苟諷者, 善藥性, 好讀道書, 能言名理, 樊晃當[103]給其絮帛. 有鐵鏡徑五寸餘, 鼻大如拳[104], 言於道□[105]處傳得, 亦無他異. 但數人同照, 各自見

---

90) 枕: 점교본 槐, 일본 저본과 일치.

91) 轝: 점교본 輿, 일본 저본과 일치.

92) 大: 점교본 太, 일본 저본과 일치.

93) 楊: 점교본·일본 揚

94) 醶: 저본 醓, 점교본 醶

95) 卵: 저본 夘, 점교본 卵

96) 綖: 점교본 蜒, 일본 저본과 일치.

97) 常: 점교본·일본 嘗

98) 瓷: 저본 甆, 점교본 瓷, 일본 저본과 일치.

99) 猒: 점교본·일본 魘

100) 甌: 저본 甌, 점교본 甌, 일본 저본과 일치.

101) 浄: 점교본·일본 淨

102) 貌: 저본 兒, 점교본·일본 貌

103) 當: 점교본 常, 일본 嘗

其影, 不見別人影.

　大蟲皮, 永寧王鹽鐵舊有大蟲皮, 大如一掌, 鬐尾斑點如大[106])者.

　人腊, 李章武有人腊, 長三寸[107])餘, 頭項中骨肋成就[108]), □[109])是儁[110])僥國人.

　牛黃, 牛黃在膽中, 牛有黃者, 或吐弄之. 集賢校理張希復言, 嘗有人得其所吐黃剖[111]), 中有物如蝶飛去.[112])

---

104) 拳: 저본 拳, 점교본·일본 拳

105) □: 점교본·일본 者

106) 大: 점교본·일본 犬

107) 寸: 점교본 尺(一作寸), 일본 저본과 일치.

108) 頭項中骨肋成就: 점교본·일본 頭項骭肋成就, 學津本·稗海本은 頭項中骨筋成就

109) □: 점교본·일본 云

110) 儁: 저본 儁, 점교본 儁, 일본 憔

111) 剖: 점교본·일본 剖之, 점교본 원작엔 之가 없으나 學津本·津逮本에 의거 보충

112) 저본은 이하 내용이 없음. 稗海本 역시 이하 내용이 모두 없음. 學津本·津逮本은 이하 내용 중 楚州界有小山 항목이 없음. 일본은 이하 내용 중 漢帝相傳[以秦王子嬰所奉白玉璽·高祖斬白蛇劍 항목이 없음.

　　上淸珠, 肅宗爲兒時, 常爲玄宗所器, 每坐於前, 熟視其貌, 謂武惠妃曰: "此兒甚有異相, 他日亦吾家一有福天子." 因命取上淸玉珠, 以絳紗裹之, 繫于頸. 是開元中, 罽賓國所貢. 光明潔白, 可照一室, 視之則仙人·玉女·雲鶴·降節之形, 搖動於其中. 及卽位, 寶庫中往往有神光. 異日掌庫者具以事告, 帝曰: "豈非上淸珠耶?" 遂令出之, 絳紗猶在, 因流泣遍示近臣曰: "此我爲兒時, 明皇所賜也." 遂令貯之以翠玉函, 置之于臥內. 四方忽有水旱兵革之災, 則虔懇祝之, 無不應驗也.

　　漢帝相傳[以秦王子嬰所奉白玉璽·高祖斬白蛇劍. 　劍[上有七]綵[珠]·九華玉以爲飾, 雜厠五色琉璃爲劍匣. 劍在室中, [光]景猶照於外, 與挺劍不殊. 十二年一加磨瑩, 刃[上常若霜]雪. 開匣拔鞘, 輒有風氣, 光彩射人.〈점교본 원작에 "漢太上皇爲□□秦王子嬰所奉白玉璽·高祖斬白蛇劍. 　劍□□綵□□·九華玉以爲飾, 雜厠五色琉璃爲劍匣. 劍在匣中□景猶照於外, 與挺劍不昧. 十二年一加磨龍, 刃□□雪. 開匣拔鞘, 輒有風氣, 光彩射人."이나 葛洪의《西京雜記》卷一에 의거 수정 보충함〉

　　楚州界有小山, 山上有室而無水. 僧智一掘井, 深三丈遇石. 鑿石穴及土, 又深五十尺, 得一玉, 長尺二, 闊四寸, 赤如[榴花], 每面有六龜子, [紫色]可愛, 中若可貯水狀. 僧偶擊一角視之, 遂瀝血, 半月日方止.〈본 항목중 赤如[榴花]와 [紫色]可愛는 원작에 赤如□□와 □□可愛로《太平廣記》에 의거 수정 보충함. 闊四寸은 學津本·津逮本에 闊四尺임.〉

　　虞鄕有山觀, 甚幽寂, 有滌陽道士居焉. 太和中, 道士嘗一夕獨登壇, 望見庭忽有異

唐段少卿酉陽雜俎卷之十

　　光, 自井泉中發. 俄有一物狀若兔, 其色若精金, 隨光而出, 環遶醮壇, 久之, 復入于井. 自是每夕輒見, 道士異其事, 不敢告于人. 後因淘井得一金兔, 甚小, 奇光爛然, 卽置于巾箱中. 時御史李戎職于蒲津, 與道士友善, 道士因以遺之. 其後戎自奉先縣令爲忻州刺史, 其金兔忽亡去. 後月餘而戎卒.
　　李師古治山亭, 掘得一物, 類鐵斧頭. 時李章武遊東平, 師古示之, 武驚曰: "此禁物也, 可飮血三斗." 驗之而信.

《下冊》

唐段少卿酉陽雜俎卷之十一[1]

【廣知】

俗諱五月上屋, 言五月人蛻[2], 上屋見影, 魂當去.

金曾經在丘塚及爲釵釧·溲器, 陶隱[3]居謂之辱金[4], 不可合鍊[5].

鍊[6]銅時與一童女俱, 以水灌銅, 銅當自分爲兩[7]段, 有凸起者牡銅也, 凹陷[8]者牝銅也.

爨釜[9]不沸者, 有物如豚居之, 去之無也.

竈無故自濕潤者, 赤蝦蟆名鉤注居之, 去則止.

飲酒者, 肝氣[10]微則面[11]靑, 心氣微則面赤也.

---

1) 국내 소장 조선간본《唐段少卿酉陽雜俎》의 복원 작업에는 冲齋宗宅本(卷一~卷十)과 성
   균관대학교 소장본(卷一~卷二十), 일본 국회도서관 소장본(卷一~卷二十)을 교감의 저본
   으로 삼았다. 그러나 충재종택본과 성균관대본은 모두 卷十一부터 卷十三까지 缺失되었
   고, 유일하게 일본 국회도서관 소장본에 보존되어 있어 이를 활용 복원을 진행하였다.
   국내의 誠庵文庫에《唐段少卿酉陽雜俎》卷十一~卷二十까지의 판본이 소장된 것으로
   조사되었으나, 誠庵文庫가 해체되어 판본의 소재를 파악할 길이 없어 복원작업에 활용하
   지 못했다.
2) 蛻: 저본 蚍, 점교본 蛻, 일본 저본과 일치.
3) 隱: 저본 隱, 점교본 隱, 일본 저본과 일치.
4) 學津本·津逮本·稗海本 모두 器와 陶 사이에 한 글자 공간이 비어 있으나, 저본은 공간
   이 없다. 方南生 點校本의 주에는 탈자 "齊"로 추측하였다. 일본 역시 器와 陶 사이에
   한 글자 공간이 비어 있음. 陶: 저본·일본 陶, 金: 저본 金
5) 鍊: 점교본·일본 鍊
6) 鍊: 점교본·일본 鍊
7) 兩: 저본 两, 점교본·일본 兩
8) 陷: 저본 陷, 점교본 陷
9) 釜: 저본 釜, 점교본 釜, 일본 저본과 일치.
10) 氣: 저본 氣, 점교본·일본 氣

脉勇怒而面靑, 骨勇怒而面白, 血勇怒而面赤.

山氣多男, 澤氣多女, 水氣多暗, 風氣多聾, 木氣多傴, 石氣多力, 阻險氣多癭, 暑氣多殘, 雲氣多壽, 谷氣多痺, 丘氣多尪, 衍氣多仁, 陵氣多貪.

身神及諸神名異者, 腦神曰覺元, 髮神曰玄華, 目神曰虛監, 鼻神曰沖龍玉, 舌神曰始梁.

夫學道之人, 須鳴天鼓以召衆神也. 左相叩爲天□[12], 卒遇凶惡不祥[13]叩之. 右相叩[14]爲天磬, 若經山澤邪□[15]威神大祝叩之. 中央上下相叩名天鼓, 存思念□□[16]鳴之. 叩之數三十六, 或三十二, 或二十七, 或[　][17]月七日.

《隱訣》言, 太淸外術: ○ 生人髮挂[18]菓樹, 烏鳥不敢食其實. ○ 苽兩鼻兩[19]

---

11) 面: 저본 面, 점교본·일본 面. 저본은 面, 面의 자형을 혼용.

12) 天□: 점교본·일본 天鐘

13) 祥: 저본 祥, 점교본·일본 祥

14) 叩: 점교본은 원본에 없으나 전후 문맥에 따라 보충. 일본 缺.

15) □: 점교본·일본 僻

16) □□: 점교본·일본 當道

17) [　]: 점교본

　二十四, 或十二.

　　玉女以黃玉爲痣, 大如黍, 在鼻上, 無此痣者鬼使也.

　　入山忌日: 　大月忌三日·十一日·十五日·十八日·二十四日·二十六日·三十日; 小月忌一日·五日·十三(一作二)日·十六日·二十六日·二十八日.

　　凡夢五臟得五穀: 肺爲蔴, 肝爲麥, 心爲黍, 腎爲菽, 脾爲粟.

　　凡人不可北向理髮·脫衣·及唾·大小便.

　　月朔日勿怒.

　　三月三日不可食百草心, 四月四日勿伐樹木, 五月五日勿見血, 六月六日勿起土, 七月七日勿思忖惡事, 八月四日勿市履屣, 九月九日勿起牀席, 十月五日勿罰責人, 十一月十一日可沐浴, 十二月三日可戒齋, 如此忌, 三官所察. 凡存修不可叩頭, 叩頭則傾九天, 覆泥, 九天帝號於上境, 太乙泣於中田, 但心存叩頭而已.

　　老子拔白日: 正月四日·二月八日·三月十二日·四月十六日·五月二十(一有六字)日·六月二十四日·七月二十八日·八月十九日·九月十六日·十月十三日·十一月十日·十一

　　津逮本·稗海本은 위 부분이 缺. 일본은 위 내용 중 玉女以黃玉爲痣~十二月七日까지 缺.

18) 挂: 점교본 掛, 일본 저본과 일치.

蔕, 食之殺人. ○ 簷下滴菜, 有毒菫20)・黃花及赤芥21)(一曰芥)殺人. ○ 瓠牛
踐苗則子苦. ○ 大醉不可臥黍穰上, 汗出眉髮落. ○ 婦人有娠, 食乾22)薑, 令
胎內23)消. ○ 十月食霜菜, 令人面無光. ○ 三月不可食陳葅24). ○ 莎衣結治
蠼螋瘡. ○ 井口邊草, 主25)小兒夜啼, 着母臥薦下, 勿令知之. ○ 船底苔26),
療天行. ○ 寡婦藁薦草節, 去小兒霍亂. ○ 自縊死蠅27)主顚28)狂. ○ 孝子衿
灰傅面䶌29). ○ 東家門雞棲30)木作灰, 治失音. ○ 砧垢能蝕31)人履底. ○ 古
櫬板作琴底, 合陰陽・通神. ○ 魚有睫, 及目合, 腹中自連珠.32) 二目不同33),
連鱗・白鬐34), 腹下丹字, 並殺人. ○ 鼈目白, 腹下王35)(一曰丹)字・卜(一曰十)
字者, 不可食. ○ 蟹腹下有毛, 殺人. ○ 蛇以桑柴燒之, 則見足出. ○ 獸歧36)

---

19) 苽兩鼻兩: 저본 苽兩鼻兩, 점교본 瓜兩鼻兩, 일본 苽兩鼻兩

20) 菫: 저본 蓳, 점교본 菫, 일본 저본과 일치.

21) 芥: 저본 芥, 점교본 介, 일본 저본과 일치.

22) 乾: 저본 干, 점교본 乾, 일본 저본과 일치.

23) 內: 學津本 肉, 일본 저본과 일치.

24) 葅: 점교본 葅, 일본 저본과 일치.

25) 主: 점교본 主, 일본 止, 學津本・津逮本・稗海本 모두 止

26) 苔: 저본 苔, 점교본 苔, 일본 苦

27) 蠅: 저본 繩, 점교본 蠅, 일본 绳

28) 顚: 저본 巓, 점교본 顚, 일본 顚

29) 䶌: 저본 䶌, 점교본・일본 䶌

30) 棲: 저본 栖, 점교본 棲, 일본 저본과 일치.

31) 蝕: 저본 蝕, 점교본・일본 蝕

32) 일본:《隱訣》言, 太淸外術: ○ 生人髮掛菓樹, 烏鳥不敢食其實. ○ 瓜兩鼻兩蔕, 食之殺
人. ○ 簷下滴菜, 有毒菫・黃花及赤芥(一曰芥)殺人. ○ 瓠牛踐苗則子苦. ○ 大醉不可
臥黍穰上, 汗出眉髮落. ○ 婦人有娠, 食乾薑, 令胎內消. ○ 十月食霜菜, 令人面無光.
○ 三月不可食陳葅. ○ 莎衣結治蠼螋瘡. ○ 井口邊草, 主小兒夜啼, 着母臥薦下, 勿令
知之. ○ 船底苔, 療天行. ○ 寡婦藁薦草節, 去小兒霍亂. ○ 自縊死繩主顚狂. ○ 孝子
衿灰傅面面+干. ○ 東家門雞棲木作灰, 治失音. ○ 砧垢能蝕人履底. ○ 古櫬板作琴底,
合陰陽・通神. ○ 魚有睫, 及目合, 腹中自連珠.

33) 二目不同: 일본 세 항목으로 시작

34) 鬐: 일본 鬐

35) 王: 점교본・일본 五

尾, 鹿班³⁷⁾如豹, 羊心有竅, 悉害人. ○ 馬夜眼, 五月以後食之殺人. ○ 犬懸
蹄肉有毒. ○ 白馬鞍下肉³⁸⁾, 傷人五藏³⁹⁾. ○ 烏自死, 目不閉, 鴨目白, 烏四
距, 卵⁴⁰⁾有八字, 並殺人. ○ 凡飛鳥投人家口⁴¹⁾中, 必有物, 當拔而放之. ○
水脉不可斷, 井水沸不可飲, 酒漿無影者, 不可飲. ○ 蝮與靑蛙, 蛇中最毒,
蛇怒時毒在頭尾. ○ 凡冢井閉⁴²⁾氣, 秋夏中之殺人. 先以雞毛投之, 毛直下,
無毒; 廻舞⁴³⁾而下, 不可犯, 當以醋数⁴⁴⁾斗澆之, 方可入矣.

　　梨⁴⁵⁾, 千歲冰所化也. ○ 琉璃馬腦先以自然灰□□⁴⁶⁾令軟, 可以雕刻. 自然
灰, 生南海. ○ 馬腦⁴⁷⁾, 鬼血所化也.⁴⁸⁾《玄中記》言: 楓脂⁴⁹⁾入地爲琥珀.《世
說》曰: 桃瀋入地所化也.《淮南子》云: 兎⁵⁰⁾絲, 虎魄苗⁵¹⁾也.

　　鬼書有業煞, 刀⁵²⁾斗出於古器.

　　百體⁵³⁾中有懸針書 · 垂露書 · 奉王跋冢書⁵⁴⁾ · 金鵲書 · 虎爪書 · 倒薤書 ·

───────────────

36) 歧: 일본 峽

37) 班: 점교본 · 일본 斑

38) 肉: 점교본 · 일본 肉食. 점교본의 원본은 缺, 學津本 · 津逮本 · 稗海本에 의거 보충.

39) 藏: 점교본 臟, 일본 저본과 일치.

40) 卵: 저본 邜, 점교본 · 일본 卵

41) 口: 점교본 井, 일본 저본과 일치.

42) 閉: 점교본 閒, 일본 저본과 일치.

43) 廻舞: 점교본 回旋, 일본 저본과 일치.

44) 醋数: 점교본 · 일본 醋數

45) 梨: 점교본 · 일본 頗梨, 앞 항목에 연결

46) 馬腦先以自然灰□□: 점교본 瑪瑙先以自然灰煮之, 일본 馬腦先以自然灰煮之

47) 馬腦: 점교본 瑪瑙, 일본 저본과 일치.

48) 이상의 ○으로 표시된 부분은 점교본은 없으며, 일본은 "二目不同~瑪瑙, 鬼血所化也."의
　　내용이 저본과 일치함.

49) 脂: 저본 脂, 점교본 脂, 일본 脂

50) 兎: 점교본 · 일본 兔

51) 虎魄苗: 저본 虎魄苗, 점교본 · 일본 琥珀苗

52) 刀: 점교본 刁, 일본 저본과 일치.

53) 體: 저본 躰, 점교본 · 일본 體

54) 奉王跋冢書: 점교본 秦望書 · 汲冢書, 일본 秦王破冢書. 점교본의 원작은 秦王破冢書이

偃波書・信幡書・飛帛書[55]・籕書・謬繆(云)[56]篆[57]書・制書・列書・日書・月書・風書・署書・蟲[58]食葉[59]書・胡書・蓬[60]書・天竺書・楷書・橫書・芝英[61]隷・鍾隷・鼓隷・龍虎篆・麒鱗[62]篆・魚篆・蟲篆・鳥[63]篆・鼠[64]篆・牛書・兎[65]書・草書・龍草書・狼書・犬書・雞書・震書・反左書・行押書・撒[66]書・景書・半草書.

召奏用虎爪[67], 爲不可學, 以防[68]詐僞[69]. ○ 誥下用偃波書. ○ 謝章詔板用蛹[70]脚書. ○ 節信用烏[71]書. ○ 朝賀用愼書(一曰塡[72]), 亦施於昏[73]姻.

西域書有驢脣書・蓮葉書・節分書・大秦書・駄[74]乘書・牸牛書・樹葉

나 張彦遠의《法書要錄》卷二에 의거 수정. 嚴可均의《全梁文》卷六十七에는 秦望破家書로 되어 있음.

55) 信幡書・飛帛書: 점교본 幡信書・飛白書, 일본 저본과 일치. 점교본의 원작에는 信幡書 飛帛書이나《法書要錄》卷二에 의거 수정.《初學記》卷二十一에도 幡信書로 되어 있음.

56) 謬繆(云): 저본 謬繆(云), 점교본・일본 謬(一云繆)

57) 篆: 저본 篆, 점교본・일본 篆

58) 蟲: 저본 虫, 점교본・일본 蟲

59) 葉: 저본 葉, 점교본・일본 葉. 저본은 葉, 葉, 葉의 자형을 혼용함.

60) 蓬: 점교본 蓬, 일본 저본과 일치.

61) 英: 저본 英, 점교본・일본 英

62) 鱗: 점교본・일본 鱗

63) 鳥: 점교본 鳥, 일본 저본과 일치.

64) 鼠: 저본 鼠, 점교본 鼠. 저본은 鼠, 鼠, 鼠의 자형을 혼용.

65) 兎: 점교본 兔, 일본 免

66) 撒: 점교본 檊, 일본 저본과 일치.

67) 虎爪: 점교본 虎爪書, 일본 저본과 일치. 점교본의 원작 또한 탈자이나《初學記》에 의거 보충. 저본 虎爪, 점교본・일본 虎爪

68) 防: 저본 防, 점교본 防, 일본 저본과 일치.

69) 僞: 저본 僞, 점교본・일본 僞

70) 蛹: 저본 蛹, 점교본・일본 蛹

71) 烏: 점교본 鳥, 일본 저본과 일치. 學津本・津逮本・稗海本 모두 烏

72) 塡: 저본 塡, 점교본・일본 塡

73) 昏: 점교본 婚, 일본 저본과 일치.

書·起屍書·石旋書·覆書·天書·龍書·鳥音書等, 有六十四種.

胡綜博物, 孫權時掘[75]得銅匣, 長二尺七寸, 以琉璃爲[76]蓋. 又一白玉如意, 所執處皆刻龍虎及蟬形, 莫能識其由. 使人問綜, 綜曰:"昔秦皇以金陵有天子氣, 平諸山阜, 處處輒埋寶物以當王氣, 此蓋是乎?"

鄧城西百餘里有穀城, 穀伯綏之國. 城門有石人焉[77], 刊其腹云"摩兜, 摩兜, 鞬愼莫言[78]", 疑此亦同太[79]廟金人緘口銘.

歷城北二里有蓮子湖, 周環二十里, 湖中多蓮花, 紅綠間開[80], 乍疑濯錦. 又漁船掩映, 罟罾踈[81]布, 遠望之者, 若蛛網浮杯[82]也. 魏袁翻曾在湖醼[83]集, 參軍張伯瑜誇[84]公言, 向爲血羹, 頻不能就. 公曰:"取洛水必成也." 遂如公語, 果成. 時淸河王怪而異焉, 乃諮公:"未審何義得爾?" 公曰:"可思湖目." 淸河笑而然之, 而實未解. 坐散, 語主簿房叔道曰:"湖目之事, 吾實未曉." 叔道對曰:"藕能散血, 湖目蓮子, 故令公思." 淸河歎曰:"人不讀書, 其猶夜行. 二毛之叟, 不如白面書生."

梁主客陸緬謂魏使尉瑾曰:"我至鄴, 見雙闕極高, 圖飾甚麗. 此間石闕亦爲不下. 我家有荀勗所造尺[85], 以銅爲之, 金[86]字成銘, 家世所寶此物. 往昭明

---

74) 駃: 점교본 駃, 일본 저본과 일치.

75) 時掘: 학진본 時有掘, 일본 時握

76) 爲: 저본 為, 점교본·일본 爲

77) 焉: 저본 馬, 점교본·일본 焉

78) 摩兜, 摩兜, 鞬愼莫言: 점교본 摩兜鞬, 摩兜鞬, 鞬愼言. 일본 摩兜鞬, 摩兜鞬, 愼莫言. 學津本·津逮本·稗海本 摩兜鞬, 摩兜鞬, 愼莫言.

79) 太: 일본 大

80) 開: 점교본·일본 明

81) 罟罾踈: 저본 罟罾踈, 점교본 罟罾疏, 일본 罟罾踈

82) 杯: 점교본·일본 杯

83) 醼: 점교본 宴, 일본 저본과 일치.

84) 誇: 점교본·일본 諮

85) 荀勗所造尺: 저본 荀勗所造尺, 점교본 荀勗所造尺, 일본·學津本·津逮本·稗海本 荀勖尺

86) 金: 저본 金, 점교본·일본 金

太子好集古器, 遂將入內. 此闕旣[87]成, 用銅尺量之, 其高六丈." 瑾曰: "我京師象魏, 固中天之華闕, 此間地勢過下, 理不得高." 魏肇師曰: "荀勖之尺, 是積黍所爲, 用調鐘律, 阮[88]咸譏其聲有湫隘[89]之韻[90], 後得玉尺度之, 過短."

舊說不見輔星者將死, 成式親故常會修行里, 有不見者, 未周歲而卒.

相傳識人星不患瘧, 成式親識中, 識者悉患瘧. 又俗不欲看天獄星, 有流星入, 當被髮坐哭之, 候星却出, 災方弭[91].《金樓子》言: 余以仰占辛苦[92], 侵犯霜露, 又恐流星入天牢. 方知俗忌之久矣.

荊州陟岵寺僧那照善射, 每言光長而搖者鹿[93], 帖地而明滅者兎[94], 低而不動者虎. 又言, 夜格虎時, 必見三虎並來, 挾[95]者虎威, 當刺其中者. 虎死威乃入地, 得之可却百邪. 虎初死, 記其頭所藉處, 候月黑夜掘之. 欲掘時, 必[96]有虎來吼攦前後, 不足畏, 此虎之鬼也. 深二尺當得物如虎[97]珀, 蓋虎目光淪入地所爲也.

又言, 雕翎[98]能食諸鳥羽[99], 復善作風羽. 風羽法, 去筈[100]三寸鑽小孔, 令透筈及鏤風渠深一粒, 自筈[101]達于孔, 則不必羽也.

---

87) 旣: 저본 **旡**, 점교본 旣, 일본 저본과 일치.

88) 阮: 저본 **阮**, 점교본 阮, 일본 저본과 일치.

89) 隘: 저본 **隘**, 점교본 隘, 일본 저본과 일치.

90) 韻: 저본 **韻**, 점교본·일본 韻

91) 弭: 저본 **弭**, 점교본·일본 弭

92) 苦: 저본 **苦**, 점교본·일본 苦. 저본은 苦, **苦**, **苦**, **苦**, **苦**의 자형을 혼용.

93) 每言光長而搖者鹿: 점교본 每言射之法. 凡光長而搖者鹿, 일본 저본과 일치. 學津本·津逮本·稗海本 每言凡光長而搖者鹿

94) 兎: 점교본·일본 兔

95) 挾: 점교본 夾, 일본 저본과 일치.

96) 必: 점교본 而, 일본·學津本·津逮本·稗海本 저본과 일치.

97) 虎: 점교본 琥, 일본 저본과 일치.

98) 翎: 저본 **翎**, 점교본 翎, 일본 저본과 일치.

99) 羽: 점교본 羽, 일본 저본과 일치.

100) 筈: 점교본·일본 括

101) 筈: 점교본·일본 括

道士郭采眞言, 人影數至九. 成式常試之, 至六七而已, 外亂莫能辨, 郭言漸益炬則可別. 又說[102]九影各有名, 影神: 一名右皇, 二名魖魖[103], 三名洩節樞, 四名尺梟, 五名索關, 六名魄奴, 七名竈囚(一曰囻), 舊[104]抄九影名在麻面紙中, 向下兩字魚食不記.[105] 八名亥靈胎, 九魚全食不辨[106].

寶曆中, 有王山人取人本命日, 五更張燈相人影, 知休咎. 言人影欲深, 深則貴而壽, 影不欲照氷[107]·照井·及浴盆中, 古人避影亦爲此. 古蠷螋·短狐·踏影蠱, 皆中人影爲害. 近有人善炙人影治病者.

都下佛寺, 往往有神像鳥雀不汚[108]者. 鳳翔[109]山人張盈善飛化甲子, 言或有佛寺金剛, 鳥不集者, 非其靈驗[110]也, 蓋由取土處及塑像時, 偶與日辰王[111]相相符也.

又言, 相寺觀當陽像可知其貧富[112]. 故洛陽修梵寺有金剛二, 鳥雀不集. 元魏時, 梵僧菩提達摩, 稱得其眞相[113]也.

或言龍血入地爲琥珀.《南蠻記》: 寧[114]州沙中有折腰蜂, 岸崩[115]則蜂出,

---

102) 說: 점교본 説, 일본 저본과 일치.

103) 魖魖: 저본 魖魖, 점교본 魖魖, 일본 저본과 일치.

104) 舊: 저본 舊, 점교본 舊

105) 七名竈囚(一曰囻), 舊抄九影名在麻面紙中, 向下兩字魚食不記.: 점교본 七名竈囚(一曰囻), 舊抄九影名在麻面紙中, 向下兩字, 魚食不記.), 일본 저본과 일치. 점교본의 원작 또한 저본과 일치하나 점교자가 주로 처리.

106) 九魚全食不辨: 점교본 九(魚全食不辨), 일본 저본과 일치.

107) 氷: 점교본 水, 점교본의 원작에는 氷이나 學津本·津逮本·稗海本에 의거 水로 수정, 일본 水

108) 汚: 점교본 汚, 일본 저본과 일치.

109) 鳳翔: 저본 鳳翔, 점교본 鳳翔, 일본 저본과 일치. 저본은 鳳, 鳳, 鳳, 鳳의 자형을 혼용.

110) 驗: 저본 騐, 점교본·일본 驗

111) 王: 점교본 旺, 일본·學津本·津逮本·稗海本 저본과 일치

112) 富: 저본 冨, 점교본·일본 富

113) 相: 일본 像

114) 寧: 저본 寕, 점교본·일본 寧

115) 崩: 저본 崩, 점교본·일본 崩

土人燒[116]冶, 以爲琥珀.

李洪山人善符籙, 博知, 常[117]謂成式, 瓷瓦器㽠者不可棄[118]. 昔遇道者言, 雷蠱及鬼魅, 多遁其中.

近佛畫中有天藏菩薩·地藏菩薩, 近明諦觀之, 規彩鑠[119]目, 若放光也. 或言以曾靑和壁魚設色, 則近目有光. 又往往壁畫僧及神鬼, 目隨人轉, 點眸子極正則爾.

秀才顧非熊言, 釣魚當釣其有旋繞[120]者, 失其所主, 衆鱗不[121]復去, 頃刻可盡.

慈恩寺僧廣升言, 貞元末, 閬州僧靈鑒[122]善彈[123]. 其彈丸方, 用洞庭[124]沙岸下(一曰上)土[125]三斤, 炭末三兩, 瓷末一兩, 楡皮半兩, 泔澱二勺, 紫礦二兩, 細沙三分, 藤[126]紙五張, 渴擑汁半合, 九味和擣三千杵, 齊手丸之, 陰乾. 鄭彙[127]爲刺史時, 有富家名寅, 讀書善飮酒, 彙甚重之. 後爲盜, 事發而死. 寅常詣靈鑒角放彈, 寅指[128]一樹節, 其節目相去數十步, 曰: "中之獲五千." 一發而中, 彈丸反射, 不破. 至靈鑒, 乃陷節碎彈焉[129].

---

116) 燒: 저본 燒, 점교본·일본 燒

117) 常: 점교본 嘗, 일본 저본과 일치.

118) 不可棄: 저본 不可弃, 점교본 可棄, 일본 可以棄

119) 規彩鑠: 저본 規彩鍊, 점교본·일본 規彩鑠

120) 繞: 저본 綫, 점교본·일본 繞

121) 衆鱗不: 일본·일본 衆鱗鱗不

122) 鑒: 저본 鑃, 점교본·일본 鑒

123) 彈: 저본 彈, 점교본의 원작에는 强이나 學津本·津逮本·稗海本에 의거 彈로 수정. 일본 彈

124) 庭: 저본 庭, 점교본·일본 庭

125) 下(一曰上)土: 일본 下(一曰畔)上

126) 藤: 저본 藤, 점교본·일본 藤.

127) 鄭彙: 저본 鄭彙, 점교본 鄭彙, 일본 저본과 일치.

128) 指: 저본 拐(脫劃으로 보임), 점교본 指, 일본 揩

129) 焉: 저본 焉, 점교본·일본 焉

　　王彦威尚書在汴州二年[130], 夏旱, 時袁王傅季玘[131]遇[132]汴, 因宴, 王以旱爲言. 季醉曰: "欲雨甚易耳, 可求蛇醫四頭, 十石甕二枚, 每甕實以水, 浮二蛇醫, 以木蓋密泥之, 分置於鬧[133]處, 甕前後設席燒香, 選小兒十歲已[134]下十餘, 令執小靑竹, 晝夜更擊其甕, 不得少輒[135]." 王如言試之, 一日兩夜, 雨大注. 舊說龍與蛇師爲親家焉.

唐段少卿酉陽雜組卷之十一

---

130) 州二年: 점교본 州之二年, 일본 저본과 일치.
131) 玘: 저본 玘, 점교본 玘, 일본 저본과 일치.
132) 遇: 점교본 過. 일본 寓, 점교본은 원작에 遇이고 學津本·津逮本·稗海本은 모두 寓이나 《太平廣記》에 의거 過로 수정.
133) 置於鬧: 저본 置於鬧, 일본 置於閑
134) 已: 섬교본 以, 일본 저본과 일치.
135) 輒: 점교본 輟, 일본 저본과 일치.

唐段少卿酉陽雜俎卷之十二

【語資】

歷城縣魏明寺中有韓公碑, 大[1]和中所造也. 魏公曾令人遍錄州界石碑, 言此碑詞義最善, 常藏一本於枕中, 故家人名此枕爲騏驎[2]函. 韓公諱騏驎[3].

庾信作詩用《西京雜記》事[4], 旋自追改, 曰: "此吳[5]均語, 恐不足用也." 魏肇師曰: "古人託曲者多矣, 然《鸚鵡[6]賦》, 禰[7]衡・潘尼二集並載. 《弈賦》, 曹植[8]・左思之言正同. 古人用意, 何至於此?" 君房曰: "詞人自是好相採取, 一字不異, 良是後人莫辯[9]." 魏尉瑾曰: "《九錫》或稱王粲, 《六代》亦言曹植." 信曰: "我江南才士, 今日亦無. 擧世所推如溫子升獨擅鄴下, 常[10]見其詞筆, 亦足稱是遠名. 近得魏收數卷碑, 製作富逸, 特是高才也."

梁遣黃門侍郎明少遐・秣陵令謝藻・信威長史王纘[11]沖・宣城王文學蕭愷・兼散騎常侍袁狎[12]・兼通直[13]散騎常侍賀文發, 宴魏使李騫[14]・崔劼.

---

1) 大: 점교본・일본 太
2) 騏驎: 저본 騏驎, 점교본・일본 麒麟
3) 騏驎: 점교본・일본 麒麟
4) 庾信作詩用《西京雜記》事: 점교본 앞 항목에 연결. 일본・學津本・津逮本・稗海本 저본과 일치.
5) 吳: 저본 吳, 일본 吳
6) 鸚鵡: 저본 鸚鵡, 점교본 鸚鵡. 저본은 鵡, 鵡, 鵡의 자형을 혼용.
7) 禰: 저본 祢, 점교본・일본 禰
8) 植: 저본 植, 점교본 植
9) 辯: 점교본 辨, 일본 저본과 일치.
10) 常: 점교본 嘗, 일본 저본과 일치.
11) 纘: 저본 纘, 점교본 纘, 일본 저본과 일치.
12) 狎: 저본 狎, 점교본・일본 狎
13) 直: 저본 直, 일본 直

溫凉[15]畢, 少遐詠贈騫[16]其詩曰: "蕭蕭(一曰肅)風簾擧, 依依然可想." 騫曰: "未若'燈花寒不結'最附時事." 少遐報詩中有此語. 劫問少遐曰: "今歲奇寒, 江淮之間, 不乃冰凍?" 少遐曰: "在此雖有薄冰, 亦不廢行, 不似河冰一合, 便勝車馬." 狎曰: "河冰上有狸[17]跡, 便堪人渡." 劫曰: "狸當爲[18]狐, 應是字錯." 少遐曰: "是, 狐性多疑[19], 貁[20]性多預[21], 狐疑猶預[22], 因此而傳耳." 劫曰: "鵲巢避風, 雉去惡政, 乃是鳥之一長. 狐疑貁預[23], 可謂獸之一短也."

　梁[24]徐君房勸魏使尉瑾酒, 一噏[25]卽盡, 笑曰: "奇快!" 瑾曰: "卿鄴[26]飲酒[27], 未嘗傾巵[28]. 武州已來, 擧無遺滴." 君房曰: "我飲實少, 亦是習[29]慣. 微學其進, 非有由然." 庾信曰: "庶子年之高卑, 酒之多少, 與時升降, 便不可得而度." 魏肇師曰: "徐君年隨情少, 酒因境多, 未知方十復作, 若爲輕重?"

　梁宴魏使, 魏肇師擧酒勸陳昭曰: "此席已[30]後, 便與卿少時阻闊, 念此甚以悽眷." 昭曰: "我欽[31]仰名賢, 亦何已也. 路中都不盡深心, 便復乖隔, 泫歎如

---

14) 騫: 저본 騫, 점교본·일본 騫. 저본은 騫, 騫, 騫의 자형을 혼용.

15) 凉: 일본 良

16) 贈騫: 점교본·일본 騫贈

17) 狸: 저본 狸, 점교본·일본 狸

18) 爲: 저본 為, 점교본·일본 爲

19) 疑: 저본 疑, 점교본 疑, 일본 疑

20) 貁: 저본 貁, 점교본·일본 貁

21) 預: 저본 預, 일본 豫

22) 預: 일본 豫

23) 預: 일본 豫

24) 梁: 저본 梁, 점교본·일본 梁

25) 噏: 점교본 吸, 일본 저본과 일치.

26) 鄴: 저본 鄴, 점교본·일본 鄴

27) 卿鄴飲酒: 점교본 鄉鄴飲酒, 일본·學津本·津逮本·稗海本 卿在鄴飲酒

28) 巵: 저본 巵, 점교본·일본 巵

29) 習: 저본 習, 점교본·일본 習

30) 巳: 섬교본 以, 일본 저본과 일치.

31) 欽: 저본 欽, 점교본·일본 欽

何!"俄而酒至鸚鵡杯[32], 徐君房飲不盡, 屬肇師, 肇師曰: "海鰲蛇[33]蜒, 尾翅皆張. 非獨爲玩好, 亦所以爲罰, 卿今日眞不得辭[34]責." 信曰: "庶子好爲術數." 遂命更滿酌. 君房謂信曰: "相持何乃急." 肇師曰: "此謂直道而行, 乃非豆箕[35]之喩." 君房乃覆椀. 信謂瑾·肇師曰: "適信家餉致灌酸[36]酒數器, 泥封全, 但不知其味若爲. 必不敢先嘗, 謹當奉薦." 肇師曰: "每有珍旨[37], 多相費累, 顧更以多慙[38]."

　魏僕射收臨[39]代[40], 七月七日登舜山, 徘徊顧眺, 謂主簿崔曰: "吾所經多矣, 至於山川沃壤, 衿[41]帶形勝, 天下名州, 不能過此. 唯未審東陽何如?"崔對曰: "靑有古名, 齊得舊號[42]. 二處山川, 形勢[43]相似. 曾聽所論, 不能踰越." 公遂命筆爲詩. 於時, 新故之際, 司存缺然, 求筆不得, 乃以伍[44]伯杖畫堂北壁爲詩曰: "述職無風政, 復路阻[45]山河. 還思麾蓋日, 留謝此山阿."

　舜祠東有大石, 廣三丈許, 有鑿[46]"不醉不歸[47]"四字於其上, 公曰: "此非[48]

---

32) 杯: 점교본·일본 杯
33) 蛇: 점교본·일본 蜿
34) 眞不得辭: 저본 眞不得辞, 점교본 眞不得辭, 일본 眞不得辭
35) 箕: 점교본·일본 其
36) 酸: 저본 釅, 점교본 酸
37) 珍旨: 저본 珎旨, 점교본 珍旨, 일본·學津本·津逮本·稗海本 珍藏
38) 慙: 점교본·일본 慙
39) 臨: 저본 臨, 점교본·일본 臨
40) 魏僕射收臨代: 본 항목은 學津本·津逮本·稗海本 모두 후면의 玄宗常伺察諸王 항목 뒤에 배열되어 있다. 일본은 魏僕射收臨代 항목부터 舜祠東有大石, 梁宴魏使李騫·崔劼, 歷城房家園, 單雄信幼時, 秦叔寶所乘馬號忽雷駁, 徐敬業年十餘歲, 玄宗常伺察諸王 등 8개 항목이 후면의 黃瓢兒矮陋機惠 항목과 王勃每爲碑頌 항목 사이에 배열되어 있음.
41) 衿: 일본 襟
42) 號: 저본 冠, 점교본·일본 號
43) 勢: 저본 慗, 점교본 勝, 일본 저본과 일치.
44) 伍: 일본 五
45) 阻: 저본 阻, 점교본 阻, 일본 저본과 일치.
46) 鑿: 저본 鑿, 점교본·일본 鑿

遺德."令鑿去之.

梁宴魏使李騫·崔劼. 樂作, 梁舍人賀季曰: "音聲感人深也." 劼曰: "昔申喜聽歌愴然, 知是其母, 理實精妙然也." 梁主客王克曰: "聽音觀俗, 轉是精者." 劼曰: "延陵昔聘上國, 實有觀風之美." 季曰: "卿發此言, 乃欲挑戰?" 騫曰: "請執鞭弭, 與君周旋." 季曰: "未敢三舍[49]." 劼曰: "數奔之事, 久已相謝." 季曰: "車亂旗靡, 恐有所歸." 劼曰: "平陰之役, 先鳴已久." 克[50]曰: "吾方欲館[51]穀而旌武功." 騫曰: "王夷師熸[52], 將以誰屬?" 遂共大笑而止. 樂欲訖, 有馬數[53]十疋[54]馳過, 末有閹人. 騫曰: "巷伯乃同趣[55]馬, 詎非侵官?" 季曰: "此乃貌似." 劼曰: "若值[56]袁紹, 恐不可[57]免."

歷城房家園, 齊博陵君豹之山池. 其中雜樹森竦, 泉石崇邃, 歷中被[58]褉之勝[59]也. 曾有人折其桐枝者, 公曰: "何爲傷吾鳳條!" 自後人不復敢折. 公語參[60]軍尹孝逸[61]曰: "昔季倫金谷山泉, 何必蹄此?" 孝逸對曰: "曾詣洛西, 遊[62]其故所. 彼此相方, 誠如明敎." 孝逸常[63]欲還鄴, 詞人餞宿於此. 逸爲詩

---

47) 歸: 저본 **歸**, 점교본·일본 歸

48) 非: 저본 **非**, 점교본·일본 非

49) 舍: 점교본 舍, 일본 저본과 일치.

50) 克: 저본 **尅**, 점교본·일본 克

51) 館: 점교본 舘, 일본 저본과 일치.

52) 熸: 저본 燉, 점교본 熸, 일본 저본과 일치.

53) 數: 저본 **數**, 점교본 數, 일본 **數**

54) 疋: 점교본 匹, 일본 저본과 일치.

55) 趣: 저본 **趣**, 점교본 趣

56) 値: 저본 値, 일본 植

57) 可: 점교본·일본 能

58) 被: 저본 **被**, 점교본 袚

59) 勝: 저본 **勝**, 점교본·일본 勝

60) 參: 저본 叅, 점교본 參, 일본 저본과 일치.

61) 逸: 저본 逸, 점교본·일본 逸

62) 遊: 점교본 游, 일본 저본과 일치.

63) 常: 점교본 嘗, 일본 저본과 일치.

曰: "風淪歷城水, 月倚華山樹." 時人以此兩句, 比謝靈運池塘十字焉.

單[64]雄信幼時, 學[65]堂前植[66]一棗樹, 至年十八, 伐爲鎗, 長丈七尺, 拱圍[67]不合. 刃重七十斤, 號爲寒骨白. 嘗[68]與秦王卒相遇, 秦王以大白羽[69]射中刃[70], 火出, 因爲尉遲敬德[71]拉折.

秦叔寶所乘馬號忽雷駮[72], 常飮以酒. 每於月明中[73]試, 能竪[74]越三領黑毛氊. 及胡公卒, 嘶鳴不食而死.

徐敬業年十餘歲, 好彈射. 英公每曰: "此兒相不善[75], 將赤吾族." 射必溢鏑, 走馬若滅, 老騎不能及. 英公常[76]獵, 命敬業入林趁[77]獸, 因乘風縱火, 意欲殺之. 敬業知無所避, 遂屠馬腹, 伏其中, 火過, 浴血而立, 英公大奇之.

玄宗常伺察諸王, 寧王常[78]夏中揮汗鞔鼓, 所讀書乃龜茲樂譜也. 上知之, 喜曰: "天子兄弟, 當極醉樂耳."

寧王常獵於[79]鄠縣界, 搜林, 忽見草中一櫃, 局鎖甚固, 王命發[80]視之, 乃

---

64) 單: 저본 𤰜, 점교본·일본 單
65) 學: 저본 𫮃, 점교본·일본 學
66) 植: 저본 𣚁, 점교본·일본 植
67) 圍: 저본 圎, 점교본·일본 圍. 저본은 圍, 圎, 圁, 𪔐의 자형을 혼용.
68) 嘗: 일본 常
69) 羽: 점교본 羽, 일본 저본과 일치.
70) 刃: 저본 刄, 점교본 刃, 일본 저본과 일치.
71) 德: 저본 悳, 점교본·일본 德
72) 駮: 저본 駁, 점교본·일본 駮
73) 中: 저본 屮, 점교본·일본 中. 저본은 中, 屮, 宀, 甼, 凸의 자형을 보임. 屮, 甼, 凸은 脫劃으로 보임.
74) 竪: 저본 䜌, 점교본 竪, 일본 저본과 일치.
75) 善: 저본 𠊱, 점교본·일본 善
76) 常: 점교본 嘗, 일본 저본과 일치.
77) 趁: 점교본 趁, 일본 저본과 일치.
78) 常: 점교본 嘗, 일본 저본과 일치.
79) 常獵於: 저본 常獵于, 점교본 嘗獵於, 일본 저본과 일치.
80) 發: 저본 𤼲, 점교본·일본 發

一少女也. 問其所自, 女言姓莫氏, 叔伯莊居[81]. 昨夜遇光火賊, 賊中二人是僧, 因劫某至此. 動婉含嚬[82], 冶態橫生. 王驚悅[83]之, 乃載以後乘. 時慕[84]羣者方生獲一熊, 置櫃中, 如舊[85]鎖之. 時上方求極色, 王以莫氏衣冠子女, 卽日表上之, 具其所由. 上令充才人. 經三日, 京兆奏鄠縣食店有僧二人, 以錢一萬, 獨賃店一日一夜, 言作法事, 唯舁一櫃入店中. 夜久, 膈膊有聲, 店戶人怪日出不啓門, 撤戶視之, 有熊衝人走出, 二僧已死, 骸骨悉露[86]. 上知之, 大笑, 書報寧王[87]:"寧哥大能處[88]置此僧也." 莫[89]才人能爲秦聲, 當時號"莫才人囀"焉[90].

一行公本不解弈[91], 因會燕[92]公宅, 觀[93]王積薪[94]碁一局[95], 遂與之敵, 笑謂燕公曰:"此但爭先耳, 若念貧道四句乘[96]除語, 則人人爲國手."

晉羅什與人碁[97], 拾敵死子, 空處如龍鳳形. ○ 或[98]言王積薪對玄宗碁局[99]

---

81) 女言姓莫氏, 叔伯莊居: 점교본 女言姓莫氏, 父亦曾作仕, 叔伯莊居, 學津本·津逮本·稗海本·일본 저본과 일치. 莊: 저본 莊, 점교본 莊, 일본 庄

82) 動婉含嚬: 學津本·津逮本·稗海本 含嚬上訴

83) 悅: 점교본 悅, 일본 저본과 일치.

84) 慕: 저본 羨, 점교본 慕, 일본 저본과 일치.

85) 舊: 저본 舊, 점교본 舊

86) 露: 저본 霹, 점교본·일본 露

87) 王: 점교본 王云, 일본 저본과 일치.

88) 處: 저본 慶, 점교본·일본 處

89) 莫: 저본 莫, 점교본·일본 莫

90) 焉: 저본 焉, 점교본·일본 焉

91) 弈: 일본 奕

92) 燕: 저본 燕, 점교본·일본 燕

93) 觀: 저본 覩, 점교본·일본 觀. 저본은 覩, 覩, 覩, 覩의 자형을 혼용.

94) 薪: 저본 薪, 점교본 薪

95) 碁一局: 저본 碁一局, 점교본 棋一局, 일본 碁一局

96) 承: 점교본 乘, 일본 저본과 일치.

97) 碁: 점교본 棋, 일본 저본과 일치.

98) 形. ○ 或: 점교본 形. 或, 일본 서본과 일지.

99) 碁局: 점교본 棋局, 일본 저본과 일치.

畢, 悉持(一曰時)出[100].

　黃瓠兒矮陋[101]機惠, 玄宗常憑[102]之行, 問外間事, 動有錫賚, 號曰肉机[103]. 一日入遲, 上怪之, 對曰: "今日雨淖[104], 向逢捕賊官與臣爭道, 臣掀之墜[105]馬." 因下階叩頭, 上曰: "外無奏, 汝無懼." 復憑之. 有頃, 京尹[106]上表論, 上卽叱出, 令杖殺焉.

　王勃每爲碑頌, 先墨磨數升, 引被覆面而臥, 忽起, 一筆[107]書之, 初不竄[108]點, 時人謂之腹藁. 少夢人遺以丸墨盈袖.

　燕公常[109]讀其夫子學堂碑頌, 頭自帝車至太甲四句, 悉不解, 訪之一公. 一公言: "北斗建午[110], 七曜[111]在南方, 有是之祥, 無位聖人當出." 華蓋已[112]下, 卒不可悉.

　李白名播海內, 玄宗於便[113]殿召見, 神氣高朗, 軒軒然若霞擧, 上不覺亡萬乘之尊, 因命納履. 白遂展足與高力士, 曰: "去靴." 力士失勢, 遽[114]爲脫之. 及出, 上指白謂力士曰: "此人固窮相." 白前後三擬詞選, 不如意, 悉焚之. 唯留《恨・別賦》. 及祿[115]山反, 製《胡無人》, 言"太白入月敵可摧[116]." 及祿山

---

100) 悉持(一曰時): 점교본・일본 悉持(一曰時)出
101) 陋: 저본 㢴, 점교본 陋, 일본 저본과 일치.
102) 憑: 저본 凴, 점교본・일본 憑
103) 號曰肉机: 일본은 주로 표기됨. 机: 저본 扢
104) 淖: 저본 㳂, 점교본・일본 淖
105) 墜: 저본 墬, 점교본 墜, 일본 저본과 일치.
106) 尹: 점교본 兆, 일본 저본과 일치.
107) 筆: 저본 笔, 점교본・일본 筆
108) 竄: 저본 窵, 점교본 竄
109) 常: 점교본 嘗, 일본 저본과 일치.
110) 午: 점교본 원작에 干이나 學津本・津逮本・稗海本에 의거 수정. 일본 午
111) 曜: 저본 曜, 점교본・일본 曜
112) 蓋已: 저본 蓋已, 점교본 蓋以, 일본 蓋已
113) 便: 저본 㣤, 점교본・일본 便
114) 遽: 저본 遽, 점교몬 遽
115) 祿: 저본 禄, 점교본・일본 祿

死, 太白蝕[117])月. 衆言李白唯戲杜考功飯顆山頭之句, 成式偶見李白《祠[118])亭上宴別杜考[119])功詩》, 今錄首尾曰: "我覺秋興逸, 誰言秋興悲? 山將落日去, 水共晴空宜." "煙[120])歸碧海夕, 鴈[121])度青天時. 相失各萬里, 茫[122])然空爾思."

薛[123])平司徒常[124])送太僕卿周皓, 上諸色人吏中, 末有一老人, 八十餘, 著緋. 皓獨[125])問: "君[126])屬此司多少時?" 老人言: "某本藝正傷折, 天寶初, 高將軍郎君被人打, 下頷骨脫[127]), 某爲正之. 高將軍賞錢千萬, 兼特奏緋." 皓因頷遣之, 唯薛覺皓顏色不足. 伺客散, 獨留, 從容謂周曰: "向卿問着[128])緋老吏, 似覺卿不悅, 何也?" 皓驚曰: "公用心如此精也." 乃去僕, 邀薛宿, 曰: "此事長, 可緩言之. 某年少[129])常結豪族爲花柳[130])之遊, 竟畜[131])亡命, 訪城中名姬[132]), 如蠅襲羶, 無不獲者. 時靖恭方[133])有姬, 字夜來, 稚齒巧笑, 歌舞絶倫, 貴公子破產迎之. 予時與[134])數輩富於財, 更擅之. 會一日, 其母白皓曰: '某

---

116) 催: 점교본 · 일본 摧
117) 蝕: 저본 蝕, 점교본 蝕
118) 祠: 저본 祠, 점교본 · 일본 祠
119) 考: 저본 芳, 점교본 · 일본 考
120) 煙: 점교본 烟, 일본 저본과 일치.
121) 鴈: 점교본 雁, 일본 저본과 일치.
122) 茫: 저본 茫, 점교본 · 일본 茫
123) 薛: 저본 薛, 점교본 · 일본 薛
124) 常: 점교본 嘗, 일본 저본과 일치.
125) 獨: 저본 獨, 점교본 · 일본 獨
126) 君: 저본 君, 점교본 軍君, 일본 君
127) 脫: 점교본 脫, 일본 저본과 일치.
128) 着: 점교본 · 일본 著
129) 年少: 점교본 少年, 일본 저본과 일치.
130) 柳: 저본 抑, 점교본 · 일본 柳
131) 畜: 점교본 蓄, 일본 저본과 일치.
132) 姬: 저본 姫, 점교본 · 일본 姫
133) 方: 점교본 坊, 일본 저본과 일치.

日夜來生日, 豈可寂寞[135]乎?' 皓與往還, 竟求珍[136]貨, 合錢數十萬.[137] 樂工
賀懷智・紀孩孩, 皆一時絶手. 局方合, 忽覺擊門聲, 皓不許開. 良久, 折關而
入. 有少年紫裘, 騎從數十. 乃[138]詬其母, 母與夜來泣拜, 諸客將散, 皓時
氣[139]方剛, 且恃扛鼎[140], 顧從者敵. 因前讓其怙勢, 攘臂歐[141]之, 踣於拳下,
遂突出. 時都亭驛所由魏貞[142], 有心義, 好養私名[143], 皓以情投之. 貞乃藏
於妻女間. 時有司追捉急切, 貞恐蹤[144]露, 乃夜辦裝, 腰其白金數挺[145], 謂
皓曰: '汴州周簡老, 義士也. 復與[146]郎君當家, 今可依之, 且宜謙恭不怠.' 周
簡老, 蓋大俠之□[147], 見魏貞書, 甚喜, 皓名拜[148]之爲叔, 遂言狀, 簡老命居
一船中, 戒無妄出, 供與極厚. 居歲餘, 忽聽船上哭泣聲, 皓潛窺之, 見一少
婦, 縞素甚美, 與簡老相慰. 其夕, 簡老忽至皓處, 問: '君婚未? 某有表妹, 嫁
與甲, 甲卒, 無子, 今無所歸, 可事君子.' 皓拜謝之, 卽夕其表妹歸皓. 有女二
人, 男一人, 猶在舟中. 簡老忽語皓, 事已息, 君貌寢, 必無人識者, 可遊[149]江
淮, 乃贈百餘千. 皓號哭而別, 簡[150]老尋卒. 皓官已達, 簡[151]老表妹尙在, 兒

---

134) 與: 일본 缺

135) 寞: 저본 寞, 점교본・일본 寞

136) 竟求珍: 저본 竟求珎, 점교본 競求珍, 일본 竟求珍

137) 合錢數十萬: 점교본 合錢數十萬, 會飮其家. 일본 저본과 일치.

138) 乃: 점교본 大, 일본 萬

139) 氣: 점교본 血氣, 일본 저본과 일치.

140) 鼎: 저본 鼏, 점교본・일본 鼎

141) 歐: 점교본 毆, 일본 저본과 일치.

142) 驛所由魏貞: 점교본 驛有魏貞, 일본 저본과 일치.

143) 名: 점교본 客, 일본 저본과 일치.

144) 蹤: 저본 㩮, 점교본・일본 蹤

145) 乃夜辦裝, 腰其白金數挺: 점교본 乃夜辦裝具, 腰白金數挺. 津逮本・일본 乃夜一裝,
　　腰其白金數挺. 學津本 乃夜辦裝, 腰具白金數挺. 稗海本 저본과 일치.

146) 與: 일본 三

147) 蓋大俠之□: 蓋大俠之流, 일본 蓋大俠也

148) 名拜: 점교본・일본 因拜

149) 遊: 점교본 游, 일본 저본과 일치.

聚女嫁, 將四十餘年, 人無所知者. 適被老吏言之, 不覺自媿¹⁵²⁾, 不知君子察人之微也¹⁵³⁾."(有人親見薛司徒說之也.)¹⁵⁴⁾

　大曆末, 禅師玄覽住荊州陜屺寺, 道高有風韻, 人不可得而親. 張璪常畫古松於齋¹⁵⁵⁾壁, 符載讚¹⁵⁶⁾之, 衛象詩之, 亦一時三絶, 覽悉加塈焉. 人問其故, 曰:"無事疥吾壁也." 僧那卽其甥, 爲寺之患. 發瓦深□, □□培薰鼠¹⁵⁷⁾, 覽未嘗責. 有弟子義詮, 布衣一食, 覽亦不稱, 或怪之. 乃題詩於竹曰:"大海從魚躍, 長空任鳥¹⁵⁸⁾飛.¹⁵⁹⁾" 忽一夕¹⁶⁰⁾, 有梵僧撥戶而進, 曰:"和尚速作道場." 覽言:"有爲之事, 吾未嘗作." 僧熟視而出, 反手闔戶, 門局如舊. 覽笑謂左右:"吾將歸歟¹⁶¹⁾!" 遂遽浴訖(一曰早起), 隱機¹⁶²⁾而化.

　馬僕¹⁶³⁾射(一曰侍中¹⁶⁴⁾)既立勳業¹⁶⁵⁾, 頗自矜¹⁶⁶⁾伐, 常有陶侃¹⁶⁷⁾之意, 故呼

---

150) 簡: 일본 一

151) 簡: 일본 人

152) 媿: 저본 媿, 점교본 愧, 일본 저본과 일치.

153) 也: 일본 缺

154) (有人親見薛司徒說之也.): 저본은 주로 처리. 점교본·일본은 본문으로 처리.

155) 常畫古松於齋: 점교본 嘗畫古松於齋, 일본 常畫古松於人

156) 讚: 점교본 讚, 일본 三

157) 發瓦深□, □□培薰鼠: 점교본·일본 發瓦探鷇, 壞牆薰鼠

158) 鳥: 저본 鳥, 점교본·일본 鳥

159) 長空任鳥飛: 점교본 長空任鳥飛. 欲知吾道廓, 不與物情違. 學津本·津逮本·稗海本·일본 저본과 일치.

160) 夕: 저본 夂, 점교본 夕, 일본 저본과 일치.

161) 歟: 저본 歟, 점교본·일본 歟

162) 機: 저본 机, 점교본·일본 几

163) 僕: 저본 僕, 점교본·일본 僕

164) 中: 저본 甲, 점교본·일본 中

165) 馬僕射(一曰侍中)既立勳業: 점교본·일본은 본 항목 이후 다음 내용이 있으며, 稗海本은 저본과 같이 이하 내용이 缺. 저본 卷十二의 끝맺는 방식이 다른 권과 같은 것으로 보아 편자가 임의적으로 뒤의 세 항목은 제한 것이 아니라, 일본이 결하 싯태없을 가능성이 높으며, 稗海本의 저본 계열이 조선간본의 저본이 아니었을까 추정됨.
　　信都民蘇氏有二女, 擇良婿, 張文成往相. 蘇曰:"子雖有財, 不能富貴, 得五品官卽

田悅爲錢龍, 至今爲義士非之. 當時有揣其[168]意者, 乃先着[169]謠於軍中, 曰: "齋鐘動也, 和尚不上堂." 月餘, 方異其服色, 謁之, 言善相, 馬遽見, 因請遠左右. 曰: "公相非人臣, 然小有未通[170]處, 當得寶物直數千萬者, 可以通之." 馬初不實之, 客曰: "公豈不聞謠乎? 正謂公也. 齋鍾[171]動, 時至也. 和尚, 公之名. 不上堂, 不自取也." 馬聽之[172]始惑, 卽爲具肪玉・紋犀及具珠[173]焉. 客一去不復知之, 馬病劇, 方悔之也[174].

唐段少卿酉陽雜俎卷之十二

死." 時魏知古方及第, 蘇曰: "此雖黑小, 後必貴." 乃以長女妻之. 女髮長七尺, 黑光如漆, 相者云大富貴. 後知古拜相, 封夫人云.

　明皇封禪泰山, 張說爲封禪使. 說女婿鄭鎰, 本九品官, 舊例封禪後, 自三公以下, 皆遷轉一級, 惟鄭鎰因說驟遷五品, 兼賜緋服. 因大脯次, 玄宗見鎰官位騰躍, 怪而問之, 鎰無詞以對. 黃幡綽曰: "此乃泰山之力也."

　成式曾一夕堂中會, 時妓女玉壺忌魚炙, 見之色動. 因訪諸妓所惡者, 有蓬山忌鼠, 金子忌虱尤甚. 坐客乃兢徵虱拏鼠事, 多至百餘余條. 予戲摭其事, 作《破虱錄》.

166) 矜: 저본 矜, 점교본 矜, 일본 저본과 일치.

167) 陶侃: 저본 陶侃, 점교본 陶侃, 일본 陶侃

168) 其: 저본 其(脫劃으로 보임.), 점교본・일본 其.

169) 着: 점교본・일본 著

170) 通: 저본 通, 점교본 通, 일본 通

171) 鍾: 점교본・일본 鐘

172) 馬聽之: 일본 馬不聽之, 점교본 원작에는 馬不聽之이나 學津本에 의거 제함.

173) 珠: 저본 珠, 점교본・일본 珠

174) 方悔之也: 점교본 方悔之, 일본 저본과 일치.

唐段少卿酉陽雜俎卷之十三

【冥跡[1]】

　魏韋英卒後, 妻梁氏嫁向子集. 嫁日, 英歸至庭, 呼曰: "阿梁, 卿忘我耶?" 子集驚, 張弓射之, 卽變爲桃人·茅[2]馬.

　長白山西有夫人墓. 魏孝昭之世, 搜揚天下才俊, 清河崔羅什, 弱冠有令望, 被徵詣州, 夜經於此. 忽見朱門粉壁, 樓臺相望. 俄有一靑衣出, 語什曰: "女郎須見崔郎." 什悅然下馬, 入兩重門, 內有一靑衣通問引前, 什曰: "行李之中, 忽蒙厚命, 素旣不紋, 無宜深入." 靑衣曰: "女郎平陵[3]劉府君之妻, 侍中吳[4]質之女. 府君先行, 故欲相見." 什遂前, 入就牀坐. 其女[5]在戶東立[6], 與什溫涼[7]. 室內二婢秉燭, 呼一婢令以玉夾膝[8]置什前. 什素有才藻, 頗[9]善風詠, 雖疑其非人, 亦惬心好也. 女曰: "比見崔郎息駕庭樹, 嘉君吟嘯[10], 故欲一叙玉顔[11]." 什遂問曰: "魏帝與尊公書, 稱尊公爲元城令, 然否?" 女曰: "家君元城之日, 妾生之歲." 什乃與論漢魏大[12]事, 悉與《魏史》符合. 言多不能

---

1) 跡: 점교본 蹟, 일본 저본과 일치.
2) 茅: 저본 茅, 점교본·일본 茅. 저본은 茅, 茅의 자형을 혼용.
3) 女郎平陵: 점교본 女郎乃平陵, 일본 저본과 일치.
4) 吳: 저본 吳, 점교본 吳, 일본 吳
5) 女: 일본 戶
6) 立: 學津本 坐
7) 溫涼: 점교본 叙溫涼
8) 膝: 저본 䣜, 점교본·일본 膝
9) 頗: 저본 頖, 점교본·일본 頗
10) 嘯: 저본 嘯, 점교본·일본 嘯
11) 顔: 저본 顔, 점교본·일본 顔
12) 大: 점교본 時, 일본 太, 學津本·津逮本·稗海本 大

備載. 什曰:"貴夫劉氏, 願告其名." 女曰:"狂夫劉孔才之第二子, 名瑤, 子[13] 仲璋, 比有罪被攝, 仍[14]去不返." 什乃下牀辭出, 女曰:"從此十年當更相逢." 什遂以玳瑁簪[15]留之, 女以指上玉環贈什. 什上馬行數十步, 回顧乃見一[16] 大冢. 什屆[17]歷下, 以爲不祥, 遂請僧爲齋, 以環布施. 天統末, 什爲王事所 牽, 築河堤於垣冢[18], 遂於幕下話斯事於濟南奚叔布. 因下泣曰:"今歲乃是 十年, 可如何也作罷[19]." 什在園中食杏, 唯云:"報女郎信."[20] 我[21]卽去. 食 一杏未盡而卒. 什十二爲郡功曹, 爲州里推重, 及死, 無不傷嘆[22].

南巨川常[23]識判冥者張叔言, 因撰《續神異記》, 具載其靈驗. 叔言判冥鬼十 人, 十人數內, 兩人是婦人. 又烏龜狐亦判冥[24].

于襄陽頓在鎮時, 選人劉某入京, 逢一擧人, 年二十許, 言語明晤[25], 同行 數里, 意甚相得, 因藉草. 劉有酒, 傾數盃[26]. 日暮, 擧人指支逕[27]曰:"某弊止 從此數里, 能左顧乎?" 劉辭以程期, 擧人因賦詩[28]:"流水涓[29]涓芹[30]努(一曰

13) 子: 점교본・일본 字
14) 仍: 점교본 乃, 일본 저본과 일치.
15) 簪: 저본 簪, 점교본 簪, 일본 저본과 일치.
16) 乃見一: 점교본 乃一, 일본 저본과 일치.
17) 屆: 저본 屆, 점교본 屆, 일본 저본과 일치.
18) 築河堤於垣冢: 점교본 築河於垣冢(一作桓冢), 일본 築河堤於垣冢
19) 可如何也作罷: 學津本 如何
20) 唯云:"報女郎信.": 學津本 忽見一人云:"報女郎信."
21) 我: 점교본 俄, 일본 저본과 일치.
22) 嘆: 일본 歎
23) 常: 점교본 嘗, 일본 저본과 일치.
24) 又烏龜狐亦判冥: 점교본 새 항목으로 시작, 學津本・津逮本・稗海本・일본 저본과 일 치. 冥: 저본・일본 寅
25) 晤: 學津本 朗
26) 盃: 저본 盃, 점교본 杯, 일본 盃
27) 逕: 저본 逕, 점교본・일본 逕
28) 詩: 점교본 詩曰, 일본 저본과 일치.
29) 涓: 저본 涓, 점교본 涓, 일본 저본과 일치.

吐)牙, 織鳥雙[31]飛客還家. 荒[32]村無人作寒食, 殯[33]宮空對棠[34]梨花." 至明旦, 劉歸襄[35]州, 尋訪擧人, 殯宮存焉[36].

　顧況喪[37]一子, 年十七. 其子魂[38]遊, 恍惚如夢, 不離其家. 顧悲傷不已, 因作詩, 吟之且哭. 詩云: "老人喪愛[39]子, 日暮泣成血.[40] 老人年七十, 不作多時別." 其子聽之感慟, 因自誓忽若作人, 當再爲顧家子. 經日, 如被人執至一處, 若縣吏者, 斷令託生顧家, 復都無所知. 忽覺心醒, 開目認其屋宇, 兄弟親[41]滿側, 唯語不得. 當其生也, 已[42]後又不記. 年至七歲, 其兄戲[43]批之, 忽曰: "我是爾兄, 何故批我!" 一家驚異, 方敍[44]前生事, 歷歷不惧[45]. 弟妹小名, 悉遍呼之. 抑知羊[46]叔子事非怪也. 卽進士顧非熊, 成式常訪之, 涕泣爲成式言. 釋氏《處胎經》, 言人之住胎, 與此稍差.

---

30) 芹: 저본 芹, 점교본·일본 芹

31) 雙: 일본 雙

32) 荒: 저본 荒, 점교본·일본 荒

33) 殯: 저본 殯, 점교본 殯, 일본 저본과 일치.

34) 棠: 저본 棠, 점교본·일본 棠

35) 襄: 저본 襄, 점교본·일본 襄

36) 焉: 저본 焉, 점교본·일본 焉

37) 喪: 저본 喪, 점교본 喪, 일본 저본과 일치. 저본은 喪. 丧, 喪의 자형을 혼용.

38) 魂: 저본 塊, 점교본 魂, 일본 魂

39) 愛: 점교본 一, 일본 其

40) 日暮泣成血: 점교본 日暮泣成血. 心逐斷猿驚, 跡隨飛鳥滅. 學津本·津逮本·稗海本·일본 저본과 일치.

41) 親: 점교본 親愛, 일본 저본과 일치.

42) 已: 점교본 以, 일본 저본과 일치.

43) 戲: 저본 戲, 점교본·일본 戲

44) 敍: 저본·점교본 叙, 일본 敘

45) 惧: 저본 惧, 점교본 誤, 일본 惧

46) 羊: 저본 羊, 점교본·일본 羊

【尸穸47)】

　近代喪禮, 初死內棺, 而截亡人衣後幅留之. ○ 又48)內棺加蓋49), 以肉飯黍50)酒着51)棺前, 搖蓋叩棺呼亡者名字, 言起食, 三度然後止.

　琢釘52)及漆棺止哭, 哭便漆不乾也.

　銘旌出門, 衆人掣裂將去. ○ 送53)亡人不可送韋革‧鐵物及銅磨鏡使蓋54), 言死者不可使見明也. 董勛55)言:“《禮》: 弁服靺韐. 此用韋也(一曰茅韋).”

　刻木爲屋舍‧車馬‧奴婢‧抵蟲等, 周之前用塗車‧芻56)靈, 周以來用俑.

　送亡者又以黃卷‧蠍錢‧菟毫57)‧弩機‧紙疏‧挂58)樹之屬, 又59)作轜車. 車, 古蔞也, 蔞似屛.

　世人死者有作伎樂, 名爲樂喪. 魌60)頭, 所以存亡者之魂氣也, 一名蘇61)衣被, 蘇蘇如也. 一曰狂62)阻, 一曰觸壙. 四目曰方相, 兩目曰僛. 據費長房識李娥(一曰俄)藥丸, 謂之方相腦, 則方相或鬼物也, 前聖設官象之.

---

47) 穸: 저본 穸, 점교본 穸, 일본 저본과 일치.

48) 之. ○ 又: 점교본 之.

49) 又內棺加蓋: 일본 새 항목으로 시작.

50) 黍: 저본 桼, 점교본‧일본 黍

51) 着: 점교본 著, 일본 저본과 일치.

52) 釘: 저본 釕, 점교본 釘

53) 去. ○ 送: 점교본 去. 送

54) 送亡人不可送韋革‧鐵物及銅磨鏡使蓋: 일본 새 항목으로 시작.

55) 勛: 저본 勛, 점교본 勛, 일본 저본과 일치.

56) 芻: 점교본 芻, 일본 저본과 일치.

57) 毫: 저본 毫, 점교본‧일본 毫

58) 蠍錢‧菟毫‧弩機‧紙疏‧挂: 점교본 蠟錢‧免毫‧弩機‧紙疏‧挂, 일본 蠍錢‧菟毫‧弩機‧紙疏‧桂

59) 又: 저본 叉, 점교본‧일본 又

60) 魌: 저본 魌, 점교본 魌, 일본 저본과 일치.

61) 蘇: 저본 蘚, 점교본‧일본 蘇

62) 狂: 저본 狂, 점교본‧일본 狂

又忌狗見屍, 令有重喪.

亡人坐上作魂⁶³⁾衣, 謂之上天衣.

送亡者不齎鏡奩蓋⁶⁴⁾.

裰⁶⁵⁾, 鬼衣也. 桐人起虞卿, 明衣起左伯桃, 挽歌起紼謳. 故舊律發冢棄市. 冢者, 重也. 言爲孝子所重, 發⁶⁶⁾一繭⁶⁷⁾土則坐, 不須物也.

弔字, 矢貫弓也. 古者葬棄中野.《禮》: 貫弓而弔, 以助鳥獸之害.

後魏俗競厚葬⁶⁸⁾, 棺厚高大⁶⁹⁾, 多用栢⁷⁰⁾木, 兩邊作大銅鐶鈕, 不問公私貴賤, 悉白油絡幰轜⁷¹⁾車, 迥素翣仗, 打虜鼓⁷²⁾, 哭聲欲似南朝. 傳哭挽歌無破聲, 亦小異於京師焉.

《周禮》: 方相氏歐⁷³⁾罔象. 罔象好食亡者肝, 而畏虎與栢⁷⁴⁾. 墓上樹栢, 路口致石虎, 爲此也.

昔秦時陳倉人, 獵得獸若彘而不知名, 道逢二童子, 曰: "此名弗述, 常在地中食死人腦. 欲殺之, 當以栢挿其首."

遭喪婦人有面衣, 朞⁷⁵⁾以下婦人着幗⁷⁶⁾, 不着⁷⁷⁾面衣.

---

63) 魂: 저본 𩲸, 점교본 魂, 일본 𩲸

64) 齎鏡奩蓋: 점교본 賷鏡奩蓋, 일본 齎鏡奩蓋

65) 裰: 일본 □

66) 發: 저본 發, 점교본·일본 發

67) 繭: 저본 䵶, 점교본 繭, 일본 저본과 일치.

68) 後魏俗竟厚葬: 學津本·津逮本·稗海本·일본 앞 항목에 연결. 竟: 점교본 競, 일본 竟. 점교본 원작은 竟이나 蔣校本에 의거 수정

69) 大: 일본 太

70) 栢: 점교본 柏, 일본 저본과 일치.

71) 轜: 일본 轜

72) 鼓: 점교본 鼓, 일본 皷

73) 歐: 점교본 毆, 일본 저본과 일치.

74) 栢: 점교본 柏, 일본 저본과 일치.

75) 朞: 점교본 期, 일본 저본과 일치,

76) 着幗: 점교본 者幗, 일본 着幗

77) 着: 점교본 著, 일본 저본과 일치.

又婦人哭以扇掩面[78], 或有帷幄內哭者.

漢平陵王墓, 墓[79]多狐, 狐自穴[80]出者皆毛上坌灰[81].

魏末有人至狐穴前[82], 得金刀鑷·玉唾壺.

身[83]丘縣東北有齊景公墓, 近世有人開之, 下入三丈, 石函中得一鵝, 鵝廻轉翅以撥石. 復下入一丈, 便有靑氣上騰, 望[84]之如陶煙, 飛鳥過之輒墮死, 遂不敢入.

元魏時, 菩提寺增多(一曰達多)發冢取塼[85], 得一人, 自言姓崔名涵, 字子洪, 在地下十二年, 如醉人, 時復遊行, 不甚辨了. 畏日及水火兵刃. 常走, 疲極則止. 洛陽奉洛里多賣送死之具[86], 涵言作栢棺莫作桑櫬[87], 吾地下見發鬼兵, 一鬼稱是栢棺, 主者曰: "雖是栢棺, 乃桑櫬也."

南朝薨卒贈予者以密, 應看貂蟬者以鴈[88]代之, 綏者以書.

先賢大臣家[89]墓, 揭[90]杙題其官號姓名, 五品以上漆棺, 六品已[91]下但得漆際.

南陽縣民蘇調女, 死三年, 自開棺還家, 言夫將軍事. 赤小豆·黃豆, 死有

---

78) 又婦人哭以扇掩面: 일본 앞 항목에 연결.
79) 墓: 저본 臺, 점교본·일본 墓
80) 穴: 저본 宂, 점교본·일본 穴
81) 灰: 저본 灰, 점교본·일본 灰
82) 魏末有人至狐穴前: 점교본 앞 항목에 연결. 穴: 저본 宂, 점교본·일본 穴
83) 身: 점교본·일본 貝
84) 望: 저본 望, 점교본 望
85) 增多(一曰達多)發冢取塼: 점교본 僧多(一曰達多)發冢取磚, 일본 저본과 일치.
86) 洛里多賣送死之具: 점교본 終里多賣送死之具, 終은 원작에 洛이나 《洛陽伽藍記校釋》卷三에 의거 수정. 일본 저본과 일치. 具: 저본 具
87) 櫬: 저본 櫬, 점교본·일본 櫬
88) 鴈: 점교본 雁, 일본 저본과 일치.
89) 家: 점교본 冢, 일본 저본과 일치.
90) 揭: 저본 揭, 점교본 揭, 일본 저본과 일치. 저본은 揭, 揭, 揭의 자형을 혼용.
91) 已: 점교본·일본 以

持此二豆92)一石者, 無復作苦. 又言可用梓木爲棺.

劉晏判官李邈, 莊93)在高陵, 莊客懸欠租課, 積五六年. 邈因官罷歸莊, 方欲勘責, 見倉庫盈羨, 輸尙未畢. 邈怪問, 悉曰: "某94)作端公莊客二三年矣, 久95)爲盜, 近開一古冢96), 冢西去莊十里, 極高大, 入松林二百步方至墓. 墓側有碑, 斷倒草中, 字磨滅不可讀. 初, 旁掘數十丈, 遇一石門, 固以鐵汁, 累日洋97)糞沃之方開. 開時箭出如雨, 射殺數人, 衆懼欲出, 某審無他, 必機關耳. 乃令投石其中, 每投箭輒出, 投十餘石, 箭不復發, 因列炬而入. 至開第二重門, 有木人數十, 張目運劒98), 又傷數人, 衆以捧99)擊之, 兵仗悉落100). 四壁各101)畫兵衛之像. 南壁有大漆棺, 懸以鐵索, 其下金玉珠璣堆積102). 衆懼, 未卽掠之. 棺兩角忽颼颼103)風起, 有104)沙迸撲人面. 須臾105), 風甚, 沙出如注, 遂沒106)至膝, 衆驚107)恐走, 比出, 門已塞矣. 一人復(一曰後)爲沙埋死, 乃同酹108)地謝之, 誓不發冢109)."

---

92) 此二豆: 점교본 此豆, 일본 저본과 일치.
93) 莊: 저본 莊, 점교본 莊, 일본 庄
94) 某: 저본 某, 점교본·일본 某
95) 久: 저본 久, 점교본·일본 久
96) 冢: 일본 冢
97) 洋: 점교본 羊, 일본 저본과 일치.
98) 劒: 점교본 劍, 일본 저본과 일치.
99) 捧: 일본 棒
100) 落: 저본 落, 점교본·일본 落
101) 各: 저본 各, 점교본·일본 各
102) 積: 일본 集
103) 颼颼: 일본 颯颯
104) 有: 저본 有(脫劃으로 보임.), 점교본 有
105) 須臾: 저본 湏史, 점교본 須臾, 일본 須史
106) 沒: 일본 投
107) 驚: 일본 皆
108) 酹: 점교본 酹, 일본 酬
109) 冢: 일본 冢

《水經》言, 越王勾踐都琅琊[10], 欲移允(一曰元)常冢, 冢中風生, 飛沙[111]射
人, 人不得近, 遂止. 按《漢[112]舊儀》, 將作營[113]陵地, 內方石, 外沙演, 戶交
橫莫耶, 設伏弩·伏火·弓矢與沙, 蓋古製有其機也. ○ 又[114]侯[115]白《旌異
記》曰(一作言)[116]: 盜發白茅[117]冢, 棺內大吼如雷, 野雉悉雛. 穿[118]內火起, 飛
焰赫然, 盜被燒[119]死. 得非伏火乎?

永泰初, 有王生者, 住在揚[120]州孝感寺北. 夏月被酒, 手垂於[121]牀. 其妻恐
風射, 將舉之. 忽有巨手出於[122]牀前, 牽王臂墜牀, 身漸入地. 其妻與奴婢共
曳之, 不禁, 地如裂狀, 初餘衣帶, 頃亦不見. 其家併力掘之, 深二丈許, 得枯
骸一具, 已如數百年者, 竟不知何怪.

江淮元和中有百姓耕地, 地陷, 乃古墓也, 棺中得褪五十腰.

處士鄭賓于言, 嘗客河北, 有村正妻新死, 未殮[123]. 日暮, 其兒女忽覺有樂
聲漸近, 至庭宇, 屍已動矣. 及入房, 如在梁棟間, 屍遂起舞. 樂聲復出, 屍倒,
旋出門, 隨[124]樂聲而去. 其家驚懼, 時月黑, 亦不敢[125]尋逐. 一更, 村正方
歸, 知之, 乃折一桑枝如臂, 被酒大罵[126]尋之. 入墓林約五六里, 復聞樂聲在

---

110) 琊: 점교본 琊, 일본 琊

111) 沙: 저본 㳂, 점교본·일본 沙

112) 漢: 저본 漢, 점교본 漢

113) 營: 저본 營, 점교본·일본 營

114) 也. ○ 又: 점교본 也. 又

115) 侯: 저본 侯, 점교본 侯

116) 又侯白《旌異記》曰(一作言): 일본 새 항목으로 시작.

117) 茅: 저본 茅, 점교본·일본 茅

118) 穿: 점교본 窟, 일본 저본과 일치.

119) 燒: 저본 燒, 점교본 燒, 일본 저본과 일치.

120) 揚: 저본 楊, 점교본·일본 揚

121) 於: 저본 于, 점교본 於, 일본 저본과 일치.

122) 於: 저본 于, 점교본 於, 일본 저본과 일치.

123) 殮: 저본 殮, 점교본·일본 殮

124) 隨: 저본 随, 점교본·일본 隨

125) 敢: 저본 敢, 점교본·일본 敢

栢[127)]林上. 及近樹, 樹下有火熒熒然, 屍方舞矣. 村正擧杖擊之, 屍倒, 樂聲亦住, 遂負屍而返[128)].

醫僧行儒說[129)], 福州有弘濟上人, 齋戒淸苦[130)], 常於妙[131)]岸得一顱骨, 遂貯衣籃中歸寺. 數日, 忽眠中有物齧其耳, 以手撥[132)]之落, 聲如數升物, 疑其顱骨所爲也. 及明, 果墜在林[133)]下. 遂破爲六片, 零置瓦[134)]溝中[135)]. 夜半, 有火如雞卵[136)], 次第入瓦下, 燭之, 弘濟責曰: "爾不能求生人天, 憑[137)]朽骨何也?" 於是怪絶.

近有盜發[138)]蜀先主墓, 墓穴, 盜數人齊見兩人張燈對碁[139)], 侍衛十餘. 盜驚懼拜謝. 一人顧曰: "爾飮乎?" 乃各飮以一杯, 兼乞與玉腰帶數條, 命速出. 盜至外, 口已漆[140)]矣, 帶乃巨蛇也, 視其穴, 已如舊矣.

唐段少卿酉陽雜俎卷之十三

---

126) 罵: 저본 罵, 점교본·일본 罵. 저본은 罵, 罵, 罵의 자형을 혼용.

127) 聲在栢: 점교본 聲在柏, 일본 聲在一栢

128) 返: 저본 返, 점교본·일본 返

129) 說: 점교본 説, 일본 저본과 일치.

130) 苦: 저본 苦, 점교본·일본 苦

131) 常於妙: 점교본 嘗於沙, 일본 常於沙

132) 撥: 저본 撥, 점교본·일본 撥

133) 林: 점교본·일본 林

134) 瓦: 저본 瓦, 점교본 瓦, 일본 저본과 일치.

135) 中: 저본 中, 점교본·일본 中

136) 卵: 저본 卵, 점교본 卵

137) 憑: 저본 憑, 점교본·일본 憑

138) 發: 저본 發, 점교본·일본 發

139) 碁: 점교본 弈, 일본 지본과 일치.

140) 漆: 저본 漆, 점교본·일본 漆

唐段少卿酉陽雜俎卷之十四

【諾皐記上】

夫度朔司刑, 可以知其情狀[1]; 葆登掌祀, 將以著於感通. 有生盡幻, 遊魂爲變. 乃聖人定璇[2]璣之式, 立巫祝之官, 考乎十煇之祥, 正乎九黎之亂. 當有道之日, 鬼不傷人; 在觀德之時, 神無乏主. 若列生言竈下之駒[3]撥, 莊生言戶內之雷霆, 楚莊爭隨兕而禍移, 齊桓覯[4]委蛇而病愈. 徵祥變化, 無日無之, 在乎不傷人, 不乏主而已. 成式因覽歷代怪書, 偶疏[5]所記, 題曰《諾皐記》. 街談鄙俚, 輿[6]言風波, 不足以辨九鼎之象, 廣七車之對. 然遊[7]息之暇, 足爲鼓吹耳[8].

崑崙之墟, 帝之下都, 百神所在也.

大荒中有靈山[9], 有十巫, 咸曰[10]·卽·盼·彭·姑·眞·禮·抵·謝·羅[11], 從此升降.

天山有神, 是爲[12]渾澈. 狀如橐[13]而光, 其光如火. 六足重翼, 無面目. 是識

---

1) 狀: 저본 㸆, 점교본·일본 狀
2) 璇: 저본 㻏, 점교본·일본 璇
3) 駒: 저본 駒, 점교본·일본 駒
4) 覯: 점교본 睹, 일본 저본과 일치.
5) 疏: 점교본·일본 疏
6) 輿: 점교본 원작에 與이며《全唐文》卷七八七에 의거 수정. 일본 與
7) 遊: 점교본 游, 일본 저본과 일치.
8) 足爲鼓吹耳: 鼓吹는《全唐文》에 觀覽(일작鼓吹)이며 耳는 云耳이다. 일본 鼓吹耳耳.
9) 大荒中有靈山: 津逮本·稗海本·일본은 앞 항목에 연결.
10) 咸曰: 점교본 咸, 일본 저본과 일치.
11) 有十巫, 咸曰·卽·盼·彭·姑·眞·禮·抵·謝·羅: 점교본은 원작에 "有十巫, 咸曰·卽·盼·彭·姑·眞·禮·抵·謝·羅"이나《山海經·大荒西經》의 "有靈山, 巫咸·巫卽·巫盼·巫彭·巫姑·巫眞·巫禮·巫抵·巫謝·巫羅十巫"에 의거 曰을 제거.

(一曰"嗜音")歌舞, 實爲帝江. 形夭[14]與帝争神, 帝斷其首, 葬之常羊山, 乃以乳爲目, 臍爲口, 操干戚而舞焉.

漢竹宮用紫泥爲壇, 天神下若流火, 玉飾器七千枚(一作枝), 舞女三百人. ○一曰漢祭天神用萬二千杯[15], 養牛五歳, 重三千斤.

太一君諱臘[16], 天秋[17]萬二千石.

天翁姓張名堅, 字刺渴, 漁陽人. 少不羈[18], 無[19]所拘忌. 常[20]張羅, 得一白雀, 愛而養之. 夢天劉翁責怒, 每欲殺之, 白雀輒以報堅, 堅設諸方持[21]之, 終莫能害. 天翁遂下觀之, 堅盛設賓主, 乃竊騎天翁車, 乘白龍, 振策登天, 天翁乘餘龍追之, 不及. 堅既到玄宮, 易[22]百官, 杜塞北門, 封白雀爲上卿侯, 改白雀之胤不産[23]於下土. 劉翁失治, 徘徊五岳作災, 堅患之, 以劉翁爲太[24]山太守, 主生死之籍.

北[25]斗魁[26]第一星神名執[27](一曰報)陰, 第二星曰叶詣, 第[28]三星曰視金, 第四星曰拒理[29], 第五星曰防作, 第六星曰開寶, 第七星曰招搖(一曰始).

---

12) 爲: 점교본 名, 일본 저본과 일치.

13) 橐: 저본 橐, 점교본 橐

14) 夭: 점교본은 원작에 夭이나 學津本 및 《山海經 · 海外西經》에 의거 夭으로 수정. 일본 夭

15) 杯: 일본 杯

16) 臘: 저본 臘, 점교본 · 일본 臘

17) 秋萬: 저본 秋万, 점교본 · 일본 秩萬

18) 羈: 저본 羈, 점교본 · 일본 羈

19) 無: 저본 無, 점교본 · 일본 無

20) 常: 점교본 嘗, 일본 저본과 일치.

21) 持: 점교본 · 일본 待

22) 易: 저본 易, 점교본 · 일본 易

23) 産: 저본 産, 점교본 · 일본 産

24) 太: 점교본 泰, 일본 저본과 일치.

25) 北: 저본 北, 점교본 · 일본 北

26) 魁: 저본 魁, 점교본 魁, 일본 저본과 일치.

27) 名執: 점교본 名曰執, 일본 저본과 일치.

28) 第: 저본 第, 점교본 · 일본 第

東王公諱倪, 字君明. 天下未有人民時, 秩二萬六千石. 佩雜色綬, 綬長六丈六尺. 從女九千, 以丁亥日死.

西王母姓楊, 諱回, 治崑崙西北隅. 以丁丑日死. 一曰婉衿30).

竈神名隗, 狀如美女. 又姓張名單, 字子郭. 夫人字卿忌, 有六女皆名察(一作祭)洽. 常以月晦31)日上天白人罪狀, 大者奪紀32), 紀三百日, 小者奪筭, 筭33)一百日. 故爲天帝督使, 下爲地精. 巳34)丑日, 日出卯時上天, 禺中下行署, 此日祭得福. 其屬神有天帝嬌孫·天帝大夫·天帝都尉·天帝長兄·硎上童子·突上紫宮君·太和君·玉池夫人等. 一曰竈神名壤35)子也.

河伯人面, 乘兩龍, 一曰冰夷, 一曰馮夷. 又曰人面魚身.《金一匱》言, 名馮循36)(一作修),《河圖》言, 姓呂名夷,《穆天子傳》言無夷,《淮南子》言馮遅.《聖賢記》言, 服八石, 得水仙.《抱朴子》曰: 八月上庚日溺河.

甲子神名弓隆37), 欲入水內, 呼之, 河伯九千導引, 入水38)不溺.

甲戌神名執明39), 呼之, 入火不燒.

《太眞科經》說有鬼仙, 丙戌日鬼名䍤生. ○ 丙午日鬼名挺䍤 ○ 乙卯日鬼名天階40). ○ 戊午日鬼名耳述. ○ 壬戌日鬼名遠 辛丑日鬼名䟽 ○ 乙酉日鬼

---

29) 拒理: 拒(一作洰)理, 일본 저본과 일치.

30) 衿: 점교본 妗, 일본 저본과 일치.

31) 晦: 저본 晦, 점교본 晦, 일본 저본과 일치.

32) 紀: 저본 紀, 점교본 紀, 일본 저본과 일치.

33) 筭, 筭: 점교본 算, 算. 일본 저본과 일치.

34) 巳: 점교본 己, 일본 저본과 일치.

35) 壤: 저본 壤, 점교본·일본 壤

36)《金一匱》言, 名馮循(一作修): 점교본《金匱》言, 一名馮循(一作修), 원작에 金一匱言이나 學津本에 의거 수정. 일본 저본과 일치.

37) 隆: 저본 隆, 점교본 隆, 일본 저본과 일치.

38) 水: 점교본·일본 水

39) 甲戌神名執明: 일본 앞 항목에 연결.

40) 階: 저본(성대본) 階, 저본(일본 국회도서관본) 階, 점교본 陛, 津逮本·稗海本·일본 陛. 성균관대본과 일본 국회도서관본의 글자가 다른 점은 농일 인쇄본이 아니라는 명확한 증거임.

名聶左. ○ 丙辰日鬼名天灘 ○ 辛卯日鬼名慧, 酉蟲[41]鬼名髮迬迬[42] ○ 厕鬼名項天竺(一曰笙). 語忘‧敬遺二鬼名, 婦人臨産呼之, 不害人, 長三寸三分, 上下烏衣. ○ 馬鬼名賜. ○ 蛇鬼名俶石圭(一曰硅[43]).

井鬼名瓊[44]. ○ 衣服鬼名甚遼. ○ 神茶‧鬱壘領萬鬼. *[45]舊儺[46]詞曰"申作食". ○ 狒胃食虎, 雄伯食魅, 騰蘭(一曰簡)食祥, 攬(一曰攬)諸食咎, 伯倚食夢, 强梁祖名共, 食磔(一曰磔)死. 寄生‧窮奇‧騰[47]根‧共食蠱. 王延壽所夢有遊光.

彙毅[48]‧諸渠‧印堯‧夔瞿‧傖儜[49]‧將劇[50]‧摘脉‧堯岻[51]寺(一曰堯峴等).

吐火羅國[52]縛底野城, 古派斯王烏瑟多習之所築也. 王初築此城, 高二三尺卽懷[53], 歎[54]曰: "吾應無道, 天令築此城不成矣!" 有小女名那食, 見父憂恚, 問曰: "王有隣[55]敵乎?" 王曰: "吾是派斯國王, 領千餘國, 今至吐火羅國中, 欲築此城, 垂功萬代. 旣不遂心, 所以憂[56]耳." 女曰: "願王無憂, 明旦, 令匠視我所履之跡築之, 卽立." 王異之. 至明, 女起, 步西北, 自裁右手小指, 遺血成蹤, 匠隨血築之, 逐日轉蹤匝, 女遂化爲海神. 其海神至今猶在堡子

---

41) 蟲: 저본 虫, 점교본 蟲, 일본 虫

42) 迬迬: 저본 迬迬, 점교본‧일본 廷迬.

43) 硅: 學津本‧津逮本‧稗海本‧일본은 厘

44) 井鬼名瓊: 점교본‧일본 앞 항목에 연결. 瓊: 저본 瓊

45) 津逮本과 稗海本 및 일본은 *부터 缺.

46) 儺: 저본 儺, 점교본 儺

47) 騰: 저본 騰, 점교본 騰

48) 彙毅: 점교본 앞 항목에 연결. 毅: 저본 毅

49) 儜: 저본 㑍, 점교본 儜

50) 劇: 저본 劇, 점교본 劇

51) 岻: 저본 岻, 점교본 岻

52) 國: 저본 国, 점교본 國

53) 卽懷: 저본 卽懷, 점교본 卽壞

54) 歎: 저본 歎, 점교본 歎

55) 隣: 점교본 鄰

56) 憂: 저본 憂, 점교본 憂

下, 澄淸如鏡, 周五百餘步.*[57)]

古龜玆國王阿主兒者, 有神異, 力能降伏毒龍. 時有賈人買市人金銀寶貨, 至夜中, 錢並化爲炭, 境內數百家皆失金寶. 王有男先出家, 成阿羅漢果. 王問之, 羅漢曰: "此龍所爲. 龍居北山, 其頭若虎, 今在某處眠耳." 王乃易衣持劍[58)], 默[59)]出至龍所, 見龍臥, 將欲斬之, 因曰: "吾斬寐龍, 誰知吾有神力!" 遂叱龍, 龍驚起, 化爲師子. 王卽乘其上, 龍怒作雷聲, 騰空至城北二十里. 王謂龍曰: "爾不降, 當斷爾頭." 龍懼王神力, 乃作人語曰: "勿殺我, 我當與王乘, 欲有所向, 隨心卽至." 王許之, 後常乘龍而行.

乾陁[60)]國昔有王神勇多謀, 號伽當(一曰加色伽當), 討襲諸國, 所向悉降. 至五天竺國, 得上細緤[61)]二條, 自留一, 一與妃. 妃因衣其緤謁王, 緤當妃乳上有鬱[62)]金香手印跡, 王見驚恐, 謂妃曰: "爾忽着[63)]此手跡之服, 何也?" 妃言向王所賜之緤. 王怒問藏臣, 藏臣曰: "緤本有是, 非臣之咎." 王追商者問之, 商言南天竺國娑陁[64)]婆恨王, 有宿願, 每年所賦細緤, 並重疊積之, 手染鬱金柘

---

57) 津逮本과 稗海本 및 일본은 *～* 부분 缺

　　　*舊儺詞曰"申作食". ○ 狒胃食虎, 雄伯食魅, 騰蘭(一曰簡)食祥, 攬(一曰攬)諸食咎, 伯倚食夢, 强梁祖名共, 食磔(一曰磔)死. 寄生·窮奇·騰根·共食蠱. 王延壽所夢有遊光. 彙毅·諸渠·印堯·夔瞿·倫儜·將劇·摘脉·堯峴寺(一曰堯峴等).

　　　吐火羅國縛底野城, 古派斯王烏瑟多習之所築也. 王初築此城, 高二三尺即懷, 歎曰: "吾應無道, 天令築此城不成矣!" 有小女名郁食, 見父憂恚, 問曰: "王有隣敵乎?" 王曰: "吾是派斯國王, 領千餘國, 今至吐火羅國中, 欲築此城, 垂功萬代. 旣不遂心, 所以憂耳." 女曰: "願王無憂, 明旦, 令匠視我所履之跡築之, 卽立." 王異之. 至明, 女起, 步西北, 自裁右手小指, 遣血成蹤, 匠隨血築之, 逐日轉蹤匝, 女遂化爲海神. 其海神至今猶在堡子下, 澄淸如鏡, 周五百餘步.*

58) 劍: 점교본 劍, 일본 저본과 일치.

59) 默: 저본 黓, 점교본 默, 일본 저본과 일치.

60) 乾陁: 저본 乹陁, 점교본 陀, 일본 저본과 일치.

61) 緤: 점교본 繰, 일본 저본과 일치.

62) 鬱: 저본 欝, 점교본·일본 鬱

63) 着: 점교본 者, 일본 看

64) 陁: 점교본 陀, 일본 저본과 일치.

於縑上, 千萬重手印悉透. 丈夫衣之, 手印當背; 婦人衣之, 手印當乳. 王令左右披之, 皆如商者言. 王因叩劍[65]曰: "吾若不以劍裁娑陁[66]婆恨王手足, 無以寢食." 乃遣使就南天竺索娑陁婆恨王手足. 使至其國, 娑陁婆恨王與羣臣紿報曰: "我國雖有王名娑陁婆恨, 元[67]無王也, 但以金爲王, 設於殿上, 凡統領敎習, 在臣下耳." 王遂起象馬兵南討其國, 其國隱其王於地窟中, 鑄金人來迎. 伽色伽[68]王知其僞, 且自恃福力, 因斷金人手足[69], 娑陁婆恨王於窟中, 手足亦自落也.

齊郡接歷山, 上有古鐵鎖, 大如人臂, 繞其峯再浹. 相傳本海中山, 山神好移, 故海神鎖之. 挽鎖[70]斷, 飛來於此矣.

太原郡東有崖山, 天旱, 土人常燒此山以求雨. 俗傳崖山神娶河伯女, 故河伯見火, 必降雨救之. 今山上多生水草.

華不注泉, 齊頃公取水處, 方圓百餘步. 北齊時, 有人以繩千尺沉石試之不窮, 石出, 赤如血, 其人不久坐事死.

荊州永豐縣東鄕里有臥石一, 長九尺六寸, 其形似人, □□體[71]靑黃隱起, 狀若彫[72]刻. 境若旱, 便齊手(一作祭, 無齊[73]字)而擧之, 小擧小雨, 大擧大雨. 相傳此石忽見於此, 本長九□, □□[74]六寸矣.

□□[75]淯(一曰淯)水宛(一曰穴)口傍, 義興[76]十二年, 有兒羣浴此水, 忽然岸側

---

65) 劍: 저본 **劎**, 점교본 劍, 일본 저본과 일치.

66) 不以劍裁娑陁: 점교본 不以此劍裁娑陀, 일본 저본과 일치.

67) 元: 점교본 原, 일본 저본과 일치.

68) 伽色伽: 일본 缺

69) 足: 저본(성대본) 足, 저본(일본 국회도서관본) □, 점교본·일본 足. 일본 국회도서관에 소장된 간본은 글자의 흔적이 약하게 보이는 것으로 보아 脫字로 보임.

70) 鎖: 저본 **鑀**, 점교본·일본 鎖

71) □□體: 점교본 而擧體, 學津本·津逮本·稗海本·일본은 而擧 缺.

72) 彫: 점교본·일본 雕

73) 無齊: 저본 无斉, 점교본 無齊, 일본 无齊

74) □, □□: 점교본·일본 尺, 今加

75) □□: 점교본 荊之, 學津本·津逮本·稗海本·일본은 모두 荊之 缺.

有錢出如流沙, 因競取之, 手滿置地, 隨復去, 乃衣襟結之, 然後各有所得. 流[77]錢中有銅車, 以銅牛牽之, □[78]甚迅速, 諸童奔逐, 掣得車一脚, 徑可五寸許, 猪鼻□[79]有六幅, 通體青色, 轂內黃銳[80], 狀如常運. 於時沈敬(一作□)[81]守南陽, 求得車脚錢, 行時貫草輒便停破, 竟不知所終往.

虎窟山, 相傳燕建平中, 濟南太守胡諮, 於此山窟得白虎, 因名焉.

烏山下無水, 魏末有人掘井五丈, 得一石函, 函中得一龜, 大如馬蹄, 積炭五枝於函旁. 復掘三丈, 遇盤石, 下有水流洶洶然, 遂鑿[82]石穿水, 北流甚駛[83]. 俄有一船[84]觸石而上, 匠人窺船上得一杉木板, 板刻字曰: "吳赤烏二年八月十日, 武昌王子義之船."

平原縣西十里, 舊有杜林. 南燕太上末[85], 有邵敬伯者, 家於長白山. 有人寄敬伯一函書, 言我吳江使也, 令吾通問於濟[86]伯, 今須遇[87]長白[88], 幸君為通之. 仍教敬伯, 但於杜林中取杜[89]葉[90]投之於水, 當有人出. 敬伯從之, 果見人引入[91], 敬伯懼水, 其人令敬伯閉目, 似入水中, 豁然宮殿宏麗. 見一翁年可八九十, 坐水精牀, 發函開書曰: "裕興[92]超滅." 侍衛者皆圓眼, 具甲胄,

---

76) 義興: 역대 연호에 이 연호는 없으며, 義熙의 오류로 보임. 일본 義興

77) 流: 저본 沴, 점교본·일본 流

78) □: 점교본 勢, 學津本·津逮本·稗海本·일본은 모두 行.

79) □: 점교본·일본 轂

80) 銳: 저본 銳, 점교본·일본 銳

81) 於時沈敬(一作□): 저본 于時沈敬(一作□), 점교본 於時沈敬(一作敵), 일본 於時沈敬

82) 鑿: 저본 鑿, 점교본·일본 鑿

83) 駛: 저본 駛, 점교본·일본 駛

84) 船: 저본 舡, 점교본·일본 船

85) 末: 점교본 時, 學津本·津逮本·稗海本·일본은 모두 末

86) 濟: 저본 済, 점교본·일본 濟

87) 遇: 점교본 過, 일본 遇

88) 白: 저본(성대본·일본 국회도서관본) 白(脫劃으로 보임.), 점교본 白

89) 杜: 점교본 樹, 일본 저본과 일치.

90) 葉: 저본 彙, 점교본·일본 葉

91) 入: 일본 出

敬伯辭出, 以一刀子贈敬伯曰: "好去, 但持此刀, 當無水厄矣." 敬伯出, 還至杜林中, 而衣裳初無沾濕. 果其年宋武帝滅燕. 敬伯三年居兩河間, 夜中忽大水, 擧[93]村俱沒, 唯敬伯坐一榻牀, 至曉着岸[94], 敬伯下看之, 乃是一大黿[95](一曰龜)也. 敬伯死, 刀子亦失. 世傳杜林下有河伯家.

臨濟有[96]妬婦津. 相傳言, 晉大[97]始中, 劉伯玉妻段氏, 字明光, 姓[98]妬忌. 伯玉常於妻前誦[99]《洛神賦》, 語其妻曰: "娶婦得如此, 吾無憾焉[100]." 明光曰: "君何□以水神善[101]而[102]欲輕我? 吾死, 何愁不爲水神[103]." 其夜乃自沈而死. 死後七日, 託夢語伯玉曰: "君本願神, 吾今得爲神[104]也." 伯玉寤而覺[105]之, 遂終身不復渡水. 有婦人渡此津者, 皆攘衣[106]枉粧, 然後敢濟, 不爾, 風波暴發. 醜婦雖粧飾而渡, 其神亦不妬也. 婦人渡河無風浪者, 以爲己醜, 不致水神怒; 醜婦諱之, 無不皆自毁[107]形容, 以塞嗤笑也. 故齊人語曰: "欲求好婦, 立在津口. 婦立水傍, 好醜自彰."

虞[108]道施, 義熙[109]中乘[110]車山行, 忽有一人, 烏衣, 勁[111]上車言寄載. 頭

---

92) 裕興: 저본 裕具, 점교본·일본 裕興

93) 擧: 저본 舉, 점교본·일본 擧

94) 着岸: 점교본 著岸, 일본 着履

95) 黿: 저본 鼊, 점교본 黿, 일본 저본과 일치.

96) 臨濟有: 濟 점교본 淸, 學津本·津逮本·稗海本·일본은 모두 臨濟有 缺

97) 大: 점교본 泰, 일본 저본과 일치.

98) 姓: 점교본·일본 性

99) 誦: 저본 誦, 점교본 誦, 일본 저본과 일치.

100) 焉: 점교본 矣, 일본 저본과 일치.

101) □以水神善: 점교본 得以水神美, 일본 저본과 일치.

102) 而: 저본(일본 국회도서관본) 无, 저본(성대본)·점교본·일본 而

103) 神: 저본 神, 점교본·일본 神

104) 爲神: 저본(성대본) 爲神, 저본(일본 국회도서관본) 爲 申(神의 ネ 부분이 없음. 탈획인지 인쇄상의 문제인지 불분명). 점교본·일본 爲神

105) 覺: 저본 竟, 점교본·일본 覺

106) 攘衣: 점교본 壞衣(一作攘衣), 일본 壞衣

107) 毁: 저본 毀, 점교본 毁

上有光, 口目皆赤, 面被毛, 行十里方去, 臨別語施曰: "我是驅112)除大將軍, 感爾相容." 因留贈銀環一雙.

晉隆安中113), 吳興有人年可二十, 自號聖公, 姓謝, 死已百年, 忽詣陳氏宅, 言是己舊宅, 可見還, 不爾燒汝. 一夕火發蕩盡, 因有鳥毛揷地, 繞宅周匝數重, 百姓乃起廟.

大定114)初, 有士人隨新羅使, 風吹至一處, 人皆長鬚, 語與唐言通, 號長鬚國. 人物茂盛, 棟宇衣冠, 稍異中國, 地曰扶桑洲, 其署官品有正長·戢波·目役115), 島邏等號. 士人歷謁數處, 其國皆敬之. 忽一日, 有車馬116)數十117), 言大王召客, 行兩日方至一大城, 甲士守門焉. 使者導士人入伏謁118), 殿宇高敞, 儀衛119)如王者. 見士人拜伏, 小起, 乃拜士人爲司風長, 兼駙120)馬. 其主甚美, 有鬚121)數十根. 士人威勢烜赫, 富有珠玉, 然每歸見其妻則不悅. 其王多月滿夜則大會. 後遇會, 士人見姬嬪悉有鬚, 因賦詩曰: "花無蕊122)不妍, 女無鬚亦醜. 丈人試遣總123)無, 未必不如總有." 王大笑曰: "駙馬124)竟未125)

---

108) 虞: 저본 虞, 점교본 虞
109) 熙: 저본 熙, 점교본 熙, 일본 저본과 일치.
110) 乘: 저본 乘, 점교본·일본 乘
111) 勁: 저본 勁, 점교본·일본 徑
112) 驅: 저본 驅, 점교본·일본 驅. 저본은 輿, 驅의 자형을 혼용.
113) 中: 저본(성대본·일본 국회도서관본) 凷(脫劃으로 보임.), 점교본·일본 中
114) 定: 점교본 足, 일본 저본과 일치.
115) 目役: 目役(一作日波), 일본 저본과 일치. 役: 저본 役
116) 馬: 저본 馬, 점교본·일본 馬
117) 十: 저본(성대본·일본 국회도서관본) 宁(脫劃으로 보임.), 점교본·일본 十
118) 謁: 저본 謁, 점교본 謁
119) 衛: 저본 衛, 점교본·일본 衛
120) 駙: 저본 駙, 점교본 駙, 일본 附
121) 鬚: 저본 鬚, 점교본·일본 鬚
122) 蕊: 저본 蕊, 점교본 蕊, 일본 藥
123) 總: 저본 總, 점교본 總, 일본 저본과 일치.
124) 馬: 저본 馬, 점교본·일본 馬

能忘情於小女頤126)頷127)間乎?"經十餘年, 士人有一兒128)二女. 忽一日, 其君臣憂感, 士人怪問之, 王泣曰: "吾國有難, 禍在旦夕, 非駙馬不能救." 士人129)驚曰: "苟難可弭130), 性命不敢辭也." 王乃令具舟, 令兩使隨士人, 謂曰: "煩駙馬一謁海龍王, 但言東海第三汊第七島長鬚國, 有難求救. 我國絶微, 須再三言之." 因涕泣執手而別. 士人登舟, 瞬息至岸. 岸沙悉七寶, 人皆衣冠長大. 士人乃前, 求謁龍王. 龍宮狀如佛寺所圖天宮, 光明迭激, 目不能視. 龍王降階迎士人, 齊級升殿. 訪其來意. 士人具說, 龍王卽令速勘. 良久, 一人自外白曰: "境內並無此國." 其131)人復哀祈132), 言長鬚國在東海第三汊第七島. 龍王復叱使者細尋勘, 速報. 經食頃, 使者返, 曰: "此島鰕133)合供大王此月食料, 前日巳134)追到." 龍王笑曰: "客固爲鰕135)所魅耳. 吾雖爲王, 所食皆稟天符, 不得妄食. 今爲客減食." 乃令引客視之, 見鐵鑊數十如屋, 滿中是鰕136). 有五六頭色赤, 大如臂, 見客跳躍, 似求救狀. 引者曰: "此鰕137)王也." 士人不覺悲泣, 龍王命放鰕138)王一鑊, 令二使送客歸中國. 一夕, 至登舟139), 回顧二使, 乃巨龍也.

---

125) 未: 저본 禾, 점교본 · 일본 未

126) 頤: 저본 頋, 점교본 頤, 일본 저본과 일치.

127) 頷: 점교본 원작에 頷은 額이나 學津本 · 津逮本 · 稗海本에 의거 수정. 일본 頷

128) 兒: 저본 兏, 점교본 · 일본 兒

129) 士人: 저본(일본 국회도서관본) 上八(탈획으로 보임.), 저본(성대본) · 점교본 · 일본 士人

130) 弭: 저본 珥, 점교본 · 일본 弭

131) 其: 점교본 士, 일본 저본과 일치.

132) 哀祈: 저본 㒸祈, 점교본 · 일본 哀祈

133) 鰕: 저본 蝦, 점교본 蝦, 일본 저본과 일치. 저본은 鰕, 鰕, 鰕의 자형을 혼용.

134) 巳: 점교본 已, 일본 저본과 일치.

135) 鰕: 저본 鰕, 점교본 蝦, 일본 저본과 일치.

136) 鰕: 저본 鰕, 점교본 蝦, 일본 저본과 일치.

137) 鰕: 점교본 蝦, 일본 저본과 일치.

138) 鰕: 점교본 蝦, 일본 저본과 일치.

139) 舟: 점교본 州, 일본 저본과 일치.

　天寶初, 安思順進五色玉帶, 又於左藏庫中得五色玉杯. 上怪近日西賣無五色玉, 令責安西諸蕃[140]. 蕃言比常進, 皆爲小勃律所劫, 不達. 上怒, 欲征之. 羣臣多諫. 獨李右座贊[141]成上意, 且言武臣[142]王天運謀勇可將. 乃命王天運將四萬人, 兼統諸蕃兵伐之. 及逼勃律城下, 勃律君長恐懼請罪, 悉出寶玉, 願歲貢獻[143]. 天運不許, 卽屠城, 虜[144]三千人及其珠璣而還. 勃律中有術者言, 將軍無義, 不祥, 天將大風雪矣. 行數百里, 忽□[145]風四起, 雪花如翼, 風激小海水成冰柱, 起而復摧. 經半日, 小海漲涌, 四萬人一時凍死, 唯蕃漢各一人得還. 具奏, 玄宗大驚異, 卽令中使隨二人驗[146]之. 至小海側, 冰猶崢嶸如山, 隔冰見兵士屍, 立者·坐者, 瑩澈[147]可數. 中使將返, 冰忽消[148]釋, 衆屍亦不復見.

　郭代公嘗山居, 中夜有人面如盤, 瞤目出於燈下. 公了無懼色, 徐染翰題其頰曰: "久戍人偏老, 長征馬不肥." 公之警句也. 題畢吟之, 其物遂滅. 數日, 公隨樵閑[149]步, 見巨木上有白耳, 大如數斗, 所題句在焉.

　大曆中, 有士人莊在渭南, 遇疾卒於京, 妻柳氏因莊居. 一子年十一二, 夏夜, 其子忽恐悸不眠. 三更後, 忽見一老人, 白衣, 兩牙出吻外, 熟視之. 良久, 漸近牀前. 牀前有婢眠熟, 因扼其喉[150], 咬然有聲, 衣隨手碎, 攫食之. 須臾骨露, 乃擧起飲其五藏[151]. 見老人口大如簸[152]箕, 子方叫[153], 一無所見, 婢

140) 蕃: 저본 蕃, 점교본 蕃, 일본 저본과 일치.
141) 座贊: 저본 座贊, 점교본 座林甫贊, 學津本·津逮本·稗海本·일본 모두 林甫 없음.
142) 臣: 일본 成
143) 獻: 저본 獻, 점교본·일본 獻
144) 虜: 저본 虜, 점교본·일본 虜
145) □: 점교본 驚, 점교본 원작에 缺이나 學津本에 의거 보충. 일본 起
146) 驗: 저본 驗, 점교본·일본 驗
147) 澈: 일본 徹
148) 消: 일본 稍
149) 閑: 점교본 閒, 일본 저본과 일치.
150) 喉: 저본 喉, 점교본·일본 喉
151) 藏: 점교본 臟, 일본 저본과 일치.

已骨矣. 數月後亦無他. 士人祥齋, 日暮, 柳氏露坐逐凉[154], 有胡蜂遶[155]其首面, 柳氏以扇擊墮地, 乃胡桃也. 柳氏遽取翫[156]之掌中, 遂長, 初如拳·如椀, 驚顧之際, 已如盤矣. 爆[157]然分爲兩扇, 空中輪轉, 聲如分蜂, 忽合於柳氏首. 柳氏碎首, 齒着於[158]樹. 其物因飛去, 竟不知何怪也.

賈相公在[159]滑州, 境內大旱, 秋稼盡損. 賈召大將二人, 謂曰: "今歲荒旱, 煩君二人救三軍百姓也." 皆言: "苟利軍州, 死不足辭." 賈笑曰: "君可辱爲健步, 乙[160]日當有兩騎, 衣慘緋, 所乘馬蓄步鬣長, 經市[161]出城, 君等蹤之, 識其所滅處, 則吾事諧矣." 二將乃裹糧[162], 衣皂行[163]尋之. 一如賈言, 自市至野二百餘里, 映大冢而滅, 遂壘石標表誌焉. 經信而返, 賈大喜, 令軍健數百人具畚鍤, 與二將偕往其所, 因發冢, 獲陳粟數十萬斛, 人竟不之測.

胡珦爲虢[164]州時, 獵人殺得鹿, 重一百八十斤. 蹄下貫銅鐶, 鐶上有篆字, 博物不[165]能識之.

博士丘濡說, 汝州傍縣, 五十年前, 村人失其女. 數歲忽自歸, 言初被物寐中牽去, 倏止一處, 及明, 乃在古塔中. 見美丈夫謂曰: "我天人, 分合得汝爲妻, 自有年限, 勿生疑懼." 且戒其不窺外也. 日兩返, 下取食, 有時炙餌猶熱.

---

152) 籔: 저본 籔, 점교본·일본 籔

153) 叫: 점교본 叫, 일본 저본과 일치.

154) 凉: 점교본·일본 涼

155) 遶: 점교본 繞, 일본 저본과 일치.

156) 翫: 점교본 玩, 일본 저본과 일치.

157) 爆: 저본 爆, 점교본·일본 爆

158) 着於: 저본 着于, 점교본 著於, 일본 저본과 일치.

159) 公在: 점교본 公耽在, 學津本·津逮本·稗海本·일본 모두 耽 없음.

160) 乙: 점교본 乙(一作明), 일본 저본과 일치.

161) 市: 저본 帀, 점교본·일본 市

162) 糧: 일본 粮

163) 行: 점교본 衣, 일본 저본과 일치.

164) 虢: 저본 虢, 점교본·일본 虢

165) 物不: 점교본 物者不, 일본 저본과 일치.

經年, 女伺其去, 切166)窺之, 見其騰空如飛, 火髮藍膚, 磔磔耳如驢焉. 至地乃復人矣, 驚怖汗洽. 其物返, 覺曰: "爾固窺我, 我實野叉, 與爾有緣, 終不害爾." 女素惠, 謝曰: "我旣爲君妻, 豈有惡乎? 君旣靈異, 何不居人間, 使我時見父母乎?" 其物言: "我輩罪業, 或與人雜處, 則疫癘167)作. 今形跡已露, 任公蹤168)觀, 不久當爾歸169)也." 其塔170)去人居止甚近, 女常下視, 其物在空171)中不能化形, 至地方與人雜. 或有白衣塵中者, 其物歛172)手側避; 或見枕173)其頭, 唾174)其面者, 行人悉若不見. 及歸, 女問之: "向見君街中有敬之者, 有戲175)狎之者, 何也?" 物笑曰: "世有喫牛肉者, 予得而欺之. 或遇忠直孝養, 釋道守戒律·法錄者, 吾悞176)犯之, 當爲天戮177)." 又經年, 忽悲泣語女: "緣已盡, 候風雨送爾歸." 因授一靑石, 大如雞卵, 言至家可磨此服之, 能下毒氣. 後一夕風雷, 其物遽持女曰: "可去矣." 如釋氏言, 屈伸臂頃, 已至其家, 墜178)之庭中. 其母因磨石飮之, 下物如靑泥斗餘.

　李公佐大曆中在廬州, 有書吏王庚請假179)歸, 夜行郭外, 忽値引騶呵辟, 書吏遽映大樹窺之, 且怪此無尊官也. 導騎後一人紫衣, 儀衛如節使, 後有車一乘, 方渡水. 御者前白: "車軏索斷." 紫衣者言: "撿180)簿." 遂見數吏葉181)簿

---

166) 切: 점교본 竊, 일본 저본과 일치.

167) 疫癘: 저본 疫癘, 점교본·일본 疫癘

168) 公蹤: 점교본 爾縱, 일본 저본과 일치.

169) 爾歸: 저본 尒帰, 점교본·일본 爾歸

170) 塔: 저본 塔, 점교본·일본 塔

171) 空: 저본 宝, 점교본·일본 空, 저본 空, 宝의 자형을 혼용.

172) 歛: 점교본·일본 斂

173) 枕: 점교본 捘, 津逮本·稗海本·일본 枕

174) 唾: 저본 𠯛, 점교본·일본 唾

175) 戲: 저본 戱, 점교본·일본 戲

176) 悞: 점교본 誤, 일본 저본과 일치.

177) 戮: 저본 戮, 점교본·일본 戮

178) 墜: 저본 隆, 점교본 墜, 일본 저본과 일치.

179) 假: 저본 假, 점교본·일본 假, 저본은 假, 假, 假, 假의 자형을 혼용.

曰:"合取廬州某里張某妻脊[182)筋[183).]"乃書吏之姨也. 頃刻吏廻[184), 持兩條
白物, 各長數尺, 乃渡水而去. 至家, 姨尙無恙, 經宿忽患背疼, 半日而卒.

元和初, 有一士人失姓字, 因醉臥廳[185)中. 及醒, 見古屛上婦人等悉於牀
前踏歌, 歌[186)曰:"長安女兒踏春陽, 無處春陽不斷腸. 舞袖弓腰渾忘却, 蛾
眉空帶九秋霜."其中雙鬟者問曰:"如何是弓腰?"歌者笑[187)曰:"汝不見我作
弓腰乎?"乃反首, 髻及地, 腰勢如規焉. 士人驚懼, 因叱之, 忽然上屛, 亦無
其他.

鄭相[188)在梁州, 有龍興寺僧智圓, 善揔持勑勤[189)之術, 制邪理痛多著効,
日有數十人候門. 智圓臘高稍倦, 鄭公頗敬之. 因求住城東隙[190)地. 鄭公爲
起草屋種植, 有沙彌·行者各一人. 居之數年, 暇[191)日, 智圓向陽科脚甲. 有
婦人布衣甚端麗, 至階作禮. 智圓遽整衣, 怪問:"弟子何由至此?"婦人因泣
曰:"妾不幸夫亡而子幼小, 老母危病. 知和尙神呪[192)助力, 乞加救護."智圓
曰:"貧道本猒[193)城隍[194)喧啾, 兼[195)煩於招[196)謝, 弟子母病, 可就此爲加持

---

180) 撿: 저본 撿, 점교본 · 일본 撿

181) 葉: 점교본 檢, 일본 撿

182) 脊: 저본 脊, 점교본 · 일본 脊

183) 筋: 점교본은 筋 이후에 修之 두 자가 있으며, 원작은 缺이나 學津本에 의거 보충. 일본
　　저본과 일치.

184) 廻: 점교본 回, 일본 저본과 일치.

185) 廳: 저본 庁, 점교본 廳

186) 歌: 저본은 간혹 앞의 동일한 글자를 ⺈로 표기. ⺈, ꞏ의 형태를 혼용.

187) 笑: 저본 哭, 점교본 · 일본 笑

188) 相: 점교본 相 이후에 餘慶 두 다 있음. 學津本 · 津逮本 · 稗海本 · 일본 모두 餘慶 없음.

189) 揔持勑勤: 점교본 總持敕勤, 일본 總持敕勤

190) 隙: 저본 隟, 점교본 隙, 일본 저본과 일치.

191) 暇: 저본 暇, 점교본 暇

192) 呪: 점교본 · 일본 咒

193) 猒: 점교본 · 일본 厭

194) 隍: 서본 隍, 섬교본 隍, 일본 저본과 일치.

195) 兼: 저본 兼, 점교본 · 일본 兼

也."婦人復再三泣請, 且言母病劇[197], 不可舉扶, 智圓亦哀而許之. 乃言從此向北二十餘里至一村, 村[198]側近有魯家莊, 但訪韋十娘所居也. 智圓詰朝如言行二十餘里, 歷訪悉無而返. 來日婦人復至, 僧責曰: "貧道昨日遠赴約, 何差謬如此?" 婦人言: "只去和尙所止處二三里耳, 和尙慈悲, 必爲再往." 僧怒曰: "老僧衰[199]暮, 今誓不出." 婦人乃聲高曰: "慈悲何在耶? 今事須去." 因上階牽僧臂. 驚[200]迫, 亦疑其非人, 恍惚間以刀子刺之, 婦人遂倒, 乃沙彌悮[201]中刀, 流血死矣. 僧忙然, 遽與行者瘞之於飯瓮[202]下. 沙彌本村人, 家去蘭若十七八里. 其日, 其家悉在田, 有人皁衣揭襆, 乞漿於田中. 村人訪其所由, 乃言居近智圓和尙蘭若. 沙彌之父欣然訪其子耗, 其人請問, 具言其事, 蓋魅所爲也. 沙彌父母盡皆號哭詣僧, 僧猶紿焉. 其父乃鍬索而獲, 卽訴於[203]官. 鄭公大駭, 俾[204]求盜吏細按, 意其必冤[205]也. 僧具陳狀, 貧道宿債[206], 有死而已. 按者亦已[207]死論, 僧求假七日, 令待[208]念爲將來[209]資糧[210], 鄭公哀而許之. 僧沐浴設壇[211], 急印契縛橾[212]考其魅. 凡三夕, 婦人見

---

196) 招: 저본 招, 점교본·일본 招
197) 劇: 저본 劇, 점교본·일본 劇
198) 村: 저본 〻로 표기.
199) 衰: 저본 衰, 점교본·일본 衰
200) 驚: 점교본은 驚 앞에 僧이 있으며, 원작은 脫字이나 學津本에 의거 보충. 일본 저본과 일치.
201) 彌悮: 저본 弥悮, 점교본 彌誤, 일본 彌悮
202) 瓮: 점교본 甕, 일본 저본과 일치.
203) 於: 저본 于, 점교본 於, 일본 저본과 일치.
204) 俾: 저본 俾, 점교본 俾
205) 冤: 저본 冤, 점교본 冤, 일본 저본과 일치.
206) 債: 저본 債, 점교본·일본 債
207) 已: 점교본·일본 以
208) 待: 점교본·일본 持
209) 來: 저본 来, 점교본·일본 來
210) 糧: 일본 粮
211) 設壇: 저본(성대본·일본 국회도서관본) 設壇, 점교본 設壇. 壇은 脫劃으로 보임.

於壇上. 言我其²¹³⁾類不少, 所求食處, 輒爲和尙破除, 沙彌且在, 能爲誓不持念, 必相還也. 智圓懇爲設誓, 婦人喜曰: "沙彌在城南某村幾里古丘中." 僧言於官吏, 用其言尋之, 沙彌果在, 神已癡矣. 發沙彌棺, 中乃苕²¹⁴⁾菷²¹⁵⁾也. 僧始得雪, 自是絶珠貫²¹⁶⁾不復道一梵字.

　元和初, 洛陽村百姓王淸, 傭力得錢五鐶²¹⁷⁾. 因買田畔一枯栗樹, 將爲薪以求利. 經宿, 爲鄰人盜斫, 創及腹, 忽有黑蛇擧首如臂, 人語曰: "我王淸本也, 汝勿斫." 其人驚懼, 失斤而走. 及明, 王淸率子孫薪之, 復掘其根, 根下得大瓮二, 散錢實之. 王淸因是獲利而歸. 十餘年巨富, 遂甃²¹⁸⁾錢成龍形²¹⁹⁾, 號王淸本.

　元和中, 蘇湛遊²²⁰⁾蓬²²¹⁾鵲山, 褁²²²⁾粮鑽大²²³⁾, 境無遺跰²²⁴⁾. 忽謂妻曰: "我行山中, 覩²²⁵⁾倒崖有光鏡²²⁶⁾, 必靈境也, 明日將投之, 今與卿訣." 妻子號泣, 止之不得. 及明遂行, 妻子領奴婢潛隨之. 入山數十里, 遙²²⁷⁾望巖²²⁸⁾有白光, 圓明徑丈, 蘇遂逼之, 纔及其光, 長叫一聲, 妻兒遽前救之, 身如繭²²⁹⁾

---

212) 㯷: 저본 㯷, 점교본 㯷, 일본 저본과 일치.

213) 其: 점교본 缺, 일본 저본과 일치.

214) 苕: 저본 苕, 점교본·일본 苕

215) 菷: 점교본 箒, 일본 저본과 일치.

216) 珠貫: 점교본 缺, 일본 저본과 일치.

217) 鐶: 저본 鐶, 점교본·일본 鐶

218) 甃: 저본 甃, 점교본 甃, 일본 저본과 일치.

219) 成龍形: 점교본 形龍, 일본 저본과 일치.

220) 遊: 점교본 游, 일본 저본과 일치.

221) 蓬: 저본 蓬, 점교본·일본 蓬

222) 褁: 저본 褁, 점교본 裹, 일본 저본과 일치.

223) 粮鑽大: 점교본 糧鑽火, 일본 粮鑽火

224) 跰: 저본 跰, 점교본 址, 學津本·津逮本·稗海本·일본 모두 跰

225) 覩: 점교본 睹, 일본 저본과 일치.

226) 光鏡: 점교본 光如鏡, 원작은 如가 脫字이나 學津本에 의거 보충, 일본 저본과 일치.

227) 遙: 저본 遙, 점교본 遙, 일본 저본과 일치.

228) 巖: 저본 巖, 점교본·일본 巖

矣. 有蜘蛛黑色, 大如鈷鏻, 走集岩230).

　奴以利刀決其網231), 方數, 蘇已腦陷而死. 妻乃積柴232)燒其崖, 臭滿一山中. 相傳裴旻山行233), 有山蜘蛛垂絲如疋布, 將及旻, 旻引弓射殺之, 大如車輪234). 因斷其絲數尺收之. 部下有金創者, 剪方寸貼之, 血立止也.

唐段少卿酉陽雜俎卷之十四

229) 繭: 저본 蠺, 점교본 繭, 일본 저본과 일치.
230) 岩: 점교본·일본 巖下
231) 奴以利刀決其網: 점교본 새 항목으로 시작, 刀: 점교본 刃. 일본 저본과 일치.
232) 柴: 점교본 薪, 일본 저본과 일치.
233) 相傳裴旻山行: 점교본 새 항목으로 시작. 일본 저본과 동일.
234) 輪: 저본 轜, 점교본·일본 輪

唐段少卿酉陽雜俎卷之十五

【諾皋記下】

　和州劉錄事者, 大曆中罷官居和州旁縣, 食兼1)數人, 尤能食鱠, 常言鱠味未嘗果腹. 邑客乃網魚百餘斤, 會於野亭, 觀其下筯. 初食鱠數疊, 忽似哽, 咯出一骨珠子, 大如黑豆, 乃置2)於茶甌3)中, 以疊覆4)之. 食未半, 怪覆甌傾側, 劉擧5)視之, 向者骨珠已長數寸, 如人狀, 座客竟6)觀之, 隨7)視而長. 頃刻長及人, 遂捽劉, 因歐8)流血. 良久, 各散走. 一循廳9)之西, 一轉廳10)之左, 俱及後門, 相觸, 翕成一人, 乃劉也, 神已癡矣. 半日方能言, 訪其所以, 皆不省, 自是惡11)鱠. ○ 馮坦者12), 常13)有疾, 醫令浸蛇酒服之. 初服一瓮子, 疾減半. 又令家人園中執一蛇, 投14)瓮中, 封閉七日. 及開, 蛇躍出, 擧首尺餘, 出門因失所在. 其過跡, 地墳起數寸. 陸紹郎中又言15), 嘗記一人浸16)蛇酒, 前後

─────────────

1) 兼: 저본 燕, 점교본 無, 일본 저본과 일치.
2) 置: 저본 寘, 점교본 置, 일본 置
3) 甌: 저본 甌, 점교본 甌, 일본 저본과 일치.
4) 覆: 저본 覆, 점교본 覆
5) 擧: 저본 舉, 점교본·일본 擧
6) 座客竟: 坐客競, 일본 座客競
7) 隨: 저본 遀, 점교본 隨
8) 歐: 점교본 毆, 일본 저본과 일치.
9) 廳: 저본 廰, 점교본 廳
10) 廳: 저본 廰, 점교본 廳
11) 惡: 저본 惡, 점교본·일본 惡
12) 馮坦者: 점교본·일본 새 항목으로 시작
13) 常: 점교본 嘗, 일본 저본과 일치
14) 投: 저본 抆, 점교본·일본 投
15) 陸紹郎中又言: 점교본 陸紹郎中言, 새 항목으로 시작. 일본 저본과 일치. 앞 항목 연결

殺蛇數十頭. 一日自臨甕[17]窺酒, 有物跳[18]出齧其鼻將落, 視之, 乃蛇頭骨. 因瘡毁[19]其鼻如劓焉.

有陳朴, 元和中住崇賢里北街. 大門外有大槐樹, 朴常[20]黃昏徙倚窺外, 見若婦人及狐犬[21]老烏之類, 飛入樹中, 遂伐視之. 樹三[22]槎, 一槎空中, 一槎有獨頭栗一百二十, 一槎中襁[23]一死兒, 長尺餘.

僧無可言, 近傳有白將軍者, 常[24]於曲江洗馬, 馬忽跳出驚走. 前足有物, 色白如衣帶, 縈繞數匝. 遽令解之, 血流數升. 白異之, 遂封紙貼[25]中, 藏衣箱內. 一日, 送客至滻[26]水, 出示諸客, 客曰: “盍以水試之.” 白以鞭築地成竅, 置蟲[27]於中, 沃盥其上. 少頃, 蟲蠕蠕如[28]長, 坳[29]中泉涌, 倏忽自盤若一席, 有黑氣如香煙[30], 徑出簷外, 衆懼曰: “必龍也.” 遂急歸[31]. 未數里, 風雨忽[32]至, 大震數聲.

景公寺前街[33]中舊有巨井, 俗呼爲八角井. 元和初, 有公主夏中過, 見百姓

16) 浸: 저본 浸, 점교본 · 일본 浸
17) 甕: 저본 甕, 점교본 瓫, 일본 저본과 일치.
18) 跳: 저본 跳, 점교본 · 일본 跳
19) 毁: 저본 毁, 점교본 · 일본 毁
20) 常: 점교본 嘗, 일본 저본과 일치.
21) 犬: 점교본 · 일본 大, 學津本 犬
22) 樹三: 점교본 樹凡三, 일본 저본과 일치.
23) 襁: 저본 襁, 점교본 · 일본 襁
24) 常: 점교본 嘗, 일본 저본과 일치.
25) 貼: 점교본 · 일본 帖
26) 滻: 저본 滻, 점교본 · 일본 滻
27) 置蟲: 저본 置虫, 점교본 · 일본 蟲
28) 蟲蠕蠕如: 저본 虫蠕蠕如, 점교본 蟲蠕蠕而, 일본 蟲蠕蠕如
29) 坳: 저본 坳, 점교본 · 일본 竅
30) 煙: 점교본 烟, 일본 저본과 일치.
31) 歸: 저본 帰, 점교본 · 일본 歸
32) 忽: 점교본 驟, 學津本 · 津逮本 · 稗海本 · 일본 忽
33) 街: 저본 街, 점교본 · 일본 街

方汲, 令從婢以銀稜椀就井承[34]水, 誤墜椀. 經月餘, 出於渭河.

　東平未用兵, 有擧人孟不疑, 客昭義. 夜至一驛[35], 方欲濯足, 有稱淄靑張評事者, 僕從數十, 孟欲參謁[36], 張被酒, 初不顧, 孟因退就西間. 張連呼驛吏索煎餅, 孟默然窺之, 且怒其傲. 良久, 煎餅熟, 孟見一黑物如猪, 隨盤至燈[37]影而立. 如此五六返, 張竟不察. 孟因恐懼, 無睡[38], 張尋大鼾. 至三更後, 孟纔[39]交睫, 忽見一人皂衣, 與張角力, 久乃相挼入東偏房中, 拳聲如杵. 一餉間, 張被髮雙袒而出, 還寢牀上. 入□[40]更, 張乃喚僕, 使張燭巾櫛, 就孟曰:"某昨醉中, 都不知秀才同廳." 因命食, 談咲[41]甚懽[42], 時時小聲曰:"昨夜甚慚長者, 乞不言也." 孟但唯唯[43]. 復曰:"厶[44]有程須早發, 秀才可先也." 遂摸靴中, 得金一挺, 授曰:"薄貺[45], 乞密前事." 孟不敢辭, 卽爲前去. 行數日, 方聽捕殺人賊. 孟詢諸道路, 皆曰淄靑張評事至其驛早發, 遲明, 空鞍失所在. 驛吏返至驛尋索, 驛[46]西閣中有席角, 發之, 白骨而已, 無泊一蠅肉也, 地上滴血無餘, 惟一只履在旁. 相傳此驛舊[47]凶, 竟不知何怪. 擧[48]人祝元膺常[49]言親見孟不疑說, 每每[50]誡[51]夜食必須發祭也. 祝又言孟素不信釋氏,

---

34) 承: 學津本·津逮本·稗海本·일본 取

35) 驛: 저본 驛, 점교본·일본 驛

36) 謁: 저본 謁, 점교본 謁

37) 燈: 저본 灯, 점교본·일본 燈

38) 無睡: 저본 无睡, 점교본·일본 無睡

39) 纔: 저본 纔, 점교본·일본 纔. 저본은 纔, 纔, 纔의 자형을 혼용.

40) 入□: 점교본 入五, 일본 及五

41) 咲: 저본 咲, 점교본·일본 笑

42) 懽: 저본 懽, 점교본 歡, 일본 저본과 일치.

43) 唯: 저본은 간혹 앞의 동일한 글자를 〻로 표기.

44) 厶: 점교본·일본 某

45) 薄貺: 저본 薄貺, 점교본·일본 薄貺

46) 驛: 저본 驛, 점교본·일본 驛

47) 舊: 저본 舊, 점교본 舊

48) 擧: 저본 舉, 점교본 擧

49) 常: 점교본 嘗, 일본 저본과 일치.

頗能詩其句云: "白日故鄉[52]遠, 靑山佳句中." 後常持念遊覽[53], 不復應擧.

　劉積中常[54]於京近縣莊[55]居. 妻病重. 於一夕, 劉未眠, 忽有婦人白首, 長纏三尺, 自燈影中出. 謂劉曰: "夫人病, 唯我能理, 何不祈我." 劉素剛, 咄之, 姥徐戟手曰: "勿悔! 勿悔!" 遂滅. 妻因暴心痛, 殆將卒. 劉不得已, 祝之, 言已復出, 劉揖之坐, 乃索茶一甌, 向口如咒狀, 顧命灌夫人, 茶纔入口, 痛愈. 後時時[56]輒[57]出, 家人亦不之懼. 經年, 復謂劉曰: "我有女子及事[58], 煩主人求一佳婿[59]." 劉笑曰: "人鬼路[60]殊, 固難遂所託." 姥曰: "非求人也, 但爲刻桐木爲形稍工[61]者則爲佳矣." 劉許諾, 因爲其之, 經宿, 木人失矣. 又謂劉曰: "兼煩主人作鋪公·鋪母, 若可, 某夕我自具車輪奉迎." 劉心計無奈何, 亦許. 至一日過酉, 有僕馬車乘至門, 姥亦至, 曰: "主人可往." 劉與妻各登其車馬, 天黑至一處[62], 朱門崇墉, 籠燭列迎, 賓客供帳之盛, 如王公家. 引劉至一廳, 朱紫數十, 有與相識者, 有已歿[63]者, 各相視無言. 妻至一堂, 蠟炬如臂, 錦翠爭煥, 亦有婦人數十, 存歿相識各半, 但相視而[64]已. 及五更, 劉與妻恍惚間却還至家, 如醉醒, 十不記其一二矣. 經數月, 姥復來拜謝曰: "小女成長,

---

50) 每: 저본 ﹦로 표기.

51) 誡: 점교본 戒, 일본 誡

52) 鄉: 저본 鄕, 점교본 鄉

53) 覽: 저본 覧, 점교본·일본 覽

54) 常: 점교본 嘗, 일본 저본과 일치.

55) 莊: 저본 庄, 점교본 莊, 일본 저본과 일치.

56) 時: 저본 ﹦로 표기.

57) 輒: 저본 輙, 점교본·일본 輒

58) 事: 점교본·일본 笄

59) 婿: 점교본·일본 壻

60) 路: 저본 賂, 점교본·일본 路

61) 工: 일본 上

62) 處: 저본 處, 점교본·일본 處

63) 歿: 저본 歿, 점교본 歿

64) 而: 저본(성대본·일본 국회도서관본) 丙(脫劃으로 보임.), 점교본·일본 而

今復託主人." 劉不耐, 以枕抵之曰: "老魅敢如此擾人." 姥隨枕而滅, 妻遂疾
發, 劉與男女辭[65]地禱之, 不復出矣. 妻竟以心痛卒. 劉妹復病心痛, 劉欲徙
居, 一切物膠着其處, 輕若履屣, 亦不可擧. 迎道流上章, 梵僧持呪[66], 悉不
禁. 劉常嘗暇日讀藥方[67], 其婢小碧自外來, 垂手緩步, 大言: "劉四頗憶平昔
無?" 旣而嘶咽曰: "省躬近從泰山回, 路逢飛天野叉携[68]賢妹心肝, 我亦奪
得." 因擧袖, 袖[69]中蠕蠕[70]有物, 左顧似有所命曰: "可爲安置." 又覺袖中風
生[71], 衝簾幌, 入堂中. 乃上堂對劉坐, 問存歿, 叙平生事. 劉與杜省躬同年
及第, 有分[72], 其婢擧止笑語, 無不肖也. 頃曰: "我有事, 不可久留." 執劉手
嗚咽, 劉亦悲不自勝. 婢忽然而倒, 及覺, 一無所記. 其妹亦自此無恙.

　臨[73]川郡南城縣令戴譽[74], 初買宅於館娃坊. 暇日與弟閑[75]坐廳中, 忽聽婦
人聚笑聲, 或近或遠, 譽頗異之. 笑聲漸近, 忽見婦人數十, 散在廳前, 倏忽
不見. 如是累日, 譽不知所爲, 廳階前枯梨樹大合抱, 意其爲祥, 因伐之. 根
下有石露如塊, 掘之轉闊, 勢如鏇形, 乃火上沃醯, 鑿深五六尺不透[76]. 忽見
婦人繞坑抵掌大笑. 有頃, 共牽譽入坑, 投[77]於石上. 一家驚懼之際, 婦人復
還, 大笑, 譽亦隨出. 譽纔出, 又失其弟, 家人慟哭, 譽獨不哭, 曰: "他亦甚快

---

65) 辭: 저본 䇭, 점교본 酹, 일본 저본과 일치.
66) 呪: 점교본·일본 咒
67) 常暇日藥方: 점교본 嘗暇日讀藥方. 점교본의 원본에 讀은 脫字인데 學津本에 의거 보
　　충. 일본 嘗暇日藥方
68) 携: 점교본·일본 攜
69) 袖: 저본 =로 표기.
70) 蠕: 저본 =로 표기.
71) 生: 저본(성대본·일본 국회도서관본) 屮, 점교본 生. 저본은 生, 屮, 坐의 자형을 혼용.
72) 有分: 학진본 友善, 일본 저본과 일치.
73) 臨: 저본 臨, 점교본·일본 臨
74) 譽: 점교본·일본 譽
75) 閑: 점교본 閒, 일본 저본과 일치.
76) 乃火上沃醯, 鑿深五六尺不透: 점교본·일본 저본과 일치. 學津本은 乃火其上沃醯復鑿,
　　深五六尺不透
77) 投: 저본 授, 점교본·일본 投

活, 何用哭也." 㬈至死不肯言其情狀.

獨孤叔牙常令家人汲水, 重不可轉, 數人助出之, 乃人也. 戴席帽, 攀攔[78)]大笑, 却墜[79)]. 汲者攬得席帽, 挂於庭樹. 每雨, 所溜雨處, 輒生黃菌.

有史秀才者, 元和中曾與道流游華山. 時暑, 環□[80)]一小溪. 忽有一葉大如掌, 紅潤可愛, 隨流而下, 人[81)]獨接得, 寘[82)]懷中. 坐食頃, 覺懷中漸重, 潛[83)]起觀之, □[84)]葉上鱗起, 栗栗而動, 史驚懼, 棄林中, 遽白衆人[85)]: "此必龍也, 可速去也[86)]." 須臾, 林中白煙[87)]生, 彌於一谷, 中[88)]下山未半, 風雷大至.

史論作將將軍時, 忽覺妻所居房中有光, 異之, 因與妻遍索房中, 且無光[89)]見. 一日, 妻早粧開奩, 奩中忽有五[90)]色龜, 大如錢, 吐五色氣, 彌滿一室, 後常養之.

工部員[91)]外郎張周封言, 舊莊[92)]城東狗脊觜[93)](《水經註[94)]》言此狗[95)]架觜)西, 常築墻於大[96)]歲上, 一夕盡崩. 且意其基虛[97)], 功[98)]不至, 乃率莊[99)]客指揮築之,

---

78) 攔: 점교본 · 일본 欄
79) 却墜: 점교본 却墜井中, 일본 卻墜井中
80) □: 점교본 · 일본 憩
81) 人: 점교본 · 일본 史
82) 寘: 점교본 置, 일본 저본과 일치.
83) 潛: 저본 潜, 점교본 潛, 일본 저본과 일치.
84) □: 점교본 · 일본 覺
85) 人: 점교본 · 일본 曰
86) 也: 점교본 · 일본 矣
87) 煙: 점교본 烟, 일본 저본과 일치.
88) 中: 점교본 史, 일본 저본과 일치.
89) 無光: 저본 旡光, 점교본 · 일본 無所
90) 五: 점교본 五(一作金), 일본 저본과 일치.
91) 員: 저본 貟, 점교본 員, 일본 저본과 일치.
92) 舊莊: 저본 旧庄, 점교본 舊莊, 일본 舊庄
93) 觜: 저본 嘴, 점교본 · 일본 觜
94) 註: 점교본 · 일본 注
95) 狗: 저본 狥, 점교본 狗, 일본 저본과 일치.

高未數尺, 炊者驚叫曰: "怪作矣!" 遽視之, 飯[100]數斗悉躍出蔽地, 着墻[101]匀若蠶子, 無一粒重者, 矗墻[102]之半如界焉. 因詣巫酹地謝之, 亦無他焉.

山蕭[103], 一名山臊, 《神異經》作㺐(一曰操), 《永嘉郡記》作山魅, 一名山駱[104], 一名蛟(一曰蚊), 一名濯肉, 一名熱肉, 一名暉, 一名飛龍. 如鳩青色, 亦曰治鳥. 巢大如五斗器, 飾以土堊, 赤白相間[105], 狀如射侯, 犯者能役虎害人, 燒人廬舍, 俗言山蕭[106].

伍相奴或擾人, 許於伍相廟多已. 舊說一姓姚, 二姓王, 三姓汪. 昔値洪水, 食都樹皮, 餓死, 化爲鳥[107]都. 皮骨爲猪[108]都, 婦女爲人都. 鳥(一曰烏)都左腋下有鏡印, 闊[109]二寸一分, 右脚無大指, 右手無三指, 左耳缺[110], 右目盲. 在樹根居者名猪都, 在樹半可攀及者名人都, 在樹尾者名鳥都. 其禁有打土壟法 · 山鵲法. 其掌訣: 右手第二指上節邊禁山都眼, 左手目禁其喉. 南中多食其巢, 味如木芝. 窠表可爲復[111], 治脚氣.

舊說野狐名紫狐, 夜擊尾火出. 將爲怪, 必戴髑髏[112]拜北斗. 髑髏不墜, 則

96) 常築墻於大: 점교본 · 일본 嘗築牆於太
97) 虛: 저본 虗, 점교본 · 일본 虛
98) 功: 점교본 工, 學津本 · 津逮本 · 稗海本 · 일본 功
99) 莊: 저본 庄, 점교본 莊, 일본 庄
100) 飯: 저본 飰, 점교본 飯, 일본 저본과 일치.
101) 着墻: 저본 着墙, 점교본 著牆, 일본 着牆
102) 墻: 점교본 · 일본 牆
103) 蕭: 저본 蕭, 점교본 · 일본 蕭
104) 駱: 저본 駱, 점교본 · 일본 駱
105) 間: 일본 見
106) 蕭: 점교본 · 일본 魈, 점교본은 원작에 蕭이나 學津本 · 津逮本 · 稗海本에 의거 수정
107) 鳥: 저본 鸟, 점교본 · 일본 鳥
108) 猪: 저본 猪, 점교본 · 일본 猪
109) 闊: 저본 濶, 점교본 · 일본 闊
110) 缺: 저본 鈌, 점교본 缺, 일본 저본과 일치
111) 復: 점교본 履屜, 일본 履
112) 髑髏: 저본 髑髏, 점교본 髑髏

化爲人矣.

劉元鼎[113]爲蔡州. 蔡州新破, 食(一曰倉)場狐暴, 劉遣吏生捕, 日於毬場縱犬逐之爲樂[114]. 經年, 所殺百數. 後獲一疥狐, 縱五六犬, 皆不敢逐, 狐亦不走. 劉大異[115], 令訪犬將[116]家獵狗, 及監軍亦自誇巨犬, 至皆弭耳環[117]守之. 狐良久纏[118]跡直上設廳, 穿臺盤出廳後, 及城培[119], 俄失所在, 劉自是不復令捕. 道術中有天狐別行法, 言天狐九尾金色, 役於日月宮, 有符有醮日, 可洞達陰陽.

南中有獸[120]名風狸, 如狙[121], 眉長好羞, 見人輒低頭, 其溺能理風疾. 術士多言風狸杖難得於翳[122]形草. 南人以上長繩繫[123]於野外大樹下, 入匿於旁樹穴中伺[124]之. 三日後知無人至, 乃於草中尋摸, 忽得一草莖, 折之長尺許, 窺樹上有鳥集, 指之, 隨指而墮[125], 因取而食之. 人候其怠, 勁走奪之. 見人遽齧食之, 或不及, 則棄於草中, 若不可卞[126], 當打之數百, 方肯爲人取. 有得之者, 禽獸隨指而斃, 有所欲者, 指之如意.

開成末, 永興坊百姓王乙掘井, 過常井一丈餘無水. 忽聽向下有人語及雞聲, 甚喧鬧, 近如隔壁. 井匠懼不敢掘. 街司申金吾韋處仁將軍, 韋以事涉怪

---

113) 鼎: 저본 鼎, 점교본·일본 鼎

114) 樂: 저본 楽, 점교본·일본 樂

115) 異: 점교본·일본 異之

116) 犬將: 저본 犬将, 점교본·일본 大將

117) 環: 점교본·일본 環

118) 纏: 점교본 緩, 일본 저본과 일치.

119) 培: 점교본·일본 牆

120) 獸: 저본 獣, 점교본·일본 獸

121) 狙: 저본 狙, 점교본 狙

122) 翳: 저본 翳, 점교본 翳

123) 繫: 저본 繫, 점교본·일본 繫. 저본은 繫, 繋, 繫, 繫의 자형을 혼용.

124) 中伺: 점교본 中以伺, 일본 저본과 일치.

125) 墮: 저본 墮, 점교본 墮

126) 卞: 점교본 得, 일본 下

異, 不復[127]奏, 遽令塞之. 據[128]亡新求周秦故事, 謁者閣上得驪[129]山本, 李斯領徒七十二萬人作陵, 鑿之以韋[130]程, 三十七歲, 固[131]地中水泉, 奏曰: "已深已極, 鑿之不入, 燒之不燃, 叩之空空, 如下天(一曰如有天狀)狀." 抑知厚地之下, 別有天地也.

太[132]和三年, 壽州虞[133]侯景乙, 京西防秋廻[134]. 其妻久病, 纔相見, 遽言我半身被斫去往東園矣, 可速逐之. 乙大驚, 因趣園中. 時昏黑, 見一物長六尺餘, 狀如嬰兒裸立, 挈一竹器. 乙情急將擊之, 物遂走, 遺其器. 乙就視, 見其妻半身. 乙驚倒, 或亡所見. 反視妻, 自髮際·眉間及胸, 有璺如指, 映膜[135]赤色. 又謂乙曰: "可辦乳二升, 沃於園中所見物處, 我前生爲人後妻, 節其子乳致死, 因爲所訟, 冥斷[136]還其半身, 向無君則死矣."

大[137]和末, 荊南松滋縣南有士人, 寄居親故莊[138]中肄業. 初到之夕二更後, 方張燈臨案, 忽有小人纔半寸, 葛巾杖策, 入門謂士人曰: "乍到無主人, 當寂寞." 其聲大如蒼蠅. 士人素有膽氣, 初若不見. 乃登胮責曰: "遽不存主客禮[139]乎?" 復升案窺書, 詬罵[140]不已. 因覆硯於書上, 士人不耐, 以筆擊之, 墮地叫[141]數聲, 出門而滅. 頃有婦人四五, 或姥或少, 皆長長[142]一寸, 呼曰:

---

127) 復: 저본 覆, 점교본 復. 저본은 復, 覆, 誣의 자형을 혼용.

128) 據: 저본 據, 점교본·일본 據

129) 驪: 저본 驪, 점교본·일본 驪

130) 韋: 점교본 韋(一作章), 일본 저본과 일치.

131) 固: 점교본 錮, 점교본 원작은 固이나 《漢舊儀》에 의거 수정. 일본 저본과 일치.

132) 太: 점교본·일본 大

133) 虞: 저본 虞, 점교본·일본 虞

134) 廻: 점교본 回, 일본 저본과 일치.

135) 膜: 저본 膜, 점교본·일본 膜

136) 冥斷: 저본 冥斷, 점교본 冥斷

137) 大: 점교본·일본 太

138) 莊: 저본 庄, 점교본 莊, 일본 庄

139) 禮: 저본 礼, 점교본·일본 禮

140) 罵: 저본 罵, 점교본·일본 罵

“眞143)官以君獨學, 故令郎君言展, 且論精奧, 何疑144)頑狂率, 輒致損害, 今可見眞官.” 其來索續如蟻, □145)如驪146)卒, 撲緣士人. 士人怳然若夢, 因齧四支147)痛苦148)甚. 復曰: “汝不去, 將損汝眼.” 四五頭遂上其面149), 士人驚懼. 隨出門, 至堂東, 遙望見一門絶小, 如節使之門. 士人乃叫150): “何物怪魅, 敢凌人如此!” 復被觜且衆151)齧之, 恍惚間已入小門內. 見一人峨冠當殿, 階下侍衛千數, 悉長寸余, 叱士人曰: “吾憐152)汝獨處, 俾小兒往, 何若153)致害, 罪當腰斬.” 乃見數十人悉持刀攘臂迫之. 士人大懼, 謝曰: “某愚駃154), 肉眼不識眞官, 乞賜餘生.” 久乃曰且解知悔, 叱令曳出, 不覺已在小門外. 及歸155)書堂, 向156)五更矣, 殘燈157)猶在. 及明, 尋其蹤158)跡, 東壁古培159)下有小穴如栗, 守宮出入焉. 士人卽率數夫發之, 深數丈, 有守宮十餘石, 大者色赤, 長尺許, 蓋其王也. 壞土如樓狀, 士人聚蘇焚之. 後亦無也160).

---

141) 叫: 점교본 呌, 일본 叫
142) 長長: 점교본·일본 長
143) 眞: 저본 𧴪, 점교본 真, 일본 眞
144) 疑: 점교본·일본 癡
145) □: 점교본·일본 狀
146) 驪: 저본 驪, 점교본·일본 驪
147) 支: 점교본 肢, 일본 저본과 일치.
148) 苦: 저본 𥛁, 점교본·일본 苦
149) 面: 저본 面, 점교본·일본 面
150) 叫: 점교본 呌, 일본 저본과 일치.
151) 被觜且衆: 점교본 被衆, 점교본 원작은 저본과 같으나 《太平廣記》에 의거 제함. 일본 저본과 일치.
152) 憐: 저본 怜, 점교본·일본 憐
153) 若: 점교본·일본 苦
154) 駃: 저본 駃, 점교본·일본 駃
155) 歸: 저본 婦, 점교본·일본 歸
156) 向: 점교본·일본 已
157) 燈: 저본 灯, 점교본·일본 燈
158) 蹤: 저본 𨂂, 점교본·일본 蹤
159) 培: 學津本·津逮本·일본은 牆

　京宣平坊, 有官人夜歸[161]入曲, 有賣油者張帽驅驢[162], 馱[163]不避, 導者搏之, 頭隨而落, 逐遽入一大宅門, 官人異之, 隨入, 至大槐樹下逐滅. 因告其家, 卽掘之. 深數尺, 其樹根枯, 下有大蝦蟇[164]如疊, 挾二筆鋙(他口反, 補器, 又云器物, 物頭)[165], 樹溜津滿其中也. 及巨白菌如殿門浮漚釘, 其蓋已落. 蝦蟆[166]卽驢矣, 筆鋙乃油桶矣[167], 菌㦰人矣[168]. 其家沽其油月餘[169], 怪其油好而賤. 及怪露, 食者悉病嘔洩[170].

　陵州龍興寺僧惠恪, 不拘戒律, 力擧石臼. 好客, 往來多依之. 常[171]夜會寺僧十餘, 設煎餅. 二更, 有巨手被毛如胡鹿, 大言曰: “乞一煎餅.” 衆僧驚散, 惟惠恪掇煎餅數枚, 置其掌中, 魅因合拳, 僧遂極力急□[172]之. 魅哀祈, 聲甚切, 惠恪呼家人斫之. 及斷, 乃鳥一羽也. 明日, 隨其血縱出寺, 西南入溪, 至一巖罅而滅. 惠恪率人發掘, 乃一坑礜石.

　開成初, 東市百姓喪父, 騎驢市凶具. 行百步, 驢忽語曰[173]: “我姓白名元通, 負君家力已足, 勿復騎我. 南市賣麩[174]家, 欠我五千四百, 我又負君, 錢數亦如之, 今可賣我.” 其人驚異, 卽牽行, 旋訪主賣之, 驢甚壯[175], 報價只及

---

160) 也: 점교본·일본 他

161) 歸: 저본 婦, 점교본·일본 歸

162) 驅驢: 저본 驅驢, 점교본·일본 驅驢. 저본은 驢, 馿, 馿, 馿의 자형을 혼용.

163) 馱: 점교본 馱桶, 일본 馱桶

164) 蟇: 점교본 蟆, 일본 저본과 일치.

165) 挾二筆鋙(他口反, 補器, 又云器物, 物頭): 점교본 挾二筆鋙(他苔反, 補器, 又云器鋙, 物頭也). 原注 又云器鋙의 鋙이 稗海本은 物. 일본 挾二筆鋙(他答反)

166) 蟆: 저본 蟇, 점교본 蟆, 일본 저본과 일치.

167) 矣: 점교본·일본 也

168) 菌㦰人矣: 저본 菌㦰人矣, 점교본·일본 菌卽其人也. 저본의 㦰은 復으로 보임.

169) 其家沽其油月餘: 점교본·일본 里有沽其油者月餘

170) 洩: 저본 泄, 점교본 洩, 일본 저본과 일치.

171) 常: 점교본 嘗, 일본 저본과 일치.

172) □: 점교본·일본 握

173) 忽語□: 점교본 忽曰, 일본 忽然曰

174) 麩: 저본 麩, 점교본 麩, 일본 저본과 일치.

五千. 詣麩行, 乃還五千四百, 因賣之. 兩宿而死.

郓州闞司倉者, 家在荊州. 其女乳母鈕氏, 有一子, 妻愛之, 與其子均焉, 衣物飲食悉等. 忽一日, 妻偶得林檎一蔕, 戲與己子, 乳母乃怒曰: "小娘子成長, 忘我矣. 常有物與我子, 停今何容偏?" 因齧吻攘臂, 再三反覆[176]主人之子. 一家驚怖, 逐奪之. 其子狀貌長短, 正與乳母兒不下也. 妻知其怪, 謝之, 鈕氏復手簸主人之子, 始如舊矣. 闞爲災祥, 密令奴[177]持鑊閽擊之, 正當其腦, 驨[78]然反中門扇. 鈕大怒, 詬闞曰: "爾如此勿悔." 闞知無可奈何, 與妻拜祈之, 怒方解. 鈕至今尚在, 其家敬之如神, 更有事甚多矣.

荊州處士侯又玄常[179]出郊, 厠於[180]荒冢上. 及下, 跌[181]傷其肘, 瘡[182]甚. 行數百步, 逢一老人, 問何所苦也. 又玄見其肘, 老人言偶有良藥可封之, 十日不開必愈. 又玄如其言, 及解視之, 一臂遂落. 又玄兄弟五六互病, 病必出血. 月餘, 又玄兄兩臂忽病瘡六七處, 小者如楡錢, 大者如錢, 皆人面, 至死不差. 時荊秀才杜曅話此事於座客.

許卑[183]山人言, 江左數十年前, 有商人左膊上有瘡, 如人面, 亦無它[184]苦. 商人戲滴酒口中, 其面亦赤, 以物食之, 凡物必食, 食多覺膊內肉漲起, 疑胃中也[185]. 或不食之, 則一臂痺焉. 有善醫者, 敎其歷試諸藥[186], 金石草木悉與之. 至貝母, 其瘡乃聚眉閉口. 商人喜曰: "此藥必治也." 因以小葦筒毀其

---

175) 壯: 저본 壯, 점교본·일본 壯
176) 覆: 저본 覄, 점교본·일본 覆
177) 奴: 점교본 人, 일본 저본과 일치.
178) 驨: 저본 驨, 점교본·일본 驨
179) 常: 점교본 嘗, 일본 저본과 일치.
180) 於: 저본 于, 점교본 於, 일본 저본과 일치.
181) 跌: 저본 跌, 점교본·일본 跌
182) 瘡: 점교본 創, 일본 저본과 일치.
183) 卑: 저본 早, 점교본 卑, 일본 저본과 일치.
184) 它: 점교본 他, 일본 저본과 일치.
185) 疑胃中也: 점교본 疑胃在其中也, 일본 저본과 일치.
186) 藥: 저본 薬, 점교본·일본 藥

口灌之, 數日成痂, 遂愈.

　工部員外[187]張周封言, 今年春拜掃假廻, 至湖城逆旅. 說去年秋有河北軍將過此, 至郊外數里, 忽有旋風如升[188]器, 常[189]起於馬前, 軍將以鞭擊之, 轉大, 遂旋馬首, 鬣起如植. 軍將懼, 下馬觀之, 覺鬣長數尺, 中有細綆如紅淺馬[190]. 時馬立嘶鳴, 軍將怒, 乃取佩刀拂之. 風因散滅, 馬亦死. 軍將割馬腹視之, 腹中亦無傷, 不知是何怪也.

唐段少卿酉陽雜俎卷之十五

187) 員外: 점교본 員外郎, 일본 저본과 일치.
188) 升: 점교본 斗, 學津本·津逮本·稗海本·일본 升
189) 常: 점교본 嘗, 일본 저본과 일치.
190) 淺馬: 검교본·일본 線焉, 셤교본 원삭은 焉이 馬이고 後句의 時 다음에 馬가 없으나 學津本·津逮本·稗海本에 의거 수정 및 보완.

唐段少卿酉陽雜俎卷之十六

【廣動植[1]之一】幷[2]序

　成式以天地間所[3]化所産[4]，突而旋成形者樊然矣，故《山海經》·《爾[5]雅》所不能究. 因拾前儒所著，有草木·禽魚未列經史，或經史[6]已載事未悉者，或接諸耳目，簡編所無者，作《廣動植》，冀培土培丘陵之學也. 昔曹丕著論於火布，滕[7]循獻疑於鰕[8]鬚，蔡謨不識彭[9]蜞，劉綯[10]誤呼荔挺，至今可笑，學者豈容略乎?

　揔[11]叙 ○ 羽嘉生飛龍[12]，飛龍生鳳，鳳生鸞[13]，鸞生庶鳥. 應[14]龍生建鳥，建鳥生騏驎，騏驎生庶獸. ○ 分[15]鱗生蛟龍，蛟龍生鯤鯁，鯤鯁生建邪，建邪生庶魚. ○ 分潭生先龍，先龍生玄航，玄航生靈龜，靈龜生庶龜. 日[16]馮生玄

---

1) 植: 저본 植, 점교본·일본 植
2) 幷: 저본 幵, 점교본·일본 幷
3) 所: 점교본 造, 學津本·津逮本·稗海本·일본 所
4) 産: 저본 産, 점교본·일본 産
5) 爾: 저본 爾, 점교본·일본 爾
6) 或經史: 일본 없음
7) 滕: 저본 塍, 점교본·일본 滕
8) 鰕: 점교본 蝦, 일본 鰕
9) 彭: 점교본 蟛, 일본 저본과 일치.
10) 綯: 저본 綯, 점교본·일본 綯
11) 揔: 점교본·일본 總
12) 일본은 揔叙가 앞 항목 끝에 위치하여 學者豈容略乎? 總叙로 되어 있고, 羽嘉生飛龍는 새 항목으로 시작함.
13) 鸞: 저본 鸢, 점교본·일본 鸞
14) 鳥. 應: 점교본·일본 鳥. ○ 應
15) 分: 저본 灻, 점교본·일본 分
16) 龜. 日: 점교본·일본 龜. ○ 日

陽關, 玄陽關生鱗胎, 鱗胎生幹木, 幹木生庶木. ○ 招搖[17]生程君(一曰若), 程君生玄玉, 玄玉生醴泉, 醴泉生應黃, 應黃生黃華, 黃華生庶草. ○ 海間生屈龍, 屈(一曰尾)龍生容華, 容華生葉, 葉生藻, 藻生浮草. ○ 甲蟲影伏, 羽蟲體伏. ○ 食草者多力而愚, 食肉者勇敢而悍. ○ 齕呑者八竅而卵生, 咀嚼者九竅而胎生. ○ 無角者膏而先前, 有角者脂而先後. ○ 食葉者有絲, 食土者不息. 食而不飲者蠶[18], ***飲而不食者蟬, 不飲不食者蜉蝣. 蜎(一口[19]蚓)屬卻[20]行, 蛇屬紆[21]行, 蜻蚓屬往[22]鳴[23], 蜩屬旁鳴, 發皇翼鳴, 蚣蝑股鳴, 榮原[24]胷鳴. ○ 蜩三十日而死. ○ 鱣魚三月上官於孟津. ○ 鶂鴟[25]向日飛. ○ 鯿[26]與鱉魚, 車螯與移角幷相似. ○ 鳳[27]雄鳴節節, 雌鳴足足, 行鳴曰歸嬉, 止鳴曰提袄[28]. ○ 麒麟牡鳴曰逝(一曰遊)聖, 牡鳴曰歸[29]和, 春鳴曰扶助, 夏鳴曰養綏. ○ 鼈無耳爲守神. 虎五指爲貙[30]. ○ 魚滿三百六十年則爲蛟龍, 引飛去水. ○ 魚二千斤爲蛟. ○ 武陽小魚, 一斤千頭. ○ 東海大魚, 瞳子大如三斗盎. ○ 桃文竹以四寸爲一節, 木瓜一尺一百二十一節. ○ 木蘭去皮不死. 荊木心方. ○ 蛇有水·草·木·土四種. ○ 孔雀[31]尾端一寸名珠毛. ○ 鶴[32]左

---

17) 搖: 저본 撽, 점교본 搖, 일본 저본과 일치.

18) 蠶: 저본 蠶, 점교본·일본 蠶

19) 口: 점교본·일본 曰

20) 卻: 저본 郤, 점교본 卻, 일본 저본과 일치.

21) 屬紆: 저본 屬紆, 점교본 屬紆, 일본 저본과 일치.

22) 蚓屬往: 점교본은 원작에 蜎은 蚓, 往은 注이나, 鄭注《考工記·梓人》의 "以注鳴者精列屬"에 의거 수정, 일본 저본과 일치.

23) 鳴: 저본 鳴, 점교본·일본 鳴

24) 榮原: 점교본 蠑螈, 일본 저본과 일치.

25) 鶂鴟: 저본 鶂鴟, 점교본 鶂鴟

26) 鯿: 저본 鯿, 점교본·일본 鯿

27) 鳳: 저본 鳳, 점교본·일본 鳳

28) 袄: 점교본은 원작에 袄이 扶이나,《초학기》卷三十 鳥部에 의거 扶로 수정, 일본 저본과 일치.

29) 牡鳴曰歸: 저본 牡鳴曰歸, 점교본·일본 牝鳴曰歸

30) 貙: 저본 貙, 점교본 貙, 일본 저본과 일치.

右脚裏第一指名兵爪. ○ 蜀郡無冤鴿. ○ 江南(一曰未)無[33]狼·馬. ○ 朱提以南無鳩·鵲. ○ 鳥[34]有四千五百種, 獸有二千四百種. ○ 鶍[35]楚鳩[36]所生. ○ 騾[37]不滋乳. ○ 蔡中郎中[38]以反舌爲蝦蟆,《淮南子》以蛩爲蟆蠓, 詩義以蟊爲螻蛄, 高誘以乾鵲[39]爲蟋蟀. ○ 兎[40]吐子. 鸕[41]鶿[42]吐鶵[43]. ○ 瓜瓠子曰犀, 胡桃人曰蝦蟇. 蝦[44]蟇無腸. ○ 龜腸(一曰黿)屬[45]於頭. ○ 蝌斗[46]尾脫則足生. ○ 鳥獸[47]未孕者爲禽, 鳥養子曰乳.***[48] ○ 蛇蟠向王, 鵲巢背太歲, 鷰[49]伏戊巳, 虎奮衝破, 乾鵲知來, 猩猩[50]知往. ○ 鸛[51]影抱, 蝦蟆聲抱. ○

---

31) 雀: 저본 雀, 점교본·일본 雀

32) 鶴: 저본 鶴, 점교본·일본 鶴

33) 來)無: 저본 未)兂, 점교본·일본 來)無

34) 鳥: 저본 鳥, 점교본·일본 鳥

35) 鶍: 저본 鶍, 점교본·일본 鶍

36) 鳩: 저본 鳩, 점교본·일본 鳩

37) 騾: 저본 騾, 점교본·일본 騾

38) 郎中: 점교본·일본 郎

39) 鵲: 저본 鵲, 점교본 鵲

40) 兎: 점교본 冤, 일본 저본과 일치.

41) 鸕: 저본 鸕, 점교본 鸕

42) 鶿: 저본 鶿, 점교본 鶿

43) 鶵: 저본 鶵, 점교본 鶵, 일본 雛

44) 蝦: 저본 蝦, 점교본·일본 蝦

45) 屬: 저본 属, 점교본 屬, 일본 저본과 일치.

46) 斗: 점교본 蚪, 일본 저본과 일치.

47) 鳥獸: 점교본은 원작에 鳥獸이나, 學津本·津逮本·稗海本에 의거 鳥로 수정, 일본 점교본과 일치.

48) 성균관대본은 ***에서 ***까지의 내용이 주)73과 주)74 사이의 ****[ ]****에 배치되어 있음. 본 복원본은 조선간본 중 일본 국회도서관본과 점교본 및 일본을 비교한 결과, 세 판본의 배치가 동일하여 이를 기준으로 복원함. 성균관대본은 2쪽 분량이 인쇄 또는 제본 등 출판과정에서 순서가 바뀐 것으로 보임.

49) 鷰: 저본 鷰, 점교본·일본 燕

50) 猩: 저본 猩, 점교본·일본 猩

51) 鸛: 저본 鸛, 점교본 鸛

蟬化齊後, 烏生杜宇. ○ 椰子爲越王頭, 壺樓爲杜預[52]項. ○ 鶌鵝[53]鳴日向南不北, 逃[54]闇鳴懸[55]壺盧繫項(一曰頭). 豆以二七爲族, 粟累十二爲寸.

　人參處[56]處生, 蘭長生爲瑞. ○ 有實曰果. 又曰在[57]木曰果. ○ 小麥忌戌, 大麥忌子. ○ 薺・葶藶・菥[58]蓂爲三葉, 孟夏煞之. ○ 烏頭殼外有毛, 石劫應節生花. ○ 木再花, 夏有雹. 李再花, 秋大霜. ○ 木無故叢□[59].

　枝盡向下[60], 又生及一尺至一丈自死, 皆凶. ○ 邑中終歲無鳥, 有寇[61]. 郡中忽無鳥者, 日烏亡. ○ 雞無故自飛去, 家有蠱. 雞[62]日中不下樹, 妻妾奸謀. ○ 見蛇交, 三年死. 蛇冬見寢室, 爲兵急. 人[63]夜臥無故失髻者, 鼠妖也. ○ 屋柱木無故生芝[64]者, 白爲喪[65], 赤爲血, 黑爲賊, 黃爲喜. 其形如人面者, 亡財. 如牛馬者遠役. 如龜蛇者, 因蠶[66]耗. 德及幽隱[67], 則比目魚至(一曰生). ○ 妾媵有制, 則白鷰來[68]巢. ○ 山上有葱, 下有銀. 山上有薤[69], 下有金. 山上有薑, 下有銅錫. 山有寶玉, 木旁枝皆下垂. 葛稚川嘗就上林令魚泉[70], 得

---

52) 預: 점교본・일본 宇

53) 鶌鵝: 저본 鷄鵝, 점교본 鶌鵝

54) 逃: 점교본 逃, 일본 저본과 일치.

55) 懸: 津逮本・稗海本・일본 玄, 學津本은 避諱로 元

56) 處: 저본 處, 점교본・일본 處

57) 又曰在: 점교본・일본 又在

58) 菥: 저본 菥, 점교본 菥, 일본 저본과 일치.

59) 叢□: 점교본은 원작에 生이 없으나, 學津本에 의거 叢生으로 수정, 일본 저본과 일치.
　　叢: 저본 蕞

60) 枝盡向下: 점교본・일본 앞 항목에 연결. 盡: 저본 尽, 점교본・일본 盡

61) 寇: 저본 寇, 점교본 寇, 일본 저본과 일치.

62) 蠱. 雞: 점교본 蠱. ○ 雞, 일본 저본과 일치.

63) 急. 人: 점교본・일본 急. ○ 人

64) 芝: 저본 芝, 점교본・일본 芝

65) 喪: 저본 喪, 점교본 喪, 일본 저본과 일치.

66) 因蠶: 저본 因蚕, 점교본 田蠶, 일본 田蚕

67) 隱: 저본 隱, 점교본・일본 隱

68) 鷰來. 저본 鷰来, 점교본・일본 燕來

69) 薤: 저본 薤, 점교본・일본 薤

朝臣所上草木名二十[71]餘種, 隣[72]人石瓊[73]就之求借, 一****[ ]****皆遺棄. 語曰: 買魚得鱮[74], 不如食茹. 寧去累世宅, 不去繋魚額. 洛鯉伊魴, 貴於牛羊. ○ 得合瀾蠣[75], 雖不足豪, 亦足以高. ○ 檳榔[76]扶留[77], 可以忘憂. ○ 白馬䄀[78]榴, 一實直牛. ○ 草木暉暉, 蒼黄亂飛.

【羽篇】

鳳, 骨黑, 雄雌夕旦鳴各異. 黄帝使伶倫制十二篇寫[79]之, 其雄聲, 其雌音. 樂有鳳凰臺, 此鳳脚下物如白石者. 鳳有時來儀, 候其所止處, 掘深三尺, 有圓石如卵, 正白, 服之安心神.

孔雀, 釋氏書言, 孔雀因雷聲而孕.

鸛, 江淮謂群[80]鸛旋飛爲鸛井. 鶴亦好旋飛, 必有風雨. 人探巢取鸛子, 六十里旱. 能羣飛, 薄霄激雨, 雨爲之散. 烏鳴地上無好聲[81]. 人臨行, 烏鳴而前引, 多喜, 此舊占所不載. ○ 貞元四年, 鄭・汴二州羣烏飛入田緒・李納境內, 銜[82]木爲城, 高至二三尺, 方一[83]餘里, 納・緒惡而命焚之, 信宿如舊, 烏

---

70) 葛稚川嘗就上林令魚泉: 學津本・津逮本・稗海本・일본 새 항목으로 시작
71) 十: 점교본 千, 일본 저본과 일치.
72) 隣: 점교본・일본 鄰
73) 瓊: 저본 瑗, 점교본 瓊
74) 鱮: 저본 魣, 점교본・일본 鱮
75) 蠣: 저본 蠣, 점교본 蠣, 일본 저본과 일치.
76) 檳榔: 저본 檳榔, 점교본 檳榔, 일본 檳榔
77) 檳榔扶留: 일본 앞 항목에 연결.
78) 䄀: 저본 䄀, 점교본 䄀, 일본 저본과 일치.
79) 寫: 저본 寫, 점교본・일본 寫
80) 群: 저본 羣, 점교본 群, 일본 羣
81) 烏鳴地上無好聲: 점교본 앞 항목 연결, 일본 저본과 일치.
82) 銜: 저본 銜, 점교본 銜, 일본 저본과 일치.

口皆流血.

俗候烏飛翅重[84], 天將雨.

鵲巢中必有梁. 崔圓相公妻在家時, 與姊妹戲[85]於後園, 見二鵲搆巢, 共銜一木如筆管, 長尺餘, 安巢中, 衆悉不見. 俗言見鵲上梁必貴. ○ 大曆八年[86], 乾[87]陵上仙觀天尊殿, 有雙鵲銜柴及泥, 補葺隙[88]壞一十五處. 宰臣上表賀.

貞元三年, 中書省梧桐樹上有鵲以泥爲巢, 焚其巢可禳狐魅.

鷰[89], 凡狐白 · 貉 · 鼠之類, 鷰[90]見之則毛脫. 或言鷰蟄於水(一曰月)[91]底, 舊說鷰[92]不入室, 是井之虛也. 取桐爲男女各一投井中, 鷰[93]必來. 胸斑黑, 聲大, 名胡鷰[94]. 其巢有容疋素者[95].

雀, 釋氏書言, 雀沙生, 因浴沙塵受卵. 蜀弔烏山, 至雊雀來弔最悲, 百姓夜燃火伺取之. 無噍不食, 似特(一曰持[96])悲者, 以爲義, 則不殺[97].

鴿, 大理丞鄭復禮言, 波斯舶上多養鴿, 鴿[98]能飛行數千里, 輒放一隻至家, 以爲平安信.

鸚鵡[99], 能飛, 衆鳥趾前三後一, 唯鸚鵡四趾齊分. 凡鳥下臉[100]眨上, 獨此

---

83) 一: 점교본 十, 일본 저본과 일치.

84) 俗候烏飛翅重: 일본 앞 항목 연결.

85) 戲: 저본 戲, 점교본 · 일본 戲

86) 大曆八年: 점교본 새 항목으로 시작, 일본 저본과 일치.

87) 乾: 저본 乹, 점교본 · 일본 乾

88) 隙: 저본 隟, 점교본 隙, 일본 저본과 일치.

89) 鷰: 저본 鷰, 점교본 · 일본 燕

90) 鷰: 점교본 · 일본 燕

91) 鷰蟄於水(一曰月): 점교본 燕蟄於水(一曰井), 일본 燕蟄於水(一曰月)

92) 舊說鷰: 저본 旧說鷰, 점교본 · 일본 舊說燕

93) 鷰: 점교본 · 일본 燕

94) 鷰: 점교본 · 일본 燕

95) 其巢有容疋素者: 學津本 · 津逮本 · 稗海本 其巢練有容疋素者, 일본 其巢有容疋素練者

96) 特(一曰持): 점교본 · 일본 持(一曰特)

97) 殺: 저본 煞, 점교본 殺, 일본 저본과 일치.

98) 鴿: 저본 鴒, 점교본 · 일본 鴿

鳥兩臉俱動, 如人目. ○ 玄宗時[101], 有五色鸚[102]鵡能言, 上令左右試牽帝衣, 鳥輒瞋目叱咤. 岐府文學熊[103]延京, 獻《鸚鵡篇》以贊其事. 張燕[104]公有表賀, 稱爲時樂鳥.

杜鵑, 始陽相催而鳴, 先鳴者吐血死. 嘗有人山行, 見一羣寂然, 聊學其聲, 卽死. 初鳴先聽其聲者, 主離[105]別; 厠上聽其聲, 不祥. 厭之法, 當爲犬聲[106]應之.

鴝[107]鵒, 舊言可使取火, 效人言, 勝鸚鵡. 取其目睛和人乳硏, 滴眼中, 能見煙[108]霄外物也.

鵝, 濟[109]南郡張公城西北有鵝浦. 南燕世, 有漁人居水側, 常聽鵝之聲, 衆中有鈴聲甚淸亮, 候之, 見一鵝咽頸極長, 羅得之, 項上有銅鈴, 綴以銀鎖, 隱起元鼎元年字.

晉時營道縣令何潛[110]之, 於縣界得鳥, 大如白鷺[111], 膝[112]上髀下自然有銅鐶貫之.

鶄鶄, 舊言辟火災, 巢於高樹, 生子穴中, 銜其母翅, 飛下養之.

鶌(卽鷗字)[113], 相傳鶌生三子, 一爲玄鶴. 肅宗張皇后專權, 每進酒, 常置[114]

---

99) 鵡: 저본 𪆰, 점교본 鵡

100) 臉: 점교본·일본 瞼

101) 玄宗時: 점교본 새 항목으로 시작, 일본 저본과 일치.

102) 鸚: 저본 𪃟, 점교본 鸚

103) 熊: 점교본·일본 能, 學津本 熊

104) 燕: 저본 𤏅, 점교본·일본 燕

105) 離: 저본 𩿅, 점교본·일본 離

106) 犬聲: 저본 犬声, 점교본·일본 大聲

107) 鴝: 점교본·일본 雊

108) 煙: 점교본 烟, 일본 저본과 일치.

109) 濟: 저본 済, 점교본·일본 濟

110) 潛: 저본 潜, 점교본·일본 潛

111) 鷺: 저본 𪇱, 점교본·일본 鷺

112) 膝: 저본 𦝫, 점교본·일본 膝

鷗腦酒. 鷗腦酒令人久醉健忘.

異鳥, 天寶二年, 平盧有紫蟲[115]食禾苗, 時東北有赤頭鳥, 群飛食之. ○ 開元二十三年[116], 楡關有好[117]蚄蟲, 延入平州界, 亦有群雀食之. 又[118]開元中, 具州蝗蟲食禾, 有大白鳥數千, 小白鳥數萬, 盡食其蟲[119].

大曆八年, 大鳥見武功, 羣鳥隨噪之, 行營將張日芬射獲之. 肉翅, 狐首, 四足, 足有爪, 廣四尺三寸, 狀類蝙蝠. 又邠州有白頭鳥, 乳鷗[120]鷗.

王母使者, 齊郡函山有鳥, 足靑, 觜[121]赤, 黃素翼, 絳頸[122], 名王母使者. 昔漢武登此山得玉函, 長五寸. 帝下山, 玉函忽化爲白鳥飛去. 世傳山上有王母藥函, 常令鳥守之.

吐綬鳥, 魚復縣南山有鳥大如鷗鷗, 羽色(一曰毛)多黑, 雜以黃白, 頭頰似雉, 有時吐物長數寸, 丹采彪炳, 形色類綬, 因名爲吐綬鳥. 又食必蓄嗉, 嗉前大如斗, 慮觸其嗉, 行每遠草木, 故一名避株鳥.

鶡[123]鷞, 一名墮羿[124], 形似鵲, 人射之則銜矢反射人.

鸚鵑[125], 喙大而句[126], 長一尺, 赤黃色, 受二升, 南人以爲酒杯[127]也.

---

113) 鷗(卽鷗字): 점교본 鷗, 學津本·津逮本·稗海本 저본과 일치, 일본은 鳩(卽鷗字)이나, 본 항목의 이후 나오는 자는 鷗임

114) 置: 저본 寘, 점교본 置, 일본 寘

115) 蟲: 조본 虫, 점교본·일본 蟲

116) 開元二十三年: 점교본 새 항목으로 시작, 일본 저본과 일치.

117) 好: 저본 蚜, 점교본·일본 好

118) 之. 又: 점교본 之. ○ 又, 일본 저본과 일치.

119) 盡食其蟲: 저본 尽食其虫, 점교본·일본 盡食其蟲

120) 鷗: 저본 鷗, 점교본 鷗

121) 觜: 점교본 嘴, 일본 저본과 일치.

122) 頸: 저본 頸, 점교본·일본 纇

123) 鶡: 저본 鶡, 점교본 鶡

124) 羿: 저본 羿, 점교본 羿, 일본 저본과 일지.

125) 鵑: 저본 鵑, 점교본 鵑

126) 句: 점교본 勾, 일본 저본과 일치.

127) 杯: 점교본·일본 杯

蓯節鳥, 四脚, 尾似鼠, 形如雀, 終南深谷中有之.

老鸄, 秦中山谷間有鳥如梟, 色靑黃, 肉翅, 好食煙, 見人輒驚落, 隱首草穴中, 常露身. 其聲如嬰儿啼, 名老鸄.

柴蒿, 京之近山有柴蒿[128]鳥, 頭有冠如戴勝, 大若野鷄.

兜兜[129]鳥, 其聲自號, 正月以後作聲, 至五月節不知所在, 其形似鵙鴿.

蝦蟆護, 南山下有鳥名蝦蟆護, 多在田中, 頭有冠, 色蒼, 足赤, 形似鷺.

夜行遊女, 一曰天帝女, 一曰鈎星. 夜飛晝隱如鬼神, 衣毛爲飛鳥, 脫毛爲婦人. 無子, 喜取人子, 胸前有乳. 凡人飴小兒不可露處, 小兒衣亦不可露曬, 毛落衣中, 當爲鳥祟, 或以血點其衣爲誌. 或言産死者所化.

鬼車鳥, 相傳此鳥昔有十首, 能收人魂, 一首爲犬所噬. 秦中天陰, 有時有聲, 聲如刀[130]車鳴, 或言是水雞過也.

《白澤圖》謂之蒼鸆[131], 《帝鸒[132]》書謂之逆鶬, 夫子·子夏所見. 寶曆中, 國子四門助敎史迥[133]語成式, 常[134]見裴瑜所注《爾雅》, 言鶬麋鴰是九頭鳥也.

細鳥, 漢武時, 畢勒國獻[135]細鳥, 以方尺玉爲籠, 數百頭, 狀如蠅, 聲如鴻鴿, 此國以候日, 因名候日蟲. 集宮[136]人衣, 輒蒙愛幸.

嗽金鳥, 出昆明國, 形如雀, 色黃, 常翶翔於海上. 魏明帝時, 其國來獻此鳥, 飴以眞珠及龜腦, 常吐金屑如粟, 鑄之, 乃爲器服. 宮人爭以鳥所吐金爲釵珥, 謂之辟寒金, 以鳥不畏寒也. 宮人相嘲弄曰: "不服辟寒金, 那[137]得帝

---

128) 蒿: 저본 薃, 점교본·일본 蒿

129) 兜兜: 저본 兜兜, 점교본·일본 兜兜

130) 刀: 점교본·일본 力

131) 鸆: 저본 鸒, 점교본 鸆

132) 鸒: 점교본 원작은 鸆이나, 學津本·津逮本·稗海本에 의거 鸒으로 수정, 일본 鸒

133) 迥: 점교본 迥, 일본 저본과 일치.

134) 常: 점교본 ? 일본 嘗

135) 獻: 저본 献, 점교본·일본 獻. 저본은 獻, 献, 獻의 자형을 혼용.

136) 宮: 저본(일본 국회도서관본) 宮, 저본(성균관대본) 宮, 점교본·일본 宮

王心. 不服辟寒鈿, 那得帝王怜[138]."

背明鳥, 吳[139]時越嶲之南獻背明鳥, 形如鶴[140], 止不向明, 巢必對北, 其聲百變[141].

岢嵐鳥, 出河西赤塢鎮, 狀似烏而大, 飛翔於陣上, 多不利.

鷫鸘[142], 狀如鶯[143], 稍大, 足短, 趾似鼠. 未常[144]見下地, 常止林中, 偶失勢控地, 不能自振, 及舉, 上凌靑霄. 出涼州也[145].

鶪[146]鳥, 武州縣合火山, 山上有鶪鳥, 形類鳥, 觜赤如丹. 一名赤觜鳥, 亦曰阿鶪鳥.

訓胡, 惡鳥也. 鳴則後竅應之.

百勞, 博勞也. 相傳伯奇所化, 取其所踏枝鞭小兒, 能令速語. 南人繼[147]母有娠乳兒, 兒病如瘧, 唯鵙毛治之.

【毛篇】

師子, 釋氏書言, 師子筋爲絃, 鼓之衆絃皆絶.

西域有黑師子·捧師子[148]. ○ 集賢校理張希復言, 舊有師子尾拂, 夏月,

---

137) 那: 저본 郍, 점교본 那, 일본 저본과 일치.
138) 怜: 점교본 憐, 일본 저본과 일치.
139) 吳: 점교본 吳, 일본 저본과 일치.
140) 鶴: 저본 鶴, 점교본 鶴
141) 變: 저본 變, 점교본·일본 變
142) 鷫鸘: 저본 鷫鸘, 점교본 鷫鸘
143) 鶯: 저본 鶯, 점교본 燕, 일본 鶯
144) 常: 일본 嘗
145) 也: 일본 없음.
146) 鶪: 저본 鶪, 점교본 鶪
147) 繼: 저본 継, 점교본·일본 繼
148) 西域有黑師子·捧師子: 일본 앞 항목에 연결.

蠅蚋不敢集其上.

舊說蘇合香, 師子糞也.

象, 舊說象性父[149]識, 見其子皮必泣, 一枚重千斤. 釋氏書言[150], 象七
□[151]柱地六牙, 牙生理必因雷聲.

又言, 龍象六十歲骨方足. 今荊地象色黑, 兩牙, 江猪也.

***咸亨三年[152], 周澄國遣使上表, 言訶伽國有白象, 首[153]垂四牙, 身運五
足. 象之所在, 其土必豐[154]. 以水洗牙, 飮之愈疾. 請發兵迎取." ○ 象膽[155],
隨四時在四腿, 春在前左, 夏在前右, 如龜無定體也. 鼻端有爪, 可拾針. 肉
有十二般[156], 惟鼻是其本肉. ○ 陶貞白言[157], 夏月[158]合藥, 宜置象牙於藥
旁. 南人言象妬, 惡犬聲. 獵[159]者裹糧登高樹, 搆熊巢伺之. 有群象過, 則爲
犬聲, 悉擧鼻吼叫[160], 循守不復去, 或經五六日, 困倒其下, 因潛殺之. 耳後
有穴, 薄如鼓皮, 一刺而斃, 胸前小橫骨, 灰之酒服, 令人能浮水出沒. 食其
肉, 令人體[161]重.

古訓言[162], 象孕五歲始生.***[163]

---

149) 父: 점교본·일본 久

150) 釋氏書言: 일본 새 항목 시작

151) □: 점교본 久, 學津本·津逮本·稗海本·일본 九

152) 咸亨三年: 일본 앞 항목 연결, 學津本·津逮本·일본 咸亨二年

153) 首: 學津本 口, 일본 저본과 일치.

154) 豐: 점교본·일본 豐

155) 象膽: 점교본 새 항목으로 시작, 일본 저본과 일치.

156) 般: 저본 瘢, 점교본·일본 般

157) 陶貞白言: 점교본 새 항목으로 시작, 일본 저본과 일치.

158) 月: 점교본 日, 일본 月

159) 獵: 저본 獵, 점교본 獵

160) 叫: 점교본 叫, 일본 저본과 일치.

161) 體: 저본 軆, 섬교본·일본 體

162) 古訓言: 일본 앞 항목에 연결.

163) 稗海本은 다음 내용이 缺: *咸亨三年, 周澄國遣使上表, 言訶伽國有白象, 首垂四牙,
身運五足. 象之所在, 其土必豐. 以水洗牙, 飮之愈疾. 請發兵迎取." ○ 象膽, 隨四時在

　　虎, 交而月暈. 仙人鄭思遠常騎虎, 故人許隱[164]齒痛求治, 鄭[165]曰: "唯得虎鬚, 及熱揷[166]齒間卽愈." 卽爲柭[167]數莖[168]與之. 因知虎鬚治齒也. ○ 虎殺人能令屍起自解衣, 方食之. 虎威如乙字, 長一寸, 在脇兩旁皮內, 尾端亦有之. 佩之臨官佳, 無官, 人所憎[169]嫉. 虎夜視, 一目放光, 一目看物. 獵人候而射之, 光墜入地成白石, 主小兒驚.

　　馬, 虜中護蘭馬, 五白馬也, 亦曰玉面諳真馬, 十三歲馬也. 以十三歲已[170]下可以留種. 舊種馬, 戎馬八尺, 田馬七尺, 駑馬六尺. ○ 瓜州飼馬以䕡[171]草, 沙州以茨萁, 涼州以敎突渾, 蜀以稗草. 以蘿蔔根飼馬, 馬肥. 安比[172]飼馬以沙蓬根針. ○ 大食國馬解人語. ○ 悉怛國·怛幹國出好馬. ○ 馬四歲兩齒, 至二十歲, 齒盡平. ○ 體名有輸鼠·外鳧[173]·烏頭·龍翅·虎口. ○ 猪槽飼馬, 石灰泥槽, 汗而繫門, 三事落駒. ○ 廻毛在頸, 白馬. 黑毛[174]鞍下腋下廻毛, 右脅白毛, 左右後足白. ○ 馬四足黑[175], 目下橫毛, 黃馬白喙, 旋

　　四腿, 春在前左, 夏在前右, 如龜旡定身+本也. 鼻端有爪, 可拾針. 肉有十二般, 惟鼻是其本肉. ○ 陶貞白言, 夏月合藥, 宜置象牙於藥旁. 南人言象妬, 惡犬聲. 獵者裹糧登高樹, 搆熊巢伺之. 有群象過, 則爲犬聲, 悉擧鼻吼叫, 循守不復去, 或經五六日, 困倒其下, 因潛煞之. 耳後有穴, 薄如鼓皮, 一刺而斃, 胸前小橫骨, 灰之酒服, 令人能浮水出沒. 食其肉, 令人躰重.
　　古訓言, 象孕五歲始生.*

164) 隱: 저본 隠, 점교본·일본 隱
165) 鄭: 저본 鄭, 점교본 鄭, 일본 저본과 일치.
166) 熱揷: 저본 热揷, 점교본·일본 熱揷
167) 卽爲柭: 점교본 鄭爲拔, 일본 鄭爲扳
168) 數莖: 저본 数莖, 점교본 數莖, 일본 數莖
169) 憎: 저본 憎, 점교본·일본 媢
170) 已: 점교본 以, 일본 저본과 일치.
171) 䕡: 저본 䕡, 점교본 䕡, 일본 저본과 일치.
172) 比: 점교본 北. 점교본 원작은 比이나 學津本·津逮本에 의거 수정, 일본 比
173) 鳧: 저본 鳬, 점교본 鳧, 일본 저본과 일치.
174) 毛: 점교본·일본 馬
175) 馬四足黑: 점교본 새 항목으로 시작, 일본 저본과 일치.

毛[176]在吻後, 汗溝上通尾本, 目赤, 睫亂及反睫, 白馬黑目, 目白却[177]視: 並不可騎. 夜眼名附蟬, 戶[178]肝名懸烽[179], 亦曰雞舌綠袄. 方言以地黃·甘草噉五十歲, 生三駒[180].

牛, 北人牛瘦者, 多以蛇灌鼻口, 則爲獨肝. 水牛有獨肝者殺人, 逆賊李希烈食之而死. ○ 相牛法: 岐胡有壽, 膺匡欲廣, 毫筋欲橫, 蹄後筋也. 常有聲, 有黃也. 角冷有病. 旋毛在珠泉無壽. 睫亂觸人. 銜烏角偏妨主. 毛少骨多有力. 溺射前, 良半也. 踈[181]肋難養. 三歲二齒, 四歲四齒, 五歲六齒, 六歲以後, 每一年接脊骨一節.

寷[182]公所飯牛, 陰[183]虹屬頸. 陰虹, 雙筋自尾屬頸也.

北虜之先索國有泥師都, 二妻生四子, 一子化爲鴻[184], 遂委三子, 謂曰: "爾可從古旃." 古旃, 牛也. 三子因隨牛, 牛所糞, 悉成肉酪. ○ 太原縣北有銀牛山, 漢建武二十一年有人騎白牛蹂人田, 田父訶詰之, 乃曰: "吾北海使, 將看天子登封." 遂乘牛上山. 田父尋至山上, 唯見牛跡, 遺糞皆爲銀也. 明年世祖封禪.

鹿, 虞部郎中陸紹弟爲盧氏縣尉, 嘗觀獵人獵, 忽遇鹿五六頭臨澗, 見人不驚, 毛班[185]如畫. 陸怪獵人不射, 問之, 獵者言: "此仙鹿也, 射之不能傷, 且復不利." 陸不信, 强之. 獵者不得已, 一發矢, 鹿帶箭而去. 及返, 射者墜崖, 折左足.

---

176) 毛: 저본(성대본·일본 국회도서관본) 毛(脫劃으로 보임.), 점교본·일본 毛

177) 却: 점교본 卻, 일본 卻

178) 戶: 점교본·일본 尸, 學津本 戶

179) 烽: 점교본 燧, 일본 燧

180) 駒: 저본 駒, 점교본·일본 駒

181) 踈: 점교본 疏, 일본 저본과 일치.

182) 寷: 저본 寷, 점교본 寷, 일본 저본과 일치.

183) 陰: 저본 陰, 점교본·일본 陰

184) 鴻: 저본 鴻, 점교본·일본 鴻

185) 班: 점교본 斑, 일본 저본과 일치.

《南康記》云: "合浦有鹿, 額上戴科藤[186]一枝, 四條直上, 各一丈."

犀之通天者必惡影, 常飲濁水, 當其溺時, 人趂[187]不復[188]移足. 角之理, 形似百物. 或云犀角通者, 是其病. 然其理有倒挿·正挿·腰鼓挿[189]. 倒者, 一牛已下通; 正者, 一牛已上通; 腰鼓者, 中斷不通. 故波斯謂牙爲白暗, 犀爲黑暗. 成式門下醫人吳士臯, 常職於[190]南海郡, 見舶主說本國取犀, 先於山路多植木, 如狙杙[191], 云犀前脚直, 常倚木而息, 木欄折則不能起. 犀牛一名奴角, 有鴟[192]處必有犀也. 犀, 三毛一孔. 劉孝標言, 犀墮角埋之, 人以假[193]角易之.

駝, 性羞. 《木蘭篇》: 明駝[194]千里脚, 多誤作鳴字. 駝臥腹不帖[195]地, 屈足漏明, 則行千里.

天鐵熊, 高宗時, 加(一曰伽)毗葉國獻天鐵熊, 擒白象·師子. 狼, 大如狗[196], 蒼色, 作聲諸竅皆沸. 膝中筋大如鴨卵, 有犯盜者, 薰之當令手攣[197]縮. 或言狼筋如織絡, 小囊蟲所作也. 狼糞烟直上, 烽火用之. ○ 或言狼狽是兩物, 狽前足絶短, 每行常駕兩狼, 失狼則不能動[198], 故世言事乖者稱狼狽. ○ 臨濟郡西有狼塚. 近世曾有人獨行於野, 遇狼數十頭, 其人窘[199]急, 遂登草積上.

---

186) 藤: 저본 藶, 점교본·일본 藤
187) 趂: 점교본 趂. 일본 저본과 일치.
188) 復: 저본 㥚, 점교본 復
189) 挿·正挿·腰鼓挿: 점교본 插·正插·腰鼓插, 일본 저본과 일치.
190) 常職於: 저본 常職于, 점교본 嘗職於, 일본 嘗職于
191) 杙: 점교본 杙, 점교본은 원작에 杙(一作杙)이나 學津本에 의거 杙로 수정하고 注를 제함. 일본 저본과 일치.
192) 鴟: 저본 鴟, 점교본 鴟
193) 假: 저본 假, 점교본·일본 假
194) 駝: 저본 駞, 점교본 駝
195) 帖: 점교본 貼, 일본 저본과 일치.
196) 狼, 大如狗: 점교본·일본 새 항목으로 시작
197) 攣: 점교본 攣, 일본 저본과 일치.
198) 每行常駕兩狼, 失狼則不能動: 學津本·津逮本·稗海本 每行常駕於狼腿上, 狽失狼則不能動, 일본 每行常駕于狼腿上, 狽失狼則不能動

有兩狼乃入穴中, 負出一老狼. 老狼至, 以口拔[200]數莖草, 群狼遂競[201]拔之. 積將崩[202], 遇獵者救之而免[203]. 其人相率掘此塚, 得狼百餘頭殺之, 疑老狼卽狽也.

貊澤[204], 大如犬, 其膏宣利, 以手所承及於銅鐵瓦器中, 貯悉透, 以骨盛則不漏.

猯[205]猻, 徼外勃樊州, 重陸香所出也, 如楓脂, 猯猻好啖之. 大者重十斤, 狀似獺, 其頭身四支了[206]無毛, 唯從鼻[207]上竟脊至尾有青毛, 廣一寸, 長三四分. 獵得者斫刺不傷, 積薪焚之不死, 乃大杖擊[208]之, 骨碎乃死.

黃腰[209], 一名唐已, 人見之不祥, 俗相傳食虎.

香狸, 取其水道連囊, 以酒澆[210]乾之, 其氣如眞麝.

耶希, 有鹿兩頭, 食毒草, 是其胎矢也. 夷謂鹿爲耶, 矢爲希. ○ 魏[211], 似黃狗, 溷[212]有常處, 若行遠不及其家(一云處), 則以草塞其尻[213].

猳玃[214], 蜀西南高山上有物如猴狀, 長七尺, 名猳[215]玃, 一曰馬化. 好竊人

---

199) 窖: 점교본·일본 窖

200) 拔: 저본 拔, 점교본 拔

201) 群狼遂競: 저본 群狼遂竞, 점교본 羣狼遂競, 일본 群狼遂竟

202) 崩: 저본 崩, 점교본 崩

203) 免: 저본 免, 점교본·일본 免

204) 澤: 저본 澤, 점교본·일본 澤

205) 猯: 저본 猯, 점교본·일본 猯

206) 支了: 점교본 肢了, 일본 支□

207) 鼻: 저본 鼻, 점교본 鼻

208) 擊: 저본 擊, 점교본·일본 擊

209) 腰: 점교본 腰, 일본 저본과 일치.

210) 澆: 점교본 燒, 學津本·津逮本·稗海本·일본 澆

211) 魏: 저본 魏, 점교본·일본 魏, 점교본·일본 새 항목으로 시작.

212) 溷: 점교본·일본 圊

213) 尻: 저본 尻, 점교본·일본 尻

214) 玃: 저본 猧, 점교본·일본 玃

215) 猳: 저본 猳, 점교본·일본 猳

妻, 多時形皆類之, 盡姓楊, 蜀中姓揚216)者往往獲217)爪.

狒狒, 飲其血可以見鬼. 力負千斤, 笑輒上吻掩額, 狀如獼218)猴, 作人言, 如鳥聲, 能知生死. 血可染緋, 髮可爲髲. 舊說反踵, 獵者言無膝, 睡常倚物. 宋建武中高219)城郡進雌雄二頭.

在子者, 鼈220)身人首, 灸之以藋, 則鳴曰在子.

大尾羊, 康居出大尾羊, 尾上旁廣, 重十斤. ○ 又僧玄奘221)至西域222), 大雪山高嶺下有一村, 養羊大如驢223). □賓國224)出野靑羊, 尾如翠色, 土人食之.

唐段少卿酉陽雜俎卷之十六

---

216) 揚: 점교본·일본 楊
217) 獲: 저본 㩦, 점교본·일본 獲
218) 獼: 저본 㺝: 점교본·일본 獼
219) 武中高: 점교본·일본 武高
220) 鼈: 저본 鼇, 점교본·일본 鼈
221) 奘: 저본 奘, 점교본·일본 奘
222) 又僧玄奘至西域: 점교본 새 항목으로 시작, 일본 저본과 일치.
223) 驢: 저본 騹, 점교본·일본 驢
224) □賓國: 저본 □賔囯, 점교본은 원작에 □賓國이나 學津本에 의거 罽賓國으로 수정, 일본 □賔國

唐段少卿酉陽雜俎卷之十七

【廣動植之二】

【鱗介篇】1)

龍, 頭上有一物, 如博山形, 名尺木. 龍無尺木, 不能昇天.

井魚, 井魚腦有穴, 每翕水輒於腦穴瀝出, 如飛泉散落海中, 舟人竟2)以空器貯之. 海水鹹苦, 經魚腦穴出, 反淡如泉水焉. 成式見梵僧普(一曰菩)3)提勝說.

異魚4), 東海漁人言近獲魚, 長五六尺, 腸5)胃成胡鹿刀槊之狀, 或號秦皇魚.

鯉, 脊中鱗6)一道, 每鱗有小黑點, 大者7)皆三十六鱗. 國朝律, 取得鯉8)魚卽宜放, 仍不得□9), 號赤鯶公, 賣者杖(一曰決)六十, □□□□□10).

黃魚, 蜀中每殺11)黃魚, 天必陰雨.

烏賊, 舊說名河伯度(一曰從)事小吏, 遇大魚輒放墨, 方數尺, 以混其身. 江東人或取墨書契, 以脫人財物, 書跡如淡墨, 逾年字消, 唯空紙12)耳. 海人言

---

1) 【鱗介篇】: 일본 없음.

2) 竟: 점교본 競, 일본 저본과 일치.

3) 梵僧普(一曰菩): 일본 梵僧菩

4) 異魚: 점교본·일본 새 항목으로 시작

5) 腸: 저본 膓, 점교본·일본 腸

6) 鱗: 저본 鱗, 점교본·일본 鱗

7) 者: 점교본·일본 小

8) 鯉: 저본 鯉, 점교본·일본 鯉

9) □: 점교본·일본 喫

10) □□□□□: 점교본·일본 言鯉爲李也

11) 殺: 저본 煞, 점교본·일본 殺

12) 紙: 저본 紙, 점교본 紙, 일본 저본과 일치.

昔秦王東遊, 棄筭13)袋於海, 化爲此魚, 形如筭14)袋, 兩帶極長. 一說烏賊有

矴, 遇風, 則蚪前一鬚下矴.

　鮪魚15), 凡諸魚欲産, 鮪16)魚輒舐其腹, 世謂之衆魚之生母. 鮨魚17), 章安縣

出, 出入鮨腹, 子朝出索食, 暮還入母腹, 腹中容四子. 煩18)赤如金, 甚健, 網

不能制, 俗呼爲河伯健兒.

　鮫魚, 鮫子驚則入母腹中.

　馬頭魚, 象浦有魚, 色黑, 長五丈餘, 頭如馬, 伺人入水食人19).

　印魚, 長一尺三寸, 額上四方如印, 有字, 諸大魚應死者, 先以印20)封之.

　石班21)魚, 僧行儒言建州有石班魚, 好與蛇交. 南中多隔蜂, 窠大如壺, 常

群螫人. 土人取石班魚就蜂樹側炙之, 標於竿上向日, 令魚影落其窠上. 須

臾, 有鳥大如鸇22)數百, 互擊其窠, 窠碎, 落如葉, 蜂亦全盡. ○ 鯢魚23), 如

鮎, 四足長尾, 能上樹, 天旱輒含水上山, 以草葉覆身, 張口, 鳥來飮水, 因吸

食之, 聲如小兒. 峽24)中人食之, 先縛於樹鞭之, 身上白汗出如構汁, 去此方

可食, 不爾有毒.

　鱟25), 雌常負雄而行, 漁者必得其雙26). 南人列肆賣之, 雄者少肉. 舊說過

---

13) 筭: 점교본 算, 일본 저본과 일치.

14) 筭: 점교본 算, 일본 저본과 일치.

15) 鮪魚: 일본 앞 항목에 연결, 저본·일본 鮪魚, 점교본 鮜魚

16) 鮪: 저본 鮨, 점교본 鮜, 일본 저본과 일치.

17) 鮨魚: 점교본·일본 새 항목으로 시작.

18) 煩: 저본 頰, 점교본·일본 煩

19) 食人: 점교본 원작은 人이 없으나, 學津本·津逮本·稗海本에 의거 보충. 일본 저본과
　　일치.

20) 印: 저본 珝, 점교본·일본 印

21) 班: 점교본 斑, 일본 저본과 일치.

22) 鸇: 점교본 燕, 일본 저본과 일치.

23) 鯢魚: 점교본·일본 새 항목으로 시작. 鯢: 저본 鯤

24) 峽: 저본 峽, 점교본·일본 峽

25) 鱟: 저본 鱟, 점교본·일본 鱟

海輒相負於背, 高尺餘, 如帆, 乘風游行. 今鱟殼上有一物, 高七八寸, 如石珊瑚, 俗呼爲鱟帆. 成式荆州嘗得一枚. 至今閩嶺重鱟子醬. 鱟十二足, 殼可爲冠, 次於白角. 南人取其尾, 爲小如意也.

　飛魚, 朗山浪水有[27], 魚長一尺, 能飛, 飛卽凌雲空, 息歸[28]潭底.

　溫泉中魚, 南人隨溪有三亭城, 城下溫泉中, 生小魚. ○ 羊頭魚[29], 周陵溪溪[30]中有魚, 其頭似羊, 俗呼爲羊頭魚, 豐[31]肉少骨, 殊美於餘魚.

　鱧肉[32], 濟南郡東北有鱧坑, 傳言魏景明中, 有人穿井得魚, 大如鏡. 其夜, 河水溢入此坑, 坑中居人, 皆爲鱧魚焉.

　璕珸, 蟲不再交者, 虎鴛與璕珸也.

　螺蚌, 鸚鵡螺如鸚鵡, 見之者凶, 蚌當雷聲則瘶(一曰瘌).

　蟹[33], 八月腹中有芒, 芒眞稻芒也, 長寸許, 向東輸與海神, 未輸不可食.

　善苑國出百足蟹, 長九尺, 四螯. 煎爲膠, 謂之螯膠, 勝鳳喙膠也.

　平原郡貢糖蟹[34], 採於河間界, 每年生貢, 斸氷[35]火照, 懸老犬肉, 蟹覺老犬肉卽浮, 因取之, 一枚直百金, 以氈[36]密束於驛馬, 馳至於京.

　蝤蛑, 大者長尺餘, 兩螯至强. 八月能與虎鬪[37], 虎不如. 隨大潮退殼, 一退一長.

　奔鮬, 奔鮬一名瀾[38], 非魚非蛟, 大如船[39], 長二三丈, 色如鮎, 有兩乳在腹

---

26) 雙: 저본 **雙**, 점교본 雙, 일본 雙

27) 有: 점교본 有之, 일본 저본과 일치.

28) 息歸: 점교본·일본 息卽歸

29) 羊頭魚: 점교본·일본 새 항목으로 시작.

30) 溪溪: 저본 溪〻, 점교본 溪, 일본 溪溪.

31) 豐: 저본 豊, 점교본 豐

32) 肉: 점교본·일본 魚

33) 蟹: 저본 蟹, 점교본·일본 蟹

34) 糖蟹: 저본 糖蟹, 점교본 糖蟹, 일본 糖蟹, 糖은 學津本 및 《太平廣記》에는 螗

35) 氷: 점교본·일본 冰

36) 氈: 점교본·일본 氊

37) 鬪: 점교본·일본 鬭

下, 雄雌陰陽類人, 取其子着⁴⁰⁾岸上, 聲如嬰兒啼. 頂上有孔通頭, 氣出嚇嚇⁴¹⁾作聲, 必大風, 行者以爲候. 相傳懶婦所化. 殺一頭得膏三四斛, 取之燒燈, 照讀書·紡績輒暗, 照歡樂之處則明. ○ 係臂⁴²⁾, 如龜, 入海捕之, 人必先祭. 又陳所取之數, 則自出, 因取之. 若不信, 則風波覆船.

蛤梨⁴³⁾, 候風雨, 能以殼爲翅飛.

擁劍⁴⁴⁾, 一螯, 極小, 以大者鬪⁴⁵⁾, 小者食.

寄居, 殼似蝸⁴⁶⁾, 一頭小蟹, 一頭螺蛤也. 寄在殼間, 常候蝸(一名螺)開出食, 螺欲合, 遽入殼中.

牡蠣, 言牡, 非謂雄也. 介蟲中唯牡蠣是鹹水結成也. ○ 玉桃⁴⁷⁾, 似蚌, 長二寸, 廣五寸, 殼中柱炙之如牛頭胲項. ○ 數丸⁴⁸⁾, 形似彭⁴⁹⁾蜞, 竟⁵⁰⁾取土各作丸, 丸數滿三百而潮至. 一曰沙丸.

千人捏⁵¹⁾, 形似蟹, 大如錢, 殼甚固, 壯⁵²⁾夫極力捏之不死, 俗言千人捏不死, 因名焉.

---

38) 瀾: 저본 瀾, 점교본·일본 瀾
39) 船: 저본 舡, 점교본·일본 船
40) 着: 점교본 著, 일본 저본과 일치.
41) 嚇嚇: 저본 嚇〻, 점교본 嚇嚇
42) 係臂: 점교본·일본 새 항목으로 시작.
43) 梨: 점교본 원작은 저본과 같으나《類說》에 의거 蜊로 수정, 일본 저본과 일치.
44) 劍: 점교본 劍, 일본 저본과 일치.
45) 鬪: 점교본·일본 鬪
46) 蝸: 저본 蝸, 점교본·일본 蝸
47) 玉桃: 점교본·일본 새 항목으로 시작.
48) 數丸: 일본 새 항목으로 시작.
49) 彭: 점교본·일본 蟛
50) 竟: 점교본 競, 일본 저본과 일치.
51) 捏: 점교본 揑, 저본 捏, 일본 저본과 일치.
52) 壯: 저본 壯, 점교본·일본 壯

【蟲篇】

蟬, 未蛻時名復育, 相傳言蛄蟯所化. 秀才韋翾[53](一曰翻[54])莊[55]在杜[56]曲, 常[57]冬中掘樹根, 見復育附於朽處, 怪之, 村人言蟬固朽木所化也, 翾因剖一視之, 腹中猶實爛木.

蛺[58], 白蛺[59]蝶, 尺蠖[60]蠒[61]所化也. 秀才顧非熊少年時, 嘗見鬱棲[62]中壞綠裙幅, 旋化爲蛺. 工部員外郞張周封言, 百合花合之, 泥其隙, 經宿化爲大胡[63]蝶.

蟻, 秦中多巨黑蟻, 好鬪[64], 俗呼爲馬蟻. 次有色竊赤者. 細蟻中有黑者, 遲鈍, 力擧等身鐵. 有竊黃者, 最有兼弱之智. 成式兒戲[65]時, 嘗以棘刺標蠅[66], 置[67]其來路, 此蟻觸之而返, 或去穴一尺或數寸, 纏入穴中者如索而出, 疑[68]有聲而相召也. 其行每六七有大首者間之, 整若隊伍. 至徙蠅時, 大首者或翼或殿, 如備異蟻狀也. ○ 元和中, 假[69]居在長興里, 庭有[70]一穴蟻, 形狀大如

---

53) 翾: 저본 翶, 점교본·일본 翾

54) 翻: 저본 翶, 점교본 翻, 일본 저본과 일치.

55) 莊: 저본 壯, 점교본 莊, 일본 庄

56) 杜: 저본 社, 점교본 杜. 저본은 杜, 社, 莊의 자형을 혼용함.

57) 常: 점교본·일본 嘗

58) 蛺: 저본 蛺, 점교본·일본 蛺

59) 蛺: 저본 蛺, 점교본·일본 蛺

60) 蠖: 저본 蠖, 점교본·일본 蠖

61) 蠒: 점교본 繭, 일본 蠒

62) 鬱棲: 저본 欝栖, 점교본 鬱棲, 일본 鬱栖

63) 胡: 점교본 蝴, 일본 저본과 일치.

64) 鬪: 점교본·일본 鬭

65) 戲: 점교본·일본 戲

66) 嘗以棘刺標蠅: 저본 嘗以棘刺標蝿, 점교본 常以棘刺標蠅, 일본 嘗以棘刺標蠅

67) 置: 저본 眞, 점교본 置, 일본 眞

68) 疑: 저본 疑, 점교본 疑

69) 假: 점교본 成式假, 일본 저본과 일치.

次竊赤者[71]），而色正黑，腰節微赤，首銳足高，走最輕迅．每生致蠛及小魚(一曰蟲)入穴，輒壞埋穴[72]），蓋防其逸也．自後徙居數處，更不復見此．

　山人程宗又(一曰文)云，程執[73]）恭在易·定，野中蟻樓□三[74]）尺餘．

　蜘蛛，道士許象之言，以盆覆寒食飯於暗室地上，入夏悉化爲蜘蛛．

　蜈蚣[75]），綏安縣多蜈蚣，大者兔尋[76]），能以氣吸兔[77]）(一云大者能以氣吸兔)，小者吸蜥蜴[78]），相去三四尺，骨肉自消．

　蠨蛸，成式書齋多此蟲，蓋好窠於書卷也，或在筆管中，祝聲可聽[79]）．有時開卷視之，悉是小蜘蛛，大如蠅虎，旋以泥隔之．時方知不獨負桑蟲也．

　顚[80]）當，成式書齋[81]）前，每雨後多顚當．窠(秦[82]）人所呼)深如蚓穴，網絲其中，土蓋與地平，大如楡莢[83]）．常仰捍其蓋，伺蠅蠛過，輒翻蓋捕之，纔入復閉，與地一色，並無[84]）絲隙可尋也．其形似蜘蛛．(如牆角亂綱中者．)《爾雅》謂之王蚨[85]）蜴，《鬼谷子》謂之蚨母．秦中兒童戲曰：“顚當顚當牢守門，蠨蛸寇汝無處奔．”○ 蠅[86]），長安秋多蠅，成式蠹書後日[87]）讀《百家》五卷，頗爲所擾，觸睫

---

70) 庭有: 庭中有, 일본 저본과 일치.

71) 形狀大如次竊赤者: 점교본 形狀如竊赤之蟻之大者, 일본 形狀大如次竊赤者

72) 壞埋穴: 점교본·일본 壞垤窒穴

73) 執: 저본 执, 점교본·일본 執

74) 樓□三: 점교본 樓高三, 일본 樓三

75) 蜈蚣: 저본·점교본 蜈蚣, 일본 吳公

76) 兔尋: 점교본·일본 兔尋,《太平廣記》에는 兔尋이 無.

77) 兔: 점교본 兔, 일본 兔

78) 蜴: 저본 蠍, 점교본·일본 蜴

79) 聽: 저본 聼, 점교본·일본 聽

80) 顚: 저본 顚, 점교본 顚, 일본 顚

81) 齋: 저본 斋, 점교본·일본 齋

82) 秦: 學津本·津逮本·稗海本·일본 俗

83) 莢: 저본 莢, 점교본·일본 莢

84) 無: 저본 无, 점교본·일본 無

85) 蚨: 점교본 蚨(一作蛛), 일본 저본과 일치.

86) 蠅: 일본 새 항목으로 시작.

隱字, 歐[88]不能已. 偶拂殺一焉, 細視之, 翼甚似蜩, 冠甚似蜂. 性察於腐, 嗜
於酒肉. 按理首翼, 其類有蒼者聲雄壯, 負金者聲淸聒, 其聲在翼也. 靑者能
敗物. 巨者首如火, 或曰大麻蠅, 茅根所化也.

壁魚, 補闕張周封言, 嘗見壁上白瓜子化爲白魚, 因知《列子》言朽瓜爲魚之
義.

蛞蝓[89], 草中有蛞蝓樹.

天牛蟲, 黑甲蟲也. 長安夏中, 此蟲或出於籬[90]壁間, 必雨, 成式七度驗之
皆應.

異蟲, 溫會在江州與賓客看打魚, 漁子一人忽上岸狂走, 溫問之, 但反手指
背不能語. 漁者色黑, 細視之, 有物如黃葉, 大尺餘, 眼遍其上, 齧不可取. 溫
令燒之落. 每對一眼, 底有觜[91]如釘. 漁子出血數升而死, 莫有識者.

冷蛇, 申王有肉疾, 腹垂至骭, 每出則以白練束之. 至暑月, 常鼾息不可過.
玄宗詔南方取冷蛇二條賜之, 蛇長數尺, 色白, 不螫人, 執之冷如握氷[92]. 申
王腹有數約, 夏月置於約中, 不復覺煩暑.

異蜂, 有蜂如蠟蜂稍大, 飛勁疾, 好圓裁樹葉, 卷[93]入木竅及壁罅中作窠.
成式嘗[94]發壁尋之, 每葉卷中實以不潔, 或云將化爲蜜也.

白蜂窠, 成式脩[95]竹里私第, 菓[96]園數畝[97]. 壬戌年, 有蜂如麻子蜂, 膠土

爲窠於庭前簷, 大如雞卵, 色正白可愛, 家弟惡而壞之, 其冬果爨98)鐘手足.
《南史》言, 宋明帝惡言白. 門金樓子言, 子婚日, 疾風雪下, 幃幕變白, 以爲不
祥. 抑知俗忌白久矣.

　毒蜂, 嶺南者99)毒菌, 夜明, 經雨而腐, 化爲巨蜂, 黑色, 喙100)若鋸, 長三分
餘. 夜入人耳鼻耳101), 斷人心繫.

　竹蜜102)蜂, 蜀103)中有竹蜜104)蜂, 好於野竹上結窠. 窠105)大如雞子, 有
蒂106), 長尺許. 窠與蜜並紺色可愛, 甘倍於常蜜. ○ 水蛆107), 南中水磜澗中
多此蟲108), 長寸餘, 色黑, 夏深變爲蚊109), 螫人甚毒.

　水蟲, 象浦其川渚有水蟲, 攢110)水食船, 數十日船壞. 蟲甚微細.

　抱槍111), 水蟲也. 形如蛞蜳, 稍大, 腹下有刺, 似槍, 如棘針, 螫人有毒.

　負子, 水蟲也, 有子多負之.

　避役, 南中名112)避役, 一曰二十辰蟲. 狀似蛇醫, 脚長, 色靑赤, 肉鬣. 暑月
時見於籬壁間, 俗云見者多稱113)意事. 其首倏忽更變, 爲十二辰狀, 成式再
從兄郪114)嘗115)觀之.

---

98) 爨: 저본 爨, 점교본·일본 爨
99) 者: 점교본·일본 有
100) 喙: 저본 喙, 점교본·일본 喙
101) 耳: 점교본 中, 일본 저본과 일치.
102) 蜜: 저본 蜜, 점교본·일본 蜜. 저본은 蜜, 蜜, 蜜, 蜜의 자형을 혼용.
103) 蜀: 저본 蜀, 점교본·일본 蜀
104) 蜜: 저본 蜜, 점교본·일본 蜜
105) 窠: 저본 ⺀, 점교본·일본 窠
106) 蒂: 저본 蒂, 점교본·일본 蒂. 저본은 蒂, 蒂, 蒂의 자형을 혼용.
107) 水蛆: 점교본·일본 새 항목으로 시작.
108) 此蟲: 學津本·津逮本·稗海本·일본 有蛆
109) 變爲蚊: 저본 变爲蚊, 점교본 變爲蚖. 일본 變爲蚊
110) 攢: 저본 攢, 점교본 攢, 일본 저본과 일치.
111) 抱槍: 일본 앞 항목에 연결.
112) 中名: 점교본 中有蟲名, 일본 저본과 일치.
113) 稱: 저본 稱, 점교본 稱, 일본 稱

食膠蟲, 夏月食松膠, 前脚傳之, 後脚聶[116]之, 內之尻中.

蝎蝎, 形如蟬[117], 其子如蝦, 着[118]草葉, 得其子則母飛來就之. 煎食, 辛而美.

竈馬, 狀如促織, 稍大, 脚長, 好穴於竈側. 俗言竈有馬, 足食之兆.

謝豹, 虢州有蟲名謝豹, 嘗[119]在深土中, 司馬裴沈子常獲坑[120]獲之. 小類蝦蟆而圓如毬, 見人, 以前兩脚交覆首, 如羞狀. 能穴地如鼢[121]鼠, 頃刻深數尺. 或出地聽謝豹鳥聲, 則腦裂而死, 俗因名之.

碎車蟲, 狀如唧聊, 蒼色, 好棲高樹上, 其聲如人吟嘯, 終南有之. ○ 一本云, 滄州俗呼爲搔. 前太原有大而黑者, 聲唧聊. 碎車, 別俗呼爲沒[122]鹽蟲也.

度古, 似書帶[123], 色類蚓, 長二尺餘, 首如鏟, 背上有黑黃襴, 稍觸則斷. 嘗[124]趁蚓, 蚓不復動, 乃上蚓掩之. 良久蚓化, 惟腹泥如綖[125], 有毒, 鷄吃輒死, 俗呼土蠱[126].

雷蜞, 大如蚓, 以物觸之乃蹙縮圓轉若鞠[127]. 良久引首, 鞠形漸小, 後[128]如

---

114) 鄁: 저본 鄁, 점교본·일본 鄁

115) 嘗: 점교본 常, 일본 저본과 일치.

116) 聶: 점교본 攝, 일본 저본과 일치.

117) 蟬: 저본 蟬, 점교본·일본 蟬

118) 着: 점교본 著, 일본 저본과 일치.

119) 嘗: 점교본·일본 常

120) 獲坑: 점교본 治坑, 學津本은 掘地, 일본 저본과 일치.

121) 鼢: 저본 鼢, 점교본·일본 鼢

122) 沒: 저본 沒, 점교본 沒, 일본 沒

123) 帶: 저본 帶, 점교본·일본 帶

124) 嘗: 점교본 常, 일본 저본과 일치.

125) 綖: 저본 綖, 점교본·일본 涎

126) 土蠱: 점교본·일본 土蟲

127) 鞠: 저본 鞠, 점교본·일본 鞠

128) 後: 점교본 復, 일본 저본과 일치.

蚓焉. 或云齧人毒甚.

矛, 蛇頭鼈身, 入水緣樹木, 生嶺南, 南人渭之矛. 膏至利, 銅瓦器貯浸出, 惟雞卵殼盛之不漏, 主毒腫[129].

藍蛇, 首有大毒, 尾能解毒, 出梧州陳家洞. 南人以首合毒藥, 謂之藍藥, 藥人立死. 取尾爲腊, 反解毒藥.

蚺蛇, 長十丈, 常吞鹿, □[130]消盡乃繞樹出骨. 養創時肪腴甚美. 或以婦人衣投之, 則蟠[131]而不起. 其膽上旬近頭, 中旬在心, 下旬近尾.

蝎[132], 鼠[133]負蟲巨者多化爲蝎. 蝎子多負於背, 成式嘗見一蝎負十餘子, 子其色[134]猶白, 纔如稻粒. 成式嘗見張希復言, 陳州古倉有蝎, 形如錢, 螫人必死[135]. 江南舊無蝎, 開元初, 嘗有一主簿, 竹筒盛過江, 至今江南往往而有, 俗呼爲主簿蟲. 蝎常爲蝸所食, 以跡規之, 蝎不復去. 舊說過滿百, 爲蝸所螫. 蝎前謂之螫, 後謂之蠆[136].

虱[137], 舊說虱蟲飮赤龍所浴水則愈. 虱惡水銀, 人有病虱者, 雖香衣沐浴不得已. 道士崔白言, 荊州秀才張告, 嘗捫得兩頭虱. 有草生山足[138]濕處, 葉如百合, 對葉獨莖, 莖微赤, 高一二尺, 名虱建草, 能去蟣虱. 有水竹, 葉如竹, 生水中, 短小, 亦治虱.

蝗, 荊州有帛師, 號[139]法通, 本安西人. 少於東天竺出家, 言蝗蟲腹下有梵

---

129) 毒腫: 점교본·일본 腫毒.

130) □: 점교본·일본 鹿

131) 蟠: 저본 蟠, 점교본·일본 蟠

132) 蝎: 저본 蝎, 점교본 蝎, 일본 저본과 일치.

133) 鼠: 저본 鼠, 점교본 鼠

134) 子其色: 점교본·일본 子色

135) 死: 저본 死, 점교본·일본 死

136) 蠆: 저본 蠆, 점교본　일본 蠆

137) 虱: 일본 蝨

138) 足: 저본 足, 점교본·일본 足

139) 號: 저본 號, 점교본·일본 號

字, 或自天下來者, 乃切¹⁴⁰⁾利天. 梵天來者. 西域驗其字, 作本天壇法禳之. 今蝗蟲首有王字, 固自不可曉. 或言魚子變, 近之矣. 舊言蟲食穀者, 部吏所致, 侵漁百姓則蟲食穀. 蟲身黑頭赤, 武吏也. 頭黑身赤, 儒吏也.

　野狐鼻涕, 螵蛸也, 俗呼爲野狐鼻涕.

唐段少卿酉陽雜俎卷之十七

---

140) 切: 저본 **切**, 점교본·일본 切

唐段少卿酉陽雜俎卷之十八

【廣動植之三】

【木篇】

松, 今1)言兩粒·五粒, 粒當言鬣. 成式脩竹里私弟2), 大堂前有五鬣松兩根3), 大財如椀. 甲子年結實, 味與新羅·南詔者不別. 五鬣松, 皮不鱗. 中使仇士良水礒亭子在城東, 有兩鬣皮不鱗者. 又有七鬣者, 不知自何而得. 俗謂孔雀松, 三鬣松也. 松命根下4)遇石則偃, 蓋不必千年也.

竹, 竹花曰復5)(一曰覆). 死曰箹, 六十年一易根, 則結實6)枯死. 箘墮竹7), 大如脚指, 腹中白幕蘭(一曰蘭)8)隔, 狀如濕麪9). 將成竹而筒皮未落10), 輒有細蟲11)齧之, 隕籜後, 蟲12)齧處成赤跡, 似綉畫可愛.

棘竹, 一名笆竹, 莭13)皆有刺, 數十莖爲叢14), 南夷種以爲城, 卒不可攻. 或

---

1) 今: 점교본 凡, 學津本·津逮本·稗海本·일본 저본과 일치.
2) 脩竹里私弟: 점교본 修行里私第, 일본 脩竹里私第
3) 根: 점교본 株, 일본 저본과 일치.
4) 下: 津逮本·稗海本·일본 없음.
5) 覆: 저본 覆, 점교본 覆, 일본 獲
6) 實: 저본 實, 점교본·일본 實
7) 箘墮竹: 점교본·일본 새 항목으로 시작, 墮: 저본 墮
8) 蘭(一曰蘭): 저본 蘭(一曰蘭): 점교본 欄(一曰蘭), 일본 蘭(一曰蘭)
9) 麪: 저본 麫, 점교본 麪
10) 落: 저본 落, 점교본·일본 落
11) 蟲: 저본 虫, 점교본·일본 蟲
12) 蟲: 저본 虫, 점교본·일본 蟲
13) 莭: 점교본·일본 節
14) 叢: 저본 叢, 점교본·일본 叢

自崩根出, 大如酒瓮[15], 縱橫相承, 狀如繰車, 食之落人齒[16].

筋[17]竹, 南方以爲矛. 筍未成時, 堪爲弩[18]絃.

百葉竹, 一枝百葉, 有毒.

《竹譜》[19], 竹類有三十九.

慈竹, 夏月經雨, 滴汁下地, 生蓐[20]似鹿角, 色白, 食之已痢也. 〇 異木[21], 大曆中, 成都百姓郭[22]遠, 因樵獲瑞木一莖, 理成字曰"天下太平", 詔藏于秘閣.

京西持國寺, 寺前有槐樹數株, 金監買一株, 令所使巧工解之. 及入內廻, 工言木無他異, 金大嗟惋, 令膠之. 曰: "此不堪矣! 但使爾知予工也." 乃別理解之, 每片一天王塔戟成就[23]. 都官陳脩古員外言[24], 西川一縣, 不記名, 吏因換獄卒木薪之, 天尊形像存焉[25].

異樹, 婁[26]約居常山, 居禪[27]座. 有一野嫗手持一樹, 植之於庭, 言此是[28]蜻蜓樹. 歲久, 芬芳鬱茂, 有一鳥, 身赤尾長, 常止息其上.

異果[29], 瞻披國有人牧牛千百餘頭, 有一牛離群, 忽失所在, 至暮方歸, 形

---

15) 瓮: 점교본 甕, 일본 저본과 일치.

16) 齒: 점교본 齒(齒一作髮), 일본 저본과 일치.

17) 筋: 점교본·일본 筋

18) 弩: 저본 努, 점교본·일본 弩

19) 《竹譜》: 점교본 앞 항목에 연결. 毒. 〇《竹譜》, 일본 저본과 일치.

20) 蓐: 저본 蓐, 점교본·일본 蓐

21) 異木: 점교본·일본 새 항목으로 시작.

22) 郭: 저본 郭, 점교본·일본 郭

23) 就: 점교본 就焉, 일본 저본과 일치.

24) 都官陳脩古員外言: 점교본 새 항목으로 시작, 脩: 점교본 修. 學津本·津逮本·稗海本·일본 저본과 일치.

25) 焉: 저본 焉, 점교본·일본 焉

26) 婁: 저본 婁, 점교본 婁, 일본 婁

27) 居禪: 저본 居禅: 점교본 據禪, 일본 据禪

28) 是: 저본 昰, 점교본·일본 是

29) 異果: 본 항목에서 저본은 牛와 羊을 혼용, 점교본은 모두 牛, 學津本·津逮本·稗海

色鳴吼異常, 群羊異(一曰長)之. ○ 明日遂獨行, 主因隨之. 入一穴, 行五六里, 豁然明朗, 花木皆非人間所有. 牛於一處食草, 草不可識. 有果作黃金色, 牧羊人切30)一將還, 爲鬼所奪. 又一日, 復往取此果, 至穴, 鬼復欲奪, 其人急吞之, 身遂暴長, 頭纔31)出, 身塞於穴, 數日化爲木也32).

甘子, 天寶十年, 上謂宰臣曰："近日於宮內種甘子數株, 今秋結實一百五十顆, 與江南·蜀道所進不異." 宰臣賀表曰："雨露所均, 混天區而齊被. 草木有性, 憑33)地氣而潛通. 故得資汪外之珍34)果, 爲禁中之華實." 相傳玄宗幸蜀年, 羅浮甘子不實. 嶺南有蟻, 大於秦中馬35)蟻, 結窠於甘樹, 實時, 常循其上, 故甘皮薄而滑. 往往甘實在其窠中, 冬深取之, 味數倍於常者.

樟木, 江東人多取爲船, 船有與蛟龍鬪36)者.

石榴, 一名丹若37). 梁大同中, 東州後堂石榴38)皆生雙子. 南詔石榴, 子大, 皮薄39)如藤紙, 味絶於洛中40).

柿, 俗謂柿樹有七絶：一壽, 二多陰, 三無鳥巢, 四41)無蟲, 五霜葉可翫, 六嘉實, 七落葉肥大.

漢帝杏, 濟南郡之東南有分流山, 山上多杏, 大如梨, 黃42)如橘, 土人謂之

本·일본 등은 모두 羊

30) 牧羊人切: 점교본 牧牛人竊, 일본 牧羊人切

31) 纔: 저본 纔, 점교본·일본 纔

32) 木也: 점교본 石矣, 일본 石也

33) 憑: 저본 憑, 점교본·일본 憑

34) 汪外之珍: 저본 汪外之珎, 점교본·일본 江外之珍

35) 馬: 점교본 螞, 일본 저본과 일치.

36) 與蛟龍鬪: 점교본·일본 與蛟龍鬪

37) 若: 점교본 若(一作丹茗), 일본 저본과 일치.

38) 榴: 저본 榴, 점교본·일본 榴

39) 薄: 저본 薄, 점교본·암본 薄

40) 점교본·일본은 이후에 다음 내용이 있음. 石榴甛者謂之天漿, 能已乳石毒.

41) 四: 저본 四, 점교본·일본 四

42) 黃: 점교본 色黃, 일본 저본과 일치.

漢帝杏, 亦曰金杏.

　脂衣柰, 漢時紫柰大如升, 核紫[43]花靑, 研之有汁, 可漆[44]. 或着[45]衣, 不可浣也.

　仙人棗, 晋時大[46]倉南有翟泉, 泉西有華林園, 園有仙人棗, 長五寸, 核細如針.

　楷, 孔子墓上, 特多楷木.

　梔子, 諸花少六出者, 唯梔子花六出. 陶眞伯[47]言, 梔子剪刀[48]六出, 刻房七道, 其花香甚, 相傳卽西域簷[49]蔔花也.

　仙桃, 出郴州蘇耽仙壇[50], 有人至心祈之, 輒落壇上, 或至五六顆, 形似石塊, 赤黃色, 破之, 如有核三重, 研飮之, 愈衆疾, 尤治邪氣.

　娑羅, 巴陵有寺, 僧房牀下忽生一木, 隨伐隨長, 外國僧見曰: “此娑羅也.” 元嘉初, 出一花如蓮. 天寶初, 安西道進娑羅枝, 狀言: “臣所管四鎭, 有拔汗那密[51], 最爲密近, 木有娑羅樹, 特爲奇絶. 不庇凡草, 不止惡禽, 聳幹無慚於松栝, 成陰不愧於挑[52]李. 近差官拔汗那使令採得前件樹枝二百莖, 如得託根長樂, 擢[53]穎建章, 布葉垂陰, 隣[54]月中之丹桂, 連枝[55]接影, 對[56]天上

---

43) 紫: 저본 紮, 점교본 · 일본 紫

44) 漆: 저본 桼, 점교본 · 일본 漆

45) 着: 점교본 著, 일본 저본과 일치.

46) 晋時大: 점교본 晉時太, 일본 晉時大

47) 伯: 점교본 · 일본 白

48) 剪刀: 점교본 剪花, 일본 剪花

49) 簷: 저본 蕣, 점교본 簷, 일본 瞻

50) 壇; 저본 壃, 점교본 壇

51) 那: 저본 郍, 점교본 那, 일본 저본과 일치.

52) 挑: 점교본 · 일본 桃

53) 擢: 저본 擢, 점교본 擢, 일본 저본과 일치.

54) 隣: 점교본 鄰, 일본 저본과 일치.

55) 枝: 저본 𢇛, 점교본 · 일본 枝

56) 對: 저본 對, 점교본 · 일본 對

之白楡."

赤白檉, 出涼州, 大者爲炭, 復(一曰傷)人(一曰入)灰汁[57], 可以煮銅爲銀.

仙樹, 祁連山上有仙樹[58], 行旅得之止饑[59]渴, 一名四味木. 其實如棗, 以竹刀剖則甘, 鐵刀剖則苦[60], 木刀剖則酸, 蘆刀剖則辛.

一木[61]五香, 根旃[62]檀[63], 蒳沉[64], 花雞舌, 葉藿, 膠薰陸.

椒, 可以來水銀. 茱萸[65]氣好上, 椒氣好下.

構, 穀田久廢必生構. 葉有瓣曰楮, 無曰構[66].

黃楊木, 性難長, 世重黃楊以無火. 或曰以水試之, 沉則無火. 取此木必以陰晦, 夜無一星則伐之, 爲枕不裂.

"我在鄴[67], 遂大得蒲萄, 奇有滋味." 陳昭[68]曰: "作何形狀?" 徐君房曰: "有類軟棗." 信曰: "君殊不體物, 可得言[69]似生荔枝." 魏肇師曰: "魏武有言, 末夏涉秋, 尙有餘暑. 酒醉宿酲[70], 掩露而食, 甘而不飴, 酸而不酢. 道之固以流味[71]稱奇, 況親食之者." 瑾曰: "此物實出於大宛, 張騫所致. 有黃·白·黑三種, 成熟之時, 子實逼側, 星編珠聚, 西域多釀以爲酒, 每來歲貢. 在漢西

---

57) 復(一曰傷)人(一曰入)灰汁: 점교본 入以灰汁, 일본 復(一曰傷)□入以灰汁

58) 樹: 점교본 實, 일본 저본과 일치.

59) 饑: 저본 飢, 점교본·일본 饑

60) 苦: 저본 苦, 점교본 苦

61) 一木: 점교본·일본 木

62) 旃: 저본 旃, 점교본 旃, 일본 梅

63) 檀: 저본 檀, 점교본·일본 檀

64) 蒳沉: 저본 蒳沉, 점교본 蒳沉香, 일본 蒳沉

65) 茱萸: 저본 茱萸, 점교본·일본 茱萸

66) 無曰構: 점교본 無曰構(一作大曰楮, 小曰構), 일본 저본과 일치.

67) "我在鄴: 점교본 蒲萄, 俗言蒲萄蔓好引于西南. 庾信謂魏使尉瑾曰: "我在鄴, 일본 저본과 일치.

68) 昭: 점교본 昭(一作招), 일본 저본과 일치.

69) 可得言: 점교본 何得不言, 學津本·津逮本·稗海本·일본 저본과 일치.

70) 酲: 점교본 酲, 일본 저본과 일치.

71) 味: 점교본 沫, 일본 저본과 일치.

京, 似亦不少. 杜[72]陵田五十畝[73], 中有蒲萄百樹. 今在京兆, 非直止禁林也." 信曰: "乃園種戶植, 接蔭[74]連架." 昭曰: "其味何如橘柚?" 信曰: "津液奇勝, 芬芳減之." 瑾曰: "金衣素裹, 見苞作貢. 向齒自消, 良應不及."

貝丘之南有蒲[75]萄谷, 谷中蒲萄, 可就其所食之. 或有取歸者, 卽失道, 世言王母蒲萄也. 天寶中, 沙門曇霄因游諸岳, 至此谷, 得蒲萄食之. 又見枯蔓堪爲杖, 大如指, 五尺餘, 持還本寺植之, 遂活. 長高數仞[76], 蔭[77]地幅員十丈, 仰觀[78]若帷蓋焉. 其房實磊落, 紫瑩[79]如墜, 時人號爲草龍珠帳[80].

凌霄花中露水, 損人目.

松楨[81], 卽鐘藤也. 葉大[82], 晉安人以爲盤.

侯騷[83], 蔓生, 子如雞卵, 旣甘且冷, 輕身消酒.《廣志》言, 因王太僕所獻.
○ 蠡薺[84], 子如彈丸, 魏武帝常啖之.

酒杯[85]藤[86], 大如臂, 花堅可酌酒, 實大如指, 食之消酒.

白柰, 出涼州野猪澤, 大如兎[87]頭.

比閭, 出白州, 其華若羽, 伐其木爲車, 終日行不敗.[88]

---

72) 杜: 저본 𣏌, 점교본·일본 杜
73) 畝: 저본 𤲟, 점교본 畝, 일본 𤱆
74) 蔭: 저본 䕃, 점교본·일본 蔭. 저본은 䕃, 蔭, 陰의 자형을 혼용.
75) 蒲: 저본 蒪, 점교본·일본 蒲
76) 仞: 저본 𠕋, 점교본 仞, 일본 저본과 일치.
77) 蔭: 저본 䕃, 점교본 蔭, 일본 䕃
78) 觀: 저본 覌, 점교본·일본 觀
79) 瑩: 저본 瑩, 점교본·일본 瑩
80) 帳: 점교본 帳焉, 일본 悵
81) 楨: 일본 槇
82) 大: 점교본 大者, 일본 저본과 일치.
83) 騷: 저본 騷, 점교본·일본 騷
84) 蠡薺: 점교본·일본 새 항목으로 시작.
85) 杯: 점교본·일본 杯
86) 藤: 저본 藤, 점교본·일본 藤
87) 兎: 점교본 兔, 일본 兔

菩提樹, 出摩伽陁[89]國, 在摩訶菩提寺, 蓋釋迦如來成道時樹, 一名思惟樹. 莖幹黃白, 枝葉靑翠, 經冬不凋[90]. 至佛入滅日, 變色凋落, 過已還生. 至此日, 國王[91]·人民大作佛事, 收[92]葉而歸, 以爲瑞也. 樹高四百尺, 已下有銀塔周迴[93]繞之. 彼國人四時常焚香散花, 繞樹作禮. 唐貞觀中, 頻遣使往[94], 於寺設供, 幷施袈裟. 至顯[95]慶五年, 於寺立碑, 以紀聖德[96]. 此樹梵名有二: 一曰賓撥梨(一曰梨娑)[97]力叉[98], 二曰阿濕曷[99]咃婆(一曰娑)力叉. 《西域記》謂之卑鉢羅, 以佛於其下成道, 卽以道爲稱, 故號菩提. 婆(一曰娑)力叉, 漢翻爲樹. 昔中天無憂王剪伐之, 令事大婆羅門, 積薪焚焉. 熾焰[100]中忽生兩樹, 無憂王因懺[101]悔, 號灰菩提樹, 遂周以石垣. 至賞設迦至(一曰王)[102]復掘之, 至泉, 其根不絶, 坑火焚之, 漑以甘蔗[103]汁, 欲其燋[104]爛. 後摩揭[105]陁國滿[106]

---

88) 比閭, 出白州, 其華若羽, 伐其木爲車, 終日行不敗.: 學津本·津逮本·稗海本·일본 모두 缺

89) 陁: 점교본 陀

90) 凋: 저본 彫, 점교본·일본 凋

91) 王: 저본(성대본·일본 국회도서관본) 予(脫劃으로 보임.), 점교본·일본 王

92) 收: 저본 扠, 점교본·일본 收

93) 已下有銀塔周迴: 점교본 下有銀塔周回, 일본 저본과 일치.

94) 往: 저본(성대본·일본 국회도서관본) 徃(脫劃으로 보임.), 점교본·일본 往

95) 至顯: 점교본 至高宗顯, 일본 저본과 일치. 顯

96) 德: 저본 德, 점교본·일본 德

97) 賓撥梨(一曰梨娑): 賓撥梨(一曰梨娑): 점교본의 원작은 娑가 缺이나 《太平廣記》에 의거 賓撥梨娑로 보충, 일본 저본과 일치.

98) 叉: 저본 乄, 점교본 叉, 일본 저본과 일치.

99) 濕曷: 저본 湿曷, 점교본 濕曷, 일본 濕曷

100) 焰: 저본 焔, 점교본 焰, 일본 저본과 일치.

101) 懺: 저본 懺, 점교본·일본 懺

102) 賞設迦至(一曰王): 점교본 設賞迦王, 일본 저본과 일치.

103) 蔗: 저본 蔗, 점교본 蔗

104) 燋: 점교본 焦, 일본 저본과 일치.

105) 揭: 저본 揭, 점교본 揭, 일본 竭

106) 滿: 저본 滿, 점교본 滿

曹王[107], 無憂之曾孫也, 乃以千牛乳澆之, 信宿, 樹生故[108]舊. 更增[109]石垣, 高二丈四尺. 玄奘至西域, 見樹出垣上二丈餘.

貝多, 出摩伽陁[110]國, 長六七丈, 經冬不凋. 此樹有三種, 一者多羅婆(一曰娑)力叉貝多, 二者多梨婆(一曰娑)力叉貝多, 三者部婆(一曰娑)力叉多羅多梨(一曰多梨貝多). 並書其葉, 部闍一色取其皮書之. 貝多是梵語, 漢翻爲葉. 貝多婆(一曰娑)力叉者, 漢言葉樹也. 西域經書, 用此三種皮葉, 若能保護, 亦得五六百年.

《嵩山記》稱嵩高寺中有思惟樹, 卽貝多也.

釋氏有貝多樹下《思惟經》, 顧徵《廣州記》稱貝多葉似枇杷, 並謬.

交趾近出貝多枝, 彈材中第一[111].

龍腦香樹, 出婆利國, 婆利呼爲固不婆律. 亦出波斯國. 樹高八九丈, 大可六七圍, □[112]圓而背白, 無花實, 其樹有肥有瘦, 瘦者有婆律膏香. 一曰瘦者出龍腦香, 肥者出婆律膏也. 在木心中, 斷其樹劈取之. 膏於樹端流出, 斫樹作坎而承之. 入藥用, 別有法. ○ 安息香樹[113], 出波斯國[114], 波斯呼爲辟邪. 樹長三丈, 皮色黃黑, 葉有四角, 經寒不凋. 二月開花, 黃色, 花心微碧, 不結實. 刻其樹皮, 其膠如飴, 名安息香. 六七月堅凝, 乃取之. 燒通[115]神明, 辟衆惡.

---

107) 陁國滿曹王: 점교본 陀國滿胄王, 일본 저본과 일치.

108) 故: 점교본 如, 일본 저본과 일치.

109) 增: 저본 增, 점교본 · 일본 增

110) 陁: 점교본 · 일본 陀

111) 일본 저본과 일치하며, 점교본은 다음과 같이 앞 항목에 연결되어 있다. : 亦得五六百年. ○《嵩山記》稱嵩高寺中有思惟樹, 卽貝多也. ○ 釋氏有貝多樹下《思惟經》, 顧徵《廣州記》稱貝多葉似枇杷, 並謬. ○ 交趾近出貝多枝, 彈材中第一.

112) □: 점교본 · 일본 葉

113) 安息香樹: 점교본 · 일본 새 항목으로 시작.

114) 國: 저본 國, 점교본 · 일본 國

115) 燒通: 점교본 燒之通, 일본 저본과 일치.

無石子, 出波斯國, 波斯呼爲摩賊. 樹長六七丈, 圍[116]八九尺, 葉似桃葉而長. 三月開花, 白色, 花心微[117]紅. 子圓如彈丸, 初靑, 熟乃黃白. 蟲食成孔者正熟, 皮無孔者入藥用. 其樹一年生無石子, 一年生跋屢[118]子, 大如指, 長三寸, 上有殼, 中仁如栗黃, 可噉[119].

紫鉚樹, 出眞臘國, 眞臘國[120]呼爲勒佉. 亦出波斯國[121]. 樹長一丈, 枝條鬱茂, 葉似橘, 經冬而凋, 三月開花, 白色, 不結子. 天大霧露及雨沾濡, 其樹枝條卽出紫鉚. 波斯國使烏海及沙利深所說並同. 眞臘[122]國使折衝都尉沙門陁沙尼拔陁[123]言, 蟻運土於樹端作窠, 蟻壤得雨露凝結而成紫鉚. 崑崙國者善, 波斯國者次之.

阿魏, 出伽闍那[124]國, 卽北天竺[125]也. 伽闍那呼爲形虞. 亦出波斯國, 波斯國呼爲阿虞截. 樹長八九丈, 皮色靑黃. 三月生葉, 葉似鼠耳[126], 無花實. 斷其枝, 汁出如飴, 久乃堅凝, 名阿魏. 拂林國僧彎[127]所說同. 摩伽陁[128]國僧提婆言, 取其汁如[129]米豆屑, 合成阿魏.

婆那娑樹, 出波斯國, 亦出拂林, 呼爲阿蔀[130]鞲[131]. 樹長五六丈, 皮色靑

116) 圍: 저본 圍, 점교본·일본 圍. 저본은 圍, 圍, 囯의 자형을 혼용.
117) 微: 저본 微, 점교본·일본 微
118) 跋屢: 저본 跋屢, 점교본 跋屢
119) 噉: 저본 噉, 점교본·일본 噉
120) 國: 저본 囯, 점교본·일본 國
121) 國: 저본 囯, 점교본·일본 國
122) 臘: 저본 臘, 점교본 臘, 일본 저본과 일치.
123) 陁沙尼拔陁: 점교본 陀沙尼拔陀, 일본 施沙尼拔陁
124) 那: 저본 郍, 점교본 那沙, 일본 저본과 일치.
125) 竺: 저본 笁, 점교본·일본 竺
126) 鼠耳: 저본(성대본·일본 국회도서관본) 鼠耳(脫劃으로 보임.), 점교본 鼠耳, 일본 鼡耳
127) 彎: 저본 弯, 점교본 鸞, 學津本·津逮本·稗海本·일본 彎
128) 陁: 점교본 陀, 일본 저본과 일치.
129) 如: 점교본 和, 일본 저본과 일치.
130) 蔀: 점교본은 원작에 저본과 같으나 學津本·津逮本·稗海本에 의거 蔀로 수정. 일본 蔀
131) 鞲: 저본 鞾, 점교본·일본 鞲

綠, 葉極光淨[132], 冬夏不凋, 無花結實. 其實從樹莖出, 大如冬瓜, 有殼裹[133]之, 殼上有刺, 瓤[134]至甘甜[135]可食. 核大如棗, 一實有數百核[136], 核中人[137]如栗黃, 炒食之甚美.

　波斯棗, 出波斯國, 波斯國呼爲窟莽. 樹長三四丈, 圍三[138]六尺, 葉似土藤, 不凋. 二月生花, 狀如蕉花, 有兩甲, 漸漸開鐷[139], 中有十餘房. 子長二寸[140], 黃白色, 有核[141], 熟則紫[142]黑, 狀類乾棗[143], 味甘如餳, 可食.

　偏[144]桃, 出波斯國, 波斯呼爲婆淡. 樹長五六丈, 圍四五尺, 葉似桃而闊大, 三月開花, 白色, 花落結實, 狀如桃子而形偏, 故謂之偏桃. 其肉苦澀[145], 不可噉. 核中仁甘甜, 西域諸國並珍之.

　槃砮[146]穄樹, 出波斯國, 亦出拂林國, 拂林呼爲群漢. 樹長三丈, 圍四五尺, 葉似細榕, 經寒不凋. 花似橘, 白色. 子綠, 大如酸棗, 其味甜膩可食. 西域人壓[147]爲油以塗身, 可去風痒.

　齊暾樹, 出波斯國, 亦出拂林國, 拂林呼爲齊虛[148](音湯[149]兮反). 樹長二三

---

132) 淨: 저본 淨, 점교본 · 일본 淨
133) 裹: 저본 裹, 점교본 裹, 일본 저본과 일치.
134) 瓤: 저본 瓤, 점교본 · 일본 瓤
135) 甜: 저본 甜, 점교본 甜, 일본 저본과 일치.
136) 核: 점교본 · 일본 枚
137) 人: 점교본 · 일본 仁
138) 三: 점교본 · 일본 五
139) 鐷: 점교본 鐷, 일본 저본과 일치.
140) 寸: 점교본 원작은 尺이나 學津本 · 津逮本 · 稗海本에 의거 寸으로 수정. 일본 寸
141) 核: 저본 核, 점교본 · 일본 核
142) 紫: 學津本 · 津逮本 · 稗海本 · 일본 子
143) 乾棗: 저본 乾棗, 점교본 乾棗, 일본 乾棗
144) 偏: 저본 偏, 점교본 · 일본 偏
145) 澀: 저본 澀, 점교본 澀, 일본 저본과 일치.
146) 砮: 점교본 砮(一作碧), 일본 저본과 일치.
147) 壓: 저본 壓, 점교본 · 일본 壓
148) 虛: 저본 虛, 점교본 虛

丈, 皮靑白, 花似柚, 極芳香. 子似楊桃, 五月熟. 西域人壓爲油, 以¹⁵⁰⁾餠

菓¹⁵¹⁾, 如中國之用巨勝也. ○ 胡椒¹⁵²⁾, 出摩伽陁國, 呼爲¹⁵³⁾昧履反¹⁵⁴⁾. 其

苗¹⁵⁵⁾蔓生¹⁵⁶⁾, 極¹⁵⁷⁾柔弱, 葉長寸半, 有細條與葉齊. 條上結子, 兩兩相對,

其葉晨開暮合, 合則裹其子於葉中. 形¹⁵⁸⁾似漢椒, 至辛辣, 六月採, 今人作胡

盤肉食皆用之.

白豆¹⁵⁹⁾蔲, 出伽古羅國, 呼爲¹⁶⁰⁾多骨. 形似芭蕉, 葉似杜若, 長八九尺, 冬

夏不凋, 花淺黃色, 子作朶¹⁶¹⁾如蒲萄. 其子初出微靑, 熟則變白, 七月採.

蓽撥, 出摩伽陁國¹⁶²⁾, 呼爲蓽撥梨, 拂林國呼爲¹⁶³⁾阿梨訶他¹⁶⁴⁾. 苗長三四

尺, 莖細如箸, 葉似蕺¹⁶⁵⁾葉, 子似桑椹¹⁶⁶⁾, 八月採.

齱¹⁶⁷⁾齊, 出波斯國. 拂林呼爲¹⁶⁸⁾頂勃梨池¹⁶⁹⁾. 長一丈餘, 圍¹⁷⁰⁾一尺許. 皮

---

149) 湯: 점교본 陽, 일본 저본과 일치.

150) 蔜: 점교본 煮, 일본 저본과 일치.

151) 菓: 저본 蓁, 점교본 果, 일본 菓

152) 胡椒: 점교본 · 일본 새 항목으로 연결.

153) 爲: 저본 篤, 점교본 · 일본 爲

154) 反: 점교본 · 일본 支

155) 苗: 저본 苖, 점교본 · 일본 苗

156) 生: 저본(일본 국회도서관본) 主, 저본(성대본) 宇(下 一劃 훼손으로 보임), 점교본 · 일본 生. 저본은 生, 生, 止, 主, 生의 자형을 혼용.

157) 極: 점교본 원작은 저본과 같으나 學津本에 의거 莖極로 수정, 일본 저본과 일치.

158) 形: 점교본 원작은 저본과 같으나 學津本에 의거 子形로 수정, 일본 저본과 일치.

159) 豆: 저본 荳, 점교본 豆, 일본 저본과 일치.

160) 爲: 저본 爲, 점교본 · 일본 爲

161) 朶: 점교본 朵, 일본 저본과 일치.

162) 陁國: 저본 陁国, 점교본 陀國, 일본 陁國

163) 爲: 저본 爲, 점교본 · 일본 爲

164) 他: 점교본 · 일본 咃

165) 蕺: 저본 葴, 점교본 蕺

166) 椹: 저본 椹, 점교본 · 일본 椹

167) 齱: 저본 鱅, 점교본 齱, 일본 저본과 일치.

168) 爲: 저본 爲, 점교본 · 일본 爲

色靑薄而極光淨, 葉似阿魏, 每三葉生於條端, 無花實. 西域人常[171]八月伐
之, 至臘月更抽新條, 極滋茂. 若不剪除, 乃[172]枯死. 七月斷其枝, 有黃汁,
其狀如蜜, 微有香氣, 入藥療病.

　波斯皂筴, 出波斯國, 呼爲忽野簷默, 拂林呼爲阿梨去伐. 樹長三四丈, 圍
四五尺, 葉似构緣[173]而短小, 經寒不凋, 不花而實. 其莢長二尺, 中有隔, 隔
內各有一子, 大如指頭, 赤色, 至堅硬, 中黑如墨, 甛[174]如飴, 可噉, 亦入藥
用.

　沒樹, 出波斯國, 拂林呼爲阿縒. 長一丈許, 皮靑白色, 葉似槐葉而長, 花似
橘花而大. 子黑色, 大如山茱萸[175], 其味酸甛, 可食.

　阿勃參, 出拂林國, 長一丈餘, 皮色靑白[176], 葉細, 兩兩相對, 花似蔓菁[177],
正黃, 子似胡椒, 赤色. 斫其枝, 汁如油, 以塗疥癬[178], 無不瘥者. 其油極貴,
價重於金.

　榇秖, 出拂林國, 苗長三四尺, 根大如鴨卵, 葉似蒜[179]葉, 中心抽條甚長,
莖端有花[180]六出, 紅白色, 花心黃赤, 不結子. 其草冬生夏死, 與蕎[181]麥相
類, 取其花, 壓以爲油, 塗身, 除風氣, 拂林國王及國內貴人皆用之.

　野悉蜜, 出拂林國, 亦出波斯國. 苗長七八尺, 葉似梅葉, 四時敷[182]榮. 其

---

169) 沲 저본 㳂, 점교본·일본 㳂
170) 圍: 저본 圎, 점교본·일본 圍
171) 常: 저본 甞, 점교본·일본 常
172) 乃: 점교본·일본 反
173) 构緣: 점교본은 원작에 枸緣이나 學津本에 의거 枸櫞로 수정, 일본 构緣
174) 甛: 저본 甜, 점교본 甛, 일본 저본과 일치.
175) 萸: 저본 茰, 점교본 萸, 일본 저본과 일치.
176) 皮色靑白: 점교본 皮靑白色, 일본 저본과 일치.
177) 蔓菁: 저본 薑菁, 점교본·일본 蔓菁
178) 癬: 저본 癬, 점교본·일본 癬
179) 蒜: 저본 蒜, 점교본·일본 蒜
180) 花: 저본 苍, 점교본·일본 花
181) 蕎: 점교본 蕎(一作蕎), 일본 蕎

花五出, 白色, 不結子. 花若開時, 遍野皆香, 與[183]嶺南詹糖相類. 西域人常採其花, 壓以爲油, 甚香滑.

　阿馹[184], 波斯國呼爲阿馹[185], 拂林呼爲底珍[186]. 樹長丈四五[187], 枝葉繁茂. 葉有五出, 似椑麻. 無花而實, 實赤色, 類椑子, 味似乾柿, 而一月[188]一熟.

唐段少卿酉陽雜俎卷之十八

182) 數: 저본 數, 점교본 數, 일본 저본과 일치.
183) 與: 저본 与, 점교본·일본 與
184) 阿馹: 점교본 底稱實(阿驛), 일본 阿驛
185) 馹: 점교본 驛, 일본 저본과 일치.
186) 珍: 저본 珎, 점교본 珍(一作稱), 일본 珍, 學津本 欄
187) 丈四五: 점교본 四五丈, 學津本·津逮本·稗海本·일본 저본과 일치.
188) 月: 점교본 月(一作年), 일본 저본과 일치.

唐段少卿酉陽雜俎卷之十九

【廣動[1]植類之四】

【草篇】

芝, 天寶初, 臨川郡人李嘉亂[2]所居, 柱上生芝草, 形類天尊, 太守張景佚截柱獻之.[3]

　大曆八年, 盧江縣[4]紫芝生, 高一丈五尺. 芝類至多: 參成芝[5], 斷而可續. ○ 夜光芝[6], 一株九實, 實墜地如七寸鏡, 夜視如午日[7], 茅君種於句曲山.

　隱辰芝[8], 狀如斗, 以屋爲茆[9], 以莖爲剛[10].

　《仙經》[11]言穿地六尺, 以鐶實[12]一枚種之, 灌以黃水五合, 以土堅築之. 三年生苗如匏(一曰刻), 實如桃, 五色, 名鳳[13]腦芝. 食其實, 唾地爲鳳, 乘升太極. ○ 白符芝[14], 大雪而華[15]. ○ 五德芝[16], 如車馬. ○ 菌芝[17], 如樓. ○

---

1) 動: 저본 動, 점교본·일본 動
2) 亂: 저본 亂, 점교본·일본 胤
3) 본 항목은 卷之十의 다음 항목과 유사함. "芝, 天保初, 臨川人李嘉胤所居, 柱上生芝草, 狀如天尊, 太守張景佚拔柱獻焉."
4) 盧江縣: 점교본 盧州盧江縣
5) 參成芝: 점교본 새 항목으로 시작, 일본 저본과 일치.
6) 夜光芝: 점교본 새 항목으로 시작, 일본 저본과 일치.
7) 午日: 점교본 牛目
8) 隱辰芝: 저본 隱辰芝, 점교본 隱辰芝, 일본 앞 항목에 연결.
9) 以屋爲茆: 점교본 以屋(一作星)爲節
10) 剛: 점교본 剛(一作網)
11) 《仙經》: 점교본 鳳腦芝,《仙經》. 學津本·津逮本·稗海本·일본 저본과 일치.
12) 鐶實: 저본 鐶實, 점교본 環寶, 일본 鐶實. 學津本·津逮本·稗海本 모두 實
13) 鳳: 저본 鳳, 점교본 鳳
14) 白符芝: 점교본 새 항목으로 시작, 일본 저본과 일치.

凡學道三十年不倦, 天下金翅鳥衛[18]芝至. ○ 羅門山食(一日生)石芝[19], 得地仙.[20]

　蓮石[21], 蓮入水必沉, 唯煎鹽鹹鹵能浮之, 鴈[22]食之, 糞落山石間, 百年不壞. 相傳橡子落水爲蓮.

　苔, 慈恩寺唐三藏院後簷階, 開成末, 有苔[23], 狀如苦苣. 初[24]於塼上, 色如鹽[25]綠, 輕嫩可愛. 談論僧義林, 太和初, 改葬碁[26]法師. 初開塚, 香氣襲人, 側臥塼臺上, 形如生, 塼上苔厚二寸餘, 作金色, 氣如熱[27]檀.

　瓦松, 崔融[28]《瓦松賦》序[29]曰: "崇文館瓦松者, 産於[30]屋霤之下. 謂之木也, 訪山客而未詳. 謂之草也, 驗農皇而罕記." 賦云: "煌煌特秀, 狀金芝之産霤[31]. 歷歷虛[32]懸, 若星楡之種天. 葩[33]條鬱[34]毓, 根柢[35]連卷. 間紫苔而裹

---

15) 華: 學津本 白華
16) 五德芝: 점교본 새 항목으로 시작, 일본 저본과 일치.
17) 菌芝: 점교본 새 항목으로 시작, 일본 저본과 일치.
18) 衛: 점교본 銜, 일본 저본과 일치.
19) 羅門山食(一日生)石芝: 점교본 새 항목으로 시작, 일본 저본과 일치.
20) 學津本・津逮本・稗海本은 앞의 "大曆八年"에서 이곳까지 모두 한 항목으로 연결.
21) 石: 일본・점교본 저본과 일치. 學津本 實
22) 鴈: 점교본 雁, 일본 저본과 일치.
23) 苔: 저본 㫈, 점교본・일본 苔
24) 初: 점교본 布, 일본 저본과 일치.
25) 鹽: 저본 塩, 점교본 藍, 일본 鹽
26) 碁: 점교본 基, 일본 저본과 일치.
27) 熱: 점교본 梅, 學津本・津逮本・稗海本 저본과 일치, 일본 蒸
28) 融: 저본 𧡣, 점교본・일본 融
29) 序: 저본 序, 점교본 序, 일본 저본과 일치.
30) 於: 점교본 于, 일본 저본과 일치.
31) 霤: 저본 霤, 점교본・일본 霤
32) 虛: 저본 虗, 점교본・일본 虛
33) 葩: 저본 蓜, 점교본・일본 葩
34) 鬱: 저본 郁, 점교본 鬱, 일본 저본과 일치.
35) 柢: 저본 柘, 점교본 柢, 일본 柢

露, 凌³⁶⁾碧瓦而含煙." 又曰: "慚魏宮之鳥悲, 惡漢殿之紅蓮." 崔公學博, 無
不該悉, 豈不知瓦松已有著³⁷⁾說乎? ○《博雅》³⁸⁾: "在屋曰昔耶, 在墙³⁹⁾曰垣
衣."《廣志》謂之蘭香, 生於久屋之瓦. 魏明帝好之, 命長安西載箕⁴⁰⁾瓦於洛
陽以覆屋. 前代詞人詩中多用昔耶, 梁簡文帝詠薔薇⁴¹⁾曰: "緣階覆碧綺, 依
簷映昔耶." 或言構⁴²⁾木上多松栽⁴³⁾土, 木氣洩則瓦生松. ○ 大曆中, 脩含
兀⁴⁴⁾殿, 有一人投狀請瓦, 且言瓦工唯⁴⁵⁾我所能, 祖父已嘗瓦此殿矣. 衆工不
服. 因曰: "若有能瓦畢不生瓦松乎?" 衆方服焉. 又有李阿黑者, 亦能治屋. 布
瓦如齒, 間不通綖⁴⁶⁾, 亦无瓦松.《本草》: 瓦衣謂之屋遊.

瓜, 惡香, 香中尤忌麝. 鄭注太和初赴職河中, 姬⁴⁷⁾妾百餘盡騎, 香氣數里,
逆於人鼻. 是歲自京至河中所過路, 瓜盡死, 一蔕不獲⁴⁸⁾.

芰⁴⁹⁾, 今人但言菱⁵⁰⁾芰, 諸解⁵¹⁾草木書亦不分別, 唯王安貧《武陵記》言, 四
角 · 三角曰芰, 兩角曰菱. 今蘇州折腰⁵²⁾菱多兩角. 成式曾⁵³⁾於荊州, 有僧遺

---

36) 凌: 점교본 淩, 일본 저본과 일치.
37) 著: 저본 者, 점교본 · 일본 著
38) 《博雅》: 일본 《博邪》, 새 항목으로 시작.
39) 墙: 점교본 · 일본 牆
40) 箕: 점교본 其, 일본 저본과 일치.
41) 薔薇: 저본 薔薇, 점교본 · 일본 薔薇
42) 構: 저본 搆, 점교본 · 일본 構
43) 栽: 저본 栽, 점교본 · 일본 栽
44) 脩含兀: 점교본 · 일본 修含元
45) 唯: 점교본 惟, 일본 저본과 일치.
46) 綖: 저본 綖, 점교본 · 일본 綖
47) 姬: 저본 姬, 점교본 · 일본 姬
48) 獲: 점교본 穫, 일본 저본과 일치.
49) 芰: 저본 芰, 점교본 芰
50) 菱: 저본 菱, 점교본 · 일본 菱
51) 解: 저본 解, 점교본 · 일본 解
52) 腰: 저본 腰, 점교본 · 일본 腰
53) 曾: 저본 曾, 점교본 · 일본 曾

一斗郫城菱, 三角而無傷(一曰刺)54), 可以接(一曰挼)莎55). 芰, 一名水栗, 薢
茩56). ○ 漢武昆明池中有浮根菱, 根出水上, 葉淪沒波下, 亦曰青水芰. 玄都
有菱碧色, 狀如雞飛, 名翻雞芰, 仙人虓57)伯子常採之.

　兎58)絲子, 多近棘及藋59), 山居者疑二草之氣類也.

　天名精, 一曰鹿活草. 昔青州劉憒60), 宋元嘉中射一鹿, 剖五藏61), 以此草
塞之, 蹶然而起. 憒怪而拔草, 復倒. 如此三度, 憒蜜62)錄此草種之, 多主傷
折, 俗呼爲劉憒草.

　牡丹, 前史中無說處, 唯63)《謝康樂集》中, 言竹間水際多牡丹. 成式檢隋朝
《種植法》七十卷中, 初不記說牡丹, 則知隋朝花藥中所無也. 開元末, 裴士淹
爲郎官, 奉使幽冀廻64), 至汾州衆香寺, 得白牡丹一窠, 植於長安65)私第66),
天寶中, 爲都下奇賞. 當時名公, 有《裴給事宅看牡丹》時67), 時尋訪未獲. 一
本有詩云: "長安年少惜春殘, 爭認慈恩紫牡丹. 別有玉盤乘68)露冷, 無人起
就月中看69)." 太常博士張乘嘗見裴通祭酒說. 又房相有言牡丹之會, 琯不預
焉. 至德中, 馬僕射鎭太原, 又得紅紫二色者, 移於城中.

---

54) 無傷(一曰刺): 점교본 無芒(一曰刺), 일본 無傷(一曰刺)
55) 莎: 저본 莏, 점교본·일본 莎
56) 薢茩: 저본 薢茩, 점교본 薢茩(一作薢苟), 일본 薢茩
57) 虓: 저본 兎, 점교본 虓, 일본 저본과 일치.
58) 兎: 점교본·일본 兔
59) 藋: 저본 𣞁, 점교본 藋
60) 憒: 점교본 憒(一作怲), 일본 저본과 일치.
61) 藏: 점교본 臟, 점교본 저본과 일치.
62) 蜜: 점교본·일본 密
63) 唯: 점교본 惟, 일본 저본과 일치.
64) 廻: 점교본 回, 일본 저본과 일치.
65) 植於長安: 저본 植於長叒, 점교본 植於長安, 일본 植於長安
66) 第: 저본 𥪢, 점교본·일본 第
67) 時: 점교본 詩, 일본 저본과 일치.
68) 乘: 저본 乘, 점교본·일본 乘
69) 看: 저본 𥅆, 점교본·일본 看

元和初猶少[70], 今與戎葵角多少矣. 韓愈侍郎有踈[71]從子姪自江淮來, 年甚少, 韓令學院中伴子弟, 子弟悉爲凌辱. 韓知之, 遂爲街西假僧院令讀書. 經旬, 寺主綱復訴其狂率, 韓遽令歸, 且責曰:"市肆賤類營衣食, 尙有一事長處. 汝所爲如此, 竟作何物?" 姪拜謝, 徐曰:"某有一藝, 恨叔不知." 因指階前牡丹曰:"叔要此花, 靑·紫·黃·赤, 唯命也." 韓大奇之, 遂給所須, 試之. 乃竪箔曲, 尺[72]遮牡丹叢, 不令人窺. 掘窠[73]四面, 深及其根, 寬容入座. 唯齎紫鑛·輕粉·朱紅, 旦暮治其根. 凡七日, 乃塡[74]坑, 白其叔曰:"恨校[75]遲一月." 時冬初也. 牡丹本紫, 及花發, 色白紅歷綠, 每朶有一聯詩, 字色紫分明, 乃是韓出官時詩. 一韻曰:"雲橫秦嶺家何在? 雪擁籃開[76]馬不前"十四字, 韓大驚異. 侄且辭歸江淮, 竟不願仕. ○ 興唐寺有牡丹一窠, 元和中, 着[77]花一千二百朶. 其色有正暈·倒暈·淺紅·淺紫·深紫·黃白檀等, 獨無深紅. 又有花葉中無抹心者, 重臺花者, 其花面徑七八寸.

興[78]善寺素師院[79], 牡丹色絶佳, 元和末, 一枝[80]花合歡.

金燈[81], 一曰九形, 花葉不相見, 俗惡人家種之, 一名無義草. ○ 合離[82], 根如芋魁, 有游子十二環之, 相須而生[83], 而實不連, 以氣相屬, 一名獨搖, 一

---

70) 元和初猶少: 점교본·일본·學津本·津逮本·稗海本 모두 앞 항목에 연결

71) 踈: 점교본 疏, 일본 疎

72) 尺: 점교본 盡, 일본 저본과 일치.

73) 掘窠: 점교본은 원작에 掘이 握이나 學津本·津逮本·稗海本에 의거 掘로 수정하였고, 窠는 원작에 窠이나 《舊小說》에 의거 棵로 수정함. 일본 저본과 일치.

74) 塡: 저본 塡, 점교본 저본과 일치, 일본 塡

75) 校: 점교본 較, 일본 挍

76) 籃開: 점교본·일본 藍關

77) 着: 점교본 著, 일본 저본과 일치.

78) 興: 저본 兴, 점교본 興

79) 興善寺素師院: 점교본 앞 항목에 연결, 일본 점교본과 일치.

80) 枝: 저본 枝, 점교본·일본 枝

81) 金燈: 일본 앞 항목에 연결.

82) 合離: 점교본 새 항목으로 시작, 일본 저본과 일치.

名離母, 若土⁸⁴⁾所食者, 合呼爲赤箭. ○ 蜀葵, 可以緝爲布⁸⁵⁾. 枯時燒作灰⁸⁶⁾, 藏火, 火久不滅. 花有重臺⁸⁷⁾者.

　茄子, 茄字本蓮莖⁸⁸⁾名, 革遐⁸⁹⁾反. 今呼伽, 未知所自. 成式因就莭⁹⁰⁾下食有伽子數蒂, 偶問工部員外郎張周封伽子故事, 張云一名落蘇, 事具《食療本草》. 此誤⁹¹⁾作《食療本草》, 元⁹²⁾出《拾遺本草》. 成式記得隱侯《行⁹³⁾園詩》云: "寒瓜方臥壟⁹⁴⁾, 秋菰⁹⁵⁾正滿陂. 紫茄紛爛漫, 綠⁹⁶⁾芋鬱參差." 又一名崑崙瓜. 嶺南茄子宿根成樹, 高五六尺, 姚向曾爲南選使, 親見之. 故《本草》記廣州有慎火樹, 樹大三四圍. 慎火即景天也, 俗呼爲護火草. 茄子熟者, 食之厚腸胃, 動氣發疾⁹⁷⁾. 根能治竈瘝. 欲其子繁, 待其花時, 取葉布於過路, 以灰規之, 人踐之, 子必繁也. 俗謂之嫁茄子. 僧人多炙之, 甚美⁹⁸⁾. 有新羅種者, 色稍白, 形如雞卵, 西明寺僧造玄(一曰玄造)院中, 有其種. ○《水經》云, 石頭西對蔡浦, 浦長百里, 上有大荻浦⁹⁹⁾, 下有茄子浦.

---

83) 生: 저본(성대본·일본 국회도서관본) 生, 점교본·일본 生

84) 若土: 점교본·일본 若土人, 學津本·津逮本·稗海本 言若土人

85) 蜀葵: 점교본·일본 새 항목으로 시작. 점교본 蜀(一作荿)葵, 本胡中葵也, 一名胡葵. 似葵, 大者紅, 可以緝爲布. 일본 저본과 일치.

86) 燒作灰: 저본 燒作灰, 점교본·일본 燒作灰

87) 臺: 저본 壼, 점교본·일본 臺

88) 蓮莖: 점교본은 원작에 莖이 經이나 學津本·津逮本·稗海本에 의거 수정.

89) 革遐: 저본 革遐, 점교본 革遐, 일본 革遐

90) 莭: 점교본·일본 節

91) 誤: 저본 誤, 점교본 誤, 일본 저본과 일치. 저본은 誤, 誤의 자형을 혼용.

92) 元: 점교본 原, 일본 저본과 일치.

93) 行: 저본(성대본·일본 국회도서관본) 行(脫劃으로 보임.), 점교본·일본 行

94) 壟: 저본 壠, 점교본 壟, 일본 저본과 일치.

95) 菰: 저본 菰, 점교본·일본 菰

96) 綠: 저본 緣, 점교본 綠, 일본 저본과 일치.

97) 發疾: 저본 發疾, 점교본 發痰, 일본·津逮本·稗海本 저본과 일치.

98) 美: 저본 羙, 점교본·일본 美

99) 大荻浦: 점교본은 원작에 大荻荻浦이나 津逮本·稗海本에 의거 大荻浦로 수정.

異菌, 開成元年[100]春, 成式脩[101]行里私[102]第書齋前, 有枯紫荊數枝蠹折, 因伐之, 餘尺許. 至三年秋, 枯根上生一菌, 大如斗, 下布五足, 頂黃白兩暈, 綠垂裙如鵝鶳(一曰鶳)[103], 高尺餘, 至午色變黑而死, 焚之氣如麻[104]香. 成式常置香爐於杤臺[105], 每念經, 門生以爲善徵. 後覽諸志怪, 南齊吳[106]郡褚思莊[107], 素奉釋氏, 眠於梁下, 短柱是柟木, 去地四尺餘, 有節. 太[108]明中, 忽有一物如芝, 生於[109]節上, 黃色鮮明, 漸漸長數日, 遂成千佛狀[110]. 面目爪指及光相衣服, 莫不完具, 如金鍱隱起, 摩之殊軟. 常以春末生, 秋末落, 落時佛形如故, 但色褐耳. 至落時, 其家貯之箱中. 積五年, 思莊不復[111]住其下, 亦無他顯[112]盛. 闔門壽考, 思莊父終九十七, 兄年七十, 健如壯[113]年.

又梁簡文延香園, 大同十年, 竹林吐一芝, 長八寸, 頭蓋以[114]雞頭實, 黑色. 其柄似藕[115]柄, 內通幹[116]空(一曰柄榦通空), 皮質皆絶白, 根下微紅. 雞頭實處似竹節, 脫之又得脫[117]也. 自節處別生一重, 如結網羅, 四面[118], 同(一曰

---

100) 年: 저본 秊, 점교본·일본 年
101) 脩: 점교본 修, 일본 저본과 일치.
102) 私: 저본 秇, 점교본 私
103) 鶳(一曰鶳): 점교본 鶳(一曰鶳)
104) 麻: 점교본 芋, 일본 저본과 일치.
105) 爐於杤臺: 저본 炉於杤臺, 점교본 爐於栟(槃)杤臺上, 일본 爐於杤臺
106) 吳: 저본 呉, 점교본 吴, 일본 吳
107) 莊: 저본 荘, 점교본·일본 莊
108) 太: 점교본·일본 大
109) 於: 저본 于, 점교본·일본 於
110) 漸漸長數日, 遂成千佛狀: 일본·學津本·津逮本·稗海本은 漸漸長數尺, 數日遂成千佛狀.
111) 復: 저본 復, 점교본 復
112) 無他顯: 저본 无他顯, 점교본·일본 無他顯
113) 壯: 저본 壮, 점교본 壯, 일본 莊
114) 以: 점교본·일본 似
115) 藕: 저본 藕, 점교본·일본 藕
116) 幹: 점교본 榦, 일본 저본과 일치.
117) 脫之又得脫: 점교본 脫之又得脫, 일본 저본과 일치.

周)119)可五六寸, 圓繞周匝, 以罩120)柄上, 相遠不相着121)也. 其似結網衆目, 輕巧可愛, 其柄又得脫也122). 驗仙書與威喜芝相類.

舞123)草, 出雅州, 獨莖三葉, 葉如決明. 一葉在莖端, 兩葉居莖之半, 相對. 人或近之, 歌及抵124)掌謳曲, 必動, 葉如舞也.

護門草, 常山北, 草名護門, 置125)諸門上, 夜有人(一曰物)過, 輒26)叱之.

仙人條, 出衡127)獄, 無根蔕128), 生石上, 狀如同心帶, 三股, 色綠, 亦不常有.

睡蓮, 南海有睡蓮, 夜則花低129)入水. 屯田韋郎中從事南海, 親見.

蔓金苔, 晋時外國獻130)蔓金苔, 縈聚之如雞卵131). 投水中132), 蔓延波上, 光泛鑠日133)如火, 亦曰夜明苔.

異蒿134), 田在實, 布之子135)也. 大136)和中, 嘗137)過蔡州北, 路側有草如蒿, 莖大如指, 其端聚葉, 似鷦鷯巢在顚138), 折視之, 葉中有小鼠139)數十, 纔若

---

118) 面: 저본 冋, 점교본·일본 面

119) 同(一曰周): 점교본 周, 일본 저본과 일치.

120) 罩: 저본 𦋐, 점교본 罩, 일본 저본과 일치

121) 着: 점교본 著, 일본 저본과 일치.

122) 其柄又得脫也: 점교본 其與柄皆得相脫. 일본·學津本·津逮本·稗海本 저본과 일치

123) 舞: 저본 舞, 점교본·일본 舞

124) 抵: 점교본·일본 抵

125) 置: 저본 寘, 점교본 置, 일본 寔

126) 輒: 점교본·일본 輒

127) 衡: 저본 衠, 점교본·일본 衡

128) 蔕: 저본 蔕, 점교본 蔕

129) 低: 점교본 低, 일본 저본과 일치.

130) 晋時外國獻: 점교본·일본 晉時外國獻

131) 縈聚之如雞卵: 점교본 色如金, 若螢火之聚, 大如雞卵. 일본 저본과 일치.

132) 投水中: 점교본 投之水中, 일본 저본과 일치.

133) 鑠日: 저본 鑠日, 점교본 鑠日(一作目), 일본 鑠日

134) 蒿: 저본 蒿, 점교본·일본 蒿

135) 布之子: 점교본 布之子(一作田布悦之子), 일본 布之子

136) 大: 점교본 太, 일본 저본과 일치.

137) 嘗: 저본 嘗, 점교본·일본 嘗

皂筴[140]子, 目猶未開, 啾啾有聲.

蜜[141]草, 北天竺[142]國出蜜草, 蔓生, 大葉, 秋冬不死, 因重霜露, 遂成蜜, 如塞上蓬鹽.

老鴉爪蘺, 葉如牛蒡而狹. 子熟時色黑, 狀如笊籬. ○ 鴨舌草[143], 生水中, 似蕈, 俗呼爲鴨舌草.

胡蔓草, 生邕·容間, 叢生, 花偏如支[144]子, 稍[145]大, 不成朵, 色黃白, 葉稍黑, 誤[146]食之, 數日卒, 飮白鵝·鴨[147]血則解[148]. 或以一物投[149]之, 祝曰: "我買你." 食之立死.

銅匙草, 生水中, 葉如剪刀.

水耐冬, 此草經冬在水不死, 成式於城南村墅池中有之. ○ 天芋[150], 生終南山中, 葉如荷而厚.

水韭, 生於水湄, 狀如韭而葉細長, 可食.

地錢, 葉圓莖細, 有蔓生溪澗邊[151], 一曰積雪草, 亦曰連錢草.

蚍蜉酒[152], 一曰鼠耳, 象形也, 亦曰尤[153]心草.

---

138) 顚: 저본 𩕲, 점교본 顚, 일본 顚
139) 鼠: 저본 鼡, 점교본 鼠
140) 筴: 점교본·일본 莢
141) 蜜: 저본 蜜, 점교본·일본 蜜
142) 竺: 저본 笁, 점교본·일본 竺
143) 鴨舌草: 점교본·일본 새 항목으로 시작.
144) 支: 점교본 梔, 일본 저본과 일치.
145) 稍: 저본 𥹉, 점교본 稍
146) 誤: 점교본 誤, 일본 저본과 일치.
147) 鵝·鴨: 저본 鵝·鴨, 점교본 鵝·鴨
148) 鴨血則解: 저본 鴨血則解, 점교본 白鴨血則解, 일본 鴨血則解
149) 投: 저본 投, 점교본·일본 投
150) 天芋: 점교본·일본 새 항목으로 시작.
151) 邊: 저본 邉, 점교본·일본 邊
152) 酒: 점교본·일본 酒草
153) 尤: 점교본 無, 일본 저본과 일치.

盆甌154)草, 卽牽牛子也. 結實後斷之, 狀如盆甌155). 其中有子似龜, 蔓如署預156).

蔓胡桃, 出南詔, 大如扁螺, 兩隔, 味如胡桃. 或言蠻中藤子也. ○ 油點草157), 葉似君達158), 每葉上有黑點相對. ○ 三白草159), 此草初生不白, 入夏葉端方白, 農人候之蒔160)田, 三葉白, 草畢秀矣. 其葉似署預161).

落廻(一曰博落廻), 有大毒, 生江淮山谷中. 莖葉如麻, 莖中空, 吹作聲如勃邏廻, 因名之.

蒟蒻162), 根大挽163), 至秋葉滴露, 隨滴生苗.

鬼皂莢, 生江南地, 澤如皂莢, 高一二尺, 沐之長髮, 葉亦去衣垢.

通脫木, 如蜱164)麻, 生山側, 花上粉165), 主治惡瘡, 心空, 中有瓤166), 輕白可愛, 女工取以飾物.

毗尸沙167), 一名日中金錢花, 本出外國, 梁大同一年進來中土. ○ 左行草168), 使人無情, 范陽長貢.

靑草槐, 龍陽縣裨169)牛山南有靑草槐, 叢生, 高尺餘, 花若金燈, 仲夏發花,

---

154) 甌: 저본 甌, 점교본 甌, 일본 저본과 일치.
155) 狀如盆甌: 저본 狀如盆甌, 점교본·일본 狀如盆甌
156) 署預: 점교본·일본 薯蕷
157) 油點草: 점교본·일본 새 항목으로 시작.
158) 君達: 점교본·일본 莙蓬
159) 三白草: 점교본·일본 새 항목으로 시작.
160) 蒔: 저본 蒔, 점교본 蒔
161) 署預: 점교본·일본 薯蕷
162) 蒻: 저본 蒻, 점교본·일본 蒻
163) 挽: 점교본·일본 如椀
164) 蜱: 저본 蜱, 점교본 蜱, 일본 저본과 일치.
165) 粉: 저본 粉, 점교본·일본 粉
166) 有瓤: 저본(성대본·일본 국회도서관본) 有瓤, 전교본 有瓤. 亠는 脫劃으로 보임.
167) 沙: 점교본·일본 沙花
168) 左行草: 점교본·일본 새 항목으로 시작.
169) 裨: 저본 裨, 점교본 裨, 일본 저본과 일치.

一本云迄千170)秋.

竹肉, 江淮有竹肉, 生竹節上如彈171)丸, 味如白樹雞172), 代北173). 有大樹雞, 如梧捲, 呼爲胡孫眼.

廬山有石耳174), 性熱. ○ 野狐絲175), 庭有草蔓生, 色白, 花微紅, 大如栗, 秦人呼爲狐176)絲.

金錢花, 一云本出外國, 梁大同二年, 進來中土. 梁時, 荊州橡屬雙177)陸, 賭金錢, 錢盡, 以金錢花相足, 魚弘謂得花勝得錢.

荷, 漢明帝時, 池中有分178)枝荷179), 一莖四(一曰兩)葉, 狀如騈180)蓋. 子如玄珠, 可以飾珮也. ○ 靈181)帝時有夜舒荷182), 一莖四蓮, 其葉夜舒晝卷.

夢草, 漢武時異國所獻, 似蒲, 晝縮入地, 夜若抽萌183). 懷184)其草, 自知夢之好惡. 帝思李夫人, 懷之輒夢.

烏蓬, 葉如鳥翅, 俗呼爲仙人花.

雀芋狀如雀頭, 置185)乾地反濕186), 置濕處復乾. 飛鳥觸之墮, 走獸187)遇

---

170) 千: 學津本 十
171) 彈: 저본 彈, 점교본·일본 彈
172) 白樹雞: 점교본·일본 白雞
173) 代北. 有大樹雞: 점교본 竹皆向北. 有大樹雞. 일본 皆向北. 有大樹雞. 稗海本 저본과 일치
174) 廬山有石耳: 점교본 石耳, 廬山有石耳. 일본 저본과 일치.
175) 野狐絲: 일본 새 항목으로 시작.
176) 狐: 저본 狐, 점교본·일본 狐
177) 橡屬雙: 저본 橡属双, 점교본 橡屬雙. 일본 橡屬雙
178) 分: 저본 分, 점교본·일본 分
179) 荷: 저본 荷, 점교본·일본 荷. 저본은 荷, 荷, 荷의 자형을 혼용.
180) 騈: 저본 騈, 점교본·일본 騈
181) 靈: 저본 靈, 점교본 靈
182) 荷: 저본 荷, 점교본·일본 荷
183) 萌: 저본 萌, 점교본·일본 萌
184) 懷: 저본 懷, 점교본·일본 懷
185) 置: 저본 置, 점교본·일본 置

之僵.

望[188]舒草, 出扶支國, 草紅色, 葉如蓮葉, 月出則舒, 月沒[189]則卷. ○ 紅草[190], 山戎之北有草, 莖長一丈, 葉如車輪, 色如朝虹. 齊桓時, 山戎獻其種, 乃植於庭, 以表霸者之瑞. ○ 神草[191], 魏明時, 苑[192]中合歡草狀如蓍, 一株百莖, 晝則衆條扶踈[193], 夜乃合一莖, 謂之神草.

三蓛[194], 晋時有芳蓛[195]園, 在埔(一曰金埔)之東. 有菜名芸薇[196], 類有三種: 紫色爲上蓛[197], 味辛; 黃色爲中蓛[198], 味甘; 靑者爲下蓛[199], 味鹹. 常以三蓛[200]充御菜, 可以藉[201]食.

掌中疥[202], 末多國出也. 取其子置掌中吹之, 一吹一長, 長三尺, 乃殖[203]於地. ○ 水網藻[204], 漢武昆明池中有水網藻, 枝橫側水上, 長八九尺, 有似網目. 鳧[205]鴨入此草中, 皆不得出, 因名之. ○ 地日草[206], 南方有地日草. 三

---

186) 濕: 저본 濕, 점교본·일본 濕

187) 獸: 저본 獸, 점교본·일본 獸

188) 望: 저본 望, 점교본 望

189) 沒: 저본 浚, 점교본 沒, 일본 沒

190) 紅草: 점교본·일본 새 항목으로 시작.

191) 神草: 점교본·일본 새 항목으로 시작.

192) 苑: 저본 苑, 점교본·일본 苑

193) 踈: 점교본 疏, 일본 疎

194) 三蓛: 점교본 三蔬, 일본 二蔬. 저본 蓛, 蓛, 蓛의 자형을 혼용.

195) 晋時有芳蓛: 점교본·일본 晉時有芳蔬

196) 薇: 저본 薇, 점교본 薇(一作薇), 일본 薇

197) 蓛: 점교본·일본 蔬

198) 黃色爲中蓛: 점교본 黃色者爲中蔬, 일본 黃色爲中蔬

199) 蓛: 점교본·일본 蔬

200) 蓛: 점교본·일본 蔬

201) 藉: 저본 藉, 점교본 藉, 일본 저본과 일치.

202) 疥: 점교본·일본 芥

203) 殖: 저본 殖, 점교본 植, 일본 植

204) 水網藻: 점교본·일본 새 항목으로 시작. 藻: 저본 藻.

205) 鳧: 저본 鳧, 점교본 鳧

足烏欲下食此草，羲和之馭以手掩烏目，食此則美[207]悶不復動．○ 東方朔言，爲小兒時，井陷，墜至地下，數十年無所寄托[208]，有人別[209]之，令往[210]此草中[211]，隔紅泉不得渡．其人以一隻屐，因乘[212]泛紅泉，得至草處食之．○ 挾劍豆[213]，樂浪東有融澤[214]，之中生豆莢[215]，形似人挾劍[216]，橫斜而生．○ 牧靡[217]，建寧[218]郡烏句山南五百里，牧靡草可以解毒．百卉方盛，烏鵲誤[219]食烏喙[220]中毒，必急飛牧靡上，啄牧靡以解也．

唐段少卿酉陽雜俎卷之十九

---

206) 地日草: 점교본과 일본 새 항목으로 시작.
207) 美: 저본 羮, 점교본·일본 美
208) 托: 점교본 托, 일본 託
209) 別: 점교본 引, 일본 저본과 일치.
210) 往: 점교본 住, 일본 저본과 일치.
211) 中: 저본(성대본·일본 국회도서관본) 屮(탈획으로 보임.), 점교본·일본 中
212) 乘: 저본 秉, 점교본
213) 挾劍豆: 점교본 挾劍豆, 일본 저본과 일치. 점교본·일본 새 항목으로 시작.
214) 澤: 저본 澤, 점교본·일본 澤
215) 莢: 저본 莡, 점교본·일본 莢
216) 劍: 점교본 劍, 일본 저본과 일치.
217) 牧靡: 점교본·일본 새 항목으로 시자.
218) 寧: 저본 寕, 점교본·일본 寧
219) 誤: 저본 誤, 점교본 誤
220) 喙: 저본 喙, 점교본 喙, 일본 저본과 일치.

唐段少卿酉陽雜俎卷之二十

【肉攫部[1)]】

取[2)]鷹法, 七月二十日爲[3)]上時, 內地者多, 塞外者殊[4)]少. 八月上旬爲次時. 八月下旬爲下時, 塞外鷹畢至矣. ○ 鷹網目方一寸八分, 從[5)]八十目, 橫五十目. 以黃藥和杼[6)]汁染之, 令與地色相類. 蟲蟲好食網, 以藥[7)]防之. ○ 有網竿, 都杙 ○ 吳[8)]公. ○ 磔竿二: 一爲鶉竿, 一爲鴿[9)]竿. 鴿飛能遠察: 見鷹, 常在人前; 若竦身動盼, 則隨其所視候之.

取木雞・木雀・鷂, 網目方二寸, 縱三十目, 橫十八目. ○ 凡鷙鳥[10)], 雛[11)]生而有惠, 出殼[12)]之後, 即於窠外放巢. 大鷙[13)]恐其墮墜, 及爲日所曝, 熱暍致損, 乃取帶葉樹枝, 挿[14)]其巢畔, 防其墜墮及作陰凉[15)]也. 欲驗雛之大小, 以所挿之葉爲候, 若一日二日, 其葉雖萎而尚帶靑色, 至六七日, 其葉微黃.

---

1) 攫部: 저본 攫部, 점교본 攫部, 일본 攫部
2) 取: 저본 取, 점교본 取
3) 爲: 저본 爲, 점교본・일본 爲
4) 殊: 저본 殊, 점교본・일본 殊
5) 從: 점교본 縱, 일본 저본과 일치.
6) 杼: 저본 杼, 점교본・일본 杼
7) 藥: 저본 藥, 점교본 藥
8) 吳: 저본 吳, 점교본 吳, 일본 저본과 일치.
9) 鴿: 저본 鴿, 점교본 鴿
10) 凡鷙鳥: 점교본・일본 새 항목으로 시작.
11) 雛: 저본 雛, 점교본・일본 雛
12) 殼: 저본 殼, 점교본・일본 殼
13) 鷙: 저본 鷙, 점교본 鷙
14) 挿: 점교본 挿, 일본 저본과 일치.
15) 凉: 점교본・일본 凉

十日後枯瘁16), 此時雛漸大可取.

凡禽獸, 必藏匿形影同於物類也, 是以蛇色逐地, 茅兎17)必赤, 鷹色隨樹.

鷹18)巢, 一名菆19)鷹. 呼菆20)子者, 雛鷹也. 鷹四月一日停放, 五月上旬拔毛入籠. 拔21)毛先從頭起, 必於平旦[ ]22)

靑麻色23), 其變色一同黃麻之鶻24), 此爲下品. 又有羅烏鵤25)・羅麻鵤(一日鶻)26).

鷹兎鷹, 觜27)爪白者, 從一變爲鶻, 乃至累變, 其白色一定, 更不改易. 觜爪

---

16) 瘁: 저본 痒, 점교본・일본 瘁

17) 兎: 점교본 兔, 일본 저본과 일치.

18) 鷹: 저본 鴈, 점교본・일본 鷹

19) 菆: 저본 巖, 점교본 菆

20) 菆: 저본 藪, 점교본 菆

21) 拔: 저본 拔, 점교본 拔

22) 저본은 [ ]의 내용이 缺. 이하 점교본의 내용

　　過頂, 至伏翮則止. 從頸下過鷁毛, 至尾則止. 尾根下毛名鷁毛. 其背毛・並兩翅 大翮覆翻・及尾毛十二根等幷拔之, 兩翅大毛合四十四枝, 覆翻翎亦四十四枝. 八月中旬出籠.
　　雕角鷹等, 三月一日停放, 四月上旬置籠.
　　鶻, 北回鷹過盡停放, 四月上旬入籠, 不拔毛.
　　鶻, 五月上旬停放, 六月上旬拔毛入籠.
　　凡鷙擊等, 一變爲鴿, 二變爲鶻, 轉鶻, 三變爲正鶻. 自此以後, 至累變, 皆爲正鶻. 白鴿, 觜爪白者, 從一變爲鶻至累變, 其白色一定, 更不改易. 若觜爪黑者, 臆前縱理, 翎尾斑節, 微微有黃色者, 一變爲鶻, 則兩翅封上, 及兩胜之毛間似紫白, 其餘白色不改. 齊王高緯武平六年, 得幽州行臺僕射河東潘子光所送白鶻, 合身如雪色. 視臆前微微有縱白斑之理, 理色曖昧如繻. 觜本之色微帶靑白, 向末漸烏, 其爪亦同於觜, 蠟脛並作黃白赤. 是爲上品. 黃麻色, 一變爲鶻, 其色不甚改易, 惟臆前縱斑漸闊而短, 鶻轉出後, 乃至累變, 背上微加靑色, 臆前縱理轉就短細, 漸加膝上鮮白, 此爲次色.
　　稗海本은 過頂 두 자 이후부터 저본과 동일하게 缺. 일본은 점교본과 일치.

23) 靑麻色: 점교본 새 항목으로 시작. 일본・學津本・津逮本 앞 항목에 연결.

24) 鶻: 저본 鵑, 점교본・일본 鶻

25) 又有羅烏鵤: 일본 새 항목으로 시작. 烏: 점교본 鳥, 일본・學津本・津逮本 저본과 일치.

26) 鵤(一日鶻): 일본 鵤一日鶻

27) 鷹兎鷹, 觜: 점교본 白兔鷹, 觜. 일본 白兔鷹, 觜

黑而微帶靑白色, 臆前縱理及翎尾班節, 微有黃色者, 一變, 背上翅尾微爲灰色, 臆前縱理變爲橫理, 變色微漠若無, 脛間仍白. 至於鷴轉已[28]後, 其灰色微歇[29], 而漸漸向白, 其觜爪極黑, 體上黃鵲班色微深者, 一變爲靑白鷴, 鷴轉之後, 乃至累變, 臆前橫理轉細, 則漸爲鶻色也.

　齊王高洋, 天保三年, 獲白兎[30]鷹一聯[31], 不知所得之處. 合身毛羽如雪, 目色紫, 爪之本白, 向末爲淺鳥[32]之色(一曰目赤色, 觜爪之本色白)蠟脛並黃, 當時號爲金脚.

　又高帝(一曰高齊)武平初, 領[33]軍將軍趙野叉獻白兎[34]鷹一聯, 頭及頂遙看悉白, 近邊熟視, 乃有紫跡在毛心. 其背上以白地紫跡點[35]其毛心, 紫外有白赤周繞. 白色之外, 以黑爲緣[36], 翅毛亦以白爲地, 紫色節之. 臆前以白爲地, 微微有纁赤從[37]理. 眼黃如眞金, 觜本之色微白, 向末漸烏, 蠟[38]作淺黃色, 脛指之色亦黃, 爪色與觜同.

　散花白, 觜爪黑而微帶靑白色者, 一變爲紫理白鷴, 鷴轉以後, 乃至累變, 橫理轉細, 臆前紫漸滅成白. 其觜爪極黑者, 一變爲靑白鷴, 鷴[39]轉之後, 乃至累變, 橫理轉細, 臆前漸作灰白色.

　赤色, 一變爲鷴, 其色帶黑, 鷴轉已[40]後, 乃至累變, 橫理轉細, 臆前微微漸

---

28) 已: 점교본 以, 일본 저본과 일치.
29) 歇: 점교본·일본 褐
30) 兎: 점교본 冕, 일본 免
31) 聯: 저본 聮, 점교본 聯, 일본 저본과 일치.
32) 鳥: 점교본·일본 烏
33) 領: 저본 領, 점교본 領, 일본 저본과 일치.
34) 兎: 점교본 兔, 일본 兔
35) 跡點: 저본 跡點, 점교본 跡點, 일본 跡點
36) 爲緣: 점교본·일본 爲緣
37) 從: 점교본 縱, 일본 저본과 일치.
38) 蠟: 저본 蜡, 점교본 蠟
39) 鷴: 저본 鷴, 점교본 鷴
40) 已: 점교본 以, 일본 저본과 일치.

白, 其背色不改, 此上色也.

白唐, 一變爲靑鶻, 而微帶灰色, 鶻轉之後, 乃至累變, 橫理轉細, 臆前微微漸白.

鷂爛堆(一曰雄, 又曰雄[41])黃, 一變之鶻, 色如鷔鞏, 鶻轉之後, 乃至累變, 橫理轉細, 臆前漸漸微白.

黃色, 一變之後, 乃至累變, 其色似於鷔[42]鞏, 而色微深, 大況鷂爛雄黃變色同也.

靑班, 一變爲靑父鶻, 鶻轉之後, 乃至累變, 橫理轉細, 臆前微微漸白, 此次色也.

白唐, 唐者黑色也. 謂班上有黑色, 一變爲靑白鶻, 雜帶黑色, 鶻轉之後, 乃至累變, 橫理轉細, 臆前漸漸微白. ○ 赤班唐[43], 謂班上有黑色也. 一變爲鶻, 其色多黑, 鶻轉之後, 乃至累變, 橫理 ○ 轉細[44], 臆前黑雖漸歇[45], 世人仍名爲黑鶻[46].

靑班唐, 謂班上有黑色也. 一變爲鶻, 其色帶靑黑, 鶻轉之後, 乃至累變, 橫理雖細, 臆前之色仍常暗黲[47], 此下色也. ○ 鷹之雌雄[48], 唯以大小爲異, 其餘形象, 本無分別. 雉鷹雖小, 而是雄鷹, 羽毛雜色, 從初及變, 旣同兎[49]鷹, 更無別述. 雉鷹一歲, 臆前從[50]理闊者, 世名爲鴗班[51]. 至後變爲鶻鶻之時,

---

41) 一曰雄, 又曰雄: 점교본·일본 一曰雌, 一曰雄. 점교본의 雌와 雄은 원작엔 唯와 難이나 學津本·津逮本·稗海本에 의거 수정함.

42) 鷔: 저본 鷔, 점교본·일본 鷔

43) 赤班唐: 점교본·일본 새 항목으로 시작. 班: 점교본 斑, 일본 저본과 일치.

44) 橫理 ○ 轉細: 점교본·일본 橫理轉細

45) 歇: 점교본 褐, 일본 颻

46) 鶻: 저본 鶻, 점교본 鶻

47) 黲: 저본 黲, 점교본 黲, 일본 저본과 일치.

48) 鷹之雌雄: 일본 새 항목으로 시작.

49) 旣同兎: 점교본 旣同兔, 일본 旣同兔

50) 從: 점교본 縱, 일본 저본과 일치.

51) 鴗班: 저본 鴗班, 점교본 鴗斑, 일본 鴗班

其臆從理變作橫理, 然猶闊大, 若臆前從[52]理本細者, 後變爲鶻鷂之時, 臆前橫理亦細.

　荊窠白者, 短身而大, 五斤有餘, 便鳥而快, 一名沙[53]裏[54]白. 生代[55]北沙漠裏荊窠上, 向鴈[56]門·馬邑飛.

　代都赤者, 紫背, 黑鬚, 白精[57], 白毛, 三斤半已[58]上, 四斤已下便兎[59], 生代川赤巖裏, 向虛[60]丘·中山·白山間飛.

　漠北白者, 身長且大, 五斤有餘, 細班短脛, 鷹內之最. 生沙漠之北, 不知遠近, 向代川·中山飛, 一名西道白. ○ 房山白者[61], 紫背細班, 三斤已[62]上·四斤已下便兎[63], 生代東房山白楊·椵[64]樹上, 向范陽·中山飛.

　漁陽白, 腹背俱白, 大者五斤便兎[65], 生徐無及東西曲. 一名大曲·小曲. 白葉樹上生, 向章武·合口·博海飛. ○ 東道白[66], 腹背俱白, 大者六斤餘, 鷹內之最大. 生盧龍·和龍以北, 不知遠近, 向渙林[67]·巨黑(一曰里[68])·章

---

52) 從: 점교본 縱, 일본 저본과 일치.

53) 沙: 저본 氺, 점교본·일본 沙

54) 裏: 저본 裹, 점교본·일본 裏.

55) 代: 저본 伐, 점교본·일본 代

56) 鴈: 저본 鴈, 점교본·일본 鴈

57) 白精: 점교본·일본 白睛, 점교본 원작에는 白精이다. 津逮本·稗海本에 의거 수정. 學津本은 缺.

58) 已: 점교본 以, 일본 저본과 일치.

59) 已下便兎: 점교본 以下便兔, 일본 已下便兔

60) 虛: 저본 匲, 점교본·일본 虛.

61) 房山白者: 점교본 새 항목으로 시작, 일본 저본과 일치.

62) 已: 점교본 以, 일본 저본과 일치.

63) 已下便兎: 점교본 以下便兔, 일본 已下便兔

64) 椵: 저본 椵, 점교본·일본 椵

65) 兎: 점교본·일본 兔

66) 東道白: 점교본·일본 새 항목으로 시작.

67) 林: 일본·學津本·津逮本 休

68) 一曰里: 점교본 一曰墨, 일본·學津本·津逮本·稗海本 저본과 일치.

武・合口・光州(一曰川)飛. 雖稍軟, 若值快者, 越於前鷹. 土黃[69], 所在山谷皆有, 生柞櫟[70]樹上, 或大或小.

黑皁驪[71], 大者五斤, 生漁陽山松・杉樹上, 多死. 時有快者, 章武飛. ○ 白皁驪[72], 大者五斤, 生漁陽・白道・河陽・漠北, 所在皆有. 生栢[73]枯樹上, 便鳥, 向靈丘・中山・范陽・章武飛. ○ 青班[74], 大者四斤, 生代比[75]及代川白楊樹上, 細班者快, 向靈丘山・范陽飛. ○ 鷴鷹荏子[76], 青黑者快, 蛻[77]淨眼明, 是未嘗養雛, 尤快. 若目多眵, 蛻不淨者, 已養鷞[78]矣, 不任用, 多死. 又條頭無花, 雖遠而聚, 或條出句然作聲, 短命之候.

口內赤[79], 反掌熱, 隔衣蒸人, 長命之候.

疊尾[80]・振[81]捲打格・隻立理面毛・藏頭睡, 長命之候也. 凡鷙鳥飛尤忌錯[82], 喉病入乂[83], 十無一活. 議在[84]咽喉骨前皮裏, 鈌[85]盆骨內, 膆之下.

吸筒, 以銀鉽爲之, 大如角鷹翅管, 鷹以下, 筒大小准其翅管.

凡夜條不過五條數者短命, 條如赤小豆[86]汁與白相和者死. ○ 凡網損[87] ○

---

69) 土黃: 점교본 새 항목으로 시작, 일본・學津本・津逮本・稗海本 저본과 일치.

70) 櫟: 저본 檪, 점교본・일본 櫟

71) 驪: 저본 驪, 점교본 驪, 일본 鸝

72) 白皁驪: 점교본 새 항목으로 시작, 일본 저본과 일치. 驪: 일본 鸝

73) 栢: 점교본 柏, 일본 저본과 일치.

74) 青班: 점교본 새 항목으로 시작, 일본 저본과 일치.

75) 比: 점교본・일본 北

76) 鷴鷹荏子: 점교본・일본 새 항목으로 시작. 荏: 저본 荏, 점교본・일본 荏

77) 蛻: 점교본 蛻, 일본 蛻

78) 鷞: 점교본・일본 雛

79) 口內赤: 점교본・일본 앞 항목에 연결.

80) 疊尾: 점교본・일본 앞 항목에 연결.

81) 振: 저본 振, 점교본・일본 振

82) 凡鷙鳥飛尤忌錯: 일본 새 항목으로 시작, 점교본・學津本・津逮本・稗海本 저본과 일치.

83) 乂: 점교본 叉, 일본 乂

84) 議在: 저본 议在, 점교본 在, 일본 저본과 일치.

85) 鈌: 점교본 缺, 일본 저본과 일치.

擺傷 ○ 兔躒[88]傷 ○ 鶴[89]兵爪[90], 皆爲病.[91]

唐段少卿酉陽雜俎卷之二十終

---

86) 豆: 점교본·일본 荳
87) 凡網損: 일본 새 항목으로 시작.
88) 兔躒: 저본 兔躍, 점교본·일본 冤躒
89) 鶴: 저본 鶴, 점교본 鶴
90) 凡網損 ○ 擺傷 ○ 兔躒傷 ○ 鶴兵爪: 점교본 凡網損, 擺傷, 兔躒傷, 鶴兵爪
91) 일본은 卷二十 末尾에 毛晉의 跋文이 있으며, 조선간본은 以下 세 跋文이 있음. 본 복원본의 발문은 성균관대학교 소장본과 일본 국회도서관 소장본 및 潘建國 외의『朝鮮所刊中國珍本小說叢刊7』(상해고적출판사, 2014년)을 참고하여 게재하였음.

跋文 一

段氏之聞見博矣, 用心亦勤矣. 蓋其窮宇宙, 閱千古, 搜討幽隱, 該括萬物, 其非聞見博而用心勤者, 能之乎? 但其言多涉於荒怪不經, 又雜以佛老之說, 若以性命道德之說之味論之, 其自謂雜俎, 宜也. 然古人用事, 多釆此語, 若不參究是書, 無以識得用事之旨. 定公永嘉權君叔强, 將主文衡, 以斯文爲己任, 出家藏唐本一帙, 囑吾都事李侯仲鈞, 俾壽諸梓, 仲鈞氏亦博雅君子, 所謂同聲相求·同志相成也. 吁! 余則老矣, 已無心於翰墨, 第嘉兩先生之志, 遂募工刊於月城, 以廣流布云. 弘治壬子臘前二日廣原李士高識.

跋文 二

嘗獨宋朝蘇黃諸公詩, 多用事嶮僻, 有可喜可愕·可驚可怪者, 而不知其所自來也. 如行深山大澤, 卒遇龍蛇鬼物而莫之較, 甚則令人或似唉哈而爲病者矣. 予之南來也, 永嘉權侯叔强以《酉陽雜俎》一帙見遺, 曰: "此編吾東方無版本, 子其圖之." 僕謹受以來, 適吾使相國, 咨詢宣化, 簿領簡少. 予在幕下優遊, 多有暇而披目之, 其敦美威惡, 所以明戒也; 窮物詳理, 所以廣知也; 曼衍自適, 所以窮年也. 而向之喜愕驚怪者, 皆在此一部矣. 於是, 予之前日唉哈病惑者, 釋然以愈, 恍若覩禹鼎, 而神奸怪物無所遁其形者. 予乃囅然笑曰: "此予刮膜之金篦也. 其該括萬象, 補摭史傳, 賢於筆談遠矣. 實翰苑所不可無者也. 若曰怪力亂神, 夫子所不語, 而浸淫於異端, 吾傳之罪人, 則此書亦當使之獨行於天地之間, 可也. 其自謂不曰《雜俎》也邪?" 顧此本多缺文誤字, 今承相國指教考校而塗改者, 不啻十七八, 而疑則闕之. 然愚管鹵莽, 無子夏三豕之辨, 有阿昶金根之竄. 博雅君子, 幸覽而正之. 時弘治五年玄黓困敦臘月有日月城卞宗准謹識.

跋文 三

　夫天覆地載, 何物不包? 君子法之. 博學於文, 其必細者大者·平常者奇異者, 兼括不捐, 然後可謂云爾矣. 唐太常段先生撰《酉陽雜俎》, 傳之天下久矣. 簿書餘力, 取而咀之, 如鱗修叫葅, 味頗稀異, 雖不得齒於商羹, 亦傳筵之所不可無也. 食前方丈者, 取歟? 不取歟? 此博雅君子所以奇愛而不置也. 吁! 人莫不飮食, 鮮能知味; 知其味而能與人共之者, 尤爲鮮矣. 永嘉權相叔强味其味而捐家藏, 囑諸都事李侯仲鈞;　仲鈞味其味而白於使相廣原李公; 公味之, 誠悅以口, 繡梓廣布, 以補聖上人才之養, 使欲博之士, 如卽遇炊, 如渴得泉, 莫不充然心腹. 譬如宗廟之祭, 主人導飮而衆賓皆醉, 三先生可謂博施而不病者乎? 如寶臣者, 特走肉耳, 焉知其味, 染指以旋, 妄亦傾喜, 其猶望屠門而大嚼者耶? 噫! 弘治壬子臘前有日睡翁崔應賢寶臣謹志.

第三部

朝鮮刊行《唐段少卿酉陽雜俎》의
原版本

《上冊》

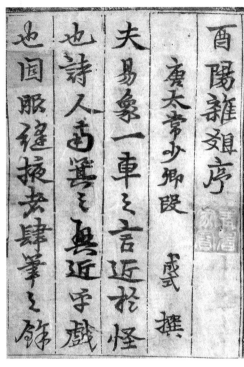
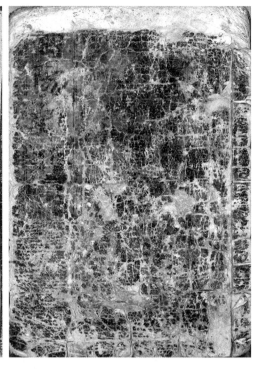

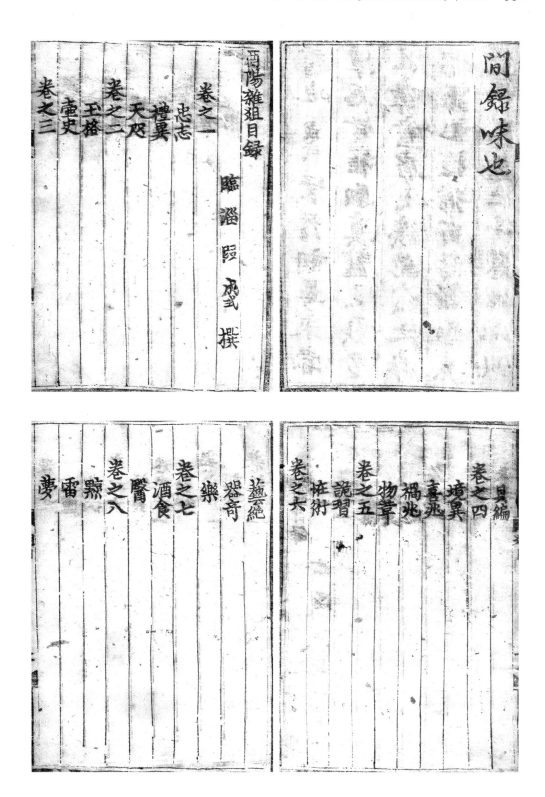

間錄味也

酉陽雜俎目錄　臨淄段成式撰
卷之一　忠志　禮異　天咫
卷之二　玉格　壺史
卷之三

貝編
卷之四　境異　喜兆　禍兆　物革
卷之五　詭習　怪術
卷之六

藝絕　器奇　樂
卷之七　酒食　醫
卷之八　黥　雷
夢

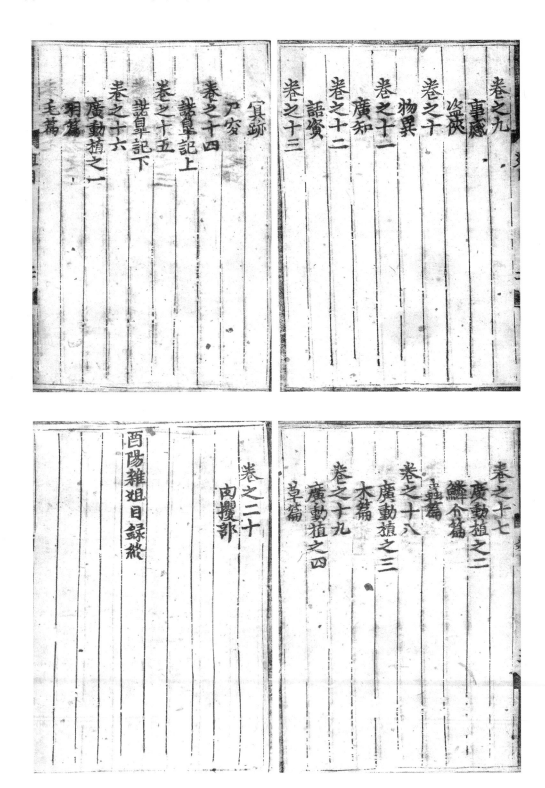

唐段少卿酉陽雜俎卷之一

忠志

高祖少神勇隋末嘗以十二人破草賊號无端兒
數萬又龍門戰盡一房箭中八十人
太宗虬鬚嘗戲張弓挂矢好用四羽大笴長常苦
一膚射洞門閨上嘗觀漁於西宮見魚躍馬問其
故漁者曰此當乳也於是中網而止
骨利幹國獻馬百疋十疋尤駿上為製名決波騟
者近後足有距走歷門三限不頹上尤惜之
隋內庫有交臂王猨二臂相貫如連環將表其鑾
歲

如黑子引之長尺餘
駱賓王為徐敬業作檄極詆斥則天覽及
蛾眉不肯讓人狐媚偏能惑主微笑而已至一抔
之土未乾六尺之孤安在不悅曰宰相何得失如
此人
中宗景龍中召李士賜獵作陛行前方後圓也
有二人鵰上柳瑩之有放雉啼曰臣能取之乃懸
死鼠於鳶足聯其目放而釣焉二鵰擊於鳶盤
校免起前上幸櫨擊斃之帝稱那庚徒臣呼万
歲

貞觀中忽有白鵲構巢於寢殿前槐樹上其巢合
歡如腰鼓左右拜舞稱賀上曰我常笑隋煬帝好
祥瑞瑞在得賢此何足賀乃命毀其巢縱鵲放於野
外
上後嘗騎与侍臣遊惡其飾以鞭擊碎之皇嗣數
十騾

名

高宗初扶床槊盛弄筆左右試置紙於前乃亂塗
蒲紙角邊疊次成草書勃字太宗遽令藏之不許
傳外
則天初誕之夕雌雉嘽嚅在手中指有黑毫左旋

三月三日賜侍臣細柳圈言帶之免蠆毒
寒食日賜侍臣帖綵毬縷草宣臺
立春日賜侍臣綵花樹
臘日賜北門學士口脂蠟脂盛以碧鏤牙筒
上嘗夢曰白一日烏飛蝙蝠數十透而墮地驚覺
万回僧曰大家即是上天時昬日而崩
睿宗嘗閱內庫見一鞭金色長四尺數節有蟲齧
頓狀如蟠龍范上懸牙牌題象耳皮或言隋宮庫
舊物也上為兗王時張薔壁上蝸跡成天字上懼
遠歸之経數日如初及即位雕玉鑄黃金為蝸形

分置於釋道像前
玄宗禁中嘗稱阿瞞亦稱鴉壽安公主曹野那姬
所生也以其九月而誕遂不出降常令長主
香火小宇虫娘上呼為師娘為太上皇時代宗起
居上曰汝在東宮甚有令名因指壽安娘是鴉
女汝後與一名號及代宗在靈武遂令蘇澄尚之
封壽安焉
天寶末交趾貢龍腦如蟬蠶形波斯言老龍腦樹
節方有禁中呼為瑞龍腦上唯賜貴妃十枚香氣
徹十餘步上夏日嘗与親王棊令賀懷智獨彈琵

琵貴妃立於局前觀之上數抨子將輸貴妃放康
國猧子於坐側猧子乃上局局子乱上大悦時風
吹貴妃領巾於賀懷智巾上良久迴身方落賀懷
智歸覺滿身香氣非常乃卸幞頭入錦囊中及
二皇後宮闢追思貴妃不已懷智
具奏它日事上皇發囊逆日此瑞腦香也
安禄山恩寵莫比錫賚无數其所賜品目有
桑落酒　闊尾羊窟利　馬酪　音声人兩部
野猪鮓　鯽魚并鱠手刀子　清酒　大錦　蘇
造真符寶輦　餘甘煎　遼澤野雞　五末湯

金石淩湯一劑及藥童昔賢子就宅煎　蒸梨
金平脫犀頭匙筋　金銀平脫隔餛飩盤　平脫
著足疊子　金花獅子罐　熱線綾接覲　金大
腦盤　銀平脫破觚　八角花鳥屏風　銀鑿鏤
鐵鏁　帖白檀一口檀香床　緑白平細背席　緋繡
鴉毛氈兼令璅念光就宅張設　金鑾鏤緋羅
玄馬宝　雞袖　龍鬚夾帖　八斗金渡銀酒瓲
銀瓶平脫掬甤織錦筐　銀花簟　銀平脫食臺
盤　油畫食藏　又貴妃賜禄山金平脫裝具玉
合　金平脫鐵面椀

肅宗將至靈武一驛黃感有婦人長大攜双鯉唑
於營門曰皇帝何在眾謂風狂遠白上諸視舉止
婦人言已止大樹下軍人有遍視見其臂上有鱗
俄天黑失所在及上即位歸京闕號州刺史王奇
光奏女媧墳云天寶十三載大雨晦冥忽沉今月
一日夜河上有人覺風雷声曉見其墳湧出上生
雙柳樹高文餘下有巨石兼畫圖進上初克彼使
祝史就其所祭之至是而見眾疑而婦人其神也
代宗即位日慶靈見黃氣抱日初楚州獻定國宝
一十二乃詔上監國詔四上天降宝　獻自楚州

神明生曆數之書符合璧足妖災文　氣初楚州有
至真如忽有人接去天上天帝言下方有從令山
寶鎮之其數十二楚州刺史崔佶表獻馬一曰玄
黃形如笋長八寸逾有孔璧入間兵渡二曰玉雞毛
白玉也至者以孝理天下則見三曰穀璧白玉也
如粟粒无彫鏤之跡王者得之五穀豐熟四曰西
王母白環二枚所在處外國歸伏五曰粟八曰如
意寶珠大如雞卵七曰紅蝌蟉大如巨粟八曰琅
玕珠二枚逾帝珠有逕往一寸三分九曰玉玦形
如玉環四分缺一十曰玉印大如斗了理如虎形

禮異

天

喝入卯中十一曰皇后揀菜鉤細如箸屈其末
二曰雷公石斧形无孔諸寶真之日中皆白氣連
西漢帝見丞相謁者贊曰皇帝為丞相起御史大
夫見皇帝稱謹謝
漢水主緹以枯木皮置牖中張綿絮以障外不出
時玄堂之上必龍為桶人无頭坐起如生時
凡節守國用玉節守都鄙用角節使山邦用虎節
土邦用人節澤邦用龍節門關用符節伎貨用璽

節道路用旌節古者安平用璧興事用圭成功用
璋邊戎用珍戰闘用璩城圍用輿災亂用儡大旱
用龍龍節止大喪用琮
北齊迎南使大學博士監舍迎使傳詔二人騎馬
荷信在前羊車二人捉刀在傳詔後監舍一人典
客令一人並進賢冠生朱衣騎馬平巾幘六人騎馬
副使乘車佪馬在車後絳衫甲者百餘人儀从百餘
人引從使車佪馬間為猜畢夒絳袍帽凡五色
袍隨畢匜以水為猜刃戰畫綠為猜墓幡

梁正旦使北使乘車至關下入端門其門上層題
曰朱明觀次曰應門門下有一大畫鼓次曰太陽
門左有朝堂門闕在右亦
有二大畫鼓北使入門擊鐘磬至馬道北懸鐘內
道西北引其宣城王等數人後入廁道北懸鐘東北
西立其鐘懸外東西廂皆有陛臣馬通南近道東
有疏崑崙客道西近道有高句麗客及其升
殿之官三千許人位定梁主服東堂中出公齋在
外宿故不由上閤承譽鐘鼓乘肩輿侍從升東
階南面幄內坐幄是綠油天皇袍其冠用絹係看

四柱憑黑漆曲几坐定梁諸臣後從西門入著具服
博山遠遊冠纓末必翠羽真珠為飾雙雙偏帶劍
黑舄初入二人在前導引次二人執
牙箱班劍箱別二十人具省服從者百餘人至宣
城王前數步北面有重席為位再拜便次出引玉
公登獻玉梁主不為與魏使李同軌陸操聘梁入
禁遊苑西門內青油幕下梁主伏俟興役南
門入操等東面再拜梁主北入赴光殿未幾引導
使入梁主皂帳南面諸賓及群官俱坐竟鐘懸及
舍人殷勲宣慰勞具有辭各其中庭設鐘懸及

百戲殿上流杯池中行酒具進梁主者題曰御杯
百餘各題官姓之杯至前者即飲又圖象篇事令
隨流而轉始至訖於坐歷者尾不絕也
梁主常道傳詔童賜賓臣歲旦酒罷惡散卻鬼丸
三種北朝婚禮青布幔為屋在門內外謂之青廬
於此交拜迎婦夫家領百餘人或十數人隨其奢
儉挾車俱呼新婦催出來至新婦登車乃止婿
拜閣日婦家親賓婦女畢集各必求挽打婿為戲樂
至有大委頓者

律有甲娶乙丙其戲甲旁有櫃比之為獄犀置櫃

中後之甲乙丙氣絕論當鬼薪
近代婚禮當迎婦以粟三升填臼席一枚以覆井
枲三斤以塞窗箭三隻置戶上婦上車聟騎而環
車三匝女嫁之明日其家作黍臛女將上車以蔽
膝覆面婦入門舅姑以下悉從便門出更從門入
言當躡新婦迹又婦入門先拜豬欄及竈娶婦
夫婦併拜或共結鏡紐 又娶婦之家弄新婦
臘月娶婦不見姑
婚禮納采有
合驩嘉禾 阿膠 九子蒲有詞
葦 雙石 綿絮 長命縷 乾漆

膠漆取其固綿絮取其調柔蒲葦為心可屈可伸
也嘉禾分福也雙石義在兩固也
北朝婦人常以冬至日進履襪及靴正月進
長生花之春書以青繪剪為幟刻龍像銜之或
為蝦蟇五月進五時圖五時花施帳之上是日又
進長命縷宛轉繩結為人像帶之婦至日進赤
靈麜下使者言節
及粉脂囊皆有辭
言膝下通類相言於足下

秦漢以來於天子言陛下於皇太子言殿下將言
麾下使者言節下載下二十石長史言閣下父母

天咫

舊言月中有桂有蟾蜍故異書言月桂高五百丈
下有一人常斫之樹創隨合人姓吳名剛西河人
學仙有過謫令伐樹

釋氏書言須彌山南面有閻浮樹月過樹影入月
中或言月中蟾桂地影也空處水影也此語差近

僧一行博覽無不知尤善於數鈎深藏往當時學
者莫能測鈎時家貧隣有王姥前後濟之數十萬
及一行開元中承上敬遇言無不可常思報之尋
王姥兒殺人罪獄未具姥訪一行求救一行曰

姥要金帛當十倍酬也明君執法難以請言日求
如何王姥戟手大罵曰何用識此僧一行從而謝
之終不顧一行心計渾天寺中工役數百乃命空
其室內徙大甕於中又密選常住奴二人令以布
囊謂曰某坊某角有廢園汝向中潛伺從午至昏
當有物入其數七可盡掩之失一則杖汝奴如
言而往至酉後果有群豕至奴悉獲而歸一行大
喜令寘甕中覆以木蓋封於六一以硃題梵字數
十其徒莫測一行乃令掩封即夜玄宗
問曰太史奏昨夜北斗不見是何祥也師有以禳

之乎一行曰後魏時失熒惑至今帝車不見足所
無者天將大警於陛下也夫四婦匹夫不得其所
則隕霜赤旱盛德所感乃能退舍感之切者其在
葬枯出繫平纓門以顒心懷一切善感心降一切
魔如臣曲見莫若大赦天下玄宗從之又其夕太
史奏北斗一星見凡七日而復成式以此事頗怪
然大傳報曰不得不著之

永貞年東市百姓王布知書藏鏹千萬商旅多賓
之有女年十四五艷麗聰昭鼻兩孔各垂息肉如
皁莢子其根如麻線長寸許觸之痛其父

破錢數百刀治之不差忽一日有梵僧乞食因問
布知君女有異疾可一見吾能止之布即問大喜
即見其女僧乃取藥色正白吹其鼻中少頃摘去
之出少黃水都無將菩布賞之百金僧曰吾修
道之人不受厚施唯乞此息肉遂珠重而去行疾
如飛市亦竟莫知其賢也
年美如冠玉騎白馬遂扣其門曰通有胡僧到元
布遽延入具述胡僧事其人吁嗟不悅曰馬小蹄
足竟後此僧布驚異詰其故曰上帝失樂神二人
迤知藏於君女鼻中我天人也奉帝命來取不意

此僧先取之當復譴矢布方作體牽首而失
長慶中有人酤八月十五夜月光屬於林中如延
布其人尋視之見一金背蝦蟇疑是月中蝦蟇工部
員外郎張周封嘗說此事忘人姓名
大和中鄭仁本表弟不記姓名常与一王秀才遊
嵩山捫蘿越澗境極幽間忽覺叢中有聲披蓁窺
之甚窘白袱一裸物方眠熟即呼之某偶入此徑
迷路君知向官道否其人舉首略視不應復寢又
再三呼之乃起坐顧曰來此二人因就之且問其

所自其人笑詁曰君知有月七寶合成乎月勢
如九其影日爍其凸處也常有八万二千戶修之
子即一數因開模有斤鑿數事玉屑飯兩裹授與
二人曰分食此雖不且長生可一生无疾耳乃起
与二人指一支径但由此自合官道矣言已不見

唐段少卿酉陽雜俎卷之一

唐段少卿酉陽雜俎卷之二
玉格
道列三界諸天數與釋氏同但名列耳　二界外
曰四入境謂常融玉隆梵度賈奕四天也　四人
天外曰三清大赤禹餘清微也　三清上曰大羅
又有九天波利等九名　天圓十二綱運關三百
六十轉為一周天運三千六百周為陽爭地紀推
天地相去四十万九千里四方相去万万九千里
機三百三十轉為一度地轉三千三百万万九千里
名山三百六十福地七十二崑崙為天地之齊

又九地四十六主八酒仙宫言冥調陰者之所
有羅鄭山在北方癸地周廻三万里高二千六
百里　洞天六宮周一万里高二千六百里洞天
六天是為六天鬼神之宮　六天一曰紂絶陰
宫二曰泰煞諒事宫三曰明辰耐犯宫四曰恬照
罪氣宫五曰宗靈七非宫六曰敢司連宛宫
入死皆至其中人歌常念六天宫名空洞之小天
三陰所治也　又酆宫主生紂絶天主死禍
禍績命由帖照第四天鬼官北斗君所治即七辰
北斗之考官也項梁城酆都宫頌曰紂絶樑帝晨

諒事搆重阿炎如雷漠煙勃景耀　　　葉武陽帶神錄
怡照吞清河開闔臨丹井雲門蠻雲裳我七非通奇
靈連苑亦敕魔六天橫北通此是鬼神家凡有二
万言此唯天官名耳夜中微讀之辟鬼魅
明公季孔為北明公四時主四方鬼至忠至孝之
鄧都稻名重思賦曰霖霏黍骞翠矣重思雲氣交披嘉
瓊作重思賦曰霖霏黍骞翠矣重思雲氣交披南
入命終皆為地下主者一百四十年乃授下仙之
教授以大道有上聖之德命終受三官書為地下

主者一千年乃轉三官之五帝復一千四百年方
得遊行太清為九官之中仙又有為善棄思者三
官清鬼者或先世有功在三官流連後嗣易世練
化改氏更生此七世陰德根難相及此命終當道
遺勝一骨次歸三官餘骨隨身而選男左女右骨
受書為地下主者二百八十年乃得進亂地仙之
道美炎帝九甲為此太帝君主天下鬼神三元品式
明真科九幽章皆律連苑曲泉泰煞九幽雲夜
九都三靈万掠此岳獄也又二十四獄有九平
沙赤等號滇澟獄北岳獄也三十六獄流

老君西越流沙歷八十一國爲代身姜爲浮屠化
鬼官有七十五品仙位有九太帝二十七六君一
千二百仙官二万四千靈司三十二司命三品九
品七城一曰城九隋二十七位七十二万之次第
也
元正女青河北等號入犯五千惡爲五嶽鬼六
惡爲二十八獄藏囚万惡乃墮薜荔也
罪簿有黑綠白簿赤丹編簡刑有搏家山石副太
山搏夜山石　寒河源　及西津水寘　東海風
刀　電雷　曰風　積夜河

汪清有誌見腹名在瓊簡者曰有綠筋名在金上赤
入洞天三百三十戒二千善登山上靈官万善
蔵経善薩戒也　方諸山在乙地
太極真仙中注周爲闔編郎八十一戒千二百善
多奉佛不死服五蓮精讀夏歸藏用之以乘行
釋老志亦曰佛於西域得道陶勝力言小乘諸
先生善入无爲
佛為二十三天仙延寶官主所爲道在竺乾有古
是也　孔子爲元官仙
被三千國有九万品戒経漢所復大月支復立經

書者陰有伏骨名在琳礼青書者初頁有優骨名在
星書者眼四規名在方諸者掌理迴嵩名在綠籍
者有前相省上仙也可不學其道自至其次鼻有
玄山腹有玄立亦仙相也或口氣不潔性耐藏則
壞玄立之相矣

朝上尸青姑代人眼中戶白姑代人五藏下尸血
日伏尸言入過本命日天曹計入行三尸一日三
以精為根魄以目三魂可拘七魄可制庚申
關三百六十骨節三万六千神隨其所而居之魂
五藏九宮十二室四支五躰三焦九竅百八十機

誡三守庚申三尸伏
仙藥有　　鍾山白膠　閭風石腦　黑河蔡瑚
太微紫麻　太極井泉　夜津日草　青津碧荻
圓立崇柰　白水靈蛤　八天赤薙　高丘餘粮
滄浪青錢　三十六芝　龍胎醴　　九鼎魚
火棗交梨　鳳林鳴醅　中央紫蜜　崩岳電桺
玄郭綺慈　夜牛伏骨　神吾黃藻　㚏山夜日

姑伐人胃命亦曰玄靈又曰一居人頭中令人多
思欲好車馬其色黑一居人腹令人好食飲愿怒
其色青一居人足令人好色喜怒七守庚申三尸

玄霜絳雪　　環剛樹子　　止兩樹白子　個水共精
白琅霜　　毋斃矕柔日　月醴　　虹丹　鴻府
藥華異號　丹山瓃　　　椎黃　　青要女
空青　　雲華　　沈腴　　蕫腴香
北帝玄珠　消石　　東華童子　青牙香
五精金　　羊起石　　流丹白膏　胡粉
亭㚏獨生雞舌香　　倒行神骨　我䖝
白虎脫齒　金牙石　　靈黃　　石流黃
陸虛遺注　　龍脷　　章陽羽玄　白附子
綠伏石　　毋慈石　　絳晨伏胎　袄令七白靈

堯蓬白華　一名守宅一名宗芝凡二十四名
伏龍肝　　蘇芽樹
園芝圖　　木芝圖　　大隈藃芝圖　華平經
王琛記　　膓成記　　玉案記　　丹靈經記曰
一王檢　　四規明鏡　五柱中經飛龜幀
飛黃子經　　廉盧蹻經　含景圖　卧引圖
協龍子廐臺經
鳳綱經
日月厨食經　金樓經　三十六水經　忠黃文人經
六陰玉女經　白虎七變經　九仙經
十上化經　　騰中有首攝提經　三綱六紀經
五服經　　官氏經

白子變化經　隱首經　入軍經
赤甲經　金剛八靈錄經　泉握經
老君母曰玄妙玉女天降玄黃氣如彈丸入口而
孕疑神瓊胎宮三千七百年赤明開運歲在甲子
誕於扶刀盖天西那王國鬱蔡鬱山丹玄之阿又
日老君在胎八十一年剖左腋而生生而白首
又日青帝却末元氣改運託形於洪氏之胞又
日李母本元君也日精入口吞而有孕三色氣繞
身五行獸衛形如此七十二年而生陳國苦縣頼
鄉渦水之陽九井西李下具三十六號七十二名

又有九名又千二百老君又日九大上皇洞真第
一君大千法王九靈老子太上真人天老玄中法
師上清太極真人上景君等号形長九尺或日二
丈九尺耳三門又耳附連環又耳无輪郭眉如此
斗色綠中有紫毛長五寸目方瞳綠筋貫之有紫
光卓雙柱口方齒數六八頤君方五頰如橫瀧龍
顏金容額三理服三誌頂三約把十躅五身綠毛
白血頂有紫氣
人死形炎生足皮不青暑目光不雙頭髮盡脫皆
尸解也白日去日上解邀半去日下解匃曉向暮

謂之地下主者太一守尸三魂營骨七魄衛南胎
灵錄氣所謂太陰練形也趙戌子後五六年南柘
骨在液盂扵为粿色發外又日若人暫死適太陰
權過三官盂沉脉散而五藏自生白骨如玉三光
惟息太神內關或三年至三十年
又日白日尸解自是仙非尸解也廉皮公吞玉華
而流玉出尸王西城漱龍胎而死訣飲精而扣
掐仇李子咽金液而虬嶽百里李主服霜散以譜
升而頭足異豪黑狄咽虹丹而授水寧生服石腦
而赴火柘戒納氣而胃腸三痼

句曲山五芝求之者授金環二雙扵石間勿頤念
必得矣第一芝名龍仙食之為太極仙第一名
蔡戌食之為第四芝名夜光洞胎食之為正
一郎中第四芝名夜光洞胎食之為正
真人用寶劒以尸解者即化之上品也鍜用七月
庚申八月辛酉日長三尺九寸厚三
分半抄九寸名子千字良非　青烏公入華山四
百七十一歲十二試三不過後服金汋而升太極
以為試三不過但仙人而已不得真人位

有傳氣生

石室厚五尺曰此石內當得道積四十七年石穿

范零子隨司馬季主入常山石室石室東北角有

小近而不遍乃開零子思歸救之見其家父母大

一銅匱又違戒所見如前竟不得道

衛國縣西南有瓜之冬一旦常出水望之如練時有

中行可三百步廊然有宮中牀榻上有經書見二

得神丹

石匱李主入戒勿開零子思歸救之見其家父母大

小近而不遍乃開零子思歸救之經數載復令守

一銅匱又違戒所見如前竟不得道

衛國縣西南有瓜之冬一旦常出水望之如練時有

中行可三百步廊然有宮中牀榻上有經書見二

人對坐籍髮皓白班拜於牀下一人頤曰卿可

還无宜又住此時出至穴口有瓜數菌欲取乃化

為石尋故道得還至家家人云班去來巳經四十

年矣

長白山相傳昔蕭然山也峴南有鍾鳴燕世乘門

釋惠霄者角廣國至山峴聽鍾声稍前忽見一寺

門宇炳煥遂至此巳涉留可去尖霄出廻

吏又与一桃與霄逐求中食見一沙弥乃摘一桃與霄須

頭頷吳寺至廣國見蕭子言尖和昌巳二年矣霄

始知二桃兆二年矣

高唐縣鳴石山岩高百餘仞入以物和岩声甚清

越晋太康中逸士田宣隱於岩下葉風霜月常昨

宣於後令人擊石乃於岩上潜伺岩下俄然果

挑哭詰之自言姓王字中倫偷人周宣二時入少

室山學道此頻適方重去來經此愛此石鄉故輒

留聽宣乃戒其養主唯图一石如崔卵初則愛空

百餘步猶見漸漸煙霧障之宵得不舍輒百不

飢

荆州利水間有二石右闕名曰韶石晋永和中有

堅入山伐木忽見異香達風尋之至此山廓然

具丘西有玉女山峴中比海蓬球字伯

飛仙衣冠如雪各載一石旬日而去入歲見之

宮殿般般爵樓臺悵漱球入門竟之見五株下樹復

戲一小者便上樓彈琴畢留藏者呼之曰元暉何

調扇有蓬君何故得來球曰尋香而至遂復

驚起謂角扇有四嫗人端妙絕世當禪慕於堂上見球俱

謂獨升樓球撲下立章吞飽乃以舌舐葉二并露

俄然山有一女乘鶴而至逆憲曰玉華汝等何敢有

此裕人王母即令王方平行諸仙室璩懼而出門

覷顏忽然不見至宗為是建平中其舊居開舍□
為墟墓矣
晉御雄陽吳猛弟子也當時江東多蛟禍猛將晚
之選徒百餘人至高安令具炭百斤乃度尺而漸
之實諸壇上一夕悉化為王女惑其徒至曉吳猛
悉命弟子无不迎其衣者唯許君獨无乃與許至
遼江及遇巨虵吳年妻力不能制許遂再步勑虵
密其首斬之

孫思邈嘗隱終南山與宣律和尚相接每來往五
宗昔時太旱西域僧請於昆明池結壇祈雨詔

有司備香灯凡七日縮水數尺忍有老人夜詣宣
律和尚求救曰弟子昆明池龍也无雨乆旱由第
子胡僧利弟子將為殺以天子言祈雨命在旦夕
乞和尚法力知護宣公每日會道持律而已可求
孫先生老人因至思過石室求救孫謂曰我知昆
明龍宮有仙方三千首乆傳與子子將救龍即老人
曰此方上帝不許妄傳今急矣固无所慬有項捧
方而至孫曰尔第還无慮胡僧也自是池水忽漲
數日溢岸胡僧羞恚而死僧復著千金方三千卷
每卷入一方人不得晚及卒後時有人見之

玄宗幸蜀夔思邈乞武都雄黃乃命中使賷
十斤送於峨眉頂上中使上山未半見一人幅巾
被褐顏鬢皓白二童青衣九皇夾侍立屏風側
手指大盤石曰可致藥於此上有表錄上白上帝
使視石上朱書百餘字与邊錄之隨滅為畢石
上乆復宇突須臾白氣漫起因忽不見
同州司馬裴沉常戒丹從伯自洛中將往鄭州在
路數日晚程偶下馬貪道左有人呻吟声因披萬
尋之荊叢下見一病鶴垂翅味翔關上瘡壞
死毛且異甚乆忽有老人白衣曳杖教十步而至

謂曰郎君年少豈解哀此鶴耶若得入血一塗卽
能飛矣裴頗知道性其高遂曰甚諳刺山臂血
不難老人曰君此志甚勤一日然須三世是人其
血方中郎君剛生非入洛中葫蘆生只陳其
矣郎君此行非有急切可能却至洛乃訪胡蘆生三卌是人
平裴欣然而迩未信宿至洛中于朗葫蘆生只陳其
事且拜祈之胡蘆生郤無難易開襟取一石合大
若雨指披刼刺臂滴孔下滿其合乃元多言
也及至鶴処老人已至喜曰固是信士乃令盡其
血塗鶴言與之結緣後遞裴曰我所居去此不遠

可少留也裴覺非常人以矢人呼之因隨行繞數
里至一庄竹落草庭廡狼籍裴謁甚求茗老人
拈一扇如登蒲中有少藥可就取視籠中有一杏
核一扇如登蒲中有漿味正白乃力奉飲之不
復飢渴藥味如酪知隱者拜請爲奴僕老人
得吾君又與之遊君自不知令有一信憑君必達因
裏一襆物大如羹椀戒无竊窺開後引裴視鶴所
摂處毛巳生矣又謂裴曰君向歃漿當哭九族
親情且以酒色爲誡此裴還洛中路閒其附信將

發之襆四角各有赤蛇出頭裴乃止其叔得信即
開之有物如乾大麥飯升餘其叔後因遊王屋不
知其終裴壽至九十七矣
明經趙業貞元中選授巴州清化縣令尖志成疾
惡明不飲食四十餘日忽竟室中雷鳴項有赤氣
如鼓輪轉至床騰上當心而住初覺精神遊散
如夢中有朱衣平幘者引之東行一橋餘以金爲過
東西流中　甚衆立視之又東行出山斷處有水
橋北八一城至曹司中人吏甚衆見妹聟賈奔與
巳爭綠牛事疑是民司逢迸避至一壁間墻如

黑高數丈聽有呵喝声朱衣者遂領入大院吏通
曰司命過　復見賈弁因与辨對弈圍執之无以
自明忽有巨鏡徑丈靈懸空中仰視之宛見賈弁
鼓刀趙賈門有不忍之色弈始伏罪朱衣人又引
至司人院一人被褐帔紫霞冠狀如尊像責曰何
故竊撥某頭二事在渭州市隱擲子三升圍拜之
無數朱衣者復引出謂曰能遊上清乎乃共登一
山下臨流水其水懸流又佳大石上有青白暈近朱衣
者变成兩人一道之一促之乃升石崖上立坦无

塵行數里旁有草如紅藍葉密无刺其花拂拂
然飛散空中又有草如首附地赤飛花初此如馬
勃破大如疊赤黄色過此見火如山橫亘天候餒
絕乃前至大城城上重譙待列菓樹仙子爲伍送
謠鼓樂仙姿絕世几歷三重門刑腰交煥其地及
壁瑩光可鑑上不見天若有絳暈都覆之正殿三
重惡列尊像見道士一人如舊相識趙求爲弟子
不許諸樂中　如琴者長四尺九絃近頭尺餘長三尺
中有兩道橫某變声又如一酒橙三絃長三尺腹
面上廣下狹背豐隆頂有過錄乃引出關南一院

中有絳冠紫霞懷命與二朱衣人坐廳事乃命先
過戍申錄錄如人間詞狀首冠人生辰次言姓名
年紀下注生月日別行橫布六旬甲子所有公過
日下具之如无即書先事趨自窺其錄姓名生辰
朱衣者引出北門至向路執手別日遊此是子之
魄也可尋此行勿返顧當達家美做其錄言每
六十年天下人一過錄以考校善惡增損其筭也
蹶倒如夢寬死巳七日矣趨著魂遊上清記叙事
其詳悉

食一㽮腹果然矣論解衣將盡力苞之僧曰此吏
靈境不可多取貧道聽聽長老說昔日有人亦嘗
至此懷五六枚迷不得出論亦疑僧非當肌兩箇
而返僧切戒論不得言論至州使招僧僧已逝矣

壼史

武收緒天后從子年十四潛於長安市中賣十一
處不過五六日因徙升中岳逐隱居服土積塵羅
貴人王公所遺鹿裘檾衾土積塵羅弃而不用晚
年肌肉始盡目有紫光晝見星月又能辨數里外
語宴樂公主出降上道璽書召令勉受國命蹙屈

高標至京親貴候謁寒溫之外不交一言封國公及
還山勅學士賦詩送之

玄宗學隱形於羅公遠或衣帶或巾脚不能隱上
詰之公遠極言曰陛下未能脫屣天下而以道為
戲若盡臣術必懷體人家將困於魚腹晚玄宗怒
慢焉之後太真於五碼中乃易碼觀之碼明瑩
易公破之公遠遂走入殿柱中詬上失上愈怒令
見公遠形在其中長寸餘段因碎為十數段悉有
遠笑曰為我謝陛下
遠形上懼謝焉忽不復見後中使於蜀道見之公

史論在齊州時出獵至一縣界憩蘭若中竟桃香
異常訪其僧僧不及隱言近有人施二桃因徙經
案下取出獻論大如飯椀時飢盡之此桃去此十餘
論因詰其所自僧笑慙實對言之此桃大如雞卵
里道路危險貪道偶行脚見之覺異因撥數枚志
今去騎從与和尚偕往僧曰恐中丞不得已道或論比去荒
榛中經五里許抵一水僧曰浮登岸又經西北涉二
決往乃依僧解衣戴之而布枲栳石非人境也有
小水上山越澗數里至一處布枲栳石非人境也有
挑數百餘幹補地高二三尺其香破鼻論与僧各

邢和璞偏得黃老之道蓋心筭作潁陽書疏有叩
奇旋入空或言有草初來嘗觀成式見山人鄭昉
說崔司馬者嘗居荊州與邢有舊崔病積年且死
心常恃於邢崔一日夜卧室地墻有人斫聲命左
右視之都无所見卧室之北家人所居也如此七
日斫不已墻忽透明如一栗問左右復不見經一
日穴大如盤崔窺之墻之墻外乃野外耳有數人荷鍬
钁五於穴前側一日崔問之皆云邢真人處分開此
司馬尼重倍費功力有頃導勞五六悉平幘朱衣
群曰真人至見邢與中白幘垂綬執五明扇侍衛

後曰更一轉則夫之千里可臘及暮而去邢令崔
曙謂曰向客上帝威臣也言太山老君妯記云
崔垂泣言其實太山老君後身不復憶勿常聽先
人言之　房珀太尉於邢等絡身之事邢言若來
由東南止西北祿命卒矣降茲板後房自衆州陳滿
州又罷歸至閬州合紫極宮邁崔工治木房怪其木
理成形問之道士彌數月崩有須邢之言有頃客施
极今治福屠屠蘇也房始憶邢之言乃具白於刺史曰以龜
遽房房數百邢君神入也
板非病起於魚殖休矣

滋拔爲託其夕病蘧而終
王皎曉曰先生善他術於數未嘗言天實中偶與
客夜中露坐指星月曰時將亂矣爲隣人所傳時
上春秋高顧拘忌其語爲人所奏上令密詔殺之
邢者钁其頭數十方死因破其腦視之腦骨厚二
寸八分皎充與達奚侍郎緩往及安史平皎怨恐
獲至連奏家方知異人也
程天師名乾祐峽中人長六尺手大尺餘每掛人
于過曾前用嘗虛枕晚年往往言將來事常入夔
州市大言曰今夕當有八人過此可善待之人不

庭客熟視顧邢曰此非泰山老師乎邢應曰是客
與邢劇談多非人間事故也崔曙不耐因走而過
執炙苕其睫踈揮色若削此皷髯大笑吻角侵耳
山迎一客長五尺闊三尺首其半緋衣寬博橫
張逄於一亭戒无妻窺衆皆閉戶不敢驚欷邢下
一異客君等可爲子辨一味也數日備諾水陸遂
焉伐薪汲泉皆是名士邢嘗謂其徒曰三五右
又曾居終南好道者多卜築依之崔曙年少亦隨
論得延一紀自此无苦也言異壁如舊旬日病愈
数十去穴数姟而止謂崔曰公筭尺僅爲公再三

之悟真夜失禁數百家八人乃失字也每入山虎
釋隨之曾於江岸與弟子數十輩月或曰此中竟
何有罹笑曰可隨吾拍觀弟子中兩人見月視半
天攙毀金闕滿焉數息間不復見
蜀有道士陽狂俗號為灰袋罹天師曉年弟子也
罹每戒其徒勿與此人吾所不及　嘗大雪中夜
布褐入青城山暮投蘭若求僧等宿僧曰貧僧一
衲邓已天寒如此恐不能相活但言容一床足矣
至夜半雪深風起僧廬道者已死就視之去辭而
尺氣蒸如欧流汗怛衾僧知其異人未明不辭而

去多佳村落每住不逾信宿曾病口瘡承金數月
狀若將死人善神之因為設道場齋戒忽起就謂
衆人曰試窺吾口中有何物也乃張口如箕五藏
悉露同類驚駭異作禮間之唯曰此足惡此足惡後
不知所終成式見蜀郡郭采真尊師說也
秀才權同休友人元和中落第旅遊蘇湖間遇疾
貧甚走使者本村槌人崔巳一年吳疾中思甘豆
湯令其急示甘草復見折樹枝盈握仍拜三搓之
疑近火上忽成甘草秀才心大異之且息咎必趨

者良久取麂沙數撮授接巳成豆矣及湯成與真
無異疾亦斷差秀才謂曰今貧迫若此无以寸步
因禳垢衣授之可以此辨少酒肉村君乃
少道路資也崔者微笑此固不足辨其惡醴之乃
三千秀才方懃謝崔者某驕稚道者又今近靖焉
復汲數瓶水頃之乃盲酒也村老皆醉能穫束練
僕崔者曰予固異人有少失譏于下賤常庶卒
才若限未足復須力於它人請秀才勿復常庶卒
某事也秀才雖諾之每呼拍色上面愛慶不安羅

者乃辭曰秀才若此果妨善事也因詭秀才脩短
窮違之數且言万物无不可化者唯淤泥中朱璅
筋及髮藥力不能化因去不知所之也
寶曆中荊中有盧山人常販桃朴石灰往來於白
嘯南草市時時微露奇跡人不之測賈人趙元卿
好事將從之遊乃頓市其所貨設棻茗詐諮其息
利之術盧覺知謂曰觀子意似不在所市意有何
也趙乃言窺知長者理形隱德洞過著龜顧垂一
言盧笑曰今且驗君主人午時有非常之禍也若
是吾言當免君可告之將午當有疋錦者負囊而

至襄中有錢二千餘而必非意相干也可閉關戒
妻孥勿輕應對及午必極罵須盡家臨水避之若
尔徒費三千四百錢也時趙得於百姓張家即盧
歸語之張亦素神盧生乃閉門伺之欲午果有人
狀如盧所言叩門求糴怒其不應因足其戶張重
差午其人乃去行數百步忽蹶倒而死其妻孥至眾
入具告其所為妻痛切乃號適張所誑識者謂張
自官不能評裏具言張欣然從斷其妻亦
曰汝固无罪可為辨其死張欣然從斷其妻亦喜

及市撲就聲止當三千四百文因是人赴之如市
盧不耐竟潛逝至復州界維舟於陸奇秀才莊門
武語陸盧山人非常人也陸乃謁陸時將入京投
相知因請決疑起盧曰今年牙不可動憂旦夕禍作
君所居堂後有錢一甕覆以板非君有也錢主今
始三歲君慎勿用一錢用必成禍能從吾言地未定
瞿然謝之及盧去水波未定陸謂妻子曰盧
生言如是吾更何求乎乃命家童鍬其處尺
果遇坂徹之有巨甕散錢滿焉陸喜其妻以裙運
紹草實之將及一萬女忽暴頭痛不可忍陸曰

當盧生言將徵予因奔馬追及且謝遵戒盧生怒
曰君用之必禍骨肉骨肉與利輕重君自度必棹
舟去之不顧陸馳蹻釀而瘞焉見女豁愈矣盧生
到復州又常與數人閑行途遇六七人盛服俱帶
酒氣逆草裹盧生忍此之曰汝等所為不悛性命元
幾其人悉羅拜塵中曰不敢不敢其侶詩之盧曰
老少不常亦不常見其飲食當語趙生曰世間剝
客隱形者不少道者得隱形術能不愎性命可
此輩尽刻江賊也其異如此趙元和言盧生狀貌
易形名曰脫離後二十年名籍於地仙矣又言剝

客之死亦不見所論多哥怪盖神仙之流也
長慶初山人楊隱之在郴州常尋訪道者有唐居
士士人謂百歲人楊閬之因留楊止宿及夜呼其
女日可將一下孩月子來其女逡帖月於壁上如
片紙耳唐即起祝之曰今夕有客可賜光明言訖
一室朗若張燭
南中有百姓行路遇風雨與一君入同庇襴陰其
入偏坐歛讓之雨止老人遺其丹三九言有急事
即服歲餘妻暴病卒數日方憶老人丹事乃毀槨
灘之微有煖氣頰色如生今死巳四年矣狀如沉

醉不甲亦長其人至今與必相隨說者於四明見
之矣

唐段少卿酉陽雜俎卷之二

唐段少卿酉陽雜俎卷之三
貝編

釋門三界二十八天四洲至華藏戲世界八寒八
熱地獄等法自三身五住四果七支至十八界三
十七道品等入釋者準能言之今不復具錄其事
九異者
繫持天十住剋十六分中輪王樂不及其二
四種樂一無他二隨念及天女不念餘天等身香
百由旬迦留波陁此天此由象踏有十地也
日不暎衆蜉出妙音　六天香風皆入此天　四

天王十地彩地　賀多羅地八林　篁穰天十地
金流河　无影山　有影遮隨日
其行處池同其色衆烏說偈白身天　身色如拘
勿頭花　衆足柔耎　隨足上下　樂遊戲天
乘鵝殿　寶樹枝葉如殿　三十三天九十九那
由天女　憶念樹物隨意而出　十花池　千柱
殿　六時林　一日具六時
千輻輪殿天妃舍交友日所坐也　衣無經緯
將死着塵着身　馬殿千鵝駕　金剛延帶　行
林隨天所至　衆烏金臄　大象百頭頭有十牙

牙端有百浴池頂有山名曰界莊嚴臺有河如閣
牟那河水散漫世界為襄勝有二園一名喜林二
名樂林象名伊羅婆那光明林四維有意樹
帝釋將与脩羅戰入此林四樹間自見勝敗之相
甲冑林甲冑從樹而生不可破壞　蓮出摩偷美
飲也脩一千二百善業著此生天上妙之觸如觸
迦蒔勝提鳥此鳥輪王出世方見
開合林開目常見光明　夜摩天住虛空間婆風
所持也
積崖山高三百由旬有七欄七箱　始生天者五

相一光覆身而無衣二見揚生希有心三弱顏四
疑五怖
又五木一近蓮池花不開不虬　二近林峰一日離
樹三聽天女歌而出墜離四近樹花善五殿不行
空
又見身光衣觸如金剛及照毗琉璃鏡不見其道
天女九退相一皮緩二頭花散落三赤花在道變
為黃四風吹无縫衣如人依觸五飛行意倦六觸
水而濁七取樹花高不可及八見天子无媿九髮
散籠亂又屑動不止環珞花髮昏重　十二種離

尤作施生此天群鳥青影覆萬由旬　摩尼珠中
有金字偈　四天王天有十二失壞常与脩羅鬪
戰等
三十三天八種失壞有劣天不為帝釋所識等
夜摩天六失壞食易生慚等　兆準陸天四失壞
不樂鵝王說法声等　化樂天四失壞天業將盡
其足无影等　他化自在天四失壞寶妃蟬椅妻
色界天下石經十萬八千三百八十三年方至地
閻浮提人生三肘半至四肘骨四五日　十五脉十
三身虫有毛燈嗔血　禪都摩虫流行血中　善

色虫處蟲中令人安樂　起根虫鼕則喜　歡喜
虫能見異夢又有瘦癇等　賒婆羅人空屑
驢面目有諸人二足師子有翼女人狗面有赤地
吱多迦羅剎所住昫目間行百千由洲有林名
黑五銅康白等　鬱單越雞多迦等天河七十
自在無畏四天王否如鴨音林　麒麟陸樹迦
吱多那等　二十五鹿名有山多牛頭旃檀天人
與阿修羅鬪傷著於此塗香提羅迦樹花見日光
即開　拘尼陁樹花見月光即開无憂樹女人觸
之花方開　尸刹沙樹足蹈即長

又白龍活鵝旋尊境界等花麗陸尼女人主乳有
十億聚落一萬二城大國　多伽多又五大河月
力等弗婆提　三大林峪髻等　三王作六城大
者三億五十萬三千五百五十六聚落　南洲耳
髮莊嚴　北洲眼莊嚴　西洲頂腹莊嚴　比洲
見毋如鵝生瞿陁夷生黃屋見毋如牛生弗婆提
肩膵莊嚴　生膵部者見白氎生欝林越見赤氎
者二畜攝在海地下八萬四千有由句　酒樹
又有樹群蜂流蜜其色如金　婆羅婆樹其實如

身
四妹女如影等各有十二億那由他待女壽五千
歲地名月鬘　不見頂山十三匝鹿迷蜂旋
曰魚正走水行住空住山窟　愛池魚口等　黃
髮林
鈴眈羅城　戰時手足斷而更生半身及道即死
鬼怪閻浮提下五百由旬有三十六種愛羅公醫
赤目
鬼此言見子魔遮吒迦爲唯得食魚捨鵝鬼受此
畜生有三十四六月億種　龍住閻浮提者五十

黑繩地獄　掃柔一曰劇　畏驚爲処合地獄上中
下苦箸銅汁河中身　詳如蘇驚腹火人　割剝処
堅鞞斬一曰炎口夜千一曰朱誅虫　鐵議　煖火
褻必佉佗羅灰致眼中藉池蠶　號叫地獄　髮
流火処　火末虫処四百四痛尖厚二百肘　大
號叫地獄　活廣三居除口生碓虫大贊數一曰処
金莒迦色肉涅色也　赤樹魚腹苦
焦熱地獄　十二類処　火尘十方及飢渴火也
針風生龍口中弥泥魚　鑊量五十由旬沸涞
馬半由旬　吹下三十六億由旬鬘塊烏処地盆

七億龍於瞿陀屋不降濁水西州入食濁水則天
單越人惡冷風龍不發冷於弗婆提洲不你雷声
不起電光東洲惡也其雷声兜率天上兩摩屋護廿城雨
浮提中兩情淨水地獄一百二十六　三角生死
美膳海中注兩不絕如連輪阿修羅中兩六伏閻
地獄十六別処下天五千年此獄一晝夜劉出虫
善无記也　圍生死諸天也
青出死地獄　黃出死餓鬼　赤業曲曰畜生活
笔熱黃藍花心弥涅魚　排笥

阿鼻十六
千頭龍
由置之皷牛皷出惡声
別劇　衣覺健破涴而遠埭將生阿鼻之相　死
時見身如入咸兒面往下空中風吹二千年受苦
勝如阿迦尼吒天樂獄中毫氣能壞欲界六天有
出没之二山遮之烏口慶黑肚憅一角二角戲
圖人間者曾無一據　舊説地獄稍如經説其苦具悉
八寒地獄多與常説同　凡生地獄有三種形罪
无情業所感現人漸死時足後最冷冷出地獄之

相也　器世將壞先生地獄者　阿修羅有一切
観見池戰之勝殿惡見池中聳畢持天鏡林中天人
自見善惡因緣正行天顔製樹見人行法与非法
毗留博天常於此観之
切利天及人中七生事見於殿壁中无法第八生
波利邪多天有波利邪多樹見閻浮提人善不善
相行善則百由旬行不善則彫枯半行善則半
榮微細行天寶樹枝葉惡見天人影像上中下業
亦見其中閻摩那波羅天婆羅樹中見果報其殿
淨如鏡悉見天人所作之業果報　又第二樹中

赤
有千柱殿有業網諸地獄十六隔劇卷見其中夜
摩天抚妬鏡池中見肩身頭上所見過人業果
又閻浮那施塔影中見欲界罪福及三惡迦言天
象異著若有將食肥膩況水鳥下飛日將無諸方
毗梨伕耶足形如鹿頭祭用棗　畢屬自姓天婆斯
失締形如婦人壓祭用醍醐　井屬日姓祭形如
二十八宿　昴角一日為首一夜行三十六宗時形
如剃刀姓鞞耶尼祭用乳屬火　畢形如坐又屬
木祭用鹿肉姓顔羅墮　觜屬日日祝月之子姓

足歌祭用粳米和蜜　鬼屬木姓炮波羅毗形如
佛肖祭登同井　柳屬迮祭与參同形如地　星屬
火形如河岸姓賓御耶尼祭用烏麻　張屬福徳
天姓瞿曇形祭如井　翼屬林天姓僑陳如祭用
黑豆形同上　軫屬毗沙梨席形如人手姓迦遮
延祭用荞拌　角屬喜毱笑姓貨多羅形如上祭
花祭　亢姓迦摛延祭用蒙豆　氐姓多羅尼必
用花　房屬切利天姓阿藍婆形如大麥祭用粳米
心屬切利天姓迦羅延形如大麥祭用過肉
尼屬蜀臏師天姓遮邪尼形如蝎尾祭用菓根　箕

屬清淨天姓持犬形如牛角
斗姓莫迦遷形
如入柘石祭如井
牛屬荒天姓梵嵐摩形如牛
頭祭如麥
女屬毗紐天姓帝迦遮耶足形如
心祭以鳥肉　虛姓同翼祭形如鳥祭用烏豆汁
危姓單羅足形如象　一日祭以麵米　室屬蛇頭
天蝎天之子姓閻浮都迦祭用血　座姓蛇頭
奎姓阿謎毗鳩祭用酪
妻屬乾闥婆天姓阿含婆
形如馬頭祭用大麥　胃姓馱伽毗形如鼎足亢
虛參胃四星不得入陣　輒宿生人七步无蜿
角宿生人好嘲戲　女宿生人充象危三宿日作

事不成虛角事　蒲勝
倍六十名橫呼律多倍三十日為一日夜　夜义
一千六百刹那為一迦那
龍王身光日憂流迦此言天狗
魏明帝始造白馬寺寺中懸幡影入内帝姓問左
若曰佛有何神人敬事之
為伏那囯有佛踟隨人身福壽重有長短
那揭羅曷囯城東塔中有佛頂骨周二尺欲知善
惡者以香泥印骨其迹焕然善惡相悉見
此天健馱羅囯有大窣堵波佛影記七燒七立佛

方城玄奘言城壞巳三年
西域佛金剛座有樹界銅觀自在像兩軀相
傳菩薩身設佛誡亦盡隨亥已沒過胃應在
乾陀囯頭河岸有繫白象樹花葉松棗冬方熟
波斯匿囯有阿耨荼囯城北大林中有伽藍音佛
相傳此樹誡佛法亦滅
北朝時徐州角成縣之北僧臣著白布法服時有
於此聽比丘著蹙蹙言靴也
寧王憲復疾上命中使送醫藥相望於道僧崇一
青布裝裹者

漆憲捐瓊上悦特賜崇一緋袍魚袋
梁簡文帝有勅賜薔薇納袈裟表
魏使陸操至梁梁主著紫座
殷炅宣盲曩間至梁重雲殿引罪敬梁主著袈裟
此面太子已下甘普薩来待如操西面以次
立其入慈西廂東面一道人贊礼佛詞凡有三卷
其第第三卷中編為魏主魏相高井南此二境士
女礼佛記重臺與其群臣俱再拜矣
惡李寨至崔敬至梁同泰寺主容王克舍入賀李友
及三僧迎門引樓至浮圖中依傍有熱被華苦者僧

諛鶿曰此是尸頭專記入罪鶿曰便是僧之董狐
復入二釜佛前有銅鉢中燃燈劫曰可謂日月出
笑嬙火不息盧縣東有金楡山昔朗法師令弟子
至此採揄葉詣跟立书易皆化為金鐵
後魏胡后嘗問沙門誌一師賓諡国祚旦言把秉与
難喚朱朱盡尒朱也
有趰法和請臣去公曰大箭不須羽東嵍屋急手
作法和尋薨矣
歷城縣光政寺有麗石形如半月臕光若滴香
声及百里北齊時移於都內使人擊之其声
政

拜馬
又言那蘭陁寺僧食堂中熱際有巨蠅數万至僧
上堂時恙百飛集于庭樹
僧万廻年二十餘見震不語其兄戌遼陽久絕音
問或傳其死其家為作齋萬廻忽卷餅萫大言曰
却今歸本寺打之聲如故士人語曰蔡神聖恋光
国初僧玄奘往五印取經西域敬之戌戌見後国
僧金剛三昧言奘至中天寺中多畫玄奘麻履及
匙筯以缺寧秉之蓋西域所元者每至齋日輒膜
是節

兄在我將饋之出門如飛馬馳不及至暮而還得其
兄書緘封猶漏計往返一日万里因驚馬
天后住酷吏羅織位捔隆者日別妻子博陵王崔
玄暉位坐俱極其母憂之日波可一迎万迴此僧
寶誌之流可以觀其題筯於堂
禮兼施鏁匙一雙万迴忽下堦攔止禍逝及全母武泣作
屋上掉臂而去一家謂為不祥遄及其題筯益遠令玹作
匙筯下得書一卷觀之乃識緯菩也遠令玹之數
日有司忽即其家大索圖讖不獲得雪時酷吏多
令盗夜埋蟲遺讖於人家經月告密籍之博陵徵

在欄庭水噢之果有檀香氣又与羅公遠同在便
力上俱召問之亦空曰臣昨焚白檀香龍上令至
玄宗又嘗召術士羅公遠與不空同祈雨互校功
須兩霽
萬廻則減族矣
梵僧不空得總持門能役百神玄宗之歲常旱
上令祈雨不空言可過某日令祈之必暴雨乃
令金剛三藏設壇請雨連日雨暴末止坊市有漂
溺者遽及不空令止之不空邊於寺庭中捏泥龍
五六當溜水作胡言罵之良久復置之乃大笑有

殿羅時反手撲背不空曰借尊師如意殿上花石
塋滑遂激擊日窪至真前羅再三取之不得上欲
取之不空曰三郎忽起此影耳因卒手示羅如意
又邱山有大地橛著常見頭君丘陵夜常承露
欲飜河水陷池陽城以見度常
苦空且曰波以願心受此苦後忽恨吾力何乃當
氣見不空入　語曰弟子惡報和何以見度當
思吾言此身自捨昔而求後旬月樵著見地死於
澗中麂達數十里不空祈雨无他軌則但設數
繡座手撚旋數寸木神念呪擲之自立於座上同

木神吻角牙出目瞳則雨至
僧一行當得窮數有異術開元巾醫早玄宗令祈雨一
行言當得一器上有龍狀著方可致雨上令於內
庫中遍視之咱言不類數日後指一古鏡鼻撥龍
喜曰此有真龍笑乃持入道場一夕而雨
荊州貞元初有狂僧以僧真名者善歌河滿子嘗
遇哩五百塗廝之今歌僧即發蓋金其詞皆五百後
前非應也五百驚而自悔
蘇州貞元中有義師忽運斤壞其簷橡之不止其人素知其神
間義師忽運斤壞其簷橡之不止其人素知其神

禮曰弟子活計賴此顏曰尒惜乎乃擲斤於地而
去其夜市火唯義師所壞箄屋數間存焉常止於
廢寺殿中无冬夏常擁欠壞裘之好活
燒鯉魚不待氣端食坩面不洗之輒兩具中以
為雨候將死欲灰計熟計乃念佛而坐不復飲食
百姓日視之坐七日而瓦時盛暑色不安文不摧
安國寺僧熟池常燒木佛往往与入語頗知宗要
寺僧亦不之測

唐段少卿酉陽雜俎卷之三

唐段少卿酉陽雜俎卷之四

境異

東方之人鼻大竅通於目前力屬焉南方之人口
大竅通於耳西方之人面大竅通於鼻北方之人
竅通於陰短頸中央之人口竅通於口
無唇人食土其人死其心不朽埋之百年化為人
錄民膝不朽埋之百二十年化為人細民所不朽
埋之八年化為人
息土人美燕土人醜
帝女子澤性姤有徑蜒散逐四山無所依託東偶

狐狸生子曰䴔南文猴有子曰溪北通澴狠两首
為倉突厥之先曰射摩舍利海窟中有神異又
西射摩有神異又海神女每日暮以白鹿迎射摩
入海至明送出往數十年後郡落將大搉至衣中
海神謂射摩曰明日嶺時尒上代所生之窟當有
金角白鹿出尒若射中山廐果形與吾來往或射
不中即錄絕矣至明人圍果所生窟中有白鹿金
角起射摩遣其左右圍將跳出圍逐之射
摩怒遂手斬陽頜仍誓之曰自然此之後頜
人祭天即取阿㕦部落子孫斬之以祭也至今突

至嵩還海神女輒射摩自尒斬人血氣腥羶因
綠緣矣
突厥事秋神无祠廟刻氈為形盛於皮袋行動之
庾以脂蘇塗之或縣之竿上四時祀之
堅昆部落菜兼狼種其先所生之窟在曲漫山北自
謂上代有神与犛牛交於此窟其人髮黃目綠赤
髭䯽其髭䯽俱黑者漢將李陵及其兵衆之裔也
西屠俗染齒令黑
俤在㳮柯其婦人七月産子死即豎楥埋之

木耳夷舊筚西以鹿角為盃其死則屈而瘞之埋
耳後小腸類人黑如漆小寒則掊沙自處但出其
面
木飲州夜董一洲其地无粟民不作并皆師掘汁
為用
永僕尾若龜長數寸居水大食人
阿薩部多羆與鹿剮其肉喜盥之以石壓㽅汁殺
波斯柿林等國求及薑子醷於肉汁之中旅數日
即變成醢飲之可辭
孝億國界周三千餘里在平川中以木為柵周千

餘里撫内百姓二千餘家周國大擸五百餘所氣
候常暖草不凋蕃宜羊馬无驢牛体性質好客
侣駈兒長大衆皆黃髮緑眼服赤髭被髮面如血色
戰其唯稍一色宜五穀出金鐵衣麻布羊裕事妖
不識佛法有妖祠三百千餘所馬歩甲兵一萬
即若海水又戯土俗潮落之後平地為迎收魚以
作食

甲弓矢之器歩兵二十萬大食頗討龍之
昆吾國累驗為立象泻屠有三層屋乾臣上屍褊
屍下以近華為至孝集大醜居中懸長陳緑繒興
祀之　龜茲國元日鬪牛馬駞為戯七日觀勝負以
占一年羊馬滅耗蕃息也
婆羅遮亞服狗頭猴面男女无晝夜歌舞八月十
五日行像及透索為戯
馬者國元日二月八日婆摩遮三日野祠　四月
十五日遊林　五月五日弥勤下生　七月七日
祀先祖　九月九日床贍　十月十日王為獸法

婆彌爛國去京師二万五千五百五十里此國西
有山燒巖岌嶮上多猱猨形貌長大常暴田種毎
年有二三十万國中起春以後屯集甲兵与猿戰
雖歳殺數万不能盡其窠穴
撥拔力國在西南海中不食五穀食肉而已常針
牛畜䘑取血和乳食无衣服唯腰下用羊皮掩之
其婦人潔白端正國人自標賣与外國商人其價
數倍王地唯有象牙及阿末香波斯商人欲入此
國團集數千人齎絹布没若干其利立誓乃市
其揚自古不屬外國戰用象牙挑野牛角為矟矣

王出首領家首領騎王馬一日一夜廻分王事
十月十四日作樂至歳第　拔汗那十二月及元
日王及首領分為西朋各出一人着甲象人執尾
石東西捧挟東西互擊甲人兇死即止以占當年
善儉
蘇都識匿國有夜又城舊有野又其窟見在人近
窟住者五百餘家窟口作食設關籥一年再蔡入
有遍蜜口煙氣出先觸者死因以尸擲窟口其竇
不知深淺
馬従波有餘兵十家不返居壽浍縣自相嬪嬬有

二百戶以其流寓號馬流衣食與華同山川移易
銅柱入海以此民為識耳亦曰馬留
峽中俗夷風不改或以竿好着羊心接離名曰苧
綏以稻記年月華時以竿向天謂之刺北斗相傳
盤瓠初死置於樹以竿刺之下其後為象
臨邑縣有鷓翙泊洎旁无樹木土入至春夏常於
此澤羅鴈鳥取其翅以禦暑
烏耗西有懸渡國山溪不通引繩而渡杉索相引
二千里其土人佃子石間壅石為堂接杉索相引
謂猿飲也 郭郭之東龍城之西南地廣十里沿為

嶺南溪洞中往往有飛頭者故有飛頭獠子之號
頭將飛一日前頸有痕匝項如紅縷妻子遂看守
之其人及夜狀如病頭忽生翼脫身而去於岸
泥尋蟹蚓之類食曉飛還如夢覺其腹實矣
梵僧菩薩勝又言闍婆國中有飛頭者其人无目
瞳子璪落時有一人瀦于氏志怪在南方落民其
頭餘飛其俗所祠名曰虫落因號落民
晋朱桓有一婢其頭夜飛
王子年拾遺言漢武時曰墮國使南方有解形之

塩田行入所經牛馬沾市皆卧馬

民餘先使頭飛南海左手飛東海右手飛西澤至
暮頭還肩上兩手過疾風飄於海水外
近有海客往新羅客吹至一島上滿島悉是黑漆是
筋其処多大木客仰窺是筋乃末之花与蘿也曰
拾百餘雙還用之肥不餒禁後偶取撓茶隨撓而
消焉

喜兆

集賢張希復尊士嘗言李接相公將拜相前一月
日將夕有蝦蟇大如床見於寢堂中俄失所在
又言初授新州將拜相并忽濃才深尺餘

鄭絪相公宅在招國坊南門忽有物狀尾礫五六
夜不絕乃移於主西門宅避之尾礫又隨而至
經久復歸招國鄭公歸心釋門禪室方丈及塢將
入文室蟾子音誦室懸絲去地一二尺不知其數其
夕尾礫亦絕翌日拜相
成式見大理丞鄭復說淮西用兵時劉沽為小將
軍頭頗易日之每擬生蹐伏汚必在教前後重
創將死數四後目月黑風甚又令沽捉坐汚賓激
深入意必死行十餘里坐黑目坐將睡忽有人喚之授
以雙燭曰君方大貴但心有此燭在无憂地沽後
王子年拾遺言漢武時曰墮國使南方有解形之

拜將常見燭影在雙雉上及不後見燭乃訴妻嬸

宗

禍兆

揚填紛兄弟富貴常不自安每詰朝礼佛像默祈
宴衛或一日像前土捌上聚塵三堆如塚狀填紛
惡之且慮見戲命掃去一夕如初尋而禍作
姜楚公常遊禪定寺京兆辦局甚盛及飲酒座上
一妓絕色獻盃整顰未畢見手農怔之有客被酒
戲曰勿六指乎乃強牽視妓隨牽而倒乃柿骸也
姜竟及禍焉

起魚架之忽暴風雨雷震一声鱠悉化為胡蝶飛
去南驚懼逐祈刀誓不後作
開成末河陽黃魚迆氷作花如顏
城南百姓王氏座有小池池邊巨柳數載開成末
菜落池中旋化為魚大小如葉食之无味亞冬其
家有官事
婺州僧清簡家圃菁忽變為蓮

日斛死

物華

蕭穎初至逐州造二幡竿施於寺設齋慶之齋畢
作樂忽暴雷霹靂竿各成數十片至來年當雷霹

諮議朱景玄見鮑客容一日說陳司徒在揚州時東
市塔影忽倒老人言海影翻則如此
崔玄亮常侍在洛中嘗步沙岸得一石子大如雞
卵黑潤可愛龍之行一里餘然而破有鳥大如
巧婦飛去　進士袁
常識南孝廉者善斫鱠縠薄
絲綾輕可吹起操刃響捷若合節奏曰會衡技尤

在乙卯

唐段少卿酉陽雜俎卷之五

唐段少卿酉陽雜俎卷第五

　詭習

大曆中東都天津橋有乞兒无兩手以右足夾筆
寫經乞錢欲書時先擲兩三櫚筆高尺餘未曾失落
書跡官楷書不如也
于頔在襄州嘗有山人王固謁頔見其
拜伏遲緩不甚知書故不遠而求令實乘望复得進王殊
快快目至使院遣判官曾收政頗礼接之王謂曾有
日予以相公好奇故令娉且賀公見待之厚今為一
一藝自古无者令將婦且賀公見

設逐詣曾將居懷中出竹一節及小皷規絙運寸
良久去竹之塞折拔連擊皷于商中有眶虎子數
十行而出分為二隊如對陣勢每擊皷或三或五
隨皷音變陣天衡地軸魚麗鶴列无不備也進退
離附入矴不及凡變陣數十乃行入簡中嘗觀之
大駿方言於于公王巳潛去于悔恨令物色求之
不獲
浪芬昌為韋南康親隨行軍曲藝過人力拳七尺
碑定雙輪水碣常於福威寺趯鞠高及半塔禪力
五斗常揀向陽巨筭織竹籠之隨長挨培常留寸

許嶠竹籠高四尺然後放長秋深方丈去籠得之一
尺十節其色如金每條墻方去　成天下太平字
建中初有河北軍將姓夏善弩射教百升嘗於毬場
中累錢千餘走馬以擊鞠敌之一擊一錢飛起
六七丈其妙如此又於新汲墻安棘剌數十取
豆相去一丈一攧豆貫於剌上百不差一又餗
走馬書一紙
元和末均州鄖鄉縣有百姓年七十養獺十餘頭
捕魚為業閒日一放將放時先關於深溝斗門內
令飢然後放之无網罟之弊而獲利相若人抵

　怪術

寧呼之群獺皆至緣祜藉膝劗若守拘戶郎中
李福親觀之
大曆中荊州有術士從南來止於陟岯寺好酒少
有醒時因寺中大齋會人衆數千於術士忍日余有
一伎可代抒尾盧珠之歡也乃合彩色於一器中
驪步抓目徐祝數十言方欲承再三嘆壁上戎維
摩問疾變相五色相宣如新寫建平日餘色漸濤
至暮都滅唯金粟綸巾鵞子衣上一花経兩日暫
往成式見寺僧惟蕭誌其姓名

張魏公在蜀時有梵僧難陁得如幻三昧入水火
貫金石變化无窮初入蜀与三少尼俱行或大醉
狂歌戍將斷之及僧至日其寄迹桑門別有
藥術曰祐三尼此妙於歌管戍將反敬之遂留連
為辦酒因夜會客与之劇歡僧假襴襆巾裙市釵
黛伎其三尼及坐含睇調笑逸態絕世飲將闌僧
謂尼曰可為摩跌技其曲也因徐徐對舞曳緒回
雪迅赴跌摩技又絕倫也良久曲終而舞不已僧
喝曰婦女風邪忽起取戍將佩刀剺剝謂酒狂大懼
走僧乃技刀所之皆踣於地血及數丈戍將

呼左右縛僧僧笑曰无草草徐举尼三支節狹也血
乃酒身又嘗在飲會令人斷其頭釘耳於柱死血身
坐席上酒至瀉入腔中面赤而歌手復抵節會
罷自起提头安之初无痕也時時預言人凶衰皆
謎語事過方曉戍都有百姓供養數日僧不欲住
開闢留之僧因是走入壁角百姓遽尋僧漸入唯餘
袈裟角頃亦不見來日壁上有畫僧焉其狀漸似
日日色渐薄積七日空有黑跡至八日跡亦滅僧
已在彭州矣後不知所之

虞部郎中陸紹元和中嘗看表兄於定水寺因為

院僧具蜜餌時眾集醉院僧亦陸所熟迤邐令至
右邊之良久僧与一李秀才偕至乃環坐笑語頗
劇院僧顧弟子費新茗巡將匝而不及李秀才陸
不平曰茶初未及李秀才何也僧笑曰如此秀才
亦要知茶味且以餘茶飲之隣院僧曰秀才李术
迦僧復大言望酒旗戲奕場者豈有佳者乎李术
士座主不免對貴客作造次矣目奉手袖中據
白僧客某不可輕言其僧又言不逞之子弟阿師乃
兩膝叱其僧曰羅行阿師事敢輒无礼柱仗何在
秀才忽怒曰我与上人素未相識焉知子不逞徒

可擊之其僧房門後有筇杖子自跳出連擊其僧
時眾亦為嚴護杖伺人陳捷中若有物執柏也李
復叱曰捉此僧向墻僧乃負墻拱手色青短氣唯
言乞命李又曰阿師可下階僧又越下自投无数
嫗單敢頼不已眾為請之李徐曰錄對衣冠不能
然此為累日揖客而去僧半日方蘇言如中惡狀
竟不之測矣
元和末盬城脚力張儼遞牒入京至宋州遇一人
因求為伴其人朝宿鄭州因謂張曰君受我料理
可倍行數百乃掘二小坑深五六寸令張背立垂

踵坑口針其兩足張初不知痛又自膝下至骭再
三將之黑血滿坑中張大竟辛足輕捷繞于至汴
復要於歐州宿張解力不繼又曰君可暫御鞭蹇
骨且无所苦當日行八百里張懼辭之其人亦不
強乃曰我有事須暮及陝遂去行如飛頃刻不見
見之巳年七十餘或為人解談必用一難設蔡於
庭又取江石如雞卵令疾者握之乃踏步作氣噓
叱雞旋轉而死石亦四破成式長慶初
信嘗謂曰尔有尾因九符連令君之復去其左足
蜀有賁雜師目竒元黑晴未漢人也成式

鞋及襪符展在足心矣又謂叝滄海曰尔將病令
桓而負戶以筆再三畫於戶外大言曰過過墨遂
透背焉
長壽寺僧誓言祕時在衡山村人為毒蛇所嚙須
史而死髮離腫起尺餘其子曰昔有若大怒乃取
迎咎至乃以灰圓其屍開四門先曰若從足入則
不救矣遂踏步搖固久而蛇不至督大督乃取餅
數外搗地形咀之忽蠕動出門有頃飴引一蛇
從死者頭入徑吸其瘡尾漸伍虵虵縮而死村人
乃活

王潜在荊州百姓張七政善正傷折有軍又損脛
求張治之張飲以藥酒破肉去碎骨一片大如兩
拈塗膏封之數日如舊經二年餘脛忽痛復問張
張言前為君所出骨寒則痛可遼竟也果擲於席
下令以湯洗靫於中其痛即愈王公子亭与之
狎嘗斬其戲術張取馬單一搁再三搁之焦成
蛾飛又畫一婦人於壁酌酒滿盃飲之酒不遺滴
逡巡畫婦人於壁赤半日許可畫濕起壞落其術終
韓欽在桂州有妖賊封盈能為數里霧先是常行
不肯傳人

野外見黃蛺蝶數十因逆之至一大樹下忽滅掘
之得石函素書大如臂遂成左道百姓婦之如市
乃声言其日將枚桂州有紫氣者戟必勝至期果
紫氣如定帛自山旦于州城白氣真衝之紫菜遂
散天忽大霧至午稍開竅桂州宅諸樹滴下小銅佛
大如麥不知其散其年韓卒
海州司馬章教曾從嘉興道遇稞子希道淬於縫
生之術又餘用日辰可代藥石見數縷白日貧道
為公擇日扱之經五六日僧請鑷其牢及生色若鬚
矣凡三錫之醫又復變座室有行錫若僧言取時

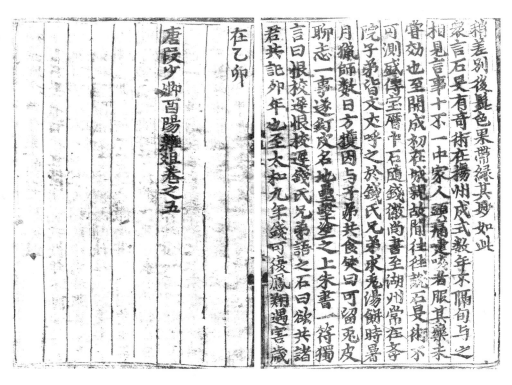

稍差別後觀色果帶綠其妙如此
衆言石昊有奇術在揚州成式數年求隔旬与之
拍見言事十不一中家人頭痛者服其藥未
嘗効也至開成初在城親故間往往說石昊術不
可測成式傳寶曆中石隨鐵尚書至湖州常在李
院子弟皆文大呼之於鐵氏兄弟求兔湯餅時暑
月獵師數日方獲因与子弟原共食使曰可留兔皮
聊志一事遂釣皮名地畫畫塗之上朱書一符獨
言曰眼校遲眼校遲錢氏兄弟語諸
君共記卯年也至太和九年錢可後鳳翔遇言暑

在乙卯

唐段少卿酉陽雜俎卷之五

南朝有媧善作舊蕭子雲常書用筆心用胎髮開
元中筆匠名鐵頭能莋筆官如王羲傳其法
成都寶相寺偏院小殿中有菩提像初造時匠人依明堂先具玉藏
新塑菩相傳此像初造時匠人依明堂先具玉藏
次四肢百節將百餘年纖塵不變焉
李叔詹常識一范陽山人傳於私第時語休名必
中兼善推步禁呪止半年忽謂李曰其有一藝將
去欲以為別所謂水畫也乃請後廳上掘地為池

唐段少卿酉陽雜俎卷之六
藝絕

方丈深尺餘泥以麻灰日沒水滿之候水不耗具
丹青墨硯先援筆叩齒良乃綬筆毫水上畍視但
具水色渾渾耳經二日攪以禪絹四幅食頃擊出
見...古松怪石人物屋木无不備也李驚異君詰
之惟言善餘焉彩色不令泥散而已
舊記藏成式嘗於荆州藏鈎每曹五十餘人十中
其九同曹鈎亦知其處當時氣有他術訪無映言
但意舉止鮮色若察四視盜也
山人石昊尤妙打彊與張又新兄弟善暇夜會客

因試其意遽注之必中張遂實鈎於中礫中臾曰
盡張空拳左有須眼鈎在張君懷頭左翅中其妙
如此曼後居揚州成式因識之嘗折其術石謂成
式曰可先盡入首數十遣胡越異辦則相撲疑其
見欺竟不及盡

　　審喬

開元中河西騎將宋青春驍果暴炭為裹昴忌及
西戎歲犯邊青春每陣常運臂大呼執戟而旋未
嘗中鋒鏑西戎憚之一軍始頼馬後吐番大地獲
生口數千軍帥令譯問衣大虫皮者亦何不能害

青春蒼曰嘗見青龍突陣而來兵刃所及若叩銅
鐵我為神助將軍也青春乃知鈎之有靈青春死
後劒為衣州刺史李廣琛所得或風雨後迸光出
室環燭方丈哥舒鎮西知之求易以它寶廣不
與因賄詩刻舟尋化去彈欽未酬恩
鄭雲達少時得一劒鋒鋩有時而呪常在匣
居晴日霜膝玩之忽有一人從庭搗窘然而下舉
衣失氣變露鄭而五黑氣周身狀如重霧鄭素有
膽氣徉若不見其人因言我上界人知公有異劒
願借一觀鄭謂曰此凡鐵耳不堪若公上界豈籍

此乎其人求之不已鄭伺便良久疾趁所之不中
忽醒黑氣着地數日方散
成式相識溫介云大曆中高郵百姓張存以踏藕
為業嘗書於岸中見早稻稍火如臂遂倂力掘之深
二丈大至合抱以不可窮乃斷之中得一劒長二
尺色青光先刀存不諳之實邑人有知者以一東薪
光不蝕照日花璟一大其餘規鈎所已
元和末海陵夏侯乙庭前生百合花大於常數倍
異之因發其下得璧匣十三重各匣一鏡銜七者

高瑀在蔡州有軍將田知迴欠折數百万迴至
盡縣去州三百餘里高方令鋼身勘田憂迫計无
所出其類因為設酒食閒解之坐客十餘中有稱
處士皇甫玄真者衣白若鵝羽兒甚都雅衆皆有
[寬冤]之辭直微哂曰此亦小事衆散可獨留謂田
日子嘗遊海東獲二寶當為君緩此難田遂謝之
請具車馬悉絆行甚疾其晚至州舍於店中遂晨
謁高高一見不覺敬之因請高曰玄真此來特徑
尚書乞田性命高遠曰田久官錢非瑪私則如何
皇請避左右其於新羅獲一巾子碎塵欲獻此贖

田即於懷內探出授高高繞執已竟射中虛涼驚
曰此非人臣所有且无擬矢田之性命物不足酬
也皇甫請試之翌日因宴于郭外時久旱埃塵且
其高顧視馬尾鬃及左右騣入並无纖塵應至
軍使竟問高何事尚書子獨不塵囚求處士高乃與
賓子高不敢隱監軍不悅固求見處士高乃與
往監軍戲曰道者獨知有尚書子更有何賓顧得
一觀皇甫具述永田之意且言藥出海東今餘一
針力弱不及巾可令一身无應藥之針金色大如
足矣皇即於巾上抽與之針金色大如布針監軍

樂

乃劃於中試之緊來塵中塵唯及馬鬃馬高與
監軍日日禮謁將討其道要一夕忽失所在矣

咸陽宮中有鑄銅人十二枚坐皆三五尺列在一
筵上琴筑笙竽各有所執皆組綬花彩儼若生人
筵下有銅管吐口高數尺其一管空內有繩大如
指使一人吹空管一人紐繩則琴瑟笙筑皆作與
真樂不異有琴長六尺安十三絃二十六徽皆七
寶飾之銘曰璠璵之樂玉笛長二尺三寸二十六
孔吹之則見車馬出山林隱隱相次息亦不見銘

曰照華之管

超高陽王雍美人徐月華能彈琵琶為明妃出
塞之聲

有胡僧能吹觱篥為壯士歌項羽吟將軍入陣
出師每臨敵令僧超為壯士聲遂軍馬入陣

古琵琶絃用鶤雞筋開元中段師能彈琵琶用皮絃

蜀將軍皇甫直別音律髣陶器嘗知時月將彈琵琶
賀懷智破撥彈之不能成聲

元和中嘗造一調柔涼水池彈之本黃鍾而
聲入蕤賓之聲猶蕤賓也直其感

不悅自意為不祥隔日又奏於池上声如故試彈
於池處則黃鍾也直因調蕤賓夜復鳴彈於池上
覺近岸波動有物激水如魚躍及下絃則没復直
遂集客車水增池窮池索之數日泥下夾絃得鐵
一片乃方響蕤賓鐵也

唐段少卿酉陽雜俎卷之六

唐段少卿酉陽雜俎巻之七

酒食

魏賈琳家累千金博学善著作有蒼頭善别水常
令乘小艇於黄河中以瓠匏接河源水一日不過
七八升經宿器中色赤如絳以釀酒名崑崙觴酒
之芳味世中所絶曾以三十斛上魏莊帝
歴城北有使君林魏正始中鄭公慤三伏之際每
率賓僚避暑於此取大蓮葉置硯格上盛酒二升
以簪刺葉令与柄通屈茎上輪囷如象鼻傳噏之
名為碧筩杯歴下學之言酒味雜蓮氣香冷勝於

水

青田核莫知其樹實之形核大如六升瓠注水其中
俄頃水成酒一名青田壺亦曰青田酒蜀後主有
桃核兩扇每扇着仁処約盛水五升良久水成酒
味酔人更互貯水以供其宴即不知得自何處
武溪夷田強遣長子魯居上城次子居中城小子
倉居下城三壘相次望一日以拒王莽光武二十四
年遣武威將軍劉尚征之尚未至倉獲白鼈為臛
舉烽請兩兄兄至无事及尚軍來倉舉火曾等以
為不實倉遂戰而死

梁劉孝儀食鯖鮓曰五侯九伯令尽征之魏使崔
劼李騫在坐劼曰中丞之任未應已得分鉞騫曰
若然中丞四履當至穆陵孝儀曰鄴中鹿尾乃酒
肴之最劼曰生魚熊掌孟子所稱雞跖猩脣呂氏
所尚鹿尾乃有奇味竟不載書籍每用為恨孝儀
曰實自如此或是古今好尚不同梁賀季曰青州
蟹黄乃為鄭氏所記此物不書未解所以騫曰鄭
亦稱益州鹿尾但未是珍味
何胤侈於味食必方丈後稍欲去其甚者猶食白
魚䱇腊糖蟹使門人議之學士鍾岏議曰䱇之就

腊驟於屈伸而蟹之將糖躁擾弥甚仁人用意深
懷如怛至於車螯母蠣眉目内闕慙渾沌之竒脣
吻外緘非金人之慎不榮不悴曽草木之不若无
馨香无臭與瓦礫而何異故宜長充庖廚永為口實
後梁韋琳京兆人南遷于襄陽天保中為舍人涉
獵有才藻善劇談常為䱇表以譏刺時人其詞曰
臣䱇言伏見除書以臣為粽糝一曰熬將軍油蒸校
尉臛州刺史脯腊如故肅承將命含灰屏息憑籠臨
鼎載兢載惕臣美愧夏鱣味慙冬鯉常懷鮐腹之
誚毋忘鼈岩之譏是以嗽流湖底枕石泥中不意

高賞珠私曲蒙鈎拔遂得趕升縞席恭頃玉盤遠
廁戟莲揆領象葡漳豐柴賺恩加黃腹方富鳴姜
動椒紆蘇涙攙輊瓢纚動則盤炯濃汁醫得則
蘭有成列兜轉緑壅之中逍遙未啓可其三群之虫
澤九狗弇竔不任屏普之誠謹到銅鎗門奉姜以
問詔荅日賞表具之鄉池詔搢紳胶池俊乂穿蒲
入若肥滑有聞免堪敬選无勞謝也
伊尹于湯言天子可具三群之虫謂水居者腥肉
攫者臊腺草食者羶也

五味　三材　九沸　九變　三釁　七類

貝酸　楚酪　芍藥之醬　秋黃之蘇　芰苗
山膚唇太甘苦　桂椯
甘而不嚘酸而不嚛鹹而不減辛而不耀淡而不
薄肥而不腝
猩脣　玃炙　臛翠　廉腺
雄象之約　桂蠹石鞍　河隈之魣　珠翠之珍　菜黃之飴
洞庭之鮒　灌水之鯉　羣云　蟲洛之緯
臁齃　炮羔　膳鴼　蠣腺　御宿青奈云
爪州　紅菱　冀野之梁　芳孤　精稗
會稽之菰　不周之稻　玄山之禾　楊山之絲

南海之秔　青木之華　蔓澤之芳
貝區之菁　揚檬之薑　越酪之菌
長澤之卵　三危之露　黃領鷹
醴酒鮨　餘餬餦餭
綠葹莘
粟　菰首　細子　鈞熊蒸　麻胡麥　藏爲支
振酒　新鬻子　石耳　蒲葉菰　西捭竹根
飄魚一　梨醅　嘗醬　乾棗　曲阿酒　麻酒
蜺　蚄子　蠵蛱　胡精
灸鵠
千里蓴　贈曰万支區已紅絳
精細曰万鑿百錬　堀頁如蚯　張叔九慕鼓

一丈三節藕　一歲九花梨　行菜
鮨　蚶醬　蘇膏　搏頰雖子　新烏婡
法　樂浪酒法　二月二日法酒　醬臛法　綠
郵法　猪銅法　大蒜灸　蜀橋灸路時臘基脂　龍二平丸
腊　細薁法　飛蠶法　阿韓特餠　凡當餠　攙天
湯中牢丸　懸熟　櫻桃䱸蝎餅
兊猪肉　杏灸　蕅灸　脂血　大扁飴
馬鞍餳　黃麗　白麗　白龍合　黃龍合　荊
會稽之菰　芋灸兜者一日虢餅　餘餬餠　餠謂之花

咸謂之餛飩　飴謂之餳一曰
餹餦謂之餔飳一曰
餤餅也　膊䐼脯也
膱肉也　旅膹膜也
腊肉也　䐜膇膜也 一曰膱膜也
䐁也　䐢醢䐜也　粺糈
醢也　䐓酺菹也
醯醢醢也　蠯嗞醸䖝鹽也

折粟米法
頭置日中書復為起麪字五色餅法
如能令馨香　乳蒸羊臛利法　摶揶奮闒一寸
長一寸半胡餅支　鯉䱛䱊法　次桑以竹枝賣
醴酪醓䖯也
醸醬醬也

取簡勝粟一石加粟如五斗春之粟
割木蓮花

養為獸刑搜成之合中累積五色堅作適名煮闒
釘色作一合者皆糖蜜圓起蒸法
沙薹法　蔓菁頹蒲法　湯肱法
甘口法　麹蒲柄者合
眼挺取作摀蒲形　煮餅法
覆所法起起肝如起魚葙　用大例刻一升練
猪骨三合　裂䱊法
蔗鎚法　治犢頭去月骨本近喉有骨如月
木耳繪　漢丞菹切用骨刂
趙族羋乙去法 汁一日　肺餅法
又繪法經一尺卿八寸去排涎之羽鯉負天肉腏
䔍善前用腰腺拭刀亦用魚腦皆能令賷幾求著刀

魚肉凍胫法渌肉葴用䱱魚白䱊䱹䱺鮲羹
駞馬肉用助底葢駞肉駞作䱊䱺羨冠
第一白其次巳前日味　　灸肉鱠魚
硬家搜子白瑩如玉　韓約作櫻桃鱧其色
在火㷺善均五味嘗取敗僮涎胡祿龜曰作理食
不變　有能造冷胡突鱐鱧連蒸詐苜莒皮
索餅將軍曲良翰能為駞駿駞拏多
真无中有一將軍家出酢食每說物无不堪喫唯
之其味拯往道流陳景思說勑使齊日昇賚櫻桃

法
至五月中反蝦如鴻拂不落其未數倍人不測其
魏時有句驪客善用針取寸髮斷為十餘假以針
貫取之言曩中壺中壺也其妙如此
盧城之東有扁鵲家云魏時針藥之士以危膯橋
之所謂盧醫闒也
賢腎
王玄榮停中天竺王阿羅那順以詔闒兼得術士
那羅迩婆寐有談言壽二百歳太宗器之館於金飈
門内造延年藥令兵部尚書崔敦礼監主之言婆
後善前用腰腺拭刀亦用魚腦皆能令賷幾求著刀

羅門國有藥名叫茶俵水出大山中石曰內有七
種色或熟或冷能消草木金鐵入手入則消爛若
欲取水則以驢驢聽況於石曰取水將注教蘆中
每有此水則有石柱似人形守之羊披山入傳道
此水者則死又有藥名曰頗羅產高山石崖下山
腹中有孔孔前有掬狀如桑掬孔中有大毒地
守之取以大方箭技葉墜下便有為鳥銜之飛去
則象蕭射鳥而取其血也後死於長安
剃人道士王彥伯天性善醫尤別脉斷人生死壽
夭百不差一排貴尚書子忽暴中病業醫拱手或

說老伯遽迎使視脉之良久曰都无疾乃譩散按
味入口而愈襲間其狀彥伯曰中无應鯉魚毒出其
子因繪得病數初不信乃膾鯉魚无魀著令去在
食之其候悉同始大驚異焉
揶芳為郎中子登疾時名醫張方福初除泗州
与芳故舊遇引視脉登頂曰有此頂骨何
憂也因按脉五息後曰不錯復八十乃留芳
數十字關登曰不服此亦得登後為燕子年至九
十而卒

唐段少卿酉陽雜俎卷之七

唐段少卿酉陽雜俎卷之八

黥

上都街卑惡少率髠而膚劄備眾物形狀持諸軍
張拳揎劫一鄉主有以蛇集酒家捋羊鬥鷺人者
今京兆薛公上言曰令里長潛部約三千餘人憑
狀煞屍于市市人有懼青者皆炙滅之時大寧坊
力者張幹劄左膊曰生不怕京兆尹右膊曰死不
畏閻羅王又有王力奴以錢五千召劄工可胃膓
為山亭院池樹草木鳥獸無不悉具且細若設色公
惡拔殺之　又賊趙武建劄一百六處番印盤鵲

等左右膊刺言野鵄頭宿朝朝被鵄搦愈驚罷
入水留命到今朝　又高陵縣捉得鏤身者宋元
素劄七十一處左膊曰昔日已前家未貧皆將錢
物結交親如今失路尋知已行盡關山無一人右
臂上剌葫蘆葫蘆上出人首如傀儡戲郭公者脉吏不
雜問之言韻蘆精也
李夷簡元和末在蜀蜀市人趙高好鬥常入獄蒲
背鏤毗沙門天王吏欲秋背見之輒止特此轉為
坊市惡害吏有李夷簡高捉就院或蕭彝新造
簡搒頭徑三寸叱捉于打天王盡則巳數二十餘

不絶経旬日袒衣而歴門叫呼老牧　理功德錢
蜀小将韋山卿章表微堂兄也少不喜書嗜好割
青其季父嘗令解衣視之脊上刺一樹撮抄集鳥
數十其下懸鏡鏡鼻縈索有人止側牽之叔不解
問焉山卿笑曰椒不曾讀張燕公詩吾覽鏡寒鴉
集耳
荊州街子葛清勇不膚撓自頸已下遍刺白居易
舍入詩成式常與荊客陳至呼觀之令其自解背
上亦能闇記反手指其去點至不是此花偏愛蘭
則有一人持盂臨菊叢文黃夾纈林寒有葉則指

常衣覆胯手熱酒酬報袒而努臂戟手捉偃佽輩
指繩挽匝頸齣齬在腹搋股而尾及骭戟手
南觀察使少遍身剌一蛇始自右手口張臂食兩
崔承寵少從軍善馳逐脱狀捷如腰馬後為黔
妻兒供養其背而拜焉
介石齧破石粟數十背剌天王自言得神力入場
成式門下騶路神通毎軍設力能戴石盤報六百
一樹樹上挂繩幡鑠勝絶細凡刻三十餘處首
躰無完膚陳至呼為白舍人行詩圖也

日蛇咬亦優佽等即大呼毀而為瘡狀以訓為戲
藥
實歴中長樂里門有百姓刺臂數十人環瞻之忽
有一人白襴屑屑蘇少頃微笑而去卞十步百姓子
剌血如衂痛若砍骨佽頃出血斗餘衆入隨向觀
者令其父送而求之其人不承其父拜數十乃捨
骨數片將為藥一片上有逃走奴字痕如浞墨方
成式三從兄蒙真元中嘗過黃坑有從昔松韻顧
轍士若祝可傳訓如其言血止
知縣躍入骨也送者夜夢一人掩面泣其索骨曰

出関逐蠻數里蠻伏發夾攻之大敗馬倒井數十
杖撃其脛隨撃筋漲擁腫初無痕撑其力悪愆
衆數萬保邙峽間傻督力絶入常戲立右以東齣
陰知乃以他事杖殺典及大和中南蠻入逼偃領
自理声高偃怒扶刃努肌作殺至死卒中南蠻入逼偃領
蜀将尹偃賛有萃晚黠後數刻偃將青之卒被酒
至十萬而卒
遠為埋之後有事鬼髪齧夢帀報之以是慢財欲
我羞甚幸君為我深藏之當福君従者護卿覺毛戴

鑑而死初出關日忽見所殺典擁黃衾太如轂在
前列心惡之間左右咸無見者竟死於陣
房孺復妻崔氏性恝左右婢不得澤粧高髻月給
燕脂一豆粉一錢有一婢新買輒怒謂曰
汝好粧耶我為汝粧乃令刻其眉以青填之燒鐵
桼灼其兩眼角及隨手燋卷以朱傳之及兩胈瘢
如粧馬

揚虞卿為京兆尹時市里有三王子力能捐巨石
遍身圖刺體無完膚前後合拱死數四皆匿軍以
免一日育過揚令五百人捕獲閉門扶殺之判云

鑿刺四反只攜王子何須訊問便合當辜
蜀人工於刺分明如畫或言以黛則色鮮成式問
奴輩言但用好墨而已
荊州貞元中市有鬻刺者有印印上簇針為眾物
狀如蟾蜍斗印隨人所欲一印之刷以石墨瘡愈
後細於隨求印
近代粧尚高髻如射月日黃星是一日厭唇靨鈿之名蓋
自吳孫和鄧夫人也和寵夫人嘗醉儛如意誤傷
鄧頰血流嬌娩孫若命大醫合藥醫言得白獺髓
雜玉與虎魄屑當滅痕和以百金購得白獺乃合

膚亮珀太多及痕不滅左頰有赤點如意視之更
益甚妍也諸嬖欲要寵者皆以丹青點頰而後進
辛馬
今婦人面飾用花子起自昭容上官氏所制以掩
點跡大曆已前士大夫妻多妬悍者婢妾小不如
意輒印面故有月點錢點
百姓間有面戴青誌如黥髡婦人在掌近耳者
以墨黥其面不乐則不刺後人
越人習水必鏤身以避蛟龍之患今南中繡面
仔蓋雕題之遺俗也

周官墨刑罰王百鄭言先刻面以墨窒之窒墨者
使守門尚書刑德故曰涿鹿者鑒入額也黥人者
馬驪等入面也鄭云涿廉黥世謂之刀墨之民
尚書大傳虞舜象刑犯墨者皂巾白虎通墨者額
漢書除肉刑當黥者髡鉗為城旦春
又漢書使王烏等關匈奴法漢使不去節黥面得入穹盧單
黥面不得入穹盧王烏等去節黥面得入穹盧單
于愛之
晉人奴始亡加銅青若墨黥兩眼後亡黥兩頰

上三亡橫縣目下皆長一寸五分

梁朝雜祥凡囚未斷先刻面作劫字

釋僧祇律漫擦印者比丘作毡王法破肉以

膽銅青等畫身作字及鳥獸形名爲印黥

天寶軍錄云日南廟山連接不知幾千里裸人所

居白民之後也刺其胷前作花有物如粉而紫色

盡其兩目下去前二齒以爲美飾成式以君子恥

一物而不知以爲深恥況

相定黥布當王深著在花砎洛刑之墨眉圖布在典

册乎偶錄所記寄同志愁者一展眉頭也

雷

安豐縣尉裴顥士淹孫也言亥宗時冬月召山人

包超令致雷聲超對日來日及午有雷遂令高力

士監之一夕雷作法及明至巳矣天無纖翳力

士懼之超日將軍視南山當有黑氣如盤矣力士

望之如其言有頃風起黑氣彌漫疾雷數聲

明宗又每令百姓一二畔在每陣常得勝風

貞元初鄜州百姓中秋兩有頃雷電入室中黑氣斗暗

雷因入臥室中赴兩有頃雷電入室中黑氣斗暗

幹遂捧戶把鋤亂擊聲漸小雲氣氤氲幹大呼擊

之不巳氣復如半麻巳至如盤縣從墮地礆成懟

斗折刀小折腳鐺馬

李鄘在北都介休縣百姓送解牒夜止晉祠字下

夜半有人叩門云介休王暫借霹靂車某日至介

休收麥良久有人應曰大王傳話霹靂車正忙不

凡十八葉每葉有光如電起百姓遍報鄰村後出

及借其入册三借之遂見五六人秉燭自廟後出

介山使者亦自門騎而入數入共持一物如幢紅

上纍纍旗幡按興驚著曰可點領騎者即發其幡

收麥將有大風雨村人怨不信乃自如刻至其日

目 逺奇馬

成式至德坊三從伯父少時於晴爽夏夜乃親故也

夜遇雷兩每電起亮中見有人頭數千大如栲栳提

掬公權侍御事見親故說元和末止棘州山寺中

夜半覺門外喧鬧因開門視之見數千人運

斤造雷車如圖畫者久之一嚏氣忽斗暗其人兩

百姓率親情據高早使天色及午介山上有黑雲

氣如窰煙斯頃蔽天注兩如絚風乳雷震凡搜奏

千餘頃數村以百姓爲妖訟之工部員外郎張周

封親睹其推案

處士周洪言寶曆中邑客十餘人陶暑會飲忽暴
風雨有物墜如攫兩目膝膊報人驚伏狀下俄忽
上堦歷視衆人俄失所在及兩定捎捎能起相顧
耳惡泯矣邑人言向來雷震半戰鳥隨邑客但覺
殷殷而已
元稹在江見襄州賈墅有莊新起堂上梁縫軍疾
風甚雨時莚客輸油六七尾忽震一聲油瓦盡列
於梁上一滴不漏其年元卒

夢

魏揚元稹能解夢廣陽王元淵夢着衣衣倚槐樹

問元稹元稹言當得三公退謂人曰死後得三公
許起夢盜羊入獄元稹曰當得城陽後封城陽
俠
補闕揚子系董善占夢一人夢一人夢松生戶牖一人夢
棗生屋上董言松丘壠間所植棗字重來來呼餛
之象二人俱卒
俠君集承乾謀通逆意不自安忽夢二甲士録至
一處見一人高冠數騶輩此左右取君集遂骨來俄
有數人操屠刀開其腦上及右臂間各取骨一片

狀如魚尾因唅弃鑿而覺腦臂猶痛自是心悸力耗
至不能引一鉤弓欲首首不快而敗
揚州東陵聖母廟王女道士康紫霞言少時夢
中被人録於一處言天符令攝將軍災南立逐擺
以金鏁甲令騎道從千餘人馬蹀虛南去通臾至
岳神拜迎馬前夢市如有與（分岳中峯頃溪谷無
不歷止悅惚而返雖鳴驚覺自是生時夢
司農卿韋正貫應舉時嘗至汝州　刺史柳凌
留署軍事判官抑官夢有一人呈案中言欠米一
千七百束因訪章解之章曰粲新木也
　　　　　　　　　　　　　　　　　　　　　　　不

父乎月餘柳涉卒秦賁章馬部署未久雖爪惡前
因驚覺自是休谷之事小兒畜馬報焉凡五年秦
請於官數月矢唯官中欠米一千七百束章被紫
方省愧而夢
道士秦霞卿少勤香火存想不含嘗夢天梯樹忽
宄有小兒壽損驚鼓首出語素曰合土尊師
意爲妖偶以事訪於師師遽戒勿言此修行有功
之證因此遂絕說夢不欲數占信矣
蜀醫省殷言藏氣陰多則夢陽壯則少夢善亦不
復記用禮有堂三夢又以日月星辰各占六夢謂

日有甲乙月有建破晨有扶旬星有扶詣也
也又曰舍萌子四方以贈惡夢謂會民方相氏四
面遂送惡夢至四郊也
漢儀大儺依子辭有作奇會夢道門言夢者魄妖
或謂三尸所為釋門言有四一善惡種子二四大
偏增三賢聖加持四善惡微祥式嘗見僧首素
言之言出藏經亦未暇尋討又言夢者不可取取則
著者則怪入夫聲者無夢則知夢者習也成式
兄盧有則夢舉羔鼓及覺小弟戲叩門為侍鼓也
又成式姑壻裴元裕言群從中有悅鄰女者夢妓

僕射獨孤公也　威遠軍小將梅伯成以善占夢近有
小入優李伯怜遊涇州乞錢得米百餘訪及歸令弟
取之過期不至晝夜夢洗自馬渴訪伯成占之伯成行
思曰凡人好反譜说自馬渴白米也君所憂或有
風水之虞乎數日第至果言渭河中覆舟一粒無
餘
卜人徐道昇言江淮有王生者傍名解夢賈客張
瞻將歸夢炊於日中間王生言君不見妻矣
臼中炊固無爸也賈客至家妻果卒已數月方知
王生之言不諼矣

遷二搜挑食之及　嘗接歷枕測
秘書郎韓泉善解夢僧中行為中書舍人時有故
舊子弟選投衞諸為衞仗傍將出其入與韓
忽夢多乘馬跡墜永中及其牀執不漏馬選入與韓
有舊訪之韓板酒半戲曰公今選事不諧矣據夢
衛生相真足下不沾及牓出果敕放韓有學術
夢也
李鑑者李子正壻言至精之夢中身人可見
如到幽求見妻夢中身也則知夢不可以一事推
矣愚者少夢不獨至入間聞
之驄皇百夕無一

唐段少卿酉陽雜俎卷之八

唐段少卿酉陽雜俎卷之九

事感

平原高苑城東有漁津傳云魏末平原潘府君字
惠延自白馬密舟之部手中筭囊遂隆於水囊中
本有鍾乳一兩在郡三年濟水之溢得一魚長三
文廣五尺剖其腹中有得一隆水之囊金針尚在
蘸乳消盡其魚得脂數十斛時人異之
鍾乳有功曹清河崔公恕寃有令德於時春夏積旱時
別者千餘人至此嶇上衆渴甚思水升直萬錢矣

功曹清河崔公恕弱寃有令德於時春夏積旱時

來公有思水色怒攔見一青烏共嶇中中飛乍下乍止
怪而就焉烏起見一石方五六寸以鞭撥之清泉
湧出因盛以銀瓶海滿水立竭唯來公與恕供療
而已議者以為盛德所感致馬時人異之故必為
目

李彥佐在滄景太和九年有詔詔浮陽兵此渡黃
河時冬十二月至滑南郡使擊永延舟水彌舟舟
覆詔失本子公蒙懼不寐食六日鬚鬢暴白至晨
吏惶具請公一祝沉浮于河吏慼公誠明以死

吏惶從事亦詐其儀形也乃令津吏慼公誠明以死

盜俠

之李公乃令具爵酒言祝傳語詰河伯其百日明
天子在上川濱山岳祝史咸秩予境之內犯未嘗
遺尒河伯泪鱗之長當德天子詔何返溺之子或
不護子齋告于天天將誦尒吏齊冰碎已忽有声
如震河冰中断可三十丈吏知李公精誠已達乃
沉鉤索之一鉤而出封如舊篆印微濕耳來
公所至令孫嚴簡推誠於物著於官下如河水色
渾駛流大木與纖芥頃而千里矣安有舟覆六日
一爵而堅冰隔一鉤而沉詔獲得非精誠之至乎

魏明帝起凌雲臺峻峙數十丈即韋誕白首處有
人鈴下能着屐登緣不異踐地明帝怪而煞之腋
下有兩肉翅長數寸
高堂縣南有鮮卑城舊傳鮮卑嘗私聘燕於此英城
傍有盜距家家極高大賊盜嘗私祈禱得於宗令人
土鼓縣令丁永興有群戚劫其部肉與齊令人
人傍伺之果有祈祀者乃執諸縣棄煞之白彼祀
者頗絕

皇覽言盜距家在河東按盜踊死於東陵此地古
者東平陵疑此近之

或言刺客飛天野叉術也韓晉公在浙西時尾官
寺因商人無遮齋祇中有一年少請弄閣乃投盖
而上單練蔓廢膜皮猱挂烏跂捷若神鬼復建鵾
水於結脊下先溜至簷空二足躭身承其溜焉觀
者無不毛戴

馬待中嘗寶一王精盜夏蜒不近盛水經月不腐
不耗或目痛含之立愈嘗匣於卧内有小奴七八
歲偷弄墜馬時馬出未歸左右驚懼忽失小奴
馬知之大怒鞭左右教百將親小奴三日尋之乃小
獲有蜹長治地見紫衣滯垂於寢牀下視之乃小

奴蹶張其矢而繋馬不食三日而力不裒馬覯之
大駭曰破吾盆乃細遇也即令左右暴之
章行規負言少時遊京西暮止店中更章欲前進店
前老人方工謂曰客忽夜行此中多盜章曰其留
心孤矢無所恖也因進發矢中之復不退矢盡章
草中尾之章叱不應連發矢中之復不退矢盡章
懽奔馬有須風雷撼至章下馬見空中有
電光相逐如辭枝勢漸遍樹抄資物紛紛墜其前
章視之石木札也須吏積批至脇克臂驚馬投弓
矢佪空壅命拜數十電光漸焉而滅風雷亦息章

二失大樹枝幹重矣鞍駄已失遂返前店見其人方
筑葺甬韋意其異人拜之具謝有悞也老人笑曰客
勿持弓矢須知鈒術引章入院指鞍駄言却須
取相試矢演知人挿扳一片昨夜之箭悉中其上章請
役力汲陽不許微露驚鐮事韋亦得其二二馬
董撣臂而去黎疑其非常人命老坊卒尋之至蘭
相傳黎幹爲京兆尹時曲江途羅新兩觀若教千
黎至獨有老人植扙不避韓怒投背二十如擊鞦
陵里之内入小門大言曰我今日田辱公服與坊卒
也坊卒遽返白𥠊黎大懽因褻衣懷公服與坊卒

至其亷時已香黑坊卒直入通黎之官閽黎唯而
趨入引伏曰向述丈人物色罪當十死老人驚起
曰誰引君來此即令韋上階黎知可以理奪徐曰其
馬京兆尹威捕損則夫官政文人埋形雜林非證
惠眼不能知也共此罪入足釣入以賊非義士
之心也老人笑曰老夫之過乃具酒設席於地招
坊卒令坐夜深語及養生之術言約理辯黎轉敬
懽因曰老夫有一伎請爲尹設遂入良久麗衣朱
覽擁劍長短七口舞於庭中迭躍揮擢光電激
或擁若裂盤旋若規尺有短劍二尺餘時時及黎

之社黎叩頭服罪食頃擲劍插地如北斗狀顧黎
曰向試黎君膽氣黎拜曰今日已後性命丈人所
賜乞役左右老人曰君骨相無道氣非可遽教別
日更相顧也揖黎而入黎歸氣色如病臨鏡方覺
鬚剃落寸餘翌日復往室已空矣
建中初士人韋生移家汝州中路逢一僧因與連
鑣有論頗洽日將銜山僧指路謂曰此數里是貧
道蘭若郎君豈不能左顧乎士人許之因令家口
先行僧即處分步者先排比行十餘里不至韋生
問之即指一處林煙曰此是矣又前進日已沒韋

生疑之素善彈乃密於靴中取張卸彈懷銅丸十
餘方責僧曰弟子有程期適偶貪上人清論勉副
相邀今已行二十里不至何也僧但言且行至是
僧前行百餘步韋知其盜也乃彈之僧正中其腦
僧初不覺凡五發中之僧始捫中處徐曰郎君莫
惡作劇韋知無奈何亦不復彈見僧方至一莊數
十人列炬出迎僧延韋坐一廳中喚云郎君勿憂
因問左右夫人下處如法無復曰郎君且自慰安
之即就此也韋生見妻女別在一處供帳甚盛相
顧涕泣即就僧僧前執韋生手曰貧道盜也本無

好意不知郎君藝若此非貧道亦不及也今日故
無他幸不疑也適來貧道所中郎君彈悉在乃舉手
搦腦後五丸墜地焉蓋腦銜彈丸而無傷雖列言
無痕撻孟稱不膚撓不翅過也有頃布筵具蒸
犢劄刀子十餘以齏餅環之揖韋生就坐復曰貧
道有義弟數人欲令伏謁言未已朱衣巨帶者五
六輩列於階下僧呼曰拜郎君汝等向遇郎君則
成齏粉矣食畢僧曰貧道久爲此業今向遲暮欲
改前非不幸有一子伎過老僧欲請郎君爲老僧
斷之乃呼飛飛出參郎君飛飛年才十六七碧衣

長袖皮肉如脂僧叱曰向後堂侍郎君僧乃授韋
一劍及五丸且曰乞郎君盡藝殺之無爲老僧累
也引韋入一堂中乃反鎖之堂中四隅明燈而已
飛飛當堂執一短馬鞭韋引彈意必中丸已敲落
不覺躍在梁上循壁虛攝捷若猱玃彈丸盡不復
中韋乃運劍逐之飛飛倏忽逗閃去韋身不尺韋
斷其鞭節竟不能傷僧久乃開門問韋與老僧除
得害乎韋具言之僧悵然顧飛飛曰郎君證成汝
爲賊也知復如何僧終夕與韋論劍及弧矢之事
天將曉僧送韋路口贈絹百疋垂泣而別

元和中江淮有唐山人者滅獵史傳好道常遊名
山自言善縮錫頗有師之者後於楚州逆旅遇一
盧生氣相合舍盧亦語及炉火稱唐族乃外氏遂呼
唐為舅男唐不能相捨因邀同之南藏盧亦言親故
在陽羨將訪之今且食舅於山掛之桎也中途止一
蘭若夜半語笑方酣盧曰知舅善縮錫可以梗綮
語之唐突曰某數十年重賄從師只得此術豈可
輕道耶盧後祈之不已唐齡以師授有時可遲岳
中相傳盧因作色舅公夕須傳勿等開也唐責之
某與公風馬牛耳不意舒暗相遇實君子何至
驟卒不若也盧援臂頭目眒之良久曰某刺客也
舅不得將死於此因懷中掬烏韋囊出匕首刃勢
如偃月執火煎斗削之如扎唐悲懼具述盧乃
英語唐幾恨報舅此術十得五六方謝曰某師仙
也令其善十人索天下安傳黃白術著殺之至添
金縮錫傳者亦死其父又得乘蹻之道首因拱揖唐
忽失所在唐自後遇道流輒陳此事戒之
李廓在潁州獲光火賊七人前後殺人必食其肉
獄具廓問食人之故其首言某授教於巨盜食人
肉者夜入人家必昏沉或有驚覺悟者故不得不

食
兩京近旅中多畜蠱鶡及秦挽賊謂之顯
記菁竹向箴子辣者亦忘其機息也

唐段少卿酉陽雜俎卷之九

顯鶡弾者

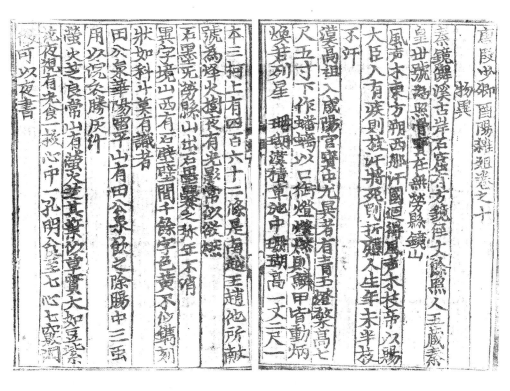

唐段少卿酉陽雜俎卷之十

物異

秦鏡鹹陽宮有方鏡廣徑大餘照人五藏高五尺九寸表裏有明人直來照之影則倒見以手捫心而來則見腸胃五藏歷然無㿈人有疾病在內則掩心而照之則知病之所在又女子有邪心大臣入有疾則掩心將死則折邪入生年未半夜不汗世號為照膽鏡在無勞縣鏡山

漢高祖入咸陽宮寶中尤異者有青玉五枝燈高七尺五寸下作蟠螭以口銜燈燈燃鱗甲皆動煥若列星

珊瑚漢積翠池中珊瑚高一丈二尺一本三柯上有四百六十二條是南越王趙佗所獻號為烽火樹夜有光影常欲燃

石墨縣山西有石墨黑如漆得影帝以燃燭黑字竟然

石膽間千餘字色黃不消鑱刻狀如科斗美有識者

田公泉華陽留子山有田公泉飲之除胸中三虫用以沃火益盛常山有蘗火草伐之膏潤勝灰汁

螢火夜視腹有光食一頭心中一孔明令人至孝七心七竅洞達可以夜書

石人尋陽山上有石人高丈餘虎至此輒倒立石人前

冬瓜晉高懷為魏郡太守石頭其孫雅之在廄中有神來降自稱白頭公所枝杜光照一室又有一物如冬瓜眼過其上也

豫章無昆明池漢時有醫童虹一艘載二千人筷晉時戴增有人作嶺年收魚億計號為萬歲陂邑縣比有華公墓碑跌龜存焉

銅駝漢元帝竟寧元年長陵銅駝生毛毛端開花

趙世此龜夜常負碑入水至曉方出其上常有萍

前碑焉
漢有祠之者東具龜將入水因斗呼龜乃走墜折

陸藍昆山產周十餘里無水目生末蘭月滿則如積雪未甘月斷則如薄霜未吉月盡亦入畫

顏陽碑魏曹丕受禪處後六字屯金司馬氏金行明六世遷魏也

泉元壽縣有泉眼中水交旋如盤龍或試摸破之尋手成龍狀駟馬驗之

石漆高奴縣石脂水水膩浮水上如漆取以膏車及然燈極明

麗尉證晉時有徐景射禮於宣陽門外得一錦鹿射禮至家
開視有虫如蟬五色後兩足各綴一五銖錢
王龍梁六同八年戌主揚光放獲玉籠一枚長一
尺二寸高五寸雕鏤精妙不似人作腹中容斗餘
頸亦空曲置水中令水滿倒之水從口出水聲如
琴瑟水盡乃止
木字齊永明九年秣陵安明寺有古樹伐以為薪
木理自然有法大德三字
木簡齊建元初延陵寺子廟舊有渟井井忽有
金石聲掘探二尺得渟泉泉中得木簡長一尺廣

一寸二分隱起字白盧山道士張陵拜拜謁木堅
而白字色黃 赤木宗廟地中生赤木入君禮名得
其宜也
紅沫練丹砂吾黃金碎以染筆書入石中削去逾
明名曰紅沫
鏡石濟南郡有方山相傳有奕生得仙於此山南
有明鏡崖石方三丈魑魅行伏了了然在鏡中南
燕時鏡上遠使滕烏俗言山神惡其照物故鏡之
承受石沇陽縣水中有孤石挺出其下澄潭時有
見此石根如竹根色黃見者多凶俗穢承受石

錐中年縣魏延城王臺下池中有漢時礪師長六
尺入地三尺頭西南指不可動
八金石夷道縣有金頑其石大者如釜小者如斗形
色亂貞唯實中耳
魚石衡陽湖鄉縣有石魚山山石色黑理若生雕
黃閣猇一重報有魚飛緣檻首尾有若畫寸
激水水為變綠作銅膩魚盡死
銅神衡陽唐安縣東有晚塘有銅神往往銅聲
焼之作魚腥

泛至此倫沒竟無出者出人以為河伯村
鼓枝合浦縣翳水口下東岸有聖鼓枝如巖山之
皷枝也橫在川側衡波所激未嘗移動眾鳥鳴
臭有萃者那人悕少萬糴之患癘
飲悪作金色氣悉斎馥
黑石建城縣出縱石色黃理踈以水灌之則熱女
井石陽縣有井水半青半黃黃者如灰汁即作黍
鼎其上可以炊也
石鼓巢縣有大鼓山山有石狀如鼓河鼓焦焦動則
一石鼓鳴嵩端則秦上有決

半湯湖有容量清水濱堆有半湯湖湖永平冷半熱
熱可以淪雞苗有魚鱉入鱉死
鹽胸腮胛曰縣鹽井有鹽方寸中央隆起如張筆
名曰傘子鹽
泉主門軍有慶陵泉周二丈深一文餘焉之頭飲
之不竭
伏冬沈釣縣蛇安王賜伏冬一枚重十二斤八兩
有表
古鐘沅州陵縣石城崗有古鐘一口獨生其內平

君王鹽白堀興崖有鹽如水精名為君王鹽
手板宋山陽王休范以已手板記言謝色敏秀
善相手板休祐以言謝色顏有慶詣敏考
別曰槁於常觀稱下官帝甚不悅
乃貴缺使人多斤休范以補蘇州詩以換其愛妍
象四之初壓四地為日以善緩惡甲雜卧子四於其
貢九王乘逍遙泉兒以銅為之晝夜有轉
考曰論閣言赤子長燕歡知四情以揺桐雨人
中囚富罪木四不動囚或免夾囚乃舊起
蘇奏金魏時洛陽令史高顯捶得黄金百斤銘曰

蘇奏金
梨洛陽我德寺剝金重六斤
乾花勝景真赤在廣州七層壽元鮇中罷職歸家焠
炊釜中忽有聲如雷來正北先隆起殼祝声起
世旣上花生數十漸長修遠花色赤有光似金鐵
膽開元中有大唐金鋪即官金也
頃姜滅旬日騰得病卒
金金中蝗頃金最上六兩為一堁有卧蠶地穴又
水皇形當中陷處名曰真庭又鍬上山處有紫色名紫
玄金唐太宗賜汾州言青麗白龍吐物在空中有

金如火墜地閣入二尺撅之得玄金廣尺餘高七
寸
之天保初瀕州人本嘉亂所居柱上生芝草狀如
龜建古一今趙州窠普縣沙一河北有大衆初小獨百
姓常初禱屬有墓仙數十自東南來慶地出集棠
梨數不為三積田南岸者橋一摃觀見三色涇寸
續行猶餘積地盡死乃各登二大積視地腹承有濟
石矢所中刺史康日知圖甘崇奉三盤來祠
雪身元二年長安大雪平地深尺餘雪上有畫黑

色
雨末貞元四年雨水於陳留大如指長寸許每水
有孔通中所下其立如植徧十餘里
齒扰邺街國有金輪王齒長三寸
石柱劫化他國有石柱高七十餘尺無憂王所建
色紺光潤隨人罪福影其上
旃檀鼓子闐城東南有大河涸一國之田忽枯絕
流其國王問羅洪僧言龍所為也王乃祠龍水中
有一女子凌波而來拜曰妾夫死願得大臣為夫
水當復舊有大臣請行興國送之其臣車馬曰馬

入水不溺中河而後白馬浮出頁一㼾檀鼓及書
一函發書言大鼓懸城東南常自鳴後冠
至鼓輒自鳴
石鞞于闐國利利寺有石鞞
石阜石河目縣東有石砍之有綠馬跡
舍利東迎畢誠國有寀堵波舍利常見如綴珠幡
大者如拍小者如米穀圍石壁如雕鐫成立佛狀
循鏡妻樹挂曰
幾像健馱邏國王歷上有佛像初石壁有金色蟻
燋米臾陀國普尸毗王倉庫為火所燒其中粳米

燋著于令曽存服一粒永不患痩
辟支怫華于闐國耆應寺有辟支佛鞞非虎非綠
歳久不爛
石駞溺珣夷國北山有石駞溺水涸下以金銀銅
鐵尾水莘器盛之皆漏掌承之亦透唯瓠不漏服
之令人身上見毛落盡得仙出論衡
人木大食西南二千里有國山谷間樹技上化生
人首如恋不解語人借問笑而已頻笑輒落
馬俱位國以馬種大食國馬解人語
石人菜子國海上有石人長一丈五尺大十圍昔

秦始皇遣此石人追勞山不得遂立於此
銅馬俱德建國鳥詳河中灘洲中有火祆相捔傳
祆神本自波斯國乘神通來此常見靈異閃立祆
祠内無象於大屋下置大小爐舍譬向西人向東
禮有一銅馬火如次馬國人言有天下歷前店在
空中而對神立後脚入土自古歲有穿鑿者深數
十文竟不及其蹄西域以五月為歲嘶相應儀後
河中有馬出其色如金與此銅馬嘶有火燒其兵
水適有大食不信入祆祠將壞之忽有火燒其兵
遂不敢壞

地磧蘇都琵罽國西北有地磧南北地原五百餘
里中間遍地毒氣如煙飛鳥恭墜地地因吞食或
大小相壁及食生草
石龜孔河條作禮於是飲食兼其
石龜孔河條國金遠山寺中有石龜衆僧飲食將
盡向石龜作禮於是飲食兼其
神廚俱振提國尚崑神城北隔其珠江二十里有
神廚俱振提國王所須什揚金銀器神廚中自
然而出祠畢旋滅天后使驗之不爽
毒藥南蠻有毒藥無刃狀如拓鐵中入無血而死
言從天雨下入地犬餘察地方掘得之

二十餘年矣或一年半年不見成武大和初揚州
見寄客及僧說
臨石成武葦役有言以時嘗毀烏巢得一黑石如
鵠卵圓滑可愛後偶置醋器中忽覺石動徐視之
有四足如緣軍之足亦隨縮
桃核水郎社陟常見江淮市人以桃核磨
人足處甚新斷如膝頭初無磨迹
見一人股被覆甚
窆掖江淮有士人庄居其子年二十餘常臥獸其
父一日飲彖兇中忽醒起如瘧馬出甌外坐堂淨若
琉璃中有一人長一寸立於甌高出甌中細視之
衣服狀見乃其子也食頃爆破一無所見茶掖如
舊但有微塵耳數日其子遂着神譯神言斷人休
咎不差謬
鐵鏡有諷者善藥性好讀道書能言名理能見當
給其察昂有鐵鏡徑五寸餘鼻大如峯言卅道
厲傳得亦無他異但數人同照各自見其影不見
別人影
大虫皮永童主塩鐵蕫冝有大虫皮大如一堂鬚尾

石淋
漁人網買取之初出水正紅色見風漸漸青色主
石欄干生大海底高尺餘有根望上有孔如物點
鼂矢生陰濕地淺黃白色或時見之主治惡瘡
蟾蜍矢出不常有之主治惡瘡
土壤擲狀如擲擲在孔穴間得之新者搞載相傳
甲遂城東有樂甲高麗言崩燕時目天而落
影高郵縣有一寺不記名講堂西壁挑道每日
晚人馬車舉影悉透壁上衣紅紫者影中國莽可
辨壁厚數尺難以理究反乎之時則無挑傳如此

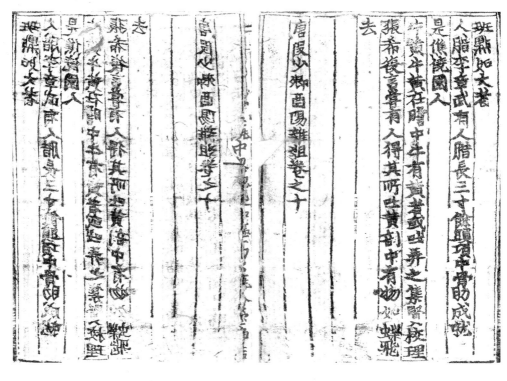

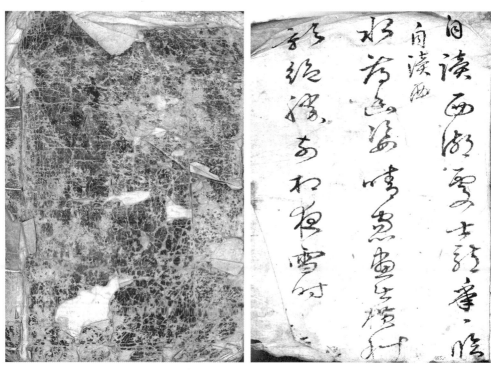

《下冊》

唐段少卿酉陽雜俎卷之十一

廣知

俗諱五月上屋言五月人蛻上屋見影魂當去

金曾經在正臘及爲釵釧後竟陶隱居謂之辱金
不可合鍊

鍊銅時與一童女俱以水灌銅銅當自分爲兩段
有凸起者牡銅也凹隱者牝銅也

鑄金不諦者有物如脉居之去之無也

罷樂故自源潤者赤蝦蟇名鮒涯居之去則止

飲酒者肝氣微則面青心氣微則面赤也

脉勇怒而兩眥骨勞怒而面白血勞怒而面赤

山氣多男濕氣多女水氣多暗風氣多聾木氣多
傴石氣多力阻險氣多癭暴氣多殘雲氣多壽谷
氣多煇立氣多尫衍氣多仁陵氣多含

身神及諸神名暑者腦神曰覺元顰神曰玄華月
神曰虛監鼻神曰沖龍玉舌神曰始梁

夫學道之人須鳴天鼓以召衆神也左相叩爲天
辛遇凶惡不祥叩之右相叩爲天

威神大祝叩之中央上下祖叩名天鼓若經山澤邪
鳴之叩之數三十六或三十二或二十七或

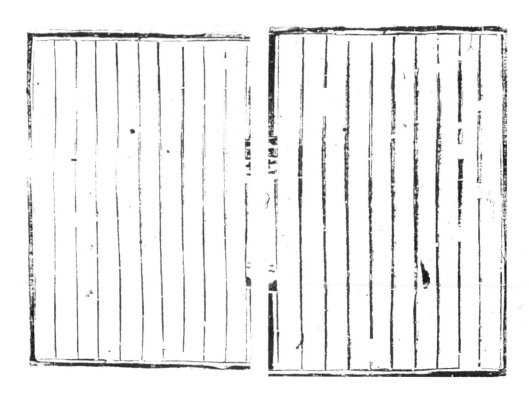

月七日
隱訣言太清外術　主人髮拌藥掲烏烏不敢食
其實 茈兩異兩雜食之殺人　鹽下淹菜有毒
菫黃花及赤芥菜　殺人　郁李躞苗則子苦
大醉不可卧奈横上肝出眉髮落　婦人有娠食
千薑令胎内消　十月食霜菜令人面無光　二
月不可食陳菹　淋衣結治壇螻蛄　井口邊草
主小兒夜帝菖毋卧腐下勿令入面　缸底菩療
天行　宴簷其毒問草節奉小兒霍乱　自縊死繩
主顛狂　芽子淦灰傳兩苹　楚巫門離枇亦作

灰治失書　徐妲能餞人　麋鹿
合陰陽過神　魚有竅殺　古欄板作琴底
不同遵鱗白且臥羸一月乎至産殺人二日
人大興蹄肉有毒　白馬鞍下肉傷人五藏
烏自死目不閉殺人　馬夜眼五月以後食之殺
王卅日字下十一日字書不可食　蝲腹下有毛殺
人　蛇以桑柴燒之則見足出　獸岐尾鹿班如
豹羊心有竅慈害人
凡飛鳥投人家口中必有禍當抜技而放之　水脉
不可断井水沸不可歐酒漿無影者不可歐　皴

與青蛙蚖中最毒蛇怒時毒在頭尾
氣秋夏中之殺人先必難走毒直下無毒廻
舞而下不可扛當以醋数斗澆之毛直入矣
梨千歳冰所化也　琉璃馬腦皆以自然灰
軟可以膜刻自然灰出南海　馬胎思血所化
令玄中記言掘脂入地為琥珀世記曰挑蟾入地
也玄中記言掘刀斗虫出於古器
兒書有懸針書縣釿書奉王破冢書金鵲書虎
所化也淮南子云東熱原眠苗也
百鍊中有業絲書　羲獻書
亦書倒薤書　偃波書信幡書飛帛書稿書課參云

篆書惻書列書曰書月書鳳書龜書鸞書虫書胡
書遵菖天竺書指書撰書芝吳榖書鍾隸鼓隸龍虎
篆麒麟篆魚篆虫書曳鳳篆午書鳥書草書書龍
草書狼書犬書麟書鷰書反左書行押書撮書景
書半草書
書奏用売爪為不可彫以防詐偽　詰下陰偃波
召奏用蛄時書　節信用烏書　朝賀
用慎書塤　曰亦旅於昏烟
書逃蕃謝章詔板用蜩時書
西域書有駁厍書運藥書御分書大秦書獸隸書
㻬牛書樹葉書起屍書石旋書雲勝書天書龍書鳥

言書等有六十四種
胡綜博物孫權將騎抵得銅匣長三尺七寸以琉璃
為蓋又一白玉如意所執處皆刻龍虎及蟬形莫
能識其由使人問綜綜曰昔秦皇以金陵有天子
氣平諸山阜處處輦埋寶物以當王氣此豈是乎
鄴城西百餘里有毀城穀伯綏之國城門有石人
馬刊其腹云摩捫腹慎莫言言者疑此亦同太廟
歷城北二里有蓮子湖周二十里湖中多蓮花
紅綠間開作疑漢錦又偷望普皆蹂踐布速望
金人緘口銘

之者若蛛網浮揖也魏帝嘗於御醲集參軍張
伯瑜諮公言向為貿易頸系能號公曰取洛水必
成也遂如公酤景成時滑河生兩翼馬乃諮公
末審何義得尔公曰可思湖圓龍河哭而然之而
實未解坐散語主海房版道灃湖目之事吾實未
曉權道對曰精訛歐血湖日遊子故令公思清河
數日人不讀書其過夜行二死乞妾不如白面書
生
梁主客陸緬謂魏使尉鵰極曰我至鄴見雙闕極高
圓飾其襄山間石闕灰為灰下我家有苟勗所造

俗不欲看天樿星有流星入當破髮生哭又
不見者未周歲而卒
舊說不見輞星者將死成式親識中識之嘗修行里有
度之過遲
子好集古器遂持入內此闕既成用銅尺量之其
高六文準日我京師蒙魏固中天之華一闕此間地
勢過下埋不得高魏摩師曰苟勗之尺是積黍所
為陰調律院咸尹魏尹有洑隘之韻後得玉尺
相傳識人星不患痕成式親識中識者恭連者
不見者天樿星有流星入當破髮生哭又

又言雕翎熊食諸鳥羽復善作風羽風羽法去苦
所為也
却出笑方捫金接子言予以仰占辛苦長犯此猫露
又恐流星入天宇方知俗忌之久矣
荊州陟岵寺僧那照善射每言先長而摇者麂帖
之鬼也蹂二尺當得拕如虎珀蓋虎目光論入地
地而明滅者見低而不動者虎又言夜略虎時必
見三虎蓋來挾者虎威當剌其中者虎死威乃入
地得之可却百邪虎初死記其頭所普頻候月黑
夜掘之必根時必有虎來吼攫前後不足畏此虎

三寸鑰小孔令透筍及鑰鳳集深一椏自善達干
孔則不必羽也
道士郭采真言人影嘗至九成宮試之至六七
而已外孔真能篅郭言喇益炬則可別又說九影
各有名影神一名右皇二名喇益三名滅卽框四
名尺魄五名蜜闋六名魄奴七名竈四圖一曰舊刔
九影名在麻面紙中向下兩字鬼食不記八名亥
知休各言人影欲深深則青而壽影不欲照冰照
寶曆中有王山人取人本命日五更張燈相人影

井及浴盆中古人避影亦為此古蠅蜇蛆蹊孤蹊影
蠱皆中人影為害近有人善及人影治病者
都下佛寺往往有繒像燃者不汚其不汚者非其
盈善飛化甲子言或有懶寺金剛鳥集者非其
畫驗也盡由取土處及運像時偶與日辰王相相
符也
又言相寺觀富陽像可知其富故洛陽僧梵寺
有金剛二色為雀犬衆元魏時梵僧菩提達摩得其
真相也
或言龍血入地為琥珀南蠻記賓州沙中有所腰

蜂山岸崩則蜂出土入燒治以為琥珀
李洪山人善符籙傳知常武炎兒嬰壁者不
可开昔遇道者言當盡及鬼蹊多通其中
近佛畫中有天藏菩薩地藏菩薩近明諦視之
影鑠目光也或言以青和蟬魚設之則近
日有光又往往壁畫僧及神鬼目隨人轉點睛子
極正則尓
秀方顧非熊言鉤魚當鉤其有旅統者失其附主
袈鱗不復去頃刻可尽
慈恩寺僧廣升言元末閬州僧靈鑒善彈其彈

九方用洞庭汝岸下上日土三斤灰末三两麂末
一兩榆皮半两湉殿二勺紫礦二两細沙三分藤
紙五張淳擣汁半合九末和擣三千拣齊手丸之
陰乾鄭渠為刺史時有富家名寶讀書言善飲酒量
甚重之後為盜事發而死寅常頭戴麂用放彈
拈一樹節其節目相去數十步曰中之撲五千一
發而中彈九反射不破至靈鑒刀隔節碎彈馬
王彥威尚書在汴州二年夏旱時家王傳李卟遇
许因宴王以早為言李醉曰欲雨甚易耳可永㽀
醫四頭十石甕二枚每甕盛以水浮二地醫浚末

唐段少卿酉陽雜俎卷第十一

師為親家焉

蓋窓況之分置於開元寺前後設布燒香選小兒
十歲已下十餘令竟小青竹簟夜目擊其魏兔不得
必輒王如言試之一日兩夜兩大注醬說龍與蛇

唐段少卿酉陽雜俎卷之十二

語資

歷城縣魏明寺中有韓公碑大和中所進公
曾令人逸錦州界石碑言此碑詞義最盛一
本於姑中敢家人名此挑為駪驎曾公諸時勝
庚信作詩用西京雜記事旋自追及曰此吳物語
恐不足用也親辟師曰古人記曲書多父然與興
賦祿衡潘匡二無並載弈賦攄左思之言正同
古人用意何至於此君房曰詞人自是好相採取
一字不異良是後人貞辭魏尉瑾曰九錫或稱王

契六代亦言曹植信曰我江南才士今日亦無興
廿所推如溫子升獨擅鄴下常覓其司筆亦足捕
是遠名近得魏收數卷碑製作富逸特是高才也
梁道黃門侍郎明少退詩陵令謝藹信威長史王
續中宣城王文學蕭愷兼散騎常待衣郎兼通直
散騎常待賀文逸妻姐使李襄崔勘溫凉畢少退
詠贈喬其詩曰蕭蕭一日風蘆舉依然可想驚
曰未若登花寒不結最附時事少退報詩中有此
語劫問少退曰令趣奇寒江淮之間不乃冰凍少
退曰在此雖有溥冰亦不愛行不似河冰一合使

防車馬卿曰河冰上有狸跡便湛人渡劫曰當
爲孤應是宇錯少避曰是狐性多疑黜世多預抓
挺搐頭因此而傳其劫曰龍巢避風推去娶政乃
是馬之一長狐避融頓可謂獸之一惡七·
梁徐君房勤魏使尉瑾酒一觴即盡夾遺滴君房
曰賜郭飲酒未嘗傾卮武州已來舉典遺滴君房
曰我飲賓必亦是書慷微學其進非有由然廋信
曰庶子年之爲卑酒之多必與時升降便不可得
而度魏肇師曰徐君年臨情必酒因竟多未知方
寸復作若爲輕重

與宴魏使綎肇兩舉酒勸陳昭曰此席已後便與
鄉少時阻關念此以懷春昭曰我歡仰名賢亦
何巳也路中都不盡深心便復跎偶泣歡如何俄
而酒至蟄武挺後君房敏不熟富肇師曰海
鯦蛇蟯尾趙步張非獨爲玩好亦所以爲術數逃
曰真不得僕責信曰相持何乃急邊師曰此謂直道而行
乃房謂信曰覆掩信謂遠邊師曰適信
求飼致渾釀酒泥封全但不知其呼多相費累
不敢先嘗謹當奉爲肇師曰每有珍昔多相費累

顧更以多題
魏僕射收臨代七月七日登舜山排徊顧眺謂主
薄崔曰吾所經多矣全於山川沃壤衿帶形勝天
下名州不能過此雖未審東陽何如崔對曰有
古名齊得舊號二處山川形勢相似曾聽所論不
能蹈越公遂乃命筆爲詩於時新政之際司存俠然
求筆不得乃以五伯故畫壁此壁爲詩曰述職無
風政復路阻山河還思盡曰留謙此山阿
舜祠東有大石廣三文許有鑿不醉不歸四字於
其上公曰此非遺德今寰盡去之

梁宴魏使李騫劭樂作累含人賀李曰音苦感
人深也劭曰昔申喜聽歌抻狀知是其母理實精
妙然也梁主客王克曰聽音觀俗轉是歸者劭曰
延陵昔聘上國實有觀風之美李曰卿發此二乃
欲挑戰篡曰請執鞭珧與君周旋李曰未歇二舍
劫曰戮弃之事久已褐劭李曰車亂旗靡於有所
歸劫曰平陰之役先鳴已矣李曰吾方欲解鞭而止
庭武功舊爲曰王庚師將以誅屬遂共大笑而止
樂趣馬靠非郊侵官李曰此乃見以劫曰吾君值忘紺

恐不可免

歷城房家園齊博君豹之山池其中雜樹森竦
泉石崇邃歷中被樓之廚也曾有人新其桐枝者
公曰何為傷吾鳳條自後人不復敢折其枝
丹孝逸曰李倫金谷山泉何必蹁此若逸
欲還鄴詞人饑宿於此逸為詩曰風瀹歷池塘水月
曾詣鄴路西遊其故所彼此相方誠如明教孝逸常
倚華山栖時嘗靈剛拉一裹病至年十八代為鍾
單雄信勿時嘗靈剛拉一裹病至年十八代為鍾
長文七尺拱圍不合刃重七十斤號為裴旻白嘗

與秦王卒胡遇秦王以大白羽射中刃火出因為
尉遲敬德拉折
秦叔寶所乘馬忽雷駮常飲以酒每於月明山
試能堅越三領黑駮及朝公卒齕鳴不食而死
徐敬業年十餘歲好彈射逸公每曰此見相不善
將赤吾族射必溢箴走馬若紲老騎不能反英公
嘗獵命敬業入林趫獸因乘火意欲殺之敬
業知無所避遂屠馬腹伏其中火過浴血而立英
公大奇之
玄宗嘗伺察諸王寧王嘗夏中揮汗戰鼓所讀書

乃龜茲拔樂譜也上知之喜曰天子兄弟當極醉樂
耳
寧王常獵于鄠縣界搜林忽見草中一櫃扃鎖其
固王命發視之乃一少女也問其所自女言姓莫真
氏叔伯庄居昨夜遇老火賊賊中二人豆走僧因勒
其至此動妮含噸泊熊橫生王驚愴乃載以
乘時慕舉者多生獲一熊置櫃中如舊鎖之時上
方求極色王以莫氏衣冠子女即日表上之後
所由上令充才人經三日京兆鄠縣食店有僧
二人以錢一百擴貨店一月一夜言作法事雄異

一櫃入店中夜失膈脾有壽店人怪日出不啟
門撤戶視之有熊衝人走出二僧已死篋骨悉露
上知之大笑書報曾時號莫才人轉焉
才人能為秦曾當時號莫才人轉焉
一行公本不解弈嘗詣燕公宅觀王積薪碁一局
逐興之敵笑謂燕公曰此但爭先耳若念貧道四
句承除語則人人為國手
晉羅什與人著碁持敵玄宗嘗憑之行間外間事
王積薪對玄宗碁為雜番持時　一日
黃幡兒矮陋機惠玄宗常憑之行間外間事勤有
公大奇之

劒養號曰肉枕一日入遲上怪之對曰今日雨遲
向逢捕賊官與皂爭道臣歡之陸馬因下階叩頭
上曰外靜奏奈縱□□後憑之春項京尹上表論上
即此出令杖救焉

王公每為碑頌先墨磨數升引被覆面而卧忽起
一毫書之切不點黑時人謂之腹稿之遺以
無公常讀其夫子廟堂碑頌頭自病車至太甲四
句悲不解訪之一公言比斗連午七曜在南
九黒昱孟袖
方有是之祥無位聖人當出華盖已下卒不可悉

李白名播海內玄宗於便殿召見神氣高朗軒軒
然若霞擧上不覺亡萬乘之尊因命納履白遂展
足與高力士曰此人固窮相日前後三擬詞選不如
白謂力士曰此人固窮相日前後三擬詞選不如
意慕楚之雅留根別賦文禄山反製胡無人言太
白入月敵可催及禄山死太白偶月衆言李白唯
戲杜考功飯顆山頭云成式我覺秋興逸雜言李白
宴別杜考功詩今僚首尾曰我覺秋興逸離言秋
興悲山將落日去水共晴空宜煙歸碧海夕鴈度
青天時相失各萬里悲然空亦思

營平司徒常送太僕卿皓上諸色人吏中末有
一老名天永十餘著緋問君皓獨問君被此司務少時老
人言某本華正之高將軍貴戚千万兼特奏雄
下領骨脫之姓薜彥皓色不足詞客散留從
皓謂周曰向鄉問著緋老吏以卿卿不怳何也皓
容謂周曰其年少常錯豪族為花抑之遊竟之
驚焉公用心如此精也乃去偉邊薜宿留言
呼縵言之城中名姬如蝘豔贈無不發者時婿恭迎之
命訪城中名姬如蝘豔贈無不發者時婿恭迎之
姬字夜來雜齒巧笑歌舞絕倫賣公子破産迎之

予時與歡堂富於財更擅之會一日其母白皓曰
其日夜來生日豈可寂莫乎皓與注還竟求珠貨
合銭數十万樂工賀懷智紙破破官一時神客居
方合忽克夢門志皓下許關良以折聞而入有多
年紫襲時從數十乃訪其母與衣來泣拜諸客
帖熱皓時氣方剛且悖杜丹願從者敵因前還其
將散皓時氣方剛且悖杜丹願從者敵因前還其
槐貞育心義好意深乃名皓以情投之貞育所由
女間時育司追捉意切恐窓乃夜辨裝腰其
曰金數挺謂皓曰汴州周簡老義士也復與邸君

當家令可依之且宜㗱恭不急問簡老盖大俠之
見魏貞書甚喜的因挥之為叔遂言狀簡老命居
一船中戒無妻出供與極厚居歲餘忽聽船上哭
泣声皓潛覘之見一少婦縞素甚美與簡老相慰
其又簡老忽至皓處閒君婚未其有表妹嫁與甲
甲卒無子今無所歸可事君子皓官已達簡老表
養妹歸皓有女二人男一人猶在舟中簡老忽語
皓事已息君見嫉必無人議者可遊江誰乃贈百
餘千皓跪哭而別簡老尋皓所達者
皓在兒娶文嫁將四十餘年人無所知者適被老

吏言之不覺自媿不知君子嫁人之微也　見蒋司
徒說之也

大曆末禪師玄覽住荊州陟岵寺道高有風韻人
不可得而觀張璪常畫古松於齋壁得蔡讚之衛
象詩之亦一時三絕覽悉加堊焉人問其故曰无
事亦吾堂也僧邺即其甥為寺之患發尾深
培畫鳥覽未嘗有弟子義詮布衣一食默亦不
稱或怪之乃題詩於竹曰大海從魚躍長空任鳥
飛忽一夕有梵僧掖户而進曰和尚遠依道場覽
言有為之事吾未嘗作僧熟視而出反手闔戶門

尚莫舊勢夾謂左右吾將歸歟遂遽浴訖已趺隱
枕而化
馬操射生曰旣立勳業顏自於伐常有頎色之意
故老乃先著讒言至今為善我土非之當時有揾其
意老方異其服色謂之馬遽見因請達左
月餘方異其服色謂之馬遽見因請達左
右曰公相非其人臣然小有未通處當诘言
千万者可以通之馬初不實之言善相馬遽
手正謂公也馬不聽之始感即為其肪至齋廚及具
不自取也馬不聽之始感即為其肪至齋廚及具

唐叚少卿酉陽雜俎卷之□

詠馬容一去一乃復知之馬病劇方海之□

唐段少卿酉陽雜俎卷之十三

冥跡

魏韋英卒後妻梁氏嫁向子集嫁日英歸至庭呼
曰阿梁卿忘我耶子集撫張弓射之即變為桃人
亭馬

清河崔羅什弱冠有令望被徵詣州夜經於此忽
見朱門粉壁樓臺相望俄有一青衣出語什曰
郎頤見崔郎什忙然下馬入兩重門內有一青衣
通問引前什曰行李之中忽蒙厚命

宜深入青衣曰女郎平陵劉府君之妻侍中吳質
之女府君先行故欲相見什遂前入就坐其女
在戶東立與什溫凉室內二婢秉燭呼一婢令以
玉夾膝置什前什茅有才藻有風詠雖諸嘉君吟
人亦惬心好也女曰此見崔郎息媽廷綺嘉君等
嘯故欲一叙玉顏什遂問曰家風詠多不能備
什乃更論漢魏大事悉與規史符合言多不能備
公為元城令然否女曰狂夫劉孔才之
載什曰貴夫劉氏頎皆其名女曰狂夫劉孔才之
第二子名瑤子什違此有罪被攝仍去不返什乃

下冊辭出女曰從此十年當更相逢什遂以珉現
籍留之女以指上玉環贈什什屈歷下以
顏乃見一大眾什偈歷下以為不祥遂囑僧為齋
以環布施天統末什為王事所牽葬河堤於垣家
遂於墓下話斯事於濟南朱叔布因下淚曰今歲
曹為郡里推重及死元不傷嘆
南巨川常識判具著張叔言因撰續神異記具載
其靈驗叔言判冥鬼十人十人數內兩人是婦人

又烏龜抓亦判寅
于襄陽在鎮時選人劉其入京逢一車人年二十
許言語明晤同行數里意甚相得因藉章劉有酒
傾數盂曰暮舉人拍支延曰其弊止從此數里能
左顧乎劉許以程期舉人因賦詩流水消芹好
一日牙織烏愛飛客遲家荒村無人作寒食瓊宮
空對棠梨花至明旦劉歸襄州尋訪舉人瓊宮
存烏

顧況表一子年十七其子堤遊恍惚如夢不離其
家顧悲傷不已因作詩吟之且哭詩云若老人愛愛

子曰暮滋成血老人年七十不作多時別其子聽
之感慟因自舊忍若作人當再為顧家手經日如
被人執至一頭若縣吏者斷令託生復都無
所知忽覺心開目認其屋字兄弟親蒲側唯語
不得當其生也已後又不記年至七歲其兄批
非怪也即進士顏非焦成或常訪之涕泣為成式
言釋氏處胎經言亡人之住胎與此稍差

尸穸

近代喪禮初死內括而殯亡人衣後幅留之　又
內棺加蓋以肉飯黍酒着棺前操蓋叩棺呼亡者
名字言起食三度然後止
銘旌出門眾人製裂將去　　送亡人不可送草革
鐵物及銅磨鏡使亡者不可使見明也董勛
言禮弁服鼓鞞此用革也第一日
刻木為屋舍車馬奴婢抵靈等周之前用塗車芻靈
送亡者又以黃券蠟錢冥兒賚機紙跋挂樹之屬

象之
又忌狗見冥令有重喪
亡人坐上作堰衣謂之上天衣
送亡者不齋鏡在盞
篋鬼衣也絅人起度卿明衣起左伯桃挽歌起絥
做藥九謂之方相腦則方相或鬼物也前聖設官
絅壙四目日方傚掠實長房識李娥口
之塊蒢也一名辭衣被蘇藉如此一日往阻一日
世人死者育作伎樂名為樂喪明所以存亡者
又作纘車車古冢立婁似屏

謚故舊律姦冢弃市冢著重也言為藝子所重發
一重土則坐不頇物也
甲字矢貫弓也古者葬弁中野禮貫弓而吊以助
後親俗竟厚葬摧厚高大多用柏木兩邊作大洞
鍠鈕不問公私竟貴殘葬白油經縵輴享到素稍伏
打虜燕哭壺欲微兩朝傳吳挽歌無破聲亦小異
松京師馬
同禮方相氏皆圂彖南象好食亡者肝而畏虎與
栢墓上柏栢路口蓋石虎為此也

昔秦時陳倉人獵得獸若彘而不知名道逢二童
子曰此名弗述常在地中食死人腦欲殺之當以
柏插其首

遭喪婦人有面衣其齊已下婦人著蘭采莪得面衣
又婦人哭以扇掩面或有帷幄内哭者
漢平陵王豪冢多狐狐自穴出著皂毛上領衣
魏末有人至孤穴簡得金刀鐶玉唾壺
身丘縣東北有齊景公墓近世有人開之下三
丈石面中得一鵝鵝廻轉翅以擽石復下入一丈
便有青氣上騰望之如陶煙飛鳥遇之輙墮死

不敢入
元親時善掘寺塔多遷多葬冢取塼得一人自言
姓崔名油字子洪在地下十二年如醉人時復遊
行不甚辨了晨日及水火兵刃常走避極則止洛
陽奉洛里多賣送死之具油言作插棺莫依桑根
吾地下見發冢兵一思稱是柏插主者曰雖是柏
插乃桑根也
南朝魏卒贈子者以密廡若駱蟬者以爲代之稷
者必書
完實大臣家墓掘杙題其官號姓名五品以上漆
水經言諸王句踐執熱塊郊欲移元元曰當來家巾

柏六品已下但得漆棺
南陽縣民蘇掘女厄三年自開棺遷家言夫將軍
事赤小一豆黄一豆死有持此二豆一石著黛復作莅
又言可用捧不爲捐
劉叟判官李勉莊在高陵在客題欠祖錄損五六
年蚫困官罷勸在方欲勘黃見蠢蠢韓尚末
平蜕凝周悉曰其作端公在客二三年矣又爲資
近開一古冢冢西去莊十里椒高大入松林二百
步方至墓倒者碑斷倒重中字麂滅末可讀切
帝逆數十文遷一石門回以鐵汁累日浮黛決之

方開闢時氣出如雨射殺數人衆懼欲出共審無
池山峨闢耳乃令投石其中每投輙聞有人聲
石莊前不復發因別炬而入至開鐶一重門有火人
數十張目匪劒又揚戈以擊衆以捧之兵伏悉落
四壁各置兵衛之豪南發有大漆棺懸以鐵索冢
下金玉煥燦揆誰措殺懷末即撫之指兩角忽陷
風起有沙出須臾沒人面須吏風吉沒出沒遂役
膝氣籠馬恐走此出門已塞矣一人後一日馬泥埋
死乃同醉地謝之莊吏大驚懃
水經言越王句踐執熱塊郊欲移元元曰當來家巾

同生飛以射人人不得近遂止摋其儀將作營
陵地內方石外妙演戶交撞莫耶設伏弩伏火弓
矢與妙童吾制有其撞也　又侯白旋異記曰作
言監發白芽家棺內大乳如雷野雉憊雛穿內火
起飛道赫遂盜破燒死得非伏火乎
永泰初有王生者住在楊州茅戚寺此夏月被酒
前舉毛荷墜跣身凬射將率之忽有巨手出于牀
手垂于牀其妻恐凬射將率之不見其家併力掀之不
禁地如裂狀初餘衣帶項亦不見其家併力掀之
深二丈許得枯骸一具已如數百年者竟不知何

怪
近淮元和中有百姓耕地地陷乃古墓也棺中得
棍五十腰
處士鄭賓于言容河北有村正妻新死未殮日
暮其兒女忽覺有樂聲漸近至庭宇屍已動英又
入房如在梁押門扇而表貴家忽起繞樂喜復出充
門隨樂聲而表貴家忽帽明月黑亦不敢逐一
更村正方歸知之刀折一棄被酒大困旋一
之入墓林約五六里得聞樂聲在一柏林上及近
掛搨下有火熒熒衆屍方舞英村正舉杖擊之屍

倒樂聲亦住遂頹屍而反
曾僧行儒荒福州有弘濟上人齊戒清苦常於妙
岸得一顱骨遂貯衣藍中遇寺齋日忽厭中有物
蟻其耳以手撥之應聲如數升物聲其顱骨所為
半有火如雞卵決為六片零置尾潛中弘濟貴日亦
也及明果墮在林下遂破為六片零置尾潛中弘濟貴日亦
能求生人天殂朽骨何也於是怪絕
近有盜發蜀先主墓先主與兩人裹
對碁侍衛十餘人盜數人齊見兩人裹
各歡以一杖兼乞與王腰帶數條命遽出盜至外

唐段少卿酉陽雜俎卷之十三

口已紫矣帶乃巨蛇也視其穴已如舊矣

唐段少卿酉陽雜俎卷之十四

諾臯記上

夫度朔司刑可以治魅　情祆澤禁可以著於正視　感通有生畫幻過非和變及聖人定爽蔡之武立　禍福蒼垣觀姿窕姝而兩會襪之武在乎　亶下之駒非昼廷迩遠言之薜正乎九泰之言鄉　雷下之駒不謁人在觀聽之時　寶童恭此之亂當有道　電不謁人不主之主而已成　或用覽展代鱗有曉言風波不足以辯　所記題曰諾臯記待賴副僅其言風波不足以辯

太一君諱鵬天秋万二千　天奪龍鵬旡堅守劉渴瀘陽人少不鸞　改遘雜用一　白神盛二四鑒之黃天劉會貿鵝每欲　殺之白覆佛以戰馭巨帝　有逐一相之照避設賓主乃駈驕天翁東白龍　拆象登夫天翁兼餘龍道之不及堅既到名官易　百官枉藻北門對白厝為上卿侯政白爸之俻不　確於下上劉論夫治邦殂巫作笑堅應之以劉　公肖為太山太守其小兒之籍

牛五歲重三千斤

此斗魁第一星神名執報曰陰第二星曰旰諡第三　星曰覩金第四星曰拒理第五星曰防伿第六　星曰關寶第七星曰招摇朔曰　東王公蓴僴字君明　天下求育人民時秋二万六　子石偏雜色經緺長六丈六尺從女九十以丁亥　日砒　西王毋姓楊諱回　冷毫侖四北闓以丁五日砒一　曰嫻衿

九州之勢質七卑之劉然地之　岊嶗之城帝之下部有神所在也　大荒中有靈山有主亟咸曰即盻盼姬虹礼恇　羅從此升降　天山有神是為渾沌状如虛而兒其光六足　重翼無面目是識唁齊歌其實氣連紅江那天婁　争神帝渞其日是　常半山仍以水朋為目膉為口　操技而鐸鶥

黃竹宮用紫涑縕雁天神下趍流兵上躕嚚七十　抄技作雜女三百人一曰瀧鷄　神用万二千

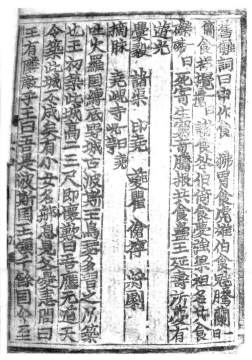

將欲斬之因曰吾朝軍龍雖知吾有神力遂吒龍

龍驚起化為師子王吒師子王怖作雷聲騰空

至城比二十里王謂龍言汝不肯當與王乗欲有所

王神方乃作人語曰勿殺我當與王乗欲有所

向隨心即至王斬之後龍怒變為毒龍而行

一集訴至見其妹蘇實妃乳上有薔金香

乾陁國昔有王神勇多謀討諸

國所向慈降至五天竺國得上細蘇三條自留一

手印訴至王見驚恐謂妃曰汝忽著此手訴之處何

也妃言向王所賜之蘇王怒問藏臣藏曰蘇本

有吳非臣之咎王追商者問之商言南天竺國婆

陁婆恨王有宿願每年所賦細蘇並重疊搵少

即以萬苦得入衣之手印當乳至令左右披之皆如

雖有王名發藏緊目乎千万更手印悉透天夫衣之手

手足無以寢食乃遣使就南天竺商家毀陁婆恨王

商者言王因印飯曰王不以劔裁婆陁婆恨王

染緑金絎於目笶陁婆恨先無王必恨以金為馬去南詐

毀上尼統領歆費王於瀕瀜瓷史鑄金人來西伽色伽

共國共功懊喫其王於瀕瀜瓷史鑄金人來西伽色伽

王如其偽且持神力因斫金人之手尺婆陁婆恨

王於瀕瀜以手足亦向詣也

齊那揳盧山上有古鐵鎖大如人臂纏絞共末乗埋

得還山許掣牽之有聲出於山上人常纏此山以求雨俗

相傳本海中山神龍所絞故海神鎖之今

太原郡東有鑪山天旱土人常燃此山以求雨雨

求於此矣

華木注是漆頭水色方圓百餘步常沸涌時有

人以竿刺之水氣方圓百餘步常沸涌時有

山上多金

父墜專死

荊州永豐縣東鄉黒鼠里有臥石一長九尺六寸其形

以人

置廼隨複去乃累甓緒之然後各有所得流錢窖

諮此水忽然自側有蝓出如流沙迴縈之手並滿

見於池本長九

濟南一日永瓮穴口傍義熙十二年青兒墨

以人剪塵逃出如流沙迴縈之手並滿

一腑經可五寸許瀹藝之吾近遭翻蟲食逐肇掌得車

方銅專以鍾每甓之

一腑徑可五寸許藝蕈六輔逐肇掌得車

（上右）

黃犢狀如常犢子時洗敬一領守固兩腿承得車脚
鐵行時曾晉人敬伯欲渡竟不知所終社
虎窟山頳傳燕堯平中諸南上守胡諯於此山窟
得白虎因名馬
烏山下無水魏夫人有人攝井五丈得一石通函中
得一盦大如馬蹄積癸五枚於函傍復攝三丈遇
盤石下有水流涸涸然遂擊之啓函寶求出諯甚興低
有一紅鮒在而上匠文覘如上得一升永返返刻
字曰吳人亦烏二年八月十日武曰王子義之銘
子原縣西十里曹有杜林堯撫六上亦有盦敬伯

（上左）

夜中忽大水蓂村供沒雖敬伯呈一攝蘇兩號着
無沱溫暴其年宋武帝滅燕敬伯年二年
此刀書敬伯辟出以一刀子贈敬伯還至杜林中而仪衣物
坐水精粉後函開書曰裕其起愍傳喬者曾盡圓服
目以入水中容獄宏麗見一金閣年可八九十
敬伯從之景見人同入敬伯懼宗其人入出
敬伯但於社林中取源遇長白羣吾爲運之仍
也令吾通問於諸伯今源遇長白羣吾爲運之仍
者家於長白山有人寄敬伯一函畫言我吳江使

（下右）

岸敬伯下看之狀乃是一大蟹焉曰也敬伯死刀
子亦夫出傳杜林下有阿伯家
臨諸有妬爲婦淮梢傳言晉大妬中劉伯玉妻段氏
字明光姓如此吾無旣伯正常於諯讀洛神賦曰君
死後七日喜夢語伯玉曰君本顧神吾今得爲神婦
而欲輕我吾死何愁不爲水神其夜乃自沈而死
也姿媽得如此吾無旣伯玉君阿其夜乃自沈凌神水有婦
津者貴撝衣拄粧然後敢濟不敢渡水渡河
雜莊餅而波其神恋不妬也婦人渡河无風波諡者

（下左）

以爲已函不敢水柿姡媚諑正無不嘗有此形
容次塞哦哦立披晉人諬曰皆目敏永妬嬈花牌口
嬈立水蛇胡眠自彰
寶道龍義盛中華車山行老有一人烏衣勤上車
言寄載頭上有光曰皆高披毛行十里而去
臨剝諆施曰家吳姓陳大將軍愿仆相容圓郵鼎
言曰薩安山吳與有人行可二十日遂重公姓謝死
曰百年蒙諺可早還不尓燒
一友火燒渠焚圓猪烏毛捕地結宅周西毁重
銀璪一雙

雪矣行數百里忽　風四起雪花如拳暴風激小海
水成冰柱起而復攤經半日小海漲邊四万人一
時凍死靴黃漢各一人得還具妻玄宗大驚異即
令中使追二人驗之至小海側冰猶峰嶂如山脯即
冰見兵士屍立者坐者鑿瀓可載中使將返冰忽
消釋衆屍亦不復見

郭代公嘗山居中夜有人面如盤瞋目出於燈下
公了無懼色徐染翰題其顙曰久戍人偏老長征
馬不肥公之警句也題畢吟之其物遂滅詩曰公
隨焦闊步見巨木上有白耳大如數斗所題句在

馬
大曆中有士人莊在渭南遷家於京妻柳氏因
莊居一子年十一二歲夜出忽怖不眠三更
後忽見一老人白衣兩牙出吻外瞪視之良久漸
近床前訴曰飢甚柳氏驚因起其喉咬然有聲衣
手碎擢食之須臾骨肉五藏皆盡老人
口大如簸箕子方叫一無所見蜂兒數月後
肚首面柳氏以扇擊隨地乃胡桃也柳氏遽取骸
亦無他士人祥齋中迄長幼如拳如桃驚顧之際已如盤矣暴

然分為兩角空中唧唧轉聲如分蜂忽合於柳氏首
柳氏碎首商著于闘其物因飛去竟不知何怪也
公訪尋之一如賈言自市至野二百餘里映大眾
而滅道逢五標表慈石經信而返賈大喜令軍健
數百人具畚鍤與二將偕往其所因發慈脈伴栗

人謂曰今歲荒旱秋稼盡槁賈玄名大將二
人死軍州延不足辭賈矣曰君可屠為糧也皆言
當有兩騎衣緋所乘馬著茭縣吏出城君
苟利軍州備州頌肉大旱秋稼盡槁皆言
數千万斛人莫不之測

胡珣為虢州時羈人殺得鹿重二百八十斤蹄下
賈銅鐸鐶上有篆字博物不能藏之
博士立謙歡汝州梁縣五十年前村人失其女數
藏忽自歸言初被物弄将中華去候正一願及明乃
在古芳中見美文夫謂曰我天人分合得遂為妻
自有年限勿生疑懼且戒其不竅分也日兩乃下
取食有時炙餌熟礫礰耳如駈寫至地乃復見人
騰空如飛火燄藍鶴
亦驚怖汗洽其物返責曰尒固竊我我實野又典

亦有緣終不害尒尒丈夫秦惠謝曰我既為君妻豈有
惡乎二君既靈異何不居人間使我時見父母乎其
物言我輩罪業感與人雜迥也則瘦瘠作今形跡已
露任公慇觀不久當尒歸也其塔去人居止甚近
女常下視其物在空中不能化形至地方與人雜
或有白衣塵中者其物欻手側避或見扰其頭嘖
其面者行人悉若不見及歸女問之而見君衙中
有敬之者有戲狎之者何也物欻曰世有觱牛肉
者子得而歙之或遇忠直孝養釋道守戒律法籙
者善誤犯之當為天譴又經年忽悲泣語安緣已

盡候風雨送尒歸曰挼一青石大如雞卵言至家
可磨此服之能下毒瘀後一夕風雷其物遂持女
曰可去矣如釋氏言屈仲臂頃已至其家墜之庭
中其母田釐石歙之下物如青泥斗餘
李公佐大厯中在廬州有書吏王庚請假歸行
郭外忽值引關可群吏遽驚大樹蔭之且怪此
無馬官也導騎後一人紫衣徹如節使後有車
一乘方渡水御軺者朱衣斷紫衣者言撿薄
遂見某吏葉簿同合取廬州張某妻養筋乃
卄姨之娥也頗初受迥持兩派向物各長數尺乃

渡水而去至家娥尚無恙經宿忽患背痛中日而
卒
元和初有一士人失姓字因醉卧所中及醒見古
屏上婦人等悉於牀前踏歌云長安女兒踏春
陽無處春陽不斷腸舞袖弓腰渾忘卻蛾眉空帶
九秋霜其中雙鬟者問曰如何是弓腰歌者笑曰
汝不見我作弓腰乎乃反首仰地腰勢如規焉
士人驚懼因叱之忽然上屏亦无其他
鄭相在澤州有龍興寺僧智圓善持勑剪諸高絕
制邪理痛多著効曰有數十人候門智圓願高稍

倦鄭公頗歎之因求住城東陳地鄭公為起草屋
種植有沙弥行者各一人居之歲年眠曰智圓向
陽科脚甲有婦人布衣甚端麗至階作礼智圓還
整衣怪問弟子何由至此婦人因泣曰妻不幸夫
亡兩子幼小老母危病知和尚神咒助力乞加救
護智圓曰貧道本歇城隍嗖啾薰煩於招謝弟子
母病可就此為加持也婦人優婓三逡巡謝且言母
病劇不可舉扶智圓赤衰兩許之乃言徑此向北
二十餘里至一村之側近有魯家庄但訪病無而
所居迎智圓諸朝如言行二十餘里歷訪悉無而

返来日婦人瘧垂僧賣曰賈道昨日遠赴約何差
謬如此婦人喜已去和尚所止廬二三里耳和尚
慈悲必為再徃僧恐曰我滔菱善今誓不出婦人
乃告高曰慈悲何在耶今事演去因上階牽僧臂
驚迫亦疑其非人枕惚間以刀子割之婦人遂倒
乃沙弥懼中刀流血而死矣僧忙跛遠與行者沙弥
於飯甕下乃智圓和尚蘭若沙弥之父欲然之
其家遠在田有人皂衣捐撲乞㯯於田中村人訪
其所由乃言居近智圓和尚蘭若沙弥所為也沙弥
訪其子耗其人請問具寺光寺蘭魃所為也

父母盡皆號哭詣僧繡緤焉其父乃鐵索而獲
即訴于官鄭公大駭徑求盜吏細按意其必寃也
僧具陳狀賣道宿償有死而已披者亦已死論僧
求假七日令待念為將来賣糧鄭公良而許之僧
沐浴說壇急叩契摟考其卷凡三夕婦人見於
壇上言我其類不少所求必稱遂必智圓懇為破除沙
弥且在能為普不捧念必稱還此智圓和尚為說普
僧人喜曰沙弥在城南某村戲里古立中僧言於
宣吏用其言尋之沙弥果在神巳癔矣發沙弥於
中乃葵蕭也僧撥得靈頁是絕珠寶不復道一㷊

元和初洛陽村百姓王清備力得錢五鑼因買田
畔一枯栗掘特為薪斫求利經宿為鄰人盗所創
及腹忽有黑蛇螫首如臂人語曰我王清本也汝
勿斫其人驚懼失斤而走及明王清舉子孫新之
復掘其報之下得大甕二散鐵賣之之王清因是獲
利而歸十餘年巳冨遂甓形龍號王清本
元和中蘇湛遊遶鵲山曩㧻大境無遺住忽謂
妻曰我行山中靚倒崖有光鏡必靈境也明日將
挍之今與卿訣妻子號泣止之不得及明䖾行妻
止也

子領英姤潛隨之入山數十里遙望巖有白光圓
明徑丈蘇遶逼之之緣及其光長對一声妻兒遽前
救之身如蛋矢有蜘蛛黑色大如鑼鐵走集若
燒其崖鬼益一山中靚傳裴旻脳陷而死妻乃積紫
奴少利刀夬其網方斷蘇巳
絲如疋布將及旻旻引弓射殺之大如車輪因断
其絲數尺收之一部下有金創着即方寸黑血立

唐段少卿酉陽雜俎卷之十五

諾皋記下

和州劉錄事者大曆中罷官居于州旁縣食蕪荑數
人尤能食繪常言宗秀膾呂客乃縷魚百
餘斤會於野亭觀其下筋初食繪數豐忽
出一骨珠子大如黑豆乃實於茶甌中以疊壓之
食未半徑覆甌傾側劉牽視之向者骨珠已要略
寸如入水座客竟觀之隨視而長頭剌長及人逐
挼劉因歐流血良久各散走一人乃劉也神已癡矣
之左偶及後門相觸轟成一人乃劉也神已癡矣

羊日方能言訪其所以曾矢背自是惡繪馮垣著一
常有疾嘗食憂地酒脈之初脈一瓷子疾減半又
令家人國中執一蛇投甕中封閉七日及開地罐
出牽首尺餘出門因矢所在其過晦地嘖延數寸
陸絲郎中又言嘗記一人彼蛇酒前後殺蛇數十
頭一日自臨羅窺酒有物跳出甕羅其鼻將落視之
乃蛇頭骨因嘗毀其鼻如剝焉
有陳朴元和中住崇賢里比衍大門外有大槐樹
補闕黃晉從倚樹外見若婦人又孤六老烏之頬
雜入樹中逐伐視之樹三撧一撧空中一撧有獨

有公主憂中過見有姓方及令從娛以釁稜拭就
井承永誤踵挽經月餘出於渭河
東平末用兵青姜人孟不繫客畋義徒至一堺方
以濯足有擲緇青張評事者僕從數十孟欲求濯
張撥酒初不顧孟因就西間張連呼驛吏莫應煎
餅孟黙然窺之且怒其傲良久煎餅見一黑
物如猪隨盤至灯影而立如此五六返張竟不察
孟因恐懼死賭張尋大斲至三更後孟偏序中拳
見一人皂衣与張角力久乃相摔入東偏房張
走如枵一餉間張被髮徒裎袒而出還寢沐上八

粟一百二十一撧中被一死晃長尺餘 [李鼎祚]
僧元可言近傳有白將軍者當挼曲江洗馬之忽
挑出驚走前足有物色白如衣帶縈繞延遶令
鮮之血流數升白異之遽封紙貼中藏袋箱內一
日送客至滻水出示諸客之曰盂以水試之白以
鞭築地成竅置虫於中沃盂其上少頃虫蠕蠕如
長蚓中滻湧沒自盤若一帋有黑氣如香煙徑
出螯外衆懼恩龍也遽犇未數里風雨物至大
果數聲
景公寺前樹甲齒有巨井俗呼為八角井元和初

更張乃喚僕使張燭巾櫛就盂曰其昨醉中都不
知秀才同一廳因命僕談咲甚惆時時小声曰昨夜
甚慚虔著乞□言此盂唯二複曰公有程頃早
發秀才可先此遂摸中得金一挺授曰薄飢乞
蜜前盡盂不敢辭即為前去行數日方聽搜人
賊盂詢諸道路皆回淄青張齊事至其驛早發遲
明空鞍失所在驛更迓至驛西閣中有席
角蔑之白骨而已先相得此蔑憎盂也地上滴血无餘
惟一巹遺在旁相得此蔑憎盂竟不知何怪主人
祝元曆常言親見盂不疑記每二誡走食必頃發

祭也祝又言盂素不信釋氏頗能詩其句云自日
故鄉遠青山佳句中後常持念遂覽不復應辛
劉擴中常抡京近縣庄居常妻病重丞一夕自眠
人病唯我能理何不祈我劉素剛咄之姥徐戲手
忽有婦入白首長繞三尺自燈影中出謂劉曰夫
曰勿悔我已復出劉指之坐乃密茶一甌向口如呢
祝之言已復出劉指之坐乃密妻殽殆將卒劉不得已
狀顧命濼夫人茶繞入口痛食後時二輒出家人
亦不之懼經年復謂劉曰人鬼略殊固難遂所託姥曰非
求一佳婿劉笑曰人鬼略殊固難遂所託姥曰非

求人也但為刻桐未為邪搨上者則為佳矣劉許
諾因為具之經宿木人決矢又調劉曰無煩主人
以枕抵之曰若慧欷如此擾人姥隨挑而滅妻遂
作鋪公鋪母若可其夫我自具車輪奉迎劉心計
疾發劉專男女群處之不復與妻竟以心痛
卒劉妹復病心痛劉欲徒居一句物膠著其妻輕
若復延此亦不至迎道流上童斗僧持呢恧不葋
劉常暇日藥乃其婦小碧自外來孟手緩步大言
劉四頃憶日昔死饒師斷咽日省躬近從泰山回
略逢飛天野又費賢妹心肝我亦奪手因事袖二
十需二有物在欄彷彿有所命曰可為安置又竟由
□風止衡丰蜡食堂中乃上壇對劉坐間存發教

視死言妻至一堂蝶距如王公家列
劉至二廳朱紫蒼龍燭列迎置客供帳之盛如王公家引
朱門崇墉龍燭列迎置客供帳之盛如王公家引
至曰主人可往劉與妻各登其車馬至黑至一慶
无奈何亦許至一日遇兩首僕馬車乘至門姥亦
數十存殁相諧各半但拥視而已及五更劉与妻
呪惚聞卻還至家如醉醒十不記其一二矣經數

【右上】

平生事劉与杜此郎同年及第有分其婢立不止

語死不肯也頃日我有事不因又留執劉乎嗚咽

劉亦悲不自勝婢忽然而倒及蓋一瓮所記其妹

亦自此死矣

臨川郡南城縣令戴察初質宅於館娃坊日与

弟閑坐廳中忽聽婢人聚笑声或近或遠忽頗異

之突声漸近忽見婦人數十散在廳前俄候忽示見

如是累日察不知所為應階前挓梨樹六合抱意如

其為禪因伐之掘下有石露如泥揭之轉闊勢如

嶽形乃火上次臨鑿深五六尺不達忽見婦人鏡

【左上】

坑狐學大笑有頭共牽啓入坑掘於石上一家瞥

懼之際人勸哭啓獨大笑啓亦随出啓換出又失其

啓家人勸哭啓獨不哭曰他亦甚快活何用出也

乃入地載辰牙曾令家人汲水重不可轉數入助出之

獨狐辰牙曾令家人汲水重不可轉墜汲者竟得席帽挂

於庭樹每雨欣溜雨處頻生黄菌

有史秀才於兀和中曾与道流連華下山時暑還

一小瀆忽有一葉大如掌紅潤可愛随流而下入

獨撲得真懷中坐食頃頃襟中漸覺潛起觀之

【左下】

子死一粒重者真臨壇之半如界馬固謁巫師地獄

之亦无地馬

當蕭一名山髁神異經作㷎

眈一名山䠁一名波媛日一名永嘉郡記作山

名曜一名飛龍如鵂青色亦曰猫肉一名熱肉一

名曜一名澀肉一名葉六如玉斗

器備以土壁赤白相間狀如�侯犯著能俊虎言

人燒人盧舍徃言山蒲

伍相奴或擾人畜於伍胡廟多巴蜀謁一姓姚二

姓王三姓汪昔值洪水食都攔皮鹽死心為烏都

皮曰為猪都婦女為人獭餉一曰都左腕下有錘

【右下】

葉上鱗起葉粟而動史驚懼弄投白象人此

必龍也可速去也瀆吏赫中自煙生孫於一谷中

下山未半風雷大至

史論作將軍時忽資異所居房中有光異之因与

妻遍索房中且无光現一日妻早梳開奩盒中忽

有五色龜大如錢吐五色氣孫論一聖後常食之

工部貞外即鄭閉封言舊庄城東狗之養猪記經功

怖作芙蓉視之斷數斗悉躍出殿地着壁驚叫曰

不至乃率莊客揹揚豢之高未數尺次者墻向若攣

怪西常葉墻於大歲上一夕盡崩且意其崔基功

[上段 右]

叩閒三寸一分右脚死大指右手死三指在耳缺
右目盲在蝲根匿者名猪都在樹半可擊及者名
人都在樹尾者名鳥都其都禁有打土塵法山鵲法
拜北斗髑髏予隆則化為人年
生捕日於䏶塲縱犬逐之為業經年所殺百數
劉元暴為蔡州䔍州新破食曰一場狐暴經年所殺百數
其蹊南中多食其菜味如未芝寮表可為復強治
脚氣
舊說野狐名紫狐夜擊尾火出時為怪必藏髑髏

[上段 左]

發一斫狐數五六犬皆不敢逐狐亦不走劉大異
令訪犬將家購狗及監軍亦自誇巨犬至皆掉耳
環守之狐良久竄跡直上設廳穿臺盤出廳後及
城培俄失所在劉自是不復令捕狐術中有元狐別
行法言天狐九尾金色後於日月宮有符有離曰
可詞達陰陽
南中有獸名風狸眉長好羞見人輒低頭其
弱能理風疾術士多言風狸杖難得於醫形草南
人以二長繩繫於野處大樹下人匿於旁樹穴中
伺之三日後知旡人至乃於草中尋摸忽得一草

[下段 右]

蓬折士長尺許窺樹上有鳥集措之隨指而䰜因取
而食之人之入候其息到之去藜食之或不
乃則棄於箏中若不可卞當打之數有予肯為人
取有得之者禽獸隨指而䰜有所欲書指之如意
開成末永興坊百姓王乙掘井漸當并一文餘旡
水忽聽向下有人語及雞犬聲甚喧關近如隔壁并
匠懼不敢捆街司申金吾韋處仁將軍以事步
怪異不復泰遂令塞之掘井新求周春故事謁者
閤上得髑髏山本奉斯領徒七十二万人作陵鑿之
以喜程三十七歲固地中求泉奏曰已掘髑髏

[下段 左]

髮際眉間及賀有塵指缺赤色又𪑅乙曰可
乙就視見其妻辛身乙驚懼或亡所見夫婦
乙大驚因趣園中將辛身被研去裝異可速逐之
大和三年蕃州虞候景乙京西防秋迴失其妻又病
之不入曉之不燃叩之室室如下天新天曉狀柳
見裸童辛一仟器乙情忿將擊之慾蓬裸妻自
繞相見遠言我辛身乙妻身物長大人徐狀如嬰
乳二升沃於園中所見物輒飛生為人逶妻
師其平乳致旡因為所訟真甫選其辛身而旡君

則死矣

大和末荊南松滋縣南有士人寄居親故莊中群
業初到之夕二更後方張燈臨案忽有小人纔半
寸巾袯束褐入門謂士人曰乍到望恩見主人當賓寶
其戶大怒以筆擲之入門謂士人曰乍到望恩見主人當賓寶
覆視於書上士人不耐以筆擊之隨地叫噭聲呼
門而滅頃有婦人四五或老或少皆長一寸呼
責曰遠來體氣臨案忽有小人當賓寶
曰具官以君獨蓄敬故令即君言展且論精奧何疑
頻往齊輒致損害令可見真官其妾妻秦續如奏

如是年讀數士人士人悅娘若慶因謂四支瀾曰
其後曰夜不去將損次眼四五頭遂上其商士人
驚懼隨出門聚堂東窓邊見一門絕小如甁使入門
徽千散悉長寸餘入小門內見一入戲衣當殿陛下侍
往何若攷害非當殿斬乃見數十入悉持刀擁肩
迫之士人乃呼何物怪魅敢凌人如此復彼擋官名願
士人乃呼何物怪魅敢凌人如此復彼擋官名願
餘牛之乃曰正雜知令出不竟巳在小門
乃及婦書堂仰五要魂虧相續在及明覓其墓節

京宣平坊有官人夜歸入曲有賣油者張帽驅
駥不避導者搏之頭隨而落逐遂入一大宅門
人與之隨入至大槐樹下有大蟻臺如甕其門
之黜夜其樹根拍下有大蟻臺如甕其門
之黜夜其樹間拍下有大蟻臺如甕其中也
瓶嘔釘世盡巳涪燃蓋即驢脊羮葦錐乃油桶朱甬
許蓋其王也壞土如楷状士人衆蘇焚之後下乎
韱夫徽之深撥取有等富十餘和大蟻色赤長尺
斬有公長又来有官出入烏士人即字

沒入矣其家沽其油月餘怪其汹汗而幾及怪露
食者多如吃喎喎
陵州龍興寺僧惠恪不拘戒律壯勇力丑石曰好客往
来多依之常夜會僧十餘設飯餅二更有巳手
被煎餅敎校置其掌中躍家人所敢之及斷乃馬一
撥煎餅敎校置其掌中躍家人所斷乃馬一
之黜哀祈其声其功惠恪呼家人所斷乃馬一
羽也明日道其血跡出寺西南入溪至一巖鑄而
嶷恚悵率人發掘乃一坑礕石
開成初束市百姓喪父騎驢市買回行百步驢忽
乃及婦書堂仰五要魂虧

語曰我姓白名元通負君家力已足勿復騎我南
市賣兹家久我五十四百我又負君錢數示如之
今可賣我甚人之驚異即草行旋訪主賣之駒甚壯
報價只及五十諱兹行乃還五十四百四賣之兩
忘我夫常有物与我子得今何容偏因篤勿攘臂
得林搞一端戲与己子乳母乃怒曰小娘子成長
妻愛之与其子詢馬衣物飲食壽等忽一日妻偶
再三反覆主人之子一家驚怖遂牽之其子狀兒
鄆州闞司倉者家在荊州其女乳母鈕氏有一子
宿而死

長短正与乳母兒不下也妻知其怪謝之鈕氏渡
手斃擊之正當其腦瞥然反中門病鈕大怒詬曰
闇擊之正當其腦如舊失閾為灾祥喜令奴裝鑭
尒妬此勿悔闇知无可奈何与妻誶祈之怒方解
鈕至今尚在其家敬之如神更有事甚多矣
荊州慶士侯文玄常出郊開子荒爽上一及下跌傷
其肘瘡甚行教百步達一老人問何所苦也文玄
具其肘老人言偶有良藥可斣之十日不關與愈
文玄如其言反辭視之一臂遂落文玄兄弟五六
互病必出血月餘文玄兩髀忽病瘡六七棗小

者如揄錢大者如鐵宵入而至死不差時荊秀才
杜曎話此事於座客
許平山人言江左癸十年前有商人
如入面亦無它嘗商人戲滴酒口中其面亦赤以
物食之凡物必食食多甕膊肉肉瘢起凝胃中也
或不食之則一臂痹焉有善醫者教其歷試諸藥
金石草木悉与之至貝母其藥乃聚眉閉口商人
喜曰此藥必治也因以小簟簡繫其口灌之欷曰
成如逐愈
工部貟外張周封言乙年春拜掃假迴至湖城逆

旅說去年秋有河北軍將過此至郊外數里忽有
旋風如升器常起來馬前軍將以鞭擊之轉大遂
旋馬者驚起如植軍將耀下馬視之气見長教定
中有細綆如絶淺馬時馬立斷鳴軍將怒乃取佩
刀拂之風因散滅馬亦死軍將割馬腹視之腹中
亦无傷不知是何怪也

唐叚少卿酉陽雜俎卷之十五

唐段少卿酉陽雜俎卷之十六

廣動植之一并序

成式次天地間所化所產窮而旋成形者樊然矣
故山海經爾雅所不能究因捃前儒所著有草木
翁魚未列經史或經史已載專未悉者或接諸目
目簡編所无者作廣動植疏鑿於土墢丘陵之學也
菅曹不著論於火布懸黎撿於蠓蚋蟻蚓蠪不識
彭蚑劉綿誤呼荔挺至今可笑學者蓋容略子
撮敘羽篇生飛龍飛龍生鳳鳳生庶鳥
應龍生建馬建馬生麒麟麒麟生庶獸

蛟龍蛟龍生鯤鯁鯤鯁生建邪建邪生庶魚
潭生先龍先龍生玄黿玄黿生靈龜靈龜生庶龜
日馮生玄陽玄陽關玄關生鱗胎鱗胎生乾木乾木生
生庶木扷檡君若一日程君生玄玉玄玉生
醴泉醴泉生應黃應黃生華蓉華蓉生薑薑生藻藻
間生屈龍屈龍一日黃龍容華容華生黃生薑生
生浄草甲虫影伏羽虫躰伏　食草者多力而
愚食肉者勇毅而悍　齔齒者八竅而卵囓生咽醫
者九竅而胎生　無角者膏無前齒而不齕食而不
先後　食藥者有綠食土者不應食而不飲者蠶

蛇蟠向王鶄巢背太歲鵲代戊巳虎奮衝破乾掉
知末猩猩知往　鵲影抱擺薑声越　蟬化齊后
烏生扑宇撇子為越王頭壺蝼為拙頭　鵰
鴣鳴日向南不北間鳴懸壼虛繫頭一日
以二七為族粟累十二為寸　　　巨
人參廬廢生蘭長生為瑞　有實曰果又口在木
曰果　小麥忌戌大麥忌子　蒼萄蘿薜其為三
菜盂夏燕之　為頭殼外有毛石劫瘫節生花
木再花夏有雹李再花秋大霜　木無故堂
技盡向下又生又一尺至一丈自死皆凶
邑中

絡歲无為有寇郡中忽无烏者亡　雞无故
自飛去家有蠱難日中不下簾妻妾謀　蛇
交三年死蛇冬見寢室為急兵人夜卧無故失善
者鼠妖也屋柱禾死故生芝者亡
黑為賊黃為喜其形如人面者亡　財如牛馬者遠
後如龜蛇者因蚕耗　德及幽隱則此目魚至曰
生妄滕有制則白鷺棻樂　山上有蔥下有
山上有薤下有金山上有薑下有銅錫山有寶玉
禾旁技皆下垂　葛雒川嘗就上林令魚泉捉一
臣所上草木名二十餘種鄰人石璞就之水情
者朝

[우상 페이지]

飲而不食者蟬不飲不食者蜉蝣一口屬行
地屬絲行蜻蚓屬徙鳴蜩屬菶發皇翼鳴蛁蟧
股鳴業原胃鳴蜩三十日而死
官於孟津
鶴鵠向日飛鯢與鼠車鼇與移
角並相似
鳳雄鳴節雌鳴足行鳴曰喟孳
去水一魚二千斤為蛟武陽小魚一斤千頭
東海大魚膽子大如三斗盤桃支竹以四寸為
止鳴曰提挾麒麟世鳴曰養綏鼇无耳為雄神
和春鳴曰扶助夏鳴曰養綏鼇无耳為孳神
虎五指為䝙魚滿三百六十年則為蛟龍引飛

[우하 페이지]

皆遺棄語曰買魚得熊不如食菜靈去累世宅不
去劂魚頟浴鯉伊鮕貴於牛羊得合瀾蠵雖不
足蒙亦足以高攘柳扶留可以忘憂白馬甜
為之其雄声其雌音楽有鳳凰臺此鳳脚下物如
白石者鳳有時来儀候其所止慶摇深三尺有圓
石如卵正白服之安心神
榴一實直牛草木暉暉奮黄乱飛
孔雀釋氏書言孔雀因雷声而孕
鳳骨黒雄雌夕旦鳴各異黄帝使伶倫制十二篇
羽篇

[좌상 페이지]

鶴江淮謂舉鶴旋飛為鶴井鶴亦好旋飛必有風
雨人摘巢取鶴子六十里旱能舉飛薄霄激雨雨
為之散 烏鳴地上无好声人臨行烏鳴而前引
多主吉此舊占所不載 貞元四年陳許二州舉烏
飛入田緒李納境内衙木為城高至二三尺方一
餘里納緒惡而命爇之信宿如舊烏口皆流血
俗候烏為飛翅重天將雨
鵲巢中必有梁崔公妻在家時與妹珠戲於
後園見二鵲摘樂莫衣一木如筆管長尺餘安業
中銜巷不見 俗言見鵲上梁必貴 大曆八年軺
尾脫則足生 烏獸未及𪃷有為禽烏養子曰乳
曰蝘蝱 蝦蟆无腸 龜腸龜一曰屬於頭 蝌蚪
所生 𪃷不涎乳 蔡邕中以反舌為蝦蟆准南
螻蟈 兔吐子麂麑吐 科斗
子以蚤為蟻蝶詩義以蠹為蝗以薍乾鵲為
无兔鵠 江南謂日无狼馬 宋提以南无鳩鳩
朝末心方 蛇有水草木土四種 孔雀尾端一
寸名珠毛鶴左右脚第一指名矢瓜 蜀郡
一節木瓜一尺一百二十一節 木蘭去支不死
馬有四千五百種獸有二千四百種 鶉楚鳩為

陛下忽觀天尊殿有雙鵲銜柴又泥捕置巢壞一
十五處宰臣上表賀
貞元三年中書省梧桐樹上有鵲以泥為巢其
巢可襲狐魅
女各一投并中聲必來嘗班黑声大名胡鵞其尊
水月一日底舊說墻不入窒是非乏虚也取桐為男
鶅鵒孤白貉鼠之類藜覓之則毛脘或言鵞蓺於
有容足素者
崔繹氏書言崔沙生因浴沙塵受卵蜀吊烏山至
雒雀來飛最悲盲姓夜然火伺取之无噪不食似

特捧一日悲者以為岦則不然
鵒大理丞鄭復礼言波斯　言
數千里輒放一隻至家以為平安信
鸚鵡能飛眾鳥趾前三後
鳥下臉際上獨此鳥兩臉俱動如人目　玄宗時
有五色鸚鵡能言上令左右試　帝衣鳥輒瞋目
吐啁咙政府文學能延京輔鸚鵡篇以賛其車張燕
公有表賀稱為時樂鳥
杜鵑始陽相催而鳴先鳴者死常有人山行
見一舉寂然聊學其声即死初鳴先聽其声者主

離別回向上驪其声不祥厭之法當為火声應之
鵒鵒舊言可使取火劫人言滕鵒取其目睛和
人乳研滴眼中能見煙霄外物也
鵝濟南郡張公城西北有魏浦南興世有漁人居
水測常聽鵝之声衆中有登弈甚清亮候之見一
蝥蜦頸捿是羅得之頭上有銅金毀以銀鐶隱起
元鼎元年字
晉時常道鄉公令何潛之於縣界得烏夫如白鷺膝
上驛下自然有銅鏢貫之
鵒鵒魯言碎火灰藜於高搁生子冗中　衛其母翅

飛下養之
鵁拍傳鵁生三子一為鵰蕭宗張皇后專權每進
酒常實鵁腦酒雛唱語令人父醉健忘
異物天寶二年平盧有紫蚖食雀食之又醉健忘
頭為羣飛食之　開元二十三年摘關有蚄蛄虫
延八平州界亦有羣雀食之又開元中其州有赤
食禾有大白鳥九武觀華鳥隨噪之行營將狠日为
大曆八年大羣鳥數千小白鳥隨噪之食其虫
射獲之肉翅㹠南四尺延有瓜廣四尺三才狀類蝙
蝠又池州有白　頭鳥乳鴿鵒

王母使者齊郡函山有鳥足青嘴赤黃素翼絳頸
名王母使者黃漢武登此山得玉函長五寸帝下
山王函忽化為白鳥飛去世傳山上有王母藥函
常令鳥守之

綬鳥魚複縣南山有鳥大如鴝鵒羽色一日多
黑雜以黃白頭頰似雜有時出物長數寸丹采彪
炳形色類綬國名為綬鳥又食必蓄魚嚐膽前大
女斗憓䐔其嗉行每遠章木故一名避株鳥
鶹鵰䏿六雨向長一尺赤黃色受二升南人以為

酒杯也

菘節鳥四脇尾似鼠形如雀終海深谷中有之
老鶹泰中山谷間有鳥如烏色青黃閔翅好食煙
見人輒蟄落隱首究中常露身其聲如嬰兒啼
名老鶹

柴蒿京之近山有柴蒿鳥一頭有冠如戴勝大若野
雞
兆兆烏其聲自號正月以後作聲至五月節不知
所在其形似鴝鵒
蝦蟇護南山下有鳥名蝦蟇護多在田中頭有冠

色蒼足赤形似鷃鷃
夜行遊女一曰天帝女一名鈞星夜飛晝隱如鬼
神衣毛為飛鳥脫毛為婦人无子喜取人子倘前
有乳兒人鮐小兒衣不可露曬小兒衣亦不可露曬
毛落衣中當為鳥祟或以血點其衣為誌或言產
死者所化
兆車鳥相得此鳥昔有寸甫能救入魂一首為犬
所嗟泰中天陰有財有人聲如刀車鳴或言見水
難過也
白澤國謂之蒼鶹帝鵰書謂之逆鶹夫子工反所

見實層中國子四門助教史逸語成武常見裴瑜
所注爾雅言鵹黃鵹是九頭鳥也
細鳥漢武時畢勒國獻此細鳥以方尺玉為籠數百
頭狀如蠅聲如鴻鵠此國以候日因名候日虫集
宮人衣轉蒙愛幸
嗽金鳥出昆明國形如雀色黃常翺翔於海上魏
明帝時其國來獻此鳥飴以真珠及龜腦常吐金
屑如粟鑄之以為器服當入水為沈鳥所吐金為致
頊謂之辟寒金郁得帝王心不服辟寒鈿郁得帝王怜
服辟寒金郁得帝王心不服辟寒鈿郁得帝王怜

背明巢必對樹之南獻背明巢必對北武亦百變

毕嵐鳥出河西赤嵬鎮狀似烏而大飛翔於陣上
林中偶失勢控地不能自振及舉上廢黃昏出涼
鸚鵡狀如鴝鵒大趾似鼠未常見下地常止
亥不利

鶡鳥武周縣合火山山上有鶡鳥形類烏嘴赤如
丹一名赤嘴烏亦曰阿鵑鳥
訓胡惡鳥也鳴則後災應之
川也

桂地六牙牙生理必因雷声
治之

毛篇

師子釋氏書言獅子伯奇所化取其所踏皆絕
百澤博勞也相傳伯奇所化取其所踏故鞭小兒
能令武諸南人雖每有娠乳兒兒病如瘧唯鵰毛
西域有師子黑師子獅子
有師子尾掃夏月蠅納不敢侯其上
舊說藥合香師子
象舊說象性久識見其子皮必涕一枝重千斤
釋氏書言象七

又言龍象六十歲骨方足今荊地象色黑兩牙江
猎也
成亨三年周澄國進使上言詞伽國有自然木
毕四牙身運五足象之所在其主必豐以水洒牙
歛之愈疾請發棄迎取象胶隨四時在四眼春
在前左夏在前右如鱝死定莽也鼻端有爪可拾
針肉有十二般惟鼻是其本肉白言頂月
合棄宜置棄牙於棄苟之有群象過則為犬吉悲
暴報登高樹搏絕棄伺之南入言象如惡犬吉獵者
舉島弄吮呼循守不渡去或運五六日困倒其下因

古訓言象孕五歲始生
虎交而月暈仙入鄭思遠常騎虎故入許隱齒痛
求治鄭曰唯得虎威鬚及熱捕齒間即愈齒痛數
董與之因知虎威鬚遺治齒
骨灰之酒服令人能渡水出後食其肉令人躰虫
渣煞之耳後有兇薄如戟皮一剌而斃骨前小橫
解衣方食之虎威如乙字長一寸在脇兩旁皮內
尾端亦有之佩之臨官所愾媢虎衣
視一目放光一目看物獵人候而射之虎墜八地
成白石主小兒驚

馬虜 甲諸蘭馬五白馬也亦曰玉面諸真馬十三
歲馬也以十三歲巳下可以網禮舊禮馬戎馬八
尺田馬七尺駑馬六尺 瓜州飼馬以敦煌渾蜀
以茨其凉州以敦突渾蜀以秤草以嶺根飼馬
馬肥安比飼馬以沙蓬根飼馬
慈悒国恒幹国出好馬 馬四歲兩齒至二十
歲兩齒盡平 鬣名有輸胃外臭烏頭龍迴虎口
拊橋飼馬石灰泥檣汗而蔡門三事落駒 大食国馬解人語
在頸白馬黑毛鞍下腋下廻毛黃馬右膺白毛左右後廻毛
足白 馬四足黑目下橫毛黃馬曰暴旋毛在吻

後汗溝上通尾本目赤睫亂及反睫白馬黑目目
白却視壺不可騎夜眼名附蟬戶肝名懸蹄亦曰
雞舌緑袂方言以地黃甘草斂五十歲生三駒
牛北八牛瘦者多以地灌草口則為獨肝水牛有
獨肝者發人遂職牽希烈食之而死 相牛法歧
胡有壽鷹汪欲廣毫筋欲橫蹄後筋也常有声有
角也黃角冷有病旋毛在珠泉死壽睫亂鬭有
角偏肪主毛沙骨多有力兩射前良牛也觫肋難
養三歲二齒四歲四齒五歲六齒六歲以後每一
年接脊骨一節

第公所節牛陰兩屬頸陰虹贅筋白尾屬頸也
北蕾之先索国有泥師都二妻生四子一子化為
鴻遂委三子謂曰亦可讓古謂古楠牛也三子因
隨牛牛所襲襲慈咸兩睽 太原縣此有銀牛山蓬
達武二十一年有人臍白牛驥入因父詞語之
刀曰吾北海使將看人跡遺襲皆為驥也明年世祖封
尋至山上唯見牛跡遺襲襲皆為驥也明年世祖封
禪
鹿廣部即中腹紐弟為盧氏縣爾常觀鹿入穴忽
過鹿五六頭臨澗見入京龍毛班如畫陸陸肫入

不射同之飆者言此偶鹿也射之不能偽且復不
利陸不信遂之孫者不得巳一發矢鹿感肫前而去
及返舟著慶產捧左足
南康記云合浦有鹿額上戴科藤一枝四傍頁上
各一支庫之通天者必惡影常欲漏水當其渴時
人趁不復其理有倒插正掃腰鼓捭倒者一半巳
是其病察足角之理物似百物或云屋牛角漏者
下通正者一半巳上通腰鼓捭中斷不通故波斯
謂牙為白睛牟為黑睛成武門下闢入吳士皐常
戰于南海郡見朝主詆本国巫萊木山路多植

牛如迂武云犀前脚直常簡木而息本欄折則不
係起犀牛一名奴角有鵁𪚥必有犀也犀三毛一
孔劉孝標言犀墮甫埋之人以𪘏偽易之
驢性羞本蘭篇明則驢千里脚多誤作鳴字驢卧睡
不帖地屈足漏明則行千里
天鐵蘇高宗時加一日此葉國敕天鐵熊摘白象
師子狼大如狗奮色作声諸襄皆沸胿中筋大也
鴟卵有孔盃者薰之當令手臂舂或言狼筋如鐵
賜卵有孔盃者薰之冀烟直上煤穴周之或言狼則
狼視是雨物撰前足跡短毎行常滿雨襄夫狼則
搭中襄虫所作也狼直上煤穴周之或言狼筋如鐵

不能動故世言軍乘者稱猿撰
塚近世曾有人獨行拾野過𪚥數十頭其人容急
逐奔草積上有雨狼乃入穴中覓出一老狼
王以口拔數莖草積狼逐竟掘崩通獵者
𧤨之而兔其人相率掘此塚得狼百餘頭殺之疑
若狼即狽也
貂澤大如犬其膏宜利以手所承及於銅鐵毛器
中虵悉透以骨盛則不漏
嗅之大者重十斤狀似獺其頭身四支𧦈𣎟毛雄

送犀上高者脊全尾有毒𪘏廣一寸長三四忽忽獵得
若所刺不傷積嘗殺之不死乃火𦾹蕈之骨碎乃
無
黄晋一名唐已人見之不禪俗相傳食虎
香狸取其水道連襄以酒洗乾之其氣如𪘏
𧥧希有鹿雨頭食毒草是其脂也或謂鹿為郎
矢為希𧥧似黄狗青有常處其行遠不及其家
如云則以草塞其尻
猴撰蜀西南髙山上有物如猴狀長七尺名猴撰
一日馬化好病人妻髮時死皆頖之不姓𣎟蜀中

姓揚者往往撰𣎟
狒狒飲其血可以見鬼方蘷千斤𥂥報上兩𣎟額
狀如髮孫猴作人言如鳥声𧦈生死血可𥂥緋緤
可為髮𣎟說反蓮獵者言死𧥧𧤨嘗荷物𣎟建武
中髙城郡進雌雄二頭
在子者寛身人首𥂥之以蘷則鳴曰在子
六尾羊康居出大尾羊尾上旁廣重十斤一又僧
玄奘至西域大雪山高頛下有一村養羊大如驢
寶國出野青羊尾如𦾹色主人食之

唐段少卿酉陽雜俎卷之十六

唐段少卿酉陽雜俎卷之十七

廣動植之二

鱗介篇

龍頭上有一物如博山形名尺木龍無尺木不能昇天

井魚井魚腦有穴每翕水輒於腦穴慶出如飛泉散落海中舟人竟以空器貯之海水鹹苦腦水漸甜穴出反淡如泉水爲成式見說僧普一曰提勝說

異魚東海漁人言近獲魚長五六尺腸胃成胡鹿刀槊之狀或號秦皇魚

鯉脊中鱗一道每鱗有小黑點大者皆三十六鱗國朝律取得鯉魚即宜放卻不得號赤鯶公賣者杖六十

黃魚蜀中每歲黃魚天必陰雨

烏賊舊說名河伯度事小吏遇大魚輒放墨方數尺以混其身江東人或取墨書契以脫人財物善時如淡墨逾年字消唯空紙耳海人言昔秦王東遊棄算袋於海化爲此魚形如算袋兩帶極長

一說烏賊有碇遇風則虯蚪前一鬚下石

鮪魚凡諸魚欲産鮪魚輒舐其腹世謂之衆魚之...

母鮓魚章安縣出出入鮓腹子朝出索食暮還入母腹腹中容四子頰赤如金其鯁甚健鋼不能制俗呼爲河伯健兒鰕魚子驚則入母腹中

馬頭魚象浦有魚色黑長五尖餘腦如馬伺人水食人

印魚長一尺三寸頷上四方如印有字諸大魚應死者先以印封之

石班魚溜行儒言建州有石班魚廿與地芝南中多鵬蟾棄大如車常群蟄人土人取石班魚鹽蜂樹側灸之標於草上向日令魚聚落其口須臾

有鳥大如鷰數百互擊其背翠落如葉與亦全盡鰍魚如鮐四足長尾能上樹天旱輒含水上山以草葉覆身張口鳥來飲水因吸食之

兒峽中人食之先縛於樹鞭之身上白汗出如梅汁去此方可食不尒有毒

蠻雌當負雄而行漁者必得其雙南人列肆貴雄者少雨舊說過海輒相負於背高尺餘如帆乘風遊行今蠻帆成式荊州嘗得一枚至今閩嶺重鱟子...

守宮鱟十二足發可爲冠次於白角南人取其尾爲...

小如意也

飛魚朗山浪水有魚長一尺能飛飛即凌雲空息

歸潭底

溫泉中魚南人隨溪有三尊城之下溫泉中生小

魚

羊頭魚閬陵溪中有魚似羊俗呼為

鱐肉酒南郡東北有雞坑傳言魏景明中有人穿

井得魚大如鏡其夜河水溢入此坑中居人皆

為鱐魚焉

海蛆虫不再交者虎蛟與海蛸也

螺蚌鸚鵡螺如鸚鵡見之者出蚌當雷卢則蚌胎

蚌八月腹中有芒真珠芒也長寸許向東輪與

海神末輪不可食

善苑国出百足蟹長九尺四螯前煎為膠謂之螯膠

勝鳳喙膠也

平原郡貢糖蟹特於河間界每年生貢斷求火照

懸老夫肉蟹童若七闾即浮因取之一枚直百金

以匹蜜束於驛馬馳至於京

蟛蜞大者長尺餘兩螯至強八月能興虎闘虎不

隨大潮退殼一退一長

奔鮮奔鮮一名濁非魚非蚝大如舡長二三尺火色

如舡有兩乳在腹下雌雄陰陽類人取其子著岸

上聲如嬰兒啼頭上有孔通頭氣出嗽三作聲必

大風行者以為候相傳懶婦所化故然一頭得膏三

四斛取之燒燈照讀書紡績輒暗照歡樂之處則

明德異如龜入海捕之入必先祭又陳所取之

敘則自出因取之若不信則風波覆舡

蛤梨惟候風雨能以殼為翅飛

擁劍一螯極小以大者鬥小者食

寄居蟲似螺一頭小蟹一頭螺蛤也寄在殼間常

蟬未脫時名復育相傳言蛣蜣所化秀才韋絢日

蟬在壯時曲常含食中摘摘根見復有附於柝處悸

侯蝎螺一日開出食螺發合遂入殼中

牡蠣言牡非謂雄也介中唯牡蠣是鹹水結成

玉珧似蚌長二寸廣五寸殼中柱炙之如牛

頭胘項數九形似散蟦竟取主各作九九數滿

三百而潮至一日沙九

千人捉形似蟹大如錢殼甚固世夫極力裂之不

死俗言千人捉千人捉不死因名焉

之蚓入言蟬固朽木所化也劉固剖一視之腹中猶實爛木

蝶白蛺蝶尺蠖蠒所化也秀才顧非熊少時嘗見欝栖中壞綠裙幅旋化爲蝶工部員外郎張周封言百合花合之泥其隙經宿化爲大胡蝶

蟻秦中多巨黑蟻好鬪俗呼爲馬蟻次有色竊赤者細蟻中有黑者遲鈍力舉等身鐵有竊黃者最有兼弱之智成式兒戲時嘗以棘刺標蠅寘其來路此蟻觸之而返或去穴一尺或數寸纔入穴中者如索而出疑有声而相召也其行每六七有大首者間之整若隊伍至徙蠅時大首者或翼或殿如備異蟻狀也　元和中假居在長興里庭有一穴蟻形狀大如次竊赤者而色正黑腰節微赤首銳足高走最輕迅每生致蠖及小魚虫一日入穴輒壞埋穴蓋防其逸也自後徙居數歲更不復見此山人程宗乂乂一日云程執恭在易定野中蟻樓三尺餘

蜘蛛道士許象之言以盆覆寒食飯於暗室地上入夏悉化爲蜘蛛

蜈蚣綏安縣多蜈蚣大者兔尋能以氣吸兔一云大者能以氣吸小者吸蜥蜴相去三四尺骨肉自消

蠮螉成式書齋多此虫蓋好窠於書卷也或在筆管中祝声可聽有時開卷視之悉是小蜘蛛大如蠅虎旋以泥隔之時方知不獨負桑虫也

顛當成式書齋前每雨後多顛當窠秦人呼為顛當深如蚓穴網絲其中土蓋与地平大如榆莢常仰捍其蓋伺蠅蠖過輒翻蓋捕之纔入復閉与地一色並無絲隙可尋也其形似蜘蛛爾雅謂之王蛈蜴鬼谷子謂之蛈母秦中兒童戲曰顛當顛當牢守門蠮螉寇汝无處奔

蠅長安秋多蠅成式蠹書後日讀百家五卷頗爲所擾觸睫隱字驅不能已偶拂殺一焉細視之翼甚似蜩冠甚似蜂性察於腐嗜於酒肉按理首翼其類有蒼者声雄壯負金者声清聒其声在翼也青者能敗物巨者首如火或曰大麻蠅茅根所化也

壁魚補闕張周封言嘗見壁上白瓜子化爲白魚因知列子言朽瓜爲魚之義

蛣蟟草中有蛣蟟樹

天牛虫黑甲虫也長安夏中此虫或出於籬壁間必雨成式七度驗之皆應

異出溫會在江州與賓客看打魚遽子一人忽上
岸狂走溫間之但反手指背不逆語漆着色黑細
視之有物如黃葉大尺餘眼遍其上醫不可取溫
令燒之方澆每對一眼藏有嘴如釣漁子出血數
冷地申王有肉莢腹垂至骭毒出則以白練束之
至暑月常輒息不可過玄宗詔南方取冷地二條
賜之地長數尺色白不螫人執之冷如握水申王
腹有數約夏月實於約中子復覺煩暑
異蜂有蜂如蝶蜂稍大飛勁疾好圓戲鬪葉卷八

水蜜及藥欄中作窠成式嘗見蜜蜂專之海藻卷中
實以不潔或云將化為蜜也
白蜂窠成式循行里社第蔖園數試壬戌年有蜂
如麻子蜂膠土為窠於廳前管大如雞卵色正白
可愛家幸惡而壞之其冬果蠅易鐘子足命史言家
明帝惡言白問金樓子言子婚日挾風雪下幃幕
毒蜂嶺南者毒螫過夜明經兩而瘸化為巨蜂黑色
啄若鋸長三分餘夜入人耳輒斷人心繫
竹蜜蜂閩中有竹蜜蜂好於野竹上結窠之大如

雞子有蒂長尺許窠與蜜並細色可愛甘俗於常
蜜 水蛆南中水磧澗中多此蟲長寸餘色黑可食
深變為蟲螫人甚毒
水虫象浦其川諸有水虫撲水食船數十日船壞
色青赤肉覽者月持見於籬壁間俗云避役腳長
遊役南中名避役一日十二辰狀似蜥蜴腹
蟲甚微細
負子水虫也有子多負之
抱搶水虫也形如蛣蜣稍大腹下有刺似揦如揦
針螫人有毒

意事真首條忽重變為十二辰狀成式嘗見謝
嘗觀之
食膠出夏月食蛛蝥前腳傳之後腳直噬之內中
蜥蜴形如蟬其子好蝦看草葉采得其子則莫飛來
就之煎食辛而美
寬馬狀如促織稍大腳長好於寬圍俗言寬有
馬足食之兆
謝豹虢州有虫名謝豹嘗在深土中司馬裴沈云
常養坑覆之小頟斑鼍高圓如避見人以前兩腳
交覆首如羞狀能究地女戲鼠項刻深數尺或出

地聽謝豹鳥至則腦裂而死俗因名之
碎車蟲狀如蚓聊聊蒼色好掫高棚上其声如人吟
蒲於南有之 一本云滄州俗呼為播前太原有
大而黑者虫唧唧碎車别俗呼為沒鹽蟲也
雷蟄天如蚓以物觸之乃蹙縮圓轉若鞠良久引
首䖀形漸小後如蚓焉或云䖀人毒甚
予地頭䖀身入水緣樹木生嶺南南人謂之矛骨

黃欄稍觸則斷嘗趂剌剌不復動乃上蚓掫之良
又蚓化惟腹泥如縱有毒雞喫䡾死俗呼主蠱
古似書帶色類中黑䖀長二尺餘首如錐背上有黑

至利銅兎器貯浸出惟雞卵殼溫之所婦主妻膛
藍地有育大毒尾能觧毒出梧州陳家洞南人以
有合毒藥謂之藍藥人立死取尾為臘反觧毒
蝭鼠負虫巨者多化為蝭螗子多臭於背或嘗
見一蝭頭十餘子其色猶白繞如稻粒蝭上
朔地長十丈常吞鹿 消盡乃繞樹出嘗養卿時
肪腴甚美或以婦人衣投之則蝭而不起其膽上
旬近頭中間在心下旬近尾
見張希復言陳州古倉有蝭形如鐵殺人必死江

南舊无蝘閒元彻嘗有一其得於簷蟲嘗過江至今江
南往往而有俗呼為主薄蟲嘗為蝘所食以訴
䖀之蝘不復去䖀說云蝘可為蝘所殺蟲蝘前謂之
蠜䖀謂之䖀
虱䖀說虫飲赤龍所浴水則急虱惡水䖀人有
病虱者雖告衣冰浴不得已道士崔白言荆州秀
才張造嘗捫得兩頭虱有草生山呂嶺慶并去蟻
合蚓葉獨莖莖微赤髙二二尺名虱建草毒去蟻
虱有水行葉如菊生水中䖀小亦治虱
蝘荆州有帝師流法逋本委西人少共東天竺出

家言蝘虫腹下有芯字或角天下素者乃切利天
梵天乘者西域䡾其字作本天據法樓之今蝘虫
首有王字固自不可慢或言魚子變近之矣舊言
虫食穀者部吏所致侵魚百姓則虫食穀虫身黑
頭赤武吏也頭黑身赤儒吏也
野狐鼻涕螺蠕也俗呼為野狐鼻涕

唐段少卿酉陽雜俎卷之十八
廣動植之三
木篇
松今言兩粒五粒粒當言鬛成式脩竹里私第大
堂前有五鬛松兩根大財如碗甲子年結實味與
新羅南詔者不別五鬛松皮不鱗中使仇士良水
磑亭子在城東有兩鬛皮不鱗者又有七鬛者不
知自何而得俗謂孔雀松三鬛松也松命根遇石
則偃蓋不必千年也
竹竹花曰覆一曰𥰭 死曰箹六十年一易根則結實

枯死實落復生大如脚指腹中白幕闌一曰隔 狀如
湿麪將成竹而筒皮未落輒有細虫嚙之隕籜後
虫嚙處成赤跡似繡畫可愛
棘竹一名笆竹節皆有刺數十莖為叢南夷種以
為城卒不可攻或自崩根出大如酒瓮縱橫相承
狀如繰車食之落人齒
筋竹南方以為矛筍未成時堪為弩絃
百葉竹一枝百葉有毒
竹譜竹類有三十九
慈竹夏月經雨滴汁下地生蓐似鹿角色白食之

已刺也 異木大曆中成都百姓郭遠因樵獲瑞
木一莖理成字曰天下太平詔藏于秘閣
京西持國寺寺前有槐樹數株金監買一株令所
使巧工解之及入內迴工言木無他異金大嗟惋
令膠之曰此不堪矣但使尔知予工也及別理解
之每片一天王塔戟成就 都官陳脩古員外言
西川一縣不記名吏因換獄卒木薪之天尊形像
存焉
異樹婁約居常山居禪座有一野嫗手持一樹植
之於庭言此是蜻蜓樹歲久芬芳鬱茂有一鳥身

赤尾長常止息其上
異果贍披國有人牧羊千百餘頭有一羊離群忽
失所在至暮方歸形色鳴吼異常群羊異之明
日遂獨行主因隨之入一穴行五六里豁然明
朗花木皆非人間所有羊於一處食草草不可識
有果作黃金色牧羊人切一將還為鬼所奪又一
日復往取此果至穴鬼復欲奪其人急吞之身遂
暴長頭纔出身塞於穴數日化為石也
甘子天寶十年上謂宰臣曰近日於宮內種甘子
數株今秋結實一百五十顆與江南蜀道所進不

異辛臣賀耒曰雨露両均混天區而齊被天草木有
性憑地氣而滿通故得實沍注外之疏果為菜中之
華實相傳玄宗幸蜀年羅浮甘子不實嶺南有蟻
大抵秦中馬蟻結菓於甘櫃甘子實時常循其上故
甘皮薄而滑往往甘實在其菓中冬深承之味數
子南詔石榴言其大皮薄如藤紙味絕於洛中
石榴一名丹若澤大同中東洲後堂石榴皆生雙
俗俗謂柤柚有七絕一壽曰多陰三無巢四無
樟木江東父多取為柤舶有与蛟龍鬬者

葡花也
仙桃出郴州蘇魷仙壇有人至心祈之輒落壇上
或至五六顆形似石塊亦黃色破之如有旅三重
國僧見曰此護羅也元嘉初出一花如蓮天寶初
安西道進華羅技狀言臣所管四鎮
最為密道不有華羅特為奇絕京師凡草不止惡
禽鷦幹元前於松持成陰不聞於挑李近老官拔
汗那使令採得前世掛於二百盤如得託果長樂
婆羅巴陵有寺僧房下忽生一木隨伐隨長枝
研飲之氣菜莢莢尤治邪氣

蟲五寶桐葉可龍六蘇實七藤葉肥大
漢帝立濟南郡之東南有介流山山上多杏大如
梨黃戎摘上人謂之漢帝杏亦口金桃
晡衣宗漢時荣杏大如升朱菓花青研之有汁可
漆或着衣不可説也
仙人棗晉時大倉南有罝泉泉西有華林園園有
仙人棗長五寸核細如鍼
掯孔子墓上特多楷木
施子諸花少六出者唯施子花六出陶真伯言施
子蘭刀六出刻為七道其花香甚朝傳即西叶菩

擢顏建章布葉垂陰詩月中之丹桂連拔接影對
天上之白榆
赤白擢出涼州大者為凹灰復備一目人入曰冞計可
以救銅為銀一木擢祁連山上有仙擢行旅得之止飢渴一名四
味木其實如棗以竹刀剖則甘鐵刀剖則苦木刀
剖則酸蘆刀剖則辛
一木五香根旃檀節沈花雞舌葉藿膠薰陸
拔可以來永銀臬氣好上櫒氣好下
榖穀田以廢必生攊葉有瓣曰榼无曰榼

黃楊木性難長世重黃楊以水試之
沉則无灰取此水必以陰晦夜无一星則伐之為
枕不裂
我在荊逖□奇有溺味陳昭曰作何形狀
徐君荔枝奴筆師曰魏武有言去夏涉秋尚□暑
生荔枝奴曰大得菩蘿奇有黃白黑三種成熟之時子實□□□
張騫所致有黃白黑三種成熟之時子實□於大宛
編琢散西域等釀以為酒每來歲貢其在漢西京似

亦不少批杷陵田五十畝中有蒲葡百樹今在京兆
非直止禁林也信曰乃圉種乞插接薩遵架昭曰
其味何如摘信曰漱浚奇減之又見滅之瑾曰金
生蓮枝曖掣璺而食甘而不飴酸而不酢道之固
貝立之南有滿蜀谷谷中蒲葡可就其所食之或
有取歸者即失道世言王母蒲葡也天寶中沙門
為茲大如指五尺餘世持還本寺植之遠活長蔓數
衣室裏表見苞作貢向蒲自消良應不及
仍陰地幅負十志仰視若惟蓋為其笵實茲流蘂
堂如陸時八號為草龍珠帳

凌霄花中露水損人目
松楨即鍾藤也葉大音安人以為齊
侯縣更坐子如雞卵既甘且冷輕身消渴味之
因王太僕所獻蠱參子如彈丸魏武帝常咳之
酒狂藤大如臂花□可釀酒實大如兔頭
白柰出涼州野豬澤大如□
此間出白州其華若羽代其本為車終日行不
敗
菩提樹出摩伽阤國在摩訶菩提寺蓋釋迦
成道時樹一名思惟樹代□黃白散葉青辭紀久

不凋至佛入滅日變色猖落過已還生至此日國
王人民大作佛事收素而歸以為希此樹高四百
尺已下有銀塔周迴繞之彼國人四時常燒香散
花繞樹作礼觀中頻道使往於寺設洪异施
裟婆至顯慶五年於寺立碑以紀聖德此樹梵名
有二一曰貝多娑力义一曰阿濕曷他婆力义
干人民大作佛事收素而歸以為希此樹梵名
以道為稱故號菩提婆娑曰方义漢翻為濟曰
中忽生兩樹光愛王因懺悔號灰善提謂遂周以
天无憂王取代之令事大逹羅門搢新爹爲檣

石垣又實設此至王一日復掘之至泉其根不絕坑
火炔之漬此甘蔗汁欲其燋爛後摩揭陀國滿曹
王无憂之曾孫也乃以千牛乳澆之信宿樹生故
舊更增石垣高二丈四尺乃與至西域見樹出垣
上二丈餘

書用此三種皮葉若能保護亦得五六百年
萬山記稱萬高尋中有思惟樹即貝多記
釋氏有貝多樹下思惟経顧微廣州記稱貝多葉
似枇杷並闊
交趾近出貝多極彈村中第一
龍脳香樹出婆利國婆利呼為固本婆律亦出波
斯國樹高八九丈大可六七圍　圍而此月白无花
實其樹有肥有瘦瘦者有婆律膏一曰瓶香者出
龍脳香肥者出婆律膏也在木心中　樹磨取
之膏於樹端流出所樹作坎而承之又藥用別有

法　安息香樹出波斯國波斯呼為辟邪樹長三
丈皮色黃黑葉有四角経寒不凋二月開花黃色
花心微碧不結實刻其樹皮其膠如飴名安息香
六七月堅凝乃取之燒通神明辟眾惡
无石子出波斯國波斯呼為摩賊樹長六七丈圍
八九尺葉似桃葉而長三月開花白色花心微紅
子圓如彈丸初青熟乃黃白虫食成孔者正熟皮
无孔者入藥用其樹一年生无石子一年生跋屢
子大如栢長三寸上有殻中人如栗黃可噉

樹長一丈枝條攀竪茂葉似摘経冬而凋三月開花
白色不結子天大霧露及雨沾濡其樹枝條即出
紫鑛波斯國使烏海及波斯深所說並同真臘國
使折衝都尉沙門陁尼屍言並運王於樹端
作窠蟻嚢得雨露凝結而成紫鑛真臘國者善波
斯國者次之
阿魏出伽闍那國即北天竺也伽闍那呼為形虞
亦出波斯國波斯國呼為阿虞截樹長八九丈皮
色青黃三月生葉葉似鼠耳无花實斷其枝汁出
如飴久乃堅凝名阿魏拂林國僧弯所說同摩伽

陁國傳提婆言取其汁如米豆屑合成阿魏
婆那娑樹出波斯國亦出拂林呼為阿蔀亸樹長
五六丈皮色青綠葉極光淨冬夏不凋元花結實
其實從樹莖出大如冬瓜有殻裏之殻上有刺瓠
至甘甜可食核大如棗一實有數百核核中人如
栗黃炒食甚美
波斯棗出波斯國呼為窟莽樹長三四丈
圍五六尺葉似土藤不凋二月生花狀如蕉花有
兩甲漸漸開鏵中有十餘房子長二寸黃白色有
核熟則紫黑狀類乾棗味甘如餳可食

偏桃出波斯國波斯呼為婆淡樹長五六丈圍四
五尺葉似桃而闊大三月開花白色花落結實狀
如桃子而形偏故謂之偏桃其肉苦澁不可噉核
中仁甘甜西域諸國並珍之
槃砮攍樹出波斯國亦出拂林國拂林呼為群漢
樹長三丈圍四五尺葉似細榕經寒不凋花似橘白
色子綠大如酸棗其味甜膩可食西域人壓為油
塗身可去風痒
齊暾樹出波斯國亦出拂林國拂林呼為齊墩音
刼樹長二三丈皮青白花似柚極芳香子似楊桃

五月熟西域人壓為油以煮餅莫如中國土用巨
勝也　胡椒出摩伽陀國呼為昧履支
極柔弱葉長寸半有細條與葉齊條末結子兩兩
相對其葉晨開暮合合則裹其子於葉中形似漢
椒至辛辣六月採今人作胡盤肉食皆用之
白荳蔻出伽古羅國呼為多骨形如芭蕉葉似杜
若長八九尺冬夏不凋花淺黃色子作朵如蒲萄
其子初出微青熟則變白七月採
蓽撥出摩伽陀國呼為蓽撥梨拂林國呼為阿梨
訶他茄長三四尺華細如箸葉似戢葉子似桑椹

醋香出波斯國拂林呼為摈勃梨他長一丈餘圍
一尺許皮色青薄而極光淨葉似阿魏每三葉生
於條端花淺茂若不剪除乃栝死七月斷其枝有黃
汁其狀如蜜微有香氣入藥療病
波斯皂莢出波斯國呼為忽野簷默拂林呼為阿
梨去伐擋長三四丈圍四五尺葉似構緣而短小
經寒不凋不花而實其莢長二尺中有隔隔內各
有一子大如指頭赤色至堅硬中黑如墨鈉如餳

可嚼亦入藥用

渡摘出波斯國拂林呼為阿縒長一丈許皮青白
色葉似槐葉而長花似摘花而大子黑色大如山
朱黄其味酸甜可食

阿勃參出拂林國長一丈餘皮色青白葉細兩兩
相對花似蔓菁正黄子似胡椒赤色研其枝汁如
油以塗疥癬无不瘥者其油極貴價重於金

捺祇出拂林國音長三四尺根大如鴨卵葉似蒜
莖中心抽條甚長莖端有花六出紅白色花心黄
赤不結子其草冬生夏死與蕎麥相類取其花壓

以為油塗身除風氣拂林呼為齊㡊瓊樹長丈四
五枝葉繁茂葉有五出似柰麻元花而實實赤色
梅葉四時敷榮其花五出白色不結子花若開時
遍野皆香与柿領兩摩糖相類四域人常採其花
以為油甚香滑

阿馹波斯國呼為阿馹拂林國王友國内貴人皆用之
野悉蜜出拂林國亦出波斯國音長七八尺葉似
類柟子味似乾柿而一月一熟

唐段少卿酉陽雜俎卷之十八

唐段少卿酉陽雜俎卷之十九

廣動植類之四

草篇

芝天寶初臨川郡人李嘉胤所居堂上生芝草堂形
類天尊太守張景佚藏柱獻之
大曆八年廬江縣紫芝生高一丈五尺芝頭至多
寒成芝斷而可續　夜光芝一株九實實墮地如
七寸鏡夜視如午日芝君種之於句曲山
隱辰芝狀如車牛以屋為蕈以蕈為剛
仙經言穿地六尺以繭蕈一枚種之灌以黄水五

合以土堅藥之三年生苗如菢一日實如桃五色
名鳳腦芝食其實唾地為鳳
大重而華　五德芝如車馬　菌芝如樓　尼學
道三十年乃卷天下金翅鳥銜芝至　羅門山食
一日芝得地仙
蓮石蓮入水必沉唯相傳橡子落水等道
落山石間百年不壤相傳橡子落水等道
苦慈恩寺唐三藏院後簷前庭末有音狀如大
皆初於塼上色如䔇綠草莖可愛發論佛義論
和初改葬基法師初開塚香氣襲人側卧塼基

形如王傳上草厚子二寸餘作金色氣如熱檀

尾松崔融尾松賦序曰崇文館尾松者產于玉壘雷
之下謂之尾也訪山客而求詳之謂之草也驗之農皇
殿有一人投狀請尾且言尾工雖栽所能祖父已
香生於尾而含煙又曰慚魏宮之鳥悲惡漢殿之
露棧碧尾而含煙又曰慚魏宮之鳥悲惡漢殿之
紅蓮崔公少學言博尾不詠悉豈不知尾松已有著說
乎博邪在屋曰昔耶在牆曰垣衣廣志謂之蘭
於洛陽以覆屋前代詞人詩中多用昔耶梁簡文

帝詠薔薇曰綠階覆碧綺依簾映昔耶或言摶木
上多松栽土木氣滅則尾生松　大曆中循舍尤
殿有一人投狀請尾且言尾工雖栽所能祖父已
嘗尾此殺矣眾工不服因曰若有能尾畢不生尾
松乎眾方服焉　又有李阿黑者亦能治屋布尾
如齒間不通緻亦元尾松本草尾衣謂之屋遊百
九惡香香中九九黒氣數里逆於人鼻是歲自京至河中
餘尽騎香氣迴於人鼻是歲自京至河中所
過路瓜尽死一襦不獲
莫今人但言菱荽芰諸解草木書亦不分別唯王安

貧武陵記言四角三角曰芰兩角曰菱今蘇州折腰
菱多兩角咸武曹於荊州有僧遺一斗郡城菱三
角而无傷刺一曰可以接枝曰荽芰一名水栗一名
薢茩　漢武昆明池中有浮根菱根出水上葉淪
没波下亦曰青水芝玄都有菱碧色狀如雞卵浮名
翹雞芝仙人鬼伯子常餌之
兔絲子多近棘及龜山居者疑二草之氣類初
天名精一曰鹿活草昔青州劉愐宗元嘉中割一鹿
剖五藏以此草塞之蹶然而起愐怪而拔草復倒
如此三度愐密錄此草種之多主傷折俗呼為劉

懷草
牡丹前史中无說處唯謝康樂集中言行間水際
多牡丹成武檢隋朝花藥中所无此則開元末初不記說
牡丹則知隋朝花藥中所无此則開元末初不記說
郎官泰使幽冀迴至汾州眾香寺得白牡丹一窠
植於長安第天寶中為都下奇賞當時名公有
裴給事宅看牡丹時春暮景思紫牡丹一欄為
安年少惜春殘爭認慈恩紫牡丹別有三欄乘露
吟无人起就月中看
西說天房相有言牡丹之舍瑠不預焉至德中馬

僕射鎮太原又得紅紫三色菩薩於城中
元和初猶少今与瑞蓮頗多少矣
韓愈侍郎有
疾從子姪自江淮來年甚少韓令入院中伴子弟
子弟悉為凌辱韓知之遂為徇西假僧院令讀書
經旬寺三綱復食其有一事長處此為如此竟作何
感頗警文食肉一藝恨叔不知因拍階前柱
物姪拜謝徐曰其狂卒韓遣令歸且責曰市肆
所須試之刀豎落曲天遽壯刵業不令人親抵窠
四面深及其根寬容人座唯置藥鏽輕釣朱紅旦

暮治其根凡七日乃壞坑白其叔曰恨達一月
時冬初也牡丹本紫又花發色白紅歷綠每朵有
一聯詩字色紫分明乃是韓出官時詩一韻曰雲篇
橫泰嶺家何在雪擁藍關馬不前十四字韓大驚
異姪且辭歸江淮竟不顧仕興唐寺有牡丹一
窠元和中著花一千二百朵其色有正暈倒暈淺
紅武紫深紫黃白檀萼獨元和末一枝花合歡
抹心者重臺花者其花面徑七八寸
四善寺素師院牡丹色絕佳元和末有一枝花合歡
金燈寺一日凡形花葉不相見俗惡人家種之二名

義草　合離根如芋魁有游子十二環之相須而
生而實不連以氣相屬一名獨搖一名離母言若
士所食者合平為赤節　蜀葵可以緝為布枯時
燒作灰藏火久不滅花有重臺者
茄子茄字本運壺名華避反令呼伽未知所自成
周封伽子故事張云一名落蘇事具食療本草此
誤作食療本草元出拾遺本草成式記得時候
園詩云一名崑崙瓜　紫茄紛闊漫綠
辛茶篆差文一名崑崙瓜八嶺南茄子宿根成樹高

五六尺　姚向曾為南選便親見之成本草記廣州
有慎火樹樹大三四圍慎火即景天也俗呼為護
火草　茄子熟者食之厚腸胃動氣發疾根能治
玄　冠院中有茄樹　水經云石頭西對蔡洲
長百里上有大荻浦下有茄子浦
竈瘵欲其子繁待其花時取葉布於過路以灰規
之人踐之子必繁也俗謂之嫁茄子僧人多灸之
甚美有新羅種者色稍白形如雞卵西明寺僧造
異菌開成元年春成武牖行里私第書齋前有柏
紫荊數枝盡折因代之餘尺許至三年秋枯根上
長有

生一足大如斗下布五足頂黃白兩暈綠垂裙如
揭補一日高尺餘至午色變黑而死焚之氣如麻
舌成式常聞香於折基娑念經門生必為喜徵
後覽諸志怪南齊吳郡桔思恭奉釋氏眠於梁
下忽挂是梓木去地四尺餘有節太明中忽有一
物如犬生于節上黃色鮮明漸漸是數目遂成千
把厚之蒜軟常以春末生秋末落達時佛形如故
佛狀面目爪指及兒相衣服莫不完具如金鏤隱
但色褐耳至落時其索貯之桶中積五年思莊不
渡住其下非元他顯盛閶門壽考思莊父終九十

七九年七十健如壯年
又翠簡文延香園大同十年竹林出一芝長八寸
頭蓋汝雜頭寶黑色其柄似藕柄內通莖空柄幹
蛹皮質皆絕白撥下微紅雜頭寶慶似竹節脫之
又得脫也自節展別生一重如結網羅四回同日
周可五六寸圓繞周匝次單柄如結網羅四回同
其似結網衆目輕巧可愛其柄又得脫也驗仙書
舞草出雅州獨莖三葉葉如決明一葉在莖端兩
與威喜芝相類
葉在莖之半相對人或近之歌及抵掌謳曲必動

葉如舞也
護門草常山北草名護門真諳門上走有人扣
過輒此之
仙人絳出衡岳石上狀如同心帶三股
睡蓮南海有睡蓮花莖入水亦日茗曰復明善
事南海親見
蔓金書晉時外國獻蔓金香如雞卵投求
中蔓延波上光泛蘇日如火亦曰夜明善
異萬田產實布之子也大和中嘗過蔡州北露側

以一物撓之祝曰我買你食之立死
色黃白葉稍黑誤食之教曰平歙曰鴆鴣血則解或
胡蔓草生邕容間叢生飛烏呼為鴣舌草
老驢尾雜葉如牛蒡而葉子熟時色黑狀如爪甲
霜露承成篆如棗上蓮藍
安草北天生國出豪草似夢子大葉秋冬不凋因
啾有聲
視之葉中有小兒數千繞若皀莢子目猶未開秋
有草如蒿莖大如指其端聚葉似鶴鵝樂杵韻折

剑是草生水中葉如剪刀

火枡冬此草紅色莖水不死成武於城南村里池
中有之　天寶生於南山中葉如荷而厚
才並生於木湄狀如韭而葉細長可食
地錢葉圓莖細有莖生溪澗邊一日積雪草亦曰
連錢草
愛韭酒一日鼠耳象形也亦曰充心草
盆甑草即牽牛子也結實後面之狀如胡機或言螺
有子似龜蔓如薯蕷
愛韭挑出南詔大如蒲慎兩陰味如胡機或言螺

中藤子也　油黙覃葉似君達每莖上有黑點柏
對三白草此草初生不白入夏葉端方白農人
謂之蔣白三葉白草單莠美其葉似薯蕷
落迴諸冊南有大毒生江淮山谷中莖葉如麻莖
中空吹作聲如劲羅迴囚名之
鬼臼莢生江南地澤如皂莢高一二尺沐之長髮
蒟蒻根大擬至秋葉滿露凝滴生苗
葉亦去衣疥
延脫木如蜹麻生山側花上拗主治惡瘡心空中
有辮莖白可愛女工取以飾物

毗尸沙　一名曰由　金錢花本出外國梁大同一年
進來中土　左行草使人先情范陽長貞
青草撓龍陽縣禪牛山南有青草撓兼生高尺餘
花若金燈仲夏發花一本云逹千秋
竹肉江淮有竹肉生節上如彈丸味如白蟈
代止有大樹雜如瓠椿呼為胡孫眼
盧山有石耳性熱野狐然庄有草蔓生色為白花
微紅大如栗春人呼為野狐然
金錢花一云本出外國梁大同二年進來中土梁
時荊州採屬双陸賭金錢錢盡以金錢花柏足魚

孫謂得花勝得錢
荷漢明帝時池中有多枝荷一莖四一日葉狀如
驪蓋亭如玄珠可以飾珮也　靈帝時有夜舒荷
一並四連其葉夜舒晝卷
夢草漢武時異國所獻似蒲晝縮入地夜抽前
懷其草自知夢之好惡帝思李夫人懷之郎夢
鳥逹葉如鳥翅乾地反濕置濕處復乾飛為鸛
雀莘狀如雀頭置
之頃走獸過之僵
走鬼草出扶支國草紅色葉如蓮葉月出則合月

後則卷　紅草山戎之北有草并長一丈葉如車
輪色如朝虹齊桓時山戎獻其種乃種於庭以表
霸者之瑞　神草魏明時苑中合歡草狀如蓍一
株百莖晝則眾條扶疎夜乃合一莖謂之神草
類有三種紫色為上蘸味苦黃色為中蘸味其青
者為下蘸味鹹常以三蘸充御菜可以薦食
草中旂未多國出也取其子置掌中吹之一吹一
長長三尺乃殖於地　水綱藻漢武昆明池中有
水綱藻枝橫側水上長八九尺有似綱目兎鵑入

此草中皆不得出因名之　地日尊商方有地日
草三足烏欲下食此草義和之駁以手掩烏目食
此則矣閉不復動　東方朔言為小兒時井陷墮
至地下數十年无所寄詑有人別之令往此草山
隅紅泉不得渡其人以一彄屐泛紅泉得至
隔處食之　挾劍豆樂浪東有融澤之中生豆莢
形似人挾劍橫斜而生　牧靡建寧郡有牧靡可以
五百里牧靡草可以解毒烏所方盛烏鵲誤食烏
彔中毒必急飛牧靡上啄拭靡以解也
唐段少卿酉陽雜俎卷之十九

唐段少卿酉陽雜俎卷之二十
　肉攫部
取鷹法七月二十日為上時內地者多塞外鷹單
少八月上旬為次時八月下旬為下時純外者殊
全矣　鷹網目方一寸八分徑八十目橫五十目
以黃藥和枾汁染之令與地色相類多蟲好食網
以藥防之　有網竿都杙二一　䇭竿二一
為鴲竿一為鴲竿鴲能遠察身鷹常在人前若
速身動胁則隨其所視候之
取木雜木雀　鴲網目方二寸徑三十目橫十八

凡鷙鳥雛生而有惠出殻之後即於窠外放
巢大鷙恐其墜隊及為日所曝熱暍毀搉乃取帶
藥摘枝插其窠車防其墜遺及作陰凉此欲驗雛
之大小以所押之葉為候若一日二日後抽山
時尚帶青色至六七日其葉微黃十日後抽地
凡禽獸必赤藏匿形影同於物額也是以地色逐地
茅兎必赤鷹色隨樹
鷹巢一名菓鷹呼巖子者雛鷹也鷹四月一日停
放五月上旬拔毛入籠拔毛先後頭起必惧平旦

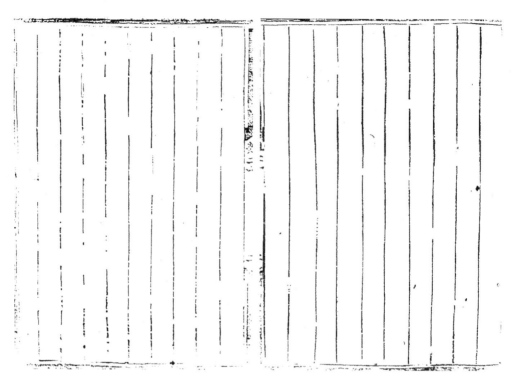

青麻色其変色一同黄麻之鶴此為下品又有羅
烏鶬羅麻鶬一曰
騺兎鷹鶬爪白者後一変為鶬乃至累変其白色
一定更不改易鶬爪黑而微帶青白色臁前絟理
及翅尾斑節微有黄色者一変背上翅尾微為展
色臁前後理変為橫理若无脛間仍白
至於鶬轉已後其灰色散而漸斷向白
極黑幹上黄鶬並此色微濑若一変為青白絟鶬鶬
之後乃至累変臁前橫理細則高為鶬色也
齊王高洋天保三年獲白兎鷹為一聯不知所得之

慶合身毛羽如雪目色紫不之本白向末為淺焉
之色
又高帝前朝武平初領軍將軍趙野义獻白兎鷹
一聯頭及頭逶有志白近遝視乃有紫絋在毛
心其背上以白地紫黙其毛心紫絋有白赤周
絟白色之外以黑為緑絀毛亦以白為地紫色簬
之臁前以白為地微微有繡眼黄如其金
鶬本之色微白向末斷烏蜈作淺黄色脛指之色
亦黄爪色与鶬同
敵尾白鴗爪黑而微帶青白色者一変為鶬理白

鵰轉以後乃至累變橫理轉細臆前紫漸城成
白其臂爪極黑者一變為青白鵰轉之後乃至
累變橫理轉細臆前微微漸白其色帶黑漸作灰白色
赤色一變為鵰其色帶黑鵰轉己後乃至累變橫
理轉細臆前微微漸白其背色不改此上色也
白唐一變為青鵰而微帶灰色鵰轉之後乃至累
變橫理轉細臆前微微漸白
鵰爛堆又曰雛黃一變之鵰色如桑椹鵰轉之後
黃色一變之後乃至累變其色似於鷹而色微

深大況鵰爛雄黃變色同也
青班一變為青父鵰鵰轉之後乃至累變橫理
細臆前微微漸白此次色也
白唐者黑色也一變為青白鵰
雜帶黑色鵰轉之後乃至黑變橫理轉細臆前漸
白　赤班唐謂班上有黑色也一變為鵰其
斷微白　色多黑鵰轉之後乃至累變橫理
雖漸歇世人仍名為黑鵰
青班唐謂班上有黑色也　一變為鵰其色帶青黑
鵰轉之後乃至黑變橫理雖細臆前之色仍常暗
　　　　　　　　　轉細臆前黑

黑山下色也　鷹之雌雄唯以大小為異其餘形
相本兎及兌別雜鷹雖小而是雄鷹羽毛雜色從初
及變既哥兎變更死別述雄鷹一歲臆前從理闊
代都赤者紫背黑點至後變為鵰鵰之時其臆前從
己下便兎生代川赤鷹裏間塵立中山臺週飛
若世名為鵰斑至後變為鵰
作橫理然猶閣大若臆前從理本細者後走為鵰
鵰之時臆前橫理亦細
荊棗白者短身而大五斤有餘便鳥而快一名油
裏白生代北沙漠裏荊棗已向鷹鳴邑飛
道白生代北沙漠裏精白毛三斤半己上四斤

漠北白者身長且大五斤有餘細班短脛鷹肉之
最生沙漠之北不知遠近向代川中山飛一名西
道白　房山白者紫背細班三斤巳上四斤巳下
便兎生代東房山白楊樹上向范陽中山飛
漁陽白腹背俱白大者五斤餘兎先及東西
曲一名大曲小曲白紫樹上生向童武合一傳海
飛　東道白腹背俱白大者六斤餘鷹肉之最大
生盧龍和龍次北不知遠近向澳林黑一里章
武合口光州川一日飛雖鵰歇者僅快者越拔前鷹
上黃所在山谷皆有生柞檪樹上或天或小

黑皂驪六者五斤生漁陽山秋彩樹上多死時有
快者章武飛　白皂驪六者五斤生漁陽白道泗
陽溟北所在皆有生楢楕樹上便鳥向靈五中山白
范陽章武飛　青斑六者四斤生代此及代川白
楊樹上細班者快向向靈立山范陽飛　鳩鷹崔子
青黑者快鵝淨眼明是未嘗養雛无快若目多朓
蜋不淨者已養鵝矢不任用多死又條頭无花雛
遠而聚血條出句然作声短命之候
口內赤反掌熱隔衣蒸人長命之候
鼉毛振捲打搭隻立理面毛藏頭睡長命之候也

凡鵝鳥飛九忌謝喉痛人又十无一活汉在咽喉
骨前皮裏鈌金骨内藤之下
及筒以銀錄為之大如角鷹尚翅管鷹以下筒大小
准其翅管
凡夜條承過五條數者短命條如赤小豆汁與白
相禾者死　压網損　擺傷　兔蹶傷　鶴兵爪
曾為病

唐段少卿酉陽雜俎續之三十終

嘗讀宋朝蘇黃諸公詩多用
事險僻有可喜可愕可驚可
怪者而不知其所自來也如
行深山大澤卒遇龍蛇鬼物
而莫之較甚則令人或佁俟
咍而爲病者矣予之南來也

求嘉權侯叔強以酉陽雜俎
一帙見還曰此編吾東方無
版本子其圖之僕謹受以來
適吾使相國咨詢宣
化簿領簡少予在幕下優游多
暇而披目之其數美威惡所

以明戒也窮物詳理所以廣
知也旻衍自適所以窮年也
而曓之喜愕驚怪者皆在此
一部矣於是乎予之前日嘆哈
病惑者釋然以愈恍若觀离
鼎而神姦怪物無所遁其形

者矣予迺囅然笑曰此予刮
膜之金錍也其誶括萬象補
撫叓傳贄於筆談遠矣實翰
苑所不可無者也若曰怪力
亂神夫子所不語而浸淫於
異端吾儒之罪人則此書亦

當使之獨行於无地之間可
也其自謂不曰雜俎也邪顧此
本多缺文誤字仝承補國指
敎孜挍而塗改者不啻十七
八而疑則闕之然愚管鹵莽
無予奭三豕之辨有阿袒金

根之竇博雅君子幸覽而正
之当知治五年亥戠曰敠臘
月有日月城李宗準謹識

夫天覆地載何物不包夫子法之
博學於文其麼知者大平常常者
奇異者無括不捅然後可調之面
傳之天下炎矣薄學儉力聚而咽
美唐大常段芠生撰酉陽雜俎
三如鱗備乾盤味頗雜異程不得

選穄商盖必傳遝之所石可書
食前方文者承欲石聚然姓將雅
共子所以青憂而不箅也呼人莫
不欲食鮮能知味生其味易能典
人笙三者充為鮮美永嘉糝相
姝强味其味易捐家後嘔誄麥多

李修仲鈞仲鈞味其味易白于使
相廣原享公公味之讖悅口口捕撈
廣布以貓
聖上人未之養使乳情之士如飢遇炊
如渴乃泉冥而尤興心腹琴如宗
廖之衆主人導飲而衆賓皆破

三笑堂可謂惜薊而石之福未承如
寶臣芖特走肉耳香知其味濼
捐以梃妾之頃喜其褹望厚門石
大嚼芸耶愿弘治壬子擬前有
丹臕易崔應賢賓臣謹志

| 저자 소개 |

민관동 閔寬東, kdmin@khu.ac.kr
· 韓國 天安 出生
· 慶熙大 중국어학과 졸업
· 대만 文化大學 文學博士
· 前 : 경희대학교 외국어대 학장, 韓國中國小說學會 會長, 경희대 比較文化研究所 所長
· 現 : 慶熙大學校 중국어학과 敎授

著作
· 《中國古典小說在韓國之傳播》, 中國 上海學林出版社, 1998.
· 《中國古典小說史料叢考》, 亞細亞文化社, 2001.
· 《中國古典小說批評資料叢考》(共著), 學古房, 2003.
· 《中國古典小說의 傳播와 受容》, 亞細亞文化社, 2007.
· 《中國古典小說의 出版과 研究資料 集成》, 亞細亞文化社, 2008.
· 《中國古典小說在韓國的研究》, 中國 上海學林出版社, 2010.
· 《韓國所見中國古代小說史料》(共著), 中國 武漢大學校出版社, 2011.
· 《中國古典小說 및 戲曲研究資料總集》(共著), 학고방, 2011.
· 《中國古典小說의 國內出版本 整理 및 解題》(共著), 학고방, 2012.
· 《韓國 所藏 中國古典戲曲(彈詞 · 鼓詞) 版本과 解題》(共著), 학고방, 2013.
· 《韓國 所藏 中國文言小說 版本과 解題》(共著), 학고방, 2013.
· 《韓國 所藏 中國通俗小說 版本과 解題》(共著), 학고방, 2013.
· 《韓國 所藏 中國古典小說 版本目錄》(共著), 학고방, 2013.
· 《朝鮮時代 中國古典小說 出版本과 飜譯本 研究》(共著), 학고방, 2013.
· 《국내 소장 희귀본 중국문언소설 소개와 연구》(共著), 학고방, 2014.
· 《중국 통속소설의 유입과 수용》(共著), 학고방, 2014.
· 《중국 희곡의 유입과 수용》(共著), 학고방, 2014.
· 《韓國 所藏 中國文言小說 版本目錄》(共著), 中國 武漢大學出版社, 2015.
· 《韓國 所藏 中國通俗小說 版本目錄》(共著), 中國 武漢大學出版社, 2015.
· 《中國古代小說在韓國研究之綜考》, 中國 武漢大學出版社, 2016.
· 《삼국지 인문학》, 학고방, 2018.
외 다수.

翻譯
· 《中國通俗小說總目提要》(第4卷－第5卷)(共譯), 蕭山人出版部, 1999

論文
· 〈在韓國的中國古典小說翻譯情況研究〉, 《明淸小說研究》(中國) 2009年 4期, 總第94期.

・〈朝鮮出版本 新序와 說苑 연구〉,《中國語文論譯叢刊》第29輯, 2011.7.
・〈中國古典小說의 出版文化 研究〉,《中國語文論譯叢刊》第30輯, 2012.1.
・〈朝鮮出版本 中國古典小說의 서지학적 考察〉,《中國小說論叢》第39輯, 2013.
・〈한・일 양국 중국고전소설 및 문화특징〉,《河北學刊》, 중국 하북성 사회과학원, 2016.
외 다수

정영호 鄭榮豪, jyh1523@hanmail.net
・全南 靈光 出生
・全南大學校 중문학과 졸업
・全南大學校 文學博士
・前 : 西南大學校 中國語學科 敎授
・現 : 慶熙大學校 비교문화연구소 한국연구재단 공동연구팀 공동연구교수

著作

・《중국영화사의 이해》, 전남대학교출판부, 2001.
・《중국근대문학사상 연구》(공저), 전남대학교출판부, 2009.
・《중국 문화 연구》(공저), 전남대학교 출판부, 2010.
・《중국고전소설의 국내 출판본 정리 및 해제》 학고방, 2012.
・《중국통속소설의 유입과 수용》(공저), 학고방, 2014.

翻譯

・《中國通俗小說總目提要》(第2, 3, 5卷)(공역), 蔚山大出版部, 1999.
・《중국고전소설사의 이해》(공역), 전남대학교출판부, 2011.

論文

・〈경화연과 한글 역본 제일기언의 비교 연구〉,《중국소설논총》 26집, 2007.
・〈한국 제재 중국 근대소설에 나타난 한・중・일 인식 연구〉,《중국인문과학》 제38집, 2008.
・〈구운기에 미친 경화연의 영향 연구〉,《중국인문과학》 47집, 2011.
・〈國內 飜譯出版 된 中國古典小說 考察 - 조선시대 및 일 강점기 坊刻本 소설을 中心으로〉,《중국인문과학》 제52집, 2012.
・〈중국 백화통속소설의 국내 유입과 수용 -《三言》・《二拍》・《一型》 및《今古奇觀》을 중심으로 - 〉,《중국인문과학》 제54집, 2013.
외 다수의 논문.

박종우 朴鍾宇, ezbooks@hanmail.net
・서울 出生
・高麗大學校 國語國文學科 졸업
・高麗大學校 國語國文學科 문학박사
・前 : 全北大學校 쌀삶문명연구원 HK교수
・現 : 高麗大學校 民族文化研究院 연구교수

著作
・《여헌학의 이해》(공저), 예문서원, 2015.
・《어촌 심언광의 문학과 사상》(공저), 강릉문화원, 2014.
・《韓國漢文學의 형상과 전형》, 보고사, 2012.

翻譯
・《반곡 정경달의 시문집》(1-2), 고려대 민족문화연구원, 2017.
・《국역 용성창수집》, (주)박이정, 2015.
・《국역 주곡유고》, (주)박이정, 2009.

論文
・〈韓中日 統合漢字 교육 방안에 대한 고찰〉,《대동한문학》제51집, 2017.6.
・〈반곡 정경달의 漢詩 연구〉,《남도문화연구》제32집, 2017.6.
・〈한국 한시의 괴물 형상에 대한 일고찰〉,《우리어문연구》55호, 2016.5.
・〈孤山 漢詩의 공간과 미적 특질〉,《민족문화》제46집, 2015.12.
외 다수.

경희대학교 비교문화연구소 비교문화총서 18

朝鮮刊本 酉陽雜俎의 복원과 연구

초판 인쇄 2018년 12월 7일
초판 발행 2018년 12월 20일

공 저 자 | 민관동 · 정영호 · 박종우
펴 낸 이 | 하운근
펴 낸 곳 | 學古房

주   소 | 경기도 고양시 덕양구 통일로 140 삼송테크노밸리 A동 B224
전   화 | (02)353-9907   편집부(02)353-9908
팩   스 | (02)386-8308
전자우편 | hakgobang@naver.com, hakgobang@chol.com
홈페이지 | http://hakgobang.co.kr
등록번호 | 제311-1994-000001호

ISBN 978-89-6071-774-9 94810
       978-89-6071-771-8 (세트)

값 : 38,000원